음악 속으로

TIL MUSIKKEN
by Ketil Bjørnstad

This Translation has been published with the financial support of NORLA.

* 이 도서의 번역은 NORLA(Norwegian Literature Abroad, Fiction & Non-fiction)의 지원을 받아 이루어졌습니다.

이 도서의 국립중앙도서관 출판시도서목록(CIP)은
e-CIP 홈페이지(http://www.nl.go.kr/ecip)와
국가자료공동목록시스템(http://www.nl.go.kr/kolisnet)에서 이용하실 수 있습니다.
(CIP제어번호: CIP2011002728)

음악 속으로

Til Musikken

셰틸 비에른스타 장편소설
손화수 옮김

문학동네

첫 순간부터, 우리가 가늠할 수 있는 시간 이전의 시간부터, 소리는 거기 있었고, 그것은 모든 것 안으로 스며들었다. 그 순간 이래 태어나고 죽는 모든 것이 음악이다. 그 소리가 첫 순간에 그랬듯 지금도 울리고 있다.

올레 페우스, 앨범 〈Garman〉 중에서

모든 것이 너무도 선명하다. 너무도 선명해서 손을 뻗으면 만져질 것만 같다.

무라카미 하루키, 〈노르웨이의 숲〉

차례

제1부

폭포

호수에서 흘러나온 물이 강줄기를 이루고 있었다. 상류에 제재소가 있었고, 하류로 흘러내리는 물살은 다리 아래를 굽이돌았다. 물살에 닳아 둥그렇고 반질반질한 바위들이 간혹 수면 위로 드러나 있었다. 이상하리만큼 차가운 정적 속에서 바위들은 묵묵히 그 자리를 지켰다. 어머니는 그중에서도 가장 큰 바위인 타테르베르게에 앉아 시간을 보내는 것을 좋아했다. 언제나 파란 바탕에 하얀 물방울무늬가 점점이 찍힌 수영복을 입고, 젖은 머리를 늘어뜨린 채 조심스럽게 다리를 뻗고 있었다. 그럴 때면 어머니는 아버지와 결혼 십오 주년 기념여행을 다녀온 코펜하겐의 랑에리니에 부둣가에 있는 작은 인어상을 떠올리게 했다. 우리는 강기슭에 서서 어머니에게 손을 흔들었고, 아버지는 당신이 세상에서 가장 아름다워, 라고 외치기도 했다.

다리 뒤편으로 물줄기가 모여들어 저수지를 이루었고, 강 서쪽

둑 너머에는 가구 공장이 자리 잡고 있었다. 나는 그곳의 붉은색 기와지붕과 내부에 진열된 티크와 마호가니 재질의 일광욕 의자 그리고 자작나무로 만든 옅은 색의 바둑판무늬 가구 들을 좋아했다. 아마도 우리 집 거실에 있는 가구들과 비슷해서였을 것이다. 그곳에서 나는 집에 있는 것과 똑같은 소파도 찾아냈다. 그 소파는 어머니가 낮잠을 자거나 아버지와 말다툼을 한 뒤 홀로 밤을 보낼 때 쓰던 것이었다. 가구 공장의 창 바로 앞에서 폭포가 길게 늘어진 실타래처럼 쏟아지고 있었다. 폭포는 갑자기 생겨난 듯 생경했다. 그곳에서 백여 미터밖에 떨어지지 않은 곳에 펼쳐지는 너무나도 평화롭고 전원적인 풍경 때문이었다. 그곳의 수면은 언제나 거울처럼 매끈하고 잔잔했다. 그래서 우리는 쏟아지는 폭포를 볼 때마다 어디서 이 물이 흘러나오는지 의아해했다. 아버지는 이런 우리에게 잔잔한 수면만 보고 방심해선 안 된다고 주의를 주었다. 밖에서는 보이지 않지만 그 밑바닥에는 강한 소용돌이가 있으니 타테르베르게에서 남쪽으로 흐르는 지점에서는 절대 수영하지 말라는 것이었다.

나는 그때 서쪽 강기슭에 펼쳐진 자갈밭에 누워 있었던 것 같다. 한여름 땡볕이 내리쬐던 날이었다. 갑자기 거센 물살이 밀려와 내 몸을 덮쳐 휘감았다. 카트리네는 위험에 처한 나를 보자마자 여자아이만이 낼 수 있는 비명을 질렀다. 아버지가 강물에 뛰어들어 허우적거리며 내게 다가왔지만, 나는 그 상황이 그다지 심각하게 느껴지지 않았다. 그럼에도 뭔가 잘못되고 있다는 느낌을 받았다. 아버지는 나를 뭍으로 끌어내 몸에 커다란 수건을 둘러준 다음, 두 팔에 힘을 주어 내 몸을 마구 흔들었다. 그때 아버지의 등 뒤에서 어머니의 앙칼진 목소리가 들렸다. 어머니는 화가 난 듯 주먹을 꾹 쥐고 아버지의 등을 연신 때렸다. 곧이어 아버지는 두 손으로 얼굴을 감싼 채 울음을 터뜨렸다. 그런 부모님을 보고 있으려니 심장을 찌르는 듯한 통증이 느껴졌다. 그날 이후, 많은 날이 지났고 많은 일이 있었다. 하지만 우리는 타테르베르게 바위 북쪽에서 수영하는 것을 포기하지 않았다. 그곳은 여전히 여름이면 우리 가족의 피크닉 장소였다.

두 분이 침실에서 부부 싸움을 한 다음 날 아침이면 나는 항상 화가 날 정도로 슬펐다. 둘 중 한 분이 사라질까봐, 또는 헤어져서 집을 나갈까봐, 아니면 목숨을 끊을까봐 늘 조마조마했다. 사실 두 분 사이는 그리 순탄하지 않았다. 어릴 때 나는 침대에 누워 눈을 뜬 채로 거실에서 들려오는 두 분의 고함소리를 자주 들었다. 두 분이 서로에게 내뱉는 말 한마디 한마디를 다 들었다. 그때 두 분은 카트리네와 내가 아직 잠에서 깨어나지 않았을 거라고 생각했을 것이다. 때때로 카트리네는 두 분이 다투는 소리를 듣고 울기도 했지만 나는 한 번도 울지 않았다. 울지 않겠다고 몇 번이나 다짐했다. 혹시나 자제력을 잃고 울어버릴 것 같으면 크게 숨을 들이쉬곤 했다. 누군가가 울지 않으려면 계속해서 침을 삼키라고 가르쳐 준 대로 나는 숨을 크게 들이쉬면서 계속 침을 삼켰고, 그러다보면 자연스레 우는 것을 잊어버렸다. 그렇게 하면 우는 모습을 보이지 않을 수는 있었지만, 머리가 어지러웠다. 그럴 때면 욕실로 달려가 구토를 했다.

어머니와 아버지 사이에는 평화가 존재하지 않았다. 너무도 자주 벽 너머로 들려오는 두 분의 말다툼 소리에 나는 지쳐버렸다.

다투고 난 뒤에는 언제나 억지스럽긴 해도 잠시 동안 화해가 이루어졌다. 오전 열시쯤 어머니가 나를 깨우러 방에 들어왔다. 손에 이미 반쯤 태운 담배 한 개비를 들고, 의아할 정도로 쾌활한 목소리와 표정을 하고서였다. 나는 어머니가 부러 속을 감추고 있다고 느꼈고, 우리가 곧 타테르베르게에 가서 수영을 하게 되리란 걸 알았다. 그것은 우리 가족의 오래된 의식 같은 것이었다. 여름날 일요일이면 부모님은 바위에 앉아 포도주를 마셨고, 나는 그들 틈에 끼어 포도주를 조금씩 맛보기도 했다. 나는 이 화해의 피크닉에 빠진 적이 별로 없었다. 그 자리에는 항상 기쁨과 희망이 조심스럽게 자리하고 있었기 때문이다. 나는 열다섯 살이었고, 카트리네와 달리 부모님과 함께 시간을 보내는 것을 좋아했다.

심지어 토요일 저녁에도 나는 부모님과 시간을 보냈다. 두 분은 토요일 저녁에는 될 수 있으면 말다툼을 안 하려고 했고, 나는 우리 집에 잠시나마 허락된 평화를 한껏 누리고 싶었다. 반면에 나보다 두 살이 많은 카트리네는 주말이면 친구들과 시내를 배회하곤 했다. 부모님은 내가 밖에서 친구들과 어울리지 않는 것을 의아하게 생각했다. 시간이 흐르면서 내성적이 되어간 것인데, 그 이유는 나도 설명할 수가 없다. 나는 축구장에서 공을 차는 것도, 겨울에 밴디* 경기를 하는 것도 좋아하지 않았다. 여느 사내아이처럼 이런 스포츠를 즐기면서 때로는 주먹질하다 흩어지기도 하는 무리에 끼는 것이 두려웠다. 그보다는 혼자 조용히 피아노를 연주하는

* 스칸디나비아반도와 발트 해 연안의 여러 나라에서 즐기는 아이스하키와 비슷한 스포츠.

것이 더 좋았다. 나는 어머니에게 음악을 배웠다. 내가 요람에서 스스로 기어나오기 전부터 어머니는 내게 노래를 불러주었고, 음악 이야기를 들려주었다. 동요는 물론, 바이올린협주곡과 수많은 관현악곡을 들려주었다. 어머니는 라디오에서 흘러나오는 고전음악을 자주 들었다. 어머니의 말을 빌리자면, 그것은 라디오 속에서 '여행'을 하는 것이었다. 겨울에 날이 어둑해질 즈음이면 라디오 주파수를 잘 맞추고 거기서 흘러나오는 음악을 들으며 어머니는 지구 곳곳으로 여행을 하곤 했다. 비엔나에서는 한 바이올리니스트가 차이콥스키를 연주하고, 모스크바에서는 피아니스트가 피아노소나타를 연주했다. 저녁 내내 어머니는 라디오 채널을 이리저리 돌려가며 음악을 감상했다. "악셀, 이 곡 좀 들어봐. 라벨의 〈피아노협주곡 사장조〉야. 곧 2악장이 시작될 테니 기다려봐. 숨이 멎을 정도로 아름답단다." 어머니는 이 세상의 모든 음악을 알고 있었다. 적어도 그때 나는 그렇게 생각했다. 그렇기에 어머니가 왜 당신의 부모님처럼 음악가가 되지 않았는지 궁금해하지 않을 수 없었다.

나는 어렸을 적에 아버지와 함께한 특별한 추억이 별로 없다. 아버지는 어머니와 내가 더 친밀한 관계를 만들어가는 것에 아무런 섭섭함도 내비치지 않았다. 아버지의 노랫소리는 마치 까마귀 울음소리 같았지만, 어머니와 내가 집 안을 음악으로 채워가는 것에는 반대하지 않았다. 아니, 사실은 좋아했던 것 같다. 몇 년 전부터 나는 부모님에게 기쁨을 주는 존재가 되어 있었다. 나는 집에 있는 낡은 벡스타인 피아노 앞에 앉아 부모님이 듣고 싶어하는 곡을 연주하는 걸 좋아했다. "악셀, 슈만을 쳐봐!" 하고 어머니가 말하면, "아니, 슈만 말고 바흐를 연주해봐!"라는 아버지의 목소리가 들려왔다. 연주가 끝나면 두 분은 열렬한 박수와 환호를 보냈다. 그럴 때면 내가 아주 실력 있고 유명한 피아니스트가 된 것 같았다. 나는 평화롭고 아늑한 이 시간을 점점 더 좋아하게 됐지만 카트리네는 달랐다. 내가 토요일 저녁 피아노 앞에 앉아 있을 때 그녀는 주로 비에른슬레타에서 온 친구들과 밖에서 시간을 보냈다. 밤늦게 카트리네가 돌아오면, 우리는 카트리네가 풍기는 술 냄새와 주정에 시달려야 했다. 그리고 일요일 아침이 밝아오면, 모두들 전날 저녁에 있었던 소박한 행복과 기다림, 어머니의 울음소리와 술 냄새 그리고 카트리네의 짜증 섞인 고함소리를 뒤로한 채 피곤에 지쳐 있기 일쑤였다. 그래서 누구도 감히 먼저 시비를 걸거나 짜증 낼 엄두를 내지 못했다. 대신 우리는 기분 전환 삼아 피크닉을 가기로 결정했다. 불가피한 선택이었다. 우리 가족은 일요일이면 항상 늦잠을 자기로 유명해서 멜룸 가(街) 사람이라면 이 사실을 다 알고 있을 정도였다. 우리 중 가장 먼저 일어나는 사람은 물론 어머니였다. 일요일 아침에 방송하는 라디오 프로그램 〈아침의 콘서트〉를 듣기 위해서였다. 그날의 테마 음악은 브람스의 〈교향곡 4번 마단조〉였다. 그 곡은 비애감을 다독이는 평화로 가득 찬 선율로 이뤄져 있어 전날 밤의 심란한 불화를 잠재우기에는 적격이었다. 이제 부모님의 과제는 오랜 결혼생활 속에서 자취를 감춘 지 오래된 행복을 다시 찾아오는 것이었다. 우리는 아침 식탁에 둘러앉아 이미 다 알고 있는 그날의 계획을 화제 삼아 시간을 보내고 있었다. 계획이라고 해봤자 타테르베르게에 가서 점심을 함께 하는 게 전부였다. "기분 좋게 휴일의 피크닉을 즐기자"는 아버지의 말에도 불구하고 일요일 아침의 피곤함과 무겁게 가라앉은 분위기는 회복될 기미를 보이지 않았다. 카트리네는 계속 끙끙대며 불만스러워했다. 그녀의 입에서는 삭은 맥주 냄새가 심하게 풍겼다. 카트리네는 삶은 달걀 하나 건드리지 않았다. 하지만 그렇다고 부모님이 그녀를 집에 혼자 남겨두진 않을 터였다. 카트리네는 형법상으로는 처벌이 가능한 나이지만, 성인의 권리를 가질 수 있는 열여덟 살이 되려면 아직 몇 달 더 있어야 했다. 그리고 일요일은 가족을 위한 날이기 때문에 그녀로서는 부모님 말씀에 순종하는 척이라도 해야 했다. 절망스러운 화해의 날…… 나는 일요일을 이렇게 불렀다. 일요일에는 항상 내 나이에 비해 더 어른스러워진 듯한 기분이 들었고, 부모님의 과장된 쾌활함 뒤에 숨은 그 모든 갈등을 내가 꿰뚫고 있다는 것을 아는 사람은 아무도 없었다. 나는 부모님이 짐작하는 것 이상으로 많은 것을 알고 있었다. 그들의 갈등이 너무도 오래되었기 때문에 이제 어떤 노력도 소용없다는 것을 그때 이미 깨닫고 있었던 것이다.

그럼에도 나는 어떤 일이든 무조건 순종함으로써 부모님을 기쁘게 해주려고 노력했다. 나는 어머니를 보며 조심스럽게 미소를 지었다. 주방에 있는 작은 라디오에서는 아직도 브람스의 선율이 흘러나오고 있었다. 브람스의 음악은 슈만, 드뷔시의 음악과 함께, 어머니와 내가 공유하고 있는 어떤 비밀 같은 것이기도 했다. 그중에서도 브람스는 가장 아껴두고 싶은 비밀이었다. 띠따라리…… 띠따라리…… 우리는 브람스의 선율을 흥얼거리며 함께 팔을 흔들기도 했다. 그때마다 카트리네는 심하게 짜증을 냈다. 그녀는 어머니와 내가 이 장중하고 아름다운 음악 속에 갇혀 있기 때문에 냉정하고 불완전한 바깥세상으로 나가는 것을 두려워한다고 여기는 듯했다.

아버지는 주방 선반에서 포도주를 두 병 꺼내고, 잔디밭에서 먹을 점심거리도 손수 준비했다. 포도주 잔을 높이 들고 '건배!'라고 몇 번 외치다보면 행복을 만끽하며 오래오래 즐겁게 식사할 수 있을 거라고 아버지는 믿고 있었다. 어쩌면 두 분이 신혼여행을 즐겼던 노르망디에서의 어느 날 저녁처럼, 서로의 눈을 그윽이 바라보며 잔을 부딪치게 될 거라는 기대도 있었는지 모르겠다. 그런 아버지의 옆에 서서 어머니는 후식으로 먹을 샐러드를 만들었다.

"치즈도 몇 조각 챙겨야지." 아버지가 중얼거렸다.

왜 그날따라 내 눈에 어머니가 평소와 다르게 보였을까. 나는 카트리네의 방에서 엿보았던 십대 잡지 속의 영화배우 킴 노박과 오드리 헵번 그리고 나탈리 우드를 떠올리며 어머니를 한참 동안 바라보았다. 주방 개수대 옆에 서 있는 어머니는 이런 곳에 있기 아까울 만큼 너무나 아름다웠다. 푸른색 치마를 입은 어머니는 오페라에서 어떤 역할을 맡든 다 잘 어울리는 그리스의 성악가 마리아 칼라스를 연상시켰다. 어머니는 양파를 잘게 썬 후, 올리브유와 식초를 섞어 샐러드 드레싱을 만들었다. 그리고 달걀도 몇 개 더 삶았다. 카트리네는 그런 어머니를 바라보면서 짜증 섞인 목소리로 말했다.

"아무도 우리처럼 살지 않아요. 뢰아* 전체를 다 뒤져봐도 우리

---

* 오슬로의 서쪽 외곽 지역.

처럼 사는 사람은 없다고요. 우리뿐이에요. 알긴 알아요?"

물론 어머니의 과장된 제스처와 야외에서의 점심식사를 두고 한 말이었다. 이렇듯 카트리네의 경망스러운 행동과 말투는 지난 몇 년 동안 그저 오냐오냐 해온 아버지의 태도 때문에 더 심해진 것 같았다. 아버지는 어머니보다 더 인정이 많고 마음이 여린 사람이었다. 한 남자와 한 여자, 다정하고 온순하지만 너무 자주 삐걱거리는 이 두 사람은 결혼생활을 계속하다보면 사랑을 다시 회복할 수 있으리라 믿고 있었다. 그러나 두 사람은 한 지붕 아래 살을 맞대고 살면서도 하루도 조용히 보낸 적이 없었다. 이들 사이에서 태어난 두 자녀는 행복할 때조차 그 기쁨을 맘껏 누리지 못했다. 이것이 우리 가족의 자화상이었다. 생각해보면, 오랫동안 나를 짓눌러온 불안과 근심 속에서 내 유년은 어둡기 짝이 없었다. 짧지만 반복되는 강렬한 고통과 그것에 무방비로 노출된 인간의 허약함이 나를 항상 불안에 떨게 했다. 언제나 최악의 상황이 벌어질 수 있는 현실에 대해 우리는 아무런 대비를 할 수 없는 나약한 존재일 뿐이라는 생각은 지금도 나를 서럽게 한다.

8월의 끝이 가까워질 즈음이면 저녁 하늘은 수많은 별들이 다투듯 빛나고, 낮은 넘쳐흐르는 햇살로 가득 찼다. 흔히 말하듯, 이곳의 8월은 인디언서머라고 이름 붙이기에 손색이 없다. 거리에는 들장미 향이 그윽하고, 집집마다 잘 정돈된 정원에서는 잔디깎이 기계가 바쁘게 돌아가는 소리가 들려왔다. 휴가철은 오래전에 끝나고 사람들은 대부분 휴가지에서 돌아와 있었다. 하지만 한낮의 무더위는 여전히 꺾일 줄 몰랐다. 이름난 휴양지에서 휴가를 보낼

만큼 집안 사정이 좋은 편은 아니었기에 카트리네와 나는 전동차로 스투덴테르룬덴 공원*을 구경하고, 대학가 골목에서 아이스크림을 사 먹거나, 실내수영장에서 수영을 즐기는 것으로 만족해야 했다. 이곳 사람들 대부분이 그렇듯 부모님도 맞벌이로 살림을 꾸려나갔다. 그런데도 우리는 지나칠 정도로 사치하게 살고 있었다. 아버지는 자기가 감당할 수 있는 수준보다 더 좋은 집에서 살고, 더 좋은 음식을 먹고, 더 좋은 옷을 입어야 한다는 신념을 가지고 있었다. 아버지가 그런 고집을 부릴 때마다 어머니는 화를 냈다. 쪼들리는 살림 때문에 자신은 바랄 수 있는 게 없었기 때문이다. 어머니는 그때, 시내에 있는 극장 매표소에서 부업을 하고 있었다. 여름철에는 오페라극장이 문을 열지 않기 때문에 가계를 꾸려가기 위해서는 그렇게 할 수밖에 없었다. 아버지의 일은, 드로닝엔 거리에 있는 한 작은 사무실에서 그간 매입해온 건물과 땅에 관련된 서류 들을 하릴없이 들여다보는 것이었다. 부동산을 사놓긴 했으나 자금이 없는 탓에 수리를 한다든가 하는 일은 아예 엄두도 못 냈다.

해는 정수리 위에 떠 있었고, 하늘은 여전히 푸르렀다. 언덕 위의 잔디는 지난주에 내린 폭우 때문에 모두 납작하게 눌린 채로 땅을 덮고 있었다. 햇볕이 따갑게 내리쬐는 무척이나 더운 날씨였다. 우리는 저수지와 둑을 따라 줄지어 있는 빌라들을 지나쳤다. 어머니와 아버지는 여느 일요일과 마찬가지로 서로 다정하게 손을 잡고서 발걸음을 옮겼다. 카트리네는 잔뜩 화난 사람처럼 우리보다

* 오슬로 시내 중심가에 위치한 공원.

몇 미터를 멀찍이 앞서 걸었다. 그녀는 "가족 피크닉 좋아하시네. 내가 아직도 어린앤 줄 아시나보지?"라고 말하면서 내내 씨근덕거리고 있었다.

그래, 나는 카트리네보다는 어리니까 가족들과 피크닉을 즐길 수 있는지도 모르겠다. 순간 내 나이가 부모님과 가족 피크닉을 떠나기에 딱 알맞은 나이라는 생각이 들었다. 나는 어머니 옆에 바싹 붙어 서서 걸었다. 그러자 어머니의 양옆에 건장한 보디가드 두 명이 붙어 선 것 같았다. 그때 내 키가 아버지와 비슷했던 것 같다. 그렇게 걷고 있자니 문득 행복이라는 단어가 떠올랐다.

"세상에, 벌써 네가 이렇게나 많이 컸구나."

어머니는 내 머릿속을 훤히 다 들여다본 듯 말했다. 나는 대답하지 않았다. 우리는 그저 앞에 걸어가는 카트리네만 바라보면서 계속 걸었다. 그러고 보니 카트리네의 몸매는 어머니를 많이 닮은 것 같았다.

나는 "다 큰 처녀가 우리 앞에 걸어가네요, 어머니"라고 말해버렸다. 그러고는 거의 동시에 얼굴이 달아오르는 것을 느꼈다. 말하지 말아야 할 것을 말해버린 느낌이었다. 하지만 어머니는 그저 웃기만 했다.

"너 같은 애송이가 뭘 안다고……"

나는 어깨를 가볍게 으쓱하는 것으로 대답을 대신했다. 내 얼굴은 점점 더 화끈거렸다. 어머니가 이것저것 간섭하고 나를 따라다닌다면 어른이 되기는 틀렸다는 생각이 머릿속을 스쳤다.

"저도 알 건 다 안다고요." 나는 차분하고 유순하게 어머니의 농담에 맞장구를 쳤다.

"네가? 믿을 수 없는걸."

말을 마친 어머니가 내 손을 꽉 잡았다. 나도 어머니의 손을 잡은 손에 더 힘을 주었다. 잠시 후, 우리 둘은 함께 웃음을 터뜨렸다.

잔디 위에서의 점심식사는 조용한 분위기에서 이루어졌다. 걸어오는 동안 이미 피곤함을 느낀 터라 분위기가 시끌벅적할 리 없었다. 무성한 덤불과 자작나무, 키 큰 가문비나무 들 사이에서 피크닉을 즐기는 것은 우리뿐이었다. 다른 가족들은 피크닉 장소로 보그스타나 외스테른 호수를 찾지만 우리 가족은 여기가 전용공간이라도 되는 것처럼 타테르베르게를 자주 찾았다. 시내의 소음이 전혀 들리지 않는 아주 평화롭고 조용한 곳이었다. 그 대신 바람이 속삭이는 소리, 강물이 이야기하는 소리를 들을 수 있었다. 이곳에서만큼은 대낮에 포도주병을 비운다 해도 아무도 뭐라 하지 않았다. 그날은 여느 때보다 강의 물살이 훨씬 거셌다. 사실, 그날만큼 센 물살을 본 적이 없었다. 나는 오늘따라 물살이 무척 거센 것 같다고 어머니에게 지나가듯 말했다. 어머니는 고개를 끄덕였지만 강을 쳐다보지는 않았다. 만약 다른 사람이었다면 틀림없이 강 쪽으로 눈길을 돌렸으리라. 어머니는 크고 검은 눈동자로 나를 지긋이 바라보았다. 술을 마실 때면 어머니는 항상 당신의 눈동자로 내 눈 깊숙한 곳을 찬찬히 들여다보았다. 그 눈길은 그리 유쾌하지 않았다. 어머니의 눈빛에는 어떤 생각이 어려 있었다. 어머니는 나 자신이 볼 수 없는 내 안의 깊숙한 곳을 꿰뚫어보는 듯했다. 전동차 한 대가 다리 아래쪽을 거쳐 시내로 향하고 있었다. 어머니는 항상 시내에서 살고 싶어했고, 나 역시 마찬가지였다. 동쪽 외곽 지역의 가장 음침한 회색 건물의 구석진 데라도 좋으니 시내에서 살았으면 하는 바람을 나는 항상 가지고 있었다. 그러면 오페라극장은 물론이고, 영화관과 대학 강당같이 내게 특별한 의미가 있는 장소들도 걸어서 갈 수 있을 것이다. 우리가 지금 살고 있는 곳은 전적으로 아버지와 카트리네의 의견에 따라 결정한 곳이었다. 그런데도 아버지와 카트리네는 언제 서로 마음이 맞았느냐는 듯이 말다툼할 때만 제외하고 아무런 대화도 하지 않았다.

카트리네는 넓적하고 커다란 바위 위에 길게 누워 존 스타인벡의 『분노의 포도』를 읽기 시작했다. 그녀는 언제나 명작 소설만 읽었다. 책을 다 읽고 나서도 한 번도 내게 이야기를 해주는 법이 없었다. "그 책 어때? 좋은 책이야?"라고 물으면, "좋은 책? 좋다는 게 무슨 뜻인데?"라고 깔보듯 되물었다. "브람스가 좋아? 네 피아노는 어떤데? 네 피아노도 좋아?" 카트리네가 이렇게 빈정대기 시작하면, 나는 더이상 그녀와 대화를 할 마음이 생기지 않아 그만 입을 다물고 말았다. 우리는 항상 그랬다.

아버지는 어머니에게서 좀 떨어진 곳에 자리를 잡고 앉아 〈아프텐포스텐〉* 지를 읽고 있었다. 부동산 정보가 담긴 기사였을까? 어쨌든 아버지는 뭔가를 열심히 읽는 척했다. 짐작건대, 그때 아버지는 어머니와 이야기를 하고 싶어했던 것 같다. 하지만 어머니는 말없이 나만 뚫어지게 바라보았다. 나는 그런 어머니의 눈길을 피해 세찬 물살이 소란스러운 강 쪽만 바라보고 있었다.

"곧 있을 피아노 대회에 나갈 생각이니?" 마침내 어머니가 입

---

* 노르웨이의 주요 일간지.

을 열고 내게 물었다.

"그럼요." 나는 어머니가 이 대답을 듣고 싶어한다는 것을 잘 알고 있었다.

"무슨 곡을 연주할 거니?"

나는 잠시 주저했다. 어머니는 커다란 눈동자로 나를 가만히 바라보기만 했다. 나는 하늘을 올려다보았다. 작은 구름들이 노르마르카*를 향해 촘촘히 떼 지어 움직이고 있었다. 갑자기 집채만 한 매 한 마리가 내 시야에 들어왔다. 매는 날개를 활짝 편 채 정지한 듯이 보였다. 훗날 우리 가족 네 명이 모두 이 자리에 모인 적이 있다는 것을 증명할 임무라도 지닌 양, 매는 우리의 세세한 움직임 하나하나를 저 위에서 조용히 관찰하는 듯했다. 등골이 오싹해졌다. 하지만 어머니는 내가 움찔하는 것을 보지 못한 것 같았다.

"네가 원하는 곡을 연주하렴."

한참 후 겨우 생각난 듯 어머니가 말했다. 나는 갑자기 조심스러워졌다. 어머니는 피아노 연주에 있어서만큼은 항상 나름의 권유용 레퍼토리를 가지고 있었다. 그런데 갑자기 모든 결정이 내 손에 달린 듯해서 불안해진 것이었다.

"제가 원하는 곡이요?"

"응, 네가 원하는 곡. 내 아들이 원하는 곡."

나는 내가 무엇을 원하는지, 또 무슨 곡을 연주할지에 대해 생각해본 적이 없었다.

"생각 좀 해봐야겠어요, 어머니. 드뷔시도 괜찮을 것 같고, 프로

---

* 오슬로 북쪽의 전원 지역.

코피예프도 나쁘진 않을 것 같아요."

어머니는 마치 자기 자신에게 대답하듯 고개를 끄덕였다.

"드뷔시 곡이 좋을 것 같구나."

나는 빈 포도주병 두 개가 어머니 옆에 쓰러져 있는 것을 보았다. 그날은, 우리 중 어머니가 가장 많이 술을 마신 날이었다.

아버지는 우리의 대화를 귀 기울여 듣더니 천천히 고개를 뒤로 젖혀 하늘을 바라보았다. 나는 그때 아버지를 뚫어지게 바라보았기 때문에 지금도 그 모습을 생생히 기억한다. 아버지는 몹시 피곤해 보였다. 더이상 삶에서 어떤 즐거움도 기대할 수 없고 희망도 없다는 듯 무기력한 모습이었다. 아버지가 가엾어 보였다. 지난 세월 동안 어머니에게 느껴왔던 것보다 더 큰 안타까움을 아버지에게 느낀 것이다.

"전…… 두 분이 행복했으면 좋겠어요. 제 바람은 그것뿐이에요." 나는 한낮의 햇살 아래 아무도 건드리지 않고 있던 치즈와 삶은 달걀과 햄과 샐러드에 눈길을 던지며 말했다.

"우리에 대해서는 염려하지 마라." 어머니가 냉담하게 대답했다. "그래도 너밖에 없구나." 어머니의 목소리는 어느새 차분해져 있었다.

"카트리네와 저요……"

"물론이지."

어머니는 멀리 떨어진 바위에 비스듬히 누워 있는 카트리네에게로 시선을 돌렸다.

"너와 카트리네."

어머니는 마시다 만 세번째 포도주병을 향해 손을 뻗었다. "우린 항상 너희와 함께 있을 거야. 너희가 원하든, 원치 않든."

어머니는 한숨을 내쉬었다. 그러고는 포도주병을 그대로 입에 대고 순식간에 비워버렸다.

잠시 후 아버지와 어머니는 무슨 이야기인가를 나누었다. 그것은 내가 마지막으로 본 두 분이 대화하는 모습이었다. 지난 몇 년 동안 그때 두 분이 무슨 이야기를 나누었는지 기억해내려고 무척 애를 썼지만, 안타깝게도 아무것도 떠올릴 수가 없었다. 아버지 역시 그때 무슨 이야기를 나눴는지 기억나지 않는다고 했다. 몇 번이고 물어보았지만, 그때마다 아버지는 기억나지 않는다는 허무한 대답만 되풀이했다. 전동차는 오슬로와 리오르데 사이를 쉴 새 없이 방향을 바꿔가며 오가고 있었다. 조금 전에 보았던 매 한 마리가 계속 우리를 보고 있다는 느낌이 들어 하늘을 올려다보았지만, 매는 보이지 않았다. 아버지와 어머니는 계속 대화를 나누고 있었다. 내 신경을 곤두세우는 날카로운 단어들과 신랄한 말투로 서로를 비난하는 소리가 들리지 않았던 걸로 보아, 그리 심각한 분위기는 아닌 듯했다. 어쩌면 욕실 수리에 대해 이야기를 나누고 있었는지도 모르겠다. 돈에 쪼들려 언제나 뒷전으로 미루어온 일이었다. 어쩌면 서로의 다음 주 스케줄을 상의하고 있었는지도 모르겠다. 어머니가 야근을 하기 때문에 아버지가 저녁식사를 준비해야 한다든가 하는 계획들 말이다. 하지만 어느 순간 두 분의 대화에서 일상적인 단어들이 자취를 감추어버렸다. 일단 두 분의 대화에 숫자가 등장하게 되면, 그때부터 위험했다. 어머니가 갑자기 자리에서 벌떡 일어섰다. 바로 그 순간부터 일어난 모든 일을 나는 지금도 생생히 기억해낼 수 있다.

"더 참을 수가 없어. 수영이나 해야 할까봐."

아버지가 겁먹은 눈동자로 어머니를 바라보았다. "당신 미쳤소? 이렇게 물살이 거센데 수영을 하다니…… 그것도 얼음처럼 차가운 물에서 말이야. 날씨가 덥다고 강물까지 따뜻할 거라고 생각하지 말아요."

갑자기 바람 한줄기가 내 얼굴을 스쳐갔다. 모든 것이 잘못 돌아가고 있다는 생각을 지울 수가 없었다. 어머니가 입고 있던 치마를 벗어 던졌다. 바위 위에 어머니의 치마가 스르르 내려앉았다. 아버지는 평소 같았으면 어머니의 이런 모습에 미소를 지었겠지만, 그때만큼은 얼굴에서 경직된 표정을 거두지 못하고 있었다. 평상복 속에 하얀 물방울 무늬가 찍힌 파란색 수영복을 입은 어머니는 아버지의 만류에도 아랑곳하지 않고 정말로 수영을 하려는 것 같았다. 야외용 수영신발을 신지 않은 어머니는 울퉁불퉁한 자갈밭을 걷다가 몸의 중심을 잃고서 넘어졌다. 그러나 곧바로 몸을 일으키더니 뒤도 돌아보지 않고 강으로 걸어갔다. 나는 지금도 어머니의 그 맨발을 기억한다. 파란 핏줄이 도드라진 하얀 발…… 조금 전 넘어지는 바람에 찢긴 발에서 피가 흐르고 있었다.

아버지는 어머니의 뒤를 따라갔다. 하지만 어머니는 아버지에게서 될 수 있는 한 멀리 떨어지고 싶은 듯했다. 불쑥 치민 분노 때문이었으리라. 어머니는 이럴 때면 한마디 말에도 쉽게 상처를 받곤 했다.

"여보, 안 돼! 물살이 너무 세서 수영을 했다간 큰일 난단 말이오."

"제발 나 좀 가만히 내버려둬요. 그거 알아요? 당신은 혼자 생각할 시간이 필요해요. 절대적으로."

어머니의 목소리는 굉장히 높고 날카로웠다. 나는 여태껏 어머니의 그런 목소리를 들어본 적이 없었다. 어머니는 타테르베르게 바위를 향해 빠르게 헤엄쳐갔다. 아버지가 자유형으로 어머니의 뒤를 따라갔다. 팔뚝에 솟아오른 근육은 아버지가 얼마나 힘을 들여 어머니를 멈추게 하려는지 잘 보여주고 있었다. 카트리네는 존 스타인벡의 책을 덮은 채 아버지와 어머니의 뒤를 눈으로 좇았다. 우리에게 이런 상황은 전혀 낯선 것이 아니었다. 두 분의 말다툼이 끝나면, 어머니는 언제나 아버지를 피해 방에 들어가 문을 잠그고 큰 소리로 울음을 터뜨리거나, 겉옷을 걸치지도 않은 채 거리로 나가 담배를 입에 물곤 했다. 그런 어머니를 달래려고 쫓아가는 것은 항상 아버지의 몫이었다. 그런데도 그날 강가에서만큼은 무언가 확실히 꼬집어 말할 수는 없지만 이미 늦었다는 느낌을 지울 수가 없었다. 카트리네도 나와 같은 생각을 하는 것 같았다. 어머니는 타테르베르게라고 이름 붙여진 그 큰 바위의 가장자리에 뾰족하게 튀어나온 모서리를 겨우 붙잡고서 몸의 중심을 유지하고 있었다. 아버지는 계속 어머니의 이름을 부르며, 그녀를 향해 헤엄쳐갔다. 강의 수위는 어느 때보다 높았고, 거센 물살이 어머니의 얼굴을 마구 때리고 있었다. 어머니는 숨을 헐떡이며 아버지의 목소리를 듣고 있었다. 아버지는 농장을 사들이겠다는 생각 따윈 다시는 하지 않겠다고 어머니에게 절망적인 약속을 해댔다. 농장은 아버지의 꿈이며 희망이었지만, 어머니를 위해 포기하겠다고 외쳤다.

"내, 다시는 농장은 입에도 올리지 않을게. 용서해줘요. 여보 제발……"

하지만 어머니는 화가 머리끝까지 치밀어오른 것 같았다. 그때까지도 두 손으로 있는 힘을 다해 타테르베르게의 모서리를 붙잡고 있는 어머니의 모습은 내게 직감적인 위험을 느끼게 했다. 물살은 너무도 거셌다. 어머니는 이미 기력을 다한 것처럼 보였다.

"죽을 때까지 그 농장 이야기는 다시는 꺼내지 않을게."

"이미 늦었어요."

어머니가 맞받아쳤다. 동시에 한 줌 거친 숨을 몰아쉬더니 마침내 바위를 잡고 있던 손을 놓아버렸다. 평소 어머니는 영화의 주인공처럼 과장된 제스처를 취하는 데 매우 능숙했다. 일상적으로 종종 볼 수 있었던 어머니의 이런 태도에 우리가 익숙해져 있음은 물론이었다. 하지만 바로 그때 어머니가 잡고 있던 바위를 놓아버린 것까지 과장된 제스처로 볼 순 없었다. 아버지가 손을 뻗었지만 어머니를 붙잡기에는 역부족이었다. 어머니는 물살에 떠밀려 하류 쪽으로 떠내려가고 있었다. 우리는 강 아래 둑을 향해 빠른 속도로 떠내려가는 어머니를 보았다. 아버지는 운 좋게도 강의 얕은 부분을 찾아 강바닥에 두 발을 디디고 섰다. 그리고 어머니를 향해 달리기 시작했다. 나도 앉아 있던 자리에서 벌떡 일어나 하류 쪽으로 내달렸다. 하류에는 세 개의 다리가 있는데, 첫번째 다리 밑에 작은 나무들이 우거져 있었다. 만약 어머니가 거센 물살에 중심을 잃지만 않는다면, 작은 나뭇가지를 붙잡을 수도 있을 것이다. 아버지도 나와 같은 생각을 한 듯 어머니에게서 얼마 떨어지지 않은 곳에 있는 나무 한 그루를 쳐다보았다. 어머니가 그 나무의 작은 가지 하나라도 잡을 수만 있다면……

"나뭇가지를 잡아요. 나뭇가지를!"

어머니는 아버지 쪽으로 고개를 돌려, 아버지가 손가락으로 가리키는 것이 무엇인지 보려고 했다. 그러나 물살은 너무도 빨랐고 때는 이미 늦었다. 어머니도 이 사실을 깨달은 듯했다. 하지만 여전히 어머니는 있는 힘을 다해 늘어진 나뭇가지를 향해 몸을 돌려보려고 애썼다. 나는 어머니와 같은 방향으로 계속 달려갔다. 아버지 역시 자갈이 즐비한 물가에서 전력을 다해 달렸다. 아버지의 발아래에서 얕은 강물이 하얀 거품을 만들어내고 있었다. 어머니가 마침내 나뭇가지 하나를 잡았다. 이제 아버지와 내가 그녀의 손을 잡을 때까지 매달려 있기만 하면 될 것 같았다. 아버지는 전에도 이와 비슷한 경험을 한 적이 있었다. 그때는 위험에 빠진 사람이 어머니가 아니라 나였지만. 이게 아버지의 운명인 걸까…… 아버지는 언제나 자신이 처한 상황에서 헤어나지 못했다. 항상 그랬다. 작은 나뭇가지 하나에 온몸을 내맡긴 어머니는 백지장처럼 하얗게 질린 두 눈을 쟁반처럼 커다랗게 치켜뜬 채 힘없이 입을 벌리고 있었다.

"이제 안심해도 돼요. 조금만…… 조금만 더 기다려요. 내 사랑…… 조금만……"

마침내 아버지는 어머니의 팔꿈치를 잡았다. 하지만 그 순간 나뭇가지가 뚝 부러지고 말았다. 그 지점은 강에서 수심이 가장 깊은 곳이기도 했다. 때문에 강바닥의 세찬 저류를 대번에 느낄 수 있는 곳이었다. 아버지는 서 있던 자리에서 그만 털썩 무릎을 꿇은 채 멍하니 눈앞에서 사라져가는 어머니를 바라보았다. 어머니는 아래쪽에 있는 두번째 다리를 향해 떠내려가고 있었다. 나는 다시 일어서서 어머니 쪽으로 가려는 아버지의 옷자락을 있는 힘을 다해 잡아당겼다. 물살은 우리가 생각했던 것보다 훨씬 거셌다. 그 순간, 우리는 어머니를 잃어버렸다. 어머니는 불안과 걱정 어린 눈빛으로 나를 바라보고 있었다. 나는 어머니가 이미 삶의 의지를 포기했다는 것을 깨달았다. 우리가 더는 어떻게 해볼 도리가 없다는 것을 안 것이리라. 아버지는 여전히 헤엄을 쳐서라도 어머니 뒤를 따라가려고 몸부림쳤다. 하지만 나는 아버지를 잡고서 놓지 않았다. 열다섯 살 소년의 작은 체구일지라도 생사가 걸린 순간에는 무서운 힘을 발휘할 수 있다는 것을 나는 그때 알았다. 내가 왜 아버지를 잡고 놓지 않았는지 나 자신도 이해할 수 없었다. 본능이었을까. 아버지가 어머니를 따라 계속 하류 쪽으로 내려간다면 틀림없이 두 분을 한 번에 잃어버릴 것만 같았다. 카트리네는 어느새 내 뒤에 서서 내 머리카락을 잡아당기며 "아버지를 놓아줘. 지금 당장 놓아줘. 얼른!" 하고 고함을 질렀다. 아버지는 내 팔에 둘린 채로 숨을 헐떡거렸지만, 나는 끝내 아버지를 잡고 있던 손을 풀지 않았다. 그러고 나서 나는 아버지의 목에 팔을 감고 뭍으로 끌어냈다. 그리고 둘 다 자갈밭에 쓰러져버렸다. 카트리네는 계속 고함을 지르고 있었다. "빨리 뛰어가! 빨리 뛰어가란 말이야!"

하지만 무엇을 향해 뛰어가야 하지…… 물살은 여전히 거세기만 했다. 강물은 둑이 있는 하류에 모였다가 그 사이에 난 좁은 수로를 통해 다시 아래쪽으로 흘러가고 있었다. 나는 무작정 달리기 시작했다. 아버지와 카트리네도 함께 달렸다. 내가 조금 전 무슨 짓을 했는지 생각하자 갑자기 무릎이 심하게 떨렸다. 우리는 마지막 다리인 세번째 다리에 도착했다. 강기슭에서 나는 마침내 어머니를 찾아낼 수 있었다. 어머니의 머리는 강물에 떠 있는 하나의 점으로밖에 보이지 않았다. 주변은 고요하고 평화롭기만 했다. 하지만 그 속에서 일어나고 있는 일은 조용하지도 평화롭지도 않았다. 폭포는 살아 있는 모든 것을 그러모아 아래로 떨어뜨리고 있었다. 수많은 올챙이들과 작은 물고기, 그리고 어머니를……

어머니의 모습은 너무도 작아 마치 머리핀의 장식처럼 보였다. 폭포까지는 이제 오십여 미터밖에 남지 않았다. 나는 이미니가 우리를 보고 있다는 것을 알고 있었다. 아버지는 강가 습지의 골풀 사이에 주저앉아 소리 내어 울기 시작했다. 카트리네는 계속 "사람 살려요! 도와주세요!"라고 소리를 지르면서 도로변으로 뛰어갔다.

뭘 어떻게 해야 할지 아무 생각도 나지 않았다. 비참하고 고통스러웠다. 내 머릿속에는 브람스의 관현악곡 선율이 맴돌았다. 거기에는 강물 소리와 바람 소리도 섞여 있었다. 순간, 우리 머리 위로 지나가던 전동차가 이 모든 소리를 덮어버렸다. 나는 천천히 팔을 들어올렸다. 그리고 어머니를 향해서 손을 흔들었다. 그 순간에도 그 일이 눈앞에서 벌어진 일이라고는 여겨지지 않았다. 하지만 아주 먼 훗날에도, 바로 어제 일어났던 일처럼 생생하게 기억할 수는 있을 것 같았다. 어머니도 내게 손을 흔들어주었다. 내가 마지막으로 본, 살아 있는 어머니의 모습이었다. 폭포 아래로 떨어져서 뾰족한 돌덩이에 머리가 부서져 숨을 거둔 후 시체 보관소에 안치되기 전에 내가 기억할 수 있는 어머니의 마지막 모습이었다. 죽음을 눈앞에 두고 어머니는 당신의 하나뿐인 아들이었고, 앞으로도 계속 하나일 수밖에 없는 아들, 나 악셀 빈딩에게 손을 흔들어주었다.

늘 그러했듯, 내 삶에는 어머니와 나밖에 존재하지 않았다. 여러 해가 지난 지금, 이 글을 쓰고 있는 바로 이 순간에도 나는 그때의 어머니를 생생히 기억하고 있다. 여전히 내 가슴에는 다리 밑 골풀 사이에 서 있는 내게 손을 흔드는 어머니가 살아 있다. 그리고 앞으로도 영원히 내 가슴속에 살아 있을 것이다.

덤불

그날 이후, 나는 강에 이상한 매력을 느꼈다. 강이 좋아서가 아니라, 어떤 의무감 때문에라도 매일같이 강가에 나가야 할 것 같았던 것이다. 하루가 멀다 하고 나는 강 하류의 폭포수 아래에 있는 깊은 숲 속을 찾았다. 그러고는 덤불과 이끼가 끼어 미끌미끌해진 돌을 벗 삼아 나무들 사이를 걸었다. 그곳은 사고 이틀 후에 어머니의 시신이 발견된 웅덩이가 있는 곳이기도 했다. 경찰은 거센 물살 때문에 어머니의 시신이 더 아래쪽으로 떠내려갔을 거라 단정하고, 이틀 동안 한참 떨어진 곳만 찾아 헤맸다. 하지만 어머니의 시신은 폭포수 바로 아래쪽 깊은 웅덩이에서 발견되었다. 폭포 아래 거센 소용돌이를 만들어내는 물살 때문에 어머니의 시신은 여기저기 훼손돼 있었다. 경찰은 어머니의 시신이 방치되어 있는 동안 새들이 쪼아 먹은 것 같다고 말했다. 그 말을 듣는 순간, 나는 사고가 일어난 지난 일요일에 줄곧 우리 머리 위를 맴돌던 매가 떠올랐다.

어두운 저녁, 조용한 그곳에 앉아 있는 나는 전혀 불행하지 않았다. 단지 허무할 뿐이었다. 나는 꼼짝 않고 그 자리에 몇 시간 동안 앉아 있었다. 어머니의 시신이 발견된 웅덩이는 커다란 가문비나무들로 둘러싸인 채 내가 앉아 있는 곳 맞은편에 자리하고 있었다. 내가 앉은 곳은 야생 덤불이 우거진 강가였다. 나는 혹시라도 강 저편 어머니의 시신이 발견된 곳으로 가는 길을 찾을 수 있지 않을까 싶어 한참 동안 눈으로 강줄기를 따라 내려갔다. 강에는 돌다리 같은 바위들이 몇 개 있었지만, 세찬 물살 때문에 감히 강 저편으로 건너갈 엄두를 내지 못했다. 그저 검은 오리나무들 사이에서 빗소리를 들으며 앉아 있는 것만으로도 충분히 만족스러웠다. 유난히 슬프게 느껴지는 이 비는 벌써 며칠째 그치지 않고 있었다. 가을이 오려는 신호였다. 카트리네와 나는 대화가 끊긴 지 오래였다. 우리는 매일같이 아버지를 위로하기에 바빴지만, 그러면서도 서로를 걱정하진 않았다. 주말이면 카트리네가 아버지의 손을 잡고 오랫동안 산책을 했고, 평일에는 대부분 내가 아버지의 말벗이 되어주었다. 나는 기억을 더듬어 어머니가 자주 만들어주었던 간단한 요리로 저녁식사를 만들곤 했다. 카트리네는 늘 나보다 늦게 학교에서 돌아왔고, 아버지 역시 밤늦게 귀가했기 때문에 저녁식사 준비는 자연스레 내 몫이 되었다. 하지만 카트리네가 밖에 나가지 않고 집에서 아버지와 함께 텔레비전을 볼 때면 나는 대문을 열고 거리로 나가 하염없이 몇 시간이고 걸었다.

안나 스쿠그에게 관심을 갖기 시작한 것은 그해 가을 무렵이었다. 그녀는 아랫동네인 엘베파레에서 살고 있었다. 식사 후 설거지를 하지 않으려고 슬며시 집에서 빠져나와 산책을 나서면, 전동차역으로 향하는 그녀를 볼 수 있었다. 나는 그녀가 근처 사립학교에 다니는 것을 알고 있었다. 나와 그녀의 학교는 같은 방향에 있었다. 우리는 벌써 몇 년 전부터 등하굣길에서 자주 마주쳤기에 서로 가볍게 고개를 끄덕이며 눈인사를 주고받아왔다. 하지만 어느날 그녀가 빠른 걸음으로 나를 지나칠 때, 나는 처음으로 그녀를 가까이에서 보게 되었다. 그리고 눈을 뗄 수가 없었다. 그때는 11월이었고, 그녀는 오래 입어 해진 연두색 더플코트를 입고 있었다. 가로등 밑에서 우연히 마주칠 때마다 그녀는 내게 가벼운 목례를 건넸다. 그녀는 내 어머니에게 무슨 일이 일어났는지 알고 있는 것 같았다. 그녀가 말없이 나를 알은체했을 때 그녀의 연민 어린 눈빛과 조심스러운 미소에서 알아차릴 수 있었다. 우리 동네 사람들은 대부분 이웃의 사생활에 관심이 없었고, 굳이 알려고도 하지 않았다. 개개의 가족들은 서로 다른 뾰족지붕 밑에서 자신만의 세계를 가지고 있었다. 어쩌면 이런 무관심하고 개인주의적인 동네 분위기 때문에 내가 더더욱 그녀에게 관심을 갖게 되었는지도 모르겠다. 그녀가 내 가족에게 일어난 일에 대해 알고 있으며, 나와 마주칠 때마다 속 깊은 눈빛으로 나를 알은체한다는 바로 그 사실 때문에.

그녀는 항상 분주하고 바빠 보였다. 방과 후에 핸드볼팀에서 훈련을 받거나 아니면 발레 교습을 받을 것 같았다. 여리고 호리호리한 예쁜 소녀가 여가 시간에 할 수 있는 다른 일이 또 뭐가 있을까…… 그녀의 머리카락은 그리 길지 않았고 부드러워 보였다. 참, 그러고 보니 그녀가 우산을 들고 걸어가는 모습을 본 적이 없었다. 비가 올 때면 그녀의 머리카락은 전동차역에 도착하기도 전에 벌써 헝클어져 있었다. 그런 그녀의 모습이 내 눈에는 평소보다 훨씬 더 아름다워 보였음은 물론이다.

언제부터인가 강가를 산책하거나 강기슭의 덤불 속에 앉아 있을 때면 나는 자연스레 그녀를 떠올렸다. 가끔은 환상 속에서 살아 있는 어머니를 만나기도 했다. 그때의 어머니는 늘 아무 말이 없었다. 등을 보인 채 조용히 서 있을 뿐이었다. 나는 어머니가 갑자기 몸을 돌려 나를 바라볼까봐 두려웠다. 그녀의 얼굴에 서린 모욕과 경멸을 보고 싶지 않았다. 환상 속에서 어머니는 자주 이렇게 말했다. "내 인생은 헛된 것이었지만, 네 인생만큼은 헛되게 만들지 마라. 내게 약속해주렴."

나는 하루도 빠짐없이 강가에 가서 나뭇가지들이 늘어져 있는 덤불 속에서 시간을 보냈다. 거기서 내가 하는 생각이라고는 손을 뻗쳐 잡을 수 없는 허상에 불과하거나, 이 세상에서 숨을 쉬고 있는 동안에는 달성할 수 없는 초월적인 것들뿐이었다. 피아노 대회는 이미 잊은 지 오래였다. 지금의 실력으로 상을 타기란 하늘의 별 따기나 다름없었다. 하지만 나는 마음을 고쳐먹었다. 나 자신에게 일 년의 시간을 준 다음 내년에는 실력 있는 피아니스트로 복귀하겠다고 다짐했다. 내년 겨울이면 모든 게 분명해지리라.

눈이 내리기 시작했다. 나는 스키를 타고 그리니오레네로 갔다. 차갑고 건조한 겨울날이었다. 저 멀리 지평선은 분홍빛으로 물들어 있었고, 하늘은 시리도록 푸르기만 했다. 나는 현실에서 손을 뻗으면 잡을 수 있는 구체적인 꿈을 꾸기 시작했고, 피아노 연습도 다시 시작했다. 열여섯 살이 된 지 며칠 되지 않았을 때였다. 안나 스쿠그도 될 수 있으면 생각하지 않으려고 노력했다.

한겨울의 창백함 속에서

크리스마스가 다가오고 있었다. 아버지는 여전히 어머니의 유품을 정리할 생각이 없어 보였고, 카트리네는 이 일에 질색을 하며 손도 대려고 하지 않았다. 어머니가 살아 있을 때도 항상 살얼음판을 걷는 것처럼 위태로웠던 모녀 사이였다. 어머니는 너무 어린 나이에 카트리네를 낳은 것 같다는 말을 종종 내비쳤다. 스물두 살에 첫 딸을 낳았으니 그럴 만도 했다.

어머니 오세 방은 모스* 출신이었다. 외항선의 악단에서 바이올린을 켰던 외할아버지, 외항선을 타지 않을 때는 무성영화의 배경음악을 연주하기도 했던 그의 뒤를 이어 어머니도 한때는 음악가가 되기를 꿈꾸었다. 하지만 무성영화가 사라지면서 연주자의 돈벌이가 줄자 그녀의 아버지는 딸의 음악 공부를 뒷바라지해줄 수

* 노르웨이 북쪽에 위치한 도시.

없었다. 그래서 어머니는 극장 무대에서 피아노 연주를 하던 외할머니를 따라다니며 음악을 배웠다. 어머니는 외할머니의 길고 가는 손가락들이 희고 검은 건반 위에서 움직이는 것을 보며 몇 시간이고 그렇게 앉아 있었다.

외할머니 아스타는 수년 동안 피아노 연주를 하면서 생계를 이어갔다. 그리고 외할아버지 라스무스 방은 오슬로와 뉴욕을 왕복하던 낡은 증기선에서 바이올린을 연주했다. 나중에는 이집트 출신의 호모 백만장자를 따라 알렉산드리아, 베이루트, 아테네, 두브로브니크 그리고 베니스를 오가는 외항선에서 능력 있는 관현악단 지휘자가 되어 새로운 삶을 개척하기도 했다. 어머니는 이런 오래된 이야기들을 내게 들려주곤 했다. 외할아버지는 머리에 기름을 발라 잘 빗어 넘기고 하얀 재킷을 입고 바이올린을 연주했던, 자부심에 가득 찬 사람이었다. 그는 프리츠 크라이슬러의 곡과 저속하고 감상적인 노래를 매일 저녁 그 배의 살롱에서 연주했다고 했다. 그때쯤 그는 육지의 바에서인가 배의 선실에서인가 미국인 과부를 만나 사귀게 되었다. 그리고 쿠바산 독주를 마시기 시작했다. 어머니는 내게 외할아버지의 이야기를 들려줄 때마다 이 이야기를 빠뜨리지 않았다.

"독주는 닫혀 있는 감성을 열어주기는 하지만 손가락을 얼어붙게 만들어. 연주가에게는 치명적이지."

어쨌든 그때부터 외할아버지는 갑자기 삼십 킬로그램이 넘게 살이 붙더니 음악과는 점점 더 멀어지게 되었다고 했다. 어머니는 외할아버지를 두둔하면서 그것이 외할아버지의 잘못만은 아니라고 말했다. 그래, 어쩌면 외할아버지 자신도 바에서 술잔을 앞에 두고 그 많은 시간을 보내면서 누가 자신의 삶을 그렇게 비참하게 만들었는지 버릇처럼 생각했을지도 모르겠다.

"알코올은 창의력을 북돋워주기도 하지만 동시에 적개심을 낳기도 한단다."

그러면서 어머니는 우리가 알지 못했던 다른 이야기도 들려주었다. 그로부터 십 년 후 외할아버지는 다시 모스로 돌아왔고, 돌아오자마자 외할머니가 정신을 잃을 정도로 손찌검을 했다고 했다. 그 이유는 이러했다. 그녀가 어머니를 임신했을 때 남편에게 정말로 성실한 아버지가 되어줄 수 있느냐고 물은 적이 있었는데 그가 외항선에 몸을 싣게 된 건 바로 그 물음에 대답할 자신이 없어서였다. 일종의 도피였던 셈이다. 만약 그때 외항선을 타지 않고 모스에 그대로 남아 있었다면, 외할아버지는 아마도 전혀 다른 삶을 살았을 것이다. 많은 사람들로부터 존경받는 기품 있는 음악가로서 관현악단 바이올리니스트라는 직업을 가질 수도 있었을 것이고, 외스트폴 주의 교회에서 치러지는 장례식에서 반주를 맡을 수도 있었을 것이다. 적어도 어머니는 그렇게 믿고 있었다. 외할아버지가 모스로 돌아오자 이번에는 외할머니가 어디론가 떠나버렸다. 이 모든 이야기를 들려줄 때면 어머니는 이 부분에서 한참 동안 말을 멈추었다. 나는 이 순간의 정적을 어머니만이 만들어낼 수 있는, 꾸민 듯 잘 계획된 예술적인 휴지(休止)라고 생각했다. 그런 다음에는 항상 쓰라리고 고통스러운 이야기가 뒤를 이었기 때문이다.

외할머니는 아이들을 데리고 로데에 살고 있는 한 친구의 집으로 도망쳤고, 그로부터 이 주 후에 미싱에네 섬 근처에 정박된 십

사 피트짜리 작은 보트 옆에서 외할아버지의 시체가 발견되었다. 사인은 익사였다. 자살의 냄새가 풍기는…… 경찰은 일단 자살로 추정하면서도 당시 외국산 양주를 밀수하던 지역 갱단의 내분에 휘말렸을 가능성을 배제하지 않고 몇 달 동안 조사를 했지만 명확한 연관성을 밝혀내지 못했다. 외할머니는 다시 모스로 돌아와 공원 극장에서 초콜릿을 팔며 생계를 이어갔다. 그곳에서는 이미 오래전부터 유성영화가 상영되고 있었다.

어머니는 그후 어떤 일이 있었는지 자세한 언급은 피했지만, 삶에 절망한 나머지 더이상 모스에서 생활할 수 없다고 생각하고 오슬로로 떠났다고 했다. 그리고 모스에 홀로 남은 외할머니는 당시 국립극장에서 가수 겸 배우로 일하고 있던 한 남자를 알게 되었다. 그는 바리톤 가수 같은 굵직한 자신의 목소리를 자랑스러워하는 건장한 몸집의 사나이였다. 그는 지루하고 심각한 입센 드라마의 조연보다는 가벼운 오페레타의 호색가 역할을 선호하는 사람이었다. 그는 덴 노르스크 오페라단에서 성악가로 일을 시작했는데, 이 오페라단은 곧 국립극장에 소속돼 그 활동 범위를 조직적으로 넓혀갔다. 그때가 1950년대 말이었다. 발데마르 슈바흐트, 어머니는 그를 땀에 전 괴물이라고 표현했다. 당시 일간지 〈다그블라데〉의 악명 높은 비평가 파울리네 할은 슈바흐트의 목소리를 이른 봄, 발정기에 있는 염소 울음소리 같다고 표현했다. 하지만 아버지는 당시 전시 상황이던 노르웨이에서 그의 공연이 상당히 유명했던 것으로 기억한다고 했다. 아마도 그 무렵에 아버지와 어머니가 만났을 것이다. 슈바흐트는 젊고 아름다웠던 어머니에게 자신이 일하고 있던 오페라단 극장의 바에 일자리를 구해주었다. 어머니의 일은 공연을 관람하러 온 관객들에게 인터미션 동안에 뜨듯한 샴페인과 질이 나쁜 백포도주를 파는 것이었다. 나는 슈바흐트가 어머니에게 이런 일을 맡긴 게 순수한 호의에서 비롯된 것인지, 아니면 젊은 여자를 향한 선정적인 제스처인지 가늠할 수 없었다. 후자의 경우라면, 비난할 만한 일이 아닌가 하고 나는 자주 생각했다. 어머니는 그런 내 생각에 대해선 아무런 언급도 하지 않았다.

어머니와 아버지는 오페라극장에서 처음 만났다. 아버지는 헤드마르크 출신의 이상주의자였고 오페라 애호가이기도 했다. 그 무렵 아버지는 미외사* 주변의 농경지를 개발해서 하마르를 노르웨이의 시카고로 만들겠다는 꿈을 가지고 있었다. 아버지가 꿈꾼 마천루와 국제 비행장은 당시 사회를 휩쓸었던 여권신장운동의 결과로 잔뜩 주눅 든 가장들을 흥분시켰다. 비록 훗날 내가 그 아이디어에 대해 들었을 때는 절로 혀를 내두를 수밖에 없었지만.

어느 날 저녁, 아버지는 문화생활이라는 게 뭔지 알려주겠다면서 회사 직원들을 오페라극장에 데려왔다. 그리고 공연의 인터미션 때마다 모스 출신의 젊은 아가씨에게서 샴페인을 병째로 구입했다. 아버지는 대범한 편이었다. 뭐든지 속전속결인 게 탈이긴 했지만. 어머니가 결혼도 하기 전에 임신을 한 것은 이런 아버지의 성격 때문이었다. 분만할 때 어머니는 죽을 만큼 지독한 진통을 경험했다고 한다. 어머니는 오페라에 빠져 지냈고, 누나에게 젖을 먹일 때면 라디오에서 들려오는 음악에 취해 있었다. 음악 말고 다른 것에 심취하기에는 경제적인 여건이 여의치 않았다며 어머니는

* 하마르와 릴레함메르 사이에 있는 노르웨이 최대의 호수.

미소를 지었다. 당시 아버지가 어머니에게 자신에 대해 떠벌리는 모습은 보지 않아도 쉽게 짐작할 수 있었다. 아버지는 어머니를 너무나 사랑한 나머지 뭐든지 해주고 싶어했다. 그때만 해도 아버지의 전성기였기 때문에 은행에서 계속 대출을 받을 수 있었던 모양이다. 비록 한때였지만, 사람들이 아버지의 '하마르 프로젝트'에 관심과 신뢰를 보이기도 했다. 하지만 1950년대 중반을 넘기면서도 하마르에는 아무런 변화가 일어나지 않았고, 결국 내 아버지 얄마르 빈딩에게 남은 거라고는 시세보다 웃돈을 얹어 매입한 농장 두 곳뿐이었다. 그 농장은 임대하려는 사람이 아무도 나타나지 않아 정기적인 수입도 기대할 수 없는 애물단지였다. 카트리네가 태어났을 때 어머니의 운명은 이미 결정된 거라 해도 틀린 말은 아닐 것이다. 그리고 이 년 후에 내가 태어났다.

어머니는 평생토록 카트리네에 대한 혐오감을 지니고 살았다. 아주 어릴 적부터 나는 늘 두 사람 사이에 흐르는 불안한 기류를 감지했다. 카트리네는 어머니에게 반감을 느끼고 있었고, 자주 분노를 드러냈다. 격한 흥분을 이기지 못해 졸도하기도 했다. 크리스마스이브나 부활절 저녁 또는 제헌절 축제가 있는 날이면 꼭 카트리네의 신경을 건드리는 일이 터지기 마련이었고, 그러면 그녀는 결국 의식을 잃고 거실 바닥에 쓰러졌다. 서로에게 거는 기대가 크면 클수록 이런 일이 더 자주 일어나는 것 같았다.

어머니에게서 사랑을 받지 못한 카트리네는 대신 아버지에게 매달렸다. 하지만 아버지는 딸에게 시간을 낼 수 없었다. 잠깐이긴 했지만 카트리네는 나와 우애를 나누려고 한 적도 있었다. 하지만 나는 감정을 자주 분출하는 그녀를 두려워하고 있었기 때문에 우리 사이는 가까워지지 못했다. 어쩌면 나와 어머니 사이에 카트리네가 끼어들 틈이 없었는지도 모르겠다. 뒤늦게 어머니도 카트리네에게 마음을 열려고 노력하긴 했다. 하지만 카트리네는 마음이 돌아선 지 오래였다. 어머니가 나를 각별히 아꼈던 것은 냉담하게 대했던 딸에 대한 무의식적인 사죄였을지도 모른다. 나는 어머니의 사랑을 받아들였다. 그녀의 아들로서 어떤 의심도 비판도 없이.

카트리네는 가족을 돌보는 일에는 조금도 관심이 없었다. 가족 중 누가 세상을 떠나면 그 또래의 다른 소녀들은 가정에 보탬이 되기 위해 무엇을 해야 할지 고민했을 것이다. 카트리네가 여느 소녀들처럼 행동했더라면 우리 가족의 상황은 지금과는 사뭇 달라져 있을 것이다. 그러나 카트리네는 내게 빈정대기 일쑤였다.

"너랑 어머니는 특별한 관계였잖아. 그러니 어머니 유품을 정리하는 일은 네 몫이지. 그렇지 않니?"

나는 어머니의 장롱을 정리하기 위해 학교 수업을 빼먹고 부모님의 침실로 들어갔다. 이제 그 방에서 여자의 냄새라고는 나지 않았다. 침대에서 나는 늙고 병든 홀아비 냄새가 코를 찌를 뿐이었다. 그것은 저주받은 침대였다. 그동안 두 분이 벌여온 수많은 말다툼이 바로 이 침대에서 시작되었으니까. 이제 침대는 땀과 불면의 냄새로 젖어 있었다. 아버지는 경제적인 상황에 대해서 거짓말로 일관하며 어머니를 구석으로 몰아넣고, 그녀의 것일 수도 있었던 삶의 다양한 선택권을 다 가져갔다.

나는 그날, 스스로 열망했던 삶에 단 한 번도 발을 디뎌본 적 없이 오로지 운 없고 고통스럽게 살아야 했던 한 여인의 유품을 정리했다. 오전 내내 서랍을 비우고, 장롱 깊숙한 곳을 여기저기 뒤졌다. 혹시 편지 한 장, 하다못해 작은 메모라도 하나 발견할까 싶어 구석구석 뒤졌지만, 빛바랜 사진 한 장 찾을 수 없었다. 옷과 신발, 그리고 장롱 아래 서랍을 꽉 채운 오래된 음반이 전부였다.

나는 어머니의 스커트를 손에 들고 한참을 앉아 있었다. 어머니의 살내가 남아 있긴 했지만 그것에서 어머니를 느낄 수는 없었다. 스커트는 이제 네 어머니는 여기에 없다고 말하고 싶어하는 것 같았다. 나는 어머니의 옷을 반듯하게 개어서 미리 준비해놓은 상자 안에 차곡차곡 넣었다. 상자는 구세군에 보낼 생각이었다. 어머니가 즐겨 입었던 옷을 떠올렸다. 연초록색 치마는 엘베파레에서 내가 처음으로 콘서트를 할 때 입은 것이었다. 그리고 붉은색 치마는 컨티넨탈 호텔에서 저녁식사를 하고 돌아와서 두 분이 심하게 다툰 날 입었고, 검은색 치마는 장례식이나 파티가 있을 때 입었다. 나는 어머니의 옷을 정리하면서 음악을 생각했다. 내 머릿속에는 오직 음악뿐이었다. 음악은 내 삶의 새로운 기회였으며, 어머니가 물려준 유일한 유산이기도 했다. 나는 내년에 있을 피아노 대회에서 꼭 드뷔시의 곡을 연주하리라 다짐했다. 그것은 어머니와의 약속이었다. 나는 이제부터 지금까지와는 다른 삶을 살아가리라고 결심했다. 앞으로의 내 삶이 하나의 방이라면, 이제 나는 그 방 벽에 걸려 있던 연인의 사진을 모두 떼어내고 못자국만 남은 빈 벽에 새로운 그림을 하나하나 걸어가며 살아갈 것이라고. 새로운 사진들과 금방 그려진 새로운 그림들로, 먼저 걸려 있던 낡고 멜랑콜리한 그림들을 바꿔나갈 것이라고. 어느 누구도 알아보지 못할 정도로 완전히 새로운 방을 만들 것이라고. 비록 그것이 어머니의 방에서 이루어지게 될지라도.

악기!

새해가 되면서 나는 더욱 자주 학교에 결석했다. 1월의 어느 날, 어둑한 아침이었다. 나는 침대에 누워서 주방에서 들리는 조심스러운 발소리, 냉장고 문을 여닫는 소리, 빵을 써는 소리를 들었다. 아버지와 카트리네는 언제부터인지 서로 이야기를 나누지 않았다. 그럼에도 그들은 서로를 잘 이해했다. 그럴 때면 둘 사이에는 내가 알아챌 수 없는 비밀스러운 암호가 존재하는 것 같았다. 나는 침대에 누워 창을 통해 구름 낀 하늘을 바라보았다. 흐린 날은 지독히도 싫었다. 불현듯 내가 기이한 현실의 변두리에서 살아가고 있다는 생각이 들었다.

학교에 가는 날이면 나는 등굣길에 안나 스쿠그를 볼 수 있을까 싶어 주위를 두리번거렸다. 그녀는 몇 명의 친구들과 자주 무리를 지어 걸었다. 그녀의 주위는 같은 또래 여자아이들로 항상 북적거렸다. 그녀가 다니는 사립학교는 홀멘콜렌*에서 조금 더 올라간

곳에 있었다. 우리는 같은 학교에 다니지 않았기 때문에 자연스럽게 그녀에게 접근해서 하굣길에 집까지 바래다주거나 이야기를 나눌 기회는 전혀 없었다. 사립학교는 특별한 아이들, 선택된 아이들이 다니는 학교였다. 내가 아는 거라곤 그녀의 이름이 안냐 스쿠그이고 엘베파레에 산다는 것뿐이었다. 하지만 등굣길에 가끔 그녀를 마주칠 수 있다는 사실만으로는 내 몹쓸 게으름을 이겨낼 수 없었다. 나는 침대에 누운 채 아버지와 카트리네가 대문을 나서는 소리를 들었다. 집 안에는 나 혼자밖에 없었다. 지겨웠던 고함소리를 이제는 들을 수 없었다. 정적으로 가득 찬 집 안에서는 창밖에서 눈 내리는 소리까지 들리는 듯했다. 그리고 나는 밤마다 무수히 많은 꿈을 꾸었다.

꿈의 가장 나쁜 점은 누구나 그것을 꾼다는 것이다. 나는 앞으로의 내 삶에 어떤 마술 같은 일이 있어났으면 하는 바람으로 꿈을 꾸었다. 나에게도 언젠가 기회가 찾아오리라는 그런 꿈을. 크고 적막한 집에 나 혼자 있을 때면 불안한 기분에 휩싸여 가만히 앉아 있을 수가 없었다. 집 안을 왔다 갔다 하다가 어머니가 수집해놓은 음반을 뒤적거려보았다. 하지만 음악을 들을 기분이 아니었다. 적어도 어머니가 가장 좋아했던 음악은 도저히 틀 수가 없었다. 그러나 아버지는 여전히 어머니가 좋아했던 음악을 저녁마다 들었다. 그럴 때마다 눈가에 비친 눈물을 아버지는 굳이 숨기려 하지도 않았다. 결국 이 집에서 내가 할 수 있는 일이라고는 피아노를 치는 것뿐이었다. 피아노 연습을 하다보면 연습 그 자체가 어떤 의미를

* 스키 점프대가 있는 오슬로 외곽의 언덕.

담고 있는 것 같은 기분이 들었다. 나는 음악 속에 나를 가두고, 세세한 기교에 나 자신을 묻었다. 화가 날 때는 격정을 담아 피아노 건반을 망치질하듯 두들기고, 울고 싶을 때는 쇼팽의 곡을 치면서 슬픔을 토해냈다. 아버지는 비싼 등록금 때문에라도 학교생활만큼은 성실하게 해야 한다고 말했지만 나에게 학교는 점점 무의미한 곳이 되어갔다. 아버지 세대에서는 대학 진학을 위한 졸업 시험을 치르는 일이 일반적인 것이 아니었다. 아버지는 종종 하마르에서 사업하던 시절을 회상하며 그의 부모의 무정한 선택을 수도 없이 반복해 들려주었다. 아버지에게는 세 명의 남자 형제와 한 명의 여동생이 있었는데, 그중 여동생은 단지 여자라는 이유만으로 부모의 선택에서 너무도 당연하게 제외되었다. 아버지의 여동생, 그러니까 나의 고모는 형제들 중에서 늘 맨 뒷전이었다. 당시 가정형편상 네 명의 아들 중에서 두 명만 가르칠 수 있는 상황이었는데, 아버지와 빌헬름 삼촌이 뽑혔다. 아버지와 빌헬름 삼촌은 상급학교에 진학하기 위해 졸업 시험을 보았고, 에드가와 아른트 삼촌은 할아버지가 운영하던 자동차 정비소에서 일을 했다. 그리고 고모 보르그힐은 동네 병원에서 청소부로 일했다. 당시 아버지의 앞에는 기회가 기다리고 있었다. 하지만 이제 와서 그게 무슨 소용이란 말인가. 현실감 없이 포부만 컸던 것, 공허한 망상에 젖어 실현 가능성 없는 프로젝트에 투자했던 것, 어머니를 불행하게 만든 것…… 어느 하나도 그때의 아버지가 바랐던 일은 아닐 것이다.

나는 날마다 피아노 앞에 앉아 복수심에 불타는 사람처럼 미친 듯이 건반을 두들겼다. 하지만 정작 무엇에 대해 복수해야 할지는 알지 못했다. 바흐의 프렐류드와 푸가를 몇 번이고 다시 연주하면서 생각이 자유롭게 내 머릿속을 떠다니도록 놓아두었다.

나는 카트리네를 떠올렸다. 카트리네는 마음속으로 어머니를 사랑했지만 어머니는 카트리네를 조금도 사랑하지 않았다. 사랑은커녕 좋아하지도 않았다. 어머니의 성격은 물론 어머니가 감추고 싶어했던 부분까지도 꼭 빼닮은 카트리네는 어쩌면 그래서 어머니의 사랑을 받지 못했는지도 모른다. 그리고 바로 그 때문에 카트리네는 그 강기슭에서 나보다 더 어머니를 구하려고 애썼는지도 모르겠다. 나는 폭포 쪽으로 떠내려가는 어머니를 그저 바라보고만 있지 않았던가.

나는 할머니가 물려주신 검은색 낡은 벡스타인 피아노 앞에 앉았다. 손가락의 강한 터치감은 물론 여리고 세세한 표현도 잡아낼 수 있도록 새로 조율을 하고 망가진 건반들을 고치느라 엄청난 비용을 들인 피아노였다. 나는 운명의 궤도에서 벗어나고 싶었다. 다가올 피아노 대회 준비에 집중하고 싶었고, 오직 바흐와 드뷔시만 생각하고 싶었다. 스스로 선택한 고통이자 아픔이었다.

아버지와 카트리네는 내가 무슨 생각을 하고 있는지 전혀 눈치채지 못했다. 나는 매일같이 혼자 집에 남아서 어린 시절을 보낸 방에 앉아 시간을 보냈다. 그리고 내가 이룰 수 있는 단 하나의 꿈이 바로 나 자신에게 달려 있다는 것을 알았다. 내 삶에 기회를 제공할 수 있는 사람은 바로 나라는 사실을 절실히 깨달은 것이었다. 그러자 내 삶이 슬픈 동화처럼 느껴졌다.

어머니와 아버지는 일을 마친 후 직장 동료를 집에 데려오곤 했다. 어머니는 연주자와 가수 그리고 무대 연출자 들을 집에 초대했고, 아버지는 목수와 미장이 그리고 투자가 들을 데려왔다. 주말이면 우리 집에는 이 두 무리의 사람들이 한꺼번에 몰려왔다. 술과 음악에 취해 서로 이야기를 나누고 어깨동무를 하는 등 분위기는 화기애애했다. 그럴 때면 세상 모든 일이 다 쉬워 보였다. 세상을 향해 대문을 활짝 열어놓은 우리 집에는 음악과 파티가 있었고, 그 중심에는 피아노가 있었다. 어머니가 데려온 가수들은 피아노 주위에 모여서 노래를 했고, 또다른 사람들은 술잔과 술병을 들고 즐거운 수다로 막간을 채웠다. 하지만 그것은 슬픈 동화였다. 왜냐하면 항상 다음 날에는 숙취로 인해 분위기는 가라앉았고, 그러면 그날은 어김없이 두 분의 싸움으로 끝을 맺곤 했기 때문이다. 웃음소리가 사라지면 검은색 벡스타인 피아노는 담뱃재와 포도주 자국으로 얼룩진 채 새로운 조율사를 기다려야 했다. 덮개가 내려진 피아노는 세상을 향해 대문을 닫아버린 우리 집이었다. 그랬다, 그것은 슬픈 동화의 한 부분이었다.

나는 내 피아노에 다시 생명을 주고 싶었다. 그리고 연주에 필요한 온갖 기교를 다 배우고 싶었다. 피아노가 나만의 음악에 순종하도록 만들고 싶었다. 음악이 있는 곳은 어디가 됐든 이 세상에서 가장 강하고 활기찬 생명이 있다. 이것은 어머니가 내게 준 교훈이기도 했다. 나는 강한 생명이 숨 쉬는 곳을 찾고 싶었다. 그리고 그곳을 나만의 장소로 만들고 싶었다. 이제는 더 잃어버릴 것이 없다고 중얼거리면서 나는 피아노 앞에 앉아 있었다.

밤의 대화

2월의 어느 금요일 저녁, 아버지와 나는 거실에 앉아 텔레비전으로 삼류 탐정물을 보고 있었다. 둘 다 피곤했기 때문에 잠깐 졸았던 것 같다. 우리 사이에는 침묵이 흐르고 있었다. 경제적 상황은 여전히 아버지의 목을 조르고 있었다. 퍼뜩 잠에서 깨어보니 이미 시간은 자정을 향하고 있었다. 현관에 카트리네의 신발이 가지런히 놓여 있었다. 그녀는 파티에서 돌아와 자기 방으로 올라가 잠든 것 같았다.

"우리를 깨울 수도 있었는데…… 벌써 자는 모양이지?"

아버지가 말했다. 아버지의 목소리는 금방 잠에서 깬 것을 감추려는 듯 조금은 억지스럽기까지 했다. 문득 아버지가 늙어 보였다. 더 많아진 듯한 흰머리와 탄력을 잃은 피부 그리고 구부정한 등은 아버지를 실제 나이보다 훨씬 늙어 보이게 했다. 요즘 들어 아버지는 거의 매일 포도주병을 손에서 놓지 않고 있었다. 우리는 가끔 브룬콜렌 언덕으로 함께 스키 산책을 나갔다. 나는 아버지와의 관계를 생각해보았다. 우리 사이에는 아무런 갈등도 없는 것 같았다. 물론 내가 어머니의 아들이고 카트리네가 아버지의 딸이라는 것은 명백했지만, 적어도 어머니와 카트리네처럼 서로에게 불같이 화를 내고 벽에다 주먹질을 하는 일은 없었다. 지금까지 아버지가 걸어온 길을 내가 따라갈 수도 있다는 생각도 들었다. 아버지나 나나 이상과 사랑을 좇으며, 어머니에 대한 애정 때문에 감당할 수 있는 것보다 항상 더 큰 세계에 발을 디디고 서 있기는 마찬가지였던 것이다. 언젠가 아버지는 날마다 어머니에게 커다란 장미 꽃다발을 보낸 적도 있었다. 그러나 어머니는 좋아하기는커녕 크게 화를 냈다. 어머니는 한사코 그것을 받지 않으려고 했다. 나중에 어머니는 아버지에게 이런 데 돈 쓸 궁리하지 말고 꼭 써야 할 곳에 쓰라고 애원했다. 하지만 아버지는 어머니의 애원을 저버리고 엉뚱한 곳에 계속 물 쓰듯 돈을 써버렸다. 언젠가는 춤추는 모습이 보고 싶다면서 코벤트 가든인가 메트로폴리탄인가 하는 곳으로 어머니를 데리고 간 적도 있었다. 아버지는 어머니가 세상을 떠난 지금에야 뒤늦게 정신을 차린 듯 보였다. 하지만 집 안에 틀어박혀서 거의 매일 포도주를 벗 삼아 질기고도 허망한 자신의 생을 곱씹는 일은 멈추지 않았다. 은행에서 대출금을 상환하라는 독촉장을 보내오면 아버지는 겉봉을 뜯어보지도 않은 채 주방 개수대 옆에 있는 빵 상자에 모조리 던져버렸다.

아버지는 나를 물끄러미 바라보았다. 문득 아버지와 얘기를 나눠봐야 할 것 같았다. 그동안 속으로 아버지를 멸시해왔다고 고백하고, 어머니가 죽은 후 내 생활은 전복된 것이나 다름없다고 털어놓고 싶었다. 덤불 속 컴컴한 그늘 속에서 몇 시간이고 앉아 강을 바라보았던 것도, 혼자 집에 남아 벡스타인 피아노와 시간을 보냈던 것도 모두 다 말하고 싶었다. 아버지는 내 생각을 읽기라도 한 듯 말했다.

"학교는 무슨 일이 있어도 끝까지 다녀야 한다. 이제 나한텐 너밖에 없다. 카트리네는 더이상 내가 어떻게 할 수가 없구나. 아침에 교장 선생님과 면담을 했어. 카트리네가 크리스마스 전부터 지금까지 한 번도 학교엘 가지 않은 모양이야."

"누나가요?" 나는 범죄 현장을 목격하기라도 한 듯 눈을 치켜떴다. "그러면, 그동안엔 어디서 시간을 보냈대요?"

"몰라…… 모르겠어. 감히 물어보지도 못하겠다."

아버지는 너무도 무기력한 표정으로 나를 바라보았다. 어머니와 말다툼을 막 끝냈거나 어머니에게 줄 선물을 찾을 수 없을 때, 혹은 포도주를 다 마셔버렸을 때 보이던 눈빛이었다.

"그럴 수가…… 도저히 믿을 수가 없어요." 변성기에 접어들어 갈라진 내 목소리가 거실에 울렸다.

"그렇지?" 아버지가 절망적으로 고개를 끄덕였다.

우리는 한동안 아무 말이 없었다. 아버지는 이 침묵을 견뎌내지 못하고, 어머니가 세상을 떠나기 직전에 구입했던 음반을 하나 꺼내 낡은 턴테이블에 얹었다. 놀랍게도 그 음반은 스트라빈스키의 〈봄의 제전〉이었다. 오늘 아침 일찍 해가 높이 솟았을 때 나는 봄이 성큼 다가온 듯한 느낌을 받았던 터였다. 왈츠의 선율처럼 거칠고 생기 가득한 햇살이었다.

"누나가 신학교에 입학할 수 있었던 것은 다 아버지 덕분인데,

어떻게 그렇게 제멋대로 학교를 빠졌는지 정말 이해할 수 없어요."

아버지는 어깨를 살짝 추켜올렸다. 아버지는 칭찬이나 추켜세우는 말에 익숙지 않았다.

"카트리네를 신학교에 보내려고 내가 할 수 있는 일은 다했어. 아는 사람을 통해 부탁도 해봤고 말이야. 일단 시작한 일을 끝내지 않고 앞날을 기대할 순 없는 법이지. 너 역시 가끔은 어두운 꿈도 꾸고 이리저리 흔들리는 생각 때문에 어려운 시기에 있는 것을 잘 알고 있다. 네가 요즘 얼마나 감정의 기복이 심하고 불안정한지도. 나도 마찬가지지만…… 그런 면에서 넌 나를 닮았지. 그래서 부탁하는데, 너만은 한번 시작한 일을 꼭 끝낼 수 있었으면 좋겠구나. 네 어머니도 어떤 일을 끝까지 해본 적이 없었단다. 그건 네 어머니의 운명이야. 내 운명이기도 하고…… 네 어머니는 자신의 감정에 스스로를 희생시켰던 사람이야. 그래서 항상 불행할 수밖에 없었지."

나는 어머니를 연민하는 아버지의 모습에 놀라면서도 그런 기색을 감추려고 아주 천천히 고개를 끄덕였다. 아버지에게 묻고 싶은 것이 많았다. 하지만 입을 떼기가 어려웠다. 무엇을 물어야 할지 생각이 나지 않았다. 아버지는 나를 친구처럼 대하는 듯했다. 그러고 보니 지난 몇 년 동안 아버지 곁에는 친구가 없었다. 나는 아버지의 친구가 되기에는 너무 어렸다. 그렇지만 아버지보다 더 강한 의지로 나 자신을 드러낸 적은 있다. 지난 8월의 어느 일요일, 어머니를 떠나보낸 것은 전적으로 나의 의지였다. 아버지가 그때 일을 가끔 생각해보는지 궁금해졌다.

"끝까지 공부해야 한다, 알았니? 이게 내 마지막 부탁이야." 아버지는 혼잣말을 하듯 중얼거렸다.

나는 음악을 듣는 척하며 대답을 피했다. 선율은 점점 더 거칠어지고, 우리 사이의 정적을 비웃듯 불협화음이 여기저기서 불쑥불쑥 튀어나왔다. 음반 표지를 보며 다시 어머니를 떠올렸다. 등골이 오싹할 만큼 아름답고 야성적이며 격렬한 이 음악 속에서 어머니는 도대체 무엇을 찾으려고 했던 것일까.

진실

나는 누나의 뒤를 밟기 시작했다. 그녀가, 아니 우리가 학교에 가지 않는 시간에 그녀가 어디서 무엇을 하는지 궁금했다. 나는 지금까지 카트리네가 모범생인 줄 알고 있었다. 신학교를 졸업하면 앞날은 보장된 것이나 다름없었다. 그 학교에는 성적이 우수한 학생들 중에서도 상위권 몇 명만 갈 수 있었고, 졸업생들은 사회의 주류를 형성하는 엘리트 집단으로 성장해가는 추세였다. 대법원의 법관이나 최고의 변호사, 실력 있는 의사 그리고 수많은 철학가와 정치가 들이 이 학교 출신이었다. 예술가들은 예외로 쳐야겠다. 그들은 학교의 이름과 상관없이 한적한 시골이나 도시 외곽의 낡은 아파트 단지, 공업 도시는 물론 심지어는 어촌에서도 배출되었다. 부와 명예를 가진 이름 있는 가문 출신은 여전히 드물었다. 대성한 화가나 음악가 그리고 작가 들은 대부분 중류층 출신이었다. 언젠가 어머니와 극장에서 푸치니의 오페라 〈라보엠〉을 관람한 적이 있다. 가난한 시인 루돌포 역을 맡은 한 테너가 부르는 노래를 듣다가 어머니는 귓속말로 "저 역은 저 사람에게 아주 잘 맞아. 왜냐하면 저 사람은 가난한 집 출신이거든. 돈 구경이라곤 못 해본 사람이지"라고 속삭였다. 어머니가 말하고 싶었던 것은, 쉽게 말해 성공을 하라는 것이었다. 돈이 없어도 얼마든지 예술가로 출세할 수 있다는 것을 말해주고 싶었던 것이다. 하긴 내가 살고 있는 멜룸 가에는 갑자기 출세를 하거나 벼락부자가 된 사람이 대부분이었다.

음악에 대한 어머니의 열정은 거의 절망적일 정도로 뜨거웠다. 심지어는 나조차도 때로는 침묵을 즐기는데, 어머니는 조용한 순간을 참지 못했다. 어머니의 생활 방식은 처음부터 끝까지 맹렬한 속도로 돌아가는 엔진 같았다. 어머니의 삶에는 언제나 음악과 술, 담배가 빠지지 않았다. 일을 하던 오페라극장에서 잠깐 휴식 시간만 생기면 검은 커튼 옆에 서서 무대 위에서 일어나고 있는 모든 움직임을 빨아들였다. 어머니가 살아 있을 때는 한 번도 생각해본 적이 없었지만 돌이켜보면 그녀는 늘 초조해했고, 때문에 친구들과 밖에서 자주 어울렸다. 간혹 온 가족이 스키를 타고 산책이라도 나갈 때면, 어머니는 언제나 우리보다 수백 미터를 앞서 가곤 했다. 그녀는 어렸을 때 그렇게도 배우고 싶었던 피아노를 제대로 배울 여건이 안 되자 학교에서 과외로 발레와 체조를 배웠고, 스키나 스케이트부에서 활동하기도 했다. 어머니의 이러한 극단적인 열성은 카트리네에게서도 볼 수 있었다. 그러나 그녀는 집 안을 가득 채웠던 음악에만큼은 전혀 관심을 보이지 않았다. 우리 집 거실이 음악으로 채워질 때면 카트리네는 자기 방에 들어가 방문을 잠근 채 그림을 그렸다. 가족 중 그 그림을 본 사람은 아무도 없었다. 간혹 무슨 그림을 그리나 싶어 내가 엿보기라도 하면 카트리네는 불같이 화를 냈다.

이제 나는 다시 카트리네의 삶을 엿보려고 하는 중이다. 나는 카트리네가 매일 첫 전동차를 타고, 버릇처럼 맨 앞 좌석에 앉는다는 것을 알고 있었다. 그래서 우리 집 앞의 뢰아 역보다 한 구간 전인 에크라 가에서 전동차를 타야 했다. 카트리네가 올라탈 전동차의 바로 다음 칸, 가장 뒷자리에 앉아서 그녀가 어디서 내리는지 살펴볼 생각이었다. 국립극장이 있는 시내 중심에서 내리지 않을까 싶었는데, 두고 보면 알 일이었다.

나는 더이상 학교 수업을 빼먹지 않았다. 아예 학교를 그만두었던 것이다. 아버지와 처음으로 진지한 대화를 나누었던 날로부터 며칠 지나지 않아 아버지 앞으로 편지 한 통이 도착했다. 내가 다니는 학교의 뢰스타 교장 선생님이 보낸 편지였다. 그는 일 년 내내 트위드 재킷만 입고 다녔으며 어머니처럼 지독한 골초였다. 그는 이탈리아 영화배우처럼 잘생긴 남자였고, 학생들에게 프랑스어와 노르웨이어와 역사를 가르치기도 했다. 그는 '만물박사'라는 별명으로 불리기를 좋아했다. 사실 그는 이 세상 모든 질문에 대답할 수 있을 정도로 박식했다. 그리고 어머니에게 연정을 품고 있기도 했다.

아버지 앞으로 보낸 편지를 몰래 뜯어 읽어보니, 작년에 어머니에게 일어났던 사고 때문에 내가 학교를 그만두게 될 정도로 큰 정신적 충격에 시달리고 있는 것 같아 걱정이 된다는 내용이었다. 사실 학교를 그만두겠다는 편지를 아버지 이름으로 보냈던 것은 바로 나였다. 하지만 아버지 앞으로 온 교장 선생님의 친필 편지를 받고 보니 더이상 거짓으로 꾸며대기 힘들 것 같았다. 편지에는 아버지와 면담을 하고 싶다는 내용도 쓰여 있었다. 면담일은 다음 주 목요일이었다. 나는 편지를 다 읽자마자, 아버지의 타자기로 답장을 썼다. 이번에도 물론 아버지의 이름으로 편지를 썼다.

제 아들, 악셀 빈딩은 유감스럽게도 더이상 고등학교 과정을 이수하지 않겠다고 결심했으며, 졸업 시험도 포기했습니다. 지난해에 저희 가족에게 일어났던 사고 이후 학교 관계자분과 여러 선생님들이 보여주신 깊은 애정은 악셀이 고통을 이겨내는 데 많은 도움이 되었습니다. 이에 대해 진심으로 감사를 드리는 바입니다. 악셀은 여러 면에서 매우 총명하고, 온화한 천성을 가진 아이입니다. 하지만 이제부터는 음악에 모든 노력을 기울일 계획입니다. 악셀은 음악적 재능이 대단한 아이니까요……

대충 이렇게 쓰고 나서 아주 정확하고 자신 있게 아버지의 사인을 흉내 내어 휘갈긴 다음에 끝을 맺었다.

아버지는 내가 무슨 짓을 했는지 전혀 알지 못했다. 다행스럽게도 이웃에 같은 학교를 다니는 아이들이 한 명도 없기 때문에 어쩌다 아버지 귀에 들어갈지도 모르는 소문에 대해서는 걱정하지 않아도 되었다. 겨울에서 봄으로 가는 동안 나는 조금씩 조금씩 사라질 작정이었다. 아무도 눈치채지 못하게 아주 조금씩 사라져서 마침내는 아무도 찾을 수 없도록 나만의 세계에 나 자신을 가둘 생각이었다. 어찌 생각하면 슬프기도 한 결정이었다. 이제 아무도 나를 그리워하지 않을 것이다. 단지 안냐 스쿠그를 그리워하는 나만 있을 뿐이다. 그녀가 애타게 그리워질 때마다 전동차역으로 향하는 그녀를 기다렸다가 우연을 가장한 만남을 만들어내면 될 일이었다. 갑자기 가슴이 두방망이질쳤다. 나는 세상을 떠난 은둔자가 되어버렸다.

3월의 어느 날, 누나의 뒤를 밟기 위해서 눈이 녹아 질척한 길을 따라 에크라 거리로 향했다. 나와 아버지는 카트리네를 걱정하지는 않았다. 누나에게는 자신만의 든든하고 확실한 세계가 있었다. 당당하고 자신감 있는 그녀는 우리가 모르는 어떤 일에 빠져 있었다. 무엇인가 그녀의 몸과 마음을 차지한 게 분명했다. 그녀가 혼자 말없이 있을 때도 커다란 눈동자로 무언가를 찾고 있었고, 또 가끔은 매서운 눈빛을 반짝이는 것을 보면서 확신할 수 있었다. 그녀는 우리가 자신의 삶에 비집고 들어오는 것을 철저히 거부했다. 그리고 우리는 적어도 외면적으로는 이런 그녀의 결정을 존중했다. 나는 이 미행 끝에 설사 어떤 사실을 알아낸다 해도 그 내용을 발설하지는 않으리라 다짐했다.

나는 오전 아홉시가 조금 넘어 역에 도착했다. 집을 나서는 카트리네에게 학교 잘 다녀오라고 배웅한 지 삼십 분 정도 지난 뒤였다. 그녀는 분명 내가 그 시간에 학교 책상에 앉아 프랑스어 단어를 머리가 터지도록 외우고 있을 거라 생각할 것이었다. 아버지는 새벽같이 시내에 있는 사무실로 나갔다. 아침이면 실낱같은 희망에 매달려 하루를 시작하고, 저녁이 되면 미몽에서 깨어나는 게 아버지의 삶이었다. 나는 언제나 의기소침하고 무기력하게만 보이는 아버지가 어디에서 생활을 지탱하는 힘을 얻는지 도저히 짐작할 수 없었다. 우울함과 슬픔이 아버지를 격려하는 자극인지도 몰랐다. 아버지는 무슨 일이 있어도 포기하지 않을 것이다. 적어도 내가 아는 아버지는 삶을 그리 쉽게 포기하는 사람이 아니었다. 아버지는 시내에 있는 한 빌딩을 오슬로 영화 촬영기사 협회에 팔아 보려는 계획을 진행하고 있었다.

카트리네는 뢰아 역에서 전동차를 탔고, 예상했던 대로 전동차의 맨 앞 칸으로 걸어갔다. 이번이 처음이자 마지막으로 카트리네의 사생활을 엿볼 수 있는 기회가 아닐까 하는 생각이 문득 머릿속을 스쳤다. 카트리네가 맨 앞좌석에 앉는 것을 좋아한다는 내 짐작이 들어맞았다. 전동차 사이에 있는 유리창으로 계속 카트리네의 등 뒤에 시선을 고정한 채 앉아 있었다. 짐작이 맞는다면 카트리네는 마요르스투엔이나 발퀴리에플라스 또는 국립극장 역에서 내릴 것이다. 하지만 전동차가 리오르데바넨과 콜소스바넨의 갈림길에 있는 작은 역 쇠르뷔하우겐에 가까워졌을 때 카트리네가 내릴 채비를 했다. 나는 직감적으로 그녀가 콜소스바넨으로 갈 것이라고 생각했다. 그러니까 그녀는 우선 쇠르뷔하우겐 역에서 내려 오 분쯤 기다렸다가 시내에서 오는 다른 전동차를 갈아타고 서쪽에 있는 콜소스바넨으로 갈 것이 틀림없었다.

쇠르뷔하우겐 역은 굉장히 작은 역이기 때문에 카트리네와 함께 전동차에서 내려 그녀를 미행하는 것은 불가능했다. 그래서 나는 전동차에서 내리지 않고 창문으로 카트리네를 지켜보기로 했다.

그녀를 보고 있으려니 사고가 일어났던 날 무심코 그녀를 보았던 순간이 문득 떠올랐다. 지난 몇 년 동안 나는 한 번도 카트리네에게 관심을 두지 않았다는 생각이 들었다. 카트리네는 항상 변함

없이 누나의 위치에 있었고 나는 그녀에 대해 잘 알고 있다고 생각했다. 하지만 불현듯 카트리네에 대해서 아무것도 모르고 있다는 걸 깨달았다. 그녀는 성인이었다. 적어도 내 눈에는 그렇게 보였다. 카트리네는 전동차를 갈아타기 위해 승강구 쪽으로 걸어가고 있었다. 치마 위에 긴 코트를 걸친 그녀는 누나라기보다는 성숙한 여인으로 보였다. 이제 곧 그녀마저도 잃어버릴 것만 같은 느낌에 나는 심장이 예리한 바늘에 찔린 듯 아팠다. 그런 건 생각하기조차 싫었다. 그녀마저 사라진다면 우리 가족에게 남는 것은 무엇이 있을까. 나는 전동차 유리창에 코를 납작하게 누른 채 카트리네를 주시했다. 쇠르뷔하우겐 역에 내린 그녀는 주변을 전혀 의식하지 않고 무언가를 골똘히 생각하고 있는 것 같았다. 생각에 잠겨 있는 카트리네의 눈빛은 낯설었다. 넋을 잃은 듯 초점 없는 그녀의 눈동자는 술에 취한 어머니의 눈동자를 연상시켰다. 하지만 카트리네는 술에 취해 있지 않았다. 그녀는 학업을 그만둔 지 얼마 되지 않은 열여덟 살 소녀일 뿐이었다. 두 달 앞으로 다가온 졸업 시험조차도 포기한 소녀가 바로 내 누나였다.

아버지는 카트리네와 이야기를 하지 않은 지 오래였다. 아니, 엄두를 못 냈다는 게 더 맞을 것이다. 나 역시 단 한 번도 그녀의 생활이 궁금했던 적이 없었다. 항상 불평불만으로 가득 차 있는 사람은 아무리 어리고 약해 보여도 자신만의 세계를 가지고 있는 법이다. 카트리네는 종종 화를 내긴 했지만 늘 불만에 가득 차 있는 사람은 아니었다. 그리고 어리지도, 약하지도 않았다. 카트리네의 몸과 마음을 지배하고 있는 것은 아버지도 나도 아니었고, 학교도 아니었으며, 어머니의 죽음도 아니었다. 내가 탄 전동차가 그녀의 앞을 스쳐 지나가고 있었다. 카트리네는 승강구에 서서 다음 전동차를 기다리며 하늘을 올려다보고 있었다. 안개와 먼지가 자욱한, 눈 녹은 길 위에 그녀가 서 있었다. 내 눈에는 어느새 눈물이 맺히기 시작했다. 내가 가지고 있는 특별한 재주를 말하라고 한다면, 그것은 일상의 어떤 상황에서든 슬픔과 고통만을 끄집어내어 나만의 것으로 만들 수 있다는 것이다. 어머니의 안타까운 생애, 아버지의 고통스러운 삶 그리고 카트리네의 삶…… 카트리네가 학교를 그만둔 것은 비극이었다. 물론 나도 학교를 자퇴했지만 나의 경우엔 더이상 잃을 것이 없어서였다. 덧붙이자면 나만의 계획이 있어서였다. 하지만 역에 서서 다음 전동차를 기다리고 있는 저 열여덟 살 소녀는 무슨 생각을 하고 있는 걸까. 그녀는 인상파 화가의 그림에 나오는 결핵에 걸린 어린 소녀를 연상시켰다. 얼굴에 핏기가 하나도 없어 너무도 창백하게 보였다. 도대체 어디로 가려고, 또 무엇 때문에 그녀는 이곳에 서 있는 것일까. 내가 보고 있다는 사실을 알기나 하는 것일까.

내가 탄 전동차는 다음 역인 스메스타 역을 향해 천천히 출발했다. 옆 차선에는 카트리네가 기다리고 있는 콜소스바넨행 전동차가 천천히 들어오고 있었다. 지금에야 역에 도착하는 것을 보니 예정 시각보다 조금 연착된 것이 틀림없다. 나는 전동차의 제일 마지막 칸에 타고 있으니 재빨리 움직이기만 한다면 저 전동차에 몸을 실을 수 있을 것 같았다. 전동차에서 뛰어내리다가 나이 많은 여인과 부딪쳤지만 예의를 차려 목례를 주고받을 시간이 없었다. 그 노부인을 밀치고 있는 힘을 다해 달렸다. 콜소스바넨행 전동차는 미끄러지듯 역으로 들어오고 있었다. 나는 마치 전동차와 달리기 시합이라도 하듯 달려 운전석 바로 앞에서 멈추었다. 운전기사는 요란하게 경적을 울리며 전동차를 급정거시켰다. 만약 전동차가 급정거하지 않았다면, 나란히 위치한 선로 위에서 각각 반대 방향에서 달려오던 두 전동차 사이에 끼어 목숨을 잃었을 것이다. 나는 전동차의 운전석을 향해 미친 듯이 손을 흔들었다. 운전기사는 전동차를 정지시킨 후 내가 올라탈 때까지 기다렸다. 문을 열고 전동차에 몸을 싣자 안도의 한숨이 절로 나왔다. 매표원은 놀란 눈으로 나를 쳐다보았다. 나는 전동차의 맨 앞 칸에 있었다. 이제 일이 분만 더 있으면 카트리네가 이 칸으로 들어올 것이라는 생각에 당황하기 시작했다. 그 칸은 거의 비어 있었다. 중간쯤에 나이 많은 남자와 이상한 옷차림의 여자가 앉아 있을 뿐이었다. 나는 카트리네의 눈을 피해 숨을 장소를 찾기 시작했다. 하지만 먼저 차비를 지불해야 했다. 그런데 바지 뒷주머니에서 지갑을 꺼내다가 그만 바닥에 떨어뜨리고 말았다. 시간이 없었다. 매표원이 "어디까지 가시죠?"라고 물었다. 나는 경황이 없어 "저도 잘 모르겠어요"라고 대답해버렸다. 할 수 있는 대답 중에서 가장 멍청한 대답이었다. 더듬거리며 "아니, 종착역까지요"라고 다시 말했다. 그러고는 차비를 건네주면서 "빨리요!"라고 소리를 질렀다. "뭐가 그렇게 바빠요?" 매표원이 느긋하게 되물었다. "그럴 만한 일이 있어요." 나는 절망적인 목소리로 대답했다. 전동차가 쇠르뷔하우겐 역에 도착해서야 겨우 매표원과의 대화를 마칠 수 있었다. 그리고 그 칸의 제일 끝 좌석을 향해 달려갔다. 사람들의 이목을 대번에 집중시킬 수도 있는 위험하기 그지없는 행동이었으나, 느긋이 움직일 겨를이 없었다. 그때 카트리네가 전동차의 뒷문으로 올라탔다. 나는 카트리네의 눈에 띄지 않기 위해 바로 내 앞에 있던 2인용 좌석에 납작하게 몸을 뻗었다. 순간 매표원의 목소리가 들렸다.

"전동차에서는 잠을 자면 안 됩니다. 그렇게 좌석에 누워 있으면 다른 사람이 앉을 자리가 없잖아요."

쳇, 전동차에서 자는 게 언제부터 불법이었으며, 날마다 전동차 안에서 코를 골지 않는 사람이 도대체 몇이나 된단 말인가. 나는 몸을 일으켜 목도리로 얼굴을 감쌌다. 카트리네는 벌써 바로 내 앞 좌석에 앉아 있었다. 그녀의 머리카락에서 풍기는 샴푸 냄새까지 맡을 수 있었다. 하지만 그녀는 뒤에서 무슨 일이 일어나는지 관심도 없었다. 그녀다운 태도였다. 그렇게 우리는 앞뒤로 나란히 앉아 있었다. 거의 비어 있는 전동차 안에서 마치 조용히 타고 있는 두 개의 촛불처럼……

그녀는 코를 간질이는 애프터셰이브 로션 냄새가 바로 뒤에 앉아 있는 자신의 동생에게서 풍겨 나온다는 것을 전혀 모르고 있었다. 그녀가 재채기를 했다. 나는 쥐 죽은 듯 조용히 앉아 있었다. 그녀가 뒤를 돌아다볼 경우에 대비해서 좌석 아래로 몸을 숙일 만반의 준비를 한 채. 전동차는 몬테벨로, 울레르노센, 오스오르데, 비에른슬레타, 뤼사케렐벤, 요르, 치에른스루, 링스타벡 역을 거쳐 엥네 옘 역에 도착했다. 다음 역은 벡세스투아 역이었다. 그녀가 자리에서 일어났다. 나는 숨소리를 죽였다. 벡세스투아 역이 있는 베룸은 아주 넓은 곳이지만 전동차 안에는 승객이 나를 포함해 네 명밖에 없었기 때문에 카트리네의 눈에 띄지 않게 같이 내리기는 어려울 것 같았다. 그런데 순간 기적 같은 일이 일어났다. 저 앞쪽에 앉아 있던 나머지 두 명의 승객도 자리에서 일어나고 있었던 것이다. 그들도 이 역에서 내리려는 듯했다. 하지만 나는 계속 자리에 앉아 있었다. 카트리네가 승강구 쪽으로 걸어갈 때까지 기다릴 작정이었다. 음악에서 얻은 교훈을 떠올렸다. 쉼표의 역할은 영원한 멈춤이 아니라 잠깐의 휴지라는 것을. 전동차의 문이 닫히기 직전이었다. 하지만 나는 나만의 템포를 선택했다. 그리고 문이 거의 닫히려 할 때 재빨리 전동차에서 내렸다. 나는 카트리네를 향해 등을 돌린 채 몇 초 동안 가만히 서 있다가 카트리네가 갈림길에 이르렀을 때에야 걷기 시작했다. 하나밖에 없는 누나의 뒤를 미행하고 있다는 생각에 머릿속이 복잡해졌지만, 그녀가 무슨 일을 하는지 반드시 알아내야 했다. 학교까지 그만두고 선택한 일이 무엇인지, 왜 아버지나 나에게 아무 말도 하지 않았는지 알고 싶었다.

카트리네는 갈림길에서 방향을 바꿔 엥네 옘 역 쪽으로 걸어갔다. 나는 더이상 초조하지 않았다. 그녀는 혼자만의 세계에 자신을 가둔 채 주변에는 아랑곳하지 않고 걷고 있다. 덕분에 차분히 생각을 정리하며 뒤따라갈 수 있었다. 베룸의 외곽인 이곳은 빌라가 즐비한 조용하고 다소 지루한 주택가일 뿐이고, 열여덟 살 소녀가 할 수 있는 일이라고는 아무것도 없었다. 언덕 위에 쌓인 눈이 녹고 있었다. 발밑에는 눈에 젖은 검은색 아스팔트가 있고, 허공에는 안개가 자오록했다. 거리에는 노인들 몇이 개를 데리고 산책을 하고 있었다. 한 무리의 어린아이가 고무재질로 된 비옷을 입고 막 녹기 시작한 눈을 발로 툭툭 차면서 걷고 있었다. 이 모든 장면이 내 안의 오래된 슬픔과 엉키기 시작했다. 백 미터 정도 떨어진 채 나는 계속 카트리네의 뒤를 밟았다. 카트리네가 나를 미워하는 건 아닐까 하고 생각한 적이 있었다. 그녀가 받아야 할 관심까지 다 빼어간 나를 미워할 이유는 충분했다. 갑자기 어릴 때 들었던 동요가 떠올랐다.

'내 동생만 할 수 있어요. 오직 내 동생만 할 수 있는 일이에요. 아무도 할 수 없는 일이죠.'

나는 아주 어렸을 때부터 부모님의 사랑을 독차지했고, 그래서 카트리네는 자신이 언제나 뒷전일 수밖에 없다는 것을 깨닫고 있었다. 크고 작은 일상의 여러 모습들 속에서 두 분의 편애는 꽤 노골적이었다. 나는 크리스마스에는 카트리네보다 더 많은 선물을 받았고, 식사 때는 내 접시에 놓인 고깃점들이 언제나 카트리네의 것보다 더 컸다. 카트리네와 나의 다른 점이라면, 나는 어머니가 좋아했던 음악들을 함께 좋아했고 카트리네는 음악에 관심이 없었다는 것이다. 카트리네의 뒤를 밟으면서 나는 우리가 자라왔던 지난날을 회상했다. 우리가 함께 나누었던 것들, 또 우리가 함께 나눌 수 없었던 것들에 대해.

아주 가끔이긴 했지만 우리도 다른 남매들처럼 즐거운 시간을 보낸 적이 있었다. 소파 위에서 장난으로 서로에게 가벼운 주먹질을 하기도 했고…… 생각해보니 카트리네와 스케이트장에 간 적도 있었다. 그럴 때면 카트리네는 내게 의미심장한 눈빛과 미소를 보냈다. 나는 그것을 카트리네가 내 존재를 인정한 것으로 이해했다. 여리고 가는 다리, 부드러운 등의 곡선, 살짝 헝클어진 머리, 주변에 모인 사람들이 극찬의 박수를 아끼지 않았던 카트리네의 피루에트*…… 물론 그중에서도 내 박수 소리가 가장 컸다. 카트리네가 자랑스러웠다. 하지만 어머니와 아버지는 그 자리에 없었다. 부모님은 카트리네의 탁월한 재능과 그녀만의 고귀함을 알지 못했다.

어느덧 카트리네는 비예르세룬 거리를 지나고 있었다. 갑자기 그녀는 무대에서 여배우가 한쪽 발을 뒤로 빼고 무릎을 굽히며 인사하는 듯한 자세를 취했다가 깡충 뛰었다. 나는 내 눈을 의심했다. 그녀는 모퉁이에 있는 집의 대문 앞에서 멈추었다. 담벼락에 노란 페인트칠이 된 격자무늬 창이 있는 가정집이었다. 나는 그 집으로부터 오십여 미터 떨어진 곳에서 자동차 뒤에 몸을 숨겼다. 카트리네는 몸을 돌려 내 쪽을 바라보았다. 물론 그녀는 나를 보지 못했다. 문득 어렸을 때 카트리네와 즐겨 했던 숨바꼭질이 떠올랐다.

카트리네는 초인종을 눌렀다. 그녀는 대문이 열리기도 전에 그 집에 사는 사람처럼 너무도 자연스럽게 문을 열고 집 안으로 들어갔다. 무엇을 더 할 수 있을까. 누나는 이미 낯선 집 안으로 사라져 버렸는데…… 지금쯤이면 신학교의 교실에 앉아 있어야 할 누나가…… 학교에서 항상 수석을 놓치지 않던 누나가…… 내 눈을 믿을 수가 없었다.

낯선 노란 집 앞에서 한참을 서 있었다. 그 집 안에서 무슨 일이 일어나고 있을까? 저 안에서 누나를 기다리고 있는 사람은 대체 누구일까? 느닷없는 오싹함에 몸서리를 쳤다. 더이상 생각을 이어갈 수가 없었다. 갑자기 뱃멀미처럼 불쾌한 느낌이 배 속에서 스멀

---

* 스케이트나 발레에서 발끝으로 도는 기술.

거리기 시작했다. 나는 길바닥에 구토를 해버렸다. 그리고 천천히 전동차역으로 걸어갔다.

앞으로 카트리네를 어떻게 대해야 할지 아무런 생각도 나지 않았다. 한편으로는 기만당한 느낌도 들었다. 그 노란 집 바로 앞에서 갑자기 깡충 뛰었던 그녀의 낯선 행동을 떠올렸다. 그것은 즐거운 기대감 때문에 자신도 모르게 나온 몸짓 같았다. 아버지는 이 사실을 알고 있을까? 그 노란 집에 대해서? 아니, 아버지는 꿈에도 모를 것이다. 그리고 그가 알아선 안 되는 사실이기도 했다. 나는 무슨 일이 있어도 오늘 본 누나의 모습을 아버지에게 털어놓지 않겠다고 결심했다.

공허감

봄이 찾아왔다. 오전 내내 거실에서 바흐의 평균율 곡집 제1권 중 기술적으로 까다로운 〈푸가 올림다장조〉를 연습하고 있는데 갑자기 전화벨이 울렸다. 나는 너무나 의외의 일에 놀라서 의자에서 튕기듯 일어났다. 그 시간대에 우리 집에 전화를 걸 사람은 아무도 없었다. 해봤자 전화 받을 사람이 없다는 것을 모두 잘 알고 있기 때문이다. 그럼에도 누군가가 우리 집에 전화를 건 것이다. 피아노 의자에서 일어나 한참 동안 거실에 놓여 있는 검은색 전화기를 바라보았다. 전화벨 소리는 멈추지 않았다. 어쩌면 집집마다 전화를 걸어 물건을 팔려는 장사꾼일지도 모른다는 생각이 들었다. 미외사 강에 누가 원자폭탄을 설치해놓았으니 가까운 대피소로 피하라고 경찰서에서 건 전화일지도 모른다. 또는 그럴 리는 없겠지만 안냐 스쿠그일 수도 있었다……

"악셀! 역시 집에 있었구나." 아버지가 체념한 듯 웃으며 말했다.

"오늘 몸이 좋지 않아서요……" 나는 겨우 핑계를 댔다.

"둘러댈 필요 없다. 오늘 교장 선생님과 이야기를 했다."

갑자기 아버지는 말을 뚝 끊은 채 침묵을 지켰다. 누가 머리 가죽을 바늘로 콕콕 찌르는 것 같았다. 아버지가 두렵지는 않았다. 아버지도 내가 당신을 두려워하지 않는다는 것을 잘 알고 있었다. 때문에 아버지는 집에 전화할 수 있었던 것이다. 오히려 아버지가 나를 두려워한다는 느낌이 들었다. 아버지는 뭔가 중요한 일에 대해 어머니와 이야기를 할 때면 어머니의 눈을 똑바로 바라보지 못했다. 아버지는 나보다 카트리네를 더 두려워하는 것이 분명했지만 어찌 됐든 아버지가 지금 나를 두려워하고 있음을 나는 느낄 수 있었다.

"무슨 말이 듣고 싶으세요?"

목소리를 쥐어짜내 겨우 말을 하긴 했지만, 아버지가 무슨 얘기를 할지 다 알고 있었다.

"악셀, 네가 한 행동은 절대 용서받을 수 없는 행동이었다는 걸 너 스스로도 잘 알고 있을 게다. 그렇게 오랫동안 나한테 아무 말도 하지 않았다니…… 이젠 나한테 잘못했다고 하는 일만 남았구나."

"잘못했어요, 아버지."

"됐다. 그만하자꾸나. 악셀, 정말 네가 한 일이 잘한 일이라고 확신하니? 네 결정에 스스로 만족하느냔 말이다."

"저는 음악에 모든 것을 걸 수밖에 없었어요. 이해하시기 어렵겠지만, 아버지 저를 믿어주세요. 올 가을에 있을 피아노 대회에 벌써 지원서를 냈어요. 꼭 1등을 할 거예요. 아니, 1등을 할 가능성이 아주 커요."

"그래, 지난 몇 주 동안 집에서 피아노 연습을 했단 말이지? 나는 네가 학교 책상에 앉아서 프랑스어 단어를 외우고 있을 거라 생각했는데, 응?"

"죄송해요."

아버지가 다시 웃기 시작했다. 조금 전의 그 체념한 듯한 웃음과는 다르게 이해가 담긴 웃음소리였다. 나도 덩달아 웃기 시작했다. 그러다 우리는 둘 다 갑자기 웃음을 멈추었다. 아버지는 항상 그랬듯이 화를 낼 수 있는 사람이 아니었다.

"악셀, 넌 참 이해할 수 없는 아이야. 하지만 네 의견을 존중하마. 결정하는 데 큰 용기가 필요했겠구나. 그럼 이제부터 네 피아노 연주를 종종 들을 수도 있다는 얘긴데…… 날마다 굉장한 콘서트가 펼쳐지겠군. 기대가 되는구나."

우리는 그리 중요하지 않은 일상의 이런저런 이야기를 좀더 주고받았다. 놀랍게도 전화로는 정말 편하게 아버지와 이야기를 나눌 수 있었다. 처음부터 이 방법을 알았더라면 좋았을 거라는 생각이 들었다.

아버지는 내게 카트리네의 근황에 대해 아무것도 묻지 않았다. 마찬가지로 카트리네에게 직접 묻지도 않았다. 이제 카트리네는 우리 사이의 이방인 같았다. 우리는 저녁식사를 함께 하면서 마틴 루서 킹과 로버트 케네디의 암살 사건에 대해 이야기를 나눴고, 요즘 개봉한 영화들 중 무엇이 볼 만한지, 또는 정원에 무슨 꽃을 심는 것이 좋을지 의견을 주고받았다. 하지만 카트리네의 목소리는 단조로웠고, 두 눈은 금방이라도 눈물을 흘릴 듯 늘 촉촉이 젖어 있었다. 이따금 그녀는 미친 듯이 화를 냈는데, 그 모습은 생전의 어머니를 떠올리게 했다. 그처럼 무섭게 화를 내는 사람은 어머니와 카트리네밖에 없었다. 그녀가 자신의 분을 이기지 못해 문을 쾅 닫고 나가버리면, 남아 있는 우리는 어쩔 수 없이 그 상황을 묵묵히 받아들일 수밖에 없었다.

여름이 왔다. 친구도, 여자 친구도 없이 홀로 보내는 여름이었다. 나는 그동안 타인을 향해 두꺼운 벽을 쌓아 나만의 성에 갇혀 지냈다. 그 안에는 오직 나와 피아노, 강가의 덤불 그리고 안냐 스쿠그만 있었다. 아버지와 나는 카트리네에게 내가 학교를 그만두었다는 사실을 말하지 않았다. 그래서 그녀는 내가 학교에 잘 다니는 줄로만 알고 있었다. 차라리 내 마음은 편했다. 카트리네가 이 사실을 안다면, 내가 그녀의 사생활을 차마 입 밖에 내기 꺼려하듯 카트리네도 나에 대해 엉뚱한 상상을 할 수 있을 것이다. 그녀는 여전히 날마다 그 집을 찾아가고 있을까? 그녀가 그 집에 가는 것은 우리가 모르는 어떤 남자와 살을 섞고 한 침대에 눕기 위해서가 분명했다. 그녀는 낯선 남자가 그녀의 몸에 저지르는 부도덕한 행위를 허락하면서 죄악에서 헤어나지 못하고 참담한 삶을 살고 있는지도 모른다. 갑자기 안냐 스쿠그가 떠올랐다. 이유를 알 수 없는 화가 치밀었다. 어쩌면 그녀도 빌라가 즐비한 주택가 어느 노란 집에 들어가 낯선 남자와 시간을 보낼지도 몰랐다. 그래, 어쩌면 총총걸음으로 내 앞을 빠르게 지나갈 때 그녀의 행선지는 이미 정해져 있었는지도 모른다. 비정상적인 생각의 편린들 때문인지 속이 메슥거렸다. 언젠가 극장에서 보았던 프랑스 영화가 떠올랐다.

한 여인의 욕정과 남녀의 갈망이 어떻게 전개되어 클라이맥스까지 가는지 보여주는 영화였다. 신경을 거스르는 불쾌한 흥분이 내 속에서 꿈틀댔다.

나는 덤불 속에 앉아 강을 바라보았다. 그곳에 가면 늘 고통스럽고 괴로운 생각이 떠올라 괴로웠다. 어쩌면 카트리네의 선택은 스스로에게만큼은 정당한 것인지도 몰랐다. 예전에 같은 반이었던 아이가 혈액암에 걸려 죽음만을 기다리고 있다는 소문을 들었다. 열여섯 살에 죽음을 받아들이기는 쉽지 않을 것이다. 카트리네는 그저 더 늦기 전에 생기 넘치는 삶을 선택한 것인지도 몰랐다.

나는 오전에는 계속 피아노 연습만 했고, 수요일에는 쉰네스트베트 선생님의 집을 방문해 레슨을 받았다. 그는 지난 몇 주간 내 연주 실력이 상당히 좋아졌다고 크게 칭찬해주었다. 그는 내가 아직도 학교에 다니는 줄 알고 있었다. 그는 소르겐프리 가의 칙칙하고 작은 집에서 혼자 살고 있었는데, 집 안 구석구석은 오래된 기름때와 먼지로 지저분하기 짝이 없었다. 크리스마스 때마다 찾아오는 여동생이 있긴 했지만 청소라고는 도무지 할 줄 모르는 사람이었다. 반쯤 부패한 생선과 오이피클 냄새…… 청소를 해주러 오는 사람도 없는 눈치였다. 낡은 블뤼트너 그랜드피아노의 아이보리색 건반은 학생들의 때 묻은 손가락 때문에 시커멓게 변한 데다 몇 개는 아예 찐득하게 눌어붙어 건반을 누르면 한참 후에야 올라오곤 했다. 그는 다정한 성격이어서 학생들에게 친절했지만, 자신의 삶에서는 실패자나 다름없었다. 그는 공식적으로 데뷔한 적도 없었다. 레슨 시간에 특별한 기교를 보여주고 설명을 해줄 때마다 그는 자신이 희망이라고는 찾아볼 수 없는 평범한 피아노 선생에 불과하다는 것을 인정할 수밖에 없었다. 실력 면에서 나는 이미 그보다 몇백 광년은 앞서 있었다. 그는 내 앞에서 진땀을 빼면서도 이를 숨기기 위해 지나치게 감성적인 목소리로 어설프게 곡 해석을 하거나 테크닉을 설명했다. 낡은 그랜드피아노 앞에서 이루지 못한 자신의 꿈을 상상하는 사람, 학생들에게 가르쳐주고 물려줄 만한 것이 거의 없는 사람, 항상 말라비틀어진 코딱지와 하얀 비듬이 덕지덕지 붙어 있는 사람, 말할 때마다 불쾌한 입 냄새로 상대방을 괴롭히는 사람, 그가 바로 쉰네스트베트였다. 하지만 내게는 이상하리만큼 격려와 자극이 되는 피아노 선생님이기도 했다. 그는 내게 숨 쉴 수 있는 공간과 꿈을 제공했고, 감히 성취할 수 없을 만큼 큰 목표에도 도전할 수 있도록 격려해주었다. 예를 들어, 스무 살이 되기 전에 브람스의 〈피아노협주곡 나장조〉를 오케스트라와 협연해야 한다는 현실성 없는 목표를 주며 독려했던 것이다.

내가 쉰네스트베트 선생을 만날 수 있었던 것은 어머니가 가끔씩 격려와 자극의 표시로 주었던 용돈 덕분이었다. 내 첫번째 피아노 선생은 얄밉고 징글징글한 여자였다. 내가 헤겔리 가의 교회 옆에 살고 있는 홀테만 부인에게 레슨을 받으러 가는 것을 지독히도 싫어했기 때문에 어머니는 가끔 용돈까지 쥐여주며 레슨을 빼먹지 않도록 나를 격려했다. 홀테만 선생은 감기 때문에 항상 콧물을 달고 살았고, 손가락은 더럽고 거무칙칙했다. 그녀는 한여름에도 두꺼운 스웨터를 입었다. 일 년 내내 입고 다니는 그 스웨터에는 오래된 땀내가 배어 불쾌할 정도였다. 그래서 그녀를 떠올릴 때마다 몸에 소름이 돋았다. 한번은 그 지긋지긋한 체르니 〈에튀드〉를 치고 있을 때였다. 그녀는 어떻게 타건 강도를 조절해가며 연주해야 하는가를 설명하다가 갑자기 내 뒤통수에 침을 튀기며 재채기를 했다. 그때 그녀에게서 풍기던 탁하고 무기력한 냄새를 아직도 잊을 수가 없다. 그것은 땀내와 메렝게* 냄새가 섞인 해괴한 냄새였다. 홀테만 부인에게서 피아노 레슨을 받은 지 삼 년째 되던 해, 어머니는 쉰네스트베트 선생을 소개시켜주었다.

쉰네스트베트 선생의 장점이라면 다정다감하고 조용하다는 것이다. 그는 슈만을 사랑했으며, 밀수된 포르투갈산 포도주를 마시면서 클라우디오 아라우의 연주를 듣는 것을 좋아했다. 나 역시 아라우의 연주를 좋아했기 때문에 우리는 쉽게 공감대를 형성할 수 있었다. 시가가 손에서 떠날 날이 없는 검은 콧수염의 남자. 쉰네스트베트 선생이 동경하는 아라우는 중후하고 남성적인 면을 가지고 있는 이상적인 피아니스트였다. 그러나 그로서는 도달할 수 없는 꿈이었다. 쉰네스트베트는 바짝 마른 체형에 안색은 늘 창백했고, 게다가 허약 체질이었기 때문이다. 그는 내 삶의 간이역이었다. 하지만 내게 도움을 줄 수 없었던 절망적인 선생이기도 했다. 나 역시 특출한 피아니스트는 아니었으므로, 실력을 키워줄 스승이 필요했다. 그리고 내게 몇 가지 더 필요한 것은 바로 약간의 자만심과 거만함이었다. 매주 수요일, 그는 11월에 있을 피아노 대회를 겨냥해 나를 끊임없이 연습하게 하고 독려해주었다. 그는 내가 학교까지 그만두고 대회에 모든 것을 걸고 있다는 것을 결코 알지 못했다. 나는 내 삶의 전환점이 될 그 무엇을 이 피아노 대회에서 찾고 있었다. 작년의 대상 수상자는 뤽신 출신의 에오르그 프레

* 달걀의 흰자와 설탕을 섞어 구운 과자.

드릭 살베센이었다. 그다지 재능 있어 보이지 않는, 피아노를 치면서 계속 코를 훌쩍거리던 이 열여섯 살의 소년이 까다로운 여러 심사위원들의 판정으로 행운의 피아니스트로 뽑힌 다음 텔레비전의 어느 프로그램에서 모차르트를 연주하는 것을 보았다. 해마다 이 대회의 대상 수상자는 가을의 떠오르는 스타로 주목을 받아왔다. 이들에게는 에드바르 뭉크의 벽화 〈태양〉이 걸려 있는 국립대학의 에울라 강당에서 기념 콘서트를 열 기회도 주어졌다. 에울라 강당은 세계 곳곳에서 초청받은 음악계의 대가들이 콘서트를 하는 곳이었으며, 매년 12월 10일에 노벨평화상 시상식이 열리는 곳이기도 했다. 또한 이곳에서 루빈스타인, 리히터, 길렐스 그리고 아라우가 피아노 콘서트를 열기도 했다. 아슈케나지는 이 강당에 있는 스타인웨이 그랜드피아노가 세계에서 최고라고 격찬한 바 있었다.

작년에 대상을 수상하는 순간 환희에 넘치던 에오르그의 표정이 아직도 선명했다. 나는 그때 청중석에서 박수를 치고 있었다. 박수를 치면서도 집에 가고 싶어 몸이 자꾸만 들썩거렸다. 뭔가 정당하지 않다는 생각 때문이었을까. 사실 그때 기교나 감성 면에서 내가 이미 그보다 한 수 위였다. 에오르그는 하루살이에 불과했다. 얼마 가지 않아 그 자신도 깨닫게 될 것이다. 그는 곧 피아니스트의 길을 포기하고 엔지니어나 그 비슷한 방면의 직업을 갖기 위해 다른 공부를 시작할 것이다. 올해도 참가자들의 수준이 그 정도라면 내가 대상을 타는 것은 식은 죽 먹기나 다름없었다.

목표로 한 대회를 준비할 수 있는 시간은 이제 일 년도 채 남지 않았다. 여름이고, 시간은 멈추어버린 듯 천천히 흘러갔다. 하루에도 몇 번씩 안냐 스쿠그가 살고 있는 엘베파레 쪽으로 산책을 나갔지만 그녀의 얼굴은 코빼기도 볼 수 없었다. 카트리네는 '사라의 텐트'라는 주점에서 아르바이트를 시작했는데, 이번만큼은 그녀의 말을 믿을 수밖에 없었다. 대학 기숙사가 있는 스투덴테르룬덴을 지나 그뢰날 쪽이나 노르스크 무직폴라그*가 있는 거리로 갈 때면, 그녀가 일하는 모습을 창 너머로 볼 수 있었다. 카트리네는 피곤한 기색이 역력한 손님들에게 거품이 잔뜩 인 500cc 맥주잔을 나르고 있었다. 정상적으로 학교를 계속 다녔다면 그녀는 올해 '루스'**가 될 참이었다. 나는 그녀가 자신에게 무슨 일이 있었는지 그리고 왜 학교를 말없이 그만두었는지를 아버지와 내게 얘기해주기를 바랐다. 하지만 그녀는 이에 대해 한마디도 꺼내지 않았다. 어느 날 아침, 그녀는 경계심 때문이었는지 우리 앞에서 선수를 쳤다. "난 졸업 파티에 가지 않을 거야. 유치하지 않니? 학교 졸업하는 게 뭐 그리 대단한 일이라고, 다들 그렇게 호들갑을 떠는지…… 그 대신 난 아르바이트를 할 생각이야." 그녀의 거짓말에 대해 물어볼 좋은 기회였지만 아버지는 차마 입을 떼지 못했다. 그녀의 거짓말을 듣는 순간, 우리 가족의 관계에 뭔가 잘못된 것이 있어왔고 이제 와 그것을 돌이키기에는 때가 너무 늦었음을 깨달았다. 카트리네의 미소에는 알 수 없는 비밀스러움이 있었다. 그녀는 우리가 자신의 거짓말을 알아차렸다는 것을 잘 알고 있었다. 마찬가지로 그녀 역시 내 거짓말을 눈치채고 있었다. 서로에게 무슨 말을 해야 할지, 또 어떻게 말을 붙여야 할지 엄두가 나지 않았다.

* 노르웨이의 음악 서적 출판사.

** 우리의 고등학교쯤 되는 노르웨이 비데르레고에네의 최고학년 학생.

너무도 많은 거짓이 우리를 둘러싸고 있는 듯해서 그 상황이 우습기까지 했다. 아무튼 그녀는 내게 미소를 지어주었다. 나도 그녀에게 미소로 화답했다. 아버지도 그런 우리를 보고 억지스럽지만 가볍게 웃어주었다. 큰 소리로 웃을 수도 있는 상황이었지만 누구도 감히 소리 내어 웃을 생각은 하지 못했다. 우리는 더이상 서로에 대해 안다고 할 수 없었다. 어머니가 폭포 아래로 사라졌을 때, 이미 우리 가족은 사라지기 시작했던 것이다. 우리를 가족이라는 끈으로 엮고 있었던 것은 어머니의 꿈과 그녀의 다루기 힘든 비이성적 감성이었으며, 또 그녀 자신이었기 때문이다.

거실에서 피아노 연습을 하면서도 카트리네가 낯선 남자와 누워 있는 모습을 머릿속에서 지울 수 없었다. 안냐 스쿠그에 대한 상상 역시 계속됐다. 카트리네는 가을이 되면 독립을 하겠다고 말했다. 작은 방 하나를 구해서 공부를 계속하겠다고 했다. 그러나 앞으로도 그녀가 우리와 한집에서 살게 될 것은 분명했다. 그녀는 생의 막다른 상태에 있었기 때문에 가족을 절실히 필요로 할 것 같았다. 하기야 그건 나도 마찬가지였다. 나는 열여섯 살이라는 어린 나이에 이미 아버지의 기대를 저버렸다. 그렇더라도 얼마 동안은 아버지의 도움으로 살아갈 수 있을 것이다. 아버지의 돈을 받을 때마다 비참한 기분이 들었으나 내가 선택한 길이 운명이자 사명이라고 생각하고 있었기 때문에 아무 말 없이 아버지의 도움을 받았다. 생각해보면 내가 원하는 것이 바로 어머니가 원하는 것이 아니었던가? 어머니가 원하는 것은 바로 아버지가 원하는 것이었고. 아직은 일이 흘러가는 대로 두고 볼 일이었다.

교육회관

'학생의 밤' 행사가 교육회관에서 열렸다. 교육회관은 예술회관 바로 옆에 있었다. 그곳은 마치 자신의 고양이들을 예쁘게 꾸며 사람들에게 보여주기 위해 이용하는 공간 같았다. 거기서는 얼굴에 분칠을 하고 볼록한 치마를 입은 어리고 재능 있는 소녀들도 볼 수 있었고, 잘 다려진 셔츠를 입고 기름을 발라 머리를 빗어 넘긴 핏기 없는 얼굴의 소년들도 볼 수 있었다. '학생의 밤'은 재능과 실력을 한눈에 가려낼 수 있는 축제였다. 예술계 교육자들에게는 해마다 라이벌들이 가르치는 학생들에 대해 정보를 모으고, 루빈스타인과 같이 빛나는 재능을 가진 학생을 찾기 위한 행사이기도 했다. 학생들 중에는 스스로 유능하다고 생각하는 아이들이 꽤 있었다. 이들은 '학생의 밤' 행사가 열리는 9월의 저녁에 각자의 지도교사들과 함께 와서, 그동안 연습한 곡들을 자랑스럽게 선보였다. 나는 아버지와 카트리네에게 이 행사에 대해 귀띔하지 않았다. 그들에게 내 연주를 자주 들려주고 싶지 않아서였다. 혼자 힘으로 해내고 싶었다. 내게 재능이 있는지 없는지는 굳이 이렇게 보여주지 않아도 언젠가는 드러날 것이었다.

나는 쉰네스트베트 선생과 행사에 참가했다. 그날 저녁 그의 입 냄새는 내가 태어나서 한 번도 맡아보지 못했을 정도로 심하고 불쾌했다. 이 남자는 도대체 뭐가 잘못된 것일까. 그가 내 코앞에서 숨을 내뿜을 때마다 모든 감각이 마비될 정도였고, 입가의 마른침 자국과 양파 냄새는 정신을 아뜩하게 했다. 그는 이런 모임이 있을 때마다 굉장히 진지한 태도를 보였다. 오늘 저녁 화제의 주인공은 바로 내가 될 거라고 귓속말을 하는 그에게서 지독한 술 냄새도 풍겼다. 그는 그때까지도 내가 학교를 그만둔 사실을 알지 못했다. 심지어 내가 몇 달 동안이나 하루 종일 피아노 앞에 앉아서 연습만 했다는 사실조차도 모르고 있었다. 그동안 나는 바흐의 푸가와 쇼팽의 에튀드를 반복해서 치고 또 쳤다. 그렇게 연습을 한 결과 연주의 테크닉 따위는 아무 문제가 되지 않았다. 중요한 건 감정이었다. 어떻게 하면 곡의 감정과 내 감정을 훌륭하게 조화시킬 수 있을까, 그 부분은 아직 자신이 없었다.

쉰네스트베트는 내가 브람스의 〈작품번호 118번〉을 칠 거라고 예상하고 있었다. 그러나 나는 쇼팽의 에튀드 중 〈혁명〉으로 센세이션을 일으키고 싶었다. 청중들에게 내 왼손의 뛰어난 기교와 오른손의 날렵한 옥타브 연주를 자랑하기엔 아무래도 〈혁명〉이 제격이었다. 주위를 둘러보니 결혼식장에서나 볼 법한 옷을 차려입은 열네 살가량의 소녀들이 많이 보였다. 그들은 반짝이는 시퀸*을 달고 손톱에는 매니큐어까지 발라 한껏 꾸민 모습이었다. 나는 실력으로 그들을 눌러버리겠다고 다짐했다. 그녀들이 오늘 저녁 이후로 다시는 거울 앞에서 시간을 보내는 일이 없도록 만들어주고 싶었다. 그들이 실력의 한계를 느낀 나머지 피아노를 그만두고 학교의 악단에서 곤봉을 돌리면서 행진이나 하게끔 해주고 싶었다.

그러나 그들 무리에서 레베카 프로스트를 보는 순간 생각을 바꾸었다. 그녀는 적어도 다른 아이들처럼 우스꽝스럽게 꾸미고 나오지는 않았기 때문이다. 그녀의 아버지는 선박회사의 대표로 나라 안에서 몇 손가락에 꼽히는 백만장자였다. 어쩌면 화려한 배경 때문에 오히려 더 수수한 차림으로 왔을지도 몰랐다. 그녀는 나를 볼 때마다 지나칠 정도로 가까운 척하며 포옹을 했는데, 이 점만 제외하면 얼마든지 쉽게 좋아할 수 있는 아이였다. 그녀는 내 실력과 피아니스트로서의 내 장래에 확신을 가지고 있었다. 어쩌면 그걸 알고 있어서 그녀의 과장된 포옹을 자연스레 받아들일 수 있었는지도 모르겠다.

"악셀! 세상에…… 정말 오랜만이야. 그동안 어떻게 지냈니?"

그녀는 마치 자식을 대하는 어머니 같은 말투로 인사를 하며 다가왔다. 하지만 그녀는 나보다 생일이 몇 달 빠를 뿐이었다.

"잘 지냈어. 너는?"

나는 그녀의 인사를 정답게 받았다. 레베카는 착하고 다정한 아이였다. 짙은 금발에 외모도 예쁘장했고 부잣집에서 태어난 운 좋은 소녀였다. 그래서 그런지 그녀를 맹하고 재미없는 아이로 보는 사람들이 많았다. 물론 그것은 그녀와 한마디도 말을 주고받지 않

---

* 주로 여성용 옷에 장식으로 쓰이는 작은 금속 조각.

은 사람들이 하는 소리일 것이다. 반짝이는 파란 눈동자와 깨알같이 조그만 주근깨는 그녀의 새하얀 얼굴과 썩 잘 어울렸다. 그녀가 어울리는 상류 사회의 사람들에 대해서 우리는 아무것도 아는 것이 없었다. 들리는 말에 의하면, 그녀는 왕실 사람들도 자주 만난다고 했다. 하지만 나와는 상관없는 일이었다. 하기야 왕실 사람들 중에는 우리 또래를 찾아볼 수도 없었다. 레베카가 내 손을 잡으며 말했다. "긴장되지 않니? 잘될 거야. 솔직히 난 무지 기대돼. 네 연주를 들어본 지가 정말 오래됐잖아."

우리는 그 자리에 모인 선생과 학부모 들이 만들어낸 흥분된 분위기 속에서 차례차례 돌아가며 자기소개를 했다. 스타방에르*에 이미 자신의 동상이 세워져 있는 레베카의 아버지도 청중 속에 있었다. 그는 자신의 딸이 기술적으로 그리 어렵지 않은 슈베르트의 〈즉흥환상곡〉을 연주하자 있는 힘을 다해 박수를 치고 브라보를 외쳤다. 하지만 연주 자체는 그리 뛰어나지 않았다는 걸 그녀 자신도 잘 알고 있었다. 그녀는 연주가 끝나자마자 양어깨를 살짝 추켜올리며 내게 의미심장한 눈빛을 보냈다. 나는 그녀의 속마음을 내 마음대로 해석했다. '연주는 엉망이었어. 내 맘에 들지 않아. 연습도 충분히 하지 않았거든. 미안해 악셀. 하지만 집에 돈이 많으면 그럴 수밖에 없어.'

그래, 그렇겠지. 가난한 사람만이 위대한 예술가가 될 수 있다고 한 어머니의 말이 떠올랐다. 그리고 나는 지금 가난하다. 수중에

* 노르웨이 남쪽에 위치한 항구 도시.

단 한 푼의 돈도 없이 아버지에게 얹혀살고 있다. 어떤 면에선 〈혁명〉이 지금의 내 상황에 딱 들어맞는 곡이었다. 〈혁명〉은 조국 폴란드를 향한 쇼팽의 불꽃같은 열정이 녹아 있는 곡이다. 이제 내 차례가 돌아왔다. 나는 무대에 올라가서 헛기침을 하며 목청을 가다듬었다. 청중석에 정적이 감돌았다. 그들은 알고 있었다. 이번 연주가 어머니의 죽음 이후 나의 첫번째 무대 연주라는 것을. 모두들 내 어머니가 사고로 세상을 떠난 지 얼마 되지 않았다는 것을 잘 알고 있었다.

"지금 이 자리에 계신 존경하는 선생님, 오스카 쉰네스트베트 씨는 오늘 저녁 제게 브람스의 곡을 연주하도록 권유했습니다. 하지만 뢰아 역에서 전동차를 타고 이곳으로 오던 도중, 저는 갑자기 쇼팽의 〈혁명〉을 연주하고 싶어졌습니다. 쉰네스트베트 선생님을 비롯하여 여러분들의 양해를 바랍니다."

나는 연주를 시작했다. 하늘을 향해 쏘아 올리는 대포알처럼……

말할 수 없이 황홀한 저녁이었다. 꼭 적을 물리치고 돌아온 개선장군이 된 것처럼 느껴졌다. 갑자기 어른이 된 듯했다. 연주 후 쏟아지는 우레 같은 박수 소리에 부끄럽기도 했지만 내심 그 순간을 즐기고 있었다. 계속되는 박수 소리에도 불구하고 나는 다시 청중 앞에 서기를 거부했다. 이것이야말로 진정 나의 스타일이라고 믿었다. 청중에게 쉽게 접근할 수 있는 기회를 주면 안 된다고 생각했기 때문이다. 청중이 앙코르를 외치기도 전에 무대에 다시 나가 여분으로 준비했던 곡을 연주하는 음악인들은 꼴불견이었다. 사실 레베카도 이런 부류 중의 한 명이었다.

레베카는 무대 뒤에서 나를 기다리고 있었다. 그녀의 눈에는 감동과 기쁨에 찬 눈물방울이 맺혀 있었다.

"정말 굉장한 연주였어. 악셀, 넌 천재야. 오늘 저녁 네 연주는 최고였어." 그러고는 그녀는 내 입술에 키스했다.

갑자기 가슴이 울렁거렸다. 난 아직 한 번도 여자아이와 키스를 해본 적이 없었다. 정말로 해보고 싶었는데도 말이다. 나는 아무도 보고 있지 않다는 것을 확인하고, 얼른 호주머니에서 손수건을 꺼내 입술을 훔쳤다.

손전등 사내

가을이 왔다. 날이 어두워지면서 기온은 점점 더 떨어졌고, 하늘에 점점이 박힌 별들은 그 어느 때보다 더 선명하게 보였다. 시내의 가로등 불빛에도 이른 저녁 별빛은 영롱하게 빛나고 있었다. 어스름한 저녁 무렵에 '사랑의 길'이라고 이름 붙여진 거리를 산책하면서 나는 내 미래를 생각했다. 그리고 전혀 알지 못하면서도 그리워할 수밖에 없는 한 사람을 생각했다. 안나 스쿠그. 나는 왜 그녀를 이토록 그리워하는 것일까? 왜 그녀를 내 머릿속에서 지울 수 없는 걸까? 초록빛 눈동자 때문에? 아니면 그녀의 작고 귀여운 코 때문에? 마주칠 때마다 지어 보이는 수줍은 미소 때문에?

나는 계속해서 피아노 연습을 했다. 하루에 일곱 시간씩 연습하느라 등뼈가 부러질 듯 아팠지만, 그럼에도 날마다 무엇에 홀린 듯 정열적으로 건반을 두들겼다.

카트리네는 아직 집을 떠나지 않고 있었다. 독립하겠다는 협박

비슷한 약속은 잊힌 지 오래였다. 그녀가 밤낮으로 무엇을 하는지 아무도 알지 못했다. 그녀는 엔간해선 집에 잘 있지 않았다. 그러던 어느 날 그녀는 저녁 무렵에 빵 봉지를 들고 집에 들어왔다. 우리는 그녀가 사 온 빵을 먹으면서 오랜만에 이야기를 나누었다. 세상 돌아가는 이야기 따위의 평범한 대화였다.

그로부터 며칠 뒤, 나는 여느 때처럼 덤불이 무성한 강가로 산책을 나갔다. 별안간 미끄러운 돌을 밟고 삐끗해 넘어졌는데 왼쪽 손목이 이상했다. 조심스럽게 손을 움직여보았더니 송곳에 찔린 듯 아팠다. 돌이킬 수 없는 일이 일어난 것이다. 문득 얼음처럼 차가운 이성적 의지가 생겨났다. 내 몸을 스스로 지켜야 한다는 의무감이었다. 곧바로 집으로 돌아가 주치의에게 전화를 했다. 의사는 스위스 출신의 나이 많고 술을 좋아하는 남자였다. 슈바르츠라는 이름의 이 의사는 50년대에 노르웨이 여자를 만나 사랑에 빠지게 되었고, 결국 이 나라로 이주해 왔다. 그는 환자를 무척 편안하게 대하는 것으로 유명했다. 그는 나를 잘 알고 있던 터라 예약 없이 크리스티안 아우베르츠 가에 있는 그의 진료실로 오라고 했다. 사실, 기다리는 환자가 많지 않기 때문에 굳이 예약할 필요는 없었다.

그는 내 어머니를 참 좋아했다. 그리고 지난 십여 년 동안 어머니의 주치의 노릇을 해오면서 여러모로 많은 도움을 주었다. 그런 그가 지금 내 앞에서 거의 울음을 터뜨릴 듯한 표정으로 앉아 있었다.

"어머니 일은 정말로 유감이구나. 참 좋은 사람이었는데……"

"네, 모두들 그렇게 말씀하세요." 나는 되도록이면 어른스럽게 말하려고 노력했다.

그는 슬픔이 가시지 않은 눈으로 나를 뚫어지게 바라보며 말을 이어갔다.

"어머니가 알코올중독자였다는 건 알고 있었니?"

"어머니에 대해서는 잘 알고 있어요."

"술을 그렇게 많이 마시지만 않았어도 폭포에서 떨어지는 일은 피할 수 있었을 텐데……"

"뭔가 잘못 알고 계시는군요. 사고가 있던 날 어머니는 취하기는커녕 술이라곤 한 방울도 입에 대지 않았어요."

"뭘 모르는 건 너야. 나는 네 어머니가 습관적으로 계속 술을 마셔왔다는 것을 잘 알고 있단다."

"오늘 진찰은 없던 것으로 하죠!"

나는 의사의 눈을 쳐다보지도 않고 인사도 하지 않은 채 바로 그 자리에서 일어나 병원을 나왔다.

도대체 이 격렬한 분노는 어디서 나온 것일까. 순식간에 자제력을 잃었다는 생각에 몸이 떨렸다. 나는 덤불이 있는 강가로 다시 걸어갔다. 그러고는 잠시 후 덤불 속에 앉아서 이 가시 돋친 감정이 어디에서 비롯된 것인지 그리고 왜 그렇게 갑자기 화가 났는지 곰곰이 생각해보았다. 의사의 말은 하나도 틀린 것이 없었다. 사고가 일어났던 날 어머니는 분명 술에 취해 있었다. 전날 저녁부터 이미 취해 있었다고 해도 틀린 말은 아니었다. 거짓말을 들키는 게 싫어 그렇게 화를 낸 것일까? 어쨌든 그렇게 병원을 뛰쳐나왔기 때문에 필요했던 의사의 진단서조차 받지 못했다. 절망감에 풀썩 고개를 숙였다. 위대한 피아니스트라면 그런 경솔한 짓은 하지 않을 것이다. 그럼에도 음악계의 대가를 꿈꾸다니…… 절로 한숨이 나왔다. 치밀어오르는 불쾌감을 견딜 수가 없었다. 좀더 신중해야 한다. 삶에는 언제나 양 갈래 길이 존재한다. 밝은 길과 어두운 길. 어머니와 아버지는 어두운 길을 선택했다. 카트리네도 마찬가지였다. 자멸적이고 쓸모없으며, 과민하고 신경질적인 길이 바로 그들이 선택한 길이었다. 나는 절대 그들과 같은 길에 들어서서는 안 된다. 이제 나는 어른이야. 나는 혼잣말로 중얼거렸다. 좀더 신중하게 감정을 통제해야 했다. 슈바르츠의 진료실에서의 행동이 크게 후회됐다. 그것은 미래에 대한 야망으로 가득 찬 피아니스트라면 절대 피했어야 할 무절제의 극치였다.

그렇게 자괴감에 빠져 있다 벌써 그 자리에 몇 시간째 앉아 있었다는 사실을 퍼뜩 깨달았다. 한바탕 꿈에서 깨어난 듯 여전히 머릿속은 몽롱했다.

달이 보였다. 목이 탔고 불안했다. 강 건너편의 가문비나무는 검은 윤곽을 드러내고 달빛은 얼음 같은 은색으로 나무들을 비추고 있었다. 순간, 부스럭하는 소리가 들린 것 같았다. 덤불 바로 옆에 있는 산책로에서 난 소리였다. 이곳은 사람들이 거의 찾지 않는 곳이었다. 지난 몇 달 동안 이곳에 자주 앉아 있었지만, 단 한 번도 이곳을 지나가는 사람을 본 적이 없었다. 그 소리는 어쩌면 여우나 야생동물이 내는 소리일 수도 있었다. 나는 숨을 죽인 채 꼼짝 않고 그 자리에 계속 앉아 있었다.

곧 사람의 그림자가 눈에 들어왔다. 그림자는 그리 멀지 않은 뤼세오르데 쪽에서 다가오고 있었다. 꺼림칙한 생각이 들었다. 범죄자가 경찰을 따돌리기 위해 한적한 이곳으로 숨어들 수도 있기 때문이다. 그림자가 바로 내 앞을 지날 때, 나는 그 그림자의 정체가 소녀라는 것을 알았다. 그리고 그녀의 얼굴을 보는 순간 놀라지 않을 수 없었다.

안냐 스쿠그였다.

나는 순간 감정을 주체할 수가 없었다. 심장이 두방망이질하기 시작했다. 바로 몇 분 전만 하더라도 자제력과 신중함을 갖춰야겠다고 다짐했지만 그 상황에서는 어쩔 수가 없었다. 늦은 가을 저녁, 안냐 스쿠그와 산책로에서 우연히 마주치다니. 우리의 관계는 이렇게 시작되는 것일까? 이 시간에 나밖에 찾지 않는 이 강가에서? 나는 땅에 떨어진 마른 나뭇잎들을 발끝으로 문질러 바삭바삭 소리를 만들어냈다. 안냐는 뭔가를 골똘히 생각하고 있었던 것이 틀림없다. 바스락거리는 나뭇잎 소리에 그녀는 소스라치게 놀란 듯했다. 곧이어 나지막이 흐느끼는 소리가 들려왔다. 뭔가 잘못되어가고 있다는 느낌이 들었다. 마침내 겁먹은 그녀는 냅다 뛰기 시작했다.

"잠깐만!"

나는 소리를 지르며 재빨리 덤불 속에서 나와 안냐의 뒤를 쫓았다. 그녀는 당황한 기색이 역력했다. 그녀는 몸을 돌려 엘베파레 쪽으로 뛰어갔다. 한 뼘만 고개를 돌리면 내가 누군지 알아볼 수 있을 텐데, 그녀는 앞만 보며 내달렸다. 일이 잘못되지 않기만을 바랐다. 갑자기 배 속이 니글거렸다. 우리밖에 없는 이곳에서 안냐는 왜 그렇게 겁에 질린 것일까. 정신을 잃을 것처럼 어지러웠다. 나는 그녀를 뒤쫓다가 멈춰 섰다. 그녀는 내가 누군지 알아보지 못했을 것이다. 확신할 수는 없었지만, 그렇다고 생각해버렸다. 빌라가 줄지어 있는 주택가 쪽으로 난 길은 경사가 심한 오르막길이었다. 그녀는 그 오르막길을 달리다가 몇 번이나 발을 헛디뎌 넘어졌다. 하지만 곧바로 몸을 일으켜 계속해서 앞만 보며 뛰어갔다. 더 이상 참을 수가 없어 그녀를 향해 고함을 질렀다.

"거기 서봐요. 잠깐만 거기 서봐요!"

그러자 안냐는 비명을 질렀다. 마치 온몸의 힘을 쥐어짜는 듯했다.

"사람 살려요! 도와주세요!"

그녀를 향해 몸을 날릴 생각도 해보았다. 그녀를 넘어뜨리고 내가 누군지 확인시켜주고 싶었다. 병적으로 흥분한 상태에서 내지르는 그녀의 비명 소리는 멈추지 않았다. 하지만 주위에는 아무도 그녀를 도와줄 사람이 없었다. 그녀는 넘어져서 기다가 다시 일어나 뛰기를 반복했다. 그녀의 무릎과 손에는 벌써 상처가 나 있을 것만 같았다. 갑자기 입속에서 뜨뜻하고 비린 피 맛이 느껴졌다. 무엇 때문에 내가 흥분하고 있는지 알 수 없었다. 나는 안냐와의 첫 만남을 어떻게 이루어낼 것인지 자주 생각해왔다. 그런데 지금 이게 뭐란 말인가. 사랑하는 남녀의 첫 만남이 그렇듯, 안냐와의 만남을 생각할 때마다 달콤하고 로맨틱한 상상을 해왔지만 지금 우리의 첫 만남은 상상과는 거리가 멀었다. 엘베파레 쪽으로 있는 힘을 다해 뛰어가고 있는 열다섯 살의 소녀 안냐 스쿠그. 그녀는 지금 겁에 질린 채 정신없이 도망을 가고 있는 것이다.

나는 우두커니 서서 그녀가 멀어지는 모습을 눈으로 좇았다. 길에 침을 뱉었다. 코를 푸니 피가 흥건히 나왔다. 도대체 그녀가 왜 이곳에 왔을까. 궁금해서 미칠 지경이었다. 키 큰 가문비나무들로 빽빽한 이 음침한 골짜기는 이미 여러 구의 시체가 발견된 적이 있어서 보통 사람들은 발걸음을 꺼리는 곳이었다. 50년대에는 성폭행을 당하고 살해된 한 여자의 시체가 발견되었고, 오 년 전에는 익사한 소년의 시체도 발견된 적이 있었다. 작년에는 두개골이 으스러진 처참한 모습으로 내 어머니의 시신이 발견된 곳이기도 하다.

방금 안나와 나 사이에 벌어졌던 일이 믿기지 않았다. 그녀는 겁에 질려 죽을 힘을 다해 내게서 도망쳤다. 나는 그녀를 겁줄 생각이 추호도 없었는데도.

엘베파레 쪽에서 사람들의 말소리가 들렸다. 처음엔 별 세 개가 반짝이는 줄 알았는데, 자세히 보니 세 개의 손전등 불빛이었다. 세 명의 남자들이었다. 나는 그들이 나를 찾으러 왔을까봐 두려워졌다. 그들 중 한 명은 눈에 익은 사람이었다. 바로 외과 의사이자 의대 교수이기도 한 안나의 아버지였다. 그는 뇌 수술의 대가로 알려진 유명한 의사였다. 전에 그를 길에서 자주 봤다. 몇 달 전에 그가 안나의 아버지라는 것을 알고, 그와 마주칠 때마다 호기심을 갖고 유심히 관찰했다. 각진 얼굴과 자연스럽게 흘러내린 머리카락은 그의 외모에 기품을 더했다. 그에게서는 어딘지 모르게 공격적인 분위기가 풍겼다. 나는 그를 볼 때마다 그가 안나의 아버지라는 사실에 속이 메스꺼워지곤 했다. 그리고 이 순간, 나는 그 어느 때보다도 더 메스껍고 초조한 감정과 싸우고 있었다. 그가 내 쪽으로 다가오고 있었다. 발을 뗄 용기가 나지 않았다. 멜룸 가에 사는 어린 치한과 안나를 동경하는 열여섯 살의 소년…… 둘 중에 어떤 게 내 진짜 모습인지 혼란스러웠다. 단지 안나를 좋아한다는 이유만으로 무서운 벌을 받을지 모른다는 두려움에 다리가 후들거렸다. 하지만 내게는 비장의 무기가 있었다. 이 부근의 지리에 훤해서 눈을 감고도 길을 찾을 수 있다는 것이었다. 이곳을 그들이 나보다 더 잘 알 수는 없을 것이다. 숲 속 어디에 계곡과 바위와 오솔길 그리고 무성한 덤불이 있는지 알았다. 사냥개만 없다면 저들의 손아귀에서 벗어나는 것은 어렵지 않았다…… 나는 나무 뒤로 몸을 숨겼다. 그들과의 거리는 이제 삼십여 미터밖에 되지 않았다. 도망치기에는 이미 늦었다. 갑자기 왼쪽 손목이 아파왔다. 몇 분 전에 앉아 있던 그 덤불 속으로 돌아갈 수만 있다면…… 하지만 초조한 나머지 방향감각을 잃어버렸다. 빽빽한 잡목숲에서 길을 잃어버린 것이다. 주위를 둘러보니 강에서 꽤 떨어져 있는 듯했다. 우리 집 쪽으로 난 길을 찾으려면 다시 강 쪽으로 올라가야 했다. 순간, 나는 발을 잘못 디뎌 미끄러운 돌 위에서 넘어졌다. 신발 속으로 얼음처럼 차가운 물이 스며들자 정신이 번쩍 들었다. 얼른 일어나 주변에 있는 나지막한 덤불을 찾아 몸을 숨겼다. 나를 향해 서서히 포위망을 좁혀오는 저들에게서 벗어날 수 있을까? 반 시간 전에 안냐 스쿠그도 지금 나만큼 무서웠을까? 그녀는 나보다 훨씬 더 두려웠을 것이다. 적어도 나는 목숨이 위태롭다고 느끼진 않기 때문이다. 하지만 만약에 안냐의 아버지와 그 일행이 사냥개를 데리고 나왔다면……

다행히도 그들은 사냥개를 데리고 나온 것 같지 않았다. 건장한 세 남자와 손전등만 보였다. 그들은 손전등으로 내 쪽을 비추었지만 다행히도 나를 발견하지 못했다. 사방으로 뻗어 있는 수많은 나무의 잔가지들 덕분이었다.

"젠장, 이렇게 어두워서야 어떻게 그놈을 찾겠나." 세 명 중 한 명의 말소리가 똑똑히 들려왔다.

"그놈을 찾기만 하면 당장 머리통을 으깨버릴 거야." 또다른 한 명이 말을 받았다.

"난 그놈의 숨통을 끊어놓겠네." 안냐의 아버지 목소리였다.

"생각이 제대로 박힌 놈이라면 늦은 밤에 이렇게 으슥한 곳에서 할 일이 뭐가 있겠나. 분명 동네 깡패들일 거야."

"그런데 자네 딸은 이 늦은 밤에 여기서 뭘 하고 있었나?"

"안냐? 그애는 자기만의 세계에서 사는 애야, 음악 속에서 말이지. 그애는 마치 음악에 홀린 것 같아. 그래서 보통 애들과 다른 행동을 하기도 해."

마침내 그들이 사라졌다. 남은 것은 달빛과 가문비나무의 검은 실루엣 그리고 강물 흐르는 소리밖에 없었다. 그들은 나를 발견하지 못했다. 하지만 그들은 내 숨통을 끊어놓을 작정이었다. 그들은 나만의 장소에서 나를 끄집어내려고 했다. 그토록 자주 찾아왔던 덤불은 더이상 예전과 같은 장소가 아니었다. 이곳에 다시 오면, 그들이 했던 말이 끝없이 떠오를 것만 같았다.

어쨌든 중요한 것은 그들에게서 안냐 스쿠그에 대한 정보를 얻었다는 것이다. 음악과 그녀? 도대체 그녀와 음악이 무슨 관계가 있단 말인가?

그 자리에 몇 시간이고 앉아서 그날 일어났던 일에 대해서 생각했다. 그 속에는 그녀도 있었다. 그때까지도 가시지 않은 두려움 때문에 온몸에서 열이 나는 것 같았다. 몸도 무겁기 짝이 없었다.

공기는 점점 차가워지고 있었다. 뼈와 관절 마디마디가 굳는 듯했다. 어느새 지평선 너머로 떠오른 아침 해가 나무들의 우듬지를 비추고 있었다. 벌써 아침이 되었나? 나는 기진맥진한 나머지 겨우 몸을 일으킬 수 있었다. 집에 가서 자고 싶다는 생각뿐이었다.

혐오감

왼쪽 손목을 다치는 바람에 나는 피아노 대회에서 연주할 레퍼토리를 다시 생각해봐야 했다. 슈바르츠의 진료실에서 조금만 더 처신을 잘했더라면 대회 참가를 연기할 수 있는 진단서를 끊을 수도 있었을 텐데, 그렇게 갑작스럽게 일어나 나오는 바람에 모든 것이 물거품이 되어버렸다. 특별한 경우에 한해 심사위원의 재량으로 참가자가 예선을 따로 볼 수 있었다. 이 점을 노리고 진단서를 받으려고 했는데, 그만 아차 하는 사이에 일을 망쳐버렸으니. 별수 없이 다른 참가자와 동일한 조건으로 같은 날 예선을 치러야 했다. 1차 예선은 벌써 코앞으로 다가왔다. 이번 주 목요일이면 무슨 일이 있어도 그간 연습했던 곡을 쳐내야 한다. 지금의 왼손으로는 쇼팽의 〈혁명〉을 연주하는 것이 불가능했다. 뭔가 서정적이고 매혹적인 곡을 찾아야 했다. 선율의 예술성을 확실하게 보여줄 수 있는 정제되고 우아한 곡이 무엇이 있을까…… 곰곰이 생각하자 드뷔시가 떠올랐다. 더불어 어머니와의 약속도…… 드뷔시의 피아노곡을 모두 뒤져 결국 찾은 것은 드뷔시의 곡 중에서도 가장 유명한 동시에 가장 고전적이기도 한 베르가마스크 곡집*의 〈달빛〉이었다. 이 곡이라면 거의 완벽하게 곡 해석을 할 수 있다는 자신감이 있었다. 수많은 피아니스트들이 연주한 〈달빛〉은 조용한 음의 떨림과 최면적인 효과로도 유명했다.

안냐의 아버지와 그의 일행은 나만의 은신처였던 숲 속의 덤불 속에서 나를 쫓아냈다. 누구에게도 털어놓지 않았던 순수한 비밀들이 그곳에 오롯이 묻혀 있었다. 내게 일어난 일련의 사건에 비추어볼 때 〈달빛〉을 연주한다는 건 의미심장한 일이었다. 비록 이 곡은 음악을 좀 안다고 하는 지식인들에게는 그다지 큰 권위를 가지고 있지는 않지만 말이다. 좀더 욕심을 낸다면 라벨의 〈밤의 가스파르〉를 연주할 수도 있겠지만 그 곡을 소화하기에 나는 아직 어렸다. 기교 면에서 본다면 얼마든지 연주가 가능한 곡이었으나 곡의 서정성을 잘 살릴 수 있을지에 대해선 확신이 서지 않았다. 나이 어린 피아니스트가 소화하지도 못할 곡을 단지 자기과시를 위해 연주하는 것처럼 한심한 일도 없다. 적어도 난 그렇게 되지 않을 것이다. 〈달빛〉은 어린 피아니스트라도 진심에서 우러난 연주가 가능한 곡이었다. 비록 너무 귀에 익은 음률 때문에 전형적으로 보이긴 하지만 많은 사람들은 아직도 이 곡을 세련된 고전이라고 여겼다. 게다가 이 곡은 끝없는 슬픔을 담고 있었다. 그리고 열여

---

* 1905년에 출판된 드뷔시의 피아노 모음곡. 〈프렐류드〉 〈미뉴에트〉 〈달빛〉 〈파스피에〉의 네 곡으로 이루어졌다. 선율이 아름답고 화음이 풍부하여 인상주의 경향을 잘 보여준다.

섯 살 소년의 가을은 스스로 선택한 외로운 방황으로 인해 내 생애 가장 슬픈 계절이기도 했다. 그래서 〈달빛〉은 가장 적절한 선곡이었다. 세상을 향해 마음을 닫은 채 잘 알지도 못하는 소녀를 먼발치에서 바라보아야 하는 서글픈 사랑을 담기에 적절한 곡이었다. 나는 이 곡을 현대적인 투명함으로 해석하고 싶었다. 음 하나하나에 온 정성을 기울이고 최대한의 감성을 부여해서 완벽한 서정곡으로 만들어내고 싶었다. 오직 나와 디누 리파티만이 연주해낼 수 있는 곡이 되어야 했다. 너무도 젊은 나이에 세상을 떠난 리파티는 여느 피아니스트와는 다른 방식으로 자신만의 연주를 해냈다. 그의 연주는 수줍고 내향적이면서도 잠든 영혼을 깨울 만큼 깊은 호소력을 지니고 있었다.

나는 〈달빛〉의 악보를 손에 들고, 잘할 수 있다고 스스로를 격려했다. 동시에 지정곡인 바흐의 평균율 곡집 2권의 〈프렐류드 다장조〉와 푸가 역시 무리 없이 연주할 수 있으리라고 생각했다. 모든 것이 희망적이었다.

예선은 교육회관에서 열릴 예정이었다. 레베카는 전날 저녁 내게 전화를 걸어 행운을 빌어주었다. 그녀는 지금쯤 사치스럽기 그지없는 커다란 빌라에서 창밖의 피오르를 바라보며 스타인웨이 그랜드피아노 D모델의 건반을 두들기고 있을 것이다. 그녀의 뒤에는 백만장자인 아버지가 든든하게 서 있을 것이고, 비록 그녀가 음악을 사랑한다 해도 피아노를 치는 것은 취미 정도에 그칠 게 분명했다. 그런데도 지금 그녀는 셀마 룅에를 사사하고 있었다. 셀마 룅에는 지금은 은퇴했으나 젊은 시절에 전설적인 명성을 떨친 피아니스트였다. 그녀는 오십 줄에 가까운 나이에도 빼어난 외모로 유명했다.

"자유곡으로 무슨 곡을 연주할 거니?" 레베카가 물었다.

"드뷔시의 〈달빛〉."

그러자 그녀는 놀란 목소리로 재빨리 되물었다. "너무 쉬운 곡 고른 거 아냐?"

"며칠 전에 손목을 삐어서 대곡을 치기에는 무리야. 어쩔 수 없지, 뭐. 너는 자유곡으로 뭘 칠 건데?"

"나도 드뷔시 곡을 골랐어. 〈피아노를 위하여〉 중에서 토카타를 연주할까 해."

"와, 멋진걸. 넌 잘해낼 수 있을 거야."

"난 등수 안에만 들면 다행인걸. 대상은 꿈도 꾸지 않아. 대상을 탈 사람은 바로 너야. 모두들 올해 대상 수상자는 악셀, 네가 될 거라고 생각하고 있어."

"그렇게 말해줘서 고마워. 하지만 그런 말을 들으니 왠지 더 긴장이 되는걸."

"에이, 농담하지 마. 네가 긴장할 이유가 어디 있다고…… 넌 감정 조절을 하는 데는 선수잖아. 그렇지 않니?"

내가 감정 조절을 잘한다고?

레베카와 전화 통화를 한 후 이상한 기분에 사로잡혔다. 아버지도 카트리네도 아닌 낯선 사람들이 기대감에 차서 내 연주를 기다리고 있는 것이다. 그 사람들은 다양한 군의 음악 전문가와 상류층 지식인과 음악 애호가 들로, 음악이라는 테두리 안에 모여 있었다. 나는 그들이 누구인지 잘 알고 있었다. 하지만 그들 사이에 끼기에는 내 나이가 너무 어렸다.

어릴 때부터 에울라 강당에서 열리는 음악회에 갈 수 있었던 것은 어머니 덕분이었다. 어머니를 따라 처음으로 콘서트홀에 갔을 때는 당시 국립대학 학장이자 저명한 철학 교수인 욘 메드뵈에를 볼 수 있다는 사실에 흥분했다. 근래에는 노환으로 고생하면서 세상을 떠날 날만 기다리고 있다는 소문이 들려오고 있지만, 그는 몇 년 전만 해도 연설이나 강의를 할 때마다 천재적인 언변과 진실한 태도로 학생들 사이에서 인기가 대단했다. 그는 그날 콘서트홀에 온 소란스럽고 산만한 어린 청중들에게 곧 연주될 음악에 대해 열정적으로 설명해주었다. 그것까지는 좋았다. 하지만 공연이 시작되자 나는 지루해서 견딜 수가 없었다. 하긴, 고작 열두 살짜리 소년이 어떻게 그 딱딱한 고전음악을 몇 시간이고 경청할 수 있겠는가. 나는 미끌미끌한 의자에서 엉덩이를 이리저리 움직이면서 방귀 소리를 내며 겨우 견뎌냈다. 무대에서 들려오는 음악을 한 귀로 흘려들었음은 물론이다. 그런데 어느 순간 귀에 익은 멜로디가 들려왔다. 그때부터 나는 꼼짝하지 않은 채 조용히 앉아 무대에서 들려오는 음악에 귀를 기울였다. 그때 그 선율은 어머니가 라디오에서 자주 들었던 차이콥스키의 바이올린협주곡 중 한 부분이었던 것으로 기억한다. 대단히 현란한 기교를 요구하는 이 곡은 가슴이 저미도록 멜로디가 아름다웠다. 그후 나는 어린 시절의 대부분을 이 에울라 강당에서 음악을 감상하며 보냈다고 해도 지나치지 않을 정도로 자주 이곳을 찾았다. 음악을 들으면서 뭉크의 〈태양〉을 보았고, 강렬한 모티브가 표현된 또다른 뭉크의 작품 〈역사〉와 〈알마 마터〉도 감상했다. 폭포수 옆에 서 있는 벌거벗은 남자가 들려주는 역사와 서사시도 고전음악의 선율과 함께 흡입했다. 솔직히 말해 나는 당시 내가 들었던 대부분의 음악에 대해 아는 것이 하나도 없었다. 이해를 못했던 것은 물론이고, 심지어 특정한 몇몇 곡들은 좋아할 수조차 없었다. 특히 바이올린의 끼익 하는 소리나, 목관악기의 찢어지는 듯한 소리, 타악기의 지루하고 짜증나는 소리가 연거푸 나오는 곡들이 연주되면 당장 일어서서 집에 돌아가고 싶은 생각밖에 들지 않았다. 하지만 노르웨이의 음악계를 손안에 쥐고 있는 음악 교수와 연주가 그리고 비평가 들은 물론이고, 개인 레슨을 하는 선생들까지 이 콘서트홀에서 거의 다 만날 수 있었다. 에울라 강당에서는 회원제로 운영되는 콘서트가 매주 열렸고, 목요일마다 회원들은 주말에 있을 콘서트를 위해 모였다. 어떤 연주자의 어떤 곡을 콘서트 무대에 올리느냐는 바로 이들의 손에 달려 있었다. 에울라 강당에는 그동안 아이작 슈테른, 빌헬름 켐프, 알프레드 브렌델, 다비드 오이스트라흐와 같은 세계 최고의 연주가들이 다녀갔다. 에울라에 오는 사람들은 각양각색이었지만, 이들의 삶은 보이지 않는 어떤 끈으로 묶여 있었다. 보통 사람들의 눈에는 이런 우리가 좀 이상하게 보일 수도 있을 것이다. 우리는 비틀스나 롤링스톤스가 뭐하는 사람들인지 알지 못했고, 알려고도 하지 않았다. 우리는 보통 사람들의 것과는 차원이 다른 세계에 발을 담그고 있었다.

목요일이 다가왔다. 아침에 눈을 뜨자 누가 바늘로 배를 찔러대는 것 같았다. 메슥거림이 점점 더 심해졌다. 확신이 있는 상황에서도 늘 불안하고 걱정스러웠다. 이유는 알 수 없었다. 어쩌면 실패에 대한 두려움 때문인지도 몰랐다. 단 한 번이라도 건반을 잘못 짚으면 내 앞날이 구렁텅이에 빠질 것 같은 불안이 엄습했다. 드뷔시의 〈달빛〉은 멜로디와 주제가 쉽고 또 대중적으로도 너무나 잘 알려진 곡이기 때문에 조그만 실수라도 하는 날엔 결과를 돌이킬 수 없게 될 것이었다. 나는 오전 내내 오늘 연주할 곡들을 하나하나 천천히 짚어나갔다. 예선에서는 청중의 참관이 허락되지 않고, 세 명의 심사위원 앞에서만 연주를 해야 했다. 심사위원 중 두 명은 은퇴한 피아노 교사이고, 나머지 한 명은 국영방송 NRK의 음악부장이라고 들었다. 이들이 오늘 저녁에 있을 예선 심사를 맡아 우리 중 누가 결선에 진출할지 결정을 하는 것이다. 전국 청소년 피아노 대회에서 등수 안에 들지 못한다면 솔로 피아니스트로서의 창창한 앞날에 대한 기대는 접어야 했다. 그만큼 이 대회에는 야망 있는 젊은 연주가들의 사활이 걸려 있다고 할 수 있었다.

오후가 됐을 때, 아버지와 카트리네는 내가 긴장 때문에 거의 흥분 상태에 있다는 것을 알아챘다. 카트리네는 여느 때와 달리 놀랄 정도로 유쾌해 보였다. 그녀는 긴장을 가라앉힐 수 있게 말벗이 되어주겠다고 했으나, 나는 혼자 있고 싶다고 말하며 고개를 저었다. 그녀는 양어깨를 으쓱했다.

"그래, 넌 나무랄 데 없는 아이야. 그러니 다른 사람의 도움 따윈 필요하지 않지. 그렇지 않니, 악셀?"

그녀의 말이 칭찬인지 비아냥거림인지 알 수 없었다. 나는 이 상황을 웃어넘길 수 있도록 농담기가 다분한 어조로 대답했다.

"지금 상황에서는 누나의 도움이 사실은 아무 득이 되지 않거든. 그러니, 누나 말이 틀리진 않아."

아버지가 웃음을 터뜨렸다. 카트리네도 따라서 큰 소리로 웃었다. 하지만 웃음소리에는 방금 우리가 주고받았던 말의 여운이 아직 사라지지 않고 있었다. 나는 자리를 박차고 일어났다.

"이제 가봐야겠어요. 시간이 얼마 남지 않았거든요."

대문을 나섰다. 거리에는 벌써 가을의 기색이 완연했고 잔잔한 이슬비가 내리고 있었다. 눈이 오려면 아직 한참 있어야 했다. 갑자기 뒤에서 발소리가 들려왔다. 누가 나를 염탐하는 것만 같아 꺼림칙한 느낌을 참을 수가 없었다. 특히나 어둑한 길목에서는 더더욱 기분이 안 좋을 수밖에 없었다. 뒤에서 다가오는 사람은 나보다 더 빠르게 걷고 있었다. 곧 그 발소리의 주인공은 나를 따라잡을 것이 분명했다. 지금까지 단 한 번도 어둠을 두려워해본 적이 없었다. 그러나 지금 이 어둑어둑한 길에서 나는 두려움에 떨고 있었다. 나는 뒤를 살짝 돌아다보았다.

발소리의 주인공은 안냐 스쿠그였다.

그녀는 내게 가볍게 고개를 끄덕이며 알은체를 했다. 평소보다 더 바쁜 듯했다. 나도 그녀에게 가볍게 목례하고 시계를 보았다. 그녀가 왜 그렇게 서두르는지 알 것 같았다. 전동차가 일 분 후에 출발하기 때문이었다. 지금과 같은 속도로 걸어간다면 전동차역까지는 이 분 정도가 걸릴 것이다. 그녀는 나를 앞지른 후에도 계속 바삐 걷더니 내 앞에서 오 미터 정도 되는 지점부터는 뛰기 시작했다. 사실 시간을 맞추어 전동차를 타려면 나 또한 그녀와 함께 뛰어야 할 판이었다. 그러나 차마 뛰어갈 수 없었다. 아니, 오히려 발이 땅바닥에 들러붙은 듯했다. 만약 내가 달리기 시작한다면 그녀는 이번에도 틀림없이 비명을 지를 것 같았다. 아니, 어쩌면 다시 내게 알은체를 하며 인사를 건넬지도 몰랐다. 그녀가 두려워하는 사람은 나, 악셀 빈딩이 아니라 덤불 속에 앉아 있던 어두운 그림자이기 때문이다. 그녀는 아직도 그 덤불 속 그림자의 주인이 나라는 걸 몰랐다. 만약 그때 그녀의 뒤를 쫓아가지 않고 조용히 말을 걸었다면 지금쯤은 모든 것이 훨씬 쉬웠을 텐데 하는 아쉬움이 밀려왔다. 만약 지금 그녀에게 모든 것을 설명하면 과연 그녀가 나를 믿어줄까? 사실 그날 저녁 덤불 속 그림자의 주인은 나였다고…… 그리고 나는 조금도 위험하지 않은 평범한 소년에 불과하다고…… 그녀의 뒤를 쫓아가 모든 것을 털어놓고 싶었다. 하지만 또다시 같은 일이 되풀이될지 몰랐다. 결국 아무 말도 하지 않고 모른 척 걷는 것이 최선이라는 결론을 내렸다. 그녀는 벌써 내게서 오십여 미터나 떨어져 있었다. 일곱시 정각이면 예선이 시작될 것이다. 예선 참가자들의 연주 순서는 대회장에서 제비뽑기를 통해 결정된다. 만약 대회장에 지각이라도 하면 제비뽑기에서 제외될 것이고, 그렇게 되면 내년 대회까지 일 년을 더 기다려야 했다. 나는 다시 안나 스쿠그의 뒷모습을 보면서 왜 저렇게 서두르는지 궁금했다. 동시에 그녀가 아무리 바쁘다 해도 나보다 더 바쁠 수는 없다고 생각했다. 그럼에도 나는 뛰어갈 엄두를 내지 못하고 있었다. 만에 하나 그녀가 또 놀라서 비명을 지를까봐 두려웠기 때문이다. 부잣집 아이들만 가는 사립학교의 여학생, 잔가지 하나가 부러지는 소리에도 화들짝 놀라는 여리고 예쁘장한 열다섯 살 소녀 안나 스쿠그 때문에 새로운 삶의 시작을 일 년 더 유보해야 하는 걸까? 생각할 수조차 없었다. 아니, 그런 생각을 해선 안 됐다. 어쨌든 난 그 정도로 이타적인 사람은 아니니까……

전동차가 역으로 들어오는 것이 보였다. 안냐는 역에서 그리 멀지 않은 거리의 오르막길을 거의 다 오른 상태였다. 나는 그제야 뛰어가기 시작했다. 그녀가 내 발소리를 듣고 겁을 잔뜩 먹은 듯한 표정으로 뒤돌아보았다. 하지만 지난번처럼 비명을 지르지는 않았다. 나 역시 서둘러 전동차를 타야 하는 상황이라는 것을 아는 것 같았다. 그녀는 아직도 승강구에서 이십여 미터 떨어져 있었고, 전동차는 벌써 문을 닫은 채 천천히 역에서 출발하는 중이었다. 하지만 안냐는 포기하지 않았다. 그녀는 전동차를 향해 손을 흔들면서 고함을 지르기 시작했다. 내가 알고 있던 안냐와는 전혀 다른 모습이었다. 작은 것에도 깜짝깜짝 놀라며, 병에 걸리기라도 한 것처럼 약하고 여린 소녀의 모습이 아니었다. 지금의 안냐는 누가 뭐래도 강하고 용기 있는 소녀임에 틀림이 없었다. 그녀는 "차 세워요! 기다려요!"라고 계속 고함을 지르며 전동차 쪽으로 뛰어갔다. 운전기사가 자신의 목소리를 들을 수 있다고 생각한 것일까? 여리고 높은 톤의 여자아이의 비명은 대번에 전동차의 엔진 소리에 묻혀버리고 말 텐데…… 하지만 전동차는 멈춰 섰다. 운전기사가 그녀의 급한 손짓을 본 모양이었다. 나는 끼익 하는 브레이크 소리와 함께 멈춰 선 전동차의 승강구를 향해 안냐가 죽을힘을 다해 달려가는 것을 보았다. 전동차의 반 이상이 아직도 역에서 채 빠져나가지 못했던 상황이었기 때문에, 안냐는 맨 뒤 칸에 올라탈 수 있었다. 하지만 나와 전동차 사이의 거리는 아직도 오십여 미터나 되었다. 그리고 나는 오르막길을 채 오르지도 못했기 때문에 전동차 운전기사는 내 모습을 전혀 볼 수가 없었다. 기적이 일어나기만을 바랄 뿐이었다. 대회장에 늦을 것이 분명한데도 포기할 수 없었다.

이미 한참 전에 출발한 전동차의 뒤를 숨을 헐떡이며 쫓아오던 사람들을 측은하게 바라보았던 기억이 났다. 나는 그 사람들처럼 보이고 싶지는 않았다. 특히 안냐 스쿠그가 전동차 안에서 내가 미련하고 우스꽝스럽게 달리고 있는 모습을 본다고 생각하니 죽기보다 싫었다. 전동차는 다행히도 계속 멈추어 서서 나를 기다리고 있었다. 승강구에 기대서서 나를 바라보고 있는 안냐의 모습이 눈에 들어왔다. 보아하니, 그녀가 매표원에게 부탁해서 내가 전동차에 이를 때까지 출발하지 말아달라고 부탁한 것 같았다. 나는 다시 뛰기 시작했다. 전동차의 창으로 짜증스러워하는 승객들의 얼굴이 보였다. 순간 나는 발을 삐끗하고 말았다. 몸의 중심을 잡으려고 애쓰다보니 길바닥 쪽으로 손이 제일 먼저 나갔다. 만약에라도 손에 이상이 생긴다면 지금까지의 노력이 모두 물거품이 될 것은 뻔했다. 한 시간 후에는 이 손으로 피아노를 쳐야 하고, 오늘의 연주는 내 앞날을 결정지을 것이다. 나는 겨우 몸을 틀어 무릎으로 충격을 받아냈다. 그러고는 젖은 아스팔트 위에 완전히 나자빠져버렸다. 더이상 미끄러지지 않도록 온몸에 힘을 주는데 얼굴이 화끈 달아올랐다. 안냐 스쿠그가 저기 서서 나를 보고 있다. 그녀는 내가 넘어지는 것도 보았고 그 때문에 간신히 붙잡아둔 전동차가 출발이 더 지연되는 것도 초조하게 지켜보고 있다…… 단 몇 초 동안에 나는 자신감을 모두 잃었다. 나는 땅에 무릎을 꿇은 채 전동차 쪽으로 나를 기다리지 말고 출발하라는 손짓을 했다. 하지만 안냐는 여전히 매표원과 함께 서서 나를 바라보고 있었다. 마침내 나는 비틀비틀 전동차를 향해서 뛰어갔다. 안냐 스쿠그가 나를 기다리고 있었기 때문이다.

그녀는 매표원과 함께 승강구에 서서 날카롭고 엷은 미소를 지은 채 나를 바라보고 있었다. 매표원은 내가 전동차에 올라탈 수 있도록 손을 내밀어 나를 끌어올려주었다. 그러고는 농담을 섞어 가벼운 불만을 표시했다.

"우리가 기다리지 않았다면 차를 놓쳤을 거야. 늑장 부리는 승객을 기다리는 건 늘 있는 일이 아니라구."

안냐 스쿠그는 뒤도 돌아보지 않고 전동차의 앞 칸으로 걸어갔다. 나는 그런 그녀의 태도를 '내가 할 수 있는 만큼 너를 도왔으니, 이제 다시 예전처럼 돌아가자' 라는 뜻으로 이해했다. 내 양복 바지엔 커다랗게 구멍이 뚫렸고, 무릎에는 피가 흐르고 있었다. 그녀는 내가 아스팔트에서 넘어진 것을 보았을까. 그녀는 내게 등을 돌린 채 자리에 앉았다. 그녀의 양가죽코트 아래로 붉은색 치마 밑단이 살짝 보였다. 묶어서 올린 곱슬곱슬한 머리는 마치 연회장에 가기 위해 정성껏 매만진 것 같았다. 그녀에게는 항상 뭐라고 꼭 집어 말할 수 없는 특별한 분위기가 감돌았다.

나는 매표원에게 차비를 지불한 다음 어디에 자리를 잡고 앉아야 할지 둘러보았다. 나는 그녀가 앉은 자리의 반대쪽에 자리를 잡았다. 그녀가 보인 무언의 암시를 받아들이고 존중하겠다는 내 나름의 표현이었다. 자리에 앉으니 잊고 있던 긴장감이 몰려왔다. 앞으로 한 시간 후에 있을 피아노 대회에 모든 것을 건 나 자신이 문득 바보 같다는 생각도 들었다.

만약 실패한다면 내게 남는 건 아무것도 없다. 두 다리를 모두 잃는 것과 마찬가지인 것이다. 어머니가 세상을 떠난 후부터 모든 것이 갑자기 변했다. 아버지와 나 그리고 카트리네는 그때부터 고삐 풀린 망아지처럼 살아왔다. 어머니는 우리 가족을 정상적인 삶으로 이끌던 끈과 함께 폭포 속으로 사라졌다. 나는 한산한 전동차 안에서 멍하니 앉아 어머니를 그리워하고 있었다. 이 시간에 시내로 향하는 승객들은 아마도 데이트 약속이 있거나 야간근무를 하러 가거나 또는 콘서트홀과 극장에 가는 사람들일 것이다. 전형적인 중류층 사람들의 모습이었다. 안냐 스쿠그는 이 무리에 해당되지 않았다. 그녀의 우아한 태도와 옷차림은 한눈에 그녀를 상류층으로 보이게 했다. 나는 전동차의 낡은 가죽의자에 앉아 내게 던져진 요구와 기대에 대해 생각했다. 양복바지에 난 구멍과 다친 손목에 대해서도 생각했다. 문득 내가 처한 상황이 우스꽝스럽기 그지없었다.

종점인 국립극장 역이 얼마 남지 않았다. 함께 앉아 있던 몇 명의 승객들은 벌써 마요르스투엔 역과 발퀴리에플라스 역에서 내렸기 때문에 전동차 안은 더 텅 빈 듯 보였다. 안냐 스쿠그는 아직 자리를 지키고 있었다. 나는 그녀의 뒤에서 몇 좌석 떨어진 곳에 앉아 있었다. 〈욕망이라는 이름의 전차〉. 아버지는 이 연극의 번역이 정확하지 않은 편이라고 자주 말했다. 하지만 어머니는 이 연극을 무척이나 좋아했다. 내가 열 살 정도 되었을 때였다. 어머니는 나와 카트리네를 데리고 극장으로 가서 이 연극을 관람했다. 그때 카트리네는 내내 돌처럼 무표정한 얼굴로 앉아 있었지만 나는 뚝뚝 눈물을 흘렸다. 왜냐하면 어머니가 눈물을 흘리고 있었기 때문이다. 주인공과 그녀의 자매는 비극적인 거짓에 둘러싸여 성장했고, 둘의 관계는 절망적이었다. 그럼에도 어떤 면에서 두 사람은 서로에게서 벗어나지 못했다. 지금 생각하니 두 사람이 가졌던 감정은 애증이었던 것 같다. 그리고 그 소름 끼칠 정도로 추악한 폴란드인, 작업 도중의 사고, 갑자기 사라진 희망…… 그는 두 자매의 정신적인 살해자이기도 했다.

내가 왜 지금 그 연극을 생각하고 있는 것일까? 왜 갑자기 그때 울었던 기억이 난 것일까? 안냐가 자리에서 일어섰다. 창밖으로 국립극장이 보였다. 나는 계속 자리에 앉아 있었다. 나머지 승객들은 하나둘씩 일어나서 승강구 쪽으로 향하고 있었다. 안냐가 나를 슬쩍 쳐다보았다. 재빠르게 거두어들인 그녀의 시선에서 나에 대한 동정이나 의심의 눈빛은 찾아볼 수 없었다.

나는 〈달빛〉의 멜로디를 떠올렸다. 안냐는 드뷔시의 곡에 잘 어울리는 맑고 투명한 소녀였다. 그렇다고 해서 그녀가 속까지 훤히 들여다보일 정도로 고지식하고 순진하다는 말은 아니다. 만약에라도 누가 그녀의 속내를 본다면, 그것은 오직 드뷔시만이 그려낼 수 있는 밤하늘의 은빛 달무리 속에서 어떤 불확실한 외면만을 보는 것과 다름이 없다. 그만큼 그녀는 은밀한 비밀에 싸인 사람이었다.

우리는 전동차에서 내려 역 계단을 올라갔다. 그녀는 내게서 이십여 미터 정도 떨어진 거리에서 앞서 걸어갔다. 그리고 국립대학과 에울라 강당이 있는 왼쪽으로 방향을 돌려 계속 걸었다. 나와 같은 방향이었다. 나는 그녀의 뒤를 따라 걸어가며 내심 즐거웠다. 그녀의 모습을 계속 볼 수 있었기 때문이다. 그녀는 내 긴장을 누그러뜨리는 안정제 역할을 하고 있었다. 문득 나 자신이 낙오자가 된 듯한 느낌이 들었다. 그리고 이 세상에 안냐 스쿠그가 존재한다는 사실 그리고 오늘 그녀가 나를 구해준 천사의 역할을 했다는 사실이 기적처럼 느껴졌다. 나는 대회에서 반드시 대상을 거머쥐어야 한다. 그리고 그렇게만 된다면 나는 안냐에게 감사의 표시로 꽃다발을 보낼 생각이었다.

나는 그녀가 카를 요한 가로 갈 것이라고 생각했으나, 그녀는 한 번 더 왼쪽으로 방향을 꺾어 걸어갔다. 왕궁이 있는 쪽이었다. 그 길은 내가 가려고 했던 길이기도 했다. 공원을 가로지르는 오르막길로 우리는 계속 걸어갔다. 여전히 그녀와 나 사이의 거리는 가깝지도 멀지도 않았다. 그녀는 공원 근처에 있는 홀만스뷔엔에서 친구들과 함께 차를 마시며 저녁 시간을 보낼지도 모른다. 그녀는 학교에서도 틀림없이 똑똑하고 우수한 학생일 것이다. 당시 중간 정도의 성적으로는 사립학교에 들어가기가 쉽지 않았기 때문이다. 어쩌면 그녀는 자기 아버지처럼 뇌 수술 전문의가 될지도 모르는 일이었다.

우리는 오슬로 전역을 덮은 짙은 저녁 안개 속에서 왕궁으로 향하는 오르막길을 계속해서 걸어 올라갔다. 기온은 그리 쌀쌀하지 않았다. 그 저녁 길은 언젠가 어머니와 함께 보았던 러시아 오페라 중 한 장면을 연상시켰다. 〈예브게니 오네긴〉이었던가…… 뭐, 그런 제목을 가진 오페라였다. 키 큰 나무들과 안개 자욱한 밤거리의 배경이 인상적이었던 그 오페라는 결투에서 진 사내가 사랑하는 사람 앞에서 비극적인 최후를 맞으며 끝난다. 마치 그 드라마의 작가인 푸시킨의 운명처럼. 그런데 나는 왜 갑자기 죽음에 대해서 생각하는 걸까. 한 소녀가 왕궁 근처의 공원에서 내 앞에 걸어가고 있는 이 상황에서. 안냐는 왕궁 수비대를 지나 오른쪽으로 재빨리 방향을 틀었다. 갑자기 뒤통수가 욱신거렸다. 그녀는 나와 같은 방향으로 가고 있었다. 나는 그제야 그녀도 대회 참가자 중 한 사람이라는 걸 깨달았다. 우리 앞에는 교육회관이 마치 사형장처럼 버티고 서 있었다.

예선

피아노 대회는 선택된 연주자들만의 축제였다. 상을 타고 메달을 거머쥔 몇 명의 연주자만이 사진기자들의 번쩍이는 플래시 세례 속에서 의기양양한 미소를 지을 수 있었다. 반면에 대다수의 탈락자는 사람들의 기억 속에서 금방 잊힐 것이다. 그리고 그들은 스스로 대회에 참가했다는 사실조차도 잊고 싶어하며 살게 될 것이다. 하지만 세상 사람들의 기억에서 잊힐 수 있다 해도, 그들 스스로 느낀 모욕감과 수치심은 쉽게 잊을 수 없을 것이다. 그것은 마치 지울 수 없는 화상 자국처럼 남아 죽을 때까지 그들을 괴롭힐 것이다. 그럼에도 어머니는 내가 이 대회에 참가하기를 간절히 바랐다. 어머니 말에 따르면, 음악 대회에 참가한다는 것은 평범하게 돌아가는 이 세상의 기대를 뛰어넘는 어떤 초월적인 행위였다. 이 저녁에 나는 베르겔란 가를 지나 곧 대회장에 도착할 것이고, 거기서 안냐 스쿠그와 원치 않는 경쟁을 할 예정이다. 이 또한 어머니가 원했던 것이었을까.

나는 계속 그녀와 일정한 거리를 유지하면서 걸었다. 그녀가 사각형 건물의 묵직한 출입문을 밀고 들어섰을 때, 나는 아직도 그녀로부터 이십 미터 정도 떨어져 있었다. 그녀가 갑자기 몸을 돌려 나를 바라보았다. 내가 그녀와 같은 곳으로 가기 위해 계속 그녀의 뒤를 따라 걸어왔다는 것을 알고 있다는 표정이었다.

하지만 이번에는 나를 기다려주지 않았다. 만약 그렇게 했다면 나는 그녀가 가식적이라고 생각했을 것이다. 하지만 그녀가 나를 지켜본 것은 분명한 사실이었다. 그녀의 눈빛과 그 특별한 자태가 내 머릿속에 선명하게 각인되었다.

그녀는 환한 건물 안으로 들어가 대회 장소인 지하로 내려갔다. 나는 천천히 그녀의 뒤를 따랐다. 그곳은 한껏 치장을 한 작은 악마와 그들의 부모 들로 북적거렸다. 저학년부 대회에 참가할 이 아이들은 하나같이 부풀어오른 치마에 반짝반짝 빛이 나는 에나멜 신발을 신고 있었다. 따라온 부모들은 아이들보다 훨씬 더 멋을 낸 모습이었다. 오늘 대회가 지난번 '학생의 밤' 행사와는 다른 특별한 것이라는 것을 한눈에 짐작할 수 있었다. 중등부와 고등부 학생들은 대부분 부모를 동반하지 않고 혼자 참가했다. 나이가 들수록 자연스러운 현상이었다. 하지만 예외도 있었다. 예를 들면 페르디난 피오르 같은 아이. 그의 부모는 대회장 밖 로비에 열 지어 있는 긴 의자에 앉아 있었다. 페르디난의 모습은 보이지 않았지만, 예전에 몇 번 본 적이 있어 나는 페르디난의 부모를 알아보았다. 페르디난은 어릴 때부터 음악 신동이라는 소리를 들어왔다. 부모의 열성이 한몫했을 것이다. 그는 부모님이 따라온 것을 은근슬쩍 자랑할 수 있는 그런 아이였다. 모두들 절제된 태도로 심호흡을 하면서 긴장을 누그러뜨리고 있었다. 페르디난도 그중 한 명이었다. 레베카도 보였다. 그녀는 나를 보자마자 달려와 뺨에 입을 맞추었다.

"악셀, 오늘 대회는 네게 식은 죽 먹기야. 넌 틀림없이 결선에 진출할 거야. 확실해. 난 믿어."

그녀의 격려를 받았지만 긴장은 점점 더 심해졌다. 나는 안냐 스쿠그에게 고개를 돌렸다. 그녀는 아직도 로비 한구석에서 양가죽코트도 벗지 않고 서 있었다.

"세상에! 이게 뭐니?" 내 바지에 난 구멍을 보며 레베카가 소리를 질렀다.

"길이 엄청 미끄러웠어. 전동차 타러 가다 넘어졌어."

"미끄러졌다고? 기온이 영상 7도인데 길이 얼었어?" 똥그랗게 치켜뜬 그녀의 눈은 마치 커다란 물음표 같았다.

더이상 그녀와 이야기를 하고 싶지 않았다.

"그럴 수도 있지, 뭐. 어쩔 수 없었어."

나는 그녀에게서 눈을 돌려 방금 연주를 마치고 나온 아이들을 둘러보았다. 그중 한 명은 연주복 위에다 토하고 있었다. 그랬다. 오늘 저녁은 확실히 '학생의 밤' 행사 때와는 달랐다. 이 대회는 경쟁을 하러 온 진지한 학생들만이 겨룰 수 있는 자리였고, 여느 아홉 살배기 코흘리개들에게는 견뎌내기 어려울 정도로 크고 의미 있는 행사였다. 이 아이들은 차분히 앉아 결과를 기다리기에는 아직 어렸다. 신동과 바보를 가려내는 차갑기 그지없는 선택의 시간이었다. 비세르순에서 온 한 소녀가 흐느끼는 소리가 로비 계단

쪽에서 들려왔다. 그리고 동시에 그애의 어머니인 것 같은 여인의 화난 목소리도 들렸다.

"진정해, 아스트리. 넌 4등이나 했잖아. 4등도 못한 애들이 얼마나 많은데…… 이제 그만 울어. 뚝!"

하지만 나는 이 대회에서 4등을 한 학생은 설 자리가 없다는 것을 누구보다도 잘 알고 있었다. 1등이 아니면 모두 꼴찌였다. 비세르순에서 온 아스트리는 이미 경쟁에서 걸러진 것이다. 예선 탈락. 소녀는 계속 울다가 결국 위로하던 어머니의 옷에다 토했다. 나를 포함해서 그 장면을 보고 있던 몇몇의 고등부 학생들은 못 본 척 얼른 시선을 돌렸다. 우리가 할 수 있는 일은 아무것도 없었다. 잠시 후면 우리가 불속으로 뛰어들 차례였다.

구역질이 났다. 나는 화장실로 달려가 토했다. 소리도 내지 않은 채…… 숨을 쉴 수 없을 정도의 악취만 날 뿐이었다. 물을 내렸다. 조금 있으면 아무 냄새도 나지 않을 것이다. 아무도 나의 흔적을 발견할 수 없을 것이다.

화장실 문을 나서자마자 안나 스쿠그가 눈에 띄었다. 그녀는 거울 앞에서 머리를 빗고 있었다. 우리는 거울을 통해 서로를 바라보았다. 무슨 말이든 해야 할 것 같았다.

"네가 피아노를 치는 줄 몰랐어." 내가 먼저 말을 걸었다.

"모를 수도 있지 뭐. 어떻게 보면 당연한 거야. 그렇지 않니?"

그녀는 대답을 하면서도 계속 머리를 빗었다. 여자아이들에게서만 볼 수 있는 익숙한 손놀림이었다.

"사실, 지금까지 누구에게도 피아노 친다는 말을 하지 않았으니까."

"응, 그랬구나."

나는 입을 거의 벌리지 않고 대답했다. 호주머니에 넣어두었던 구강청정제를 찾느라 주머니를 더듬었지만 없었다. 전동차역으로 달리다 넘어졌을 때 잃어버린 게 분명했다.

"그건 그렇고, 난 너에 대해서 이미 알고 있었어."

이렇게 말하는 그녀의 목소리는 내가 상상했던 것보다 좀더 낮은 톤이었다. 생각보다 훨씬 따스했다. 나는 그녀의 목소리가 영국의 성악가 캐서린 페리어처럼 브람스와 리하르트 슈트라우스의 곡을 노래하기에 적합한 목소리라고 생각했다. 그녀에게 가졌던 방어적인 태도와 차가운 이성과 회의감은 이미 사라진 후였다. 그녀의 몸짓과 윤곽이 뚜렷한 얼굴, 가는 허리, 자신만만한 태도를 좋아하는 만큼 나는 그녀의 목소리도 좋아졌다. 내가 아는 한 그녀와 비교할 만한 소녀는 한 명도 없었다.

"나를 알고 있었다고? 어떻게?"

"셀마 룅에 선생님이 네 이야기를 자주 하셨거든."

"셀마 룅에 선생님한테 피아노를 배우니?"

"응. 지금까진 비밀로 해왔는데, 이젠 아니야."

"왜 그걸 비밀로 했는데?"

"왜냐하면…… 이게 정말 내가 원하는 건지 확신하지 못해서."

"피아노를 치는 거 말이니?"

"물론이지. 피아노를 친다는 것은 확신을 가지고 있지 않으면 할 수 없는 일이야. 그렇지 않니? 너도 확신을 가지고 피아노를 치잖아. 맞지?"

"그래…… 맞아."

"그러면서도 이렇게 중요한 날 전동차역에서 늑장을 부렸고……" 그녀가 살짝 미소를 지었다.

"너한테 고맙다는 말을 했어야 했는데…… 너 아니었으면 대회에 참가하지 못할 뻔했어. 고마워."

"별말을 다 한다. 경쟁자가 불운에 빠진 것을 보고도 못 본 척하면 정정당당하게 경쟁할 수 없잖아. 그래서 그런 거라고 생각해."

"그럼 넌 벌써 내가 이 대회에 참가하는 걸 알고 있었던 거구나."

"그럼. 물론 알고 있었지."

"그러면 우리가 길에서 마주칠 때마다…… 그때도 넌 우리가 머지않아 경쟁자가 되리란 걸 알고 있었던 거니?"

"사실은 륑에 선생님이 대회 참가자 명단을 보여주셨어. 그리고 난 네 이름을 알고 있었고. 우린 같은 동네에 살잖아."

"륑에 선생님은 나에 대해서 또 무엇을 더 알고 있니?"

"음…… 넌 재능이 있긴 하지만 사실은 네가 생각하는 만큼 뛰어난 실력은 아니라고 했어."

안냐 스쿠그는 소리 내서 웃었다. 나는 순간적으로 그녀가 건방지고 도전적이라는 생각을 했다. 치욕적이기도 했다. 그럼에도 그녀의 웃는 모습이 좋았다. 그녀의 웃는 모습을 볼 수만 있다면 매일매일 모욕을 당해도 좋다는 생각마저 들었다.

"하여튼, 고마워."

"천만에." 그녀는 의미심장한 미소를 지었다.

"떨리진 않니?" 나는 그녀에게 물었다.

"아니, 전혀. 긴장할 이유가 하나도 없잖아. 내가 왜? 난 나 자신에 대해서 잘 알고 있어. 내 실력에 대한 확신이 없었다면 이 대회에 참가하지도 않았을 거야."

말을 끝내자마자 그녀는 총총히 무대를 향해 걸어갔다. 나는 다음 차례가 그녀라는 것을 깜박 잊고 있었던 것이다.

나는 그 자리에 계속 서 있었다. 현기증이 났고 온몸이 욱신거리는 것 같기도 했다. 레베카가 내게 다가와 조심스럽게 물었다.

"악셀, 지금 여기서 뭐 하고 있어? 몸까지 비틀거리면서."

"응? 내가 비틀거렸다고?"

"그래, 마치 피사의 사탑 같았어. 한쪽으로 쓰러질 것 같은 모습이…… 아까 그 여자아이 때문에 그런 거야? 저기 저 여자애 말이야."

"저 여자애? 난 저애에 대해서 잘 몰라."

"흥! 잘 모른다고? 도대체 쟤 누구야?"

"모른다니까. 아는 거라고는 우리 동네에 있는 엘베파레 언덕에 살고, 사립학교에 다니고…… 또 그 유명한 뇌 수술 전문의 브로르 스쿠그 씨의 딸이라는 것밖에 몰라."

"누구한테서 피아노를 배우는지 혹시 아니?"

"셀마 룅에."

"셀마 룅에? 그게 정말이니? 룅에 선생님한테 피아노를 배운다면 나도 벌써 알고 있었을 텐데."

"룅에 선생님한테 레슨 받는 걸 일부러 비밀로 해왔대."

"왜 비밀로 했대? 무엇 때문에?"

"그냥 그렇게 하고 싶었대. 확신이 들 때까지 비밀로 하고 싶었다고."

"무슨 확신?"

"콘서트 피아니스트가 되기 위한 확신이겠지, 뭐."

"그럼 지금은 콘서트 피아니스트가 되려는 확신을 가졌다는 뜻이니?"

"그렇겠지."

"그런데도 우리 중에 저 아이에 대해 아는 사람이 아무도 없다고? 믿을 수 없어."

"시간이 필요했겠지. 이제 곧 다들 알게 될 거야."

"룅에 선생님과 얘기해봐야겠어."

레베카는 화가 많이 나 있었다. 그런 레베카를 충분히 이해할 수 있었다. 음악 지도자들이 이런 불필요한 비밀을 가지고 있는 것은 자주 있는 일이 아니었다. 더욱이 레베카는 셀마 룅에 밑에서 이미 여러 해 동안 피아노를 배워온 제자들 중 한 사람이었기에 화를 내는 것은 당연한 일일지도 몰랐다.

나 자신이 바보처럼 여겨졌다. 이유도 모른 채. 뭔가 빠뜨리고 챙기지 않은 게 있다는 느낌이 들 정도로 불안하고 초조했다. 강당 안에는 심사위원들이 앉아 참가자의 연주를 들을 준비를 하고 있었다. 참관자 중에 셀마 룅에의 얼굴도 보였고, 리플링도 보였다. 그 외에도 아말리에 크리스티에, 엘리네 뉘고르, 카렌 오르스 부게, 알름 부인, 뢰켄 부인, 스투구 부인, 한나 마리에 베이알, 메우드 벱스테르, 에를링 베스테르 등 이름만 대면 알 만한 사람은 다 아는 유명한 피아니스트와 음악인 들이 한자리에 모여 있었다. 그들은 무대 바로 앞에 앉아 곧 자신들이 지도해온 학생들의 연주를 들을 것이다.

'안냐 스쿠그가 피아노를 친다는 사실을 모르고 있었다니……'

나는 중얼거렸다. 나한테만은 알려줘도 됐을 텐데 하는 생각이 뜬금없이 들었다.

심사가 비밀리에 진행되기 때문에 참가자들은 다른 사람의 연주를 들을 수 없었다. 결선만 공개적으로 진행될 예정이었다. 결선이 열리는 에울라 강당에 있는 뭉크의 〈태양〉을 보려면 아직 한참을 기다려야 한다. 그리고 그곳에 발을 디디기 위해서는 오늘 완벽한 연주를 해내야 한다. 모든 감정과 기교와 열정을 쏟아서 최선을 다해 연주를 해야 하는 것이다.

안냐 스쿠그는 고등부 학생들 중 첫번째로 연주했다.

"륑에 선생님을 사사했다니…… 그것도 비밀로…… 너희는 화도 안 나니?" 레베카 프로스트는 아직도 흥분해 있었다.

"내 생각엔 조금 더 알아보고 나서 화를 내도 늦지 않을 것 같은데…… 난 지금까지 한 번도 저애를 본 적이 없어서." 페르디난이 조심스럽게 말했다.

"상황이 좀 이상하긴 해. 우린 서로에 대해서 잘 알고 있는데 갑자기 처음 보는 애가 나타났으니…… 우리 중에 콘서트홀에서 저애를 본 사람이 정말 하나도 없단 말이야?"

"난 한 번도 못 봤어." 레베카가 단정지었다.

"나도 마찬가지야." 나는 레베카의 말에 맞장구를 쳤다. 그 순간 배 속이 니글거리는 느낌이 들었다.

몇 분 후에 안냐가 연주장에서 나왔다. 그녀의 얼굴은 빨갛게 상기되어 있었다. 마치 방금 무슨 큰 잘못이라도 저지른 것처럼 보였다.

"연주…… 잘했니?"

레베카가 안냐에게 물었다. 레베카는 억누를 수 없는 호기심으로 유명한 아이이기도 했다. 안냐 스쿠그는 어깨를 으쓱해 보였다. 그런 그녀의 몸짓은 발갛게 달아오른 얼굴과는 반대로 여유로웠다.

"그저 그랬어." 안냐가 대답했다.

"무슨 뜻이야?"

"최선을 다해서 쳤다면 좀더 나은 연주를 할 수도 있었다는 말이야."

"최선을 다하지 않았다는 뜻이니?"

"겨우 예선인데 뭐. 오늘은 그냥 '학생의 밤' 수준의 행사 아니니? 하지만 결선에서는 다를 거야."

"그 말은 네가 결선에 진출할 거라는 거니?"

"물론이지."

"어떻게 그렇게 장담할 수 있지?"

그녀는 다시 어깨를 가볍게 으쓱하면서 대답했다.

"당연한 거 아니니? 우리 나이에 시간과 노력을 투자한다는 게 그냥 재미로 하는 게 아니잖아."

안냐의 말은 내 간담을 서늘하게 할 정도로 예리했다. 내가 여기에 대고 무슨 말을 할 수 있을까? 학교까지 그만두고 몇 달 동안 피아노만 쳐온 내가 만약 예선에서 탈락한다면? 그렇게 된다면,

어쩌면 내가 죽을 때까지 짊어져야 할 무거운 운명처럼 슬프고 무의미한 시간만이 반복될지도 모른다.

지금까지 한 번도 느끼지 못했던 극한의 긴장감이 몰려왔다. 온몸이 떨리고 식은땀이 흘렀다. 누가 이런 나를 볼까봐 두려웠다. 하지만 아무도 내게 아무 말도 하지 않았다. 단지 레베카만이 나를 뚫어지게 쳐다볼 뿐이었다. 그녀는 나를 이해하고 있는 것 같았다. 그녀가 내게 보내는 눈빛에는 연민과 동정이 담겨 있었다.

어느새 내 차례였다.

나는 그랜드피아노 앞에 앉았다. 내 앞에는 검은 벽이 있었고, 그 너머에는 내가 두려워하는 사람들이 앉아 있었다. 나는 심사위원 세 명의 과장된 진지함뿐 아니라 참관자로 앉아 있는 내 피아노 선생님 쉰네스트베트의 불쾌한 입 냄새조차 두려웠다. 다른 피아노 지도 교사들도 두렵긴 마찬가지였다. 하지만 그중에서도 가장 두려운 사람은 바로 빼어난 외모의 전설적인 피아니스트 셀마 링에였다. 그녀는 독일 태생으로 50년대 말에 스칸디나비아 3국을 돌며 콘서트를 하다 노르웨이의 철학자 토르핀 링에와 사랑에 빠져 결혼했다. 그리고 강 건너편 산드분 가에 있는 지은 지 꽤 오래된 낡은 집에 살고 있었다. 연주를 시작하려는 순간 갑자기 어떤 생각이 스쳤다. 그들은 그 오래된 스위스풍의 빌라에서 내가 자주 앉아 있던 강가의 덤불이나 어머니의 시체가 발견된 폭포 아래쪽도 볼 수 있었을 것이다. 그리고 내가 계곡 아래 미끌미끌한 바위에 앉아 강물 소리와 내 머릿속에 흐르는 피아노곡의 멜로디를 듣고 있을 바로 그 시간에 안냐 스쿠그는 셀마 링에의 집에서 피아노를 배웠을 수도 있었다. 내가 전혀 모르고 있던 사이에 그녀는 바로 내 머리 꼭대기에서 내가 지금까지 배웠던 것보다 훨씬 깊이 있는 곡 해석과 테크닉을 익혔을 거란 생각에 하마터면 건반을 잘못 짚을 뻔했다.

셀마 룅에는 똑똑한 여자였다. 모두가 아는 사실이었다. 1960년대 초 에울라 강당에서 있었던 그녀의 마지막 콘서트는 지금까지도 사람들 입에 오르내릴 정도로 굉장한 것이었다. 그 콘서트 직후 그녀는 결혼을 했고 솔리스트로서의 활동을 접었다. 그리고 그녀의 연주를 그리워하는 사람들의 압력에 못 이겨 도이치그라모폰사와 음반 계약을 맺었다. 그녀는 라파엘 쿠벨리크가 지휘하는 바이에른 방송교향악단과 협연하여 브람스의 곡을 녹음했다. 사실 그녀는 바이에른 방송교향악단이 적을 두고 있는 뮌헨 출신이기도 했다. 슈바빙에서 오랫동안 살기도 했던 그녀의 명성은 파울 힌데미트와 어깨를 나란히 할 정도였다. 그녀는 전 세계의 유명한 콘서트홀에서 수도 없이 연주했으며, 각 나라의 수상과 대통령으로부터 축전을 받았다. 그러다 갑자기 그녀는 연주가로서의 활동을 모두 접고 토르핀 룅에와 결혼을 하고 그의 아이를 가지기로 결심했던 것이다. 당시 토르핀 룅에 역시 철학 분야에서 확고한 입지를 다진 학자였다. 『어리석은 것들에 대하여』라는 야심 찬 철학서를 낸 후 그는 세계적인 학자의 반열에 올랐고, 우연히 한 연회장에서 셀마 룅에를 만나 결혼했다. 소문에 의하면 그의 저서 『어리석은 것들에 대하여』는 모든 것에 대해 관조적으로 웃을 수 있는 사람이 아니면 쓸 수 없는 책이라고 했다. 물론 나는 이 말을 어머니에게서 들었다. 셀마 룅에에 대한 어머니의 관심은 말로 다 할 수 없을 정도였다. 나는 몇 번 어머니에게 셀마 룅에 선생한테 레슨을 받으면 안 되겠느냐고 물었는데, 그때마다 어머니는 나를 쏘아보며 "그 여자는 레슨비를 너무 비싸게 받아서 안 돼" 하고 잘랐다. 하지만 나는 어머니의 말이 핑계에 지나지 않는다는 것을 알고 있었다. 어머니의 얼굴에 분명히 쓰여 있었기 때문이었다. 어머니는 셀마 룅에를 존경을 넘어 숭배의 차원에서 좋아했다. 셀마 룅에가 에울라에서 마지막 콘서트를 열었을 때 어머니는 그 자리에서 그녀의 연주를 감상했고, 그 이후에는 아무도 셀마 룅에만큼 장대하고 아름다운 음악을 연주하지 못했다고 회상에 젖곤 했다. 셀마 룅에의 아름다움과 재능은 그녀를 음악계의 전설적인 위치에 올려놓았지만 어머니는 당신을 제외하고선 그 어느 누구도 나를 지배하지 못하도록 내 인생의 둘레에 보이지 않는 선을 그어놓았다. 어머니는 그 선 안에 들어오는 모든 경쟁자를 두려워했다. 나는 지금 이 순간 교육회관 강당 안 피아노 앞에 앉아 셀마 룅에에 대해서 생각하고 있다. 어쩌면 그녀는 어머니뿐만 아니라 나에게도 수용하기 힘들 정도의 강력한 지배자요 경쟁자가 아닐까 하는 생각이 언뜻 스쳤다. 그녀가 나에 대해 안냐 스쿠그에게 말했던 내용을 나는 도저히 받아들일 수가 없었다. 재능은 있지만, 나 자신이 믿고 있는 정도의 재능은 아니라고…… 나는 지금 그녀의 말에 반박이라도 하듯 드뷔시의 〈달빛〉을 연주하고 있다. 벼락치기로 연습한 곡을 말이다. 어떻게 하면 이 곡을 재능이 넘쳐 보이도록 연주할 수 있을까. 새롭고 예기치 않은 방법으로, 그러면서도 연주가의 지적 권위를 살리면서 애처롭고 감성적으로 칠 수 있는 방법이 없을까? 불가능하게만 보이는 요구사항이었다. 이제 사 분 정도만 지나면 지난 몇 달간 내 모든 것을 걸고 준비해온 것들이 물거품이 될 수도 있었다. 나는 건반에 손을 얹었다. 첫번째 음인 내림라장조의 3도음이 강당 안에 울려퍼졌다. 나는 언제나 내 안의 의심과 싸워왔다. 내게 정말로 연주가의 재능이 있는 것일까? 안냐 스쿠그와 이상하리만큼 비슷한 이 의지와 조숙한 결단력이 과연 미래의 콘서트 피아니스트라는 직업과 성공을 보장해줄 수 있을까? 나는 어쩌다가 이 길을 택하게 된 것일까? 왜 피아노를 치는 것이 내게 이토록 중요한 것일까? 어머니가 내게 물려준 어떤 운명적 유산이라고도 할 수 있을 것이다. 어머니는 나를 나보다 훨씬 더 많이 알고 있었다. 그리고 내 의지와 어긋나더라도 나를 이끄는 어떤 힘을 가지고 있었다. 지금까지 내 연주의 비평가는 어머니뿐이었다. 그녀가 음악에 대한 그리고 음악을 위한 '귀'를 가지고 있었기 때문에 가능한 일이었다. 그리고 나는 그런 어머니의 비평을 기꺼이 받아들였다. 하지만 지금은 내 연주에 관해 조언을 구할 사람이 주위에 하나도 없다. 무대 한가운데에 있는 피아노 앞에 앉아 드뷔시 곡을 치면서 나는 그 어느 때보다도 불확실함에 사로잡혔다. 내 피아노 선생님인 쉬네스트베트는 청중석에 앉아 틀림없이 신에게 기도하고 있을 것이다. 제발 악셀이 결선에 진출할 수 있도록 도와달라고. 그렇게 된다면 그는 피아노 교사로서의 입지를 더 굳게 다질 수 있다. 물론 나는 물론 결선에 진출하게 될 것이다. 실력깨나 있다는 참가자들이 방심할 때 자주 하듯 왼손의 아르페지오를 지나치게 빨리 치는 실수만 피하면 충분히 가능성이 있었다.

나는 세 여인을 위해 피아노를 치고 있었다. 지금 이 자리에는 없는 안냐 스쿠그, 그리고 어쩌면 내 연주를 듣고 있을지도 모르는 돌아가신 내 어머니, 마지막으로 내 앞에 있는 셀마 룅에.

이마에 솟은 땀방울이 하얀 피아노 건반 위에 떨어졌다.

마침내 연주가 끝났다. 나는 다른 참가자들처럼 연주를 마친 후 피아노 옆에 서서 가볍게 목례를 했다. 기분이 그리 좋지 않았다. 심사위원들의 박수도 마치 예의상 치는 소리처럼 들렸다. 심사위원장인 키 크고 빼빼 마른 랑에는 내게 의례적인 말투로 "수고했습니다"라고 말했다. 참관하고 있던 몇몇 다른 음악 지도 교사도 함께 박수를 쳤다. 아말리에 크리스티에와 엘리네 뉘고르는 너그럽게 아낌없는 박수를 보냈다. 쉰네스트베트의 두툼한 손바닥이 부딪치는 소리도 들을 수 있었다. 하지만 셀마 룅에에게서는 어떠한 반응도 볼 수 없었다. 그녀는 꼿꼿하게 자신의 자리를 침묵으로 지키고 있었다.

나는 로비로 나갔다. 레베카와 마르그레테 이레네 플뢰드가 나를 향해 달려왔다. 뼈가 다 보일 정도로 야윈 마르그레테 이레네는 우스꽝스런 치아교정기를 드러내며 미소를 지었다. 그녀는 항상 자신의 이름을 정확히 불러달라고 요구했다. 마르그레테 이레네. 그녀의 주위에는 항상 친구들이 바글바글했다. 나는 그녀가 도대체 몇 명의 친구를 두어야 만족할까 의아했다. 페르디난도 내 쪽으로 걸어왔다. 그의 차례가 되려면 아직 조금 더 있어야 했다. 모두들 내게 연주가 어땠는지 묻고 싶은 눈치였다. 하지만 내 눈은 안냐를 찾아서 두리번거리고 있었다.

"그 여자애 어디 갔어? 누구 본 사람 없니?"

"안냐 스크그? 어떻게 하면 이처럼 사랑에 빠질 수 있을까. 너무 속 보이는 거 아냐?" 레베카가 마치 노래를 하듯 밝은 목소리로 되물었다.

나는 조금 신경질적인 말투로 대꾸했다. "대회가 시작되기 전에 안냐가 나한테 중요한 말을 해서 그 이야기를 좀더 해보고 싶을 뿐이야."

"갔어. 그 여자앤 벌써 집에 갔다고……" 마르그레테 이레네가 킥킥대며 말했다.

"갔다고?"

나는 그녀의 치아교정기를 쏘아보며 물었다. 그녀는 더이상 아무 말도 하지 않았다. 그래서 나는 그녀에게 다그치듯 되물을 수밖에 없었다.

"마르그레테 이레네……"

"응? 아, 그애? 집에 갔다니까." 그녀는 금방이라도 울음을 터뜨릴 듯한 목소리로 대답했다.

여자아이들은 마음에 두고 있는 소년이 다른 아이에게 관심을 보이면 그 상황을 절망적으로 받아들이는 법이다. 설사 그 소년이 아무리 보잘것없어도 말이다.

"결과도 보지 않고 집에 가버렸단 말이야? 결선에 진출할지 못할지 알기도 전에?"

이번에는 레베카가 끼어들어 의미심장하게 대답했다. "결과는 알려고도 하지 않았어. 결선 진출을 당연하게 여기고 있던걸, 뭐."

결선 진출자들

결선 진출자가 확정되었다. 레베카와 페르디난, 심지어 마르그레테 이레네까지도 예선을 통과했다. 물론 나와 안냐 스쿠그도 결선에 진출했다.

그녀는 벌써 전설이 되어버렸다. 셀마 링에는 여기저기서 손을 내밀며 축하의 인사를 건네는 다른 지도 교사들에게 미소로 답하느라 정신이 없어 보였다. 보아하니 안냐는 그 누구보다 훨씬 수준 높은 연주를 한 게 틀림없었다. 갑자기 질투 섞인 긴장감이 내 뱃가죽을 팽팽하게 당기는 듯했다.

우리는 마르그레테 이레네의 집으로 몰려갔다. 그녀는 비슬레트 스타디움 근처에 있는 어마어마하게 큰 집에서 살고 있었다. 우리는 그집 거실에 앉아 코코아와 차를 마시면서 이야기를 나누었다. 거실 한쪽에는 바워스 앤드 윌킨스 스피커와 그녀의 아버지가 수집한 베토벤 전집 음반이 놓여 있었다. 그날따라 레베카는 말이 않았다. 그녀는 셀마 룅에가 안냐 스쿠그와 그녀의 재능에 대해 지금까지 함구했다는 것에 여전히 화가 나 있었다. 심지어 셀마 룅에의 집에서 열렸던 소박한 콘서트에서도 안냐는 한 번도 모습을 나타내지 않았다고 했다.

"내 생각엔 안냐에 대해 아무도 몰랐던 건 아무래도 그 아버지 때문인 것 같아." 나는 무슨 말이라도 한마디 해야 할 것 같아서 생각 끝에 내뱉었다.

"그 왜 뇌 수술 전문의 있잖아. 보통 사람은 아닌 것 같아."

"왜?" 마르그레테 이레네가 뾰로통하게 물었다.

교정기가 그녀의 입천장으로 빨려 들어갈 것처럼 보였다. 그녀의 모습은 마치 포도주병의 코르크마개를 따는 코르크스크루 같았다.

"딸을 보호하느라 밤이면 손전등을 들고 길에서 왔다 갔다 한다던데."

나는 혀를 깨물었다. 내가 도대체 무슨 말을 하고 있는 거지? 만약 안냐의 귀에 이 말이 들어가서 그때 덤불 속 그림자가 나라는 사실을 알게 된다면, 난 끝장이다……

"손전등?" 레베카의 호기심에 불이 붙은 모양이었다.

"으응…… 나도 잘 몰라. 소문을 들었을 뿐이야." 나는 우물거렸다.

"그러지 말고, 아는 대로 다 이야기해봐." 레베카가 고집을 부렸다.

"정말 잘 몰라. 그 집 사람들은 이웃들과 친하지 않거든. 어쨌든 그애가 피아노를 친다는 걸 지금껏 비밀로 했다니 불쾌하다. 그렇지?"

내가 아이들의 반발심을 유도하자, 모두 동의한다는 듯 고개를 끄덕였다. 우리는 지난 몇 년 동안 함께 피아노를 쳤기 때문에 서로에 대해 잘 알고 있었다. 우리는 서로를 주저 없이 친구라고 부를 정도로 가까운 사이였다. 적어도 서로에게 일어나는 일과 또 앞으로의 계획에 대해서 정보를 주고받을 정도의 관계는 유지하고 있었다. 하지만 안냐 스쿠그에 대해서는 아무도 아는 사람이 없었다. 경쟁자에 대한 정보가 없다는 사실에 무섭기까지 했다. 그 생각을 하다보니 셀마 룅에를 향한 존경심이 돌연 적개심으로 변하는 것 같았다.

"도대체 룅에 선생님은 어떤 사람이야?" 나는 말을 돌렸다. "이런 식으로 한 제자만 감싸고도는 선생님을 신뢰할 수 있니? 레베카, 넌 어때?"

레베카는 대답하고 싶지 않은 눈치였다.

"넌 그 선생님 제자잖아. 셀마 룅에는 안냐 스쿠그만 신경 쓸 게 아니라 네 입장도 헤아려야 하는 거 아니니?"

레베카는 생각에 잠겼다. 그녀는 물론 내 질문을 반기지 않았다.

"물론 나는 선생님을 신뢰해," 그녀는 한숨을 내쉬었다. "하지만 좀 이상하긴 해. 그 선생님 집에 가면 또다른 세상이 그 안에 존재하는 것 같은 느낌을 자주 받아. 그녀는 모든 것을 결정해. 제자들이 어떻게 피아노를 쳐야 한다는 것뿐만이 아니라 어떤 옷을 입어야 하고, 어떤 태도로 이야기를 해야 하는가에 대해서도 결정을 내려."

"거봐. 그것만 봐도 그 선생님이 어떤 사람인지 대번에 알 수 있다고."

"우리, 이제 그런 이야기는 그만하고 음악을 듣는 게 어때?" 우리 중 가장 활달한 마르그레테 이레네가 중재에 나서며 제안했다. "선생님들의 등 뒤에서 이런 이야기를 한다고 해서 무슨 소용이 있겠어. 그렇지 않아?"

나는 그 말에 동의한다는 표시로 양손을 올려 흔들었다.

마르그레테 이레네 가족은 음반 수집이 취미인 것 같았다. 그동안 모아온 음반들이 스피커 뒤쪽의 하얀 선반에 가지런히 놓여 있었다.

"우리가 오늘 연주했던 음악들을 찾아서 들어볼까?" 레베카가 말했다.

"제발 그것만은 하지 말자, 응?" 나는 거의 쥐어짜듯 신음소리를 내면서 불만을 표시했다.

"레베카 말대로 오늘 연주했던 곡을 듣는 게 좋을 것 같아. 난 찬성이야."

"나도."

나를 제외하고 모두들 레베카의 의견에 찬성했다.

나는 그들을 흘깃 바라보았지만 어쩔 수 없었다. 무리 속에서 빠져나가 안냐 스쿠그와 함께 있고 싶은 생각이 그 어느 때보다 더 간절했다.

우리는 함께 음악을 들었다. 나는 호세 이투르비가 연주한 〈달빛〉을 선택했다.

"네 연주가 호세 이투르비의 연주보다 훨씬 좋아"라는 레베카의 말에 나는 진담 반 농담 반으로 고맙다고 답하며, 다친 손목을 흔들어 보였다. 우리는 그날 연주한 곡들을 듣고 난 후 각자가 좋아하는 음악을 택해서 또 한차례 음악 감상을 했다. 우리는 모두 열여섯 살 동갑이었다. 우리는 음악 속에서 생각에 잠기고, 음악을 통해 이야기를 했다. 그리고 우리는 올해 대회의 결선 진출자들이었다. 아직까지는 결선에 대한 긴장보다는 예선을 통과했다는 기쁨이 더 컸다.

안냐 스쿠그의 그림자

안냐 스쿠그. 나는 그녀에 대해 아는 것이 거의 없었다. 같은 학교를 다니지도 않는다. 세상이 불공평하다는 생각밖에 들지 않았다. 전설 속 인물인 양 숭배하고 경외하던 사람이 어느 날 갑자기 최악의 경쟁자로 변신하는 것을 경험하는 사람이 이 세상에 도대체 몇이나 될까.

문제는 내가 그녀를 도저히 미워할 수 없다는 것이었다. 시간이 갈수록 그녀가 더욱 좋아지기만 했다.

마르그레테 이레네는 평소보다 기분이 훨씬 좋은 것 같았다. 그녀는 새벽이 올 때까지 계속 음악을 듣자고 떼를 썼다. 하지만 모두 피곤에 지쳐 있었고, 나는 더 늦기 전에 집으로 가는 전동차를 타야 했다.

집으로 돌아오자 카트리네와 아버지가 나를 기다리고 있었다. 카트리네의 표정을 보니 아버지의 고집 때문에 늦게까지 자지 못하고 있었던 것 같았다.

"이제야 오시는군." 카트리네가 마치 딴 세상 사람처럼 표정 없이 말했다.

아버지가 그런 그녀의 불만을 눈치채지 못하고 있다는 것이 놀라웠다.

"연주는 잘했니?"

아버지가 물으면서 어색하게 내 어깨를 툭툭 두드려주었다. 얼굴에 갑자기 늘어난 주름살 때문에 아버지는 평소보다 훨씬 더 늙어 보였다. 아버지의 삶은 나보다 더 힘들 것이 분명했다. 하지만 늘 그래왔듯 아버지는 이것을 인정하지 않았다. 아버지는 자신에 대해 결코 이야기하는 법이 없었다. 가끔 나는 왜 그때 아버지를 놓아주지 않았을까 하는 생각을 했다. 왜 아버지가 어머니의 뒤를 따라가는 것을 말렸을까? 죽으나 사나 함께하기로 했던 부부가 아니었던가.

어쨌든 아버지는 지금 내 앞에 서 있다. 살아서 숨 쉬는 생명으로…… 그리고 나는 아버지가 살아 있다는 사실에 감사한다. 항상 내가 잘되기만을 바라는 아버지의 마음도 모른 체해선 안 된다.

"그럭저럭 쳤어요." 나는 시큰둥하게 대꾸했다. "하마터면 탈락할 뻔했어요."

"예선에서 탈락할 뻔했다고? 왜?" 카트리네는 여전히 시무룩한 말투로 물었다.

"갑자기 엘베파레에 사는 작은 악마 하나가 나타났지 뭐야."

"작은 악마?" 카트리네가 갑자기 관심을 보이며 되물었다.

"응. 안냐 스쿠그라고, 뇌 수술 전문의 딸이야."

아버지는 고개를 끄덕였다. 안나가 누구인지 알고 있다는 표시였다. 카트리네는 눈을 치켜뜨며 말했다.

"너는 걔를 악마라고 부르니?"

"그렇게 부르면 안 되는 이유라도 있어?"

"악마라니…… 말도 안 돼. 그애는 보석 같은 애라고."

"그애에 대해서 뭘 알고 있는데?"

카트리네는 갑자기 태도를 바꾸었다. "아는 거? 없어. 그앤 나보다 세 살이나 어린걸. 하지만 평범한 아이는 아니야. 한눈에 봐도 알 수 있어."

"그 말은 맞아. 음악적 재능도 탁월하고 말이야."

"그애의 연주를 들어봤니?"

"아니, 하지만 그애한테는 특별한 기운이 느껴져. 대번에 느낄 수 있어."

"특별한 기운?" 카트리네는 의심 가득한 표정을 지으며 내게 되물었다.

"그게 뭔지 나도 확실히는 모르겠어. 여하튼 그애의 연주를 들어보지 않았어도 그 누구보다 뛰어난 실력을 가지고 있다는 걸 직감할 수 있었어."

다음 날 나는 동이 트기도 전에 눈을 떴다. 하지만 계속 자는 척하면서 침대 속에서 꾸물거리고 있었다. 그날 아침만큼은 아버지나 카트리네와 마주치고 싶지 않아서 모두 집을 나설 때까지 기다리기로 했다. 혼자 있고 싶은 생각뿐이었다. 무척 이상한 꿈을 꾼 후라 기분이 좋지 않았다. 나는 꿈에서 본 산책로를 떠올렸다. 위험해 보이지 않는 작은 오솔길이었다. 꿈속에서 그 오솔길의 끝까지 걸어가보려고 했던 것 같다. 숲 속 깊은 곳으로 계속 걸어가고 있었는데, 갑자기 길이 끊겼다. 사람들의 발자국은 물론 그곳을 지나다니는 짐승들의 발자국조차 찾을 수 없었다. 내 앞을 가로막고 있는 가지들은 오리나무가 빽빽한 강가의 덤불에서는 볼 수 없었던 양치류 같았다. 한 치 앞도 볼 수 없을 정도로 빽빽한 초록의 숲 속에는 햇살조차 스며들지 않았다. 그럼에도 나는 계속 그 길을 걸어가고 싶었다. 어쩐지 그 길 끝에 심장 박동이 느껴지는 생명이 있을 것만 같았다. 나는 그 사람을 만나야 했다. 그 사람의 꺾을 수 없는 강인한 의지력을 찾아야 했다. 그 사람은 바로 나였기 때문이다.

오후 늦게 나는 안냐 스쿠그의 집에 전화를 걸었다. 어쩌면 나는 그 순간까지도 꿈에서 벗어나지 못했던 것 같다. 그렇지 않고서야 그렇게 무작정 그 집에 전화를 걸었을 리 없다. 어쩌면 내 불안을 잠재우기 위한 무의식적인 행동이었는지도 모르겠다. 그녀와 예기치 않게 만난 지 하루도 채 지나지 않았다. 때 이른 눈발 속에서 내가 얼마나 그녀를 사랑하고 있는지 깨달았다. 그녀가 보고 싶었다. 아니, 봐야만 했다. 이 주밖에 남지 않은 결선을 앞두고 매일매일 피아노 앞에서 시간을 보내려고 결심했던 내 의지를 곧추세우고, 마음의 평정과 삶의 균형을 찾기 위해 그녀가 필요했던 것이다.

내 손에는 벌써 수화기가 들려 있었다. 그 순간 나를 지배한 것은 직관과 감정뿐이었다. 그럼에도 내가 하려는 행동이 어른스럽게만 느껴졌다. 이제 겨우 열여섯 살이었지만 나 자신이 어른스럽다고 느껴지는 것은 음악 때문일 수도 있었다. 어제 저녁 일이 그림처럼 떠올랐다. 한 무리의 십대들이 모여 앉아 베토벤의 마지막 피아노소나타를 감상하던 모습…… 어쩌면 우리는 내가 생각하는 만큼 어른스럽지 않을 수도 있었다. 실패자의 모습을 교묘히 감춘 한 무리의 아이들에 지나지 않을지도 몰랐다.

나는 안냐 스쿠그에게 전화를 걸었다. 그녀의 목소리를 들을 수 있다는 기대감에 마음이 들뜨기 시작했다. 그러나 전화를 받은 사람은 안냐 스쿠그가 아니었다. 수화기 저편에서 "네?"라고 짧고 퉁명스럽게 대답을 한 사람은 바로 손전등을 들고 있었던 그 남자였다.

나는 예의를 갖추어 그 뇌 수술 전문의에게 "안녕하세요?" 하고 인사말을 건넸다. 그러고는 곧 전혀 예상치 못한 상황에 당황한 혀를 꾹 깨물었다. 전화를 끊어버릴까도 생각했다. 치명적인 실수를 한 것 같은 기분이었다.

"누구시죠?" 그의 목소리는 콧소리가 조금 섞여 있어 날카롭게 느껴졌다.

"전, 악셀 빈딩이라고 하는데요. 전화를 받으시는 분은 누구신지?……" 나는 정중히 예의를 갖춘 내 말투에 스스로 만족했다.

"스쿠그요. 스쿠그네에 전화한 게 아닌가요?"

그의 말투에는 명령조의 당당함이 있었다. 어딘지 모르게 나를 약 올리는 듯한 그의 말투를 듣자니 곧 폭발할 것 같은 분노가 끓어올랐다.

"네, 맞습니다."

나는 솟아오르는 화를 누르며 단어 하나하나에 힘주어 대답했다. 안냐 스쿠그와 어떤 식으로든 계속 관계를 유지하려면 이 상황을 잘 넘겨야 했다. 하지만 그는 내가 말을 채 잇기도 전에 무뚝뚝하게 선수를 쳐버렸다.

"안냐 바꿔달라고? 미안하지만 안냐는 피아노 대회 결선 전까지는 다른 사람과 접촉을 하지 않겠다고 했다네."

나는 방금 내 귀에 들린 그 말을 믿을 수가 없었다.

"저…… 혹시, 제가 누군지 알고 계십니까?"

"물론이지. 결선 진출자들 중 한 명이 아닌가? 자네 또래의 학생들 중에서 몇 안 되는 괜찮은 연주자 중의 한 사람이지. 내 말이 틀렸나? 여하튼 결선 때 자네 연주도 들을 수 있어 기대가 되네."

그는 낮은 목소리로 웃으면서 말했다.

순간, 깍듯하게 예의를 갖추어 말하는 것을 잊어버릴 뻔했다. 예의는 지금 이 상황에서 내가 지닌 단 하나의 무기였는데도 말이다.

"그러니까…… 지금, 따님과 통화할 수 없다는 말씀인가요?"

"맞아. 안냐는 지금 집중해야 하거든. 적어도 결선 때까지는 연습에만 몰두해야지." 그는 다시 한번 짧게 웃었다.

"더이상 볼일이 없으면 전화를 끊어도 되겠나?"

그는 내가 미처 대답을 하기도 전에 먼저 전화를 끊어버렸다.

나는 전화기 앞에서 한참을 멍하게 앉아 있었다. 화를 가라앉히기가 힘들었다. 도대체 이 사람이 뭔데? 무슨 권한으로 감히 내게 이렇게 말할 수 있는가? 양 볼이 불에 덴 듯 화끈화끈 달아올랐다. 나 자신이 무능하게까지 느껴졌다. 어머니라면 이런 상황에서 어떻게 대처했을까?

내게는 어머니가 물려주신 돈이 조금 있었다. 얼마 안 되는 푼돈이었지만, 나중에 뭐든 배우고 싶은 데 쓰라며 식구들 몰래 내게 쥐여준 것이었다. 나는 꽃가게로 전화를 했다.

"여보세요?"

"안나 스쿠그에게 꽃을 배달해주셨으면 해서요."

"네. 어떻게 해드릴까요? 송이로요, 아님 다발로요?"

"빨간 장미 꽃다발로 보내주세요."

"네, 알았습니다. 크기는 어느 정도로 할까요?"

"가게에서 가장 큰 꽃다발을 만들어주세요. 돈 걱정은 하지 마시고요."

"하하, 장미 꽃다발을 주문하는 사람들은 모두들 그렇게 말하죠."

"그래요? 하지만 전 지금 장난하는 게 아니니 아무렇게나 꽃다발을 만들면 안 돼요. 열두 송이…… 빨간 장미 열두 송이로 예쁘게 꽃다발을 만들어 안나 스쿠그에게 배달해주세요. 열둘이라는 숫자가 좋은 것 같아요. 그렇지 않나요?"

꽃가게 주인은 나와 별다른 대화를 나누고 싶어하지 않는 눈치였다.

"카드에는 뭐라고 쓸까요?"

"안나에게…… 깊은 존경과 애정을 담아 감사드립니다. 멜룸 가의 악셀로부터."

"그게 끝인가요?" 꽃가게 주인은 궁금한 듯 되물었다. "멜룸 가의 악셀?…… 네, 알았습니다."

"그렇게만 써도 충분해요."

전화를 끊으려는 순간, 멀어지는 수화기 저편에서 "하여튼 요즘 애들은……"이라고 중얼거리는 소리가 들려왔다.

무슨 생각으로 안냐에게 꽃을 보낼 생각까지 했는지 앞으로도 이 일을 떠올릴 때마다 스스로 깜짝깜짝 놀라게 될 것 같았다. 안냐 스쿠그를 향한 사랑. 이유 없이 내게 달라붙어 떠나지 않는 이 강박관념과도 같은 사랑. 그녀가 내 경쟁자라는 사실을 미리 알았더라도 과연 내가 이런 행동을 할 수 있을까 하는 의문이 들었다. 이제껏 나는 그녀에 대해 안다고 생각해왔지만 가장 중요한 한 가지 사실은 전혀 모르고 있었다. 문득 불쾌감이 엄습해왔다. 그녀가 실력 있는 피아니스트로 화려하게 데뷔할 거라는 사실을 까맣게 모르고 있었다니…… 우리가 에울라에서 열리는 콘서트의 입석표를 구해 행여나 빈자리가 있나 싶어 두리번거리고 있을 때, 그녀는 엘베파레에 있는 자신의 집에서 피아노 연습을 하고 있었다. 또 우리가 세계적인 피아니스트의 연주를 듣기 위해 뭉크의 벽화 〈태양〉 아래 서 있을 때, 그녀는 수수께끼로 둘러싸인 셀마 륑에의 집에서 레슨을 받고 있었다. 안냐는 지금까지 자신만의 방법으로 성공의 길을 향해 걷고 있었던 것이다.

나는 그녀의 삶에 비집고 들어가기 위해 꽃을 보냈다. 그녀의 아버지에 대한 반감이 오히려 용기를 북돋워주었다. 이제 피아노 대회는 내가 생각했던 것보다 훨씬 더 중요한 문제가 돼버렸다. 어머니의 강인한 의지력이 그리워졌다. 어머니가 살아 있었다면 지금 내게 도움이 될 수 있는 말을 해줄 수 있을 텐데…… 비록 술에 취해 심신이 약해져 있다 해도, 적어도 이 상황에서 내가 어떻게 하면 좋을지 충분히 조언해줄 수 있을 텐데 하는 생각이 들었다.

그리 춥지 않은 11월의 어느 날, 햇살을 거의 볼 수 없을 정도로 밖에는 안개가 자욱했다. 나는 강가의 덤불을 향해 무작정 걷기 시작했다. 요즘 아버지와 카트리네가 어떻게 지내는지에 대해선 별로 아는 바가 없었다. 내가 아는 것이라곤 고작 아버지는 여전히 시내에 있는 상가 건물을 처분하려고 여기저기 알아보고 있고, 카트리네는 국립미술관의 리셉션홀에서 아르바이트를 하고 있다는 것 정도였다. 참, 얼마 전에는 핸드볼팀에서 훈련을 받는다고도 했다. 그렇다고 저녁때 집에 일찍 들어오지는 않았다. 집 안에서 그녀를 볼 수 없기는 예나 지금이나 똑같았다. 아버지와 나는 단란한 부자처럼 저녁이면 함께 앉아 텔레비전을 보거나 어머니의 오래된 음반 중에서 브람스의 교향곡을 꺼내 듣곤 했지만 여전히 그 음악을 듣는 것은 고통스러운 일이었다. 그러다 우리는 누가 먼저랄 것도 없이 음악을 듣는 대신 텔레비전만 뚫어져라 쳐다보았다.

어쩌면 그래서 더 강가에 가보고 싶은 충동이 일었는지도 모르겠다. 어머니의 영혼이 나뭇가지 사이에서, 또 강가의 젖은 자갈들 틈에서 배회하고 있을 것만 같았다. 안나에게 꽃을 보낸 지도 벌써 며칠이 지났다. 그녀에게선 아직 아무런 답신이 없었다. 사실, 애타게 기다린 건 아니었다. 나는 강가를 거닐면서 안나의 아버지를 생각했다. 설마 그가 대낮에까지 그때 그 그림자의 주인을 찾으러 다니지는 않겠지? 낮에는 돌보아야 할 환자도 있을 테니.

결선이 얼마 남지 않은 날이었다. 오전에 다시 강가의 덤불을 찾았다. 다친 왼쪽 손목은 아직도 나을 기미를 보이지 않았다. 쇼팽곡을 치기에는 무리였다. 아무래도 결선에서도 드뷔시의 〈달빛〉을 쳐야 할 것 같았다. 하늘에는 까치와 지빠귀 몇 마리가 날고 있었다. 폭포수에서 들려오는 요란한 물소리는 귀를 먹먹하게 만들 정도였다. 나는 키 큰 나무 사이에 앉아, 눈앞에 펼쳐진 안개 속에서 안냐가 불쑥 나타났으면 하고 바랐다. 그럴 수만 있다면…… 저 안개 속에서 물결처럼 스르르 나오는 안냐의 모습을 볼 수만 있다면……

나는 무작정 앉아서 기다렸다. 사랑에 빠진 사람만이 할 수 있는 눈먼 기다림이었다.

그녀는 나타나지 않았다. 오랜 시간을 그렇게 앉아 있으려니 온몸에 한기가 느껴졌다. 바르토크의 〈관현악을 위한 협주곡〉 중 한 멜로디가 머릿속에 맴돌았다. 충만한 감정이 넘쳐흐르면서도 재치 있는 곡이었다. 동시에 무정하고 차갑기 그지없는 곡이기도 했다. 어머니는 바르토크를 특히 좋아했다. 하지만 멍하니 앉아 머릿속을 맴도는 관현악 선율로 내가 할 수 있는 일이 도대체 뭐란 말인가? 몇 시간을 그렇게 앉아 있다가 나는 뭔가에 홀린 듯 벌떡 일어서서 빌라들이 줄지어 있는 주택가로 발걸음을 옮겼다. 그녀를 본 것은 멜룸 가로 들어서는 순간이었다. 그녀는 전동차에서 내려 집으로 가는 길이었다.

"안녕, 안냐." 나는 한껏 용기를 내서 그녀에게 말을 걸었다.

"응, 안녕. 오랜만이야."

인사를 받아주는 그녀의 목소리에는 조금도 동요하는 기색이 보이지 않았다. 그녀의 태도를 보고 그녀가 꽃을 받지 않았다는 것을 직감했다. 나는 말없이 조금 난처한 기색으로 우물쭈물하며 서 있었다. 그녀도 내가 난처해하는 것을 느낀 것 같았다.

"그동안 어떻게 지냈니?" 어색함을 무마하려는 듯 그녀가 명랑한 말투로 물었다.

"그럭저럭 지내고 있어. 왼손이 아직 완전히 회복되지 않은 것만 빼고…… 넌 어떻게 지냈니?"

"피아노 대회 결선일만 기다리고 있지. 재미와 흥미를 느끼지 못하면서 피아노를 친다는 건 불가능한 일일 거야. 그렇지 않니?"

그녀는 너무나도 자연스러운 말투로 말했다. 나는 내 눈을 어디에 두어야 할지 몰랐다. 그러나 지금 말하지 않으면 앞으로 영영 기회가 오지 않을 것 같았다.

"그건 그렇고…… 꽃은 받았니?"

"꽃? 무슨 꽃?" 그녀가 거의 쏘아보는 듯한 눈길로 물었다. 그녀의 얼굴이 갑자기 더 창백해진 것 같았다.

"장미꽃 몇 송이를 네게 보냈어. 전동차역에서 기다려준 게 고마워서 말이야."

그녀는 재빨리 눈동자를 굴렸다. 마치 아무도 그 눈짓을 알아채지 못할 거라고 여기는 듯했다.

"왜 그런 일을 했니? 뭐 감사할 일이라고. 난 당연히 할 일을 했을 뿐인데……" 그녀의 어조는 나를 책망하는 듯 들렸다.

말끝을 흐린 그녀는 왠지 불안한 표정을 감추지 못했다. 틀림없이 받지 못한 그 장미꽃을 생각하고 있을 거라고 나는 내 맘대로 짐작해버렸다. 우리는 어색한 침묵 속에 서로를 마주 보며 잠시 동안 그렇게 서 있었다.

"장미꽃…… 고마워." 마침내 그녀가 입을 열었다.

나는 그것이 거짓말이라는 걸 눈치챘다. 그녀는 장미꽃을 받은 적도 없었던 것이다.

"으응…… 그까짓 걸 가지고 뭘……"

"감동했어. 고마워."

그녀가 내 뺨을 스치듯 어루만지며 말했다. 그리고 나서 그녀는 총총걸음으로 내게서 멀어져 갔다.

나는 엘베파레로 향하는 내리막길을 걸어가는 그녀의 뒷모습을 뚫어지게 바라보았다. 여러 번 빨아 색이 바랜 옷을 너무나 정갈하고 예쁘게 입고 있는 소녀. 연두색 더플코트와 밤색 코르덴바지 그리고 금방 감은 듯 찰랑대는 긴 머리…… 그녀의 아름다움은 너무도 자연스러웠다.

내가 보낸 장미 꽃다발은 그녀의 거실 탁자 위에 놓여 있을까? 아니, 어쩌면 그녀의 아버지가 쓰레기통에 버렸을지도 모른다. 나는 안냐의 어머니에 대해 생각하기 시작했다. 내가 안냐의 어머니에 대해서 아는 것이라고는 그녀 역시 의사라는 것뿐이었다. 오슬로 시내 어딘가에서 산부인과를 하고 있다는 소리를 들은 것 같았다. 그리고 안냐가 어머니를 많이 닮았다고 들었다.

갑자기 현기증과 함께 구토감이 몰려왔다. 이 어지럼증은 단 한 번도 나를 배신한 적이 없다. 나는 조용히 멜룸 가 쪽으로 난 오르막길을 걸어갔다. 그러다가 더 참지 못하고 이웃집 할머니가 살고 있는 농장의 입구 쪽 도랑에 가서 토해버렸다. 너무도 오랜만에 해방감을 느꼈다.

결선

11월의 안개가 시가지를 자욱이 덮고 있었다. 아버지는 매일 점점 더 늦게 귀가했고, 집에서 카트리네의 모습은 거의 볼 수가 없었다. 때때로 한밤중에 화장실에 갔다가 변기 위에 멍하니 앉아 있는 카트리네를 볼 때도 있었다. 욕실 백열등 아래서 우리는 서로를 무표정하게 잠시 바라보다가 말없이 각자의 방으로 들어가곤 했다.

사람 구경을 거의 할 수 없는 집이지만, 혼자 있는 것이 두렵지는 않았다. 나는 이미 경험할 수 있는 모든 일을 겪었다. 어머니의 말이 떠올랐다. "두려울 때는 네가 처할 수 있는 최악의 상황을 떠올려보렴. 그러면 마음이 안정될 거야."

지금 내게 일어날 수 있는 최악의 상황은 피아노 대회에서 대상을 타지 못하는 것이다. 나를 아는 거의 모든 사람들은 당연히 내가 1등을 할 거라고 기대하고 있었다. 돌아가신 어머니의 기대도 나를 압박하기는 마찬가지였다. 1968년 전국 청소년 피아노 대회 대상 수상자라는 타이틀을 거머쥐지 못한다면, 그로 인한 수치심 때문에 나는 어깨도 펴지 못하고 나머지 생을 살아갈 것만 같았다.

안나 스쿠그를 이겨야 한다.

나는 이 부담감을 떨쳐낼 수가 없었다.

나는 무서운 집중력으로 연습을 하기 시작했다. 이전에는 한 번도 이렇게 격렬하게 연습한 적이 없었다. 결과를 지레 걱정해봤자 연습에 아무 도움이 되지 않는다는 것을 나는 잘 알고 있었다. 그리고 내게 다른 선택이 있을 수 없다는 것도 잘 알고 있었다. 이 대회에서 나는 꼭 1등을 해야 했다.

어머니의 영혼이라도 나타나서 조언을 해준다면 얼마나 좋을까. 늘 그랬던 것처럼 피아노 옆에서 다리를 꼬고 앉아 담배에 불을 붙이며 내 연주 레퍼토리에 대해 이런저런 이야기를 해준다면 얼마나 좋을까. 그리고 안나와의 관계, 또는 관계 같지도 않은 관계에 대해서도 조언을 들을 수 있다면 얼마나 좋을까. 하지만 어머니는 이제 강가의 덤불 속 미끌미끌한 자갈돌 위를 떠도는 안개구름처럼 존재할 뿐이었다. 그리고 이 세상에서 안개구름보다 더 적막한 것은 없었다.

시간이 흘러 벌써 일요일이었다. 뱃속을 죄는 긴장감은 여전히 사라지지 않고 있었다. 오랜 시간이 지난 후에도 나는 그때의 불쾌한 긴장감을 결코 잊을 수 없을 것이다. 긴장된 나머지 계속 뒤척이다 흘린 땀으로 침대는 흥건히 젖어 있었다. 나는 실패자인가,

승리자인가. 너무도 단순하고 세속적인 생각에서 벗어날 수 없었다. 열두 시간 후에 나는 무슨 생각을 하고 있을까? 불안은 내 몸속에 뿌리를 내려 새로운 긴장감을 만들어내고 있었다. 오전 아홉시쯤 카트리네와 아버지가 동시에 집을 나설 때까지 나는 계속 침대에 누워 있었다. 일요일인데 어디에서 뭘 하려고 이렇게 일찍 집을 나설까? 오전 아홉시는 평상시의 아버지에겐 늦은 시간이었고, 카트리네에게는 이른 시간이었다. 카트리네가 국립미술관에서 새로 얻은 일자리와 뇨르 체육관에서의 핸드볼 훈련 때문에 바쁠 거라 짐작은 했지만, 이렇게 일찍 집을 나서는 걸 보니 왠지 불안했다. 어쩌면 카트리네는 일요일 오전에 여유가 있을 때 그 노란 집에 갈 생각으로 서두른 건 아닐까. 그 집에서 무슨 일이 있었는지, 또 무슨 일이 벌어질 것인지 난 여전히 아는 것이 없었다. 하지만 오늘은 아버지와 카트리네가 함께 집을 나섰으니 무슨 특별한 일이 생길 것만 같은 느낌이 들었다. 그리고 그 일이 나와 관련 있을 것 같았다. 그러자 이루 말할 수 없을 정도로 불쾌한 긴장감이 몰려왔다. 그러고 보니 어제 저녁에도 아버지와 카트리네는 필요 이상으로 내게 다정하지 않았던가. 카트리네는 코코아를 데워주었고, 아버지는 어디서 구해 왔는지 모르지만 말라비틀어질 정도로 딱딱한 케이크를 건넸다. 나는 그들에게 피아노 대회장에 오지 말고 제발 집에 남아 있으라고 간청했다. 물론 아버지가 어디선가 미리 구해놓은 입장권도 쓰지 말아달라고 부탁했다. 하지만 그것은 쇠귀에 경 읽기나 다름없었다. 내가 최종 연습을 마쳤을 때는 둘 다 연주회장에 가기로 단단히 결심을 한 듯 보였다. 카트리네는 연주회장에서 '있는 힘을 다해 응원'할 거라고 말했다. 나는 있는 힘을 다해 응원한다는 게 어떤 의미인지 잘 알 수가 없었다.

아버지가 뜬금없이 애틋한 목소리로 말했다. "네 어머니가 살아 있었다면, 내일 그 자리에서 네가 연주하는 모습을 얼마나 보고 싶어할지 너도 잘 알 거다. 아…… 물론 내가 네 어머니만큼 보고 싶어하지 않는다는 뜻은 아니고…… 나도 역시……"

아버지는 여느 때처럼 흐지부지 말을 끝맺었다. 어머니는 이런 아버지의 말버릇에 자주 화를 냈다. 어머니가 "얄마르, 당신은 어째 매번 말투가 그 모양이에요? 그 물렁한 태도를 버리고, 좀 분명히 잘 알아먹게 말할 수 없어요?" 그러면 아버지의 대답은 늘 똑같았다. "항상 그렇진 않아! 적어도 당신을 내 삶의 동반자로 선택한 것은 절대로 우유부단하게 결정한 것이 아니라고!" 하지만 예외 없이 아버지의 말은 난센스로 가득 차, 끝 간 데 없이 흘러가버리곤 했다. 정적이 뒤따르는 그 중얼거림을 예의 바르게 경청하는 것은 카트리네와 나의 몫이었다.

어쨌든 연주회장에 오겠다는 의지가 굳건한 두 사람 앞에서 연주하는 것을 피할 수는 없을 듯했다. 이제 두 사람은 내가 아무도 없는 집에 혼자 남아 매일 어떻게 시간을 보냈는지 알게 될 것이다. 결선이 열리는 시내 강당으로 가기 위해 전동차를 탈 시각까지는 아직 한참이나 남았고, 나는 그동안을 견디기 위해 피아노 앞에 다시 앉았다. 지정곡인 에튀드와 프렐류드 그리고 푸가를 한 번씩 다 쳐본 다음, 자유곡 레퍼토리와는 상관없는 베토벤의 〈발트슈타인 소나타〉를 쳤다. 내가 결선에서 연주할 곡은 슈베르트의 지나칠 정도로 서정적이고 멜랑콜리한 곡이라, 분위기를 바꿔보기 위해 자유롭고 긍정적인 느낌이 한껏 풍기는 다장조의 소나타를 연주해보는 것도 괜찮을 것 같았다. 계획은 좋았다. 하지만 소용없는 일이었다. 등이 쑤셔왔다. 피곤해지기 시작했다는 신호였다. 잠시 산책하고 싶었다.

바깥 날씨는 그리 춥지 않았다. 나는 그리니* 쪽으로 강을 따라 걸었다. 문득 피아노를 치는 것이 스스로에게 내리는 형벌처럼 여겨졌다. 댐을 바라보며 나는 손을 흔들고 있는 어머니의 모습을 찾았다. 비참했다. 죽은 사람이 어떻게 산 사람을 도울 수 있겠는가. 자신의 죽음을 감당하기에도 벅찰 그녀를 왜 나는 다시 불러내려고 하는가. 삶과 죽음 사이의 장벽은 그 무엇으로도 무너뜨릴 수 없는 것 아닌가. 나는 정말 홀로 일어설 수 없는가. 과연 내 앞에 맞닥뜨린 이 첫번째 장애물 때문에 이미 세상을 떠난 사람에게 "어머니!"라고 외쳐야만 하는가. 돌이켜보면, 내 삶은 다른 사람들의 도움 없이는 존재할 수 없는 것이었다.

11월의 짙은 안개 속을 정처 없이 거닐다가 나는 갑자기 전동차를 떠올렸다. 모든 결선 진출자들은 대회 시작 전, 정해진 시간에 모여 오리엔테이션을 받아야 했다. 때문에 나는 오늘도 안나 스쿠그와 같은 시간에 전동차를 탈 것이 분명하다고 생각했다. 그 순간, 몰아쳐오는 긴장감과 떨림 때문에 중심을 잡지 못하고 길가에 나자빠져버렸다. 발을 잘못 디뎌 도랑에 빠져버린 것이다. 부부처럼 보이는 중년의 남녀가 내 뒤에서 소리를 질렀다. "어머나! 저애 좀 봐요. 대체 정신을 어디에 두고 있는 거지?" 나는 도랑에 푹 빠

---

* 오슬로 외곽.

진 발을 어찌하지도 못한 채 꼼짝 않고 서 있었다. 멍청하게 서 있는 내 모습이 그림처럼 머릿속을 스쳐 지나갔다. 그래, 내 삶은 이미 도랑에 빠져 헤어나지 못하게 된 것이나 다름없었다. 그때부터, 이미 그날 오후부터 말이다. 만약 실패한다면 그다음엔 무엇에 의지를 하고 무엇에 기대를 걸어야 하나. 나는 어머니가 그랬듯, 최저 생계비 이상을 벌기 위해 수많은 아르바이트를 하면서 살아갈 자신이 없었다. 어쩌면 나는 아버지와 같은 부류의 사람인지도 모른다. 하마르를 시카고처럼 대도시로 만들겠다는 허황되고 거창한 꿈은 가지고 있지 않지만, 어른이 되기 전에 뭔가 대단한 일을 해내려는 욕심을 품고 있었기 때문이다. 난 곧 열일곱 살…… 이미 어른이라고 할 수 있었다. 그리고 지금 나의 가장 큰 고민은 안냐 스쿠그가 시내로 가기 위해 몇 시에 전동차를 타느냐 하는 것이었다. 그러다 순간 또다른 생각이 뒤를 이었다. 어쩌면 그녀는 전동차를 타지 않을 수도 있었다. 오늘 같은 날은 분명히 자가용으로 대회장으로 갈 것이다. 손전등을 든 사내의 아마존 GT를 타고서 말이다. 시계를 보았다. 벌써 열한시였다. 시간이 얼마 남지 않았다. 우물쭈물할 시간이 없었다.

센세이션

그녀는 마치 딴 세상 사람처럼 보였다. 이제 몇 분 후면 그녀가 무대에 나설 차례였다. 그녀는 다리를 붙이고 앉아, 정신을 차릴 수 없을 정도로 빠르고 열정적인 아르페지오로 유명한 쇼팽의 〈에튀드 다단조〉의 악보를 찬찬히 살펴보고 있었다. 나는 그녀의 손가락으로는 이 곡을 소화해내기 어려우리라 확신했다. 그녀 또래의 소녀들이 치기에 결코 녹록하지 않은 이 곡을, 키는 크지만 여리고 가냘파 보이는 그녀가 과연 잘 연주할 수 있을까.

에울라에 나타난 안냐 스쿠그.

짐작했던 대로 그녀는 자가용으로 대회장까지 왔다. 아무도 그녀에게 감히 말 붙일 엄두를 내지 못하는 것 같았다. 나는 그녀의 다음 차례였다. 그녀는 내 앞길을 막는 장애물이다. 그럼에도 나는 그녀를 사랑하고 있다. 나는 빈 화장실을 찾을 수가 없었다. 남자 화장실 소변기 앞에도 사람들로 붐볐다. 나는 대학 건물의 뒤편으로 나가 크리스티안 4세 거리 쪽으로 난 길의 작은 가로수들 사이에서 구토를 했다. 레베카가 나를 본 듯했다. 그녀는 다른 사람의 일에 관심이 많았다. 몰래 훔쳐보고 뒷말하는 게 취미가 아닐까 싶은 정도로. 그럼에도 그녀는 사람들의 시선을 집중시켜 온갖 찬사와 장미꽃을 모아들일 수 있는 능력을 가지고 있었다. 생각하면 짜증스럽기 그지없었다.

그녀는 내가 건물 안으로 들어올 때까지 출입문 옆에 서서 기다렸다.

"그렇게 소심해서야…… 그런 나약한 태도로 연주할 거라면 아예 지금 잊어버리는 게 낫겠다." 그녀가 말했다.

"뭘 잊어버려?" 나는 입 냄새를 없애기 위해 사탕 하나를 입에 넣으며 물었다.

"1등 말이야. 너, 1등 하려고 여기 온 거 아니었어? 다들 이번 대회에서 네가 1등 할 거라고 기대하고 있던데." 그녀는 격려하듯 내 뺨을 한 번 쓱 쓰다듬어주었다.

레베카는 여느 때와 달리 그다지 밝아 보이지 않았다. 그녀는 더는 아무 말 하지 않고 그녀의 자리로 되돌아갔다. 그녀는 곧 연주를 하게 될 다른 참가자들 사이를 돌아다니면서 마치 그들의 집중력을 흩뜨리기라도 하려는 듯 한마디씩 인사말을 던지고 있었다. 그녀는 안냐 스쿠그에게도 말을 걸어보려고 했으나, 안냐는 귀찮은 듯 손을 저어 그녀를 내쳐버렸다. 안냐는 무서울 정도로 집중하고 있었다. 그러더니 잠시 후 천천히 무대 옆 계단 쪽으로 걸어갔다. 박수 소리가 들렸다. 리플링의 제자인 페르디난 피오르가 방금 슈만 곡의 연주를 마쳤다. 그는 특별한 재능을 가지고 있지만 지금은 하얗게 질린 얼굴로 계단을 내려오고 있었다.

"완전히 망쳤어." 그는 모여 있던 다른 대기자들에게 말했다. 듣고 싶은 사람만 들으라는 투였다.

그는 피아노를 치듯 손가락을 움직이면서 세 번이나 건반을 잘못 눌렀다고 말했다. 몸에 맞지 않는 크고 헐렁한 양복을 입은 그의 모습이 우스꽝스럽게만 보였다. 건반을 잘못 누르거나, 심지어 어디서 틀렸는지조차 모르는 것은 벗어날 수 없는 아마추어의 표시였다. 전곡을 암기해서 치는 것은 쉬운 일이 아니었다. 나는 안냐 스쿠그에게 온 정신을 집중한 채 눈으로 그녀를 따라갔다. 그녀의 연주는 어쩔 수 없이 들어야 했다. 그녀 다음 차례가 나였기 때문이다. 나는 될 수 있으면 다른 참가자의 연주를 듣는 것을 피하고 싶었다. 혼자만이라도 내가 최고라는 생각을 하고 싶어서였다. 나는 문 옆에 기대어 서서 안냐를 보았다. 무대 위로 올라가는 그녀의 모습에서는 한 치의 동요도 엿보이지 않았다. 심지어 그녀는 나와 눈이 마주치자 미소를 짓기까지 했다. 수줍은 듯한 미소였지만, 그 속에서 나는 승리자의 당당함을 보았다. 그녀의 미소에 내 배 속이 뒤틀리기 시작했다. 마치 그녀가 나를 이빨로 물어뜯는 것만 같았다. 나는 그녀의 손가락이 만들어내는 선율의 한 음 한 음을 집중해서 들었다. 페르디난과 레베카도 그녀의 연주에 귀를 기울이는 듯했다. 저학년부의 참새 같은 소녀들 몇 명이 타조처럼 불룩한 치마를 입고 문 옆으로 모여들었다. 그들은 새롭게 등장한 음악계의 유령 같은 존재인 안냐의 연주를 심각한 표정으로 듣고 있었다. 그중 한 명이 입을 삐죽거리더니 "저 언니가 틀림없이 이번 대회에서 1등 할 것 같아"라고 말했다.

안냐는 빠른 템포의 곡을 대담하게 연주해내고 있었다. 안냐가 치고 있는 곡은 옥타브 연주가 끊이지 않는 마라톤과도 같은 곡이었다. 여든여덟 개의 건반을 장악하는 평행적인 손놀림을 요구하는 곡이기도 했다. 주제 선율이 한차례 파도처럼 오르내릴 때마다 왼손이 누르는 무거운 저음은 가슴을 울렸다. 그녀는 쇼팽이 의도했던 파멸적 운명을 조금의 망설임도 없이 보여주고 있었다. 나는 이 곡이 미치도록 싫어졌다. 시작도 하기 전에 포기해야 할 것만 같았다. 그녀의 연주 실력에 나는 도저히 미칠 수 없었다. 나는 긴장을 누그러뜨리기 위해 마른침을 수도 없이 삼켰다. 그녀의 실력은 내 예상을 훨씬 뛰어넘었다. 굉장한 기교와 오랜 경험과 연륜이 있어야 연주할 수 있는 저 심오한 감정 표현들을 숙달하기 위해 그녀가 엘베파레 언덕 위에 있는 집에서 홀로 시간을 보냈다는 것을 믿을 수가 없었다. 그녀는 마치 비상하기 위해 깃털을 부르르 털고 있는 한 마리 새처럼 보였다. 그녀는 머지않아 최고의 피아니스트로 대성할 것이다. 지금 이 자리는 바로 그녀의 출발점인 것이다. 오랫동안 연습해온 그녀의 의지는 셀마 링에의 후광을 등에 업고 이제 저 무대 위에서 비상을 시작한 것이다. 조금 전 머릿속을 스쳤던 생각이 다시 떠올랐다. 그녀는 내 앞길을 가로막는 장애물이다. 그럼에도 나는 그녀를 사랑하고 있다.

레베카가 내 뒤에서 신경질적으로 뇌까렸다. "저런 여자애들은 수치심이 뭔지 몰라."

"그게 무슨 말이야?" 나는 놀라서 그녀에게 되물었다.

그녀는 잠시 움찔하더니 대답을 했다. "팝콘처럼 펑 튀겨진 성공에 익숙해져서 길고 어려운 길은 가려고도 하지 않는 전형적인 인간들이 느껴야 할 수치심 말이야."

나는 아무 말도 하지 않았다. 평범한 사람들은 바로 이 세상을 채우고 있는 대다수의 사람들이 아니었던가. 지금 레베카가 의미하는 것이 바로 이것이었나…… 열성적인 부모와 지도 교사의 응원과 기대에 찬 박수를 받는 이 아이들이 평범하다고? 어쨌거나 레베카는 이런 말을 할 자격이 없다. 그녀도 평범한 사람들의 범주에는 속하지 않으니까.

하지만 나는 레베카가 무슨 말을 하고 싶은지 알고 있었다. 안냐 스쿠그는 얼마 전만 해도 우리의 눈에 띄지 않았던 비밀스러운 아이였다. 우리는 서로에 대해 잘 알고 있었다. 어떤 야심을 가지고 있는지, 어느 정도의 재능을 가지고 있는지. 그리고 크고 작은 연주회와 대회 들 그리고 매년 열린 '학생의 밤' 행사를 통해 우리는 지겨운 연습으로 인한 절망과 피로를 서로 위로해왔다. 그러면서 우리만이 지니게 된 일종의 탐닉과 응석 같은 방종에 익숙해져 있었다. 서로에게 미소를 짓고, 행운을 빌어주며, 칭찬을 아끼지 않는 것으로 보상받아야 한다는 생각을 가질 정도로 말이다. 하지만 지금 우리 앞에 엘베파레의 온실에서 자란 안냐 스쿠그가 갑작스레 모습을 드러낸 것이다. 재능 있고 실력 있는 긴 다리의 늘씬한 안냐 스쿠그가. 그녀는 지금 그녀의 나이로는 상상도 할 수 없는 이해력과 권위로 쇼팽의 곡을 연주하고 있다. 그녀의 연주 기교는 무서울 정도로 완벽했다. 그녀는 두려움이라고는 모르는 대담한 활강 스키 선수 같았다. 그래, 그녀는 그르노블에서 3관왕을 차지한 장 클로드 킬리를 연상시켰다. 안냐는 지금 아무것도 두려워하는 것이 없었다. 무엇이 기다리고 있을지 모르는 급격한 커브 앞에서도 대담하게 몸을 날리고 있는 것이다. 무서운 속도로 그리고 가끔은 몸의 평형이 무너지기 직전의 아슬아슬한 기교로 활강 스키장을 누비고 있는 선수인 것이다. 너무나 빨리 결승점에 도달했다. 휙 하는 사이에 그녀는 벌써 쇼팽의 에튀드 연주를 마쳤다. 단 한 번의 실수도 없이, 단 한 번의 망설임도 없이. 청중들의 우레와 같은 박수와 환호성이 뒤따랐다. 어느 누구도 멈추려 하지 않았다.

나는 검은색 양복을 입은 중년의 남자가 서 있던 문 옆자리에 끼어들었다. 때문에 나는 무대에서 내려오는 연주자를 위해 문을 열어주는 역할을 하게 되었다. 에울라 강당 안의 열기는 하늘을 찌를 정도로 대단했다. 이 열기 속에서 다음 조명을 받을 용기가 없었다. 하지만 내게는 또다른 선택이 있을 수 없었다.

나는 그녀가 무대에서 나올 때 예의 바르게 문을 열어주었다. 그녀는 몇 분전 무대 위로 올라갈 때와는 전혀 다른 사람처럼 보였다. 화끈 달아오른 양 볼과 이슬이 맺힌 듯한 두 눈, 열기와 금잔화 향이 섞인 듯한 냄새. 나는 더듬거리며 그녀에게 축하한다고 말했다. 하지만 수치스럽게도 그녀는 내 말에 전혀 신경 쓰지 않는 것 같았다. 아니, 내가 말을 했는지조차 모르는 것 같았다. 안냐 스쿠그의 귀에는 강당을 꽉 채운 환호성밖에 들리지 않는 것 같았다. 그녀는 계속되는 박수 소리에 답하기 위해 다시 무대로 나갔다. 무대로 다시 나간들, 몇 번의 가벼운 목례를 제외하고 그녀가 할 수 있는 일이라곤 아무것도 없었다. 나는 그녀의 뒷모습에서 눈을 떼지 않았다. 그녀는 한쪽 발을 뒤로 뺀 채 마치 영화에서나 본 듯한 태도로 우아하게 무릎을 굽혀 청중을 향해 인사했다. 나는 그녀가 틀림없이 무용 학원에도 다녔을 거라고 생각했다. 그녀는 인사를 마친 후 청중석 한쪽을 향해 마치 어린아이처럼 손을 흔들었다. 분명 손전등 사내와 그 친척들일 것이다. 그런데 그녀가 다시 그랜드 피아노 의자에 앉는 것이 아닌가!

강당 안은 열기 가득한 기대와 침묵으로 다시 새로운 시작을 앞두고 있는 듯한 분위기였다.

나는 레베카와 눈빛을 교환했다. 정말 그녀가 앙코르에 응하려는 것일까? 그것은 한 번도 들어보지 못한 경우였다. 우리는 대회 장소에서 어떻게 연주해야 하며, 어떤 순서로 해야 하는지 이미 오리엔테이션을 통해 알고 있었고, 지정곡과 자유곡의 연주 시간을 엄격히 지켜야 함은 물론이었다. 그리고 우리는 이미 예선에서 지정곡을 한 번씩 다 연주했으므로 이제 이 결선에서는 지정곡 외에 우리가 스스로 선택한 자유곡을 연주하면 되었다. 열 명도 채 되지 않는 십대들, 앞으로의 삶에 대해 혼란스러워 하는 십대들이 모여 저 청중들과 우리를 지도해온 교사들의 기대를 만족시키기 위해 조그만 손가락에 땀이 나도록 건반을 두드려야 하는 것이다.

안나 스쿠그는 그리그의 〈트롤헤우겐의 결혼식〉을 연주하기 시작했다. 심사위원들은 강당 안의 들뜬 분위기 때문인지 제지하지 않은 채 보고만 있었다. 기술적으로 어렵다고 할 수는 없는 곡이었다. 그러나 역시 실력 있는 피아니스트들이 무대용으로 자주 연주해온 곡이었다. 왜냐하면 그 곡은 굉장히 어려운 곡처럼 들리기 때문이었다. 그녀는 긴 크레셴도로 절정을 향해 연주하고 있었다. 중간 부분의 서정적이고 애잔한 선율이 나오기 직전까지 그녀는 템포를 극한으로 밀어붙였다. 연주를 듣고 있던 레베카와 나는 누가 먼저랄 것도 없이 다시 눈빛을 주고받았다. 믿기지 않았다. 이렇게 뻔뻔스러울 수가 있을까. 그래, 그것밖에는 달리 할 말을 찾지 못했다. 어느 누가, 콘트라스트를 더 명확히 하기 위해 자신의 감정을 이토록 우아하고 고상하게 접어놓을 수 있을까. 그녀의 연주는 우리 모두가 도달하고픈, 언젠가는 저 자리에서 저렇게 당당하게 연주하고픈 생각을 자아내게 하는 특별한 연주였다. 나는 이토록 어린 나이에도 저런 연주가 가능하다는 사실에 감탄했다. 자연의 섭리에 어긋나는 것이 아닌가? 우리는 이 강당에서 그동안 루빈스타인, 리히터, 길렐스, 아슈케나지 등 세계 최고의 피아니스트들의 연주를 들어왔다. 오슬로는 세계 피아니스트들의 메트로폴리스라고 해도 과언이 아니었다. 하지만 이제는 안냐 스쿠그의 차례였다. 나는 그녀에게서 간담이 서늘할 정도로 절제된 감성을 보았다. 그녀가 그리그를 연주할 때 청중들의 눈에는 눈물이 고였다. 그리고 연주가 끝나자 청중들은 마치 강당을 무너뜨리기라도 할 것처럼 열광적으로 환호를 보냈다. 발을 구르는 사람도 있었고, 목청이 터져라 브라보를 외치는 사람도 있었다. 세계 최고의 거장들을 위해 따로 준비해둔 환호를 지금 그들은 안냐에게 보내고 있었다. 나는 문 옆에 서서 현기증을 느꼈다. 대회장에서의 앙코르는 규정에 어긋난다는 생각만이 머릿속을 맴돌 뿐이었다. 충분한 실격 사유였다. 하지만 지금 누가 감히 안냐 스쿠그에게 실격을 들먹일 수 있겠는가? 그녀는 내가 열어둔 문으로 걸어 나왔다. 내가 그녀를 위해 열린 문을 붙들고 있었던 것이 오늘 저녁에 벌써 두번째였다. 그녀는 소리를 낮추어 키득키득 웃었다. 그러고는 우리를 둘러보며 중얼거렸다.

"오늘 저녁 연주는 규정에 맞지 않았어. 완전히 어긋난 거지."

나는 뭐라 대답해야 할지 아무 생각도 나지 않았다. 이제 무대로 나가야 할 사람은 바로 나였다.

"연주, 정말 훌륭했어. 축하해." 나는 겨우 그녀에게 한마디를 던졌다.

그녀는 나의 손을 꼭 잡아주었다. 그녀의 손은 따스했고, 땀으로 젖어 있었다.

"고마워. 너도 긴장할 필요 없어. 오늘 저녁 청중들은 우리에게 호의적이야. 저들은 틀림없이 네 연주를 좋아할 거야. 저 환상적인 분위기 느낄 수 있지? 너도 즐겨. 네 연주로 저들을 무아지경에 빠뜨려버려. 그렇게 할 수 있지, 악셀?"

사회자는 벌써 무대에서 내 소개를 시작했다. 나는 안나에게 고개를 끄덕여 대답을 대신했다. 머릿속은 복잡했지만 한편으로는 고마웠다. 그녀가 내 손을 잡아주었으니까, 그녀가 내 이름을 불러주었으니까, 그리고 거의 확정적이라고 할 수 있는 자신의 승리 속에서도 긴장과 두려움에 떨고 있는 나를 위로해주었으니까……

달빛

마침내 무대 위로 올라간 나는 강당 안을 메우고 있던 후끈한 열기를 곧바로 느낄 수 있었다. 청중의 열광은 마치 풍선을 타고 세계 일주를 금방 마치고 돌아온 사람에게 보내는 환호 같았다. 이제 잔디 위에 매끈하게 착륙한 풍선을 다시 띄울 가스나 불꽃은 찾아볼 수가 없었다. 에울라는 이제 바람 빠진 풍선 조각으로 덮인 수백 제곱미터의 칙칙한 잔디밭이었고, 동화 같은 열정이나 기대가 존재하지 않는 현실의 선착장에 밧줄로 꽁꽁 매인 보트이기도 했다. 모두들 여정의 끝을 받아들이고 집으로 돌아가려는 채비를 하는 듯했다.

새로운 참가자가 그랜드피아노 앞에 자리를 잡고 앉았다.

나, 악셀 빈딩이었다.

'네 연주로 저들을 무아지경에 빠뜨려버려.'

나는 이 말만 생각했다. 내가 사랑하는 이가 해준 말. 예의상 지나가듯 한 말에 불과했지만, 지금부터는 그녀와 나 사이를 엮어주는 보이지 않는 끈이 될 것이다.

청중이라는 이름으로 내 앞에 앉아 있는 저 거대한 동물 앞에서 나는 몸이 움츠러드는 것만 같았다. 뭉크의 벽화 〈태양〉과 〈역사〉 그리고 〈알마 마터〉 밑에서 조금 전 엄청난 연주가 있었고, 청중들은 이미 그들이 원하는 것을 얻었다. 그리고 연주자에게 있어 피곤하고 배부른 청중들보다 더 괴롭고 곤혹스러운 것은 없다. 그들은 이제 집으로 돌아갈 생각만 하고 있다. 그들은 배 속에 들어 있는 바람을 소리 없이 그리고 당연하다는 듯 내뿜고 있다. 그들은 집에 돌아가서 오늘 저녁은 무엇을 해먹을까 하는 생각밖에 없었다. 객석에서 기침하는 소리가 들려왔다. 별다른 뜻 없이 무심코 나온 기침 소리였겠지만 내 귀엔 거슬렸다. 청중들의 대부분은 대회 참가자들의 일가친척이었다. 그들이 짓는 표정과 몸짓은 병과 불행과 죽음을 연상시켰다. 이유는 알 수 없었다. 따지고 보면 이 피아노 대회의 참가자들은 모두 병을 앓는 자들이며, 불행한 사고를 당한 자들이며 죽음에 처한 자들이고, 결국 대회에서 상을 받은 자만이 이 모든 불행에서 벗어나 승리의 기쁨과 환희를 누릴 수 있는 것이다.

나는 피아노 앞에 앉아 객석에서 흘러나오는 온갖 소리를 듣고 있었다. 어떤 여자가 트림을 했다. 넷째 줄에 앉은 한 남자는 재채기를 했다. 썩은 몸뚱이들…… 그들은 누가 이 대회에서 1등을 하게 될지, 단지 그것만을 보기 위해 모인 것 같았다. 상한 포도주에서 나는 쓴 식초 냄새도 났다. 저들을 무아지경으로…… 악셀! 이제 내 차례였다. 드뷔시의 〈달빛〉. 나는 아직도 희망을 버리지 않고 있었다. 안냐의 연주는 거장의 실력에 가까웠다. 하지만 그 속에서 과연 영혼을 발견할 수 있었던가? 나의 임무는 그녀의 연주와 다른 연주를 하는 것이었다. 안냐는 폭포수처럼 장대하고 화산처럼 뜨거운 연주를 성공적으로 해냈다. 이제 나는 생의 내면에 잠재되어 녹슬다시피 한 서정성을 끌어올려 그들의 눈에서 눈물이 샘솟도록 만들 것이었다. 저들의 더부룩한 배와 경직된 심장을, 아름다운 선율의 떨림과 평온과 절제 그리고 고상한 품위로 쓰다듬어줄 것이었다. 피아노 건반 위에 손을 얹으려니 손가락들이 떨려왔다. 보이지 않는 장애물이었다. 〈달빛〉을 치기 위해선 고요하고 정석인 손가락이 필요했다. 이 곡은 세기를 뛰어넘는 고전 중의 고전이며, 정서적으로도 대담한 곡이었다. 내게는 다른 연주자들에게서는 쉽게 찾아볼 수 없는 부드러운 음을 만들어낼 수 있는 능력이 있었기에 나름의 확신을 가지고 이 곡을 선택했다. 나는 이 기교를 루빈스타인에게서 배웠다. 그는 한 텔레비전 프로그램에서 피아노의 댐퍼페달*은 서정적인 곡을 칠 때 필수적이라고 했다. 그는 일련의 피아노 스트링을 선택해 화음을 짚었고, 정교한 시차를 이용한 댐퍼페달의 사용은 말할 수 없이 투명한 소리의 울림을 만들어냈다. 이것은 지금은 세상을 떠난 젊은 피아니스트 디누 리파티가 자주 사용했던 방법이기도 했다. 내림라장조. 내가 좋아하는 음들. 내면의 흥분과 격앙이 가득 차 있는 음들. 듣는 사람으로 하여금 항상 귀를 세우게 만드는 음들. 드뷔시는 자기가 표현하려

* 피아노 페달 중 오른쪽에 있는 페달. 밟으면 현의 진동이 길어져 건반에서 손을 떼도 소리의 울림이 지속된다.

는 것을 잘 아는 작곡가였다. 나는 조금씩 감정이 잡히는 것을 느낄 수 있었다. 곡에 몰입할 수 있을 정도로 집중력이 생기기 시작했고, 잠자고 있던 감성이 깨어나기 시작했다. 나는 1등을 하기 위해서 이 대회에 참가했다. 이것을 절대 잊어버리면 안 될 것이다. 음악계의 모든 이가 기대하고 있다. 이 기대에 어긋나는 일이 생기면 음악계의 스캔들이 될 것이었다. 나는 내가 아는 다른 열여섯 살짜리 아이들보다 훨씬 더 많은 시간을 연습에 투자했다. 그렇게 음악은 내게 절망이었으며, 내 모든 것을 게걸스럽게 삼켜버렸다. 그리고 바로 지금, 비록 1등을 하기 위해 연주를 하고 있긴 하지만 나는 곡의 한 음 한 음이 내 손가락을 통해 온몸을 파고들어가는 것을 분명히 느낄 수 있었다. 하모니와 선율이 나를 지배하기 시작했다. 안냐 스쿠그와의 대면에서 느꼈던 강렬함도 다시 내 몸속에 파고들어왔다. 드뷔시의 곡으로 안냐를 감동시킬 수 있을까? 조금 전 무대 뒤에서 내가 그랬던 것처럼 그녀도 지금 내 연주를 듣고 있을까? 그렇지 않을 것이다. 그녀는 지금 자신만의 세계에 있을 것이 분명했다.

연주는 이미 시작되었지만 나는 계속 생각에 잠겨 있었다. 복잡한 생각들이 잇달아 떠올랐다. 예를 들면 강당 안에 자리를 잡고 있는 아버지와 카트리네에 대한 생각이 그것이었다. 두 사람은 앞에서 다섯째 줄에 앉아 있었다. 내가 청중을 향해 연주 전 목례를 할 때 그들의 모습이 언뜻 스쳐가는 두 개의 그림자처럼 내 눈에 들어왔다. 아버지와 카트리네가 객석에 앉아 있다는 사실이 견딜 수 없을 정도로 싫었다.

하지만 더이상 생각에 빠져 있을 틈이 없었다. 마침내 나는 다시 음악 속에서 내 자리를 잡았다. 음악 속으로…… 이것은 항상 어머니가 원했던 것이었다. 쉰네스트베트 선생이 내게 필사적으로 요구한 것이기도 했다. 몇 초 동안 나는 곡에 대한 완전한 지배력과 통제력을 가졌다고 느꼈다. 건반 위의 내 손가락들은 이제 떨리지 않았고, 덕분에 왼손의 아르페지오를 과장되거나 성가시지 않게 연주하는 데 성공할 수 있었다. 드뷔시가 만들어낸 선율 뒤에는 차가운 지성이 존재한다. 그의 음악에는 싸구려 감성과는 거리가 먼 격조 높은 지성적 서정성이 자리하고 있다. 어머니는 연주가들의 값싼 서정성을 한눈에 꿰뚫어보았다. 언젠가 라디오에서 콘서트 프로그램을 듣고 있다 어머니가 내세 말했다. "이 음악 한번 들어봐, 악셀. 연주가 역겨울 정도로 작위적이지 않니? 이 사람은 예술가 흉내를 내고 있구나. 쉼표를 자기 자신만이 만들어낼 수 있는 진실한 정적으로 사용해야 하는데, 이 사람은 자신의 서정적 침묵을 믿지 않기 때문에 저렇게 칠 수밖에 없는 거야."

나는 〈달빛〉 중에서 가장 투명하다고 할 수 있는 부분을 연주하고 있었다. 이 부분은 주제가 되풀이된 후 첫 주제의 맺음과는 달리 장7도 화음이 나오면서 결정적인 변화를 주는 곳이었다. 드뷔시의 대가로서의 솜씨가 잘 드러나는 곳이기도 했다. 사실 이 부분은 드뷔시가 에드바르 그리그가 잘 사용하던 기법을 대담하게 훔쳐 사용한 것이다. 작곡가 간에 서로의 표현 기법과 멜로디의 부분적 주제를 도용하는 일은 드물지 않다. 나는 점점 음악에 몰입하고 있었다. 하지만 아직까지는 담담한 연주에서 벗어나지 못하고 있었다. 나는 청중들이 만들어내는 집중력을 느낄 수 있었다. 하지만 그 속에는 정작 있어야 할 평온한 정적이 빠져 있었다. 아직까지도 채 열리지 않고 있는 어떤 알 수 없는 공간이 그들 사이에 존재했다. 어쩌면 이것은 내가 보지 못하는 어떤 색깔이 아닐까. 나는 눈을 감았다. 주어진 시간이 얼마 없었다. 드뷔시에 대한 확신이 점점 약해져갔다. 동시에 나의 곡 해석에 대한 믿음도 점점 엷어져갔다. 장7도 화음을 하나하나 천천히 짚어나갔다. 템포를 극한으로 느리게 잡아 한 음 한 음의 울림이 듣는 이의 가슴을 파고들 수 있도록 했다. 음악은 연주가의 개성에 따라 얼마든지 작곡가의 의도보다 느린 템포로 연주될 수 있다. 하지만 모든 곡들이 다 빠른 템포의 연주를 감당할 수 있는 것은 아니다. 이것은 쉰네스트베트의 가르침 중의 하나로 이미 수십 번은 더 들었던 것이기도 했다. 그리고 그 속에는 진실이 숨어 있었다. 그래서 나는 같은 곡을 연주하는 다른 이들보다 더 느린 템포로 자주 연주를 해왔다. 내가 존경하는 피아니스트 글렌 굴드가 뉴욕필하모니와 브람스의 첫번째 피아노협주곡을 협연할 때처럼 말이다. 보통보다 느린 템포로 독특한 연주를 자주 해왔던 그가 무대에 모습을 나타냈을 때, 당시 지휘자였던 레너드 번스타인은 청중들에게 미리 양해를 구했을 정도였다. 명백한 테러였다. 그것은 오케스트라 앞에 선 세계 최고의 지휘자가 그날 저녁의 솔리스트의 곡 해석을 완전히 이해하지 못했다고 청중들 앞에서 고백하는 것이나 다름없었다.

이제 나는 드뷔시의 〈달빛〉을 나만의 독특한 곡 해석으로 연주할 작정이었다. 하지만 믿고 있었던 그 환상적인 장7도 화음은 내가 원했던 만큼 효과가 없었다. 적어도 주제 멜로디가 다시 곡에 녹아들기 전까지는 그렇게 보였다. 되풀이되는 주제의 첫 부분을 치면서 갑자기 내가 아주 느린 템포로 곡을 이끌어가고 있다는 것을 깨달았다. 각각의 화음 사이에는 낮잠에 빠져들 수 있을 만큼의 여유가 생겨났다. 무언가가 일어났다. 내 의도가 마침내 제자리를 찾아 작동하기 시작한 것이었다. 기다렸던 강한 전기가 강당 안에 생겨났다. 문득 내 오른쪽 편에 앉아 있는 세 명의 심사위원이 드리우는 그림자를 느꼈다. 이제야 저 어리석은 늙은이들이 누구를 수상자로 결정해야 할지 가닥을 잡았을 것이라는 생각에 더욱 정신을 집중해서 연주를 해나갔다. 이제 마지막 부분만 마음먹은 대로 칠 수 있다면, 안냐 스쿠그를 밟고 올라서는 것은 식은 죽 먹기라는 생각이 들었다. 영롱하게 피어나는 소리를 만들어내는 것은 나만의 독특한 기법이라고 해도 틀린 말이 아닐 것이다. 그리고 이것만큼은 실패해서는 안 될 것이었다.

이제 내게 남은 시간은 일 분 남짓이었다. 드뷔시의 심장을 도려내는 듯한 마지막 부분의 멜로디를 기약해둔 채 나는 온 정신을 집중했다. 이 마지막 부분은 안냐 스쿠그에게 헌정하고 싶었다. 그녀가 지금 이 곡을 듣고 있는지 여부에 상관없이 말이다.

그런데 그 순간 청중석에서 흘러나온 괴성이 강당에 울려퍼졌다. 분명하고 높은 톤의 여자 목소리였다. 나는 순간 놀란 나머지 건반을 완전히 잘못 짚어버리고 말았다. 혹시 내가 잘못 들었던 것은 아니었을까? 긴장 때문에 환청을 들은 것이라고 생각했다. 하지만 그 괴성이 다시 한번 귓전을 맴돌았다. 누가 내 이름을 부르고 있었다. 동시에 객석의 다섯째 줄에서 어떤 사람이 일어서는 것을 곁눈으로 볼 수 있었다. 날카롭고 높은 목소리의 주인이었다. 그녀는 "브라보!" 라고 외쳤다. 그래, 그녀는 "브라보!" 라고 소리를 지르고 있었다. 나는 어쩔 줄 몰라하며 피아노 앞에 그대로 앉아 있었다. 청중석을 향해 몸을 돌려 그녀가 누군지 확인해보고 싶었다. 하지만 만약 그렇게 한다면 내가 방금 창조해낸 마법을 스스로 깨뜨리는 것이 되고 만다. 나는 곡의 맺음 부분 한중간에 있었다. 누가 이 마법을 깨뜨렸는가. 누가 나의 연주를 한꺼번에 이렇듯 엉망진창으로 만들어버렸는가. 내 이름을 부르고, 괴성을 지르면서 내 연주를 웃음거리로 만든 저 사람은 도대체 누구란 말인가. 이 소리는 조금 전 안냐 스쿠그에게 던져진 진실하고 호의적인 환성과는 달리 조롱이 섞여 있고 적개심으로 차 있었다. 악한 의도를 품고 있는 사람이거나 정신 나간 사람이 한 짓이라고밖에는 생각할 수가 없었다. 강당 안의 술렁거림과 동요를 느낄 수 있었다. 몇몇 사람은 어이없다는 투로 헛웃음을 지었고, 또다른 몇 사람은 충격에서 나온 한숨 소리를 냈다. 소수이긴 하지만 이 두렵기까지 한 충격을 즐기는 듯한 사람도 있었다. 연주의 한중간에서 터져나온 브라보라니…… 적어도 이 강당 안에선 전례를 찾을 수 없는 일이었다. 마지막 3도 화음이 매끈하게 나오지 않았다. 마지막으로 내게 다가온 치욕. 이제 〈달빛〉의 서정성 따위는 온데간데없었다. 손가락이 떨리기 시작했다. 곡을 맺을 준비가 전혀 되어 있지 않았다. 우승을 거머쥘 뻔했는데…… 양 볼이 활활 타오르는 듯했다. 붉게 물든 얼굴을 하고서 계속 곡을 이어갔다. 건반들이 제대로 보이지 않았다. 내 의지와는 상관없이 운동신경이 기억하는 대로만 손가락이 따라가는 것 같았다. 괴성은 그때까지도 멈추지 않았다. 청중석에서는 곧 큰 소동이 일어날 것만 같았다. 마침내 어떤 사람이 그 목소리의 주인공을 잡아냈다. 그녀는 비명을 지르기 시작했다. 나는 아무것도 들리지 않은 척 고개를 푹 숙였다. 눈물이 흘러내렸다. 마지막 내림라장조 화음의 떨림이 거의 사라질 무렵 목소리의 주인공은 강당 밖으로 쫓겨났다. 나는 자리에서 일어났다. 내 속은 슬픔과 분노로 뜨거워졌다. 나는 목소리의 주인공이 강당 뒤편 붉은 장막 사이로 사라지기 전 그녀의 얼굴을 볼 수 있었다. 바로 내 누나, 카트리네 빈딩이었다. 청중석에 앉아 있는 아버지와 눈이 마주쳤다. 아버지는 애원하는 듯한 눈빛으로 나를 바라보고 있었다.

박수 소리는 그제야 호의적으로 들려왔다. 그것은 연주가 뛰어나서라기보다는 내가 이 소동에도 불구하고 끝까지 연주를 포기하지 않았다는 데 경의를 표한다는 뜻이었다. 파도처럼 밀려오는 박수 소리는 열광적인 환호가 아니었다. 그 속에는 단지 연민과 동정만이 있을 뿐이었다. 모두들 방금 있었던 연주는 될 수 있으면 빨리 잊어버리려고 할 것이다. 나는 짧고 가볍게 목례를 하고 무대 뒷문으로 걸어갔다.

선택

안나, 레베카, 마르그레테 이레네 그리고 페르디난…… 모두들 문 안쪽에 서서 나를 기다리고 있었다. 그들의 휘둥그레진 눈이 당장에라도 튀어나올 듯했다.

“대체 무슨 일이야, 악셀?”

“미친 사람?”

“그런 사람은 총살시켜버려야 해. 살가죽을 벗겨버리든지.”

“그건 너무 심하다, 얘.”

“너무 비겁해!”

“그건 그렇고, 도대체 누구야, 그 사람이?”

“카트리네……” 나는 겨우 들을 수 있을 정도로 나지막이 말했다. “우리 누나, 카트리네……”

우리는 아래층의 미술관에 모였다. 말소리는 귀에 거슬릴 정도로 켰다. 그들은 내가 재연주를 해야 한다고 고집을 피웠다. 그들의 의도는 호의적이었지만 나는 다시 연주할 자신이 없었다. 그중에서도 안냐는 단연코 나의 재연주를 고집했다. 자신의 승리 뒤에 생길지도 모르는 의혹과 뒷말을 없애고 싶었기 때문이다. 하지만 나는 그녀에게 그런 즐거움을 주고 싶지 않았다. 이제 모두들 나의 실패를 이미 정해진 일로 받아들이는 것처럼 보였다. 〈달빛〉을 다시 연주하든 말든 나는 이미 실패자였다.

"야생마 열 마리를 데려와서 나를 무대 위로 다시 끌어낸다 해도, 재연주는 안 하겠어" 나는 딱 잘라 말했다.

심사위원장이 홀 안으로 들어왔다.

"심사위원의 만장일치로 자네의 재연주를 허락하네."

그는 진지하게 말했다. 나를 바라보는 그의 눈동자에는 엄숙함과 동정이 어려 있었다. 이제 우리 집 식구들의 추태는 세상에 다 알려지고 말았다.

"재연주할 힘이 없습니다. 솔직히 말씀드리자면, 그것은 제 누나의 고의적인 행동이었습니다. 그러니 저는 제 가족의 상식에 어긋나는 행동에 책임을 져야 합니다."

내가 한 말이 아주 권위 있게 들린 것 같아 속으로 우쭐했다. 그리고 다소 뒤틀리긴 했지만, 이 상황의 통제권을 다시 쥐기 시작했다는 생각이 들었다. 몇 분 간격으로 나는 다시 주목을 받기 시작했다. 단 안냐가 이 대회에서 우승을 차지하게 되는 것만은 어쩔 수 없었다. 참가자들의 연주는 이제 거의 끝나가고, 안냐가 트로피를 쥐기까지는 반 시간도 채 남지 않았다.

"마지막으로 한 번만 더 묻겠네." 심사위원장이 다시 말했다.

"재연주를 하겠는가?"

"하지 않겠습니다." 나는 짧게 대답했다.

잠시 동안 자만심에 젖은 생각 때문에 내 계획을 무산시킬 수는 없었다. 나는 청소년 피아노 대회에서 실패자로 기억되고 싶지는 않았다. 차라리 강력한 우승 후보였지만, 비극적인 가족사에 의해 기회를 잃어버린 사람으로 기억되고 싶었다. 그편이 훨씬 나았다. 어쨌거나 어머니가 폭포 아래로 떨어져 사고로 죽은 것은 이미 알 만한 사람은 다 알고 있었으니 말이다.

"다시 생각해봐." 안냐가 거의 애원하듯 말했다.

하지만 나는 그녀가 나를 위해서가 아니라 자신의 깔끔한 승리를 위해서 애쓰고 있다는 것을 잘 알고 있었다. 화가 날 정도로 슬펐다. 도대체 왜 카트리네가 그런 행동을 했는지 도무지 이해할 수가 없었다. 나를 증오하고 있는 것일까?

"다시 생각해도, 재연주를 안 하겠다는 뜻은 변함이 없습니다. 상관없는 일이에요. 더구나 그때 저는 이미 곡의 마지막 부분을 치고 있었는걸요."

심사위원장은 동의한다는 듯 고개를 끄덕였다. 아무런 이의도 제기하지 않는 그의 태도는 내게 상처를 주었다.

안냐는 나를 뚫어지게 바라보고 있었다. 그녀의 양 볼은 붉게 달아올라 있었다. 생사를 가늠하는 중요한 결정을 두고, 우리는 보이지 않는 전쟁을 하고 있었다. 그런 그녀의 모습은 이제까지 내가 보아온 어떤 모습보다 훨씬 아름다워 보였다.

삼십여 분 후 1968년 전국 청소년 피아노 대회의 대상 수상자로 안나 스쿠그가 호명됐다. 레베카는 2등을 차지했고, 3등은 마르그레테 이레네의 차지였다. 모든 수상자의 이름이 다 불렸을 때 강당 안은 잠시 진공 상태에 빠진 듯한 느낌을 주었다. 청중들은 어떤 형태로든 내게 상이 주어질 줄로 알았던 모양이었다. 그러나 내가 수상자 명단에서 제외되는 뜻밖의 결과가 나오자 한숨을 쉬며 안타까운 표정으로 나를 바라보았다.

난생처음으로 느낀 쓰라림이었다. 파멸적이며 치료가 불가능한 이 쓰라린 괴로움은 일단 한번 몸속에 자리를 잡으면 사라질 줄 모르는 것이기도 했다. 절대 이것에 굴복하지 않겠다고 다짐하며 입술을 깨물었다.

안나 스쿠그보다 연주를 못했다는 사실은 인정하지만 레베카나 마르그레테 이레네보다는 나은 연주를 했다고 자부하고 있었는데, 심사 결과는 나의 기대를 철저히 외면했다. 강당에 모인 모든 이들도 나와 같은 생각을 하고 있는 것 같았다. 레베카와 마르그레테 이레네 역시 그렇게 느꼈는지 상장을 손에 들고 내게 어색한 미소를 지었다. 그 두 사람은 크리스마스 선물을 받을 자격이 없는데도 선물을 받아 쥔, 예쁘게 꾸민 소녀 같다고 생각했다.

안나 스쿠그는 수상 기념 연주를 위해 다시 무대 위로 올라가고 있었다. 피아노 앞에 앉은 그녀는 프로코피예프의 곡으로 또 한번 우리를 놀라게 했다. 엄청난 기교를 요구하는 〈피아노소나타 7번 내림나장조〉 3악장. 선율은 총소리 같기도 했고, 축포 소리를 연상시키기도 했다. 저 가냘프고 여린 체구의 열다섯 살 소녀가 저렇듯 장중한 옥타브 연주를 할 수 있으리라고 어느 누가 짐작이나 했겠는가.

“안냐의 연주는 마르타 아르헤리치를 능가해.” 레베카가 하얗게 질린 얼굴로 내게 속삭였다.

나는 말없이 고개만 끄덕여 대답을 대신했다.

열광하는 청중의 박수 소리는 좀체 그칠 것 같지 않았다.

축하연

대회가 끝난 후 모든 결선 참가자는 의회 건물 부근에 있는 아스토리아 호텔에서 열리는 축하연에 참석해야 했다. 모든 공식적인 연회 장소에서 도망쳐 집으로 가고 싶은 생각만 간절했지만, 만약 그렇게 한다면 모두들 비겁하다고 생각할 것 같아서 마음을 돌렸다. 어쨌든 안나를 보기 위해서라도 축하연이 열리는 장소로 가야 했다. 참가자의 부모는 참석이 금지되었는데, 손전등 사내와 그 부인이 축하 장소에 와 안나에게 축하의 말을 전하는 것이 보였다. 뇌 수술 전문의 브로르 스쿠그는 그의 딸을 마치 인형을 들어올리듯 가볍게 안아 올렸다. 그의 남성적 모습에서 무서울 정도의 권위가 엿보였다. 그의 팔에서 안나가 마치 갓난아이처럼 얼마나 여리고 부드럽게 변하는지 볼 수 있었다. 안나는 환하게 미소를 지으면서 그가 양 볼에 해주는 키스를 받았다. 그런 그녀의 모습은 마치 순진한 어린 소녀 같았다. 나는 안나의 어머니에게 눈을 돌렸다.

나는 그녀의 이름이 마리안네라는 것을 알고 있었다. 며칠 전에 전화번호부에서 찾아보았던 것이다. 하지만 그녀가 십대 중반의 딸을 둔 어머니라는 것이 믿기지 않을 정도로 젊을 거라곤 예상하지 못했다. 그리고 하나 덧붙이자면 그녀와 안냐가 마치 쌍둥이처럼 서로를 꼭 빼닮았다는 것도 오늘에서야 처음 알게 되었다.

에울라를 나서기 직전 아버지가 내게 다가왔다. 절망과 자포자기의 빛이 역력한 아버지의 얼굴은 어머니의 장례식 때와 닮아 있었다.

"카트리네가 의도한 건 이게 아니었어. 너무 화내지는 말거라."

화내지 말라고? 그럼, 내가 기뻐하기라도 해야 한다는 말인가? 나는 아무 말도 하지 않았다.

"요즘 카트리네는 매우 힘들어하고 있어. 사실 난 카트리네가 잘못될까봐 두렵단다."

"그러니까, 오늘 저녁에 관심과 주목을 받아야 할 사람은 제가 아니라 바로 카트리네란 말씀인가요?"

아버지는 절망적인 표정으로 나를 바라보았다. "악셀, 카트리네에 대해서 나쁘게 판단하지는 말거라. 어쩌면, 오늘 저녁에 카트리네는 술김에 그런 일을 벌였는지도 모르겠다. 자기감정을 조절하지 못한 잘못밖에는 없어. 그리고 네 연주를 좋아한 잘못밖에는……"

"그게 말이나 되는 소리예요? 만약에 카트리네가 그렇게 감정을 조절하기 힘든 상태였다면, 오늘 같은 날엔 바깥출입을 자제하는 게 맞을 거예요. 더욱이 연주회장에서 그런 행동을 하다니요!"

아버지는 할 말을 찾지 못하고 침묵으로 대답을 대신했다. 그는 어깨를 한 번 추켜올린 후 구부정한 모습으로 에울라를 떠났다.

나는 아버지의 뒷모습을 분노에 차 쏘아보았다. 지금까지 한 번도 이렇듯 심하게 화를 낸 적은 없었다. 그런데 왜 하필이면 아버지에게 분노를 터뜨렸을까…… 카트리네를 물어뜯고만 싶었다. 그녀에게 상처를 주고만 싶었다. 문득 그 노란 집을 생각해냈다.

참가자들은 저녁식사를 함께할 예정이었다. 나는 그때까지도 수치심에 사로잡혀 있었다. 나는 심사위원단을 구성했던 한 무리의 사람들을 바라보았다. 심사위원의 첫째 자질이라고 할 수 있는 공정한 판단력을 어디 쫓아 보내기라도 한 듯한 저 사람들 때문에 자리에 모인 수상자들조차도 그다지 유쾌해 보이진 않았다. 어쩌면 내 눈에만 그렇게 보였을지도 모르는 일이었다.

우리는 일렬로 앉아 긴 탁자 위에 놓인 미지근한 송아지 스테이크와 감자와 콩으로 저녁식사를 했다. 심사위원들과 대회 집행자들은 포도주를 마셨고, 우리는 샴페인 맛이 나는 소다를 들이켰다. 그런 후에 저학년부 참가자들이 모두에게 소개되었다. 이들을 따라온 부모들은 아래층 리셉션홀에서 기다리고 있었다. 안냐의 옆자리에는 아홉 살짜리 아이와 열두 살짜리 아이가 함께 앉아 있었다. 이들이 바로 오늘의 대상 수상자들이었다.

하지만 모인 사람들의 관심과 집중은 안냐 스쿠그에게로만 향했다. 그녀는 내가 기대한 것 이상으로 영예롭게 최고의 자리를 차지했다. 내가 2등만 했더라도 심사 결과에 동요하는 분위기를 만들어낼 수 있었을 텐데 하는 생각이 들었다. 어쩌면 저 불쌍한 악셀 빈딩이 1등을 할 수도 있지 않았을까, 하는 감정적 동요 말이다. 하지만 나는 겨우 결선 진출자라는 타이틀을 쥐고 있을 뿐이었다.

"네가 1등을 차지할 수도 있었을 텐데……"

마르그레테 이레네가 내 귀에 대고 말했다. 그녀의 치아교정기가 불빛을 받아 반짝거렸다. 그녀는 나를 뜨거운 눈길로 바라보고 있었다.

나는 대답할 수 없었다. 그저 불행할 뿐이었다. 나는 원한에 사무치는 사람들만이 느낄 수 있는 이 어둡고 불행한 감정에서 헤어날 수 없었다. 나는 식탁 건너편에 앉아 있는 안나 스쿠그를 쏘아보았다. 그녀는 심사위원장과 무엇인가를 심각하게 얘기하고 있었다. 어쩌면 심사 결과에 대해서 이야기를 하고 있을지도 모른다는 생각이 들었다. 불공정한…… 내게 불공정하게 내려졌던 그 결과에 대해서 말이다.

순간 내 귀에 대고 속삭이는 레베카의 입술이 느껴졌다. "울고 절망하기엔 아직 너무 젊다는 생각이 들지 않아? 살다보면 이런 일도 일어나기 마련이야. 그리고 이제 정신 좀 차려. 그렇게 바보처럼 앉아만 있지 말고. 응? 그건 그렇고, 솔직히 오늘 네 연주는 별로였어. 그러니 정신 차려!"

여운

레베카는 그날 저녁 나의 구원자 역할을 했다. 나를 놀리다가 갑자기 기운을 북돋워주는가 하면 명랑한 목소리로 농담을 던지기도 했다. 두어 시간쯤 지났을 때, 그녀가 내게 말했다.

"악셀, 이젠 정말 너 자신에 대해서 다시 생각해봐. 넌 마치 우리 모두에게 최후의 심판을 경험해보라고 다그치는 사람 같아. 아무튼 난 오늘 2등을 차지했어. 넌 음악 그 자체론 경쟁이 불가능하다고 자주 말하지 않았어? 아니, 너희 어머니가 그렇게 말씀하셨던가? 어쨌든 누군가가 내 음악을 좋게 봐준 게 틀림없어. 그러니 오늘 저녁은 너를 위한 것이라기보다는 나를 위한 것이라고 볼 수 있지 않아? 그런데 내가 2등을 차지했는데도 넌 축하한다는 말 한마디 해주지 않았어."

그녀는 얼음같이 푸른 눈동자와 깨알 같은 주근깨가 점점이 박힌 얼굴에 순진한 표정을 띠고서 나를 바라보았다.

"이제 진짜 남자가 돼봐."

나는 그녀의 말이 하나도 틀리지 않았다는 것을 잘 알고 있었기 때문에 고개를 끄덕여 수긍한다는 뜻을 전했다. 수치심과 함께.

"……축하해." 나는 간신히 중얼거렸다.

하지만 모든 것이 혼란스러울 뿐이었다. 내 자리에서 대각선 방향에 안냐 스쿠그가 앉아 있었다. 나를 때려눕힌 사람을 사랑할 수 있는가? 내 청소년기의 가장 중요하다고 할 수 있는 이 피아노 대회에서 나를 짓이겨 파멸시킨 사람을 진정으로 사랑할 수 있는가. 나는 충분히 가능하다고 생각했다. 안냐 스쿠그는 내가 사랑할 수밖에 없는 사람이었기 때문이다. 그녀는 심사위원 중 한 사람이 권한 포도주 잔을 들고서 그와 에밀 길렐스에 대해 이야기를 나누고 있었다. 세상에…… 한 번도 우리 모임에 낀 적이 없는 소녀, 비밀스럽게 셀마 링에를 채간 소녀는 도대체 어디에서 식견을 얻었을까.

셀마 링에는 대회 직후 내가 아버지와 서서 이야기를 나누고 있을 때 내게 길고도 의미심장한 눈길을 보냈다. 내게 무슨 말인가를 하고 싶은 눈치였다. 강당 안에 서서 나를 바라보던 그녀는 검은 머리에 짙은 화장으로 여느 여인들과 비교할 수 없이 아름답게 보였다. 하긴, 사춘기 소년의 눈에 어떤 여자인들 아름답게 보이지 않겠는가. 그녀는 의기양양한 미소를 머금고 있었다. 대상 수상자가 바로 그녀의 제자였기 때문이다.

반면에 쉰네스트베트 선생은 나와 이야기할 기력조차 없는 것 같았다. 그의 숨결은 마치 습기 때문에 녹슨 쇳덩어리 같았다.

"너는 충분히 상을 받을 자격이 있었는데……" 그가 고개를 흔들며 실망감을 표시했다. 그러고는 천천히 모자를 눌러쓰고 문 쪽으로 걸어갔다.

눈이 아파왔다. 심장도 아파왔다. 언젠가는 안냐가 자리에서 일어나 전동차를 타고 집으로 갈 거라는 생각이 들었다. 그러면 나는 전동차 안에서 그녀와 단둘이 마주할 수 있을 것이다. 그녀는 저녁 내내 몇 번이나 내게 짧은 시선을 던졌다. 하지만 나는 그녀에 대한 관심은 물론이고 경쟁의식도 점점 옅어져가고 있었다. 그녀는 어느새 레베카와 마르그레테 이레네와도 친해진 듯했다. 이들은 시간만 나면 화장실로 함께 우르르 몰려가 거울 앞에서 수다를 떨고 다시 돌아오곤 했다. 나는 페르디난과 나란히 앉아서 물만 들이켜고 있을 뿐이었다. 우리는 존경하는 아라우, 길렐스 그리고 바렌보임 같은 피아니스트에 대해서 이야기를 나누었다. 앞으로 어느 교수를 사사할지 또 어느 콘서바토리에 들어가서 공부하고 싶은지에 대해서도 이야기했다. 우리는 그날 저녁의 두 실패자였다.

나는 안 보는 척하면서도 저녁 내내 안냐에게서 눈을 떼지 않았다. 집으로 가는 전동차 안에서 오래오래 그녀와 함께 있고 싶었다. 갑자기 그녀가 시계를 보더니 자리에서 일어났다. 나도 슬그머니 자리에서 일어나 축하연에 모인 점잖은 무리들에게 작별 인사를 했다. 심사위원들과는 공손하게 악수를 하면서 인사를 나누었다. 가장 연장자인 듯한 사람 하나가 이해하기 힘든 눈빛을 던지며 말을 걸어왔다.

"자네의 가장 큰 문제는 실력을 과신하고 있다는 점이네. 하지만 계속 공부해나가게나. 착실하게 꾸준히. 그러면 언젠가는 성공할 날이 올 걸세."

나는 그의 코털을 바라보며 고개를 끄덕였다. 그중 몇몇 털오라기는 벌써 희끗희끗하게 변해 있었다. 이 사람은 내 장래에 대해서 도대체 뭘 안다고 이러는 거지?

파장의 분위기가 짙어지고 있었다. 집으로 돌아가려고 일어서는 사람은 안냐만이 아니었다. 우리는 모두 함께 거리로 나갔다. 안냐가 앞장을 서고 우리는 그녀의 뒤를 따랐다. 눈이 내리고 있었다. 커다랗고 축축한 눈송이들. 나는 문득 어렸을 때 가지고 놀았던 스노글로브* 속에 들어가 있는 듯한 착각을 느꼈다.

저 멀리 손전등 사내가 보였다. 그는 벌써 차에 시동을 건 채 차문을 열어놓고 안냐를 기다리고 있었다. 그의 아내인 산부인과 의사는 그의 옆자리에 앉아 있었다. 그들의 눈에는 안냐만 보이는 것 같았다. 나는 길에서 안냐에게 즐거운 저녁 시간이 되었는지, 상장은 어디에 감추어버렸는지 등등의 짧은 질문을 하는 것만으로 만족해야 했다. 손전등 사내의 차를 보는 순간 낙담하여 더는 밝은 목소리를 낼 힘도 없었다. 물론 그들이 안냐를 태워 집으로 갈 것이었다. 그러다 나는 차 안에 빈자리 하나가 더 있는 것을 발견했다.

"저…… 저도 같이 타면 안 될까요?"

브로르 스쿠그는 조그마한 안경알 너머로 나를 쳐다보았다. 그

---

* 흔들면 눈 모양의 가루가 쌓이는 유리구슬.

는 나를 본 적이 있었다. 그 어두운 숲 속에서…… 아니, 그때는 내가 누구인지 몰랐을 것이다. 폭포수 아래에서 어머니를 잃은 이웃집 소년 그리고 정신 나간 누나가 있는 소년…… 축하연 장소에서 송아지 스테이크를 먹고 있을 때 분명 알 만한 사람들은 나에 대해서 몰래 입방아를 찧었을 것이다. 나는 순간 흠칫 몸을 떨었다. 손전등 사내의 얼굴에서 안나만이 가지고 있는 표정과 생김새를 발견했기 때문이었다. 나는 갑자기 불쾌해졌다. 그의 강렬한 눈동자는 그때까지도 나를 쏘아보며, 내가 누군지 그리고 어떤 사람인지 세세히 뜯어보는 것만 같았다.

"우리랑 가까운 곳에 사나?" 그는 의심이 가득한 목소리로 되물었다. 마치 내게서 긍정적 대답이 날아올 것에 대비해 그 자신을 방어라도 하듯 말이다.

"네, 멜룸 가에 살고 있습니다."

"이거 미안해서 어쩌나……" 그는 부인과 딸을 향해 짧은 시선을 차례로 던진 후 말했다. "빈자리가 없어서 말이야."

하지만 나는 분명히 그 차 안에 남아도는 자리를 보았다. 두 사람이 앉기에 충분한 자리였다. 그러나 나는 아무 말 없이 예의를 차려 공손히 목례를 하고, 전동차역으로 걸어갔다.

다시 집으로

아버지는 나를 기다리고 있었다. 집 안에는 정적이 감돌았다. 카트리네의 모습은 볼 수 없었지만 나는 분명 그녀가 집 어딘가에 있다는 것을 느낄 수 있었다. 아버지는 벽만 뚫어지게 바라보며 포도주를 마시고 있었다. 탁자에는 건물 설계도면이 펼쳐져 있었다.

"누나 어디 있어요?"

"자고 있다. 한숨 자고 나면 정신이 들겠지."

"정신이 들 거라고요? 누나 술 마셨어요, 아님 마약 한 거예요?"

나는 제자리에 서서 꼼짝도 않고 아버지를 바라보았다. 저 비겁하기 짝이 없고 절망적인 얼굴. 문득 그를 존경해본 적이 단 한 번도 없었다는 생각이 들었다. 그는 언제나 중요한 일이 있을 때마다 한발 늦었다. 사고가 있었던 일요일에도 조금만 더 행동이 빨랐더라면 어머니를 살릴 수 있었다.

아버지는 주저하며 카트리네를 깨우고 싶지 않다고 낮은 목소리로 말했다.

"카트리네는 지금 제정신이 아니야, 악셀. 뭔가 주기적으로 복용하고 있는 것 같아."

"그래요? 그걸 지금까지 모르고 있었단 말이에요?"

"알긴 알았어. 하지만 이 정도로 심각한 줄은 몰랐다."

"지금까지 뭐 하셨어요?"

"카트리네를 집으로 데려왔지. 오자마자 자리에 눕고 싶다고 하더구나."

"누나가 이 일에서 쉽게 빠져나갈 수 있을 것 같아요? 천만에요. 누나가 정말 저를 망쳤다는 사실을 아버지는 이해 못하세요?"

"그래그래, 물론 이해하지. 카트리네도 알고 있어. 그러니 너무 심하게 네 누나를 다그치지는 말거라."

더이상 잠꼬대 같은 대화를 계속하고 싶지 않았다. 나는 카트리네의 방으로 올라갔다. 그 방은 내 영역에서 철저히 벗어난 곳이었다. 집에 혼자 있을 때도 나는 그녀의 방에 들어가기를 꺼려했다. 그녀의 방 구석구석에 있는 모든 서랍장과 벽장에는 자물쇠가 채워져 있었다.

그녀는 침대에 누워 있었다. 잠든 것 같지는 않았다. 그녀는 나를 보자 침대에서 몸을 일으켰다. 잠옷을 입은 채 커다랗고 검은 눈동자로 나를 바라보았다. 그 잠옷은 백설 공주 그림이 있는 오래된 잠옷이었다. 어머니가 살아 있을 때 카트리네가 자주 이 잠옷을 입었던 것을 나는 기억해냈다. 나는 침대 가에 앉았다. 그녀에게서 술 냄새와는 다른 어떤 냄새가 확 풍겨왔다.

"왜 그랬어, 왜 그랬냐고?"

그녀는 애원하듯 나를 바라보았지만 아무 말도 하지 않았다. 나는 그녀를 다그치고 싶은 마음이 들지 않았다. 얼마든지 기다릴 수 있었다.

"악셀…… 다른 뜻은 없었어. 그저 너를 응원하고 싶었을 뿐이야."

그녀는 다시 침대에 쓰러지듯 누워버렸다. 내가 생각했던 것보다는 훨씬 더 취한 것처럼 보였다.

"나를 응원하고 싶었다고?"

"그래. 핸드볼 경기에서처럼 말이야. 골을 넣으면, 너도 알다시피 관중들이 그 사람의 이름을 부르면서 환호를 보내잖아."

"세상에! 이건 음악이야. 핸드볼 경기가 아니라고! 누나는 도대체 음악이 뭔지 알긴 알아?"

그녀가 울기 시작했다. "난 네가 자랑스러웠어. 네 연주가 너무너무 좋았다고. 감동했어. 아주 깊이…… 그것뿐이야. 그런데, 모두 안냐에게만 브라보를 외치더라. 난 너도 그런 환호를 받았으면 좋겠다는 생각을 했어. 안냐가 경험했던 것을 너도 경험하게 해주고 싶었어. 넌 안냐보다 뛰어나면 뛰어났지 절대로 못한 연주자가 아니니까."

"하지만 오늘 대회에서 1등을 한 사람은 바로 안냐야. 난 등수 안에도 못 들었다고. 그 꼴같잖은 입상자 명단에도 이름을 올리지 못했단 말이야!"

이젠 내가 마음 놓고 울고만 싶었다.

그녀는 큰 소리로 흐느끼기 시작했다. "절대…… 절대로 다른 뜻은 없었어…… 어떻게 하면 네 마음이 누그러질 수 있겠니? 내가 어떻게 하면 우리가 다시 예전처럼 돌아갈 수 있는지 말해줘."

"되돌릴 수 있는 방법은 없어."

나는 그녀의 방을 나와서 문을 닫았다. 그녀는 마치 어린아이처럼 계속 울고 있었다.

아버지는 소파에 앉아 있었다.

"카트리네에게 너무 심하게 하지 말라고 했잖니."

"괜찮아질 거예요. 시간이 흐르면 저절로 잊히겠지요."

피로가 몰려왔다. 몸의 마디마디가 아파왔다.

노란 집

하지만 시간이 흘러도 나아지는 것은 없었다.

나는 1968년 전국 청소년 피아노 대회에서 실패자로 낙인찍혔다. 결선 진출자라는 타이틀이 있긴 했지만, 그 정도는 마음만 먹으면 누구든 쥘 수 있는 것이었다. 원래는 의학을 공부하려고 했던 베이베트 출신의 조그마한 참새 그리고 심지어 건축학을 공부하려고 했던 아스세르 출신의 아이도 결선에 진출했다. 입상하지 못했어도 그들이 잃는 것은 아무것도 없다. 하지만 페르디난과 나는 달랐다. 연단에 일렬로 선 세 명의 여자아이들 손엔 상장과 부상이 들려 있었지만 나와 페르디난의 손에는 상장뿐이었다.

카트리네는 부은 얼굴로 주방에 서 있었다. 그녀가 말했다. "우리 다시 이야기 좀 할 수 있을까?"

"더이상 얘기할 게 없어." 나는 차갑게 대답했다.

어떤 상황에서든 눌리지 않으려는 그녀의 이런 태도는 어머니와 닮은 데가 있었다. 나는 그녀에게 더 상처를 주기 위해 한 번 더 쏘아붙였다.

"누나한테는 이제 관심 없어. 이미 벌어진 일에는 아무 관심도 없다고. 누나는 벌써 세상천지에 스스로 정신 나간 미치광이라고 큰 소리로 떠들어댔잖아. 그걸로도 부족해? 어디, 계속해보라고."

그녀는 다시 울음을 터뜨렸다. 하지만 그리 오래가지는 않았다. 일하러 나가야 했기 때문이다. 그녀는 서둘러 눈물을 닦으면서 차가운 눈빛으로 나를 노려보았다.

"알았어. 그럼, 이 일에 대해서는 앞으로 절대 이야기하지 말자는 거지? 그래, 그러자."

지금 그녀가 결정을 내린 것인가? 이게 과연 정당한 건가? 그녀가 내 앞길을 얼마나 엉망으로 망쳐놓았는지 조목조목 설명해주고 싶었다. 하지만 아버지와 카트리네가 집에 없을 때, 텅 빈 집에 홀로 앉아 생각을 할 수 있을 때면, 이미 지난 일보다는 안냐 스쿠그에 대해 생각하고 싶었다. 그것은 그녀에 대한 나의 의무와도 같은 것이었다.

안냐는 어떤 상황에서도 대회에서 우승했을 것이다. 만약 레베카가 차지한 2등상을 내가 받았다면 과연 그것이 내게 도움이 됐을까? 1968년 청소년 피아노 대회 2등 수상자? 그걸로 콘서바토리의 문을 두드릴 수 있을까? 독일의 한스 레이그라프, 오스트리아의 브루노 자이들호퍼, 프랑스의 르페브르 부인, 런던의 일로나 카보스 그리고 필라델피아의 루돌프 제르킨과 같은 유명한 교수들이 자리에서 일어나 내게 절을 하도록 만들 수 있을까?

당치도 않은 생각이었다. 어쩌면 2등 자리나 모든 결선 진출자에게 주어지는 상장 한 장이나 비슷하지 않을까? 음악가로서 경력을 쌓는 데 있어 별 의미가 없기는 마찬가지였다. 어쩌면 이 상장이 수치스러운 2등보다 나을지 모른다는 생각도 들었다. 마지막에 웃는 사람이 가장 크게 웃을 수 있는 법이니까.

그래, 나는 마지막에 가장 크게 웃을 수 있는 사람이 되리라 생각했다. 그날 오후 나는 전동차를 타고 쇠르뷔하우겐 쪽으로 갔다. 그리고 벡세스투아로 가기 위해 중간에서 전동차를 갈아탔다. 지금쯤이면 카트리네가 국립미술관에서 일하고 있을 시간이었다.

하지만 비예르세룬 가에는 카트리네 대신 노란 집이 있었다. 예전과 다름없이. 격하게 치밀어오르는 내 분노는 이제 지난 몇 달 동안 카트리네가 그렇게도 자주 들락거렸던 저 노란 집을 향하고 있었다. 도대체 저 집에 있는 무엇이 그녀를 정신 나가게 만들었던 것일까?

짐작 가는 것이 있었지만 감히 머릿속에 떠올릴 자신이 없었다. 그럼에도 생각의 조각들은 빠르게 움직여 저 집에 사는 사람이 나로 인해 상처를 받고 파멸로 치닫게 되는 모습을 보여주고 있었다.

11월의 월요일 오후, 거리는 집집마다 흘려보내는 양배추 삶는 냄새와 벽난로의 장작 타는 냄새 그리고 베이컨 굽는 냄새로 가득 차 있었다. 이제 얼마 안 있으면 강림절이 시작된다. 강림절 첫 주를 기념하는 첫번째 양초가 창을 통해 보였다. 나는 눈 위를 걸었다. 밤새 눈이 일 미터는 족히 내린 것 같았다. 길가 여기저기에 눈더미가 쌓여 있었다.

노란 집 앞에는 이미 눈이 치워져 있었다. 현관으로 향하는 좁은 길은 물론이고 주차장 쪽으로 난 좀더 넓은 길도 말끔하게 치워져 있었다. 크리스마스를 전후해서 자주 볼 수 있는 둥근 공 모양의 새 모이 다발이 열려 있는 주방 창 바로 앞에 서 있는 사과나무에 걸려 있었다. 저녁식사를 준비하고 있는지 창밖으로 연기가 새어나오고 있었다. 미트볼 냄새가 났다. 심장 박동이 빨라졌다. 나는 아무 계획도 가지고 있지 않았지만, 무엇을 해야 할지 그 어느 때보다도 잘 알고 있었다.

대문 입구에 멈춰 섰다. 주방 창으로 한 여인이 보였다. 그녀가 내 모습을 본 듯했다. 이제는 도망칠 수도 없었다. 만약 도망친다면 그녀는 분명 나를 도둑으로 생각할 것이다.

대문을 열고 안으로 걸어갔다. 발밑에 쌓인 눈에서 뽀드득뽀드득 소리가 났다. 갑자기 온몸에 한기가 느껴졌다. 나는 몸을 떨면서 지금 두르고 있는 목도리 말고 더 두꺼운 목도리를 하고 나올걸 하고 후회했다. 현관문에 달려 있는 초인종을 눌렀다. 잠시 후 한 여인이 문을 열어주었다.

오십대 정도로 보이는 아름다운 여인이었다. 안냐의 엄마 마리안네 스쿠그처럼.

그녀의 얼굴은 마치 젊은 날의 아름다움을 잃어버리지 않으려고 세월과 싸움을 하고 있는 것 같았다. 나는 그녀가 젊었을 때는 틀림없이 남자들의 마음깨나 흔들어놓았으리라 생각했다. 그녀는 의아한 표정으로 나를 바라보았다.

"누구시죠?"

"카트리네 빈딩과 이야기를 하고 싶어 찾아왔는데요."

"카트리네 빈딩? 그런 사람은 이 집에 없어요."

"그래요? 그녀가 이 집을 방문한 적은 없습니까? 거의 매일같이 아침마다 이 집에 들어가는 것을 똑똑히 봤는데요."

여인은 갑자기 숨소리조차 들리지 않는 침묵에 빠졌다. 그녀의 얼굴에는 긴장한 기색이 역력했고, 입술은 떨리고 있었다. 나는 잠깐 동안 내가 한 말을 후회했다. 그녀는 계속 나를 쏘아보고 있었다.

"카트리네 빈딩……" 그녀는 마치 이름에 익숙해지기 위해 연습이라도 하듯 되풀이했다. 그녀는 그 이름을 앞으로도 영원히 잊을 수 없다는 것을 이미 알고 있는 듯했다.

"그 사람을 왜 찾는지는 모르겠지만, 아무튼 여기에 살지 않아요."

"저는 도움을 얻으려고 이곳까지 찾아왔습니다. 그녀에게 꼭 물어볼 게 있어서요."

한 남자가 여인의 등 뒤에서 모습을 나타냈다. 그녀는 남자를 향해 몸을 돌렸다. 그녀의 몸짓에는 노여움과 두려움이 함께 깃들어 있었고, 한편으로는 뭔가 애원하는 듯한 절박함이 엿보였다.

"여보, 여기 이 아이가 카트리네 빈딩을 찾아왔대요."

남자는 현관으로 걸어 나왔다. 현관 밖에 걸려 있는 전등의 하얀 불빛이 그를 무자비하게 비추었다. 그의 모든 세세한 움직임과 표정이 환하게 드러났다. 그는 잠에 취한 난봉꾼 같았다. 당황해서인지 신경질적으로 보이기도 했다. 그는 무뚝뚝하게 한마디를 던졌다.

"빈딩?"

"카트리네 빈딩……" 내가 말을 이었다.

나는 카트리네라는 이름이 남자와 나 사이에 어떤 특별한 분위기를 형성하기 시작하는 것을 느꼈다.

그는 조금 주저하는 듯이 보였다. 이 남자는 카트리네가 누군지 알고 있었다. 이제부터는 우리 둘 사이에 오가는 한마디가 운명을 가름하는 중요하고도 위험한 말이 될 것이었다. 이제 막 나오기 시작한 남자의 배는 가늘고 단단해 보이는 다리와 무척이나 대조적으로 보였다. 담배를 물고 내 앞에 서 있는 남자는 세월에 맞서 힘겹게 싸우고 있는 듯했다. 마침내 그 남자가 입을 열었다.

"카트리네는 왜?"

재치 있는 역공이긴 했지만 그 정도에 나가떨어질 내가 아니었다.

"카트리네는 지난 몇 달 동안 이 집을 들락날락했습니다. 저는 여기에 오면 카트리네를 만날 수 있을 것 같아 찾아왔고요. 꼭 물어볼 말이 있거든요."

순간, 우리 옆에 서 있던 여인이 매서운 눈초리로 남자를 노려보았다. 마치 바로 그 순간부터 이 남자를 낯선 사람으로 여기겠다고 결심한 듯 보이기도 했다. 나는 내심 만족스러웠다.

"그런데 자넨 누군가?" 조금 전보다 더 퉁명스러운 목소리로 남자가 물었다.

나는 그에게 되물었다. "그러는 당신은 누구신가요? 도대체 누구기에 내 누나의 시간을 그렇게도 많이 빼어온 겁니까?"

남자가 천천히 눈을 치켜뜨며 물었다. "뭐라고? 아니, 그럼 자네가…… 카트리네의 동생?"

나는 고개를 끄덕였다. 남자는 어쩔 줄 몰라하며 아내를 바라보았다. 그의 머릿속에서 이 상황을 순조롭게 넘길 만한 말은 떠오르지 않는 듯했다.

“그렇다면 카트리네가 어디에 사는지 당연히 잘 알고 있겠군. 집에서 직접 물어보면 될 거 아닌가?”

“말씀드렸듯이 저는 지금 당장 누나를 만나야 합니다. 아주 중요한 일이에요.”

긴 침묵이 이어졌다. 이제 더이상은 일 초도 견디지 못할 것 같았다.

“뭐라고 말 좀 해봐요!” 여인이 겁에 질린 눈으로 남자를 쳐다보며 소리를 질렀다.

갑자기 그의 눈에서 무언가가 떨어져 우리 사이에 보이지 않는 장막을 형성한 것 같은 느낌이 들었다. 지금부터는 아무도 그에게 손을 대지 못할 것 같았다.

“카트리네는 이제 내 제자가 아니라네.”

“제자요?”

“그래, 내가 예술사 과목을 가르쳤지.”

“예술사라고요?”

나는 말을 마친 후, 어머니가 자주 이야기했던 작위적이고 값싼 서정성이 흠뻑 담긴 침묵으로 일관했다. 그는 침묵을 견디지 못하고 나를 다그쳤다.

“그래 이제 더 뭘 알고 싶은가?”

“하지만 누나는 졸업 시험도 보지 않은걸요.”

그는 당황한 눈빛으로 나를 뚫어지게 바라보았다. 그러고는 고개를 돌려 부인을 바라보았다.

이제 남자의 눈동자는 올 것이 오고야 말았다는 체념과 묘한 안도감으로 가득 차 있었다. 그는 어쩌면 지금의 나보다도 훨씬 더 위험한 존재를 기다리고 있었던 것은 아니었을까.

"카트리네는 여기에 없어." 그는 차분하게 말했다.

"그래요. 카트리네는 여기에 없어요." 단조로운 목소리로 여자가 남자의 말을 되풀이했다. 그녀는 자기가 방금 무슨 말을 했는지 알지 못하는 것 같았다.

"이제 그만 집에 돌아가게." 남자가 말했다. 그러고 나서 그는 현관문을 힘껏 닫았다.

나는 한참 동안 그렇게 서 있었다. 마치 집에 가기 싫어하는 고집스러운 아이처럼 꼼짝도 않은 채.

잠시 후 집 안에서 심장을 도려내는 듯한 비명 소리가 들려왔다. 나는 몸을 돌려 전동차역을 향해 걷기 시작했다. 오랫동안 미루어온 숙제를 겨우 끝낸 것 같았다.

제2부

브룬콜렌으로 가는 길

초여름에 들어선 6월 초의 어느 날, 나는 안냐 스쿠그와 산책을 했다. 나는 열일곱 살이었고, 안냐는 열여섯 살이었다. 주택가 빌라에 사는 사람들은 이제 곧 펫순, 할랑스폴렌, 란즈피오렌, 퀴리피오렌, 밤벨, 온쇠위 등지로 줄줄이 휴가를 떠날 예정이었다. 여름이면 그들은 자신의 집보다 훨씬 보잘것없고 여러모로 불편한 별장에서 휴가를 보냈다. 심지어는 수도관이 연결되지 않은 별장들도 많았다. 하지만 자연 속에서 삶을 즐기고 싶은 사람들은 일부러 불편한 별장을 찾았고, 최근에는 이렇게 떠나는 휴가가 새로운 유행이 되어 있었다.

"우리도 셰베르그실렌에 별장이 하나 있는데." 안냐가 웃으며 말했다.

"그래? 그런데?"

"우린 한 번도 그 별장을 사용해본 적이 없거든. 아빠만 빼고 말이야. 엄만 별장에서 지내는 게 너무 불편하다며 가지 않으려고 해. 소금기 있는 물이랑 진흙으로 뒤덮인 해변을 견딜 수 없을 정도로 싫어하거든. 하지만 아빠는 가을이 되면 가끔 그곳에 가. 별을 보며 혼자 생각할 시간이 필요하다면서."

그녀는 부모님을 어머니, 아버지가 아닌, 엄마, 아빠라고 불렀다. 나는 그녀를 바라보면서, 그녀의 일상 속 작은 것들 하나하나를 귀 기울여 듣고 있었다. '엄마, 아빠'는 '어머니, 아버지'와 뉘앙스가 백팔십도 달랐다. 나는 그녀에 대해 좀더 많은 것을 알고 싶었다. 어떤 것이든 그녀의 사소한 일상에 관한 이야기는 정지한 시간 속에서 살아가는 나를 미소 짓게 하는 활력소와 다름없었다.

작년 피아노 대회에서 쓰라린 경험을 한 후 내 삶은 계속 고통스러웠고 무기력했다. 매일 다람쥐 쳇바퀴 돌듯 반복되는 일상과 공허한 하루들, 그리고 도피처로 삼은 음악, 때때로 찾아가는 강가의 덤불숲, 카트리네의 증오심 가득한 눈빛…… 그 어느 것도 누구에게든 털어놓을 만한 것이 못 됐다.

그러던 어느 날 길에서 안냐와 마주쳤다. 길가에 핀 라일락처럼 그녀는 밝고 명랑해 보였고, 눈빛 역시 여전히 강렬하고 생기가 넘쳤다. 그녀는 하얀 블라우스와 청바지를 입고 초여름의 공기를 깊이 들이마시고 있었다. 나는 조심스레 그녀에게 말을 건넸다.

"우리, 얘기 좀 할 수 있을까? 브룬콜렌에서 같이 산책하는 건 어때?"

안냐가 고개를 끄덕이며 말했다. "그래. 일요일 아침 어때?"

그녀가 내 제안을 흔쾌히 받아들였을 때, 내 가슴은 이루 말할 수 없이 벅차올랐다.

"좋지, 왜 안 되겠어. 포도주는 내가 챙겨갈게."

"난 포도주 안 좋아하는데."

"그래? 그래도 어쨌거나 한 병 넣어가지 뭐."

그렇게 우리는 브룬콜렌으로 함께 산책을 나서게 되었다. 안냐는 부모님이 여행을 떠났기 때문에 가능한 거라고 말했다. 우리는 댐을 지나 포숨 언덕으로 올라갔다.

무더운 날씨였다. 조그맣고 하얀 조각구름이 푸른 하늘에 떠 있었다. 안냐는 내가 산책을 제안했을 때 입고 있었던 청바지와 색 바랜 분홍색 티셔츠 차림에 스웨터를 허리에 동여매고 있었다.

그녀가 들려주는 모든 이야기가 내게는 꿈같은 선물이었다. 나는 그녀를 좋아하다 못해 숭배할 정도였기 때문에 때때로 그녀가 말을 할 수 있는 존재라는 사실조차 깜박 잊어버릴 때가 많았다. 그녀의 '엄마, 아빠'는 지금 폴란드에 가 있다고 했다. 몇 번 조심스럽게 캐물은 결과 그들이 바르샤바에서 열리는 학회에 참석하고 있다는 것도 알게 되었다. 나는 세계 곳곳에서 모인 뇌 수술 전문의들이 그들의 부인들과 함께 잔을 들고 건배하는 모습을 머릿속에 그려보았다. 하지만 브로르 스쿠그가 과연 건배를 외치고 큰 소리로 웃을 수 있을 만큼 쾌활한 사람일까? 도저히 그런 모습을 상상할 수 없었다. 그녀가 '엄마, 아빠'라는 호칭을 쓰는 걸로 보아 그녀는 내 생각보다 훨씬 부모님과 가까운 사이인지도 모른다.

나는 안냐와 조금 떨어진 채 나란히 걸으면서 내가 안냐의 손을 잡을 수 있을 정도로 용기가 있는지 궁금했다. 여자아이와 손을 잡고 브룬콜렌에서 산책하는 것도 그리 나쁘지 않을 것 같았다. 사실, 나는 지금까지 단 한 번도 여자아이와 손을 잡고 걸어본 적이 없었다.

우리는 한참을 걸어 외스테른 호수에서 시작되는 오르막길에 다다랐다. 그녀의 옷은 땀으로 축축하게 젖어 있었다. 순간 그녀의 가슴이 눈에 들어왔다. 작은 젖꼭지가 봉긋이 부풀어 올라 있었다. 하지만 그녀는 내가 그녀의 가슴을 훔쳐보고 있는 것을 알아채지 못한 것 같았다. 하루 종일 피아노 의자에만 앉아 있는 줄 알았는데 그녀의 걸음걸이가 의외로 너무도 가벼워 보여 나는 놀라지 않을 수 없었다.

"와! 대단해. 너, 평소에 운동 좀 하는구나?"

그녀는 이해할 수 없다는 표정으로 나를 바라보았다. "무슨 뜻이야?"

"너무 가뿐해 보여서. 꼭 달리기 선수나 체조 선수 같아."

그녀는 웃음을 터뜨렸다. 내 말을 칭찬으로 받아들인 듯했다. "아빠의 운동신경을 물려받아서 그런가. 아빤 옛날에 달리기 선수였어. 전국체전에서 육상 백 미터 동메달을 땄지."

그녀는 아버지를 자랑스러워하는 것 같았다. 그녀는 인적은 드물고 새소리만 요란한 이른 아침마다 극장 옆 체육공원에 서 운동을 한다고 했다. 심장이 빠르게 두근거리기 시작했다. 나는 거기에 가서 우거진 나무들 사이로 그녀를 바라보며 그녀의 몸동작 하나하나를 내 눈 속에 담아두고 싶었다. 그녀가 어떤 옷을 입고 운동을 하는지 궁금해졌다. 구식 체육복일까, 아니면 몸매가 훤히 드러나는 최신 유행의 체육복일까. 손전등 사내는 그곳에 따라갈까, 아니면 침대에 누워 아침잠을 더 잘까? 아마도 그는 안나를 따라가 체육공원에서 그녀의 트레이너 역할을 할지 모른다.

"넌? 너도 규칙적으로 운동해? 너도 자주 밖에서 산책도 하고 그래?"

"아니, 뭐 별로. 피아니스트들은 원래 밖에 나가기를 꺼려하잖아. 밖에서 운동하거나 산책하는 일은 거의 없지."

나는 얼버무리듯 말을 끝냈다. 사실은 그녀에게 강가의 덤불에 대해 말해주고 싶었다. 내 삶에서 결코 빠뜨릴 수 없는 중요한 장소, 그곳에는 항상 네가 있다고. 그러나 용기가 나지 않았다. 나는 그녀의 이야기를 들으며 안냐가 아버지, 아니 아빠와 무척 가까운 사이란 걸 분명히 알 수 있었다. 나는 조금 불쾌했다. 누가 그날 저녁 강가에서 안냐를 놀라게 했는지 손전등 사내가 알게 해선 절대로 안 되겠다는 생각이 들었다.

잠깐 침묵이 흘렀다. 우리는 말없이 걸었지만 그러면서도 각자의 삶에 대해 이야기를 나누는 것 같았다. 느닷없이 안냐가 카트리네에 대해 물었다. 카트리네를 알고 있다면서 예전에 핸드볼팀에서 본 적이 있다고 덧붙였다. 그녀는 손가락과 팔에 무리가 오기 때문에 지금은 핸드볼을 그만두었다고 했다. 그러고 나서 한참 동안 뭔가를 생각하는 듯하더니 카트리네를 좋아한다고 말했다. 하지만 에울라에서 그녀가 왜 그런 행동을 했는지는 이해하기 어렵다고 했다.

나는 쾌활하고 당당하게 보이려고 노력하면서 말했다. "그날 저녁 네게 쏟아진 환호의 메아리가 머릿속에 남아 있었나보지 뭐."

안냐는 웃음을 터뜨렸다. 마치 누가 그녀에게 고상하게 웃는 방법을 가르쳐주기라도 한 듯 어두운 구석이라고는 전혀 찾아볼 수 없는 밝고 세련된 모습이었다.

"그래도 그렇지……" 그녀는 얼버무리면서 눈동자를 굴렸다. 당황하거나 긴장하면 습관적으로 나오는 행동 같았다.

나는 달리 할 말을 찾지 못했다. 그 일에 대해선 더이상 이야기하고 싶지 않았다. 하지만 안냐는 갑자기 심각해졌다.

"네 누나가 너를 망치려고 일부러 그랬다고 생각하니?"

기억을 더듬었다. 그때의 기억이 마치 먼 옛날처럼 희미하게만 느껴졌다.

"모르겠어. 우린 남매이긴 하지만 서로에 대해 잘 몰라. 그리고 카트리네와 나는 항상 편한 관계가 아니었어."

그만 화제를 돌리고 싶었다. 그녀도 이런 내 마음을 알아챘다. 우리에게는 무언가 함께 나눌 수 있는 이야깃거리가 필요했다. 이렇게 나란히 산책을 할 때는 더욱 그러했다. 나는 그녀가 궁금해하는 것 같아서 어머니가 사고를 당한 그날의 이야기를 들려주었다. 나는 어머니 같은 어른이 물에서 나와 스스로의 목숨을 구할 수 없었다는 사실이 믿기지 않는다고 말했다. 안냐는 언덕 아래로 눈길을 향한 채 내 이야기를 주의 깊게 듣고 있었다. 그날 어머니가 취해 있었다는 이야기는 하지 않았다. 그날따라 물살이 유난히 거셌다는 말만 했다. 그리고 나는 카트리네의 절규에도 불구하고, 어머니를 구하려던 아버지를 잡고 놓아주지 않았다고 덧붙였다. 말을 마친 순간, 안냐가 바짝 경계심을 갖는 것을 느낄 수 있었다. 그녀에게 내가 너무 솔직하게 비쳤는지도 모른다. 이런 이야기를 안냐에게 들려준 것이 후회되기 시작했다.

이미 뱉은 말을 도로 주워 담을 수는 없는 노릇이었다. 하지만 시간이 지나면 자연스레 허공에 흩어질 테니 그리 신경 쓸 일은 아니었다. 아버지에게 말도 하지 않고 학교를 자퇴했다는 이야기는 하고 싶지 않았다. 안나는 아직도 학교에 다니고 있고, 곧 졸업 시험도 치를 참이었다. 그녀는 나의 자퇴를 아버지와 의논해서 내린 결정이라고 믿고 있는 것 같았지만, 그럼에도 뭔가 이상하다는 느낌이 드는 모양이었다.

"우린 아직도 배울 것이 너무너무 많은데……" 그녀가 말했다. 이 말을 듣는 순간 나는 먼 장래에 콘서트 피아니스트로 성공하려는 내 야심이 당장의 과제처럼 느껴졌다. 이제부턴 돈이 필요했다. 어머니가 남긴 몇 푼의 돈은 어느새 바닥을 보이고 있었고, 나는 집에서 나와 살고 싶었다. 그러려면 아버지에게 빌붙지 않기 위해서 할 수 있는 일을 찾아야 했다. 악보나 음반을 파는 일도 생각해 볼 수 있을 것이다. 하지만 어디서 숙식을 해결하고 피아노 연습을 할까? 이 모든 현실적인 문제들이 커다란 장애물이었다. 나는 지금까지 실패라고는 맛보지 않고 모든 것을 정도에 맞게 삶을 꾸려왔던 소녀, 더군다나 예술가로서의 경력을 따지자면 이미 나보다 훨씬 앞서 있는 소녀 안나와 함께 길을 걷고 있다. 더는 나 자신에 대해 늘어놓고 싶지 않았다. 내가 하고 싶고 듣고 싶은 이야기는 나에 대한 것이 아니라, 바로 그녀의 이야기, 그녀의 비밀들이었다.

우리는 언덕 위 상당히 높은 지점까지 올랐다. 거기서는 홀멘콜렌부터 시내까지 다 내려다보였다. 문득 누가 나를 몰래 바라보고 있는 것 같은 느낌이 들었다. 나는 고개를 들어 하늘을 쳐다보았다. 순간 소름이 끼쳤다. 이 년 전 그날처럼 다시 그것이 눈앞에 나타난 것이었다.

매였다.

안냐는 내 눈길을 좇아 함께 하늘을 올려다보았다.

"저것 좀 봐. 매야!" 그녀가 흥분한 듯 외쳤다.

그녀에게 이 년 전 내 기억 속에 남아 있는 매에 대해 말하지 않았다는 사실에 안도감을 느꼈다. 말할 수 없이 불쾌한 감정이 내 안에서 솟구쳐 올랐다. 입안에서 뜨뜻한 피 맛이 느껴졌다. 매는 백 미터 정도 앞쪽 공중에서 날개를 활짝 편 채 그 자리를 지키고 있는 듯 보였다.

"우리가 닭이나 고양이가 아니라서 다행이야." 안냐가 말했다.

나는 고개를 끄덕였다. 하지만 아무 말도 할 수가 없었다.

"몸이 안 좋니?" 놀란 표정으로 그녀가 물었다.

"아니, 괜찮아." 나는 우리가 멈춰 서 있다는 것을 깨달았다. 나는 다시 걷기 시작했다. "안냐, 네 얘기를 좀더 듣고 싶어."

그녀가 모든 것을 다 말해주길 바랐다. 엘베파레에서 외동딸로 사는 생활은 어떤지, 어떻게 해서 피아노를 치게 되었는지, 그리고 왜 사립학교를 선택했는지도 알고 싶었다.

그녀는 다시 '아빠' 이야기를 하기 시작했다. 비록 그녀에게 피아노를 사주자고 한 사람은 엄마였지만 말이다. 그녀는 스포츠를 좋아한다고 했다. 육상과 체조를 좋아하고, 밴디 경기에도 능숙하다고 했다. 그녀는 꾸밈없이 간결하게 말했다. 하지만 나를 믿지 못하겠다는 듯 가끔씩 말을 멈추고 한참 뭔가를 생각했다. 나는 안냐를 통해서 손전등 사내가 오디오에 무척 관심이 많은 '하이파이'* 사내라는 것도 알아냈다. 그 때문인지 안냐는 중요한 오디오 제품의 이름을 다 알고 있었다. 그녀는 자기 집 거실에 있는 거대한 타노이 전축과 AR 스피커 그리고 자기 집 아래층에 있는 그 유명한 쿼드 정전형 스피커에 대해 열심히 설명했다. 불이 반짝반짝하는 매킨토시의 진공관 앰프를 설명할 때는 거의 숨도 쉬지 않을 정도였다. 그것들을 떠올려보니 위압적인 미국의 한 산업도시의 야경이 연상되었다. 페르디난의 집에도 그와 비슷한 것들이 있다는 얘기를 들은 적이 있었다. 안냐와 나는 계속해서 나란히 걸었다. 하지만 그녀의 머릿속은 자기 방과 거실 생각으로 가득 차 있는 것 같았다. 그녀는 가라르 턴테이블과 SME 바늘 그리고 상상도 못 할 정도로 비싼 슈어 픽업에 대해서도 쉴 새 없이 재잘거렸다. 그녀는 이 픽업이 아빠의 친구인 일본인 의사를 통해서 특별히 주문한 것이라고 했다. 취미로 픽업을 수집하는 그 일본인 의사는 대서양 건너로 그 귀한 픽업을 보냈을 것이고, 안냐의 아빠는 수천 크로네를 지불했을 것이다.

"그래서 네가 음악을 하게 된 거구나."

그녀는 고개를 끄덕였다. 나는 다시 손전등 사내를 떠올렸다. 거실을 돌아다니면서 새 스피커와 앰프를 테스트하는 모습이 머릿속에 그려졌다. 그녀는 어릴 때 아빠가 들려주었던 음악에 대해서도 이야기했다. 차이콥스키의 마지막 세 교향곡, 그녀는 그중에

* 오디오 장치 중에서 특히 원음에 가까운 음으로 재생하기 위한 장치 혹은 그 사운드.

서 특히 〈비창〉의 3악장인 스케르초*를 자주 들었다고 했다. 하지만 나는 그녀가 말하고 싶은 것은 정작 따로 있다는 것을 느낄 수 있었다. 그것은 드라마와 감정에 묻혀 성장해온 그녀의 지난 삶, 그 이상의 것이라고 나는 생각했다.

"너희 어머니도 음악을 좋아하시니?"

"그럼, 물론이지. 하지만 엄마는 음질에 대해서는 전혀 신경을 안 써. 무슨 말인지 알지? 디트리히 피셔 디스카우가 부르는 슈베르트의 로망스나 실내악을 자주 듣고, 베토벤, 슈베르트, 슈만, 브람스는 물론, 가끔은 재즈나 록도 듣는데, 아빠는 이런 엄마를 전혀 이해하지 못해."

나는 여전히 안나와 나란히 걸으면서 그녀가 들려주는 이야기들에 귀를 기울였다. 어느새 머리 위의 매는 자취를 감추고 없었다. 산책을 나온 것으로 보이는 한 무리의 사람들이 우리 옆을 바쁜 걸음으로 지나갔다. 몇 명은 자전거를 타고 우리를 앞서 가기도 했다. 하지만 우리는 바쁠 것이 하나도 없었다. 온 세상의 시간이 우리와 보조를 맞춰 흘러가는 것 같았다.

"궁금한 게 있어. 왜 우리는 한 번도 콘서트홀에서 못 봤을까?"

"아빠는 콘서트홀에서 열리는 음악회에 관심이 없어. 우리 집 거실이 콘서트홀이나 다름없으니까."

그러면서 그녀는 혼자 시내를 돌아다니고 싶어도 아빠가 허락하지 않는다고 했다. 혹시라도 무슨 일이라도 생길까봐 그런 것인

* 원래 3악장의 템포는 알레그로 몰토 비바체이지만, 여기서 작가는 스케르초라고 썼다.

데, 정작 그녀의 부모는 둘 다 야근이 잦았다고 했다.

"그래도 그렇지!" 나는 소리를 높여 말했다.

안냐 스쿠그는 나를 가만히 바라보더니 고개를 저었다. "문제는 나야. 난 콘서트홀에서 너희를 만나는 일에 전혀 관심이 없었어. 엘베파레의 우리 집에 모든 것이 다 있는데, 뭐하러 콘서트홀까지 가겠어? 아빠는 나를 위해서 우리 집에 또다른 세상을 만들어줬고 내겐 우리 집 거실이 콘서트홀이나 마찬가지야. 항상 그래왔어. 뭉크의 〈태양〉 밑에서 내가 뭘 하겠니? 더군다나 그 벽화는 너무도 구체적이고 실제적이야. 집에서 오네게르의 연주를 들을 수 있는데 굳이 바깥으로 나갈 필요가 있을까? 집에서 신비롭게 반짝이는 진공관 앰프로 음악을 듣는 게 훨씬 나아."

나는 그냥 웃어버렸다. 하지만 그녀가 선택하는 단어들이 모두 확신에 차 있었기 때문에 놀라지 않을 수 없었다. 내 팔로 그녀의 팔을 건드려보려고 했지만 그녀는 살짝 몸을 돌려버림으로써 기회를 주지 않았다. 나는 모른 척 태연하게 계속 걸었다.

"엄마나 아빠나 모두 내가 잘되기만을 바라고 있어. 난 이걸 잊으면 안 된다고 생각해." 그녀는 생각에 가득 찬 얼굴로 심각하게 말했다. 마치 오십 년대 사람들처럼 엄숙하고 진지한 모습이었다.

"사람들은 외동으로 자라면 외롭다고 하는데, 난 한 번도 외롭다고 느껴본 적이 없어. 엄마와 아빠가 내게 또다른 세상을 열어주었으니까."

손전등 사내는 딸에게 최고의 교육환경을 제공하기 위해 사립학교에 입학시킨 게 분명했다. 안냐는 엘베파레의 집에서 자신만의 콘서트를 해왔다고 말하지 않는가.

"매주 목요일이면 엄마, 아빠와 함께 콘서트를 열었지. 아빠는 항상 같은 날 필하모니오케스트라의 프로그램과 같은 연주곡을 찾아줬어. 그러고는 항상 자랑스러운 미소를 띠면서 내게 물었지. 베를린필의 카라얀과 함께 연주할래, 아니면 덴마크 방송교향악단의 채식주의자랑 함께 연주할래 하면서 말이야. 물론 아빠가 말한 채식주의자가 스웨덴 출신의 지휘자 헤르베르트 블롬슈테트라는 건 너도 잘 알 거야. 아빠는 블롬슈테트가 왜 그렇게 유능하다고 평가받는지 이해할 수 없다고 했어. 하지만 나는 그 사람이 만들어내는 곡들이 그리 나쁘진 않았어. 아빠는 음악에 관심이 있는 동료들과 최신 음반과 명반에 대한 정보를 서로 주고받는데, 그중에서도 시내의 카를 요한 가에 있는 그 다재다능한 셸 힐베그 씨의 권유에 가장 관심을 기울이는 것 같았어."

"노르스크 무직폴라그의 힐베그 씨 말이야? 그 사람과 알고 지낸단 말이야?"

안냐는 내 맞장구에 기운을 얻어 계속 말을 이어갔다. "그래. 조그만 나라 안의 조그만 도시에 살고 있는 한 개인이 음악계 전체를 그렇게도 많이 알고, 영향력을 끼친다는 사실이 놀랍지 않니? 아빠는 뉴욕과 런던을 다 돌아다녀봐도 힐베그 씨가 추천하는 음반보다 더 좋은 음반은 없었다고 했어. 사실은 내가 마르타 아르헤리치를 알게 된 것도 다 힐베그 씨 덕분이야."

"그리고 지금은 네가 거의 그녀와 같은 수준으로 연주를 하게 되었고?"

나는 별 부끄러운 생각 없이 그녀를 추켜세웠다. 그리고 동시에 아차 싶었다. 안냐가 아르헤리치보다 더 잘 친다고 말했어야 했다는 생각 때문이었다. 하지만 안냐는 못 들은 척 말을 계속했다.

"힐베그 씨는 아빠에게 모든 음반 정보를 제공해줘. 그래서 나는 항상 새로운 음반이 시장에 나오자마자 제일 먼저 들을 수 있었어. 그러다가 재클린 뒤프레도 알게 되었고. 세상에! 그녀의 연주를 들어봤니?"

안냐 스쿠그가 스스로 말을 끊은 것은 이번이 처음이었다. 항상 감정을 통제하는 데 조금의 흔들림도 없었던 그녀가 처음으로 자신의 감정을 폭발시켰다. 그녀의 얼굴은 발갛게 상기되어 있었다. 그녀의 얼굴이, 에울라에서 브라보의 물결에 젖어 있던 그녀를 무대 뒤쪽에서 훔쳐보던 내 얼굴과 비슷할 거라고 생각했다.

"아니, 못 들어봤는데……"

"그러면, 내가 그녀의 연주를 들려줄게. 아빠의 진공관 앰프로 말이야."

"그녀가 누군데?"

"바렌보임의 부인. 모르고 있었어?"

"아! 그 첼리스트?" 나는 무대 위에서 혼신의 힘을 다해 연주하던 열정적인 젊은 여인을 기억해냈다.

"응." 안냐는 짧게 대답했다.

"여자들과 첼로라는 악기 사이에는 뭔가 특별한 게 있는 것 같아. 마치 여자애들이 승마용 말을 보고 좋아서 어쩔 줄 몰라하는 것처럼."

"지금 우리가 이야기하는 건 그런 게 아니잖아." 안냐가 불쾌한 듯 재빨리 그리고 단호하게 말했다.

우리 사이에는 다시 침묵이 흘렀다. 내가 뭔가 잘못 짚은 것 같았다.

"목요일 저녁마다 엘베파레에 있는 집에서 콘서트를 열었던 우리 아빠 이야기를 하고 있잖아." 마침내 그녀가 입을 뗐다. 그녀 역시 침묵을 견딜 수 없었던 모양이다.

"난 우리 엄마처럼 그렇게 무딘 편은 아니야. 음질을 중시한다는 면에서는 아빠와 생각이 같아. 아빠의 스테레오 장비들은 언제든 내가 원할 때마다 비엔나의 무직베레인과 암스테르담의 로얄 콘서트게보우, 에버리 피셔홀 그리고 베를린 콘서트홀의 사운드를 경험할 수 있도록 해줬어. 난 에울라의 떠오르는 태양을 그린 뭉크의 작품 밑에서 열리는 연주회에는 전혀 관심이 없었어. 이건 사실이야."

나는 말없이 걸으면서 그녀의 이야기를 들었다. 그리고 그녀가 자신만의 세계에서 무척이나 안정되고 편안한 삶을 살고 있음을 확인했다. 그녀에게서 어두운 그림자라고는 찾아볼 수 없었다. 문득 그녀가 열여섯 살이라는 사실이 떠올랐다. 그녀를 보면서 내막이야 어떻든 나도 그녀처럼 안정되고 확신에 찬 태도를 지닐 수도 있었으리라 생각했다. 그녀는 그날 저녁 강가 덤불에서 일어났던 사건을 제외하면, 대낮에 움직일 때는 이 세상 그 무엇에도 놀라거나 두려워하지 않을 것 같았다.

그녀는 많은 이야기를 들려주었지만 그렇다고 모든 것을 말한 것은 아니었다. 나는 그녀가 어떻게 지금까지 그녀의 부모가 만든 튼튼한 사면의 벽 속에 그렇게 완벽히 숨을 수 있었는지 이해하기 어려웠다. 나는 그녀가 말한 모든 관현악곡, 사중주곡 그리고 로망스 들을 들어본 적이 있었다. 하지만 멜룸 가에 있는 우리 집에서는 세계 곳곳의 콘서트홀의 독특한 음향을 느낄 만한 AR 스피커나 쿼드 스피커가 없었다. 단지 어머니가 가지고 있었던 낡은 라디오의 중파를 통해서 음악을 듣는 것이 전부였다. 그리고 어머니와 나는 라디오의 전파가 끊겼다 이어졌다 하는 가운데 차이콥스키의 〈비창〉을 들으면서, 마치 우주 저 멀리에서 신호를 보내는 사람들처럼 경쟁적으로 손을 흔들어 지휘하는 흉내를 내곤 했다. 안나가 얌전히 다리를 모으고 앉아 조용히 음악 감상을 할 때 어머니와 나는 라디오 앞에서 전리품을 기념하고, 또 새로운 전장으로 떠나는 병사들처럼 춤을 추었으니…… 안나에게 이런 이야기는 안 하는 게 나을 것 같았다.

우리는 길이 왼쪽으로 꺾어지는 지점에 이르렀다. 언덕 위에 있는 한 별장에서 내려오는 좁은 길이 시작되는 지점이기도 했다. 이야기를 나누며 걷다보니 자연스럽게 걸음이 느려졌다.

"셀마 룅에에 대해 듣고 싶어." 나는 그녀에게 말했다.

그녀는 놀란 얼굴로 나를 쳐다보았다. 말하고 싶지 않은 기색이 역력했다.

"난 그냥 네가 피아노를 친다는 사실과 그녀에게 레슨 받는다는 것을 왜 지금까지 비밀로 해왔는지 궁금해서."

그녀는 잠시 주저하더니 생각에 빠졌다. 그러고는 한숨을 쉬며 말했다. "그게 그렇게 이상해?"

대답을 회피하려는 듯한 질문이었다. 그녀는 다시 한숨을 쉬었다. "아빠가 그녀에 대한 이야기를 들었지. 그리고 두 분이 만났어. 선생님은 처음엔 나를 제자로 받아들이는 데 약간 주저했어. 레베카처럼 최고의 학생들만 제자로 받아들이니까."

"레베카는 최고의 학생이라고 할 수 없는걸."

"뭐, 어쨌든…… 셀마가 내 연주를 들어보고 싶다고 했어. 그러곤…… 결정이 난 거지. 난 그녀의 제자가 되었는데, 아빠는 내가 최고의 집중력을 가질 수 있도록 '학생의 밤' 행사나 이름 없는 작은 규모의 대회에는 참가하지 않게 해달라고 셀마에게 부탁했어. 정말 중요한 대회가 있기 전까지는 공식적으로 데뷔하지 않게 해달라고."

"그리고 네 아버지의 계획은 이제 결과로 나타났고…… 그래, 그렇게 된 거였구나."

"주변의 기대 때문에 내가 받을 스트레스를 줄여주려는 아빠의 배려였어. 이제 이해가 되니?"

나는 아무 말도 하지 않았다. 내게서 아무런 대답도 끌어내지 못하자 그녀는 계속 말을 이었다.

"나는 셀마의 집에 레슨 받으러 갈 때, 항상 다른 학생들이 오는 시간을 피해야 했어."

"넌 셀마라고 부르니?"

"셀마라고 부르면 안 되니?"

"레베카는 룅에 부인이라고 부르던데."

"그녀는 어떤 사람에게는 셀마고, 또 어떤 사람에게는 룅에 부인이지. 그게 이상한 건 아니잖니?"

"그래, 그럴 수도 있지. 네가 셀마라고 이름을 부르는 것으로 봐서 너와 셀마 룅에는 무척 가까운 사이겠구나?"

"가까운 정도가 아니라 서로의 분신이라고 해도 좋을 정도야."

"어떻게?"

안냐는 놀란 눈빛을 내게 던졌다. "넌 그녀의 기운을 느끼지 못했니? 셀마가 살아 있는 전설이라고 생각해본 적 없어? 그녀는 우리 시대의 최고 피아니스트야. 세계적인 명성도 얻었고. 하지만 도이치그라모폰 사와 음반 계약을 맺을 즈음에 사건이라고 할 만한 일이 생겼어."

"나도 그건 알고 있어."

"노르웨이의 철학자 토르핀과 사랑에 빠졌고, 결국 그와 살게 되었지."

"산드분 가에서. 나도 알고 있어."

"……그리고, 그의 자식들을 낳고 말이야."

"그런데 정말 그렇게 세상에서 떠들어대듯이 셀마 룅에가 특별한 사람이야?"

안냐는 천천히 고개를 끄덕였다. "셀마는 내게 모든 것을 가르쳐주었어."

"모든 것을? 뭐가 모든 것이니? 그중에서 가장 중요한 건 뭐니? 가장 중요한 것이 있을 거 아니야. 그렇지 않아?"

"아직도 이해 못했구나?"

"그래." 나는 인정할 수밖에 없었다.

"제일 중요한 건 습관에서 벗어나야 한다는 거야. 심지어 연습할 때조차도 한 음 한 음의 터치를 다르게 해서 곡을 만들어내야 해. 이 세상에서 마지막으로 그 곡을 친다는 생각으로."

"굉장히 어렵게 들리는데."

안나는 눈을 돌려 먼 곳을 바라보며 말했다. "그래…… 그렇지만 사는 것 자체가 어려운 일이잖아."

그녀의 짧고 빠른 말투에서 긴 여운이 묻어나왔다.

우리는 또다시 아무 말 없이 걸었다. 안나는 머릿속이 어두운 생각들로 가득한 것 같았지만 그것들을 나와 나누고 싶지 않은 듯했다. 그래서 그에 대해 더이상 묻지 않으리라 결심했다. 하지만 솟아오르는 호기심을 누르기 힘들었다. 돌이켜 생각하니 그녀가 지금까지 한 말에는 일관성이 없었다. 작년 피아노 대회의 예선에서 그녀는 결코 생의 마지막 곡을 치듯 연주하지 않았다. 그녀는 오히려 더 정성을 들여 연주할 필요성을 느끼지 못했다고 말하지 않았던가. 이 이야기를 좀더 하고 싶었지만 입 밖에 꺼낼 용기가 나지 않았다.

마침내 우리는 브룬콜렌의 정상에 도달했다. 거기서 우리는 다시 작은 카페로 이어지는 오솔길로 방향을 바꿔 계속 걸었다. 길가에 있는 별장 옆에서 한 무리의 학생들이 왁자지껄 떠들어대고 있었다. 왠지 모를 불안감이 엄습했다. 고개를 들어 하늘을 보았다. 전나무와 소나무 사이에서 까마귀 한 마리가 날갯짓을 하고 있었다.

그들은 이십대 초반으로 보이는 일곱 명의 청년들이었다. 그들 중 낯익은 두 명은 우리 동네 뢰아에 사는 사람들이었다. 하지만 워낙 나이차가 있어서 그들을 알은체할 수 없었다.

그 어느 때보다도 안나의 어깨에 팔을 두르고 싶은 생각이 간절했지만 용기가 나지 않았다. 잔디 위에 앉아서 맥주를 마시는 그들

주변에는 배낭과 침낭이 널브러져 있었다. 이곳에서 밤을 보낼 작정인 듯했다. 맥주병들 사이에 양주병도 있었다. 밤새 이어질 파티가 이제 막 시작된 것 같았다.

그들은 계속 힐끗힐끗 안나를 훔쳐보고 있었다. 어쩌면 그들 중에 안냐를 아는 사람이 있을지도 모른다. 마치 전시품을 감상하듯 그들은 안냐를 머리에서부터 발끝까지 훑어내리고 있었다. 나는 안냐가 불편해하는 것을 느꼈다.

"우리 조금 더 가서 앉는 게 어떨까?"

숲이 끝나는 지점의 한 벤치에 노부부가 앉아 있었다. 우리는 그들을 피해 다른 쪽 길로 다시 걷기 시작했고, 짙은 그림자를 드리우고 있는 무수한 나무들 사이를 걸어 다시 햇빛이 비치는 장소로 나왔다. 등 뒤에서 청년들의 악의 없는 야유가 들려왔다. 안냐는 불쾌한 모습이 역력했다.

"맙소사! 나는 눈길을 끌 만큼 미인도 아닌데, 왜들 저러는지 모르겠어."

나는 무슨 말을 해야 할지 몰라 그냥 잠자코 있는 쪽을 택했다.

"우리 여기쯤 앉을까?"

내가 비어 있는 벤치를 가리켰다. 그 벤치는 청년들이 있는 곳에서 멀지 않았다. 그들은 여전히 우리 등 뒤에서 떠들어대고 있었다. 내가 몸을 돌려 그들을 바라보자 그들도 나를 쏘아보았다. 그러더니 그들은 이제 떠드는 대신 귓속말로 수군대기 시작했다. 나는 안냐가 잔뜩 긴장하고 있다는 것을 느낄 수 있었다.

"괜찮아? 저 사람들 말이야……"

"물론, 괜찮아……"

그녀는 태양을 향해 얼굴을 비스듬히 들어올리면서 재빨리 보일 듯 말 듯한 미소를 지었다. 그러고는 눈을 감고 내리쬐는 햇볕을 즐기며 오랫동안 그렇게 꼼짝 않고 앉아 있었다.

"무슨 생각 하니?" 시간이 좀 지난 후에 그녀에게 물었다.

그녀는 눈을 감은 채 대답했다. "참 아름답다는 생각을 하고 있었어. 따스한 햇살과 우리 앞에 펼쳐진 길고 환한 삶이 말이야."

그녀가 이렇게 말하는 것이 좋았다. 기운이 부쩍 나는 것 같기도 했다. 안냐 스쿠그는 행복한 소녀다. 그리고 이 행복한 소녀는 지금 나와 함께 있다.

갑자기 등 뒤가 따끔거려서 돌아보니 청년들이 우리를 뚫어지게 바라보고 있었다. 나는 안냐의 뛰어난 미모 때문이라고 생각했지만 객관적 진실은 아니었다. 그들은 우리가 낯설어서 바라보고 있는 것이다. 그래, 우리 둘은 여느 아이들과는 확실히 다르니까. 우리는 음악을 벗 삼아 살아왔으며, 지금은 피아노에서 빠져나와 행복한 휴식을 즐기고 있다. 하지만 피아노는 여전히 앞으로의 삶에 중요한 몫을 차지할 것이고, 음악은 우리만의 언어다. 벤치에 앉아 있는 우리가 어떤 특별한 분파를 형성하고 있는 듯한 느낌이 들었다. 청년들은 다시 우리를 향해 소리를 지르기 시작했다. 일곱 명의 청년들은 지금 한 어린 소녀가 곧 펼쳐질 그들의 저녁에 활기를 돋우기를 원하고 있었다. 그들은 안냐를 모르고 있는 게 분명했다. 우리는 그들의 야유를 못 들은 척했다. 안냐는 여전히 눈을 감고 있었다. 나는 배낭을 열어 집에서 싸온 간식과 초콜릿을 꺼냈다. 포도주 한 병과 블루베리 주스도 꺼내서 마개를 땄다.

"나 때문이라면 포도주병은 따지 않아도 돼! 난 술은 마시지 않아.” 그녀가 감았던 눈을 가늘게 뜨고 말했다.

하지만 벌써 포도주병을 열어버렸다. 포도주 냄새가 확 풍겼다. 유고슬라비아산 프로쿠파츠였다.

“그러면 너는 블루베리 주스를 마셔.”

그녀는 내 목소리에 섞인 실망을 눈치챘을 것이다.

“그래, 초콜릿도 같이 줘.”

포도주를 같이 마시자고 말할 수도 있었을 텐데 하는 생각이 들었다. 하지만 그녀는 더이상 입을 열지 않았다. 혼자 포도주를 마시기엔 왠지 껄끄러웠지만 용기를 내서 포도주병을 입에 가져갔다. 사실 내 계획은 이런 것이 아니었다. 집을 나설 때만 해도 잔디 위에 함께 누워 포도주를 마실 생각이었는데…… 초콜릿과 포도주는 정말 어울리지 않지만, 여자아이들이 좋아할 것 같았다. 하지만 결과는 내 예상을 완전히 빗나가버렸다.

청년들의 야유가 점점 더 커졌다. 그들은 제각기 맥주병을 손에 들고 건배를 외치며 떠들고 있었다. 나는 포도주병을 들어 그들에게 대고 건배를 외쳤다. 안냐는 내 행동이 못마땅한 듯 여전히 태양을 향해 고개를 치켜들고 그들을 완전히 무시했다.

모든 것이 내 기대와는 다르게 흘러가고 있었다. 나는 혼자 포도주를 찔끔찔끔 마시고 있었고, 안냐는 나와는 아무 상관도 없는 사람처럼 일광욕을 즐기고 있었다. 우리는 서로에게 아무 말도 하지 않은 채 우두커니 앉아 있었다. 그녀가 초콜릿을 한입 깨물어 먹을 때, 나는 유고슬라비아산 포도주를 입안에 가득 채워 한 모금 들이켰다. 무겁고 무감각한 기운이 온몸을 감쌌다. 혼자 포도주를 마신다는 사실이 슬퍼졌다. 문득 오싹한 느낌이 들었다. 안냐는 눈을 지그시 감은 채 잠든 듯했다. 나는 하늘을 쳐다보았다. 매가 다시 눈에 들어왔다. 매는 우리 머리 위를 맴돌고 있었다. 내 몸의 세세한 움직임을 관찰하는 듯했다. 나는 다시 포도주를 들이켰다. 청년들의 떠들썩한 소리가 점점 멀게 느껴졌다.

"취기가 올라오는 것 같아." 내가 중얼거렸지만 안냐는 듣지 못한 것 같았다.

전망대

갑자기 잠에서 깼다. 하늘에는 구름 한 점 없었다. 사그라진 햇살과 푸른빛이 가신 하늘을 보고 벌써 저녁이 되었다는 것을 알았다. 태양은 서쪽으로 이미 자리를 옮긴 뒤였다. 잔디에 누워 잠이 들었다는 사실에 혼란스러움을 느끼며 자리에서 일어났다. 떠들썩한 소리가 별장 안에서 흘러나왔다. 청년들은 그곳으로 자리를 옮겨 파티를 이어가고 있는 듯했다. 건배를 외치는 소리는 별장을 가득 채우고도 모자라 숲이 쩌렁쩌렁 울릴 정도였다.

나는 겁에 질린 채 안나를 찾아 두리번거렸다. 혹시 청년들과 함께 별장 안으로 들어간 것은 아닐까?

나는 비틀거리며 별장 주위를 한 바퀴 돌았다. 다른 편 벤치에 앉아 있던 노부부는 이미 가고 없었다. 그때 안나를 보았다. 그녀는 전망대 옆에 서서 아스케르와 드뢰박 쪽으로 나 있는 바다를 바라보고 있었다. 그녀는 뭉크를 좋아하지 않는다고 했지만, 지금 그녀의 모습은 뭉크의 모티프와 너무도 흡사했다. 수평선을 바라보고 있는 당당한 여인의 모습. 나는 그 옆에 서 있는 검은 남자였다.

"안나!" 나는 자책감에 사로잡혀 그녀의 이름을 불렀다.

그녀는 나를 향해 미소를 지었다. 그녀를 향해 있는 힘을 다해 뛰어갔다. 그녀의 환하고 다정한 미소를 향해. 영화 속 한 장면처럼 그녀가 두 팔을 벌려 나를 맞으리라고 상상했다. 마침내 그녀를 껴안을 수 있으리라 생각했다. 그러나 그녀는 두 팔을 내밀어주지 않았고, 나는 그녀 앞에서 멈추었다.

"깜박 잠이 들었나봐."

그녀는 웃음을 터뜨렸다. "잠이 필요했겠지. 포도주 한 병을 다 마셨으니……"

"내가 얼마나 잔 거니?"

"별로 오래 자진 않았어. 많이 피곤했나봐. 몸조심해."

그녀의 목소리는 솔직하고 꾸밈이 없었다. 불평이나 충고의 기미라곤 전혀 느낄 수 없었다.

포도주를 마신 덕분인지 용기가 샘솟는 것 같았다. 나는 그녀에게 좀더 다가갔다. 그녀는 초록빛의 영롱한 눈망울로 나를 바라보았다. 가슴속에서 뭔가 뜨거운 말이 불쑥 솟구쳐 올랐다.

"사랑해……"

하지만 그녀는 마치 아무 말도 듣지 못했다는 듯 나를 뚫어지게 바라볼 뿐이었다.

모든 것이 꿈만 같았다.

그녀를 내 곁으로 끌어당겼다. 그녀의 부드러운 피부에서 느껴지는 훈훈한 열기. 어지러웠다. 그리고 행복했다. 나는 그녀의 이마에 부드럽게 키스했다.

"하지 마……" 그녀가 진지하게 말했다.

사격장

6월의 늦은 오후였다. 하지만 날은 전혀 어둡지 않았다. 그럼에도 나는 얼른 서둘러야 한다는 조바심이 났다. 북쪽에서 한줄기 바람이 불어왔다. 나는 초콜릿 종이와 빈 병을 그러모았다. 포도주병은 완전히 비어 있었다. 그녀는 내가 권했던 블루베리 주스를 몇 모금밖에 마시지 않은 모양이었다. 나는 남은 주스를 다 쏟아서 병을 비워내려고 했다.

"쏟지 마." 그녀가 내 손에서 주스병을 가로채 마개를 다시 닫았다.

나는 쓰레기와 병을 배낭에 담았다. 별장에서는 커다란 노랫소리가 들려오고 있었다. "우리 모두 젊은 날을 즐기세……"

"저 집을 가능한 한 빨리 지나갔으면 좋겠어." 그녀가 낮은 목소리로 말했다.

우리는 집으로 걷고 있었다.

"지름길을 알고 있어. 거기로 가면 뢰아로 돌아가지 않고도 리오르데에서 전동차를 탈 수 있을 거야."

그녀는 손목시계를 보았다. "그래, 그게 좋겠어. 엄마랑 아빠가 지금쯤이면 무척 걱정하고 계실 거야."

"네 부모님은 항상 그렇게 널 걱정하시니?"

"주로 아빠가 그렇지."

"얼른 집에 데려다줄게. 이 산책로를 따라가면 외스터 호수가 나오거든. 거기서부터는 사격장 옆으로 난 길을 이용하면 돼."

그녀는 내가 말을 마치자마자 멈추어 섰다. 총소리를 들은 것이다. 그녀가 말했다.

"왜 여기에다 사격장을 지었는지 이해가 안 돼."

"글쎄, 아마 이곳이 가장 적합해서였겠지. 오래전에 이곳에서 독일군이 적을 총살했다고 하던데."

그녀는 내 앞에서 종종걸음으로 걷기 시작했다. 나는 그녀가 두려움에 떨고 있다는 것을 느낄 수 있었다. 나는 덧붙였다.

"지금은 일라라고 불려. 숲 전체에 시체가 즐비했대."

내가 왜 그런 말을 했는지 알 수 없었다. 해놓고 나니 상황에 전혀 맞지 않다는 생각이 들었다. 안나 스쿠그는 땅 위에 불쑥 솟아오른 미끈미끈하게 닳아 있는 나무뿌리 때문에 미끄러질 뻔했다. 그러나 넘어지지는 않았다. 그녀는 체조선수처럼 완벽한 평형감각을 지니고 있었다.

"얼른 리오르데로 가는 게 좋겠어." 그녀가 말했다.

나는 전에도 이 길을 걸었던 적이 있어서 구석구석의 작은 오솔길을 다 알고 있다고 생각했는데, 지금은 웬일인지 처음 지나는 길처럼 낯설기만 했다. 나는 안나 스쿠그의 등만 바라보며 계속 걸었다. 그녀의 몸은 이루 말할 수 없이 여리고 부드러워 보였다. 그럼에도 어떤 상황에서든 견딜 수 있는 강인함을 지니고 있었다.

호숫가에 이르자 우리 앞에 두 갈래 길이 나타났다. 안나가 물었다.

"어느 쪽으로 가야 하니?"

한참을 생각한 끝에 주저하면서 "오른쪽……"이라고 대답했다. 길은 무성한 잡풀로 덮여 있었다. 우리는 키 큰 전나무 사이를 걸어갔다. 숲에는 울창하게 뻗은 나뭇가지가 잔뜩 우거져 있어서 햇살조차 제대로 스며들지 못했다.

"사람이 많이 다니지 않는 길 같아." 그녀가 말했다.

"엘크*만 다니는 길이야. 그리고 가을이면 나무 열매랑 산딸기를 따러 오는 사람들 몇이 지나다니고."

그녀는 허리에 걸치고 있던 스웨터를 풀어 머리부터 덮어내려 다시 입었다. 앙고라 털실로 짠 아주 예쁜 스웨터였다.

"스웨터가 참 예쁜걸."

그러자 그녀는 몸을 돌려 미소를 지으며 대답했다. "셀마한테 선물로 받은 거야."

"와! 그녀는 못하는 게 없구나?"

* 현존하는 가장 큰 사슴으로 주로 습지나 삼림지대에 서식한다. 캐나다, 북아메리카, 스웨덴, 노르웨이, 시베리아, 중국, 몽골 등지에 분포해 있다.

"아주 다재다능해. 셀마가 이 모든 것을 할 수 있고, 또 이런 것들에 시간을 낼 수 있다는 게 참 신기해. 나는 나중에 셀마처럼 늙고 싶어. 강인하고, 두려움 없는……"

"신비롭고 허영심과 자만심도 좀 있는?"

"관둬." 그녀가 웃으며 대답했다.

안나에게서 눈을 떼지 못하고 걷다보니 우리가 어디쯤에 와 있는지 알 수가 없었다. 그러다 순식간에 나무뿌리에 발이 걸려 넘어지면서 축축한 이끼 더미를 손으로 짚었다. 날카로운 것에 찔린 듯 통증이 밀려왔다. 아니나 다를까 땅에 떨어진 철조망 가시에 찔린 것이었다.

"너 취했구나." 그녀가 단호하게 말했다.

내 감정을 자극하기에 충분한 말투였다. 그녀는 쉽게 말했지만, 나는 취한 게 아니었다. 어쩌면 전망대 옆에서 그녀에게 했던 그 중요한 말들도 다 술김에 한 이야기로 여기지 않을까 걱정스러웠다.

갑자기 그런 고백들이 후회됐다. 나 자신이 너무도 바보처럼 여겨졌다. 그녀는 그때는 물론이고, 내가 바지에 묻은 이끼와 가시들을 털고 있는 지금도 고상한 척 위엄을 보이고 있었다. 그녀는 서서 나를 내려다보고 있었다. 문득 나 자신을 돌아보았다. 도대체 나는 언제 한번 고상해 보인 적이 있었던가……

"나 취하지 않았어." 나는 중얼거렸다.

그러나 그녀는 어깨를 슬쩍 올리면서 동의할 수 없다는 표정을 지었다. 그러고는 호의적인 말투로 내게 말했다. "상관없어. 괜찮아."

우리는 숲 속 깊은 곳에 서 있었다. 작은 오솔길은 어느새 사라지고 없었다. 엘크들이 떼를 지어 지나가면서 만들어놓은 울퉁불퉁한 길도 더는 찾아볼 수가 없었다. 나는 앞장서서 걷기 시작했다. 총소리가 점점 크게 들렸다. 아무래도 대로에서 벗어났을 때 길을 잘못 든 것이 틀림없었다. 그녀는 총소리가 날 때마다 깜짝깜짝 놀라며 두려워했다.

"우리, 길을 잘못 든 게 아닐까?"

"아니야, 이 길이 맞아. 지금 우리는 사격장 옆을 따라서 걷고 있어. 길이 좀 험하긴 하지만 이제 곧 그리니 가에 도착할 수 있을 거야." 나는 안냐를 안심시키려 했다.

"하지만 총소리가 점점 커지고 있는걸."

나는 처음으로 두려워하는 안냐의 얼굴을 볼 수 있었다. 그리고 덩달아 나도 두려워졌다. 그 포도주 한 병이 과연 내 눈을 이렇게 어둡게 만든 것일까? 그 순간, 나는 앞쪽의 작은 언덕을 보았다. 눈에 익은 곳이었다. 우리는 차도에서 얼마 떨어지지 않은 곳으로 나온 것이다. 무성하던 숲 속의 나무들도 갈수록 그 수가 적어졌고, 햇살도 다시 비쳤다.

"언덕 꼭대기로 올라가자. 그러면 맞은편에 있는 리오르데 가가 보일 거야." 나는 최대한 침착한 목소리로 말했다.

그녀는 순간 이제 더이상 나를 믿지 못하겠다는 눈빛을 보냈다. 그러고는 결심한 듯 언덕 위로 재빨리 뛰어올라갔다. 나도 숨을 헐떡이며 그녀 뒤를 쫓았다. 갑자기 그녀가 달리기를 멈췄다. 천둥치듯 탕 하고 총소리가 들렸다. 그녀가 외마디 비명을 지르며 내 앞에서 쓰러졌다.

나는 그녀가 정신을 잃기 전에 보았던 그 광경을 볼 수 있었다. 작은 사각형의 공간, 그리고 총구! 우리는 길을 잘못 들어 사격장 한가운데에 들어온 것이었다. 안냐와 나는 살아 있는 표적이었다. 우리는 과녁 뒤에 서 있었다.

다시 엘베파레로

"움직이지 마!" 나는 그녀에게 소리를 질렀다.

그녀는 정신을 차린 듯했다. 다섯 명의 건장한 사내가 우리를 향해 허겁지겁 뛰어오고 있었다. 다행히도 그들의 손에는 총이 들려 있지 않았다. 그들 중 가장 체구가 큰 사람은 가죽바지를 입고 있었는데, 뭐라 표현하기 어려운 여성적인 매력을 풍겼다. 그가 화가 잔뜩 나 소리를 질렀다.

"도대체 여기서 뭘 하고 있는 거야?"

나는 당황한 얼굴로 사내들을 바라보았다. 그들은 모두 튼튼한 장화를 신고 있었다. 내게 소리를 질렀던 사람만 제외하고 모두 서부영화에 나오는 보안관 같았다.

"길을 잃었어요. 차도로 나가는 지름길을 찾다가 숲 한가운데까지 오게 된 거예요." 나는 중얼거리듯 말했다.

사내 둘이 안냐를 일으켜 세웠다. 카트리네가 내게 '브라보!' 라고 목청이 터져라 외쳤던 그날 이후 이렇게 나 자신이 무력하고 부끄러웠던 적은 없었다.

"포도주를 너무 많이 마셨다고 내가 그랬지?" 안냐는 다시 한 번 단호한 말투로 내게 말했다.

나는 그녀에게 애원하는 눈길을 보냈다. 이 사람들 앞에서 진정으로 나를 수치스럽게 만들고 싶은 것일까? 하지만 그녀가 화난 것 같지는 않았다. 다만 짜증스러워할 뿐이었다.

"미안해." 나는 고개를 푹 숙인 채 그녀에게 말했다.

그녀가 재빠르게 고개를 끄덕이며 말했다. "좋아, 하지만 난 정신을 잃는 것을 좋아하지 않아. 정말이야."

"이제, 내가 집까지 바래다줄게."

가죽바지를 입은 사내는 우리를 의혹이 가득 찬 눈길로 쏘아보았다.

"지금부터는 이 여자분에 대한 책임을 우리가 져야 할 것 같은데." 그가 일행을 둘러보며 말했다.

그러자 안냐가 그 상황에서 나를 구원해주었다. 그녀는 총을 쏜 사내에게 위엄 있는 태도로 말했다.

"아니에요, 괜찮습니다. 적어도 이젠 우리가 어디에 있는지 알았으니 길을 찾는 건 어렵지 않아요. 그리고 약속대로 제 친구 악셀이 저를 집까지 데려다줄 겁니다."

나는 그녀를 포옹해주고 싶을 정도로 기뻤다.

우리는 리오르데 전동차역으로 나란히 걸었다.

"안냐, 정말 미안해."

"신경 쓰지 마. 난 괜찮아." 그녀는 친절하게 말하며 내 손을 한 번 꼭 잡았다 놓았다. 꿈인 듯 믿기지가 않았다. 우리는 다시 말없이 걷기 시작했다. 그녀가 입을 열었다.

"내가 정신 잃는 것을 얼마나 싫어하는지 아니?"

"그래, 그걸 좋아할 사람은 아무도 없지."

나는 그녀가 다시 말을 걸었다는 것만으로도 감사해 죽을 지경이었다.

"난 인사불성 상태까지 가는 게 정말이지 너무 싫어."

"그런데…… 가끔은 편안하기도 할 것 같은데?" 나는 아주 조심스럽게 말을 했다.

"그래, 죽음처럼." 그녀가 대답했다.

"죽음? 네가 가장 싫어하는 게 죽음이니?"

그녀는 고개를 끄덕였다. "그래, 항상…… 너는 그렇지 않니?"

이제 내가 그녀의 손을 꼭 잡아줄 차례였지만 난 여전히 용기를 내지 못했다. 어쩐지 그녀가 싫어할 것 같았다.

우리는 전동차 안에 자리를 잡고 앉았다. 그러고 나서 나는 겨우 용기를 내 물었다.

"너희 부모님이 뭐라고 하실지 걱정돼."

그녀는 걱정스러운 얼굴을 하고 있는 나를 바라보았다. 그녀는 우선은 내 마음을 편하게 해주려는 듯했다.

"오늘 일은 엄마, 아빠가 몰라도 되는 일이야."

나는 고맙다는 말을 하고 싶었지만 바보같이 보일 것 같아 말을 삼켰다. 게다가 그녀가 아빠에게만큼은 모든 것을 다 말할 것만 같았다.

우리는 뢰아 역에서 내렸다.

"집까지 바래다줘도 되겠니?"

"네가 그러고 싶다면. 하지만 골목 마지막 모퉁이에서부터는 나 혼자 갔으면 해. 엄마랑 아빠가 지금쯤이면 집에 돌아왔을 수도 있으니까."

벌써 저녁이었다. 푸른빛과 붉은빛으로 수놓인 6월의 석양이 하늘을 덮고 있었다. 짙은 라일락 향기가 코를 찔렀다. 우리는 멜룸가에 있는 우리 집을 지나쳐 갔다. 창밖으로 불빛이 보이지 않았다. 분명히 카트리네는 아직 귀가 전일 테고, 아버지는 거실에 앉아서 책을 읽거나, 음악을 듣다가 전등 켜는 일을 잊어버렸음에 틀림없었다. 예기치 못한 슬픔이 몰려왔다. 웬일인지 어머니가 돌아가셨을 때보다 더 서러웠다.

우리 집 담장 밖으로 흐드러진 라일락 덤불을 지나다 꽃이 유난히 환한 가지 하나를 꺾어 안나에게 건넸다.

"이거…… 가질래?"

"그래, 고마워."

그리고 우리는 다시 조용히 걸었다.

엘베파레에 가까워질수록 언제 다시 안나를 볼 수 있을까 하는 생각에 한없이 초조해졌다.

"네가 재클린 뒤프레의 연주를 들려준다고 한 거 기억해?"

그녀는 고개를 끄덕였다.

나는 기뻐서 어쩔 줄 모르는 어린아이처럼 그녀에게 되물었다.
"정말? 언제?"

"언제가 될진 모르지만…… 언젠가는……"

그녀가 발걸음을 멈추었다. "이제 여기서 헤어져야 할 것 같아……"

잠시 후 그녀는 내게 작별 인사도 하지 않은 채 걷기 시작했다. 하지만 마지막 모퉁이를 돌기 바로 직전, 그녀는 몸을 돌려 내게 손을 흔들었다.

카트리네의 세계

다시 멜룸 가로 되돌아 걷기 시작했다. 우울하고 초조한 동시에 희망이 느껴지기도 했다. 브룬콜렌으로의 산책이 이처럼 대단할 거라고는 전혀 예상치 못했다. 옛 농가로 향하는 오르막길을 걸으며 산책길에서 일어났던 일과 그녀에게 한 말 들을 떠올렸다.

나는 그녀에게 사랑한다고 말했다.

갑자기 부끄러워졌다. 꼭 그 말을 해야 했을까? 어쩌면 그녀 말대로 나는 취해 있었는지도 모른다. 하지만 누가 내게 그 말을 다시 해보라고 한다면 얼마든지 할 수 있었다.

나는 오르막길 한중간에 서서 깊은 생각에 빠졌다. 주변은 마치 동화 속 세계처럼 하얀색과 보라색 라일락꽃으로 뒤덮여 있었다. 과일나무의 꽃들도 만개해 있었다. 시간은 벌써 밤 열시가 넘어 있었고, 허공에는 하루살이들이 가득했다. 젊은 연인 한 쌍이 내 쪽으로 걸어오고 있었다. 어쩌면 그들은 뢰아의 그릴에서 저녁을 먹고, 처음으로 함께 술을 마시고 나오는 길인지도 모른다. 남자는 건장한 몸집에 품위 있는 외모였고, 여자는 남자에 비해 좀 꾀죄죄했지만 훨씬 더 행복해 보였다. 그녀는 안냐처럼 손에 라일락꽃을 들고 있었다. 그녀는 나를 향해 그리고 세상을 향해 미소를 짓고 있었다. 그 누가 어떤 요구를 하더라도 허락할 준비가 되어 있는 듯했다. 문득 심장이 송곳으로 찔리는 듯한 느낌을 받았다. 오늘 저녁, 저 남자에게 불가능한 일은 없으리라는 생각이 들었다.

집 앞에서 멈췄다. 우리 집인데도 낯설게만 느껴졌다. 마법에 걸린 듯한 6월의 빛 속에 서 있자니 불현듯 어머니가 떠올랐다. 이 집에서 어머니가 잠시도 살아본 적이 없는 듯한 느낌이 들었다. 아버지는 항상 이보다 더 많은 것을 원했다. 예를 들면, 파거보르그의 프레스코 벽화와 징두리 판벽, 그리고 고성(古城)이나 웅장한 성당에서 볼 수 있는 스테인드글라스로 장식된 벽돌집 같은 것. 하지만 그런 집을 지을 수 있는 기회는 우리에게 단 한 번도 오지 않았다. 아버지는 무슨 까닭인지 항상 돈이 부족했다. 밖에서 보는 우리 집은 작고 보잘것없는 만화 속의 집처럼 종이로 벽을 세워 금방이라도 무너질 것처럼 보였다.

집 안은 어두웠다. 창가에 카트리네가 서 있었다. 그녀가 커튼 뒤로 몸을 숨기기 전, 얼핏 그녀의 창백한 얼굴을 보았다. 설마, 나를 기다리고 있었던 것일까? 안냐와 내가 집 앞을 지날 때 지켜보고 있었던 것은 아니었을까? 카트리네도 혹시 안냐에게 관심이 있는 것일까?

잠겨 있는 문을 열고 집 안으로 들어섰다. 창밖의 하얀 사과나무꽃과 라일락꽃이 뿜어내는 은은한 빛을 배경으로 카트리네의 실루엣이 보였다. 그녀에게 안겨 울고 싶었다. 누나로서의 그녀를 되찾고 싶었다. 하지만 나는 그 자리에 서서 움직이지 않았다. 무거운 정적이 감돌았다.

"아직 안 잤어?" 나는 겨우 입을 뗐다.

그녀가 나를 향해 몸을 돌렸다. 그제야 그녀의 얼굴을 살짝 볼 수 있었다.

"벌써 밤 열한시네?"

그녀는 내가 좋아하는 그녀 특유의 사내아이 같은 미소를 지었다. 거실 탁자에 놓인 포도주병을 보는 순간, 내가 오후에 포도주 한 병을 말끔히 비웠다는 사실이 떠올랐다.

"나도 한 잔 줘."

그녀는 기분 좋게 고개를 끄덕였다. 흔히 있는 일이 아니었다. 그녀의 흐뭇한 미소를 보니 덩달아 기분이 좋아졌다. 누나와 밤중에 포도주를 나누어 마시다니 믿기지 않는 일이었다. 그녀가 내 잔에 포도주를 따라주었다.

"아버지는 지금 사무실에 계셔." 그녀가 말했다.

"아버진, 일을 너무 많이 하시는 것 같아."

"그래, 그럴지도 모르지. 어쩌면 좋아서 하시는 일일 수도 있고. 일 빼면 따로 할 일이 뭐가 있겠니."

"우리랑 시간을 보낼 수도 있잖아."

"언제 우리가 함께 있었던 적이 있니?"

우리는 웃음을 터뜨렸다. 그녀도 나처럼 술을 많이 마신 것 같았다. 카트리네는 소파로 가서 앉았다. 그러고는 두 다리를 소파

팔걸이에 올려놓고 담배에 불을 붙였다. 아무리 숨을 들이쉬어도 만족할 만큼의 니코틴을 얻을 수 없다는 듯, 그녀는 깊숙이 연기를 빨아들인 후 기분 좋게 다시 내뿜었다. 그 연기 속에는 삶에 대한 열정과 이 세상 모든 것에 대한 열정이 들어 있는 것 같았다. 그녀의 넓은 어깨와 긴 팔다리에서 핸드볼로 다져진 강인함이 엿보였다. 그녀는 벌써 열아홉 살이었다. 나는 카트리네를 좋아했다. 가끔 다투기도 하고 그 때문에 거리감도 생기긴 했지만 그녀를 좋아하는 마음에는 변함이 없었다. 하지만 지금까지 단 한 번도 그녀의 애인을 본 적이 없었다. 아니, 애인이 있는지 없는지도 몰랐다. 노란 집의 남자만 제외하고 말이다. 하지만 그를 애인이라고 확신할 수는 없었다. 그녀는 담뱃갑을 꺼냈다.

"담배 피울래?"

"아니. 담배는 아직 안 피워."

"우리가 지금 함께 앉아 있다는 걸 한번 생각해봐."

"언젠가는 했어야 할 일이기도 해. 지금이 그때겠지."

"그래, 그럴지도 모르겠다. 그건 그렇고 오늘 어디 갔었니? 어디로 그애를 데려갔었어?"

나는 포도주를 한 모금 삼켰다. 낮에 마셨던 포도주보다 훨씬 질이 좋은 것이었다. 더 진하고 부드러웠다.

"브룬콜렌에 갔었어. 내가 안나와 같이 있었다는 걸 어떻게 알았어?"

"너희가 돌아오는 모습을 봤지." 그녀는 미소를 지으면서 대답했다. 그리고 탁자 위에 놓인 양초에 불을 붙였다. 마치 오늘 밤이 길어질 거라고 예상하듯.

"네가 안나에게 라일락 가지를 꺾어주는 것도 봤어. 아주 사랑스럽더라."

"창이 어두컴컴해서 아무도 없는 줄 알았는데."

"내 방에는 언제나 삶이 있지. 다른 건 몰라도 그것만큼은 알아두는 게 좋을걸."

"꼭 알아야 하는 거야?"

그녀가 나를 바라보았다. 남동생을 그윽이 바라보는 그녀의 표정에는 '이 아이와 얼마나 솔직하게 이야기할 수 있을까' 라는 생각이 담겨 있었다.

그녀는 계속 같은 자세로 앉아 있었다. 담뱃불이 반짝였다.

"내가 국립미술관 일을 그만둔 건 알고 있니?"

"몰랐어."

"정말?"

"내가 어떻게 알 수 있겠어? 방법이 없잖아."

"그래, 네 말이 맞다."

대답과는 달리 그녀는 계속 놀란 표정으로 나를 바라보고 있었다.

"그런데 정말 모르고 있었니? 우연히라도 눈치 못 챈 거야?"

나는 고개를 가로저었다.

"어떻게 우연히 알 수 있겠어?"

"그래…… 넌 항상 네 누나에 대해 잘 모르고 있었지, 악셀. 난 네가 내 일거수일투족을 모두 감시하고 있다고 생각했는데 말이야. 언젠가 전동차를 타고 내 뒤를 밟았던 것처럼."

그 말을 듣는 순간, 나는 머릿속의 피가 말라붙은 듯 무슨 말을 해야 할지 아무것도 떠오르지 않았다.

"괜찮아, 뭘 그런 걸 가지고…… 자, 한 잔 더 하렴."

카트리네는 내 잔에 병을 기울이며 빈정대듯 웃었다. 악의 없는 미소였다. 그러면서 어쩔 수 없다는 듯 고개를 흔들었다.

"어떻게 그렇게 무딜 수 있는지 정말 신기해."

그녀가 지금까지와는 전혀 다르게 보였다. 카트리네의 얼굴에는 알코올중독 증세로 보이는 악의적이고 냉혹한 빛이 떠올랐다. 연달아 포도주 잔을 비워내봤자 우리 대화에는 아무 도움도 되지 않았다. 탁자에는 이미 병마개를 딴 포도주 한 병이 더 있었다.

"아버지도 아셔?"

그렇게 묻는 내가 한심스러웠다.

"아니. 아버지는 언제나 주위에서 일어나는 일을 가장 늦게 아는 사람이잖아. 우리는 어머니가 돌아가셨을 때부터 가족이기를 포기한 사람들이야. 생각해봐, 악셀. 어머니가 계셨을 때는 적어도 우리 사이에는 갈등이라는 것이 있었어. 하지만 지금은 비운의 운명을 지닌 세 사람이 어떻게 서로를 도와야 하는지도 모르는 채 그저 왔다 갔다 하면서 하나 마나 한 소리나 지껄이고 있지."

"누나가 먼저 마음을 열 수도 있었잖아."

"나는 아버지와 너를 귀찮게 하고 싶지 않아. 그건 앞으로도 마찬가지일 거고."

"핸드볼은?"

"벌써 육 개월 전에 그만뒀는데 그것도 모르고 있었니?"

그녀는 슬픈 눈으로 나를 바라보았다.

"나는 아무것도 아는 게 없어. 말했잖아."

나는 안나 스쿠그에 대해 이야기하고 싶었다. 우리 둘 다 그것을 알고 있었다. 하지만 입 밖에 내지 않았다. 적어도 지금 이 순간에는 적절하지 않았다. 우리 사이에는 아직 못다 한 이야기가 있기 때문이었다. 카트리네는 그 '노란 집'에 대해 이야기하고 싶어했다. 그 집에 살고 있던 남자, 그도 이름을 가지고 있었다.

"발테르는 여느 사내들처럼 불쌍한 사람이지. 하지만 그렇다고 해서 비난을 피할 수는 없어."

"그 남자를 비난할 이유라는 건 어떤 거야?"

그녀는 담배를 새로 꺼내어 불을 붙이면서 시간을 끌었다. 포도주도 한 모금 들이켰다. 그러고는 알약 하나를 삼켰다. 그 알약이 무슨 약인지는 감히 묻지 못했다.

"그는 나를 지하실에 가두었어. 그리고 그곳에서 즐겼지."

카트리네는 이제까지 내가 한 번도 본 적이 없는 슬픈 눈으로 나를 바라보았다. 그녀는 더이상 말을 잇지 못한 채 고개를 흔들었다.

"너한테 할 이야기가 아닌 것 같다."

"왜?"

"넌 아직 너무 어리니까."

"난 이제 몇 달만 더 있으면 열여덟 살이 된다고."

그녀는 결심한 듯 깊은 심호흡을 한 후 말을 이었다.

"아마 너도 기억할 거야. 내가 '사라의 텐트'라는 술집에서 잠시 일했던 거 말이야. 어머니가 돌아가신 후 난 어른이 되고 싶다는 생각밖에 없었어. 내 생활에 책임질 수 있도록 돈을 벌고 싶었지. 학교 다니는 게 시간 낭비라는 생각이 들어서, 그 시기를 훌쩍 뛰어넘어 더 앞으로 나아가고 싶은 생각이 들더라. 그 나이가 되면 물불 가리지 않고 지나치게 용감해지기 마련이지. 너는 그렇지 않니? 하지만 맥주잔을 쟁반에 받쳐 들고 왔다 갔다 하다 어리둥절한 관광객들이나, 오전인데도 남의 눈을 전혀 의식하지 않고 그곳에서 술을 마시는 노골적이기까지 한 우리나라 손님들을 보면서 그곳에서 옴짝달싹할 수 없다는 것을 깨달았어. 발을 뺄 수 없게 된 거지. 그곳에서 일하는 동안 내 엉덩이에 손을 대는 손님들이 얼마나 많았는지 너는 상상도 못 할 거야. 하지만 발테르 아스세룬은 내 엉덩이에 손을 대지 않은 손님들 중 한 명이었지. 오슬로 국립대학 교수였어. 그는 동료들과 오기도 하고 혼자 와서 글을 쓰기도 했지. 나중에 알았지만, 그가 쓰고 있던 것은 화가 카라바조에 대한 책이었어. 그는 내가 주문 받은 맥주잔을 들고 갈 때마다 짧은 인사나 칭찬으로 내 관심을 끌었지. 그는 나보다 서른 살이나 더 많아. 하지만 그 당시엔 그런 것을 생각해보지도 않았어. 왜냐하면 난 그때 감수성이 예민하고 감정적으로 쉽게 흔들리는 시기에 있었으니까. 그는 나더러 카라바조의 알려지지 않은 그림 속에 등장하는 모델 중 한 사람 같다고 했어. 그이한테서 그림 제목을 듣긴 했는데, 그후엔 한 번도 제대로 기억해낸 적이 없단다. 하지만 한번은 그가 보여준 책에서 그 그림을 본 적이 있었어. 그제야 난 그 사람이 뭘 말하려고 했는지 알 수 있었지. 그 사람은 '내가 하는 일은 엉뚱하긴 하지만, 한 번도 그 일을 허술하게 해본 적이 없어'라고 자주 말했어."

카트리네는 말을 멈추었다. 뭔가를 생각하는 듯했다. 하지만 그 생각은 입 밖으로 흘러나오지 않았다.

"그럼, 누나는 스스로 미끼를 문 셈이네?" 잠시 후 그녀에게 물었다.

"미끼를 문 건 아니야. 하지만 샴페인에 넘어갔지."

그녀는 웃음을 터뜨렸다. 행복해 보이는 웃음은 아니었다.

"어느 날 저녁, 그가 나를 기다리고 있었어. 함께 한잔하지 않겠냐고 하면서 말이야. 7월 중순이었을 거야. 너도 알다시피 시내 번화가는 밤에도 시끌벅적하잖아. 그래서 그는 바닷가 어디 조용한 곳으로 갔으면 좋겠다고 하더군. 그래서 간 곳이 아주 이상할 정도로 외진 장소였어. 그는 내 진 토닉 잔에 무슨 가루를 타줬는데, 그걸 마시니까 정신이 번쩍 들더라. 그 사람의 부인은 그날 저녁, 홀름스부 어딘가로 외출하고 없었어. 그녀가 관공서에서 비서로 일하고 있다는 소리를 들은 것 같아. 두 사람 사이에는 자식이 없었지. 흔해빠진 얘기야, 그렇지 않니? 우리는 콜소스행 전동차역에서 막차를 타고 그의 집으로 갔어. 여기까지야. 더 알고 싶은 거 있어?"

"계속해봐."

그녀는 어깨를 한 번 추켜올리면서 난처한 표정을 지었다. 어쩌면 지금까지 이 이야기를 아무에게도 하지 않았을지 모른다.

"난 그때 호기심이 무척 강했고, 어린 시절의 암울한 기억들에서 얼른 벗어나고 싶은 생각밖에 없었어. 흐르지 않고 썩어버린 강속의 자갈돌로 머물고 싶은 생각은 추호도 없었다고. 어머니의 죽음에서 벗어나고 싶었어. 내가 지금 무슨 말을 하는지 이해하지? 이 어두침침하고 슬픈 집에서는 물론이고, 아버지와 너에게서도 벗어나고 싶었어. 아버지와 넌 남의 일에는 관심이 없었으니까. 그저 자기 일만 생각하고 불평을 하면서 집 안을 돌아다니고…… 하지만 나는 삶에는 남루한 일상 말고 더 가치 있는 뭔가가 있을 거라고 믿었어. 그리고 그 교수가 그걸 줄 수 있을 거라 확신했지. 왜냐하면 그는 경험과 연륜이 풍부했고, 학식도 있었으니까. 그는 내게 또다른 세상의 문을 열어준 사람이기도 했어. 어머니가 왔던 세상을, 행동과 태도에 대한 규칙이 벽에 커다란 글씨로 쓰여 있지 않은 그런 세상……" 그녀는 다시 말을 멈추었다.

"그다음엔 무슨 일이 일어났는데?" 나는 아주 조심스럽게 물었다.

카트리네는 나를 뚫어지게 바라보았다. 그녀는 우리 사이에도 이런 대화가 가능하다는 사실에 놀라고 있는 것 같았다. 그건 나도 마찬가지였다.

문득 내 머릿속이 여전히 안냐 스쿠그에 대한 생각으로 가득 차 있다는 것을 깨달았다. 하지만 안냐는 지금쯤 자고 있을 것이 분명했다. 적어도 오늘은 안냐와 만나 이야기할 일은 더 없었다. 나는 지금 누나와 같이 거실에 앉아 있고, 특히 오늘 저녁 같은 때 누군가와 이야기를 할 수 있다는 사실만으로도 기뻤다. 내 앞에 앉아 있는 카트리네는 내가 알아왔던 카트리네가 틀림없지만, 동시에 너무나 모르고 있었던 카트리네이기도 했다. 눈물이 어른거리는 듯한 두 눈동자 때문에 그녀는 평소와 달라 보였다. 순간, 마르그레테 이레네가 한 말이 떠올랐다. 그녀는 천문학과 점성술에 관심이 많았다. 언젠가 그녀가 나를 알 수 없는 표정으로 유심히 바라보더니 인간은 별자리에 관련한 존재적 위치에 따라 서로에게 자동적으로 관심을 가지게 된다고 말했다.

"유유상종이란 거지? 말하자면, 실패자는 실패자들과 어울리고, 승리자는 승리자들에게 관심을 갖는……"

"그렇게 말할 수도 있겠지. 하지만 좀더 명확하게 말하자면, 삶에 굶주린 사람들은 항상 같은 처지에 있는 사람들을 발견하게 된다는 거야. 예를 들어, 사랑받기를 원하는 사람은 언제나 자기를 사랑해줄 사람을 만나게 되어 있는 것처럼……" 그녀의 대답이었다.

확실히 믿을 만한 이론인지는 잘 모르겠다. 나는 안냐 스쿠그를 생각했다. 언젠가는 우리가 함께 삶의 승리자가 될 수도 있고, 어쩌면 함께 실패자의 길로 접어들지도 모른다. 우리가 함께 만들어가는 일상의 소소한 일들이 결국 우리를 함께 엮어놓을지 따로 떼어놓을지 알 수 없었다. 카트리네가 자신의 이야기에 푹 빠져 있을 때 나는 이런 생각을 했다. 지금 우리가 마주 앉아 이야기할 수 있는 것은 어쩌면 둘 다 절망적인 상황에 처해 있기 때문이라고. 우리는 각자의 안테나 주파수를 서로에게 맞추어놓고 있다. 그 이유는 지금 당장 우리가 생각하고 있는 것이 같기 때문이며, 또한 우리 앞에 놓인 삶에서 마주칠지도 모르는 실패에 대한 두려움 때문이기도 했다.

카트리네는 나의 산만함을 금방 눈치챘다. "내 이야기가…… 지루하니?"

나는 재빨리 허리를 곧게 펴면서 바로 앉았다. "지루하다니? 절대 아니야! 누나가 해주는 이야기는 모두 듣고 싶어."

그녀는 고개를 끄덕였다. 그것은 나를 향한 것이라기보다는 그녀 자신을 향한 것처럼 보였다. 그러고는 마치 동생의 거짓말을 샅샅이 캐내겠다는 듯 나를 바라보았다.

"넌 여자아이들에 대해서 잘 모르지? 그렇지?"

나는 어떻게 대답해야 할지 알 수 없었다. 그녀는 내 표정을 보더니 계속 이야기를 이어갔다.

"난 그를 가지고 싶었어. 왜냐하면 그는 내게 뭔가를 줄 수 있는 사람이었거든. 그리고 나 역시 내가 받은 것보다 훨씬 더 많은 것을 그에게 줄 수 있다는 확신도 있었어. 그 남자가 미친 듯이 나를 좋아하는 것이 싫지 않았어. 자신의 존재를 모두 걸었다는 게 말이야. 위험한 장난이었지. 어느 날 오전, 우리는 그 집 더블침대에 누워 있었어. 그때, 그 사람은 자기 부인 이야기를 들려주더군. 나는 그이의 부인을 알지도 못했지만, 그 순간 가슴을 찌르는 듯한 죄의식을 느꼈어. 그녀에게 너무나 잔인하게 상처를 준 셈이니까. 하지만 발테르의 인생에서 내가 가장 중요하고 숭고한 존재라고 생각하면 죄의식 따위는 걸림돌이 될 수 없었어. 그는 미친 듯이 나를 갈구했고, 나를 위해서라면 무슨 일이든지 하려고 했어. 넌 잘 이해할 수 없을지도 몰라…… 그 오랜 세월 동안 내가 이 집에서 차지해왔던 비중을 생각한다면, 그의 관심과 열정이 내게 어느 정도로 소중했는지 말로 설명할 수 없어. 마침내 내 모습을 보아주고 내 가치를 인정해주는 사람이 나타난 거지. 그이에게 내 모든 것을 다 주고 싶었어. 아이만 빼고 말이야. 하지만 넌 이런 것들을 아직 잘 모르지, 그렇지? 어떻게 섹스가 네 머릿속을 채우고, 미친 듯한 사랑에 빠져 날마다 어떻게 그 짧고 거친 순간들을 위해 살아갈 수 있는지…… 그래, 나와 그이만이 나눌 수 있는 섹스, 그 죄악의 순간이 얼마나 나를 강인하게 만들었는지 너는 모를 거야. 온 세상을 이길 수 있을 것 같은, 그 어느 누구도 나를 이겨내지 못할 것 같은 그런 느낌이었지. 그 만족감은 이루 말할 수 없이 컸어. 왜냐하면 누군가가 나를 갈구하고 있고, 나는 그 사람에게 줄 수 있는 지독하게도 순수한 감정을 가지고 있었으니까. 그것이 내 생에 단 한 번뿐인 사랑이라고 믿은 것도 아닌데 말이야. 가장 중요한 것은 젊음과 생동감이야. 그리고 첫 경험이라는 것……"

"그러면, 매일 오전마다 그 집에 갔던 거야?"

"거의 매일. 적어도 도르테가 직장에 가는 날이면 하루도 빠지지 않고 갔었어. 사실, 아직도 그녀를 생각하면 마음이 불편해. 하지만 그때는 그리 깊이 생각해보지 않았어. 발테르는 자신의 결혼생활이 어떤지 자세히 이야기해준 적이 없었고, 그런 이야기가 나올 것 같으면 화제를 돌려버렸지. 이해가 되지? 그는 의무감으로 삶을 살아가고 있었어. 그는 대학에서 지원받은 돈으로 집에 틀어박힌 채 카라바조에 대한 책을 썼지만 어떻게 보면 그가 집에서 한 일은 카라바조와는 상관없는 것이었어. 그건…… 나와의 관계였어. 몇 달 동안은 정말 꿈같이 행복했어. 하지만 우리는 통제력을 잃어버리진 않았지. 적어도 난 불같은 열정으로 섹스를 하고 난 다음에도 항상 차가운 머리로 빠져나올 수 있었으니까. 후회했다는 건 아니야. 행복했어. 단 하나 두려웠던 건, 내 감정의 강렬함엔 끝이 보이지 않았다는 거야. 그 많은 색깔들 가운데 단 한 가지 색깔만으로도 온 세상의 존재를 다 덮어버리는 것이 가능하게 느껴졌지. 내가 귀로 듣는 소리와 눈으로 보는 현상을 선택할 수 없는 것처럼. 그는 청소년을 위한 예술사 책을 언제 함께 써보자고 하더군. 처음엔 내가 졸업 시험을 치지 않았다는 사실에 실망하는 것 같더니, 나중엔 그 책을 써서 나를 가르쳐보려는 생각을 한 것 같

아. 어리석은 학자의 전형적인 모습이지. 그는 신기원을 창조하는 지식인, 시대를 앞서가는 두뇌, 패러다임의 변화 등 현학적인 용어들을 즐겨 사용했어. 그는 뭐랄까…… 응석받이에다 괴짜이지만 사랑할 수밖에 없는 사람이라고 할 수도 있겠다. 그즈음에 네가 내 뒤를 밟았지. 아무것도 모르는 내 남동생…… 난 사실 네가 전동차에 타고 있다는 걸 알고 있었어. 에크라 거리에서 전동차를 타고 스메스타에서 갈아탔지. 내가 쇠르뷔하우겐에서 전동차를 갈아탈 바로 그 시간에 말이야. 나는 네가 다음 전동차를 놓친 줄로만 알았어. 하지만 간신히 전동차에 올라 몸을 숨기고 있는 너를 발견했을 때 속으로 얼마나 웃었는지 몰라. 난 일부러 네 바로 앞자리에 앉았어. 넌 좌석 위로 몸을 숙였지? 정말로 모를 줄 알았니? 네 애프터셰이브 냄새가 그 칸 전체에 진동하고 있었는데, 어떻게 눈치를 못 챘겠니. 난 네게 눈길 한번 주지 않은 채 벡세스투아 역에서 내렸어. 네가 거기에 있다는 사실 그리고 마침내 너에게도 내가 중요한 사람이 되었다는 사실, 너한테는 음악만이 인생의 전부인 줄 알았는데 그게 아니었다는 사실…… 그래, 난 네가 내 뒤를 밟고 있다는 사실을 즐기고 있었어."

"그것 때문에 아스세룬 교수의 노란 집 바로 앞에서 춤추듯 깡충 뛰었던 거야?"

"누군가가 나를 보고 있다는 사실, 그 늙은 교수뿐만 아니라 마침내 내 동생에게도 관심을 받게 되었다는 사실이 발이 땅에 닿지 않을 정도로 기뻤지. 그리고 나만의 비밀스럽고 자유로운 삶에서 쾌락과 위안을 얻고 있다는 사실을 즐겼지. 상황이 바뀌기 전까진 적어도 그렇게 생각했어."

우리는 마주 앉아 서로를 바라보고 있었다. 벌써 밤이 멀어지고 있었다. 이제 조금만 더 있으면 태양이 떠올라 숲과 강 저편에 빛을 비출 것이다. 나는 강가의 덤불을 떠올렸다. 이 순간 카트리네와 함께 그곳에 앉아 있는 것이라면 얼마나 좋을까. 하지만 멜룸가의 작은 집에 함께 앉아 있는 지금도 그리 나쁘지는 않았다. 카트리네가 어머니처럼 직설적이고 솔직하다는 사실이 놀라웠다. 아버지와 나는 항상 말을 빙빙 돌리거나 아예 꺼내지도 못하는 경우가 많았다. 카트리네는 오늘 정말 많은 이야기를 했다. 하지만 그녀가 이야기를 하고 있는 도중에도 그녀가 정말로 하고 싶은 이야기는 따로 있다는 생각이 점점 강하게 들었다. 아버지는 그때까지도 사무실에서 돌아오지 않았고, 카트리네는 내 잔을 계속 채워주고 있었다. 이상한 집안이라는 생각도 언뜻 들었다. 그녀가 들려주고 싶어하는 이야기가 혹시 안나 스쿠그와 관련 있는 것은 아닐까? 카트리네는 발테르 아스세룬 교수와의 섹스에 대해 세세하게 다 설명해주었다. 나는 더이상 듣고 싶지 않았다. 하지만 그녀는 이야기를 멈추지 않았고, 때문에 나는 때때로 소름이 오싹 돋았다. 그녀의 이야기 속에는 말로 설명할 수 없을 만큼 커다란 치욕과 불명예가 있었고, 그 남자에 대한 경멸이 있었다. 더 정확히 말하자면 이 세상 모든 남자들에 대한 경멸이었다. 카트리네는 이야기를 계속했다.

"네가 찾아감으로써 모든 것이 끝나긴 했지만, 사실 너 때문만은 아니야. 우리는 그후에도 몇 번 더 밀회를 가졌으니까. 하지만 우리는 그때 이미 끝을 향해 가고 있었지. 네가 그 집 문 앞에 서 있다고 그 남자가 내게 전화했을 때, 나는 화를 참을 수가 없었어. 너는 우리의 관계를 망친 것이 아니라 그와 도르테의 결혼생활을 망친 거야. 알고 있니? 그녀는 발테르를 쫓아냈어. 그 집은 도르테의 소유거든. 그래서 발테르는 친구 집에서 얹혀살게 되었어. 월급은 물론이고 연구비까지 받고 있는데도 아직 집을 마련하지 못할 정도로 나가는 돈이 많더라. 포도주와 샴페인과 여자에 물 쓰듯 돈을 썼지. 예술사를 가르치는 교수들 대부분이 그런 방탕한 생활에 익숙해져 있는 것 같아. 그들은 한계를 모르는 것 같았어. 나중에 알고 보니 그의 카라바조 프로젝트에 넘어간 여자애가 나뿐만이 아니었어. 난 그들 중 세 명을 만나봤어. 그리고 솔직하게 서로에게 무슨 일이 있었는지 다 털어놓았지. 모두들 발테르에게 증오심을 갖고 있었어."

"누나도 그 사람을 증오해?"

"아니, 그 정도는 아니야. 그건 그렇고, 넌 아주 적절한 시기에 나타났어. 마치 배관공처럼."

카트리네는 그 말을 하면서 큰 소리로 웃었다. 하지만 그 웃음소리의 밑바닥에는 분노가 깔려 있었다.

"너는 그와 나 사이에 끼어 있던 모든 오물을 걸러내는 역할을 했어. 덕분에 그 뒤에 뭐가 남았는지 확실하게 볼 수 있었지. 남은 게 뭐냐고? 없었어. 아무것도."

어느덧 창밖에 희미한 새벽 햇살이 비치기 시작했다. 열린 창으로 정원에 날아든 찌르레기와 박새 그리고 구관조 울음소리가 들려왔다. 꿀벌과 파리들의 윙윙대는 소리도 들을 수 있었다. 곧 열매를 맺을 나무들의 잎사귀가 아침 햇살을 받아 반짝였다. 새날이 기지개를 켜고 있었다.

"지금 누나의 말은 이제 다시는 남자들과 관계를 가지지 않겠다는 말로 들리는데…… 맞아?"

나는 겨우 마음속에 있던 말을 뱉어냈다. 동시에 오래 묵은 고통을 털어버린 것 같은 느낌도 들었다. 카트리네는 정신이 번쩍 든 것 같은 눈빛으로 나를 바라보았다. 그녀는 내게서 이런 말이 나오리라고는 전혀 예상치 못했던 것이다.

"무슨 뜻이니?"

차분하고 냉정한 그녀의 목소리에서 적대감마저 느껴졌다.

"이제부터 누나와 내가 라이벌이 된다는 것……"

그녀는 나를 응시하며 생각에 잠겼다. 그녀는 지금까지 나를 어떻게 생각해왔을까? 단지 피아노 건반만 두들기는 남동생으로? 머릿속에 든 거라고는 드뷔시, 브람스 그리고 바흐밖에 없는 그런 사람으로?

"지금 무슨 말을 하고 있는 거야?" 조금 전보다는 부드러운 어조로 그녀가 다시 물었다.

"예전에는 어머니를 목표로 그리고 지금은 안냐 스쿠그를 목표로 나와 경쟁을 하겠다는 말 아니야?"

그녀는 두 손으로 머리를 감싸 쥐었다. 그녀는 그렇게 오랫동안 앉아 있었다. 나는 그녀에게 아무런 책임감도 느끼지 않았다. 그녀는 물론이고 아버지 그리고 다른 어떤 이에 대해서도. 그 순간 갑자기 내 안에서 샘솟는 강인한 의지와 해방감을 느꼈다.

그녀는 내가 더이상 말을 하지 않으리란 걸 알아차렸다. 그녀는 울어서 빨개진 두 눈을 숨기려고도 하지 않은 채 자리에서 벌떡 일어섰다.

"음악을 들을까? 어머니가 좋아했던 음반을 골라봐."

나는 거실 선반으로 다가갔다. 그리고 어머니가 수집한 음반들을 하나하나 살펴보았다. 이 선반에 놓인 모든 음반에는 어머니의 체취가 배어 있었다. 나는 라벨의 〈피아노협주곡 사장조〉 음반을 꺼냈다. 2악장을 들을 생각이었다.

"왜 이런 생각이 드는지는 모르겠지만…… 이 곡이 우리에게 무슨 말을 해줄 수 있을 것 같아. 적어도 내 귀에는 이 곡이 항상 서로 다른 두 가지 이야기를 한꺼번에 표현하는 것처럼 들렸어."

나는 턴테이블에 음반을 얹었다. 낡은 음반에서 흔히 들을 수 있는 찌지직거리는 잡음마저도 조화롭게 느껴질 만큼 훌륭한 연주였다. 유리잔에 금이 가는 듯한 소리에 이어 잔잔한 피아노의 선율이 들려왔다. 조용하고 평안했지만, 주저하는 듯한 느낌도 들었다. 잘 알려지지 않은 프랑스 출신의 피아니스트와 파리 관현악단의 협연이었다. 카트리네는 귀 기울여 듣다가 어리둥절한 표정으로 물었다.

"무슨 곡이지? 난 기억나지 않는데."

"이제부터 이 곡은 우리 둘만의 음악이야. 이 곡이 우리 남매의 끈이 끊어지지 않게 도와줄 거야."

왜 갑자기 그런 말이 튀어나왔는지 알 수 없었다. 바보 같고 진부한 표현이었다. 하지만 6월의 새벽 앞에서 거실에 앉아 그런 말을 했다는 사실이 왠지 고상하게 느껴져 나는 스스로 만족했다. 그 순간 아버지가 거실로 들어왔다. 카트리네는 아버지를 보지 못했지만 나는 아버지의 그림자를 볼 수 있었다. 아버지는 손가락을 입에 갖다댔다. 카트리네와 내가 함께하는 그 순간에 방해가 되고 싶지 않다는 뜻이었다. 아버지는 문 옆에 서서 미소 띤 얼굴로 우리를 바라보고 있었다. 마침내 우리가 행복한 순간을 함께 즐긴다고 생각했기 때문이었다. 기억 속의 어머니와 함께 이제부터는 다시 행복한 나날로 돌아갈 수 있으리라고 믿는 것이다. 아버지는 감정을 이기지 못하고 굵은 눈물방울을 떨어뜨리고 있었다. 양 볼과 코 밑으로 떨어지는 굵고 투명한 눈물을 닦아낼 생각도 않은 채 아버지는 오랫동안 그렇게 서 있었다. 그때까지도 아버지는 손가락을 입에 대고 있었다. 나는 의자에 앉아 그 순간을 멈출 수만 있다면 무슨 일이든지 할 수 있으리라는 생각을 했다. 시간은 더 흐를 필요가 없었다. 적어도 나와 카트리네에게는……

Ⅳ. 구데의 계획

다시 8월이었다. 어머니가 세상을 떠난 지도 벌써 이 년이나 흘렀다. 여름 내내 안나의 모습을 한 번도 보지 못했다. 몇 번이나 전화를 걸고 싶었지만, 감히 용기를 내지 못했다. 나는 아침저녁으로 매일같이 그녀의 집 앞을 서성거렸다. 그 때문에 엘베파레와 연결되는 모든 작은 길들은 사진을 찍어둔 것처럼 내 머릿속에 뚜렷하게 각인되었다. 6월에 한창 꽃을 피웠던 나뭇가지들은 이제 작은 열매들을 만들어내고 있었다. 빌라에 사는 대부분의 가족들은 이미 휴가를 다녀왔다. 카트리네와 아버지, 나는 여전히 서로 모르는 사람처럼 따로따로 생활해오고 있었다. 가끔 카트리네는 안나에 대해 물었지만, 나 역시 그녀의 소식을 모르기는 마찬가지였다. 그녀가 사는 빨간 집은 뢰아에 있는 대부분의 집처럼 커다란 나무들로 가려져 있었다. 겨울이었다면 집 안에서 흘러나오는 불빛으로 사람이 있는지 없는지를 대번에 알 수 있었겠지만, 여름에는 거의 불가능했다. 몇 번이나 그 집 앞에 서서 혹시라도 들려올지 모르는 장중한 AR 스피커의 음악 소리를 기대했지만, 새들의 지저귐밖에 들을 수 없었다. 그리고 이제 여름이 가면 그 새들의 지저귐도 더는 들을 수 없을 것이다. 그럼에도 나는 오랫동안 그 집 앞을 떠나지 않았다. 이웃의 눈에는 의심스러워 보일 수도 있는 행동이었다. 그녀의 아버지가 타고 다니는 차는 좀처럼 차고에서 나오지 않았기 때문에 옆길로 다녀야만 했다. 손전등 사내에게 들키고 싶지는 않았다. 그녀를 향한 마음은 점점 더 뜨거워졌고, 그럴수록 나는 강가의 덤불을 자주 찾았다. 그곳에서는 그녀만을 머릿속에 채우고 몇 시간이고 혼자 앉아 있을 수 있기 때문이었다.

어느 날, 레베카 프로스트에게서 전화가 왔다. 그녀는 내게 관심을 가지고 있긴 하지만 나라는 존재를 특별하게 생각하지는 않을 것이다. 그저 주변에 넘쳐나는 사내아이들 중 한 명 정도가 아닐까. 그녀는 심지어 페르디난에게도 키스할 수 있는 아이였다.

"악셀, 왜 그동안 한 번도 연락하지 않았니? 내 인생에서 사라질 생각을 하고 있었던 거야?"

"내가? 설마 그럴 리가."

"그래, 여름 동안 어땠어?"

"계속 피아노 연습만 했어. 베토벤의 〈발트슈타인 소나타〉와 라벨의 〈밤의 가스파르〉를 주로 쳤는데, 〈밤의 가스파르〉는 아직 멀었어. 〈피아노소나타 작품번호 109번〉도 시작했어."

"정말 그 곡은 최고야, 그렇지 않니?"

우리는 베토벤의 마지막 소나타 몇 곡에 대해서도 이야기를 나누었다. 장중하고 음울한 곡들, 죽음을 연상케 하는 그 곡들이 도대체 무엇 때문에 우리의 관심을 끄는지. 나는 그녀가 어떻게 여름을 지냈는지 묻는다는 것을 깜박 잊었다. 그녀는 또래의 부잣집 아이들과 함께 셰메*에서 보트를 탔거나, 별장에서 뵈젠도르퍼 그랜드피아노로 연습했을 것이다. 그녀는 언젠가 집에 있는 스타인웨이 피아노보다 별장에 있는 뵈젠도르퍼 피아노를 더 좋아한다고 말한 적이 있었다. 나는 레베카의 삶이 햇살로 가득 차 있다고 생각했다. 작열하는 태양, 잔잔한 대양, 화사한 꽃무늬 벽지 그리고 세계 각국의 진귀한 선박 모형이 들어 있는 유리상자들처럼.

하지만 그녀는 이런 이야기를 하려고 전화한 것이 아니었다. 그녀는 구데에 대해서 운을 뗐다.

"그 사람이 우리를 한번 만나보고 싶어하던데." 그녀가 말했다.

"누구? 그 유명한 콘서트 매니저 말하는 거야?"

"응, W. 구데. 작년 피아노 대회에서 결선에 진출했던 모든 사람들과 이 주 후에 블롬 레스토랑에서 점심을 함께 하재."

"뭐 때문에?"

"우리의 앞날 때문이겠지, 뭐긴 뭐겠어? 절대로 이 기회를 놓쳐선 안 돼, 악셀."

"그래, 갈게."

물론 나는 이 기회를 놓치지 않을 것이다. 구데는 이 나라에서 제일 유능한 콘서트 매니저였다. 그의 사무실에는 루빈스타인, 하이페츠, 켐프 등 세계 최고의 연주가들이 직접 서명한 사진들이 줄

* 오슬로 피오르 남쪽 지방.

줄이 걸려 있을 것이다. 서명만이 아니라, 친필로 쓴 메모들도 있을 것이다. 예를 들어 '친애하는 구데 씨에게……'로 시작해서 온갖 찬사가 가득한 그런 메모 말이다. 그는 오슬로 음악계를 휘어잡고 있다고 과언이 아니었다. 클래식 음악계에서 구데의 권위와 유능함을 능가할 만한 사람은 없었다. 그는 어린 유망주인 우리 같은 피아니스트도 결코 허투루 보는 법이 없었다. 따라서 그와의 만남은 나를 비롯해 우리 모두에게 큰 의미를 가졌다. 레베카는 그와의 만남이 있기 며칠 전 내게 전화로 우리 중 누가 점심식사 초대를 받았는지 알려주었다. 참석자는 레베카, 페르디난, 마르그레테 이레네, 안냐 그리고 나였다. 안냐가 온다니…… 그녀의 이름을 듣자마자 마음이 가벼워졌다. 마침내 그녀를 볼 수 있게 된 것이다.

오슬로에 9월이 찾아왔다. 멜랑콜리한 기운이 공기 중에 감돌았고, 서쪽에서 불어오는 서늘한 바람과 맑은 하늘이 가을이 머지않았음을 전해주고 있었다. 오슬로 시내에는 새 학기를 맞은 신입생들이 우스꽝스러운 모자를 쓰고 축제 기분에 젖어 돌아다녔다. 그들에게서 지금까지와는 다른 삶에 대한 기대감이 엿보였다. 사실 나도 뭔가 새로운 일이 일어났으면 하는 바람이 가득했다. 전동차는 국립극장 역에서 멈추었다. 나는 안냐를 볼 수 있을지도 모른다는 기대감이 무너졌기에 실망스럽기 그지없었다. 지난 몇 달 동안 나는 오직 피아노에만 매달린 채 마치 외로운 늑대처럼 살아왔다. 전국 청소년 피아노 대회에서의 실패는 내게서 피아니스트로서의 자부심을 빼앗아갔다. 하지만 다행스러운 것은 친구들만큼은 예전처럼 남아 있다는 사실이었다. 나는 구데와 만나는 자리에 초대받을 수 있도록 나를 잊지 않고 거론해준 레베카에게 고마웠다. 뭔가 새로운 계기가 있어야 한다는 생각이 점점 더 강해졌다. 나는 내년에 있을 피아노 대회에 다시 참가하기로 결심했다. 신인 유망주들은 해마다 1월이면 오슬로 필하모니와 협연을 하고 그다음은 여기저기 국제 대회에 참가하는 것이 관례였다. 나의 목표는 모스크바에서 열리는 차이콥스키 국제음악콩쿠르 혹은 런던의 퀸엘리자베스콩쿠르가 될 것이다. 그리고 미국에서 열리는 크고 권위 있는 대회도 빠뜨릴 수 없었다. 언젠가는 성공하리라는 생각에 일말의 의심도 하지 않았다. 단지 시간이 조금 걸릴 뿐이었다.

나는 집에서 피아노 연습을 할 때 항상 댐퍼페달을 사용했다. 얼마 전에 서부 지방에서 온 두 사람에게 이 층을 세주었기 때문이다. 독실한 기독교 신자인 스코르는 여름이면 오리엔티어링* 경기로 정신이 없었고, 겨울에는 스키에 빠져 지냈다. 이공계 학생인 그는 이러한 스포츠를 즐기다가 짬이 날 때만 전공 공부를 하는 것 같았다. 또다른 한 명은 토텐에서 온 베네딕센으로, 철학을 공부하는 거구의 사내였다. 그에게서는 항상 코담배 냄새와 퀴퀴한 땀 냄새가 났다. 그들은 오전에는 거의 매일같이 집에 있었기 때문에 나는 아침나절에 세 시간씩 하던 연습을 그만두어야 했다. 내가 오전에 연습을 할 때 갑자기 스코르가 하얀 분필같이 창백한 얼굴로 문 옆에 서서 빽 소리를 지른 적이 있었다.

"참는 데도 한계가 있어요. 한계가 있다고요!"

원하는 만큼 연습을 할 수 없자 나는 점점 화가 나서 참을 수가

---

* 지도와 나침반을 이용해 험한 지형을 빠르게 이동하는 것을 겨루는 경기.

없었다. 안냐를 볼 수 없다는 사실도 여기에 한몫했다. 그랬기 때문에 나는 희망에 부풀어 카를 요한 가에 있는 블롬 레스토랑으로 발을 옮기고 있었다. 블롬 레스토랑은 어머니가 마흔번째 생일 파티를 연 곳이기도 했다. 오페라단의 반 이상이 참석했던 것 같다. 나는 어머니를 생각하면서 걸어갔다. 만약 어머니가 살아 있다면 지금 내게 어떤 말을 할 것이며, 내 삶은 또 어떻게 달라졌을까? 어머니의 운명을 생각할 때면 항상 무언가 때문에 두렵곤 했다. 어머니는 단 한 번도 정기적인 모임에 참석하지 않았다. 절망적인 결혼생활에 치여, 꿈꾸고 있던 것들을 향해 손을 뻗어보려고도 하지 않았다. 어머니가 진정으로 원하고 꿈꾸었던 것은 과연 무엇이었을까? 어머니의 이루지 못한 꿈은 어쩌면 불만족스러운 삶을 불평하기 위해 스스로 만들어낸 변명이 아니었을까? 나는 어머니에 대한 생각을 지우지 못한 채 거리를 메운 학생들을 바라보았다. 대학 정문에서 쏟아져 나오는 행복한 모습의 청년들, 길가에 있는 아이스크림 자판기 앞에 모여 있는 중고등학생들, 그리고 무직 후세*. 이제는 저들의 차례였다. 내가 앞으로 나아가기를 두려워하고 기억과 감정에 빠져 살 때 저들은 이미 삶을 위해 중요한 선택을 했다. 하지만 어쩌면 오늘 만날 구데는 내 인생의 구원자가 될지도 모른다. 그는 오케스트라와 콘서트홀로 가는 길을 열어 보여주는 마법의 지팡이를 가지고 있었다. 그가 카네기홀로 이르는 지름길을 보여줄 것이다.

내가 제일 먼저 도착했을 거라고 생각했는데, 이미 나를 제외한

---

* 악보와 음반을 파는 상점.

모든 아이들이 자리를 잡고 앉아 있었다. 식탁을 빙 둘러 자리한 그들 중, 저쪽 끝에 앉아 있는 안냐의 얼굴이 제일 먼저 눈에 들어왔다. 묶어 올린 머리 때문에 그녀의 얼굴은 더 갸름해 보였고 눈빛은 평소보다 더 강렬하게 빛났다. 나와 마주친 얼굴에는 친절한 미소가 감돌고 있었다. 나는 그녀에게서 눈을 뗄 수 없었다. 그녀에게 고개를 가볍게 끄덕이는 것으로 인사를 대신한 후, 나는 자리에 모인 다른 아이들에게도 인사했다. 구데는 하얀 셔츠에 넥타이 차림으로 나왔다. 그는 나를 보고 자리에서 일어나 악수를 청했다. 내 손을 꾹 쥐고 온몸이 떨릴 정도로 악수를 한 후에 그가 말했다.

"이 자리에 마지막으로 온 우리의 재능 있는 피아니스트!"

나는 에울라에서 수도 없이 그를 보아왔다. 그는 항상 무대의 왼쪽 편을 지키고 있었다. 그 자리는 작년 피아노 대회에서 안냐 스쿠그의 연주를 듣기 위해 내가 서 있었던 자리와 같은 곳이기도 했다. 연주가 시작되면, 그는 무대에서 내려와 청중석의 제일 앞줄에 앉아 있곤 했다. 그는 내게 있어서 모든 콘서트를 주관하는 인물이자, 무대 위의 커튼이었다. 연주가 시작되기 이 분 전, 무대 조명이 희미해지면 그는 항상 무대 옆의 문을 열고 나와 뭉크의 〈태양〉 아래 모습을 드러냈다. 혼란에 휩싸인 나체의 사람들이 그려진 벽화 아래에서 거장들이 연주를 하는 동안 한 치의 동요도 없는 표정으로 집중하던 그의 모습은 인상적이었다. 문을 열고 무대로 나올 때마다 그는 마치 방금 전까지 세계적인 거장과 함께 앉아 길고도 깊은 대화를 나눈 것처럼 보이기도 했고, 어떤 때는 그들과 전 유럽에 걸친 공연을 계획한 것처럼 보이기도 했으며, 또 가끔은 쇼펜하우어나 그의 비관적인 여성관에 대해 토론을 마친 것처럼 보이기도 했다.

그는 내가 편하게 자리를 잡고 앉을 수 있도록 배려해주더니 우리의 관심을 집중시키기 위해 손뼉을 두 번 딱딱 치고는 자리에 모인 사람을 하나하나 둘러보며 고개를 끄덕였다. 그러고는 진지한 어투로 말했다.

"온 세계가 기다리고 있습니다!"

레베카가 소리 죽여 킬킬댔다. 나는 안냐가 나를 바라보게 하려고 안간힘을 썼지만, 그녀는 꼼짝도 하지 않았다. 그녀는 마치 식탁에 놓인 샌드위치에 온 정신을 집중하고 있는 것처럼 보였다. 구데는 양손을 마주 잡고서 우리에게 초청에 응해줘 고맙다는 말을 했다. 그의 반짝반짝한 대머리와 툭 튀어나온 두 귀 그리고 동그란 안경알 뒤에 있는 학자 같은 눈빛은 타조를 연상시켰다. 순진무구하고 호의적이며, 나름의 권위를 가지고 있는 동물원의 타조처럼 가장 앞서 달리는 것…… 바로 그것이 지금까지 그가 해온 일이었다. 지금, 그는 우리 앞을 이리저리 뛰어다니면서 점호를 하는 상사의 위치에 있었다.

"안냐 스쿠그가 제일 앞에 서고, 다음은 레베카 그리고 악셀 빈딩, 다음은…… 또 다음은……"

이제 그는 우리 모두를 소집해서 어떤 명령을 내릴 것 같은 분위기였다. 마르그레테 이레네는 마치 그녀와 내가 은밀한 관계에 있기라도 하다는 듯 내게 의미심장한 눈빛을 보냈다. 그 눈빛이 지독하게도 싫었다. 나는 그녀가 나에 대해 아는 것은 하나도 없다고 스스로 위안했다. 문득 그녀의 치아교정기가 지난번보다 훨씬 커 보였다. 1.5리터짜리 콜라병도 딸 수 있는 병따개 같아 보였다. 그녀를 생각하면 마음이 아팠지만 미안하게도 내 인생에는 그녀가 끼어들 자리가 없었다. 그녀가 내게서 거리를 유지해주기를 바라는 마음뿐이었다.

구데는 물이 담긴 유리잔을 찻숟가락으로 몇 번 쳐서, 우리에게 집중해달라는 신호를 보냈다.

"장래의 음악계를 짊어질 유능한 피아니스트 여러분 …… 이 자리에 와주셔서 감사합니다." 그는 기쁜 마음에서 우러나는 미소를 지으며, 우리를 하나하나 둘러보았다.

"모두 잘 알다시피, 여러분은 이제 더이상 어린애가 아닙니다. 열일곱 살, 열여덟 살, 열아홉 살…… 내가 여러분 나이였을 때 나는 이미 성인이 되었다고 생각했지요."

뒤의 말은 독백처럼 들렸다. 그는 말을 맺자마자 잔을 들어 건배를 외쳤다. 우리도 각자의 잔을 들고, 그를 따라했다. 하지만 안냐는 앞만 뚫어지게 바라볼 뿐 건배의 물결에도 전혀 동요하지 않았다.

"오늘 여러분을 초대한 이유는 여러분에게서 뛰어난 재능을 발견하고 감동받았기 때문입니다."

여기까지 말을 마친 그는 큰 소리로 재채기를 했다. 그러고는 양복 주머니에서 다림질이 잘된 손수건 한 장을 꺼내 코를 푼 후 우리를 다시 한번 둘러보았다.

"알다시피, 나는 가끔 콘서트를 기획하기도 합니다. 하지만 우리가 알고 있는 세계 최고의 거장들은 이제 한물갔다고 해도 과언이 아닐 겁니다. 나는 스스로에게 자주 물었습니다. 도대체 언제쯤이면 새로운 세대가 나타나 기존의 낡은 전통을 파괴할 수 있을 것인가? 그러다가 작년에 전국 청소년 피아노 대회 결선에서 놀라울 정도로 새롭고 빛나는 재능을 보게 됐습니다. 안냐의 대가적 기질이 다분한 연주, 레베카의 신선한 매력이 잘 드러났던 연주, 마르그레테 이레네의 신중한 연주, 페르디난의 명상적 연주, 그리고 악셀의 서정적 감성…… 여러분들의 연주는 저항할 수 없을 정도로 매혹적이었습니다. 그래요, 나는 새 시대 음악계의 주역들을 발견한 것이었습니다. 나는 여러분을 붙잡고 싶습니다. 여러분은 미래의 스타입니다. 앞으로 여러분은 열광적인 팬들에게 사인을 해주면서, 지금 이 자리가 마치 요람 속에서 옹알거리던 유아기에 불과하다고 생각할 것입니다. 그리고 연주를 통해 최고의 삶을 살게 될 것입니다. 세계 최고의 오케스트라와의 협연 기회는 말할 것도 없고요. 여러분은 이제부터 내가 여러분과 함께할 것이라는 것을 생각해주셨으면 합니다. 혹시 누가 압니까? 머지않아 여러분이 저처럼 늙어빠진 사람과 함께 일하고 싶은 마음이 생길지. 어쩌면 왕궁의 만찬에서 연주하기를 원할 때도 있을 것이고, 베르겐이나 스타방에르의 시립 교향악단과 협연하고 싶을 때가 올지도 모릅니다. 기회는 너무도 많습니다. 나는 다만 이 이야기만 하고 싶을 뿐입니다. 나는 여러분을 도울 수 있는 사람이고, 또 무제한으로 기회를 제공할 수도 있는 사람이라는 것을 말입니다."

안냐가 자리에서 일어섰다. 그러고는 침착하게 그를 바라보았다. 나는 그녀의 얼굴이 유난히 창백해 보인다고 생각했다. 마치 여름이 흔적도 남기지 않은 채 사라져버린 듯 창백한 얼굴이었다. 그녀는 지난여름 이후 매일매일 피아노 앞에서만 시간을 보낸 듯했다.

"하실 말씀은 다 하셨는지요? 그럼, 이제 가봐도 되겠습니까?" 또랑또랑한 목소리로 안냐가 말했다.

구데는 냅킨으로 입 주위를 닦으며 당황한 표정으로 그녀를 바라보았다. 사실 그의 주된 목표는 바로 안냐라고도 할 수 있는데, 그녀는 지금 무례하게도 모임에는 관심이 없다고 말하고 있는 것이었다. 그는 반쯤 정신이 나간 태도로 대답을 했다.

"네. 그렇다고 할 수 있지요. 하지만……"

안냐는 자신의 핸드백을 움켜쥐며 그의 말을 가로챘다. "그렇다면, 저는 이만 인사드리고 싶습니다."

구데는 불쾌한 감정을 억누르느라 진땀을 흘리고 있었다.

"오찬이 좀 변변찮지요?"

"사실은 제가 요즘 많이 바빠서요. 다른 모임에도 참석해야 하거든요. 어쨌든 점심식사에 초대해주셔서 감사합니다."

그녀는 가정교육을 잘 받은 소녀답게 공손하게 인사했다. 그러고는 짧고도 절망적인 눈길을 내게 던졌다. 내게서 시선을 거두기 전에 그녀는 전에 자주 그랬던 것처럼 눈동자를 휙 굴렸다. 마치 내가 그녀의 이런 행동을 알아줬으면 하고 바라듯. 나는 자리에서 일어나 그녀의 뒤를 따라 나갔다. 레스토랑의 지붕을 받치고 있는 화려한 장식의 기둥들과, 예술가들을 보호하기 위한 방탄유리와 '자줏빛 코 증서'*들, 그리고 라벤스베르거의 퍼즐작품들을 지나 나는 정신없이 그녀의 뒤를 쫓아갔다.

---

* 매년 예술계에 특별한 공헌을 한 사람들에게 주는 증서.

"도대체 왜 그러니?" 나는 로비에서 물었다.

안냐는 세차게 고개를 저었다. 마치 시비를 걸어오는 상대의 말을 듣지 않으려고 고집 부리는 아이처럼.

"저 사람만 보면 견딜 수가 없어. 적어도 지금은 말이야. 물론 나쁜 사람이 아닌 건 잘 알고 있지만, 난 나만의 계획이 따로 있어."

"그 계획이 뭔데?"

그녀는 무표정하게 나를 바라보았다.

"시립 교향악단의 신인 연주자 콘서트에 협연자로 뽑혔어. 내년 2월에 라벨의 피아노협주곡을 연주할 거야."

"〈피아노협주곡 사장조〉를?"

그녀는 미소 지으며 말했다. "그래. 라벨의 〈왼손을 위한 피아노협주곡〉은 내가 오른팔을 잃어버렸을 때 쳐도 되지 않겠니?"

"그러니까, 구데는 지금 너한테 필요 없는 사람이구나."

"그렇다고 할 수 있지."

나는 그녀가 최대한 빨리 그 자리에서 벗어나고 싶어한다는 것을 느꼈다.

"잠깐만," 나는 그녀를 잡았다. "여름 내내 어디서 뭘 하면서 지낸 거야? 그리고 재클린 뒤프레의 연주를 들려주겠다던 약속은 어떻게 된 거고?"

그녀는 첫 질문에는 관심도 없다는 듯 대답을 회피했지만, 마지막 질문에는 진지하게 대답했다.

"물론 기억하고 있어." 그녀는 마치 장례식 이야기를 하듯 심각하게 말했다. "가을이 오면 언제 한번 시간 내서 오전에 우리 집에 와. 어때? 기회가 되면, 내가 전화할게."

나는 고개를 끄덕였다. "좋아. 하지만 절대 부담스러워하지는 마."

"난 이제껏 한 번도 제대로 된 부담감을 느껴본 적이 없어. 그건 걱정하지 않아도 돼."

나는 유리문 사이로 사라지는 그녀의 뒷모습을 보며 한참을 그 자리에 서 있었다. 그녀는 너무도 어리고 가냘프게 보이지만, 외모와는 달리 무서울 정도로 강인했다. 문득 내가 그녀만큼 강했으면 하는 생각이 들었다.

나는 다시 자리로 돌아갔다. 보아하니 모두 안냐가 자리를 떠났다는 사실에 안도하고 있는 것 같았다.

"안냐는 자기만의 계획을 가지고 있나보지?"

레베카가 주제넘게 끼어들었다. 그녀의 입가에는 마요네즈가 묻어 있었다. 나는 우리를 보는 구데의 눈에 경계심이 어려 있다는 것을 깨달았다. 마치 힘겨루기에서 상황을 누가 장악하게 될지를 기민하게 살펴보고 있는 것 같았다. 피아니스트로 출세하고 성공하려면 강인함은 필수 조건이다. 지금까지는 그저 우리가 무엇을 할 수 있는지 아주 작은 부분만을 보여주었을 뿐이다.

"안냐 스쿠그는 아주 뛰어난 재능을 가지고 있습니다." 구데는 그 이상 더 너그러울 수 없을 정도로 인자한 표정을 지으며 말을 이었다. "지금 그녀가 무슨 일을 했는지, 그녀 자신도 잘 알 수 있기를 바랄 뿐입니다."

나는 레베카 자리로 가서 물었다. "혹시 셀마 링에와 안냐에 대해 이야기해본 적 있니?"

레베카는 고개를 흔들었다. "아니, 난 룅에 부인과 어떤 이야기든 할 수 있지만, 안냐에 대해서만큼은 이야기해본 적이 없어. 그 두 사람은 아주 비밀스런 관계니까."

"안냐는 내년 2월에 교향악단과 라벨을 협연할 거라고 하던데."

"알고 있어. 우리가 지금 이 자리에 모인 것도 실은 그 때문이라고 할 수 있지." 레베카는 무덤덤하게 대답했다.

그녀는 구데를 힐끔 돌아보았다. 그는 레베카에게 고개를 끄덕여 이야기를 해도 된다는 신호를 보냈다.

"난 오래전부터 왜 우리의 시작이 이렇게 늦어진 건지 생각해봤어. 왜 우리는 신인 연주자 콘서트나 공식적인 데뷔를 생각조차 하지 않았느냔 말이야."

"너니까 그렇게 쉽게 이야기할 수 있는 거야, 레베카." 페르디난이 말했다. "넌 학교에서도 우등생으로 이것저것 다 잘해나가고 있지만, 나나 다른 아이들은 피아노만 치기에도 벅차. 음악이 요구하는 만큼 따라갈 수가 없다고."

나는 맞장구를 치면서 웃음을 터뜨렸다. "난 학교에 나가지 않는데도 힘들어."

구데는 흥미로운 눈길로 나를 쳐다보았다. "졸업 시험을 보지 않을 생각인가요, 악셀?"

"전 학교를 그만둔 지 오래되었어요. 자퇴했습니다." 이렇게 대답하는데 얼굴이 달아올랐다. 부끄러움과 수치심으로 인해 얼굴이 달아오른 것에 대한 짜증도 밀려들었다.

그는 조심스럽게 다시 내게 물었다. "얼마 전에 겪었던…… 사고 때문인가요?"

나는 강한 부정의 뜻으로 지나칠 정도로 세차게 고개를 저었다. "음악 때문입니다. 온 신경을 피아노 연습에 집중하고 싶었거든요."

레베카가 마치 내 큰누나라도 되는 듯 참견하고 나섰다. "그런데 왜 선생님을 바꿀 생각을 않는 거야? 쉰네스트베트 선생은 썩어가는 버섯처럼 점점 더 진부해지고 있는데, 왜 거기서 벗어날 생각을 못하고 있니? 도대체 네가 그 사람한테서 배울 수 있는 게 뭐가 있다고 아직까지 그러고 있는지 난 이해가 안 돼."

"그는 내게 자유를 줄 수 있는 사람이야." 나는 화를 참지 못하고 소리를 질렀다.

"그럼, 자유는 소중한 거지." 마르그레테 이레네가 고개를 끄덕이며 내 말에 맞장구를 쳤다. 그녀는 내 말이라면 뭐든 편을 들어주었다.

페르디난이 말했다. "어쩌면 우리 모두 조만간 지도 교사를 바꿔야 할지도 몰라. 리플링 선생님은 아주 환상적인 선생님이지만 항상 중요한 시점에 힘을 빼버리는 경향이 있어. 난 내년 가을쯤 공식적으로 데뷔하려고 했는데, 선생님은 아직도 너무 이르다고 하더군."

레베카가 단호한 어조로 말했다. "넌 륑에 부인에게 배웠어야 했어. 너희는 이 작은 도시에 국제적인 명성과 실력을 가진 천재적인 피아노 선생이 살고 있다는 사실을 아직도 받아들이지 못하는데, 난 너희를 도무지 이해할 수가 없어. 안냐를 봐. 너희들은 어디서 안냐가 그 무시무시한 기교와 힘, 또 말로 설명이 안 되는 정서를 배웠다고 생각하니? 안냐가 이런 연주를 하기까지 혼자 연습했을 것 같아? 천만에!"

"그건 개인적인 차이 때문이야." 마르그레테 이레네가 잘라 말했다. "난 링에만 한 실력이나 이름도 없는 뢴 부인에게서 배우지만, 아직도 그녀에게서 배울 것이 많아. 무엇이 모자라는지, 또 어떻게 하면 실력을 향상시킬 수 있는지는 어느 누구보다 우리 스스로가 잘 알고 있어. 난 지금 우리가 지도 교사의 의미를 너무 과장해서 해석하고 있다고 생각해."

구데는 진지하게 우리의 토론을 듣고 있었다. 나는 그가 그리 싫지 않았다. 그가 내게 보이는 관심 때문일 수도 있었다. 마침내 그가 입을 열었다.

"맞습니다. 그것은 개인적인 문제지요. 하지만 그렇기 때문에 지도 교사의 역할이 중요할 수도 있습니다. 지난번에 루빈스타인이 콘서트를 위해 오슬로를 방문했을 때 그와 이야기를 나누었지요. 그는 세계적인 명성을 얻기 시작한 떠오르는 스타들, 즉 바렌보임, 아슈케나지, 비숍, 루푸와 같은 피아니스트들이 필요 이상으로 연습을 많이 하는 것이 걱정스럽다고 하더군요. 그건 그들을 가르친 지도 교사들의 잘못이라고도 했습니다. 그는 감동을 주는 연주를 위해서는 연주 실력은 물론이며 우리 주변의 세상에 대한 여러 가지 경험과 연륜이 필요하다고 했습니다. 인생 그 자체의 경험 말입니다."

그는 정열적으로 손을 내밀어 맞잡고 눈을 깜박거렸다.

마르그레테 이레네는 강하게 고개를 끄덕여 동의하면서 나를 바라보았다.

그는 다시 말을 이었다. "연주자라면 삶이 우리에게 줄 수 있는 것에 대해서 항상 마음을 열어 경험할 수 있어야 한다는 것입니다.

루빈스타인은 한 번도 하루에 세 시간 이상 연습한 적이 없다고 하더군요. 왜냐하면 그의 주위에는 읽어야 할 책들이 있고, 알아야 할 여인들이 있었으며, 감상해야 할 그림은 물론이고 마셔야 할 포도주가 있었기 때문이라고요."

"전 루빈스타인을 존경해요"

마르그레테 이레네가 눈을 빛내며 말했다. 이번에도 그녀는 내게 의미심장한 눈길을 보내는 것을 잊지 않았다. 고개를 끄덕이며 레베카가 덧붙였다.

"그의 말에 전적으로 동감해요. 아무리 우리가 피아노를 치는 사람들이라고 해도 피아노 연주를 필요 이상으로 과장되게 생각해서는 안 된다고 생각해요. 우리 앞에 있는 또다른 기회를 잡고, 그것에 열중하면서 즐거움을 발견할 수도 있거든요."

그녀는 말을 마치자마자 구데에게 동의를 구하는 듯한 눈길을 보냈다. 둘 사이에는 모종의 논의가 이루어진 것처럼 보였다. 그녀가 이 자리에서 이런 말을 할 수 있는 위치에 있었던가? 구데는 보일 듯 말 듯 고개를 끄덕였다.

"전 올 가을에 정식으로 데뷔할 거예요." 그녀가 갑자기 소리를 질렀다. 마치 육상 선수처럼 허공에 두 손을 치켜든 채.

우리는 박수를 치며 환호했다. 구데는 만족스럽다는 듯 미소를 지었다.

"용기 있는 결정이야." 페르디난이 진심에서 우러난 듯 말했다.

"사실은 링에 선생님의 제안이기도 해." 레베카는 말을 이었다. "선생님이 어느 날 갑자기 '뭘 기다리고 있는 거니' 하고 물었어. 그녀는 내가 슈베르트의 유작인 가장조 소나타를 치는 것을 보고 만족해서 그런 권유를 했던 것 같아. 그녀는 슈베르트가 세상을 떠났을 때 얼마나 나이가 어렸는지 상기시켜주었어.* 모차르트와 디누 리파티에 대해서도 이야기하고. 그러고는 구데 씨를 찾아가 당신을 대신해 인사를 드리라고 했어. 그러면 그분이 내 손을 기꺼이 잡아줄 거라고."

"그런 일이 있었어?" 나는 적잖이 놀라서 그녀에게 되물었다.

레베카와 구데는 함께 고개를 끄덕였다.

"레베카가 나를 찾아왔을 때, 나는 큰 영광이라고 생각했습니다. 셀마의 추천을 받은 학생을 만나는 것이 그리 흔한 일은 아니니까요. 여러분도 알다시피, 나와 셀마는 오랜 친구이기도 하죠. 그녀의 마지막 콘서트를 기획한 것도 나였고요."

그는 잠시 추억을 회상하는 듯했다.

"그녀의 마지막 콘서트는 지금 여러분이 생각하는 것보다 훨씬 대단했습니다. 셀마는 무대를 꽃으로 장식하고 그녀가 가장 좋아하는 화가인 에밀 놀데의 그림을 이젤에 얹어 피아노 옆에 놓아두었지요. 멋진 무대였습니다. 그녀는 연주를 마친 후 횔덜린의 시를 읊었어요. 그 연주는…… 아! 그것은…… 마치 신의 연주처럼 들렸답니다."

그의 눈에 어느덧 눈물이 고이기 시작했다. 갑자기 그가 노인 같다는 생각이 들었다. 나는 그가 추억으로 생을 유지하는 사람이라고 느꼈다. 이 세상의 모든 일들은 이미 옛날에 한 번쯤 다 경험했던 것이 틀림없었다. 그러기에 우리 같은 젊은이들 속에서 기회

* 슈베르트는 서른한 살의 젊은 나이에 세상을 떠났다.

를 찾아보려는 게 아닐까. 삶의 의욕을 되찾기 위해서 그리고 저쪽 모퉁이에 죽음이 기다리고 있다는 것을 잊기 위해서……

"그때 연주했던 곡들은 어떤 것이었나요?"

페르디난이 공손하게 물었다. 사실 페르디난뿐만 아니라 이 자리에 있는 우리 모두가 그 곡을 잘 알고 있었다. 직접 보지는 못했어도 그 전설적인 콘서트는 늘 우리 사이에서 화젯거리였기 때문이다. 하지만 구데는 이에 대해 얼마든지 반복해서 들려줄 준비가 되어 있는 것처럼 보였다.

"셀마는 바흐의 〈토카타, 아다지오와 푸가 다장조〉(아, 그는 〈프렐류드〉를 빼먹었다)를 부조니의 트랜스크립션*으로 연주했어요. 그러고는 슈베르트의 〈피아노소나타 다단조〉를 연주했지요. 이 곡은 우리에게 잘 알려지지 않은 곡이지만, 유작들 중에서는 가장 환상적인 곡입니다. 그리고 인터미션이 있었어요. 그 짧은 시간 동안 독일제 건포도 케이크와 백포도주를 그 자리에 있던 모든 사람들과 함께 나누기도 했고요. 2부에는 그녀의 오랜 친구이기도 한 파울 힌데미트의 〈루두스 토날리스〉와 슈만의 〈심포닉 에튀드〉를 연주했습니다. 청중의 박수 소리와 환호가 그칠 줄 몰랐어요. 그래서 그녀는 서너 곡의 앙코르 곡을 연주했는데, 모두 그리그의 곡이었습니다. 새로운 조국의 손님으로서 연주한 곡이라고도 할 수 있겠지요. 하지만 앙코르는 계속되었고, 그녀는 할 수 없이 바흐의 곡을 다시 연주했답니다. 지쳐서 팔이 떨어질 때까지 〈프랑스 조곡〉 전곡을 쳤어요. 그렇게 거의 네 시간을 보내고 나서야 청중은 자리

* 다른 연주 형태를 위해 원곡을 개작하는 것.

에서 일어났어요. 연주에 대한 만족감에 취해 비틀거리며 에울라를 나섰던 사람들은 그날 너무도 놀라운 경험을 했다고 입을 모아 말했죠. 그리고 셀마는 새로운 삶을 시작했어요. 남편과 아이들과 함께……"

"크빅산드 가에서요……" 나는 참견하며 아는 척을 했다.

모두 어리둥절하고 조금 당황한 표정으로 나를 돌아다보았다.

"제가 거기서 가까운 데 살거든요." 나 역시 당황했지만, 개의치 않았다.

"크빅산드 가가 아니라 산드분 가야." 레베카가 킬킬댔다.

"너, 아주 정신이 없구나." 마르그레테 이레네도 한몫 거들었다.

나는 강가의 덤불에 대해서도 막 설명할 참이었다. 하지만 이들의 놀림에 당황하여 눈을 꾹 감고 고개를 세차게 흔들었다. 모두들 내가 인상을 찌푸리는 것을 보고 웃었다.

"맞아, 정신 차려야지." 나는 가까스로 말했다.

하지만 가장 중요한 이야기는 이미 끝났다. 열여덟 살인 엄청난 부잣집 딸 레베카 프로스트가 데뷔한다는 것. 그녀의 데뷔 콘서트 날짜는 11월 11일이었다.

"연습 시간이 빠듯하겠는걸." 페르디난이 말했다.

그녀는 고개를 끄덕이며 온몸을 부르르 떨었다. "그런 건 일부러 상기시키지 않아도 돼."

"곡목은 정했니?" 마르그레테 이레네가 레베카를 존경하는 눈으로 바라보며 물었다.

"난 모두를 깜짝 놀라게 할 거야." 레베카는 결심했다는 듯 단호하게 말했다.

"내가 부잣집 딸이라고 천박하고 생각 없는 아이로 보는 경향이 있는데, 이번 기회에 그렇지 않다는 걸 보여주겠어. 라벨의 〈쿠프랭의 무덤〉을 첫 곡으로 연주하고, 그다음엔 베토벤의 〈피아노소나타 작품번호 109번〉을 칠 생각이야. 특히 악셀, 넌 내가 연주하는 이 베토벤 곡을 꼭 들어야 돼!" 그녀는 내게 혀를 쑥 내밀더니 말을 이었다. "그러고는 쇼팽의 발라드 네 곡을 연달아 연주할 생각이야."

레베카의 의기양양한 선언이 끝나자마자 우리 모두는 놀라움을 감추지 못했다. 야심 찬 레퍼토리였다. 하지만 지나친 결정이라고 할 수는 없었다. 〈봄의 속삭임〉*처럼 당당하고 화려한 곡으로 비평가들의 찬사를 받는 것은 조금 식상할 수 있었다.

"축하해."

내가 말을 건네자 레베카가 손을 내저으며 대답했다. "축하를 받기에는 아직 일러. 11월 11일까지 기다려줘."

구데가 웨이터를 찾고 있었다. 마침내 눈짓을 보고 달려온 웨이터에게 그가 말했다.

"샴페인을 가져다주게. 내 어린 손님들에게 드릴 음료수도 갖다주고. 오늘은 축하할 만한 날이니. 자, 여러분의 장래를 위해, 삶의 용기를 위해 그리고 아직 이루어지지 않은 모든 일을 위해 건배!"

* 그리그와 함께 노르웨이를 대표하는 음악가 크리스티안 신딩이 작곡했으며, 아마추어 피아니스트들에게는 경쾌한 느낌을 살리기가 어려운 곡으로 알려져 있다.

젊은 피아니스트들의 모임

구데는 자리에서 일어나기 전에 우리 모두에게 악수를 청하고 포옹함으로써, 그가 우리 곁에 든든한 친구로 함께할 것을 분명히 했다. 그는 또 우리에게 언제든지 마음이 내킬 때 찾아오라고 말했다. 그러면 우리를 위해 콘서트를 기획해주겠다는 것이었다. 그러고 나서 그는 자신의 사무실로 돌아갔다.

하지만 우리는 이미 샴페인을 마셔버렸기에 금방 시작된 그 파티의 열기를 바로 식혀버릴 수는 없었다. 우리는 비슬레트 근처의 마르그레테 이레네의 집으로 갔다. 마르그레테 이레네는 그렇게 환상적인 점심식사를 하고 바로 각자 집으로 돌아가는 것은 있을 수 없는 일이라며, 모두 그녀의 집으로 가서 그 기분을 더 즐겨야 한다고 고집을 피웠던 것이다. 일이 이렇게 된 건 조금 전 구데가 새우 샌드위치와 샴페인으로 이미 들썩들썩한 분위기를 만들어버렸기 때문이었다.

"나도 정식으로 데뷔하고 싶어. 구데 씨 덕분에 얼마나 든든해졌는지 몰라. 자신감이 생겼어. 생각만 해도 멋지지 않니? 루빈스타인의 매니저를 내 매니저로 둘 수 있다니."

마르그레테 이레네의 말을 들은 페르디난이 중얼거렸다. "그 사람은 루빈스타인의 노르웨이 현지 매니저일 뿐이야."

그러자 마르그레테 이레네가 뿌루퉁하게 대답했다. "흥, 과연 너다운 말이다. 그래, 네가 데뷔하기를 기다리려면 앞으로 적어도 십오 년은 더 있어야 할 거야. 분명 리플링이 그만큼 기다리라고 할걸. 하하."

페르디난은 그녀의 말을 농담으로 받아들이지 못했다. "리플링은 적어도 자신이 무엇을 해야 하는지 알고, 자신이 한 말에 책임을 질 줄 아는 사람이야. 구데는 단지 돈이 있는 곳만 따라 다닌다고."

"꼭 맞는 말은 아니지만 토론해볼 만하다고 생각해."

마르그레테 이레네는 이렇게 말하며, 내 곁으로 와 팔짱을 꼈다. 우리는 필레스트레데 쪽으로 향한 오르막길을 터벅터벅 걸어 올라갔다.

"오늘 같은 날은 두고두고 기념해야 하지 않겠니? 우리, '젊은 피아니스트들의 모임'을 결성하는 게 어때?"

"그래, 앞으로도 항상 함께한다는 의미에서!" 레베카가 웃으며 맞장구를 쳤다.

"무대 위에서 첫번째 실수를 하게 되는 그날까지!" 페르디난이 농담조로 비꼬았다.

"이게 다 네 잘못이야." 나는 레베카에게 말했다. "네가 우리로 하여금 서로 경계하게 만들었어. 만약에 열아홉 살이 될 때까지 데뷔하지 못한다면, 사회보장연금을 신청하는 게 낫겠지."

그녀가 고개를 저으며 말했다. "구데 씨는 똑똑한 사람이야. 그는 우리가 곧 성인으로서 도전할 그 무엇이 필요하다는 것을 꿰뚫어본 거야. 난 룅에 부인에게 오늘 만남에 대해 감사하고 싶어. 그녀는 발도 넓고 너그러운 사람이야. 그리고 관습에 얽매이지 않는 사람이기도 하고. 무대 위를 꽃으로 장식하고, 피아노 옆에는 이젤을 세워 그림을 얹어놓기도 했잖아. 난 데뷔 콘서트를 마치면, 우리 집에서 시끌벅적하게 파티를 열겠어. 아낌없이 모든 것을 퍼붓고 싶어."

나는 몸을 비틀어 마르그레테 이레네의 팔에서 빠져나왔다. 그리고 레베카를 존경해 마지않는 눈길로 바라보았다. 중대한 결정을 내린 그녀는 만족스럽고 편안해 보였다. 하지만 동시에 그녀가 앞으로 짧은 시간에 겪어야 할 일들을 생각하니, 남의 일만은 아닌 것 같아 나는 정신이 아찔해졌다. 라벨, 베토벤, 쇼팽…… 왜 나는 레베카처럼 생각하지 못했을까? 왜 스스로에게 일 년이라는 시간을 더 주었을까? 아무것도 새로울 것이 없는 똑같은 일상과 동네 어귀로의 끝없는 산책, 강가 덤불 속에서의 시간들 그리고 피아노…… 수요일마다 레슨을 받으러 가는 쉰네스트베트 선생의 집 그리고 그의 지독한 구취와 구태의연한 태도. 갑자기 그가 혐오스러워졌다. 언젠가는 그가 '이젠 네게 더이상 가르칠 게 없구나. 다른 선생을 찾아보는 게 좋을 것 같다'고 말해주기를 은근히 기다리고 있다는 것도 깨달았다. 하지만 그가 정말 내게 그렇게 말할 수 있을까? 지금까지 단 한 번도 그런 기미조차 보이지 않았던 그가 과연 생각을 바꿀 수 있을까? 그는 내가 레슨을 받으러 갈 때마다 항상 의자에 깊숙이 몸을 파묻고 앉아 내 연주를 듣기만 했다. 그는 내게 데뷔를 권유하지도 않았다. 신인 연주자 콘서트에 참가해보라는 말도 입 밖에 낸 적이 없었다. 그저 내 피아노 선생으로 만족한 듯 보였다. 그 많은 샴페인 잔과 레베카의 용기 있는 결정에 기운이 북돋워진 그 순간 쉰네스트베트를 떠올리자, 그가 등뼈가 없어 중심을 잡지 못하는 괴짜 같다는 생각이 들었다. 만약 그가 원하는 대로 하다가는 나는 평생 그의 제자로만 남아 있어야 할지도 몰랐다. 데뷔는 꿈도 못 꿀 것이다. 그래, 나에게 쉰네스트베트는 이제 막다른 골목이다. 그에게서 벗어나야 한다. 하지만 그에게서 벗어난다 해도 어느 길로 들어서서 어느 집 문을 두드려야 하는 것일까? 셀마 륑에?

레베카는 내가 깊은 생각에 빠져 있는 것을 눈치챘다. 그녀가 말했다. "악셀, 오늘 저녁만큼은 어두운 생각 하지 마. 오늘은 서로를 위해 축배를 드는 날이야. 구데의 관용과 아량을 위해서. 그리고 젊은 피아니스트들의 새로운 모임을 위해서!"

마르그레테 이레네의 집은 무엇 하나 모자람이 없었다. 고위 엔지니어인 플뢰드 씨와 다정하고 이해심 깊은 미소를 띤 그의 아내 그리고 사교댄스에 몰두해 있는 아들과 딸 마르그레테 이레네…… 우리는 바워스 앤드 윌킨스 스피커와 베토벤의 전곡 음반으로 장식되어 있는 거실에 자리를 잡고 앉았다. 그녀의 부모님은 우리를 위해 자리를 피해주었다. 그들은 잘 꾸며진 침실과 붙어 있는 거실에서 저녁 시간을 보냈고, 마르그레테 이레네의 오빠는 망글레루드에 있는 친구 집에서 거의 살다시피 했기 때문에 우리는 방해받지 않고 시간을 보낼 수 있었다. 우리는 마르그레테 이레네가 가져온 포도주로 저녁 파티를 시작했다. 곧 있을 레베카의 데뷔를 축하하기 위해서였다. 레베카는 의자에 앉아 우리를 지켜보고 있었다. 그녀는 항상 특별한 권위를 지닌 것처럼 보였다. 사실은 그렇지 않았지만 말이다. 그녀는 언제나 우리를 응원해주고 기운을 북돋는 역할을 해왔지만, 이제는 그녀 자신이 중대한 결정의 한가운데에 서 있게 되었다. 우리는 아무도 그녀를 시기하지 않았다. 늘 그랬듯 우리는 서로에게 호의를 가지고 있었고, 서로가 잘되기만을 바라고 있었다. 우리는 우리의 장래에 대해서, 그 무시무시한 장래에 대해서 이야기를 나누었나. 갈색 무대와 검은색 그랜드피아노, 비평가와 청중 들…… 음악을 위해서 존재하는 이 모든 것들에 대해서도 이야기를 나누었다.

"너희도 나를 따라와야 해. 그러지 않으면 우린 더이상 음악을 즐길 수 없게 될지도 몰라. 세상 사람들에게 우리가 누구인지 보여줘야 해." 레베카가 말했다.

"난 사실 연습할 장소도 없어." 나는 주저하며 말을 꺼냈다.

나는 최근에 우리 집에 세들어 살게 된 두 청년에 대해 이야기했다. 독실한 기독교 신자이며 스키와 오리엔티어링에 관심이 많은 스코르와 땀 냄새가 떠날 날이 없는 토텐 출신의 철학도 베네딕센이 들어오고 나서부터는 집에서 연습할 시간이 없다고 고백했다.

"그래, 각자 중요하게 생각하는 일이 다르니까." 레베카는 고개를 끄덕이며 무뚝뚝하게 말했다.

그러자 페르디난이 갑자기 잠에서 깨어난 듯 말을 시작했다.

"레베카, 그렇게 말하면 곤란하지. 우리는 그 사람들에 대해서 아무것도 몰라. 게다가 우리도 세상에 어떤 식으로 공헌하게 될지 확신할 수 없잖아."

레베카가 한 손을 들어올리며 말했다. "일단 악셀의 연주가 이 세상에서 가장 중요한 거라고 생각해두는 게 어때? 악셀을 위해, 건배!"

나는 손사래를 쳤지만, 그들은 들은 척하지 않았다. 우리는 그 뒤로 그 자리에 있는 친구들 모두를 위해 하나하나 건배를 해나갔다. 그리고 기제킹이 연주한 슈베르트의 〈피아노소나타 다단조〉를 감상했다.

점점 시간이 흘러 창밖에는 어둠이 깔리기 시작했다. 모두들 집으로 돌아가기 위해 채비하기 시작했다. 하지만 마르그레테 이레네는 내가 남아 있기를 원했다. 그녀는 아무도 보지 않는 틈을 타 내 귀에 속삭였다.

"조금만 더 있으면 안 돼? 전동차 두 대만 떠나보내, 응? 많은 걸 요구하지 않을게. 내가 네 별자리 운세를 가지고 있는데 보여줄게."

나는 말없이 그녀를 바라보았다. 포도주 탓인지 그녀가 평소보다 훨씬 예뻐 보였다. 그녀의 얼굴에 한 가닥 심각한 빛이 스쳐갔다. 나는 잠시 주저했다.

"그럼, 넌 남아 있는 거다. 그렇지? 결정한 거지? 후회하지 않을 거야." 그녀가 속삭였다.

모두들 자리에서 일어나 현관으로 걸어갔다. 우리는 이제 결연을 맺은 한 몸이나 다름없었다. '젊은 피아니스트들의 모임'이라는 이름 아래 우리는 정기적으로 모일 것이고, 솔직하고 공개적으로 대화를 나눌 것이며, 각자의 희망과 계획과 절망까지도 나눌 것이다. 나는 현관에 서서 레베카와 포옹하며 인사했다. 그녀가 두 손으로 내 머리를 감싸 쥐며 말했다.

"마르그레테 이레네를 조심해. 너도 잘 알겠지만 말이야."

나는 똑같이 그녀의 머리를 두 손으로 감싸 쥐고 고개를 끄덕였다. 이제는 그녀가 예전과는 전혀 다른 사람으로 느껴졌다. 데뷔를 결심했다는 그 사실 하나만으로도 그녀는 다른 사람 같았다. 예전보다 훨씬 강인하고 용감하며 더 매력적인 소녀로 다가왔던 것이다. 하지만 이런 느낌이 달갑지는 않았다.

"혹시 연습실 필요해?" 레베카가 내 눈을 그윽하게 바라보며 물었다.

"연습실을 구하는 건 어렵지 않아. NRK로 가봐. 거기 가서 스튜디오 관리자한테 내 이름을 대고 부탁해봐. 게이르라는 사람이야. 18호 스튜디오에 가면 스타인웨이 피아노가 있어. 거기서 저녁 시간에 연습할 수 있을 거야. 넌 저녁에 연습하는 것을 더 좋아하잖아. 그렇지?"

역시 레베카는 발이 넓었다. 그녀는 내 이마에 재빠르게 입을 맞춘 후 다른 아이들과 함께 대문을 나섰다. 페르디난은 평소처럼 예의 바르고 친절한 미소로 인사를 대신했다. 오늘 모임에서 그가 무엇을 얻었을지 궁금했다.

남은 사람은 마르그레테 이레네와 나, 둘뿐이었다. 그녀는 거실에 서서 나를 바라보고 있었다. 이제부터 정신을 바짝 차려야 했다. 마르그레테 이레네와는 결코 단둘이 있고 싶지 않았고, 또 그래서는 안 된다고 항상 생각해오고 있었다.

그녀는 수줍은 듯 입가에 가벼운 미소를 지었다. 입술로 치아교정기를 가리려고 무진 애를 쓰고 있는 듯했다. 사실 그녀가 아무 매력이 없는 것은 아니었다. 바로 그 점이 나를 괴롭혔다. 남부러울 것 없는 집안에서 자란 소녀가 지금 내게 같이 있어달라고 애원하고 있었다. 여간 난감한 상황이 아니었다.

"내 방으로 가지 않을래? 거기엔 포도주도 있고, 네 별자리 운세도 있어."

"으응…… 그럴까?"

나는 그녀를 따라 방으로 들어갔다. 그녀의 방은 내 방과는 비교도 안 될 만큼 컸다. 침대 하나와 리타 슈트라이히의 포스터가 보였다. 포스터 하단에는 모든 음악가들의 꿈이라고도 할 수 있는 도이치그라모폰 사의 로고가 있었다.

"리타 슈트라이히는 내가 제일 좋아하는 성악가야. 그녀가 노래하는 걸 들어본 적 있니?"

나는 고개를 끄덕이며 대답했다. "우리 어머니는 그녀를 거의 숭배할 정도로 좋아하셨어. 콜로라투라*, 특히 모차르트의 오페라 〈마적〉에서 〈밤의 여왕의 아리아〉를 부를 때는 그녀보다 나은 성악가를 찾아볼 수 없을 정도라고 극찬하시기도 했어."

"그래, 그녀는 정말 밤의 여왕이었어."

마르그레테 이레네가 맞장구를 쳤다. 말을 마치자마자 그녀는 손짓으로 내게 앉으라는 신호를 보냈고, 나는 조금 주저하며 침대

* 성악곡, 특히 오페라에서 기교적으로 장식된 선율을 가리킨다.

가에 걸터앉았다.

벽 한구석에 작은 턴테이블이, 선반에는 음반들이 놓여 있었다.

"이제부턴 아주 신성한 시간이야." 그녀가 심각하게 말했다.

"영광인걸."

"이제 네 별자리 운세를 펼쳐볼게."

"음악이 필요할 것 같지 않아?"

그녀는 입술에 손가락 하나를 가져가 조용히 하라는 신호를 했다. "나중에."

그녀는 내 옆에 바짝 다가와 앉은 후 커다란 종이 한 장을 펼쳤다. 큰 원 하나와 이곳저곳에 죽죽 그어진 선들 그리고 세모 형태의 그림들로 혼잡스러운 종이였다.

"이게 바로 네 인생이야."

나는 듣고 싶지 않았다. 하지만 그녀는 하나하나 손가락으로 짚어가며 설명을 하기 시작했다.

"별자리로 점친 네 운명이지. 다행스럽게도 지금은 황소자리이고, 넌 전갈자리에 위치하고 있어. 그다지 좋아 보이진 않는걸."

"죽을지도 모른다는 거야?"

그녀는 내게로 더욱더 가까이 다가왔다. 그녀는 종이 속으로 빨려들 듯 집중하고 있었다. 종이에는 대문자로 내 이름이 쓰여 있었다. 선들의 혼잡스러운 모임. 이것이 내 인생이라니……

"아니, 죽음과는 아무 상관없어. 이건 바로 눈앞에 다가올 네 삶의 한 부분이야. 부담스러울 정도로 많은 선들이 보이지?"

그녀는 나를 심각하게 바라보며 내 손을 잡았다. 기분이 별로 좋지 않았다. 그녀에게 손을 잡히기는 싫었다. 하지만 한편으로 이렇듯 솔직한 그녀의 행동에 가슴이 뭉클했다. 그리고 나를 위해 이런 것들을 조사한 정성과 관심에 감동하지 않을 수 없었다.

"마음이 어지럽고 혼란스럽지? 너는 너무도 많은 걸 원해. 하지만 넌 그중 단 하나에만 집중해야 돼."

"그게 뭔데?"

그녀는 잠시 이해할 수 없다는 표정으로 나를 쳐다보았다. 한참 뜸을 들인 후에 그녀가 마침내 대답했다. "나도 몰라. 그건 너만 알 수 있는 거야."

나는 고개를 끄덕이며 그녀의 말을 가슴에 새겼다. 나만 알 수 있는 것. 그녀는 내게 오늘 특별한 인상을 심어주었다. 그녀가 나를 정확히 꿰뚫어본다고 생각하니 소름 끼쳤다. 내가 집중하지 못하고 있다는 말은 사실이었다.

"하지만 곧 기회가 다가올 거야." 그러더니 그녀는 종이에 그려진 두 개의 행성 사이에 그어진 선 하나를 가리켰다. "이게, 지금부터 네 앞길을 결정하는 에너지가 될 거야."

나는 다시 고개를 끄덕였다. "그리 나빠 보이진 않는데."

"하지만 이 에너지를 이용하려면 중대한 결정을 내려야 해."

그녀는 자리에서 일어서 선반에서 음반 하나를 꺼냈다. 겉표지에는 사무엘 바버의 〈아다지오〉라고 표시되어 있었다.

나는 턴테이블의 찌지직하는 바늘 소리를 들었다. 음악이 시작되었다.

"지금은 우리 둘뿐이야." 그녀가 속삭이듯 말했다.

"그렇겠지……"

그녀는 다시 내가 앉아 있는 침대 가로 다가와 옆에 앉았다. 그녀가 가까이 다가오는 것이 싫었지만 내 마음과는 상관없이 나는 그녀의 작은 움직임 하나에도 말없이 순종하고 있었다.

"여기 누워봐."

"왜 슬픈 음악을 골랐니?"

"우리와 가장 가까운 음악이니까."

바로 이렇게 누워 있고 싶은 적이 많았다. 안나와 함께. 더할 나위 없이 순수하고 아름다운 음악을 들으며, 그녀의 입술과 초록빛 눈동자를 바라보며 누워 있고 싶었다. 그리고 지금, 나는 마르그레테 이레네와 침대에 나란히 누워 있다. 어떻게 그녀가 이 순간으로 나를 끌어올 수 있었던 걸까. '애무를 위한 아다지오' 와 이 모든 것들을……

그녀가 내 눈을 지그시 들여다보며 말했다. "키스해줄래?"

그러나 키스할 마음이 생기지 않았다. 나는 그녀의 양철쟁반같이 커다란 눈동자를 바라보았다. 그녀는 내 몸이 경직된 것을 알아챘다. 내가 원하지 않는다는 것도 눈치챘을 것이다. 그녀는 조용히 내 바지 위에 손을 올려, 내 중심을 애무하기 시작했다.

"싫어? 이것도?"

그녀는 내 귀에 입을 대고 조용히 물었다. 나는 어떻게 대답해야 할지 몰랐다. 아직까지 한 번도 이런 경험을 해본 적이 없었다. 그녀는 다시 나를 바라보았다. 이제는 그녀에게 키스를 해야 할 것 같은 생각이 들었다.

나는 항상 그녀에게 혐오감을 가지고 있었다. 그러나 지금은 그녀와 나란히 누워 있다. 될 대로 되라는 생각이 문득 머릿속을 스쳤다.

"루빈스타인! 난 루빈스타인을 사랑해." 그녀가 젖은 목소리로 말했다.

나는 눈을 감아버렸다. 내가 사랑하는 이는 안냐인 것을……

"나를 봐."

그녀가 말했다. 그러고는 내 바지의 단추를 끄르기 시작했다. 그녀는 눈을 치켜뜬 채 흥분을 감추지 못하고 있었다. 나는 조심스럽게 그녀에게 키스했다. 그녀는 내 입술을 놓아주지 않았다. 기분 좋은 느낌이 몰려왔다.

"두려워하지 마. 아이는 생기지 않도록 할 테니."

그녀는 내 손을 잡아 자신의 바지 속으로 넣었다.

나는 꼼짝도 않은 채 누워 있었다.

"이제 넌 내가 하는 그대로 내게 해줘."

그녀의 목소리는 사랑과 호의로 가득 차 있었다.

몇 분이 지났지만 나는 여전히 그녀가 무엇을 원하는지 알 수가 없었다.

"애무에 대해 배운 적 없니?"

그녀는 내 귀에 대고 속삭였다. 그녀는 내 중심을 감싸 쥐었다. 내 아랫부분을 움켜쥔 그녀의 손에서 알 수 없는 권위가 느껴졌다. 내 생애 처음으로 나를 발견해준 소녀, 도저히 그녀를 밀어낼 수 없었다.

"좋아? 난 네가 좋아하고 있는 걸 느낄 수 있어. 넌 내 사람이야. 조금 전에 내가 한 것처럼 내게도 그렇게 해줄 수 있니?"

어려운 일이 아니었다. 이렇게 쉬울 줄은 몰랐다.

그녀는 신음소리를 내기 시작했다. 몇 초가 지났을까. 그녀는 숨을 헐떡이며 나지막한 비명을 질렀다. 그러면서 내 목에 정열적으로 키스를 하며 내 품으로 파고들었다. 나는 그녀의 신음소리를 가만히 듣고 있었다.

"고마워, 악셀. 너무 좋았어."

나는 그녀의 옆에 조용히 누웠다. 그녀에게 시간을 줘야 한다고 생각했다. 그녀는 헐떡이는 숨을 진정시키고 있었다. 하지만 나를 잡고 있던 손을 놓지는 않았다. 우리는 함께 바버의 〈아다지오〉를 들었지만, 이 순간을 아다지오라고 할 순 없었다.

"내가 정말 원하고 있는지…… 잘 모르겠어."

"넌 나를 원하고 있어. 원한다고 말해줘."

그녀의 목소리는 거의 애원처럼 들렸다. 하지만 나는 그 순간에도 안나만을 생각하고 있었다. 그녀의 손과 입술. 카트리네의 노란 집도 떠올랐다. 강가 덤불 속 향기도 생각났다. 금지된 장난. 나는 카트리네를 생각했다. 그녀의 가슴과 다리…… 하지만 여전히 눈앞에 어른거리는 것은 안나의 모습뿐이었다.

마르그레테 이레네는 지금 이 순간 나를 소유하고 있는 사람이 바로 자신이라는 것을 잘 알고 있었다. 우리는 키스했다. 그녀의 치아교정기가 입술에 닿았다. 그녀는 승리자가 된 듯 의기양양하게 웃음을 터뜨렸다.

"이건 운명이야. 이미 오래전에 정해진 일이야."

그녀는 여전히 나의 중심에서 손을 놓지 않았다. 나는 그녀의 손에 절정을 쏟아버려야만 했다. 폭포수처럼 거센 절정…… 그녀의 바지를 더럽히고 말았다. 수치스러웠다. 나는 손수건을 찾으려고 두리번거렸다.

"괜찮아, 서두르지 않아도 돼." 마르그레테 이레네는 웃으며 내게 키스했다. "온 세상의 시간이 우리 앞에 있어. 걱정하지 마. 이 순간을 즐겨. 넌 언제나 순간을 즐기는 것과는 거리가 멀었잖아. 아니, 감히 즐길 줄을 몰랐다고 하는 것이 더 정확할 거야. 난 루빈스타인에게 감사해, 그리고 네게도. 악셀, 기억하지? 하루에 세 시간 이상 연습하지 말라는 거. 그리고 우리 '젊은 피아니스트들의 모임'은 영원히 계속될 거야."

아버지와의 대화

자정이 넘어서야 집에 돌아올 수 있었다. 나는 헝클어진 머리와 수치심과 혼란스러움을 이끌고 집 안에 들어섰다. 마르그레테 이레네 플뢰드. 그녀와 연인이 되고 싶은 사람이 누가 있겠는가. 그저 어쩔 수 없이 일어난 일일 뿐이며, 다시는 그런 일이 없을 거라고 나는 스스로를 위로했다.

아버지는 거실에 앉아 있었다. 스피커 앞에서 몸을 구부리고 양손은 축 늘어뜨린 채 잠에 빠진 듯했다. 나는 턴테이블 쪽으로 다가가 음반의 커버를 보았다. 리타 슈트라이히의 얼굴이 보였다. 우연이라고 여기기에는 너무도 이상했다. 그것은 그녀가 녹음한 모차르트의 오페라 음반이었다.

"아버지." 나는 한 손을 아버지의 어깨에 얹고 조용히 불러보았다. "주무세요, 아버지?"

아버지는 벌떡 잠에서 깨어 당황한 얼굴로 나를 바라보았다. "내가 잠깐 잠들었던 모양이구나?"

정신을 차리려는 듯 고개를 세차게 흔든 다음 아버지는 양어깨를 흠칫 올렸다.

나는 주방으로 가서 우유 두 잔을 가져와 거실 탁자 위에 올려놓았다. 카트리네는 집에 없었다. 그래서일까. 거실에는 평화로운 분위기가 깔려 있었다. 그녀는 시내 어딘가에 있을 것이었다. 아버지는 집중이 안 되는 듯 두리번거리며 나를 바라보았다. 어머니가 살아 있을 때 심각한 일이 생기면 자주 볼 수 있었던 아버지의 버릇 중 하나였다.

나는 소파에 앉아 손가락으로 헝클어진 머리카락을 다듬었다. 갑자기 성인이 된 것 같았다. 수치스러움과 자랑스러움이 묘하게 섞인 감정이었다. 어쩌면 뭔가를 잃어버린 쪽은 내가 아니라 안냐라는 생각도 들었다. 어쨌든 내 머릿속에는 안냐가 사라지지 않고 있었다. 그래, 이것은 안냐에게로 한 걸음 더 나아갈 수 있는 과정일 수도 있을 것이다.

아버지는 절망적인 표정으로 양어깨를 힘없이 축 늘어뜨린 채 나를 바라보았다.

"무슨 일이 있었어요?"

아버지의 표정은 더욱 절망적이었다. 마치 내가 모든 것을 당신 대신 설명해주기를 바라는 듯했다.

"집을 팔았다."

놀랍지 않았다. 언젠가는 벌어질 일이었다. 우리는 동시에 탁자에 놓인 잔에 손을 뻗어 우유를 마셨다.

"이제 돈이 바닥이 난 거예요?"

"한 푼도 남지 않았단다."

아버지는 당황한 표정을 지우지 못한 채 나를 뚫어지게 바라보고 있었다. 그 눈빛이 나를 두렵게 만들었다. 어머니가 폭포수에 휩쓸려 떠내려가기 직전, 더 돌이킬 수 없다는 것을 깨달았을 때 보았던 눈빛과 너무도 비슷했다. 나는 정신을 차려야 한다고 생각했다. 그리고 아버지의 어깨를 쓰다듬어주었다. 내 아버지. 나는 여태껏 단 한 번도 아버지의 어깨를 쓰다듬어준 적이 없었다. 나는 얼른 다시 손을 거둬들였다.

"어떻게 된 거예요?"

아버지는 잠시 나를 탐색하는 듯한 눈빛을 던졌다. 마치 지금 이 순간이 모든 것을 설명하기에 적절한지 생각할 시간이 필요한 것처럼 보였다.

"포기했어."

"뭘요?"

아버지는 나를 꿰뚫어보기라도 하듯 날카로운 눈빛을 던졌다.

"모든 게 실패로 돌아갔어."

아버지는 남아 있는 우유를 한 모금에 다 마셔버렸다.

"어떻게 된 건지 말씀해주실 수 있어요?"

아버지는 어깨를 움츠렸다.

"사실은 지금까지 줄곧 실패였다."

"그렇게 단정할 순 없어요."

"난 이미 실패를 확신했어. 지난 몇 년 동안 내 계획은 하나도 성공한 게 없어."

"그럴 때도 있는 거잖아요."

"그래. 하지만 이렇게 계속되지는 않지."

아버지는 리타 슈트라이히의 사진으로 눈길을 돌렸다. 아름다운 얼굴의 완벽한 콜로라투라의 여신.

"나를 잘 알고 있었던 사람은 네 어머니뿐이야. 내 실패를 가장 먼저 예견한 사람이기도 하고…… 지금 우리 가족에게 저주가 내린 건 아닐까 하는 생각도 든단다."

"저주요? 무엇 때문에요?"

"너무 많은 것을 원했기 때문이지."

아버지는 내 어깨를 아프도록 꽉 쥐었다.

"난 언제나 내 능력보다 훨씬 더 많은 것을 원했어, 악셀. 그리고 네 어머닌 처음부터 이런 나를 잘 알고 있었지."

"하지만 어머니도 허상을 좇으며 살기는 마찬가지였잖아요?"

나는 아버지를 위로하고 싶었다.

"그래, 그랬지. 하지만 나만큼은 아니야. 네 어머닌 단 한 번도 현실의 경계를 넘은 적이 없었어. 손에 넣지 못할 것은 바라지도 않았지. 경계를 아는 것은 아주 중요한 능력 중 하나야."

나는 고개를 끄덕였다. 처음엔 나를 위한 저녁이었지만 이제는 아버지를 위한 저녁이었다. 나는 아버지가 이 시간을 자신만을 위해 쓸 수 있게 도와주고 싶었다. 아버지는 나보다 술을 많이 마신 것 같았다.

"이젠 더이상 어떻게 할 수가 없구나."

나는 묵묵히 아버지의 말을 들었다. 나 자신이 아버지를 이해하는 완벽한 아들이 되기를 바라면서 앉아 있었다.

"실패로 돌아선 가장 큰 이유는 무엇이었어요?"

아버지는 비통하게 나를 바라보았다. "내 사업……" 이 단어를 뱉어내자마자, 아버지는 갑자기 웃음을 터뜨렸다. 만취한 자신의 말이 흰소리로 들렸기 때문이리라.

"내가 벌인 사업은, 사업이라고 할 수도 없는 것이었어. 이 분야의 시장에는 악마가 존재하지. 그 악마 이름이 트론젠인데 말이야…… 그가 하는 일은 뭐든 다 옳은 것이었고, 내 생각은 모두가 잘못된 것이었지. 그렇게 몇 번을 계속하다보니 이렇게 돼버렸어. 내년 가을에는 이 집에서 나가야 돼."

나는 안도의 한숨을 쉬었다.

"내년 가을이요? 아직 시간이 많이 있네요, 아버지."

"넌 아무것도 모르는구나, 악셀."

침대에 누워 잠을 청했지만, 잠을 이룰 수 없었다. 아버지가 하고 싶었던 말은 과연 무엇이었을까? 혹시 나는 내 생각만으로 가득한 이기적인 아들은 아닐까?

아버지도 잠자리에 든 것 같았다. 벽 너머로 코 고는 소리가 들렸다.

나는 마르그레테 이레네를 생각했다. 바지 속에서 일어났던 일을 생각했다. 치아교정기와 입술 그리고 손, 살갗이 타들어갈 듯한 수치심. 나는 안냐를 떠올렸다. 시립 교향악단과 라벨의 곡을 협연할 그녀…… 그리고 데뷔 콘서트를 눈앞에 둔 레베카. 이 모든 생각의 편린들이 불안과 욕망이 뒤섞인 불쾌한 감정으로 다가왔다.

그때 현관이 열리는 소리가 들렸다. 카트리네였다. 그녀는 발소리를 죽여 살금살금 자신의 침실로 들어갔다.

집 밖으로 쫓겨나기까지는 아직 일 년이라는 시간이 더 남아 있다고 생각했다. 그동안에 충분히 많은 일이 일어날 수 있었다. 아직 기회가 완전히 사라진 것은 아니므로.

18호 스튜디오

9월 말의 어느 날 저녁, 나는 한 뭉치의 악보를 들고 작은 언덕 위에 있는 하얀 건물, NRK 라디오 방송국으로 걸어갔다. 이미 대부분의 직원들이 퇴근한 뒤였다. 안내실에서 일하는 여인과 경비원만이 자리를 지키고 있었다.

나는 이 건물에서 방송했던 곡들을 떠올렸다. 어머니와 내가 자주 듣던 라디오 프로그램 〈아침의 콘서트〉 〈오전의 콘서트〉 〈저녁의 콘서트〉, 그리고 오페라와 관현악곡, 실내악 들. 어머니와 나는 라디오에서 반짝이는 녹색 불을 보면서 최면에 걸린 듯 이 모든 음악들을 감상했다. 안내실에 앉아 있던 여인은 친절한 미소로 나를 맞아주었다. 나는 게이르를 찾았다.

게이르가 갈색 패널 뒤의 작은 방에서 나왔다. 그에게서 열쇠뭉치에서 나는 듯한 쇠 냄새가 풍겼다. 그는 내가 누구인지 이미 알고 있었다.

"레베카는 참 좋은 아이지. 레베카가 너에 대해 이야기하더군. 그래, 너도 예술가의 길을 걸으려 한다고? 쉽지 않은 길이라는 건 잘 알고 있겠지? 가시밭길이나 다름없어."

"하지만 그것 때문에 두려워서 포기하는 일은 없을 겁니다."

우리는 복도에 깔린 초록색 펠트 위를 함께 걸었다. 걸음을 옮길 때마다 전기가 일어나 불꽃이 튀었다. 작은 화약 공장 같다는 생각이 들었다.

"너무 신경 쓰지 마. 피아노 의자에 일단 앉으면 전혀 느껴지지 않을 테니까. 그래 무슨 곡을 연습할 거냐?"

나는 그에게 악보를 보여주었다. 브람스, 베토벤, 프로코피예프…… 그는 모두 잘 아는 곡이라는 듯 고개를 끄덕였다.

"음…… 명곡들이군."

그랜드피아노는 스튜디오 안에서 나를 기다리고 있었던 것처럼 보였다.

"원한다면, 자정까지 연습해도 돼."

나는 감사 인사를 하고는, 게이르가 나간 뒤 문을 닫았다. 복도에서는 그가 발걸음을 옮길 때마다 허리춤에 찬 열쇠 뭉치들도 따라 움직이는 소리가 들려왔다.

이제 18호 스튜디오에는 나 혼자뿐이었다. 나는 피아노 건반 상태를 점검하기 위해 간단한 곡을 쳐보았다. 오래된 스타인웨이 C 모델이었다. 상태가 최상은 아니었지만 연습하기에는 나쁘지 않았다. 나는 가져온 악보들을 하나하나 살펴보았다. 하지만 다른 생각들이 떠올라 집중할 수가 없었다. 마르그레테 이레네가 내게 가르쳐준 것들…… 더이상 이런 것들을 생각하고 싶지 않아 문 쪽으로 다가가 불을 꺼버렸다.

칠흑 같은 어둠 속에 있자니, 조금 전과는 완전히 다른 기분이 들었다. 이제야 내가 원하는 연주를 할 수 있을 것 같았다.

나는 안냐를 떠올렸다. 그리고 슈베르트의 멜로디를 짚어나갔다.

엘베파레의 엘가

안나에게 전화가 왔다. 화요일 오전쯤이었다. 집 안에는 마침 나 혼자였기 때문에 나는 이 시간을 이용해 브람스의 〈작품번호 119번〉을 연습하고 있었다.

그녀가 물었다. "지금 우리 집에 올래?"

"지금? 너 오늘 학교 안 갔니?"

"가을 방학 중이야."

전화를 끊고 몇 분 후 나는 집을 나섰다. 거리에는 가을 내음을 머금은 색 바랜 나뭇잎들이 떨어지고 있었다. 낮게 깔린 구름이 머리 위에 드리워져 있었고, 살을 에는 날카로운 10월의 바람 때문에 코가 시렸다. 지난 몇 주 동안 나는 철저히 고립된 생활을 해왔다. 저녁이면 NRK 라디오 스튜디오 안의 칠흑 같은 어둠 속에서 피아노 연습을 했고, 낮에는 집에 홀로 앉아서 댐퍼페달을 이용해 연습을 했다. 가끔 전화가 올 때도 있었지만 대부분 받지 않았다.

왜냐하면 그 전화들은 마르그레테 이레네로부터 온 것이었기 때문이다. 그녀는 분명한 연인 관계를 요구하면서 우리 미래에 대해 더 많은 이야기를 나누고 싶어했다. 나는 그녀에게 어떤 대답을 해줘야 할지 고민스러웠다. 그러면서도 가끔 그녀와의 그 행위를 간절히 그리워하는 나 자신을 발견할 수 있었다. 그녀는 이것을 우리만의 추잡한 작은 비밀이라고 불렀다. 무엇이 추잡하고, 무엇이 깨끗한지 나로서는 분간이 가지 않았다. 무슨 일이 있어도, 지난번의 행위를 빌미로 그녀에게 덜미를 잡혀서는 안 된다는 생각만 들었다. 내 머릿속은 안냐 생각으로 꽉 차 있었다.

나는 엘베파레로 향하는 내리막길을 걸었다. 길가에 줄지어 선 빈집들이 몹시 황량해 보였다. 삶은 오직 내 속에만 존재하는 듯했다. 안냐를 생각하니 당장이라도 그녀에게 달려가고 싶었지만, 막상 안냐와 얼굴을 마주했을 때 정신없이 숨을 헐떡이는 모습을 보여주기는 싫었다. 오전의 뢰아는 한가로워 보였다. 한 남자가 개를 데리고 산책하는 모습과 노부인이 카트에 몸을 의지해 걷고 있는 모습이 눈에 띄었다. 특별할 것 없는 일상의 한 장면이었다. 하루하루가 너무도 비슷했다. 나는 일상에 매몰되고 싶지는 않았다. 안냐로 인해 내 삶은 마법에 걸린 듯했다. 그녀를 생각하면 기운이 솟았다. 그리고 이제 그녀에게 가고 있었다. 마침내 그녀가 나를 자신의 삶 속으로 들어오도록 허락한 것이다. 하지만 진정으로 그녀가 원한 것일까? 혹시 나와 한 약속의 의무감 때문은 아닐까? 나는 그녀의 집 대문 앞에서 잠시 주저했다. 그녀의 집은 키 큰 나무들의 그림자에 가려 어둡고 울적하게 보였다. 어쩌면 그녀의 가족들은 빛을 싫어하는 사람들일지도 모른다는 생각이 언뜻 스쳐갔다. 이 집 안에 있으면 햇빛을 보는 날이 드물 것 같았다. 하지만 어쨌거나 나는 지금 내 눈에 보이는 그대로의 모습이 좋았다. 안냐와 관련된 것이라면 무조건 다 좋았다.

대문을 밀치고 정원에 들어서자 심장이 빠르게 뛰었다. 나는 집 앞까지 이어진 길을 따라 현관으로 올라가는 계단에 발을 얹고, 갈색 대문에 조그맣게 붙어 있는 반투명 유리를 쳐다보았다. 낡은 놋쇠판에 '스쿠그'라고 이름을 새긴 문패가 보였다. 나는 숨을 깊게 들이마신 후 초인종을 눌렀다.

몇 초가 지났을까. 집 안에서 그녀의 발소리가 들려왔다. 그녀가 대문을 열었다. 나는 그녀를 똑바로 바라볼 자신이 없었다. 반가움의 표시로 포옹을 할까 고민했지만, 단지 내 바람일 뿐이었다. 그녀는 문을 조금 열고, 들어오라고 말했다. 그녀의 따스하고 여운 짙은 목소리에 나는 언제나 그랬듯 적응할 수가 없었다. 마침내 우리의 눈이 마주쳤다. 나는 그녀의 눈이 초록색이라는 것 그리고 그녀의 머리카락이 몹시 빛나는 금발이라는 것을 잊고 있었다. 그녀는 보라색 스웨터와 검은색 바지를 입고, 털실로 짠 덧신을 신고 있었다. 머리는 방금 감은 듯 촉촉하게 젖어 있었고, 얼굴은 화장기 하나 없이 깨끗했다. 그녀가 하는 모든 일, 그녀와 관계된 모든 것들이 내 눈에는 정당해 보였다. 그녀는 그녀만의 사랑스럽고 독특한 방법으로 눈동자를 이리저리 굴리며, 내게 들어오라고 말했다. 나는 그녀를 위해서라면 무슨 일이든지 할 수 있을 것 같았다. 함께 누워 그녀와 사랑을 나눌 수만 있다면…… 하지만 나는 그녀의 몸에 손가락 하나도 댈 자신이 없었다. 그녀는 내 앞에서 거실을 향해 걸어 들어갔다. 벽에는 커다란 추상화들이 걸려 있었다.

그중 옌스 요한네센과 군나르 군데르센의 그림이 눈에 익었다. 계곡과 강이 바라다보이는 커다란 창 쪽에는 AR 스피커 두 개가 커다란 사원처럼 장중하게 자리 잡고 있었고, 매킨토시 앰프와 납작하고 커다란 가라드 턴테이블은 쑥 들어간 벽 쪽의 창턱을 꽉 채우고 있었다. 음악을 감상하기에 알맞은 자리에는 높은 등받이를 가진 두 개의 바르셀로나 의자가, 거실 한중간에는 두 개의 이인용 르 코르뷔지에 의자와 두 개의 바실리 의자가 있었다. 안냐가 하나하나 손가락으로 의자를 가리키며 설명해주었다. 모두가 검은 가죽으로 싸여 있었다. 어마어마한 크기의 유리 탁자는 얼핏 보기에도 무척 값비싸 보였다. 반대편 벽 쪽에는 스타인웨이 A모델 그랜드피아노가 뚜껑이 열린 채로 있었다. 안냐는 내 모든 움직임을 주의 깊게 살폈다. 마치 집 안의 모든 것을 그녀가 책임지고 있는 듯했다. 그녀는 내가 무슨 말이라도 하기를 기다리는 것 같았다.

"마치 인테리어 잡지에 나오는 집 같아." 나는 강한 인상을 받은 것처럼 말했다.

"우리 집 거실은 아빠의 자랑거리야. 저 탁자도…… 저건, 이보 사리넨이 디자인한 거고……"

"굉장한걸."

나는 음반이 가지런히 진열되어 있는 유리장을 쳐다보았다. 그리고 창밖 나무들이 보이는 커다란 창으로 눈길을 돌렸다.

"여기에서는 시간을 느낄 수가 없어. 네가 왜 뭉크의 〈태양〉에 관심이 없었는지 이제야 이해할 수 있을 것 같아."

그녀는 고개를 끄덕였다. "그래, 여긴 나를 위한 세상이라고 할 수 있지."

그녀가 과일을 내와서 내게 권했다. 하지만 그다지 배가 고프진 않았기 때문에 정중히 사양했다. 그녀는 시계를 보더니 음반이 꽂혀 있는 유리장 앞으로 다가갔다.

"오늘은 음악 감상을 하기에 아주 안성맞춤이야. 오늘 같은 날씨엔 재클린 뒤프레가 연주하는 엘가의 곡이 잘 어울릴 것 같지 않아?"

"왜?"

그녀는 미소를 지었다. "낮게 깔린 구름과 금방이라도 비를 뿌릴 듯 흐린 날씨, 세찬 바람……"

"너도 이런 날씨를 좋아하니?"

그녀는 고개를 끄덕였다. "이런 날씨가 없다면, 난 살아갈 수가 없을 거야. 햇빛이 창창한 날이 너무 오래 지속되면 이상하게도 안절부절못하게 돼."

그녀는 내가 이미 재클린 뒤프레의 음악을 섭렵한 것을 모른다. 나는 안나와 브룬콜렌으로 산책을 갔던 바로 다음 날, 셸 힐베그씨의 가게에서 뒤프레의 음반을 모조리 사서 감상했다. 하이든, 엘가, 그리고 바렌보임과 주커먼의 지휘로 협연한 실내악곡과 관현악곡 들을 매일같이 들으면서 안나를 생각했다. 뒤프레의 가쁜 숨소리는 안나의 것이었고, 강렬한 첼로 음률은 안나의 열정이었다. 그래, 그 음악을 통해 나는 환상 속에서 안나를 만들어내는 일에 어느덧 익숙해져 있었다. 하지만 환상 속의 안나와 내가 나누는 사랑은 나날이 과감해졌지만, 뒤프레의 가쁜 호흡과 곡 해석만큼 대담해질 수는 없었다. 왜냐하면 나는 또다른 모습의 안나도 알고 있기 때문이었다. 저녁에 오랫동안 캄캄한 18호 스튜디오 안에서 슈베르트의 곡을 칠 때면 나는 나만의 안냐를 떠올리곤 했다. 투명하게 빛나는 두번째 테마 속에서 그리고 비슷한 세 곡의 소나타 속에서 그리는 안냐의 모습은 맑고 투명한 이슬 같았다. 문득 레베카가 데뷔 콘서트에서 이중 한 곡을 선택해 연주할 것이라 생각하니 이상한 기분이 들었다. 이 곡들은 나만의 것이어서 이 곡들을 연주할 때면 항상 안냐가 나와 함께 있다는 생각을 떨칠 수 없었기 때문이었다.

"무슨 생각 해?" 안냐가 호기심 가득한 얼굴로 물었다.

내 생각을 안냐에게 털어놓고 싶은 마음은 간절했지만 나는 차마 그렇게 할 수 없었다. NRK 스튜디오에서 불을 끄고 피아노 연습을 하는 내내 네 환상에 젖어 있었다고 어떻게 말할 수 있을까. 만약 내가 그 사실을 털어놓는다면 그녀는 저녁 강가의 덤불 옆에서 그랬던 것처럼 경악할 게 분명했다.

"우리가 얼마나 운이 좋은 사람들인지 생각하고 있었어. 음악이 곁에 있으니까 말이야." 나는 눙치며 둘러댔다.

"그래, 맞아." 그녀가 내 말에 수긍하며 턴테이블에 음반을 얹었다.

우리는 바르셀로나 의자에 나란히 자리를 잡고 앉았다. 마치 콘서트홀에 앉아 있는 것 같았다. 귀에 익은 소리, 음반을 얹으면 들을 수 있는 찌지직하는 소리가 들렸다. 그리고 첼로의 선율과 오케스트라가 연주하는 무거운 테마가 뒤를 이었다. 음악과 일체가 되어 숨 막히는 열정을 토해내는 재클린 뒤프레의 숨소리가 들렸다. 창밖에는 여전히 바람이 거셌고, 강 쪽으로 서 있는 키 큰 전나무가 흔들리고 있었다. 나는 폭포 아래에서 숨을 거둔 어머니를 생각했다. 어머니가 살아 있다면, 지금 내 옆에 무릎을 모으고 조용히 앉아 있는 이 여자아이를 맘에 들어할까. 카트리네와 나를 동시에 사랑에 빠뜨린 안냐 스쿠그…… 항상 옅은 금잔화 향을 풍기는 이 소녀. 갑자기 두려운 생각이 들었다. 두려움은 제어할 수 없을 정도로 점점 더 강해졌다. 그들의 사랑은 정상적인 것이 아니었다. 비록 안냐가 자신의 집으로 나를 초대했고 지금 내 옆에 앉아 있다고 해도 변한 것은 아무것도 없다. 예전이나 지금이나 손이 닿지 않는 먼 곳에 있기는 마찬가지였다. 만약 지금 그녀의 손을 잡는다면 나를 미쳤다고 생각할 것이다. 그녀는 지금 자신만의 생각에 푹 빠져 있는 것 같았다. 그녀는 나와 마르그레테 이레네 사이에 있었던 일에 대해서는 아무것도 모르고 있을 것이다. 그리고 내가 더 참을 수 없게 되면 자연스럽게 다시 우리가 그 비밀스러운 행위를 하리라는 생각은 더더욱 못할 것이다. 그녀는 지금 음악에 푹 빠져 있었다. 엘가의 장중한 음색을 들으며, 바다의 파도 소리에 귀를 묻고, 바람에 흔들리는 창밖 전나무 가지들을 바라보고 있는 것이다. 나는 차마 그녀 쪽으로 몸을 돌리지 못했지만, 그녀가 울고 있다는 것을 알 수 있었다. 그래, 그녀는 음악에 빠져 눈물 없이 울고 있었다. 그녀는 볼륨을 최대한으로 키웠다. 앰프의 스피커가 진동하기 시작했다. 마치 재클린 뒤프레가 두 개의 AR 스피커 사이에 앉아 연주하고 있는 것 같은 착각이 들었다. 음악은 1악장의 클라이맥스로 향하고 있었다. 안냐는 흐느끼기 시작했다. 그녀는 음악과 함께 호흡하고 있었다. 마치 슬픔과 고통 속에서 앓고 있는 것 같았다. 그녀의 숨소리는 재클린 뒤프레의 그것과 마찬가지로 무거워졌고, 가빠지기 시작했다. 갑자기 불쾌한 바람 한줄기가 온몸을 오싹하게 스쳐갔다. 문이 열렸다. 나는 문 쪽에서 스며드는 바깥 공기를 느낄 수 있었다. 누가 거실 문 쪽에 서 있었다. 갑작스러운 불쾌감으로 나는 안냐와 앉아 있던 의자에서 동시에 튕기듯 일어서서 몸을 돌려 문 쪽을 바라보았다.

손전등 사내였다.

브로르 스쿠그, 뇌 수술 전문의가 문에 기대서서 우리를 보고 있었다.

안냐는 순간적으로 온몸이 마비된 듯 보였다. 곧 그녀는 턴테이블 쪽으로 뛰어가 음반 위의 바늘을 들어올렸다. 하지만 손동작이 부자연스러웠는지 찢어지는 듯 날카로운 소리가 거실에 울려 퍼졌고, 순간 손전등 사내의 얼굴이 일그러졌다. 하지만 그는 금방 표정을 바꿔 보일 듯 말 듯한 미소를 지었다.

"안냐, 음악을 끌 필요는 없는데……" 그는 친절한 목소리로 딸에게 말했다.

"아니에요, 아빠. 안 그래도 음악이 다 끝나가는 중이었어요. 오늘은 집에서 일하실 거예요?"

그가 고개를 끄덕였다. "급히 보고서를 써야 해서. 병원에서는 집중할 수 없어서 말이야."

"조용히 할게요."

브로르 스쿠그는 나를 뚫어지게 바라보았다. "미안하게 됐구나. 하지만 엘가는 다음번에 들어도 괜찮겠지?"

나는 이곳에 오지 말았어야 했다. 그와 안냐의 표정에서 여실히 느낄 수 있었다. 이제 이 집에서 내 자리는 사라진 것이나 다름없었다. 그들은 내가 가주기를 원하고 있었다. 하지만 둘 중 어느 누구도 내게 나가달라고 말하지는 못했다.

"이제 가보겠습니다. 지나가다 들렀을 뿐이에요."

손전등 사내는 미소를 지었다. 하지만 눈빛은 무표정했다. "그럼 다음에……"

나는 현관으로 나가 코트를 입었다. 안냐의 얼굴은 말할 수 없이 창백해 보였다. 무슨 말을 하려는 듯했으나 그녀의 입에서는 단 한마디의 말도 나오지 않았다.

"연습은 잘되고 있나?" 손전등 사내가 내게 물었다.

"네, 그럭저럭……" 나는 얼버무렸다.

"무슨 곡을 연습하나?"

"브람스와 베토벤을 연습하고 있습니다."

그는 짧게 한두 번 고개를 끄덕였다. 나와는 더이상 나눌 얘기가 없다는 의미였다.

"브람스와 베토벤은 아무리 들어도 지겹지 않아. 그렇지 않은가?"

나는 안냐와 한 번만이라도 눈길을 마주치고 싶었지만, 그녀는 아예 내 쪽은 돌아보지도 않았다.

"갑자기 찾아왔는데도 집 안에 들어오게 해줘서 고마워."

그녀는 무언가를 입속에서 중얼거렸지만 난 확실히 듣지 못했다.

"1월에 있을 안냐의 연주회에 꼭 오게나."

"물론이지요. 벌써부터 기다려집니다. 하지만 그 전에 레베카의 데뷔 콘서트가 있어요."

손전등 사내가 두 눈을 치켜떴다. 안냐 역시 깜짝 놀란 표정이었다.

"레베카 프로스트? 그 아이가 데뷔한다고?" 그가 되물었다.

"네, 11월 11일에 연주회를 한다고 들었습니다. 너도 틀림없이 초청받을 거야." 나는 몸을 돌려 안냐에게 말했다.

안냐는 당황한 표정으로 그녀의 아버지를 바라보며 말했다. "셀마는 레베카의 데뷔 콘서트에 대해 아무 말도 하지 않았어요."

"당장 셀마에게 전화해봐야겠다." 브로르 스쿠그가 무뚝뚝하게 말했다.

나는 상황이 어떻게 돌아가는지 전혀 이해할 수가 없었다. 갑자기 무거운 분위기가 온 집 안을 감돌았다. 머리가 아파오기 시작했다. 나는 현관문을 열고 정원으로 나갔다. 그 순간 토할 것 같은 역겨움이 느껴졌다.

"안녕히 계십시오." 나는 겨우 그에게 인사했다.

"그래, 잘 가게나." 손전등 사내가 무심한 목소리로 대답했다. 안냐의 몫까지 더해진 인사였다.

나는 강가의 덤불로 걸어갔다. 그들이 나를 볼 수 없게 길모퉁이를 돌자마자 나는 오른쪽으로 방향을 돌려 집의 반대편으로 걷기 시작했다. 여전히 바람은 세찼다. 하지만 깊은 숲 속, 무성한 나뭇잎들 사이는 바람을 느낄 수 없을 만큼 적요했다. 내 몸이 돌덩이처럼 둔하게 느껴졌다. 더이상 견딜 수 없었다. 잠시 후, 뼈마디가 끊어질 정도의 고통을 느끼며 나는 길가에 토하고 말았다. 오래오래…… 내 몸 안의 오물을 모조리 쏟아낼 때까지…… 흘러내리는 눈물 때문에 앞을 볼 수 없을 정도였다. 머리가 지끈지끈 아파왔다. 나는 빠른 걸음으로 집으로 돌아갔다. 거실에 들어서자마자, 나는 마르그레테 이레네에게 전화했다.

"지금 가도 될까?"

전화기 너머로 그녀의 숨소리가 들렸다.

"그래, 어서 와."

나는 더 기다리지 않고 전화기를 내려놓았다.

마리안네 스쿠그

다음 날, 나는 전화번호부의 직업란을 펼쳤다. 어제 비슬레트의 마르그레테 이레네에게 다녀온 후부터 찜찜한 기분이 가시지 않았다. 갈망을 만족시킨 후에 찾아오는 수치심…… 나는 단지 나 자신만 욕되게 한 게 아니라 안나까지 모욕한 것이다. 이제 어떻게 그녀를 다시 만날 수 있을까?

마리안네 스쿠그, 산부인과 의사, 필레스트레 17번지.

저녁 무렵 나는 전화를 걸었다.

신호음이 다섯 번쯤 울렸을 때 전화기를 드는 소리가 들렸다. 나는 숨을 죽이고 전화기에서 들려오는 목소리에 귀를 기울였다. 나는 그녀의 목소리를 직감적으로 알아챘다. 안나와 너무도 닮은 그녀의 모습이 떠올랐다. 손전등 사내와는 달리 나는 그녀가 조금도 두렵지 않았다. 피아노 대회에서 안나가 1등 했을 때 그녀가 나를 뚫어지게 바라보았던 것이 생각났다. 무슨 이유에서인지 나는 그 눈길에 마음이 편안해졌다. 나는 희망을 갖게 됐다. 어쩌면 스쿠그 성을 가진 사람들 중에서도 나를 이해해줄 사람을 발견할 수 있을지 모를 일이었다.

"마리안네 스쿠그입니다." 친절한 목소리로 그녀가 전화를 받았다.

"안녕하세요, 저는 악셀 빈딩이라고 하는데요. 저는 선생님의 따님을 잘 알고 있습니다. 저도 대회 참가자 중의 한 사람이었어요."

"아, 그래?"

"네……"

나는 머뭇거리며 무슨 말을 해야 할지 생각했다. 하지만 머릿속은 검은 잉크를 엎지른 듯 캄캄했다. 선생님의 딸을 사랑합니다…… 지금은 정말 자살이라도 하고 싶은 심정이에요…… 앞으로 무얼 어떻게 해야 할까요……

"사실은, 이야기를 좀 나눌 사람이 필요합니다. 안냐에 대해서요."

"안냐? 우리 안냐와 무슨 일이 있었니?"

갑자기 예정에 없던 말이 내 입에서 툭 튀어나왔다. "제가 안냐를 사랑하고 있거든요."

그녀가 웃음을 터뜨렸다. 하지만 비아냥거림으로 들리지는 않았다.

"그래, 이해해. 안냐는 사랑할 만한 가치가 있는 아이지."

보아하니 그녀는 어제의 일에 대해 아무것도 모르고 있는 것 같았다. 나는 그녀에게 어제 무슨 일이 있었는지 설명했다. 그녀는 진지하게 내 이야기를 들어주었다. 나는 안냐의 아버지가 두려워 미칠 것 같다고 말했다. 그리고 이제 무엇을 어떻게 해야 할지 모르겠다고 모든 것을 솔직하게 털어놓았다. 나는 그녀에게 나와 더 이야기할 시간이 있느냐고 물었다.

그녀는 몇 초 동안 뜸을 들였다가 말했다. "지금 어디에 있니?"

"뢰아에 있는 저희 집에요. 하지만 지금 바로 전동차를 타고 그리로 갈 수 있습니다."

"오늘 저녁에 시내에서 미팅이 있거든. 그러니 그때까지는 시간을 낼 수 있어."

"최대한 빨리 가겠습니다."

나는 얼른 지폐 몇 장을 주머니에 쑤셔 넣고, 전동차역으로 달려갔다. 평소에 이렇게 느렸던가 싶을 정도로 전동차는 천천히 달렸다. 조금 있으면 마리안네 스쿠그를 만난다. 안나를 만나는 것이나 다름없다는 느낌이 들었다. 적어도 이 여인은 안나를 세상에 태어나게 한 어머니가 아닌가. 갑자기 말할 수 없는 감동이 밀려왔다. 하지만 과연 그녀에게 무슨 말을 할 수 있을지, 또 어떤 인상을 줄 수 있을지 생각하니 절망스러웠다. 상황에 맡기자는 생각이 들었다. 나는 더이상 어린애가 아니다. 적어도 어른들의 세계를 그들만큼이나 많이 알고 있다.

국립극장 역에 도착했을 때는 이미 날이 어두웠다. 온종일 내리던 비는 그쳤지만, 바람은 도무지 잠잠해질 줄 몰랐다. 나는 카를 요한 가를 지나 대학로로 뻗은 오르막길을 달려갔다. 나는 나를 이해해줄 수 있을지도 모르는 사람을 만나러 뛰어가고 있었다. 내게 무슨 일이 있었는지 이해해줄 수 있는 사람, 나를 진정시켜줄 수 있는 사람에게로……

병원 문이 삐익 소리를 내며 열렸다. 엘리베이터를 타고 사 층으로 올라갔다. 그녀는 하얀 가운을 입고 문 앞에서 나를 기다리고 있었다. 그녀의 진료실 안에는 아직 백열등이 켜져 있었다. 그녀는 나와 악수를 하며 내 얼굴을 자세히 들여다보았다. 나는 그녀의 눈빛을 받아들이며 한 걸음 뒤로 물러섰다. 안나와 똑같은 초록빛 눈동자. 나는 얼른 눈을 돌렸다. 그녀는 그런 나를 보며 미소 지었다.

"안나랑 진짜 많이 닮으셨어요!" 나는 거의 소리를 지를 뻔했다.

"고마워. 네가 사랑하는 사람과 닮았다니 말이야." 그녀가 기분 좋게 대답했다.

지나치게 솔직한 모습을 보인 것 같아 부끄러웠다. 그녀가 나를 바보 같다고 여기면 어쩌나 하는 조바심도 일었다. 나는 산부인과 진료용 의자에는 도저히 앉을 자신이 없어서 벽에 몸을 기댄 채 서 있었다. 그녀가 이 방에서 무슨 일을 하는지 생각해보았다. 얇은 고무장갑과 손가락들, 병원을 찾아온 모든 여자들의 고통, 근심과 불안 그리고 그들의 벌어진 다리들이 머릿속에 아른거렸다.

"어디가 불편하니?" 그녀가 걱정스러운 듯 내게 물었다.

"저, 배고프지 않으세요? 제가 저녁식사를 대접해도 될까요?"

조금 전 이 말이 내 입에서 나왔다는 게 믿기지 않았다. 마르그레테 이레네가 떠올랐다. 마치 그녀가 던진 낚싯바늘에 내가 걸려들었고, 나는 있는 힘을 다해 버티다가 결국은 줄이 끊어질 것 같은 상황에 처한 느낌이 들었다. 마리안네 스쿠그는 나의 대담함에 웃음을 터뜨렸다. 그러고는 벽에 걸린 시계를 쳐다보았다.

"음, 그래…… 뭘 좀 먹어두는 것도 괜찮을 것 같은데?"

"제가 살게요."

그녀는 더 큰 소리로 웃었다. 하얀 가운을 벗은 그녀는 초록색 카디건 위에 진주 목걸이를 하고 있었다. 그리고 놀랍게도 청바지 차림이었다.

블롬 레스토랑으로 함께 걸어가는 동안 그녀는 한 번도 웃지 않았다. 긴장과 흥분 때문인지 포도주 생각이 간절했다. 그러고 보니 지난 며칠 동안 거의 매일같이 포도주를 마신 것 같았다. 바로 엊그제에도 마르그레테 이레네와 함께 포도주를 마셨다.

잠시 후, 우리는 블롬 레스토랑 안쪽 수족관 옆자리에 식탁을 사이에 두고 앉았다. 식탁에는 이미 포도주 한 병이 있었고, 우리는 훈제 닭고기 요리를 주문했다.

"그러니까 너는 지금 불행한 젊은이란 말이지?" 마리안네 스쿠그의 말투에서 빈정대거나 회의적인 느낌은 전혀 찾아볼 수 없었다.

"저는 안냐를 다시 만나고 싶을 뿐이에요. 억지로 강요하겠다는 건 아닙니다. 우리가 같이 산책을 한 건 단 한 번뿐이지만, 그때 저는 안냐가 저와 함께 있는 것을 좋아한다고 느꼈어요. 그런데 안냐와 함께 있기를 좋아하는 사람은 저뿐만이 아닙니다. 저희 모임의 피아니스트들 모두가 안냐를 좋아합니다. 하지만 안냐는 언제나 그림자 속으로 숨는 것 같다는 생각이 들어요."

마리안네 스쿠그는 내가 이야기하는 동안 생각에 잠겨 있는 듯했다. 그녀가 상당히 젊어 보인다는 사실에 놀라지 않을 수 없었다. 안냐가 세상에 태어났을 때, 그녀는 스무 살도 채 되지 않았으리라는 생각이 들었다. 그렇다면 지금 그녀는 아직 마흔 살도 되지 않았다는 것인가.

"우리 안나가 이상하게 보일 정도로 또래들과 안 어울린단 말이지?"

나는 고개를 끄덕였다.

"저만 그렇게 느끼는 게 아닐 겁니다. 우리가 안나를 볼 수 있는 기회는 거의 전무하거든요. 콘서트홀에서는 물론이고, 우리 피아니스트들의 모임에서도 볼 수 없으니까요. 항상 안나를 초청하지만 한 번도 응하지 않았어요."

내가 말하는 동안 마리안네 스쿠그는 아무 말이 없었다. 그녀의 눈동자는 초점 없이 앞만 바라고 있었다. 이제 그녀가 무슨 말이든 할 차례였다. 하지만 그녀는 입을 다물고 있었다. 보면 볼수록 그녀가 안나와 너무도 닮았다는 생각이 들었다. 나는 그녀가 마흔에 가까운 중년의 부인이라는 사실이 마음에 들었다.

굵은 눈물방울이 그녀의 볼을 타고 흘러내렸다. 그녀는 우는 모습을 애써 감추려고 하지 않았다. 그녀는 소리 없이 눈물만 흘렸다. 그녀는 손가방에서 손수건을 꺼내 눈물을 훔쳤다.

"네가 모르고 있는 것들이 너무 많구나, 악셀."

그녀가 내 손을 잡았다. 기분 좋은 온기가 느껴졌다. 안나의 손과 같았다. 우리는 다른 손으로 각자의 포도주 잔을 들어 한 모금씩 마셨다.

"네게 말해주고 싶은 것이 있단다." 마치 그녀 자신에게 말하는 듯한 말투였다.

그녀는 여전히 나를 뚫어지게 바라보고 있었다. 얼굴에 무언가를 결심한 듯 확연한 의지가 떠올랐다.

"저를 믿고 말씀해주세요." 나는 그녀를 재촉했다.

"나는 안냐가 잘되기만 바랄 뿐이란다. 너도 이것만큼은 이해할 수 있겠지? 만약에 안냐가 나를 제쳐두고 싶다면, 그것조차도 나는 받아들일 수가 있어. 하지만 안냐가 직접 말해준다면 더 좋겠지. 문제는…… 안냐의 아빠야…… 그래, 문제는 안냐의 아빠야." 마리안네 스쿠그는 그 말을 한 번 더 되풀이했다.

나는 이제 우리가 서로를 받아들이고 마음을 나누게 되었다고 생각했다. 그녀와 나는 같은 편인 것이다. 소리 없는 만족감이 나를 휘감았다. 그녀는 내 손을 잡고 있던 손을 천천히 놓았다. 주문한 음식이 식탁에 놓였지만, 둘 다 음식에는 관심이 없었다.

"참 이상하지? 네가 내게 전화할 생각을 다 했다니…… 왜냐하면 난 네가 짐작하는 것보다 너에 대해 더 많이 알고 있거든. 네 어머니는 내 환자였어. 항상 건강하고 기분 좋은 웃음을 머금은 분이셨지. 그래서 네 어머니의 사고 소식을 들었을 때 난 충격을 받았단다. 그리고 에울라에서 피아노 대회가 있던 날, 난 네가 내 딸에게 어떤 감정을 가지고 있는지 한눈에 알 수 있었어. 내가 얼마나 속으로 기뻐했는지 아니? 만약 내가 안냐 또래의 청년이었다면, 나 역시 안냐를 사랑했을 거야. 그럼, 안냐는 사랑할 만한 가치가 충분한 아이지. 가끔은 나 자신도 안냐의 엄마라는 사실이 믿기지 않을 때가 있어. 그도 그럴 것이, 안냐가 세상에 태어났을 때 난 겨우 열여덟 살이었거든."

"저만 한 나이에 낳으셨다는 거예요?" 나는 놀라서 나도 모르게 소리를 질렀다.

그녀는 조심스럽게 미소를 지었다. "어린 나이라 하더라도 인간으로서의 감정은 누구나 다 가지고 있는 법이지."

나는 얼굴을 붉혔다. 그리고 머뭇거리며 말을 시작했지만, 분명하지 않은 중얼거림으로 끝을 맺었다. "그러면 이제 겨우……"

그녀가 내 생각을 읽었다. "그래, 난 이제 겨우 서른다섯 살이야."

"아가씨라고 해도 될 만한……"

우린 함께 웃음을 터뜨렸다. 하지만 그녀는 곧 진지한 얼굴로 되돌아갔다.

"너랑 안나가 산책을 했다는 건 알고 있었어." 그녀가 다시 말을 시작했다. "네가 드뷔시를 연주하는 것을 듣고 나는 네가 아주 감성적인 소년이라는 것을 알았단다. 안나에 대해 이야기를 나눌 수 있는 청년이라는 느낌도 들었고 말이야. 사실, 난 안나를 둘러싼 모든 것들이 걱정스러워. 이상한 것은…… 나도 너와 한번 이야기를 해보고 싶다는 생각을 했다는 거야. 안나의 머릿속이 무슨 생각으로 가득 차 있는지 알아낼 수도 있겠다는 희망에서 말이야."

"전 아무것도 아는 게 없는걸요."

그녀는 생각에 잠겨 고개를 끄덕였다. "그러면, 내가 모든 것을 설명해야 할 것 같구나. 우리 둘 다 좀더 현명해질 수 있기를 바라면서 말이야……"

그녀는 닭고기 요리를 조금 뜯어 입으로 가져갔다. 그날 레스토랑에서 처음이자 마지막으로 본, 그녀가 음식을 먹는 모습이었다.

"다시 처음으로 돌아가서 이야기를 해야겠구나."

하지만 그녀는 아무 말도 더 하지 않았다. 나는 등을 곧게 펴고 꼼짝도 않은 채 침묵하며 그녀의 다음 말을 기다렸다. 마침내 그녀가 입을 열었다.

"브로르는 나보다 일곱 살이 더 많아. 도버할렌의 한 파티에서 처음 만났을 때 그는 거의 공부를 마친 상태였지. 그때 안나가 생겼어. 처음 단 한 번의 관계로. 하지만 그때 우린 부모가 될 준비는 전혀 되어 있지 않았어."

나는 고개를 끄덕였다. 나는 바로 이런 이야기가 듣고 싶었다.

안나가 내게 이야기해주지 않았던 모든 것들을 지금 마리안네 스쿠그가 내게 들려주고 있었다. 마치 엄마처럼, 선생님처럼.

"난 의사가 되고 싶었어. 어쩌면 너도 알고 있겠지만, 브로르와 난 둘 다 풍족한 집안에서 자랐지. 안나를 봐줄 사람을 구하는 것은 어렵지 않았어. 우리는 그때부터 엘베파레에서 함께 살기 시작했고, 나는 그 이후로 칠 년을 더 공부해서 마침내 내가 원했던 것을 얻었지. 하지만 우리 둘 다 안나에 대해 가졌던 죄의식을 떨치긴 쉽지 않았어. 브로르에게는 그 죄의식이 더 컸던가봐. 그는 안나가 생겼을 때 없애버리려 했던 자신을 용서할 수 없었지."

그녀는 이야기를 계속하는 데 어려움을 느끼고 있는 것 같았다. 자신의 남편에 대해 무엇을 이야기하려는 걸까? 그가 안나로 인해 깊은 죄책감에 빠지게 되었다는 것을 이야기하려는 걸까? 첫눈에 반했지만, 결국에는 후회와 짐으로 사그라진 사랑에 대해 말하려는 걸까? 안나를 위해서 무엇을 해야 할지 몰라 병적으로 집착하게 되었다는 것을 설명하려는 걸까? 그녀는 내게 남편 브로르가 학식이 있으며, 깊은 이해심을 가진 남자라고 말했다. 하지만 동시에 그녀는 그의 또다른 면에 대해서 이야기했다. 그의 변덕스러운 심리와 통제력에 대한 끝없는 갈구 그리고 규칙과 시스템…… 그는 안나에게 이 세상 최고의 삶을 선사하고 싶었다. 그래서 그는 안냐의 교육에 절대적인 책임을 지려고 했고, 결국 문제가 될 정도로 정도를 넘어서고 만 것이다.

"난 브로르에게 이런 것들에 대해 말하고 싶었어. 하지만 전혀 들으려 하질 않는단다. 우린 서로에게 고함을 질러대기 일쑤였지. 우리가 시작한 사랑은 점점 더 깊고 문제만 만들어낼 뿐이었어."

나는 그녀가 조심스럽게 포장한 단어들 이면에 자리한 잔인한 이야기를 듣고 있었다. 그녀는 이혼을 원했다. 하지만 손전등 시내는 미친 사람처럼 그녀를 위협하고 소리를 지르면서 이혼은 절대 있을 수 없다고 했다. 그녀는 두려웠다. 그리고 그 역시 마리안네가 안냐를 데리고 떠날까봐 두려워했다. 어쩌면 그는 마리안네와 안냐를 둘 다 죽이려고 했을지도 모른다. 이 두려움 때문에 지금 그녀가 그 모든 이야기를 내게 들려주고 있는지도 모른다. 세상은 이렇듯 거칠고 비이성적인 남자들로 가득 차 있다는 생각이 들었다. 마리안네의 이야기를 듣다보니 브로르는 미쳤다는 생각밖에 들지 않았다. 어쩌면 지금도 미쳐 있을 수도 있다. 나는 마리안네의 이야기를 귀 기울여 들으면서, 그녀의 눈빛 속에 담긴 더 깊은 내막도 이해하려고 노력했다. 그녀의 눈빛은 차마 안냐를 두고 떠날 수는 없었다고 내게 이야기하고 있었다. 하지만 그로 인해 상황은 더욱더 절망적으로 변해갔다.

그녀는 이야기를 멈추고 고개를 좌우로 세차게 흔들었다. 이제 내가 그녀의 손을 잡아줄 차례라는 생각이 들었다. 그녀의 손은 식탁 위에 가지런히 놓여 있었다. 어린 소년 하나가 지금 그녀를 위로하려고 하고 있었다.

"대가가 컸군요." 내가 말했다.

그녀는 고개를 끄덕이며 이야기를 계속했다. 마치 이 우울한 비밀의 누설을 끝내기 위한 맺음말을 찾고 있는 것 같기도 했다.

"나는 더이상 어떻게 해야 할지 몰랐어. 거기서 그렇게 중단이 된 거지. 하지만 이 세상의 수많은 사람들이 그렇게 살고 있고, 또 그렇게 살 수밖에 없다는 것을 잘 알고 있어. 원하지 않는 관계 속에서 살아가는 것…… 말이야. 나는 안냐를 위해서 내 삶의 몇 년을 더 희생하기로 결심했지. 안냐가 열여덟 살이 되면, 나는 그를 떠날 생각이야. 이제 일 년 남았구나……"

"남편분도 알고 계시나요?"

그녀는 잠시 주저하는 듯했다. "글쎄. 우리는 이런 이야기를 한 번도 하진 않았지만, 그를 향한 내 사랑이 이미 죽은 거나 다름없다는 건 알고 있을 거야. 내가 엘베파레에 사는 건 안냐의 엄마이기 때문이지 다른 이유는 하나도 없어. 나는 브로르가 불같이 화를 낼 때 어떻게 그를 진정시켜야 하는지 알고 있어. 하지만 그이와 안냐 사이의 세계에는 내가 끼어 들어갈 틈이 없어. 가끔은…… 너무 두려워……"

그녀는 두 손으로 얼굴을 가렸다.

"뭐가 두려우시다는 거예요?"

그녀는 얼굴에서 손을 떼고 나를 바라보았다. 갑자기 그녀는 내게 이 모든 것을 이야기했다는 것에 두려움을 느낀 듯했다.

"뭐가 두려우세요?" 나는 한 번 더 그녀에게 물었다.

그러나 그녀는 대답하지 않았다. 순간 등골이 오싹했다. 그녀가 아직 말하지 않은 것을 똑똑히 들은 것 같았다.

우리는 블롬 레스토랑에서 한참을 그렇게 앉아 있었다. 마리안네 스쿠그는 회의에 갈 시간이 거의 다 됐다는 것도 잊은 듯했다. 나는 안나와 너무도 닮은 이 부인과 친밀한 관계가 되었다는 사실이 뿌듯했다. 비록 나 혼자 생각이긴 했지만. 그녀는 궁금해했다. 나는 피아노와 연습곡들 그리고 내가 꿈꾸는 모든 것들에 대해 이야기했다. 그러면서 나는 확실하지 않지만 그녀와 나 사이에 무언가가 생겨나고 있음을 느꼈다. 그것은 서로의 진실과 비밀을 공유하는 사람들끼리의 동질감 같은 것이었다. 이제 그녀는 안나의 어머니라기보다는 나보다 열일곱 살 많고 아름다운 여인, 마리안네 스쿠그였다.

우리는 함께 자리에서 일어났다. 더이상 자리에 앉아 있기가 힘에 부친다는 듯이. 그녀는 자신이 음식 값을 내겠다고 했지만, 내 자존심을 무너뜨릴 수는 없었다. 나는 주머니에 있던 지폐를 다 털어 음식 값을 지불했다. 그런 나를 보며 그녀가 싱긋 미소를 지었다.

"그래, 다음엔 내 차례야. 기억해둬."

하지만 다시 또 이런 날이 올까. 우리는 국립극장 역으로 이어지는 카를 요한 가를 함께 걸었다. 우리는 둘 다 뢰아로 향하는 전동차를 탈 생각이 없었다. 그녀는 시계를 보더니 "다 끝나가는 회의지만, 지금 가면 얼굴은 내밀 수 있겠지" 하고 중얼거렸다. 나는 그녀의 눈동자가 불안하게 움직이는 것을 놓치지 않았다. 회의가 아니라, 한 남자 때문이면서. 나는 그녀가 거짓말을 한다고 생각했다. 하지만 그 생각을 입 밖에 내진 않았다. 나 역시 저녁 피아노 연습 시간을 한참이나 넘긴 터였다.

우리는 헤어지기 전에 전동차역으로 내려가는 계단 앞에 서서 가벼운 포옹으로 인사를 대신했다.

"만나서 반가웠어." 그녀가 말했다.

"저두요. 시간 내주셔서 고맙습니다."

"이제 넌 이 세상 누구보다 나를 잘 아는 사람이 되었구나."

"저 혼자만 알고 있을게요."

"그래. 꼭 그렇게 해줘."

그녀는 사가 극장 쪽으로 걸어갔다. 나는 그 자리에 서서 한참 동안 그녀의 뒷모습을 바라보았다. 흥분과 혼란으로 뒤섞인 감정이 솟아올랐다. 그녀의 뒷모습은 안나와 구별할 수 없을 정도로 닮아 있었다.

바람 한줄기가 옷자락 사이로 파고들었다. 다시 비가 내리기 시작했다.

나는 왕궁 옆으로 나 있는 공원길을 지나 비슬레트로 향했다.

레베카의 데뷔 콘서트

기대감에 가득 찬 분위기가 계속되었다. 레베카 프로스트의 데뷔 콘서트가 얼마 남지 않았던 것이다. 우리 모두가 꿈꿔왔지만 감히 실행에는 옮기지 못했던 그 거대한 일. 그녀는 이 데뷔 콘서트를 통해 성인 피아니스트로 한 걸음 더 나아가는 셈이었다. 모두들 조금씩 질투를 느끼면서도 그녀를 자랑스러워했다. 나는 마르그레테 이레네와 침대에 누워 있었다. 달라진 것은 하나도 없었다. 달라진 것이 있다면, 마르그레테 이레네가 마침내 치아교정기를 떼어냈다는 것이었다. 나는 교정기를 떼어낸 그녀의 잇바디가 그토록 가지런하고 예쁜지 미처 몰랐었다.

나는 그녀가 다른 사람들과는 달리 섹스할 때 아직까지 옷을 벗으려 하지 않는다는 사실에 안도했다. 그녀는 피임기구나 약을 사용하려고도 하지 않았으며, 내가 사용하는 것도 반대했다. 그러면서도 아이가 생기는 것은 원하지 않았다. 나는 그녀가 짐작하는 것이상으로 이런 결정에 대해 만족하고 있었다. 아마도 그녀는 나를 이용한다고 생각하고 있을지 모르지만, 사실은 내가 그녀를 이용하고 있는 것이었다. 우리는 결혼은 생각지도 않고 있었다. 적어도, 나는 그랬다. 우리는 서로를 이용하면서 순간의 즐거움에 탐닉하고 있었다.

"너는 언제 데뷔할 거니?" 마치 이전에는 단 한 번도 이런 이야기를 나눈 적이 없었다는 듯 그녀가 물었다.

"난 먼저 쉰네스트베트 선생에게서 벗어나야 할 것 같아. 하지만 그건 시간이 걸릴 것 같아."

"넌 너무 착해. 바보같이 착해. 그 초라하고 어리석은 남자에게 발목을 잡혔다는 생각은 안 드니?"

틀린 말은 아니었다. 하지만 쉰네스트베트 선생을 배반할 수는 없었다. 더욱이 지금의 실력으로 데뷔를 생각한다는 건 성급한 일일 수 있었다. 내 연주에는 뭔가가 부족했다. 특히 18호 스튜디오의 칠흑 같은 어둠 속에서 연주를 할 때면 내 연주가 완벽하지 않다는 게 확연히 드러났다. 하지만 피아노를 치면서 안냐에 대한 그리움을 내 머릿속에서 정처 없이 떠다니도록 놓아두다보면, 내 연주가 완벽하게 들릴 때도 있었다. 생각을 붙들지 말고 놓아주라는 것은 쉰네스트베트 선생이 항상 지적했던 것이었다. 나는 이런 것들을 마르그레테 이레네에게 털어놓고 싶지 않았다.

"조급하게 생각 안 해." 생각 끝에 내가 말했다.

그녀는 장난스럽게 내 코를 한 번 비틀어 쥐더니 말했다. "응, 그래? 넌 조용히 있다가 커다란 센세이션을 일으키고 싶은 거지? 그리고 모두가 감탄할 정도로 완벽한 연주를 보여주고 싶은 거지?

그렇지?"

내 머릿속을 읽어낸 건 놀라웠지만 그녀의 추측에 힘을 실어주고 싶지는 않았다.

"네가 나보다 먼저 데뷔할 것 같은데?" 나는 이렇게 말하며, 그녀의 입술에 키스했다. 무슨 이유에선지 그녀가 점점 더 좋아지고 있었다.

"정말 그렇게 생각해? 사실, 난 음악가가 안 될지도 몰라. 자신도 없고, 생각지도 않고 있어."

그녀는 아직 학교에 다니고 있었다. 나를 제외한 내 또래 아이들이 모두 학교를 다니고 있었다. 나는 나 자신이 아무짝에도 쓸모없는 인간처럼 여겨졌다. 마르그레테 이레네와 함께 있는 시간, 그리고 그녀와 함께 하는 행위들은 타락의 놀음이었다. 나는 자신감을 점점 잃어가고 있었다.

어쨌든 지금은 레베카를 생각할 때였다. 마침내 마르그레테 이레네와 함께 침대에서 빠져나왔을 때는 이미 시간이 많이 늦어 있었다. 우리는 NRK 라디오 방송국으로 가기 위해 서둘러야 했다. 레베카는 게이르의 도움으로 11월 10일, 오늘 저녁 그곳의 19호 스튜디오를 빌려 최종 리허설을 할 예정이었다. 그 큰 라디오 스튜디오에 초대된 이들은 대부분 우리, '젊은 피아니스트들의 모임' 멤버들이었다.

19호 스튜디오에는 스타인웨이 D모델이라는 훌륭한 피아노가 있었다. 건반은 조금 무겁지만, 요즘은 이런 피아노가 유행이었다. 나 역시 이런 스타일의 피아노를 좋아했다. 안나에게도 초대장을 보냈다는데, 그녀는 보이지 않았다. 레베카가 다가와 내 입술에 가볍게 키스했다. 물론 마르그레테 이레네의 질투를 돋우기 위해서였다. 레베카는 청바지와 주름이 잡힌 하얀 셔츠를 입고 있었다. 마치 그날의 리허설이 공식적인 것이 아니라는 것을 강조라도 하기 위해 일부러 그런 옷차림을 한 것 같았다.

"안냐는 오늘 저녁에 못 온다고 전화로 연락이 왔어." 그녀는 마르그레테 이레네 쪽을 향해 장난스럽게 놀리는 듯한 눈길을 던졌다. "하지만 내일은 올 거야. 연주회가 끝나고 축하 파티에도 참석할 거래."

레베카는 말을 마친 후, 안냐가 자주 하던 대로 눈동자를 이리저리 굴렸다. 그 모습이 안냐와 너무도 똑같아서 우리는 웃음을 터뜨리고 말았다.

레베카는 기대로 가득 찬 흥분에 젖어 있는 것 같았고, 또 무척이나 긴장되어 보였다. 나는 긴장감이 사람을 더 아름답게 만든다고 생각했다. 레베카에게 오늘 저녁 너무도 아름다워 보인다고 말해주고 싶었지만 차마 입 밖에 내지는 못했다. 이미 날카로워질 대로 날카로워진 마르그레테 이레네의 신경을 더 건드릴 자신이 없었기 때문이다.

그 자리에는 꽤 많은 사람들이 참석했다. 우리만이 아니라 성악가와 현악기 연주자 들도 보였다. 레베카는 사교성이 좋았기 때문에 그녀의 주위에는 항상 사람들이 북적거렸다. 드디어 레베카가 스튜디오 중앙에 있는 반원형 무대 위에 있는 그랜드피아노 앞에 앉았다. 그녀는 우리를 위해서 따로 포도주와 다과를 준비해놓았다. 하지만 우리는 레베카의 연주를 듣기 위해 온 것이어서 음식에 손을 대는 사람은 아무도 없었다. 연주회 바로 전날, 우리 앞에서 최종 리허설을 하겠다는 레베카의 결정은 용기 있는 것이었다.

"긴장 풀려고 하는 거야. 만약 오늘 리허설을 성공적으로 할 수 있다면, 가장 중요한 부분을 마친 거나 다름없어. 내일은 그저 승리의 행진 정도로 생각하고 있어. 오! 내일 입을 연주복이 얼마나 멋진지 상상할 수 있겠어?"

그녀는 대부분 마르그레테 이레네를 보면서 말을 했다.

"하늘색 새틴. 파리에서 공수해온 드레스야. 가격이 얼만지는 묻지 말라고 아빠가 고집을 피우셨어, 히히. 그 드레스를 보는 순간 아마 모든 여자애들이 질투심에 가슴이 찢어질걸?"

그녀는 의미심장한 눈으로 우리 둘을 쳐다보았다. 갑자기 마르그레테 이레네와 손을 잡고 서 있는 나 자신이 부끄러웠다. 우리 둘만 있을 때 무슨 짓을 하는지 그녀가 다 짐작하고 있을 것 같았다. 하지만 레베카는 지금 다른 일에 더 관심을 쏟고 있었다. 그녀는 곧 연주를 시작할 채비를 했다. 그녀는 기교적으로 어려운 곡을 기대에 가득 찬 청중의 입맛에 딱 들어맞게 연주할 것이다. 리허설에는 그녀의 가족은 물론이고 셀마 룅에조차 초대되지 않았다. 레베카는 자신의 집중력을 앗아가는 모든 요소를 배제하고, 믿을 만한 친구들 앞에서 최종 리허설을 할 모양이었다. 말하자면 일종의 최종 시험인 셈이었다. 그녀는 자신의 연주에 대해 솔직한 비평과 의견을 듣고 싶어했다.

우리는 자리에 앉아 레베카의 연주를 기다렸다. 레베카는 깃털처럼 가벼운 곡인 라벨의 〈쿠프랭의 무덤 프렐류드〉 첫머리를 실수로 시작했다. 하지만 곡이 진행되는 동안 나는 그녀가 서서히 몰입하는 것을 느낄 수 있었다. 불과 몇 달 사이에 그녀의 실력은 눈에 띄게 부쩍 늘어 있었다. 악마적 기교를 요구하는 〈토카타〉조차도 아무것도 아니라는 듯 무난하게 연주해냈다. 대가들조차도 어려워하는 옥타브 연주 그리고 그 사이에 넣어줘야 하는 손가락이 부러질 정도로 복잡한 화음들, 난해하게 반복되는 움직임들이 레베카에게는 마치 식은 죽 먹기처럼 보였다. 우리는 터져나오는 탄성을 숨기지 못한 채 아주 오랫동안 박수를 쳤다. 그녀는 피아노 의자에서 일어나 가볍게 답례했다. 그녀에게는 자연스러운 자신감이 생겨난 듯했다. 뒤이어 그녀는 〈작품번호 109번〉을 연주했다. 그 곡은 나도 거의 완벽하게 연주할 수 있는 곡이었다. 품위 있게 앉아 있는 모습, 똑바르게 편 등, 곧은 목선에서 말로 표현할 수 없는 우아함이 흐르고 있었다. 그녀는 내일 저녁이면 공식적으로 데뷔한다. 나는 눈을 감고 곡 중에서 가장 서정적인 부분과 변주 악장, 그리고 갑작스러운 정적과 더불어 산만함으로 다시 찾아드는 부분을 특별히 음미했다. 마치 베토벤이 산산조각 난 내 마음 상태를 표현하는 것 같았다. 나는 마르그레테 이레네의 손을 잡고 앉아 머릿속으로는 안냐를 그렸다. 내일이면 안냐를 볼 수 있을 것이다.

레베카는 베토벤 소나타와 쇼팽의 발라드 네 곡을 연주했다. 각각의 곡들이 시작될 때마다 그녀의 향상된 연주 테크닉에 대해 놀라움을 감출 수 없었다. 하지만 곡이 계속되면서 차츰차츰 열정이 사그라지는 것을 느낄 수 있었다. 곡이 끝날 무렵에는 지루하기까지 했다. 그녀가 표현하고자 하는 콘트라스트조차 식상하게 느껴졌다. 마치 곡 뒤에 숨어 있는 셀마 링에의 목소리가 들리는 것 같았다. 레베카의 연주에는 배워서 습득한 표현이 있었다. 그녀는 이것을 알아채지 못하고 있었다. 그런 그녀를 보니 왠지 모르게 안됐다는 느낌이 들었다.

그녀의 연주가 끝나자 우리 모두는 환호를 지르며 박수갈채를 보냈다. 발을 구르고 브라보를 외쳤지만, 레베카는 양손으로 우리에게 조용히 해달라는 신호를 보냈다. 그녀는 우리에게 직접적이고 솔직한 의견이 담긴 비평을 요구했고, 우리는 상황 파악을 못할 만큼 어리석지는 않았다. 우리는 그녀의 친구들이기 때문이었다. 비평의 건더기를 찾아내자면 한두 마디 보탤 수도 있었겠지만, 그녀의 연주 스타일을 바꾸기에는 이미 늦었기에 다들 잠자코 입을 다물고 있었다. 오직 페르디난만이 한마디 했을 뿐이다.

"쇼팽의 〈발라드 바장조〉를 칠 때 조금 더 여유를 가졌으면 좋겠어. 네가 서정적인 부분을 칠 때 특히 더 아름답게 들렸거든. 그 부분을 더 강조해도 좋을 것 같아."

그녀는 페르디난에게 감사의 말을 한 후에 우리 모두에게 돌아가며 묻는 듯한 눈길을 보냈다. 아무도 부정적인 코멘트를 하지 않는 거야? 정말? 아무도? 우리는 고개를 저었다. 그녀는 연주하기 전보다 더 긴장되어 보였다. 내일이면 그녀는 뭉크의 〈태양〉 아래에서 비평가들과 기대에 가득 찬 청중 앞에서 연주할 것이었다. 모두 그녀가 의기양양하게 연주를 마치고, 금으로 장식된 의자에 앉아 개선장군처럼 그녀의 집으로 향할 것이라고 생각하는 듯했다. 뷔그되위의 빌라에서는 파티 준비를 마치고 축제 분위기 속에서 그녀를 맞이할 것이다. 피아니스트들은 물론 친척들과 친구들이 빠짐없이 초대되었다. 이유는 몰라도 카트리네도 초청받았다. 레베카에게 물어보았지만, 그녀는 "카트리네는 네 누나잖아?"라고 대답할 뿐이었다.

레베카는 바로 집으로 가서 잠자리에 들 것이라고 말했다. 하지만 단 일 초라도 잠을 잘 수 있을지는 의문이라고 덧붙였다. 그녀는 부모로부터 선물 받은 자신의 차, 사브의 카브리올레를 몰고 집으로 향했다. 면허증을 딴 지 얼마 안 되었다고 했다.

"내일 보자." 그녀는 라디오 스튜디오 정문 앞에서 우리에게 손을 흔들었다. "그리고 코가 비뚤어질 때까지 마셔보자구!"

드디어 날이 밝았다. 1969년 11월 11일. 햇살이 화창한 날이었다. 눈이 내릴 기미는 보이지 않았다. 거리의 나뭇가지에는 아직도 색 바랜 나뭇잎들이 매달려 있었다. 주요 일간지는 레베카의 데뷔 콘서트 기사로 장식되어 있었다.

'선박회사 주주의 딸, 음악가의 길로 들어서다!'라는 〈아프텐포스텐〉 지의 기사에 뒤이어 〈VG〉 지는 '레베카, 프로스트* 전에 데뷔하다!' 〈다그블라데〉 지는 레베카의 말을 인용해 헤드라인을 뽑았다. '클래식 음악 환경에는 좀더 로큰롤적인 요소가 필요합니다!' 레베카의 사진이 여기저기서 눈에 띄었다. 카트리네와 나는 함께 주방 식탁에서 레베카의 기사를 읽었다.

"레베카는 모든 것을 다 갖추고 있어. 유머 감각도 있고, 무척 똑똑해." 카트리네는 감탄하며 말했다.

* 프로스트(frost)는 레베카의 성이기도 하지만 '결빙'이라는 뜻도 있다.

카트리네의 말이 맞았다. 이전에는 보지 못했던 레베카의 매력을 나는 지금에서야 발견한 것이다. 세상에! 내가 지금 무슨 생각을 하고 있는 것일까? 자제력을 잃어버린 것은 아닐까? 과연 이 한계는 어디까지인가? 심지어는 마리안네 스쿠그에 대해 꿈같은 상상을 한 적도 있는데 지금은 또 레베카에게 매력을 느끼다니. 마리안네 스쿠그…… 그날 이후로는 단 한 번도 만나지 못했다. 그녀도 나처럼 갑자기 비밀을 공유했다는 사실에 겁을 먹었던 걸까.

카트리네는 레베카의 파티에 초대받았다는 데에 기뻐하다 못해 자랑스러워하기까지 했다. 그녀는 지난번 피아노 대회에서처럼 레베카의 연주 도중 브라보를 외치지 않겠다고 내게 굳게 약속했다.

나 또한 마침내 안냐를 볼 수 있다는 생각에 흥분되긴 마찬가지였다. 카트리네와 나는 여섯시 반에 시내로 가는 전동차를 탔다. 나는 카트리네가 안냐를 찾아 두리번거리는 것을 보았다. 하지만 안냐는 보이지 않았다. 일전에 엘베파레를 찾아갔던 일과 안냐의 어머니와 함께 한 저녁식사에 대해 카트리네에게 절대 말하지 않으리라 결심했다. 카트리네가 누나랍시고 내 사생활에 간섭하는 것을 원치 않았기 때문이다. 나는 이미 성인 대접을 받을 수 있는 열여덟 살이 되었고, 곧 운전 면허증도 딸 계획이었다. 이제 내 삶을 스스로 결정할 수 있는 나이였다.

에울라 강당 밖은 거의 축제 분위기였다. 매표소 앞에는 사람들이 줄지어 서 있었다. 입장권이 곧 매진될 거라고 여기저기에서 떠들어댔다. 데뷔 콘서트는 항상 특별한 콘서트가 될 수밖에 없었다. 그리고 특히 레베카의 콘서트는 화려하게 꾸민 각계 인사들로 북적여 더욱더 특별해 보였다. 그녀의 아버지 파비안 프로스트는 이 사람 저 사람에게 공짜표와 초청장을 돌렸다. 음악 애호가들에게는 굳이 그렇게까지 할 필요가 없는데도. 연주회를 보러 온 청중이라고 모두가 음악 애호가는 아니다. 술에 찌들고 돈 많고 나이 많은 이들은 연주를 듣다 졸기 일쑤고, 화려하게 꾸민 여인들은 하품을 하기도 한다. 그러나 그중에서도 최악은 곡이 끝나기도 전에 악장과 악장 사이에 박수를 치는 사람들이다.

지금 무슨 생각하고 있니, 레베카…… 이제 머지않아 내 차례라는 생각이 들었다. 무대 뒤편에 앉아 손가락에 흥건한 땀을 닦으며 긴장에 몸을 떨고 있을 미래의 내 모습이 떠올랐다. 지금쯤 레베카도 분명 콘서트 기획자인 구데가 이리저리 왔다 갔다 하는 걸 보며 긴장하고 있을 게 틀림없었다. 지금 어떻게 하고 있니, 레베카…… 어쩌면 그녀는 악보를 외우고 있을지도 몰랐다. 콘서트에서 연주할 곡들, 셀 수 없이 많은 음들. 어쩌면 그녀도 구토 직전의 어지럼증을 느끼고 있을지 모르는 일이었다. 그녀는 강당 내에 점점 고조되고 있는 열기를 느끼고 있을 것이다. 그리고 쉴 새 없이 화장실을 들락날락하고 있을지 모른다. 로비로 들어가는 줄에 서서 이런 생각들에 빠져 있을 때, 안냐가 다가왔다.

“여기 있었구나!” 안냐가 반갑게 인사하며, 카트리네의 팔을 살짝 잡아당겼다.

그녀는 내게 무슨 말이라도 하고 싶은 듯 짧고 의미심장한 눈길을 보냈다. 하지만 그녀는 아무 말도 하지 않았다. 단지 “세상에, 얼마나 긴장이 되는지 몰라” 하고 말할 뿐이었다.

“너도?” 나는 무슨 이유에선지 안도감을 느꼈다. “난 네가 긴장감이 뭔지도 모르는 줄로만 알았는데."

"바보 같은 소리 하지 마, 악셀. 난 어젯밤 거의 한숨도 못 잤어." 그녀는 카트리네와 나 사이를 비집고 들어와 함께 걸었다.

"하지만 레베카는 잘해낼 거야."

"물론이지. 레베카는 잘해낼 거야."

안냐를 다시 볼 수 있어 얼마나 기쁜지 몰랐다. 연두색 더플코트와 두툼한 보라색 털목도리 그리고 금잔화 향. 카트리네가 안냐의 귀에 뭐라고 속삭였다. 나는 그 귓속말을 듣고 싶었지만, 주위의 웅성거림 때문에 전혀 들을 수가 없었다. 안냐에게서 긴장된다는 말을 들으니 나는 그 배로 더 긴장이 되었다. 그때, 강당 입구 쪽 벽에 딱 붙어 서 있던 마르그레테 이레네가 내 눈에 들어왔다. 미장원에라도 다녀왔는지 곱슬머리에 인조털코트를 입고 있었다. 그녀는 우리를 기다리고 있었다. 나는 이 순간 자리에서 사라지고 싶은 생각밖에 들지 않았다. 이제 안냐는 마르그레테 이레네와 내가 연인 사이라는 것을 곧 알게 될 것이다. 바보 같고 우스꽝스러운 상황이었다. 하지만 동시에 마르그레테 이레네의 창백한 얼굴을 보고 있으려니 그녀가 안됐다는 생각에 마음이 아렸다. 한 번도 이야기한 적이 없는데도 그녀는 내가 안냐를 좋아하고 있다는 것을 알고 있었다. 한번은 내가 절정에 오르기 바로 직전이었다. 그녀는 갑자기 애무의 손길을 멈추고, 나의 중심을 잡고 있던 손마저 풀어버리고 내게 물었다. 거의 악의에 찬 듯한 표정과 말투였다. "너, 지금 안냐 생각 하고 있지?"

그녀가 우리를 발견하고 다가왔다. 그러고는 여봐란듯이 내 입술에 진한 키스를 한 후, 카트리네에게 인사를 하고 안냐를 가볍게 포옹했다.

"너무 긴장돼서 도대체 어떻게 해야 할지 모르겠어."

"어제 리허설은 어땠어?" 안냐가 물었다.

"굉장했지." 마르그레테 이레네가 당연하다는 듯 대답했다.

"그렇다면, 오늘 연주도 별문제 없겠구나." 안냐가 깊은 숨을 내쉬며 말했다.

나는 호기심에 가득 찬 눈으로 그녀를 바라보았다. 그녀는 내가 알던 모습과 달리 오늘 저녁 유난히 긴장하고 있는 듯했다. 이제 두 달 후면 그녀도 교향악단과 라벨의 〈피아노협주곡 사장조〉를 협연하기 때문에 그런 걸까. 나는 이 생각만으로도 긴장감에 배 속이 뒤틀리는 것 같았다. 긴장감은 전염성을 가지고 있었다.

로비는 시끌벅적하니 축제 분위기였다. 우리는 강당 안으로 서둘러 들어갔다. 레베카는 우리 네 명을 모두 한곳에 앉혀놓을 생각인 듯했다. 표를 보니 다섯째 줄의 나란한 번호였다. 나는 카트리네가 얼굴을 찡그리는 것을 보았지만 아무 내색도 하지 않았다. 몇몇 사람들은 작년 피아노 대회에서 소동을 일으켰던 카트리네를 알아보는 것 같았다. 그러나 오늘 저녁 그녀에게선 예전의 늘 맺혀 있던 이슬 같은 눈물방울도, 술 냄새도 나지 않았다. 나는 카트리네를 믿어보기로 했다. 그녀는 평상시보다 더 짙은 화장을 하고, 얼마 전에 산 듯한 새 옷을 입고 나왔다. 그럼에도 그녀에게선 사내아이 같은 분위기가 느껴졌다. 그녀는 안냐와 쉴 새 없이 이야기를 나누고 있었다. 하지만 내 귀 바로 옆에서 종알거리는 마르그레테 이레네의 말소리 때문에 그들의 이야기는 한마디도 들을 수 없었다.

크라게뢰 바다 위로 떠오르는 뭉크의 〈태양〉. 그것은 뭉크가 신경쇠약으로 덴마크에서 요양을 하고 돌아온 직후 그린 벽화였다. 오늘따라 내게 그 벽화가 어떤 상징적인 의미로 다가왔다. 희망과 광명으로 가득 찬 날들을 암시하는 듯했다.

나는 이제부터 한두 시간 동안 레베카가 뚫고 나가야 할 그 지옥 같은 시간을 떠올렸다. 그녀가 선곡한 레퍼토리는 엄청난 기교를 요할뿐더러 연주 중에 잠시 쉬어갈 데라곤 한 군데도 없었다. 라벨의 옥타브와 반복되는 음들, 불가능에 가까운 트릴*로 가득 차 있는 베토벤의 곡, 잠재적인 돌풍에 잠시도 방심할 수 없는 쇼팽의 발라드. 특히 모든 발라드의 끝부분에 나오는 지긋지긋한 3도 화음과 4도 화음, 다시 넓은 옥타브. 더욱이 연주의 성패를 가름하는 날카롭고 정교한 힘을 요구하는 충격적인 터치까지.

"행운을 빌어." 안냐가 속삭였다.

안냐의 말이 마치 자신에게 속삭이는 것처럼 들렸다. 안냐는 내 오른쪽 옆에 앉아 있었다. 내 왼쪽에는 마르그레테 이레네가 앉았고, 카트리네는 안냐의 오른쪽 편에 앉았다. 안냐의 손을 잡고 싶었지만, 정작 내가 잡고 있었던 것은 마르그레테 이레네의 손이었다. 안냐는 눈치채지 못했다. 그녀는 내게 아무런 감정도 느끼지 못하는 것일까. 그녀는 나를 사랑하지 않는다. 마르그레테 이레네

* 어떤 음을 연장하기 위하여 그 음과 2도 높은 음을 교대로 빨리 연주하여 물결 모양의 음을 내는 장식음.

도 나를 사랑하지 않기는 마찬가지였다. 그래도 그녀는 나와의 섹스를 원하지 않는가. 저기 앉아 있는 카트리네는 누구와의 섹스를 원하는 것일까. 아니, 상관없는 일이었다. 그녀가 누구와 함께하든 내가 상관할 일이 아니었다. 내 머릿속에는 안냐만 있었다. 사랑을 받아야 할 사람은 바로 안냐였다.

문득 내 등 뒤에 꽂히는 눈길을 느꼈다. 순간 몸이 얼어붙는 느낌이 들었다. 도대체 누가 나를 보고 있는 것일까? 나는 좌석 뒤쪽을 하나하나 훑어나갔다. 눈에 익은 얼굴이 나타났다가 곧 사라졌다.

손전등 사내였다.

에울라 강당은 열광과 흥분의 도가니가 되어가고 있었다. 곧 있을 커다란 행사에 대한 신호였다. 그것은 마치 중동 분쟁 지역 출신의 정치가나 미국 대통령에게 노벨평화상이 수여되기 직전의 분위기와도 비슷했다. 루빈스타인의 콘서트가 있었던 후로 이곳의 분위기가 이만큼 고조된 적은 없었다. 양측 계단에 마련된 임시석도 역시 청중으로 가득 찼다. 입석도 매진이었다. 콘서바토리의 학생들도 호기심에 모두 모여든 것 같았다. 쉰네스트베트 선생의 모습도 보였다. 그는 평상시처럼 중앙 통로 가까이에 앉아 있었다. 그리고 언제나 그랬듯 내게 손을 흔들어주었다. 나도 손을 흔들어 답례했다. 나는 뭉크의 〈역사〉와 〈알마 마터〉 중간에 앉아 있었다. 이 벽화들은 뭉크의 인생철학과 시간 그리고 창조에 대한 의미가 담긴 그림이었다. 나는 안냐가 카트리네에게 속삭이는 말을 들을 수 있었다. 그녀는 뭉크의 벽화들이 진부하고 천박하며 센티멘털하다고 했다. 갑자기 머릿속이 어지러웠다. '센티멘털리즘에 대해 뒤에서 비방을 하는 사람들은 과장된 자부심과 탐욕으로 가득한 사람'이라고 언젠가 내게 어머니가 말해주었던 기억이 떠올랐기 때문이다. 하지만 더이상 어머니를 생각하고 싶지 않았다. 이제 오 분 후면 콘서트가 시작될 것이었다. 〈아프텐포스텐〉의 유명한 저널리스트인 한스 외르겐 후룸의 모습도 보였다. 항상 화가 나 있는 듯한 〈노동신문〉의 클라우스 에게 기자도 보였다. 〈프리헤텐〉의 팔다리가 길기로 유명한 핀 아르네스타 기자도 보였고, 〈모르겐블라데〉의 항상 예의 바른 콘라드 바텐 기자도 모습을 드러냈다. 나라 안에서 가장 영향력 있는 〈다그블라데〉와 〈VG〉에서는 마그네 헤달과 폴케 스트룀홀름이 온 것 같았다. 셀 수 없이 많은 신문들과 수없이 많은 의미와 취지를 대표한 이 사람들 외에도, 음악계의 이름깨나 있는 후원자들이 줄줄이 들어섰다. 그들은 저녁식사 자리에서 금방 나온 사람들처럼 서둘러 마지막 순간에 자리를 잡고 앉았다.

사 분 전. 파비안 프로스트와 그의 부인 데지레가 모습을 보였다. 그는 연미복을 입었고, 그의 부인은 점잖은 톤의 루비색 드레스를 입고 있었다. 레베카의 조언이 그들의 옷차림에 결정적 역할을 하지 않았을까. 오늘 같은 날 어머니의 겉모습에 자신의 존재감이 가려지면 안 된다고 목청 높였을 레베카를 상상하는 것은 그리 어렵지 않았다.

삼 분 전. 셀마 륑에가 청중석으로 들어섰다. 그녀는 몸에 붙는 얇은 옥색 드레스를 입고 있어 몸매의 곡선이 훤히 드러났다. 모두가 그녀를 쳐다보았다. 중앙 문으로 들어온 그녀는 남편 토르핀 륑에와 함께 앞줄로 걸어왔다. 토르핀 륑에는 셀마의 뒤에 한 걸음 떨어져 걷고 있었다. 마치 여왕과 정략결혼을 한 힘없는 나라의 왕자처럼. 세 아이의 어머니이고 오십대라는 게 도저히 믿기지 않을 정도로 셀마 링에는 젊어 보였다. 그녀는 우리 좌석을 지나가면서 안냐에게 조심스레 미소를 보냈다. 나는 그녀의 눈빛이 온화하고 우호적이라고 생각했다. 그녀는 나와 카트리네 그리고 마르그레테 이레네를 향해서도 한 번씩 눈길을 주었다. 마치 우리가 누구인지 다 알고 있다는 듯한 눈빛이었다.

"걸어가는 모습이 꼭 여왕 같아." 나는 혼자 중얼거렸다. 누가 들으라고 한 소리는 아니었다.

"그래, 여왕이지." 안냐가 넋을 잃은 듯한 목소리로 맞장구를 쳤다.

셀마 링에는 그녀의 남편과 함께 셋째 줄에 앉았다. 강당 안의 웅성거림은 어느새 잦아들었다. 모두들 이제 막이 오를 때가 되었다는 것을 알고 있었다. 그리고 콘서트 기획자인 구데가 모습을 드러내기만을 기다리고 있었다. 그는 곧 무대 왼쪽의 문을 통해 나올 것이다. 지금쯤 그는 레베카와 연주 전 마지막 말을 주고받고 있을 것이다. 그러고 나면 그녀는 무대로 나와, 어제 그렇게나 자랑했던 화려한 드레스를 선보일 것이다. 드디어 구데가 천천히 무대 중앙으로 나왔다. 그는 검은색 양복에 흰색 셔츠와 나비넥타이 차림이었다. 눈에 익은 모습이었다. 그는 무대 한쪽에 마련된 자신의 자리로 가서 청중석을 한 바퀴 둘러보고 눈을 몇 번 깜박였다. 그리고 청중석에서 발견한 몇몇 지인들에게 가볍게 고개를 끄덕여 알은체했다.

에울라 강당을 밝히고 있던 불이 하나둘씩 꺼져갔다.

청중석은 쥐 죽은 듯 고요해졌다.

모두들 진지하게 피아니스트를 기다리고 있었다.

오, 레베카! 갑자기 이상한 예감이 번개처럼 머릿속을 스쳤다.

드디어 레베카가 무대 위에 모습을 드러냈다. 그녀는 청중석에서 잘 보이는 왼쪽 문에서 나오지 않고, 안쪽의 다른 문에서 걸어 나왔다. 그 문은 세계 최고 거장들의 특별한 입장식에만 사용되어 온 문이었다. 나는 그녀를 보자마자, 왜 그녀가 그 문을 이용해서 무대로 걸어 나오는지 이해할 수 있을 것 같았다. 그녀는 드레스를 입은 자신의 화려한 모습을 보이고 싶은 것이다. 피아노에서 되도록 멀리 떨어진 곳에서 걸어 나옴으로써 축제 분위기를 만들어내고 싶기도 했을 것이다. 그녀의 드레스는 짐작했던 대로 화려하기 그지없었다. 셀마 링에의 드레스와 같은 터키옥색이었으나, 셀마에 비해 좀더 튀었다. 어깨를 드러내고 몸매의 곡선을 잘 보여줄 수 있게 아래로 내려갈수록 좁아지는 드레스였다. 그녀는 시험 답안지를 제출하러 가는 여학생이라기보다는 축제에서 남학생들의 눈길을 끌기 위해 한껏 치장한 여자아이처럼 보였다. 무대 양쪽 끝에는 각각 같은 색깔의 화환이 놓여 있었다. 우리는 레베카를 집어삼키기라도 할 듯 그녀를 뚫어지게 바라보았다. 행복한 순간이었다. 동시에 긴장감이 사라지는 것을 느낄 수 있었다. 오늘 콘서트에는 모든 것에 세부적인 각본이 짜여 있었다. '당연한 거야.' 나는 생각했다. 레베카 프로스트는 언제나 신중한 아이였다. 청중들은 박수를 치기 시작했다. 에울라가 떠나갈 듯한, 그러면서도 온화한 기분이 느껴지는 박수 소리였다.

그때, 레베카가 비틀거렸다.

피아노가 놓여 있는 작은 무대로 올라가다 그녀는 드레스자락을 밟았고, 동시에 우당탕 넘어져버렸다. 청중석에서 안타까운 함성이 터져나왔다. 눈앞에서 벌어진 일을 믿을 수가 없었다. 레베카 프로스트가 갑자기 무대 위에 엎어진 것이다. 청중석에서 누가 비명을 질렀다. 나는 그 비명의 주인공이 셀마 링에라는 것을 알았다. 레베카는 일어날 기미를 보이지 않았다. 나는 안냐를 쳐다보았다. 안냐는 두 손으로 카트리네의 팔을 잡고 있었다. 마르그레테 이레네가 내게 귓속말을 했다. "믿을 수가 없어. 이 자리에 있고 싶지 않아."

구데가 있는 힘을 다해 무대 중앙으로 뛰어갔다. 그런 그의 모습은 평생 잊지 못할 것이다. 그는 레베카 옆에 무릎을 꿇고 앉아 무슨 말을 하고 있었다. 하지만 그녀는 여전히 엎드린 채 일어나지 않았다. 그녀는 무대 바닥에 코를 박은 채 한참이나 그렇게 있었다. 나는 여자아이도 아니고, 드레스도 한번 입어본 적 없지만, 바로 그 순간 레베카가 무슨 생각을 하고 있을지 알 것 같았다. 그녀는 땅속으로 숨고 싶을 것이다. 집중력은 이미 흐트러졌다. 이제 연주를 한다는 것은 거의 불가능해 보였다.

에울라의 무대 바닥은 너무도 반짝거려서, 마음만 먹으면 레베카가 자신의 얼굴을 비춰볼 수도 있을 것 같았다. 구데는 여전히 무슨 말인가를 그녀에게 하고 있었다. 그제야 정신을 좀 차린 듯했다. 그녀가 몸을 꿈틀하기 시작했다. 잠시 후 그녀는 구데의 부축을 받으며 천천히 몸을 일으켰다. 신발이 벗어졌다. 구데는 레베카를 부축하면서 신발을 신겨주었다. 그녀는 드레스를 손으로 툭툭 털다 잠시 비틀거리는 듯하더니 등을 곧추세웠다. 구데는 마지막으로 무슨 말인가를 한마디 더 레베카에게 해주었다. 둘 사이에 어떤 협약이 이루어진 듯 보였다. 그녀는 미소를 짓고 그의 양 볼에 가볍게 키스한 후, 손짓으로 이제 혼자서도 해낼 수 있다는 신호를 보냈다. 그는 자신의 자리로 돌아가서 눈을 깜박이면서 나비넥타이를 손질한 후에 앉았다.

레베카는 무대 중앙으로 나와 서서 청중석을 한 번 쓱 둘러보더니 목청을 가다듬었다. 그 순간만큼 에울라가 조용했던 적이 있었을까. 나는 안나에게 다시 눈길을 돌렸다. 그녀는 아직도 카트리네의 손을 잡고 있었다.

"제가 우려했던 일이 일어났네요." 레베카는 높고 청청한 목소리로 말을 시작했다.

"이런 비슷한 일이 전에도 있긴 있었습니다. 삼십 년 전쯤, 조금 전 저와 똑같은 일을 당한 피아니스트는 용기를 잃고 데뷔 콘서트를 시작도 하기 전에 취소해버렸죠. 하지만 저는 그렇게 하지 않을 겁니다. 여러분을 놀라게 해드렸던 점 깊이 사과드립니다. 바닥이 이렇게까지 미끄러운 줄은 미처 몰랐답니다."

안도의 한숨이 청중석 여기저기서 터져나왔다. 나지막한 웃음소리도 들렸다. 곧 우레 같은 박수 소리가 뒤를 이었다. 그녀를 위하는 마음에서 진심으로 보내는 격려였다. 레베카는 피아노 앞에 가서 앉았다.

"난 레베카가 포기할 줄 알았는데…… 대단한걸!" 마르그레테 이레네가 내 귀에 속삭였다.

레베카는 첫 곡 라벨의 〈프렐류드〉를 시작했다. 집중력이 완전히 무너진 탓에 계속 건반을 잘못 짚고 있었다. 마음만큼 빨리 연주에 몰입할 수 없으리란 생각에 나는 초조해지기 시작했다. 다행히 시간이 지날수록 레베카의 연주는 점점 더 좋아지고 있었다. 〈토카타〉는 그런대로 들을 수 있을 만큼 제자리를 찾았으나, 어제의 리허설만큼 좋은 연주는 나오지 않았다. 나는 그녀에게 연민을 느꼈다. 에울라의 공기는 마법으로 가득 차 있는 듯했다. 마음만 먹으면 레베카는 이 데뷔 콘서트를 성공으로 이끌 수도 있을 것이다. 그녀가 떨고 있는 것을 느낄 수 있었다. 바닥에 미끄러져 넘어진 충격이 쉽게 가시지 않는 모양이었다. 그렇지만 벌써 두 곡이나 마쳤으니 싫으나 좋으나 끝을 봐야 할 상황이었다.

라벨의 곡이 끝난 후 청중들은 뜨거운 박수를 보냈다. 하지만 기대에 못 미친 연주였다는 듯 박수 소리마저도 형식적으로밖에 들리지 않았다. 그녀는 베토벤 곡을 치기 전까지는 무대를 떠나지 않을 것처럼 보였다. 조금 전 입장할 때 경험했던 악몽을 다시 한 번 반복하게 될까봐 두려웠을 것이다.

비평가들은 노트에 무언가를 재빠르게 적고 있었다. 콘서트홀의 분위기는 권태로우면서도, 조마조마했다.

베토벤.

이 곡만큼은 잘 연주해낼 거라고 생각했다. 사실, 누구나 레베카만큼 잘 연주할 수도 있는 평범한 곡이기도 했다. 자신감을 잃은 그녀의 등은 더이상 반듯하지 않았다. 더 염려스러운 것은 그녀의 팔 동작이 커지기 시작했다는 것이었다. 그녀는 악절을 마무리할 때마다 손을 필요 이상으로 높이 들어올렸다. 이런 자세를 갤러리 전시용 피아니스트의 것이라고 했던가? 하지만 적어도 그녀는 아직까지는 연주에 대한 통제력을 잃지 않은 것 같았다.

안냐는 여전히 카트리네의 손을 놓을 줄 몰랐다.

레베카를 향한 나의 감탄과 존경은 점점 높아져만 갔다. 지금까지 그녀가 보여준 행동은 아무나 할 수 있는 것이 아니었다. 나는 얼마 전에 있었던 트론하임 출신의 한 피아니스트의 데뷔 콘서트를 떠올렸다. 그는 너무도 긴장한 나머지 콘서트에서 악보를 보고 연주하겠다고 고집을 부렸다. 데뷔 콘서트에서 악보를 보고 연주하는 것은 있을 수 없는 일이었다. 그럼에도 그는 페이지터너*를 옆에 앉혔고, 비평가들의 혹독한 비평을 받아야만 했다. 그때 신문에 이런 기사가 났던 것 같다. '데뷔 콘서트의 주인공은 악보 넘기는 것도 힘겨워했다. 아마추어라는 인상을 지울 수 없는 콘서트였다.'

레베카는 지금 피아노 앞에서 자신과의 싸움을 하고 있었다. 레베카가 베토벤 소나타의 마지막 부분에서 기술적인 역량을 시험하기라도 할 듯 도전적인 트릴을 연주할 때, 나는 그녀가 이 부분을 확실히 마스터했다는 것을 알았다. 매일 길고 지루한 시간을 피아노 앞에서 보냈을 그녀의 모습이 떠올랐다. 마침내 그녀는 성공적으로 그 부분의 연주를 마쳤다. 그녀는 포기하지 않았다. 콘서트홀 내의 분위기를 고조시키는 데 딱 필요한 만큼 그녀는 연주를 해냈다. 그리고 1부가 끝나고 잠깐 동안의 인터미션이 시작되었다. 사람들이 강당 밖으로 줄지어 나가는 모습이 보였다.

뭐든 마시고 싶었다. 아니, 차라리 유리잔을 깨뜨리고 싶었다고

* 연주자 옆에서 곡 진행에 맞춰 악보를 넘겨주는 사람.

하는 게 더 정확할 것이다. 안냐는 카트리네의 손을 놓지 않고 있었다. 그들은 로비 한쪽 구석에서 나지막한 소리로 이야기를 주고받고 있었다. 마르그레테 이레네는 내가 그들을 보고 있는 것을 눈치챘다. 그녀가 내 귀에 입술을 대고 말했다.

"신경 쓰지 마, 악셀."

"넌 정말……" 나는 그녀에게 고마운 마음이 들었다. 그녀가 나를 생각해준다는 것 그리고 그녀가 너그럽다는 사실 때문에 갑자기 그녀가 좋아졌다.

그녀의 눈에서 눈물이 떨어졌다. "우린 이제 한 배를 탄 거나 다름없어."

나는 그녀가 무슨 말을 하는지 잘 이해되지 않았다. 로비에 모인 사람들은 제각기 큰 소리로 떠들고 있었다. 모두 연주 직전에 있었던 일에 대해서 이야기하고 있는 듯했다.

"그래도 끝까지 포기하지 않았다는 게 믿기지 않아요. 참 장해요."

누가 저쪽에서 날카로운 목소리로 말하는 것이 들려왔다. 억양으로는 어디에서 온 사람인지 확실히 알 수는 없었지만, 아마도 레베카가 사는 부잣집 동네의 이웃 중 한 사람이 아닐까 하는 생각이 들었다.

갑자기 치솟는 화를 참을 수가 없었다. 하지만 왜 화가 나는지 알 수 없었다. 문득 무대 뒤로 가서 레베카와 이야기를 해야겠다는 생각이 들었다. 그녀는 언제나 나를 격려해주었고, 내가 힘들어할 때면 늘 옆에 있어주었다. 이제는 내가 그렇게 해줄 차례였다.

"미안해, 잠깐만." 나는 마르그레테 이레네에게 말하고 홀 안으로 달려갔다.

나는 무대 위로 올라가 뭉크의 〈역사〉를 지나쳐 왼쪽 문을 향해 걸어갔다. 나 자신이 마치 온화하고 지혜로운 노인처럼 여겨졌다.

아무도 나를 제지하지 않았다. 문을 열고 계단 아래로 뛰어 내려갔다. 대기실에 레베카가 구데와 셀마 륑에 사이에 앉아 있었다. 마침내 셀마 륑에를 이렇게 가까이서 직접 보는구나 하고 생각했다. 하지만 그것도 잠시. 그녀는 그 검고 권위 있는 눈동자에 노기를 띠고 나를 바라보았다. 나는 그녀의 신경이 곤두서 있다는 것을 느낄 수 있었다.

"뭐 하러 왔지?" 날카로운 목소리로 그녀가 물었다.

하지만 레베카는 괜찮다는 듯한 눈길로 그녀를 진정시켰다. 레베카는 나를 볼 수 있어서 다행이라고 생각하는 것 같았다.

"악셀!"

그녀가 두 팔로 나를 안았다. 그녀에게서 땀 냄새가 풍겨왔다. 갑자기 긴장감이 확 솟아나 나를 덮쳤다.

"정말 잘했어, 레베카!"

나는 이렇게 말하며 눈물을 흘릴 뻔했다. 문득 내가 그녀를 아주 좋아하고 있다는 사실을 깨달았기 때문이다. 그녀는 내가 오랫동안 의지해온 진정한 친구였다. 나 역시 그녀에게 어떤 형식으로든 답례하고 싶었다.

"이 사십오 분은 두 번 다시 경험하고 싶지 않은 시간이야."

레베카가 말하는 동안 셀마 륑에는 마치 딸을 대하듯 그녀의 머리를 쓰다듬었다. 하지만 나를 쏘아보는 셀마 륑에의 눈빛은 누그러들지 않았다. 구데는 자리에서 일어나 벽 쪽으로 걸어갔다. 이

드라마에서 그에게 주어진 역할은 없었다.

셀마 룅에는 분위기를 짐작한 듯 문밖 복도로 걸어 나갔다. 구데도 그녀의 뒤를 따랐다. 벽을 온통 빨간색으로 페인트칠한 대기실에는 나와 레베카만이 남았다. 대기실에서는 옛 러시아의 분위기가 느껴졌다. 그곳은 정열과 혁명과 신의 그리고 자신감을 상징하는 곳이었다. 그녀가 말문을 열었다.

"진지하게 말하는 건데…… 다시는 피아노를 치지 않을 거야. 의미가 없어. 하지만 이 연주회는 끝까지 해낼 거야. 그건 약속할 수 있어." 그녀는 내게 더 바싹 다가와 말을 이었다.

"우선은 너와 나만 이 사실을 알고 있기로 하자, 악셀. 이 데뷔 콘서트는 내 마지막 연주회가 될 거야."

"진심이야?"

"쉿!" 그녀의 입술이 내 귀를 간질였다.

"이제 사십오 분 후면 모든 게 끝날 거야. 절대 더는 안 해. 인생은 너무 짧아, 그렇지 않니 악셀? 무대 바닥에 엎어져 있을 때 내가 무슨 생각을 했는지 알아? 난 아이처럼 행복했어." 그녀는 문밖에 있는 사람들을 의식하듯 허공을 쏘아보았다.

"난 룅에 부인과 구데 씨를 위해 이 연주회를 하는 거야. 물론 아빠와 엄마를 위해서도. 하지만 그다음은 없어. 이번이 마지막 콘서트가 될 테니까. 얼른 마치고 뒤풀이 파티를 하고 싶어. 지금까지와는 다른 새로운 삶을 시작하고 싶은 마음에 몸살이 날 지경이야. 악셀, 루빈스타인을 기억해!"

"너도……" 내가 할 수 있는 말은 그게 전부였다.

2부 연주는 성공적으로 진행될 수 있을 것이다. 하지만 그게 무슨 의미가 있을까. 나는 낙담했다. 성공적으로 연주를 마친다 해도 이것이 레베카에게 무슨 도움이 되겠는가. 안냐가 카트리네의 손을 계속 잡고 있는 것도 신경에 거슬렸다. 마르그레테 이레네와 안냐는 내가 레베카와 무슨 이야기를 했는지 그리고 그녀가 무슨 생각을 하고 있는지, 기분은 어떤지 궁금해 죽겠다는 눈치였다.

이제 네 곡의 쇼팽 발라드만이 남아 있었다. 그녀는 매우 진지하고 정성스럽게 연주해나갔다. 그녀는 풍부한 감정을 실어 2부 첫 곡인 〈발라드 사단조〉를 연주했다. 그다음 곡 〈발라드 바장조〉를 연주할 때에는 앞서 연주한 곡과 무척이나 대조적이어서 머리끝이 쭈뼛했다. 그녀는 리허설 때 페르디난이 해준 조언을 잊지 않고 있었다. 그리하여 그 곡의 투명하고 서정적인 부분을 아주 여유 있게 연주해 보였다. 그다음 곡은 〈발라드 내림가장조〉였다. 곡은 마치 수많은 손님을 접대하다가 지친 사람을 연상케 하는 단편적이고 미완성적이며, 약간 산만하기도 하고 또한 유희적이기까지 한 느낌을 주었지만, 뒷부분으로 가면서 길고 교묘하게 이어지는 크레셴도를 사용해 작곡가는 지금까지 흩어놓았던 모든 실오라기를 하나하나 모아 엮어내는 수고를 해놓았고, 레베카는 이러한 점을 잘 표현해냈다. 그러나 기술적으로 어려운 옥타브 연주가 쉴 새 없이 이어지는 끝부분에 이르렀을 때 더이상 쏟아낼 힘이 없다는 것을 나는 느낄 수 있었다. 그녀는 지친 것 같았다. 다음 곡이 가장 어려운 〈발라드 바단조〉였기 때문에 벌써부터 힘이 빠지면 안 되는데 하는 조바심이 났다. 밝은 기운이라고는 전혀 찾아볼 수 없는 어둡고 파괴적인 열정을 표현하며 앞서 연주한 곡들과는 대조적인 분위기를 잘 표현해야 하는데 무리일 것 같았다. 하지만 그리 나쁜 연주는 아니었다. 쇼팽이 살아 있을 시기에는 마지막 부분의 장중한 화음을 연주하기 직전 피아니스트가 마치 용수철처럼 의자에서 튕기듯 일어나 전신의 힘을 다해 건반을 눌렀을 것이라는 생각이 들었다. 요즘도 간혹 그런 쇼를 연출하는 피아니스트를 볼 수 있었다. 하지만 레베카는 의자에 몸을 붙인 채 오늘날의 피아니스트들이 그러듯 앉은 채로 마무리 지었다. 그녀는 아직 어렸다. 우리 중 누가 디누 리파티의 뒤를 밟을 수 있을 것인가? 이제 두 달 후면 안냐의 차례였다.

청중의 박수 소리는 예의를 차린 답례에 불과했다. 콘서트홀의 천장을 들어올릴 만큼의 열기는 찾아볼 수 없었다. 문득 청중이란 피도 눈물도 없는 무정한 동물이라는 생각이 들었다. 청중을 속이는 건 거의 불가능한 일이었다. 몇 명의 젠체하는 사람들을 제외하고선 말이다. 그저 그런 보통의 연주자들은 항상 보통의 연주자로 기억될 뿐이다. 레베카 프로스트를 향한 박수 소리가 채 멈추기도 전에 셀마 륑에는 자리에서 일어났다. 그녀의 지인들도 함께 따라 일어섰다. 레베카의 가족과 친척 들이 앉은 자리에서 일어나 브라보를 외칠 때 나는 난처하고 언짢은 기분을 숨길 수가 없었다. 레베카는 가족들로부터 그녀의 연주 실력을 인정받을 필요가 없었다. 그녀는 이미 내게 자신의 결심에 대해 진지하게 말했다. 피아니스트로서의 커리어는 시작되기도 전에 이미 끝난 것이다.

무대 위에서 청중의 박수갈채를 받으며 미소로 답례하는 그녀의 모습은 너무도 아름다웠다. 얼핏 보기에는 성공한 연주였다. 그녀의 웃음에서 스포츠 경기에서 우승한 자의 의기양양함이 엿보였다. 하지만 스포츠와 음악은 다르다. 우리는 그녀를 감탄과 존경의 눈으로 바라보았다. 동시에 연민도 느꼈다. 어쨌든 그녀는 금메달리스트는 될 수 없었기 때문이다.

그녀는 앙코르 곡으로 그리그의 〈트롤헤우겐의 결혼식〉을 연주했다. 어쩌면 안냐를 자극할 셈으로 그 곡을 골랐는지도 몰랐다. 청중은 예의를 갖추어 환호를 보냈다. 그들은 레베카의 연주를 언젠가는 또 들을 수 있을 것이라고 생각할지도 모른다. 이번이 그녀의 마지막 연주가 되리라는 것을 아는 사람은 나뿐이었다.

뒤풀이

"무슨 말을 해야 할지 모르겠어. 이번 연주에 어떤 의미를 부여해야 할지……" 안냐가 말했다.

자리에서 일어날 즈음, 주변의 왁자지껄한 소리 때문에 그녀는 내 귀에 바짝 입술을 붙여 말을 해야 했다. 나는 손전등 사내를 찾아 두리번거렸지만 그는 보이지 않았다.

"네가 오늘 연주에 대해 얘기할 입장이 되니?" 나는 갑자기 치솟는 화를 누르지 못하고 무뚝뚝하게 대답했다.

그녀가 한 말은 어리석기 짝이 없었다. 어느 누구도 그녀에게 의견을 묻지 않았다. 그런데도 어딘지 모르게 잘난 척하는 듯한 그녀의 태도가 나는 싫었다.

그녀는 양어깨를 흠칫 추켜올리더니 눈동자를 이리저리 굴렸다. "레베카가 잘되기만을 바랄 뿐이야."

"오늘 연주가 어땠는지는 레베카 자신이 누구보다 더 잘 알고 있을 거야."

카트리네는 우리를 뚫어지게 쳐다보고 있었다. 마치 우리가 잠시 그녀를 잊어버리기라도 했다는 듯 자신의 존재를 알리고 있었다. 하지만 그 순간은 우리 피아니스트들만이 공감할 수 있는 세계였다. 카트리네가 피아니스트가 아닌 것은 그녀 자신이 잘 알고 있을 것이었다.

에울라 안은 파장의 분위기가 완연했다. 모두들 로비로 나가 맡겨두었던 코트와 재킷을 걸치고 각자의 길로 향했다. 뒤풀이 파티에 초대받은 우리는 대기실에 가서 예의상 눈도장이라도 찍어야 하니, 바로 발길을 돌릴 수는 없었다. 친척과 친구 그리고 축하객들은 수도 없이 많았다. 하지만 모두들 레베카에게 축하 인사를 건네느라 서로 악수하며 정답게 인사를 나누는 모습은 볼 수 없었다. 우리도 마찬가지였다. 콘서트 전의 그 기대감은 다 어디로 사라진 걸까. 우리는 무엇을 보고 싶었던 걸까. 기적을 바랐던 건 아니었을까. 어쩌면 초월적인 것을? 하지만 레베카 프로스트는 우리와 같은 인간이었다. 용기도 있고, 고집도 센. 그렇지만 이제 봄이 오면 여느 아이들과 함께 졸업 시험을 볼 평범한 아이, 피아노를 치는 것 외에도 생각할 일이 많은 아이……

구데는 대기실로 내려가는 우리를 밝은 얼굴로 맞아주었다. 계단 위쪽에는 레베카에게 축하 인사를 전하기 위해 사람들이 줄지어 서 있었다. 그들 중 몇 명은 나라 안에서도 손꼽히는 갑부들로 신문에서 종종 본 적이 있었다. 그중에는 물론 레베카의 아버지, 업계의 싸움닭으로 알려져 있는 파비안 프로스트 씨도 보였다. 그들은 차례를 기다리는 동안 서로 무슨 말을 나누어야 할지 모르는 표정이었다. 하지만 그 침묵 속에서도 몇몇 중년 부인은 큰 소리로 이따금 이야기를 하고 있었다. 그들은 오늘 콘서트를 무슨 축제로 여기는 듯했다.

계단 밑 오른쪽, 대기실 안에 있는 레베카는 여기저기서 들려오는 축하 인사에 벌써 신물이 난 것처럼 보였다. 그녀는 오늘 저녁 취하도록 마시고 싶다는 것을 분명하게 보여주고 싶은 듯 병마개를 딴 샴페인 한 병을 들고 있었다. 그녀는 축하객 한 명 한 명과 악수를 나누고 볼에 입맞춤을 하며 가볍게 포옹했다. 예의 바르게 축하 인사에 대해 답례를 하고 있었지만, 진심에서 우러나오는 인사는 아니었다. 그녀 자신도 이를 알고 있거나, 아니면 이제는 습관이 되어버려 깨닫지 못하고 있으리란 느낌이 들었다. 나는 한 줄로 길게 늘어선 축하객들 사이에 서 있었다. 내 바로 앞 한 계단 아래에는 안냐가 서 있었다. 마음만 먹으면 나는 그녀의 머리에 코를 박고 그녀의 금잔화 향을 마음껏 맡을 수도 있을 것이며, 그녀의 귀에 대고 사랑한다는 말을 속삭일 수도 있었다. 하지만 그렇게 할 수 없었다. 나는 마르그레테 이레네와 손을 잡고 있었고, 카트리네는 마치 이방인처럼 내 뒤에 서 있었다.

나는 안냐가 레베카에게 어떤 말로 축하 인사를 할지 무척 궁금했다. 이제 안냐의 차례가 왔다. 그녀는 레베카를 마치 친언니처럼 대하며 가볍게 포옹했다.

"콘서트는 성공적이었어, 그렇지 않니? 만족할 만한 연주회였던 것 같아."

셀마 링에와 구데가 그 두 소녀를 바라보고 있었다.

"그런 말은 일부러 안 해도 돼, 안냐. 너도 보았다시피, 오늘 연주는 보통 수준에도 못 미치는 그저 그런 연주였어."

그러자 무슨 이유에서인지 안냐는 울음을 터뜨렸다.

"오, 진심이었어? 오늘 내 연주가 그렇게 엉망진창이진 않았단 말이지?" 레베카가 농담을 했다.

다행스럽게도 그녀는 안냐의 눈물로 인해 상황이 더 악화되기 전에 안냐를 미소 짓게 만들었다. 레베카는 안냐에게 뒤풀이 파티에 꼭 오라고 한 번 더 당부하는 것을 잊지 않았다. 그러고는 내게 억지스러울 정도로 기분 좋은 눈길을 보냈다. 그것은 사형장에 끌려가기 직전에 사형수가 마지막으로 보이는 억지미소 같았다. 나는 그녀의 얼굴에서 은밀히 가려진 절망과 자포자기의 심정을 본 것만 같았다. 그녀는 미소를 이용해 자신의 감정을 절제하고 또 과다하게 표현하지 않도록 가정교육을 잘 받은 여자아이였다.

우리는 레베카의 아버지가 대절한 버스를 타고 시내를 빠져나갔다. 버스 안을 둘러보니 음악을 공부하는 학생이 대부분이었다. 언제나 입석표만 끊는 가난한 사람들과 다를 게 없었다. 경제적으로 여유 있는 사람들은 모두 자신의 차를 타고 연회장으로 향했다.

레베카는 우리와 같은 버스를 탔다. 그녀는 버스의 제일 앞좌석에 앉아 가이드용 마이크를 쥐고 별로 웃기지도 않는 농담으로 분위기를 띄우려 노력하고 있었다. 어두컴컴한 뒤쪽에는 안냐와 카트리네가 함께 앉아 있었고, 나는 바로 그 뒷자리에 마르그레테 이레네와 함께 앉았다. 마르그레테 이레네는 내 바지 주머니에 손을 집어넣고 장난기가 가득한 미소를 머금고 있었다. 안냐가 바로 앞자리에 앉아 있는 그 순간만큼은 내 바지 주머니 속에 그녀의 손을 넣게 하고 싶지 않았지만 그런 식으로 그녀를 거부하는 것은 예의가 아니라는 생각이 들었다. 순간 어머니가 타테르베르게 바위에서 삶을 놓친 후 일어난 모든 일들이 머릿속을 스쳐갔다. 사고가 있기 전에는 지루한 나날들의 연속이었지만, 어머니가 폭포수에 실려 계곡 아래로 떨어진 그 순간부터는 하루하루가 빠르게 돌아가는 영화 속 장면처럼 느껴졌다. 나는 희미한 불빛 속에 서 있는 레베카를 바라보았다. 그녀는 이미 성인이 된 것처럼 보였다. 나보다도 훨씬 더…… 그녀는 이제 생에서 가장 어려운 통과의례를 치렀다고도 볼 수 있었다. 기대를 무너뜨리는 것으로 그녀는 오늘 성인식을 치른 셈이었다. 그녀는 아직도 그 화려하고도 바보스러운 드레스를 입고 있었다. 그렇다고 완전히 멍청하고 우둔하게 보였던 것은 아니었다. 처음으로 그녀가 여자로 보였다. 그녀는 내게 너무나 강렬한 인상을 주었고, 은밀한 비밀도 가지고 있었다. 어쩌면 그래서 더 매력적으로 보였는지도 모르겠다. 어쨌든 그녀는 오늘 데뷔 콘서트를 마쳤고, 비평가들은 호평도 혹평도 아닌 격식을 갖춘 무난한 평을 쏟아낼 것이다. 그녀는 오슬로의 가장 부유한 동네에서 자란 외동딸로, 원하는 것은 무엇이든지 다 손에 넣고 싶어하는 아이였다. 그래, 그녀는 원하는 것은 다 가질 수 있었다. 하지만 이젠 그 모양새가 달라졌다. 피아니스트가 되기보다는 경제계의 거물이나 의사 또는 변호사의 배우자가 되어 가정을 꾸려나가게 될 확률이 더 많아진 것이다. 평범한 한 여인으로 하얀 웨딩드레스를 입을 레베카의 모습이 그려졌다. 그녀의 앞날엔 적어도 네 명 정도의 아이가 있을 것이고, 셰메같이 경치 좋은 곳에서 결혼생활을 해나갈 것이다. 물론 그녀의 주위는 여전히 음악으로 넘치겠지만 이전과는 의미가 다를 것이다. 음악은 더이상 그렇게 중요하지도, 또 심각하지도 않게 과거의 한 시절에 자리한 즐거움이 될 것이다. 훗날 그녀의 가족들은 그녀가 얼마나 깊이 음악 속에서 살아왔는지 짐작이라도 할 수 있을까? 에울라를 꽉 채운 청중들 앞에서 베토벤의 〈작품번호 109번〉을 연주했던 그녀의 모습을 상상이라도 할 수 있을까? 아마 짐작조차 못 할 것이다.

"무슨 생각을 그렇게 해? 도대체 어디에 다녀온 거야, 응?" 마르그레테 이레네가 이렇게 말하며 내게 키스했다.

"어, 아니야. 그리 멀리 다녀오지 않았어." 나는 대답했다. "미래의 어느 곳에 잠깐 다녀왔을 뿐이야."

연회장은 사람들로 발 디딜 틈이 없었다. 파비안 프로스트는 모인 사람들 앞에서 환영사를 했고, 동시에 딸에 대해서도 도에 지나치지 않을 정도의 적절한 찬사를 늘어놓았다. 그는 레베카를 자랑스러워하고 있었다. 레베카는 원하는 것은 무엇이든 이룰 수 있는 재능을 가지고 있으며, 오늘의 콘서트는 시작에 지나지 않는다고 했다. 우리는 긴 뷔페 식탁 옆에 줄지어 서서, 손에 든 접시에 카나페와 훈제 연어, 훈제 치킨 그리고 마요네즈를 얹었다. 마르그레테 이레네는 내 옆에 바싹 붙어 서 있었고, 나는 난처하기 짝이 없었다. 안나가 바로 내 앞에 서 있었다. 그녀는 벌써 몇 시간째 카트리네와 어깨를 나란히 하고 서 있었다. 그 둘은 속해 있는 세계가 너무도 다른데 과연 무엇이 그들을 엮어놓고 있는지 이해할 수가 없었다. 구데가 내게 다가왔다. 그의 이마에는 굵은 땀방울이 송골송골 맺혀 있었고, 잠에서 덜 깬 듯 눈에는 생기가 없어 보였다.

"어떻게 생각하나?"

"레베카는 최선을 다했습니다. 그녀의 노력 또한 간과돼선 안 될 겁니다."

그는 고개를 끄덕이며 내가 한 말을 음미하는 듯하더니, "현명한 대답이군" 하고 말했다.

그는 처음부터 끝까지 마르그레테 이레네를 완전히 무시했다. 오직 나에게만 관심이 있는 것 같았다. 그 때문인지 나는 알게 모르게 스트레스가 생겼다. 이미 안냐는 그의 손을 떠난 경주용 말이나 다름없었고, 어쩌면 그는 다음 프로젝트의 대상으로 나를 염두에 두고 있는지도 모른다. 하지만 그의 손아귀에 잡히고 싶지는 않았다. 갑자기 정신이 아찔해졌다. 타인의 기대감…… 열여덟 살의 소녀는 이 기대감을 저버리지 못해서 에울라에서 정신을 잃을 정도의 긴장감을 견뎌내며 연주를 했다. 그리고 이제 그녀는 데뷔 콘서트를 즐거운 추억의 한 장면으로 접어두고, 장래에 태어날 아들딸에게 회상에 잠겨 차근차근 이야기를 해줄 것이다. 아이들은 어머니를 틀림없이 자랑스러워할 것이다. 그녀는 베토벤의 〈작품번호 109번〉을 완전히 외워서 연주했다. 앞서 연주한 라벨과 쇼팽도 마찬가지였다. 어쩌면 그녀에게 이 연주회는 충분히 만족스러운 것일 수도 있었다. 전 생애를 걸쳐 더이상 바랄 것이 없을 정도로.

연회장 저편에 자리하고 있는 셀마 링에가 보였다. 그녀는 그랜드피아노 앞에 앉아 한마디도 안 하고 있었지만, 이 자리에 있다는 것만으로도 사람들의 시선을 사로잡기에 충분했다. 조금 부자연스러운 분위기 속에서 뒤풀이 파티는 무르익어갔다. 샴페인 잔은 쉴 새 없이 돌았고, 때문에 몇 명의 손님들은 벌써 취한 모습을 보이고 있었다. 그중에서도 경제계 인사들은 눈에 거슬릴 정도로 추태를 부렸다. 물론 나 혼자만의 생각이긴 하지만. 하기야 나 또한 몇 잔의 샴페인 덕분에 벌써 머릿속이 흐릿해져 있었다.

갑자기 셀마 룅에가 손뼉을 치면서 손님들의 이목을 집중시켰다. 웅성거리던 말소리는 금방 멈추었다. 이 여인에게서 특별한 기운과 권위가 느껴졌기 때문에 아무도 입을 열지 못했다.

그녀는 샴페인 잔을 내려놓더니, 뚜껑을 열어놓은 그랜드피아노 앞에 서서 사람들을 바라보았다. 연회장은 순식간에 기대감으로 가득 찼다. 설마 셀마 룅에가 피아노 연주를 하려는 것일까? 오늘 저녁 다시 과거의 그 전설적인 피아니스트로 돌아가 전 유럽의 음악계를 장악했던 셀마 리베르만의 면모를 보여주려는 것일까? 도이치그라모폰 사에서 쿠벨리크 지휘로 브람스의 협주곡을 녹음한 걸 끝으로 노르웨이 철학자와 결혼생활을 시작한 그녀가 과거의 모습을 오늘 저녁 다시 보여주려는 것일까? 그녀는 목청을 가다듬었다. 모두 귀를 기울였다. 레베카는 그녀 바로 앞에 있는 의자에 앉아 있었다.

"사랑하는 레베카, 오늘 저녁에는 맘껏 즐겨요." 그녀가 독일어 억양이 완전히 사라지지 않은 목소리로 말했다.

사람들이 박수를 쳤다. 레베카는 자리에서 일어나 가볍게 목례했다.

셀마 룅에는 계속해서 말을 이어갔다. "오늘 저녁 환상적인 콘서트를 무사히 잘 마친 것을 축하해요. 우리는 대단히 흡족한 마음으로 즐겁게 연주를 들었어요. 그 전에 말 그대로 넘어지긴 했지만, 그건 외모에 대한 허영심 때문이라고 쳐요. 무대 위에 엎어져 누워 있을 때조차도 예뻐 보였던 건 사실이에요. 하지만 곧 일어나서 그 어려운 프로그램을 잘 소화해냈어요. 정말 굉장한 용기를 필요로 했을 겁니다. 잘했어요, 레베카."

모두 웃음을 터뜨렸다. 나는 셀마 룅에를 바라보면서, 그녀가 뭉크의 석판화 〈마돈나〉 속 여인과 닮았다고 생각했다. 창백한 피부와 검은 머리. 나는 그녀가 지금까지 경험한 모든 일들을 상상해보았다. 세계적인 명성과 실력을 뒤로하고, 지금 그녀의 뒤에 서서 재채기를 하는 부스스한 머리의 저 철학자와 결혼했다는 것이 믿어지지가 않았다. 그녀의 남편은 물론 학식이 풍부한 사람임에는 틀림이 없었다. 하지만 겉모습으로만 평가하자면 그는 바보요 얼간이에 지나지 않았다. 나는 『어리석은 것들에 대하여』라는 저서가 틀림없이 자서전과 다름없을 거라고 생각했다.

"레베카는 저의 열정적인 제자 중 한 사람이며, 또 저의 친구로서 여러 해를 함께 지내왔습니다. 데뷔 콘서트를 하겠다는 말을 듣자마자, 저는 무슨 선물을 줘야 할까 생각하며 분주하게 서둘러야 했지요. 다행스럽게도 필연적인 우연이라고 할까, 저는 얼마 전에 오슬로에서 옛 친구 하나를 만났습니다. 그래서 당장 구데 씨에게 전화를 했지요. 구데 씨는 여러분들도 잘 아시다시피 음악계의 큰 손입니다. 그리고 제 친구의 콘서트 매니저이기도 하고요. 저는 구데 씨에게 레베카를 위한 선물로 제 친구를 소개시켜주면 어떨까 조언을 구했습니다. 레베카는 제게서 가장 큰 선물을 받을 만한 자격이 있는 아가씨니까요. 감사하게도, 구데 씨의 도움으로 제 친구는 충분히 저의 뜻을 이해했고, 내일 교향악단과 협연을 하게 되었습니다. 그는 우리 시대의 가장 위대한 피아니스트라고 할 수 있습니다. 지금 이 자리에도 와 있어요. 여러분께 소개해드리겠습니다. 클라우디오 아라우!"

순식간에 연회장은 놀라움으로 술렁거렸다.

물론 레베카의 기쁨은 말로 표현할 수 없는 것이었다. 그녀는 검은 머리와 멋있는 콧수염을 가진 라틴아메리카 출신의 피아니스트에게 달려가 포옹했다. 그녀의 몸짓은 무척 고상하고 품위 있는 것이 이러한 인사법에 대해 따로 배운 것 같았다. 하지만 그녀보다 더 강렬한 반응을 보인 사람은 안나였다. 그녀는 흥분한 눈빛으로 나를 쳐다보았다. 그러고는 카트리네를 잡고 있던 손을 놓고 내게 다가왔다. 이제야 그녀의 관심이 내게로 돌아온 것이었다.

"믿을 수가 없어." 그녀가 말했다.

"왜? 아라우는 전에도 우리나라에서 몇 번 콘서트를 한 적이 있어. 네가 거실에 앉아 강가의 전나무를 바라보며 AR 스피커로 음악을 듣고 있을 때, 나를 비롯한 다른 아이들은 뭉크의 〈태양〉을 바라보면서 길렐스나 리히터, 아라우 그리고 아르헤리치의 연주를 들었지."

"아르헤리치에 대해서는 말하지 마." 그녀가 뿌루퉁하게 말했다.

나는 갑자기 왜 그녀가 시무룩해졌는지 이유를 알 수 없었다. 다만, 우리 둘 다 서로에게 화가 나 있다는 것만은 알 수 있었다. 레베카의 데뷔 콘서트가 우리의 신경을 건드린 것이 분명했다.

"쉿!"

"나한테 조용히 하라고 하지 마."

그녀가 화난 표정으로 말했다. 아라우는 이미 피아노 의자 위에 앉았다. 우리는 마치 마법에 걸린 듯 그를 쳐다보았다. 파비안 프로스트와 그의 부인은 얼음처럼 차가운 눈으로 그들의 돈 많은 친구와 동료 들을 바라보았다. 그들은 음악과는 거리가 멀어 보였다. 곡이 미처 끝나기도 전에 박수를 치거나, 쇼스타코비치의 〈교향곡 5번〉은 모르고 '교향곡 5번' 이라 하면 무조건 베토벤부터 떠올릴 사람들이었다. 아라우가 연주를 시작했다. 쇼팽의 〈녹턴 바단조〉였다. 안냐는 계속 넋을 잃고 그를 바라보고 있었다. 나 또한 이상한 기분이 드는 것은 어쩔 수가 없었다. 세계적인 피아니스트의 연주를 바로 코앞에서 듣다니. 셀마 륑에는 아라우의 바로 뒤에 있는 의자에 앉아 있었다. 그녀는 편안하고 행복해 보였다. 곁에 있는 남편은 안중에도 없이, 어렸을 때 친구이자 지금은 세계적인 거장이 되어 있는 동료 피아니스트의 연주를 듣고 있었다. 아라우는 피아니스트들에게 험프리 보가트 같은 존재였다. 모든 이들의 연인이지만 겉으로 드러낼 수 없는 열정을 가슴에 간직한 아픈 사랑의 주인공. 아라우의 연주 방식도 험프리 보가트의 이미지와 다르지 않았다. 그의 연주에는 항상 보일 듯 말 듯 억제된 열정이 거의 절망에 가까운 슬픔으로 표현되고 있었다. 하지만 그 모든 억제된 감정의 밑바닥에는 활화산처럼 뜨거운 느낌과 감정이 숨어 있었다.

안냐는 넋을 잃은 듯 아라우의 연주를 경청하고 있었다. 어느 누구도 그녀를 건드릴 수 없을 정도로 그녀는 무아지경에 빠져 있었다. 카트리네도, 심지어는 나조차도 감히 그녀에게 말을 걸 엄두를 내지 못했다. 레베카는 벌써 피곤해졌거나 과하게 술을 마셔 취한 듯했다. 갑자기 흑백영화가 순식간에 컬러영화로 탈바꿈한 듯했다. 그리고 그 연회장에서 유일하게 컬러화면 속에 있는 사람은 클라우디오 아라우와 안냐 스쿠그뿐이었다. 나를 비롯한 다른 사람들은 흑백화면에서 미처 빠져나오지 못한 듯한 느낌이 들었다. 노년의 거장이 그를 숭배하는 한 소녀를 위해 연주를 하고 있었다. 나는 조심스럽게 안냐의 옆으로 걸어갔다. 나는 내 생의 몇 년의 삶이 줄어도 좋으니 이 순간 아라우와 자리를 바꿀 수 있었으면 좋겠다고 생각했다. 그녀의 눈과 귀와 마음을 열 수 있는 사람이 되고 싶었다. 어머니도 아라우를 좋아했고, 나 역시 아라우의 팬이었다. 하지만 안냐 스쿠그가 아라우를 좋아하는 것에 비길 수 있을까. 이상하게도 질투심은 전혀 일지 않았다.

하지만 더 인상적인 일은 그의 연주가 끝날 무렵에 일어났다. 그는 마지막 음이 끝난 뒤에도 오랫동안 정적 속에 있었다. 그래서 사람들의 환호는 더욱더 큰 대비를 자아냈다. 연주가 끝나자 아라우는 마치 예정된 일이었다는 듯 레베카의 손등에 키스를 했다. 안냐는 아직도 자신만의 세계에서 빠져나오지 못하고 있었다. 레베카가 아라우를 포함해 모인 사람들을 향해 짧은 연설을 하려고 준비하는 것도 눈치채지 못한 채 그녀는 천천히 그랜드피아노 옆으로 다가갔다. 안냐의 두 눈과 발이 향하는 곳은 바로 아라우였다. 칠레 출신의 피아니스트, 환갑을 훨씬 넘긴 나이임에도 셀마 링에는 그를 유년 시절의 친구라고 소개했다. 하지만 지금은 셀마가 뭐라고 하든 상관할 바가 아니었다. 안냐. 어리고 여리며, 정중하고 예의 바른 이 소녀가 거의 넋을 잃은 듯한 무아지경 속에서 아라우를 향해 걸어가고 있는 것이었다. 그녀는 집에 아라우의 모든 음반을 다 소장하고 있었다. 손전등 사내가 딸을 위해 수집한 것임에 틀림없었다. 그녀는 아라우가 연주한 브람스와 쇼팽 그리고 베토벤의 곡 들을 창밖의 키 큰 전나무를 바라보며 감상했을 것이다.

연회장에는 순간적으로 정적이 감돌았다. 나는 눈앞에 펼쳐진 그 장면을 인정하기 싫었다. 하지만 동시에 그녀가 너무도 매력적으로 보이는 것은 부인할 수 없었다. 그녀를 위해서라면 피아니스트로서의 커리어를 접을 수도 있다는 생각이 들었다. 그녀를 위해서라면 핀스코겐*으로 가서 살 수도 있고, 그녀와 함께라면 빵을 굽는 일이나 석조공으로 일할 수도 있을 것 같았다. 이 갈망이 너무도 강해서 두려움마저 느꼈다. 난 이 감정을 어떻게 조절하고 숨겨야 할지 알 수 없었다. 불현듯, 나는 어머니의 아들이라는 생각이 스쳤다. 앞뒤가 꽉 막힌 상황에선 항상 감정에 지배당했던 어머니의 성격을 물려받은 아들. 문득 내 바로 옆에 서 있는 카트리네에게 눈길을 던지는 순간, 나는 그녀도 나와 같은 생각을 하고 있다고 확신했다. 그녀의 눈길 또한 안냐를 빨아들일 듯 강렬하게 빛나고 있었기 때문이다. 우리는 둘 다 안냐를 갈망하고 있었다. 그 자리에 붙박인 듯 서 있는 한 남매가 한 소녀를 사랑하는 그 상황이 절망스럽기 그지없었다. 안냐는 아라우의 바로 앞에서 멈춰 섰다. 아라우는 그제야 이 아름다운 소녀를 발견한 듯했다. 레베카는 안냐의 갑작스러운 출현에 놀란 듯했다. 도대체 안냐는 무엇을 하려는 걸까? 안냐는 무엇을 원하는 걸까?

안냐 스쿠그가 클라우디오 아라우 앞에 무릎을 꿇었다.

영화 속의 한 장면을 보는 듯한 착각에 빠졌다. 안냐는 그녀의 영웅에게 예의 바르게 감사를 표했다. 이제 레베카 대신 수줍은 듯

* 스웨덴과 노르웨이의 국경지대에 있는 야생 숲.

하면서도 담대한 안냐가 모든 이의 눈길을 사로잡게 되었다. 마치 지난번 피아노 대회에서 대담하게 앙코르 곡을 연주했던 안냐를 다시 보는 것 같았다.

"오! 세상에!" 마르그레테 이레네가 바로 내 뒤에서 소리를 쳤다. 나는 그녀가 이 자리에 있다는 걸 잠시 잊고 있었다.

그녀는 나를 놀란 눈으로 쳐다보았다.

"너무 뻔뻔해. 이 자리의 주인공은 안냐가 아니라 레베카라고. 그런데 지금 안냐는 자기가 주인공인 것처럼 굴고 있잖아."

아라우의 연주 이후 파티 분위기는 절정에 달했다. 페르디난은 아라우와 함께 서서 무언가를 심각하게 이야기하고 있었고, 우리는 뷔페 탁자 위에 포도주 잔이 남아 있는지에만 정신이 팔려 있었다. 마르그레테 이레네는 아라우와 대화를 나누기 위해 페르디난과 함께 옆방으로 달려갔다. 그녀를 떼어버리고 싶었던 내게는 더할 수 없이 좋은 상황이었다. 아라우는 내가 존경하는 여러 피아니스트 중 한 사람일 뿐이었다. 한번은 그가 그뢰날 피아노 상점 안, 수많은 스타인웨이 그랜드피아노가 줄지어 있는 방에 앉아 피아노 음색을 시험해보는 것을 본 적이 있었다. 그때 나는 아라우보다는 그뢰날의 '예술가의 방' 안에 있는 길고 미끈한 두 대의 스타인웨이에 더 관심이 갔다. 그 피아노들을 언젠가는 꼭 한번 쳐보고 싶었기 때문이다.

나는 안냐와 카트리네가 어느새 갑자기 사라져버린 것을 깨달았다. 그들을 찾으려고 두리번거리다가 셀마 륑에와 마주쳤다. 양손에 샴페인 잔을 들고 있던 그녀가 내게 한 잔을 권했다. 그녀에게서 술 냄새가 확 풍겼다.

"이제야 두 명의 거인이 만나게 되었군." 그녀가 미소 지으며 내게 손을 내밀었다.

나는 그녀의 말에 비꼬는 기미가 있는지 알아내려고 귀를 쫑긋 세웠다. 그녀가 차라리 빈정댄 것이었기를 바랐다. 그녀가 내게 한 말은 노르드락*이 코펜하겐의 티볼리에서 자신의 동년배인 그리그를 만났을 때 한 말이었기 때문이다.

그녀와 직접 이야기를 나누기는 이번이 처음이었다.

"영광입니다." 나는 정중하게 응수했다.

그녀는 조금 전보다 더 환한 미소를 지었다. 만족스러운 표정이었다. "나도 기뻐요. 아라우에 대해서 어떻게 생각해요? 그리고 내 제자에 대해서는 어떻게 생각하고 있는지 듣고 싶군요."

"특별히 드릴 말씀은 없습니다."

그러자 그녀의 표정이 굳어졌다. 너무 삭막한 대답이었나 싶어 급히 말을 이었다.

"레베카는 어려운 상황에서도 연주를 잘해냈습니다. 하지만 좀 더 좋은 연주를 할 수도 있었을 거라고 생각합니다."

그제야 그녀는 내 의견에 동의하는 듯한 표정을 지었다. 그래, 처음부터 이렇게 말을 했어야 했다. 그녀는 고개를 끄덕였다.

우리는 그 자리에 선 채 아무 말도 하지 않고 마주 보고 있었다. 그녀의 남편은 연회장 한쪽에서 몇 명의 사람들과 대화를 나누고

---

* 노르웨이의 음악보급 운동가이자 작곡가. 노르웨이 국가(國歌)를 비롯하여 일련의 곡을 작곡했다. 그리그와 함께 노르웨이의 음악을 알리는 데 심혈을 기울였다.

있었다. 가끔 고개를 세차게 끄덕이기도 하고 감탄사를 연발하는 모습이 보였다.

마침내 그녀가 잔을 들어올리며 말했다. "우리가 더 일찍 못 만났던 것이 이상하게까지 느껴지는데…… 어떻게 생각해요?"

나는 고개를 끄덕였다. 당연한 듯 흘러온 과거의 시간에 대해 뭐라고 말해야 할지 할 말을 찾을 수가 없었다.

하지만 그녀의 표정에는 온 세상이 담겨 있는 것 같았다. 그녀는 한 번 더 환한 미소를 지으며 나를 뚫어지게 바라보았다. 그녀의 눈빛에 내 온몸이 타들어가는 것 같았다.

"선생님을 뵙게 되어 영광입니다." 나는 겨우 입을 뗐다.

그녀가 세차게 고개를 흔들었다. "선생님은 무슨…… 그냥 셀마라고 불러요. 내가 그대를 악셀이라고 부르듯."

그녀에게서 어떤 강한 기운이 느껴졌다. 하지만 나는 여기에 대응할 준비가 전혀 되어 있지 않았다. 이 짧은 순간, 몇 번의 강렬한 눈빛을 주고받은 후 나는 레베카와 나 사이에 존재하던 비밀보다 더 큰 비밀을 셀마와 공유한 듯한 느낌을 받았다. 이제부터 그녀는 내게 룅에 부인이 아닌 셀마이기 때문이었다.

"저 같은 사람에게도 레슨을 해주실 수 있나요?"

아! 그녀의 매력과 독특한 기운에 끌려 생각지도 못했던 말이 튀어나왔다. 그녀는 그런 말을 하는 내가 아주 사랑스럽다는 듯 미소를 지었다.

"물론. 그대 같은 사람에게도 충분히 레슨을 해줄 수 있어요."

나는 고개 숙여 가볍게 인사했다. 예의 바른 소년으로 보이려는 의도에서 한 답례의 인사였다.

"그러면, 약속하신 겁니다."

나는 잔뜩 긴장한 채 말했다. 그녀는 내가 긴장하고 초조해하고 있는 것을 꿰뚫어본 것 같았다.

"언제든지 전화해요. 필요할 때면……" 그녀는 내 볼을 살짝 쓰다듬어주고선 등을 돌려 걸어갔다.

왠지 기분이 좋지 않았다.

셀마 링에의 자석 같은 매력에서 풀려나자마자 나는 안냐 스쿠그를 찾아 헤맸다. 연회장 한쪽 구석에 아라우와 마르그레테 이레네 그리고 페르디난이 함께 앉아 있었다. 그들의 대화에 끼고 싶지는 않았다. 셀마 링에를 스승으로 모시게 된 게 정말 잘된 일인지 안냐에게 묻고 싶었다. 그녀는 누구보다도 솔직한 대답을 해줄 수 있을 것이다.

하지만 그녀와 카트리네의 모습은 어디에서도 볼 수 없었다. 도대체 어쩌다가 두 사람이 서로에게 관심을 가지게 됐는지 짐작조차 할 수 없었다. 그 둘은 서로에 대해 잘 알지도 못하는 데다 사는 세계도 너무나 달랐고, 더욱이 둘 다 여자인데!

나는 연회장 이곳저곳을 돌아다녔다. 마르그레테 이레네와 페르디난은 아라우에게 영혼을 사로잡힌 것처럼 보였다. 내게는 이보다 더 시기적절한 때가 있을 수 없었다. 아무에게도 속하지 않은 이 자유로움이 계속 이어졌으면 싶었다. 그 순간 레베카와 눈이 마주쳤다. 그녀의 환한 얼굴이 나를 향해 빛을 발하고 있는 듯했다. 나는 그 이유를 알 것 같았다. 내게로 달려오는 그녀는 어느 때보다도 행복해 보였다. 작은 주근깨들조차도 너무나 사랑스러웠다.

"악셀!" 그녀가 두 팔로 나를 감싸 안았다.

우리는 한참 서로를 부둥켜안고 있었다. 나는 그녀의 달아오른 따스한 몸을 느낄 수 있었다. 드레스 끈 사이로 드러난 그녀의 피부도 느껴졌다.

"넌 강해. 그리고 멋져!"

"내 앞날을 결정했기 때문에?" 그녀는 이렇게 말하며 내 양 볼에 가볍게 키스했다.

"정말 결심한 거니?"

그녀는 고개를 끄덕였다. "그건 선택이라고 할 수도 없어. 당연한 거니까. 내 삶을 다시 찾은 기분이야."

그녀의 말이 옳았다. 그녀는 피아니스트로서의 커리어는 잃어버렸을지 몰라도, 대신 자신의 삶에 대한 통제력과 결단을 얻었다.

"무대 위에서 피아노를 치는 동안 날아갈 듯 자유로운 느낌을 받았어."

그녀는 나를 껴안느라 잠시 내려놓았던 샴페인 잔을 다시 들어올렸다. 다른 한 손으로는 내 어깨를 여전히 꼭 붙들고 있었다.

"무대에 엎드려 있으면서, 나 자신과 치열한 싸움을 했어. 연주를 끝낼 수 있을지조차 확신할 수 없었어. 나는 나 자신을 객관적으로 보려고 노력했지. 내가 얼마나 성공을 원하고 있으며, 또 그 때문에 얼마나 초조해하는지 느낄 수 있었어. 내 야망과 꿈이 마치 영화의 한 장면처럼 스쳐 지나가더라. 유명해지고 싶었고, 오케스트라와 유명한 지휘자 들과 협연을 하고 싶었어. 그래, 나도 저기 저 아라우처럼 세계적으로 유명해지고 싶었어. 베토벤 소나타 전곡과 바흐의 모든 프렐류드와 푸가는 물론, 프로코피예프의 장대한 소나타들까지 연주해내고 싶었어. 무대 위에 엎드려 있을 때만 해도 나는 이런 내 꿈과 야망을 포기할 수 없다는 생각만 하고 있었어. 하지만 구데 씨가 나를 부축해 일으켜줬을 때, 그가 내게 뭐라고 했는지 알아? 그의 말은 마법과도 같았어. 그리고 마침내 이 콘서트만은 끝내야겠다고 결심하고 피아노 의자에 앉았을 때, 나는 이미 모든 것이 끝났다는 생각을 한 거야."

"그가 뭐라고 했는데?"

레베카는 잠시 눈을 돌려 구데를 바라보았다. 그는 클라우디오 아라우와 멀리 떨어지지 않은 곳에 서서 셀마 룽에와 함께 이야기를 나누고 있었다. 레베카는 그에게 미소를 보냈고, 그 또한 레베카의 눈빛을 의식하고선 미소와 함께 손을 흔들어 답례했다.

"그는 이 세상의 그 어떤 상황도 벗어날 수 없을 정도로 불가능한 것은 아니라고 했어. 그리고 내가 연주를 시작해서 무사히 마칠 수만 있다면 청중들은 충분히 나를 이해할 수 있을 거라고도 했어. 삶은 그렇게 흘러가는 거라고…… 어차피 우리가 할 수 있는 건 아무것도 없다고. 아무도 흐르는 삶을 멈출 수는 없는 법이라고."

"그래……" 그녀에게 짧게 대답하는 순간, 어머니의 마지막 모습이 선명하게 떠올랐다.

"그는 내게 선택권을 주었어. 내 매니저이지만 내게 포기할 수 있는 기회도 주었던 거지."

"그래, 그래서 포기했니?"

"응. 하지만 그 전에 그 콘서트만큼은 무사히 끝내고 싶었어."

나는 고개를 끄덕였다. 내 목은 그녀의 말을 따라 나도 모르게 움직이는 것만 같았다.

"그 콘서트마저 포기하는 건 나 스스로 용납할 수 없었어. 그렇다고 콘서트를 그 정도로 중요하게 생각했다는 의미는 아니야. 그만큼의 가치는 없어, 절대로. 내 말은 콘서트 피아니스트의 삶이 그렇다는 거지. 그건 스스로의 인생을 포기하는 삶이나 마찬가지야. 어두컴컴한 호텔 방과 외로움…… 악셀, 이해되지? 음악으로 사람들에게 다가가는 일은 나 말고도 수많은 사람들이 할 수 있는 일이야. 그리고 나보다도 훨씬 더 실력 있는 연주자는 얼마든지 찾을 수 있고 말이야."

나는 다시 고개만 끄덕였다. 이번에도 의지와는 달리 내 목이 저절로 움직이는 것 같았다. 그녀의 말은 진정으로 내 의지마저도 움직인 듯한 기분이었다. 그녀는 비엔나, 런던, 파리로의 연주 여행을 포기했다. 하지만 이제 온전한 삶이 그녀를 기다리고 있다고 생각해도 좋을 것이다. 이제 이곳저곳으로 떠돌이 생활을 하며 연주 여행을 할 사람들은 바로 남은 우리의 몫이었다.

"다른 사람들도 네 결심에 대해 알고 있어?"

그녀는 내 귀에 대고 낮은 목소리로 속삭였다. "아니, 아직까진 너만 알고 있어."

"셀마 룅에는 뭐라고 할 것 같아?"

"아, 룅에 선생님은 나를 잘 알고 있어. 어쩌면 벌써 짐작하고 있을지도 몰라. 어쨌든 나는 룅에 선생님처럼 살 생각은 추호도 없어. 그렇게 살 수도 없고. 제아무리 몸부림치며 달려봐야 나는 결코 정상에는 도달할 수 없을 거야."

"〈작품번호 109번〉…… 그리워지지 않겠니?"

"악셀, 그 곡은 언제나 그 자리에 있어왔고, 앞으로도 그럴 거야. 바로 이것이 내가 무대 위에서 깨달은 점이기도 해. 물론 난 음악 없이는 살 수 없어. 하지만 음악은 나 없이도 존재할 수 있지."

"행운을 빌어. 넌 그럴 자격이 충분히 있어. 오늘 저녁에 네 결심을 알릴 생각이니?"

"오늘 저녁은 즐기는 것만으로도 충분해. 이제 곧 아버지가 부탁하신 대로 콘서트의 비평을 실은 일간지들이 배달될 거야. 아버진 그 신문들을 오슬로 시내에 직접 배달하실 생각인가봐. 운전기사 한 명을 이미 대기시켜놓은 걸 봤어. 그리고 오늘 새벽 두시경에 이곳으로 기자들을 초대하셨어."

"잘될 거야."

그녀는 다시 내 볼을 살짝 꼬집었다. 위로받아야 할 사람은 그녀가 아니라 나인 것처럼. 나는 그녀에게 설명할 수 없는 질투심을 느꼈다. 그녀는 자신의 삶에 대해 이미 결정을 내렸고, 데뷔 콘서트도 마쳤다. 이제 그녀는 자유로운 새가 된 것이다.

나는 레베카에게서 몸을 돌려 연회장 입구 쪽으로 걸어갔다. 속이 울렁거리는 느낌에 화장실을 찾았으나, 화장실 앞에는 긴 줄이 늘어서 있었다. 그래서 이 층으로 올라가 혼자 있을 수 있는 공간을 찾아 헤맸다. 벽에는 무거운 느낌의 비극적인 그림들이 걸려 있었다. 네덜란드의 전형적인 사냥 장면을 그린 그림 속에는 새를 쫓는 사냥개들과 창자가 튀어나온 채 죽은 사슴이 보였다. 피로 물든 사냥꾼들의 손과 흥분된 눈빛은 죽음을 향한 열망처럼 보였다. 더 이상 견딜 수가 없었다. 화장실을 찾아 여기저기 방문을 열어보았다. 혹시라도 프로스트 부부가 쓰는 침실에 딸린 개인용 화장실이

이 층에 있을지도 모른다는 생각에서였다. 어두운 복도 양 끝에 문이 있었다.

나는 앞쪽에 있는 문을 열었다. 그곳은 아주 큰 침실이었다.

방 안은 불빛 하나 없이 어두웠지만 누군가가 그 방에 있음을 분명히 느낄 수 있었다. 나는 벽에 붙어 있는 전등 스위치를 찾아 손을 더듬었다.

갑자기 천장에서 벼락이 치듯 불이 환하게 켜졌다. 그 순간 눈앞에 펼쳐진 광경을 믿을 수가 없었다. 그곳에 안냐가 누워 있었다. 스타킹을 발목까지 내린 채로 완전히 벌거벗은 안냐의 몸이 눈에 들어왔다. 그녀는 침대 시트 위에 알몸을 쭉 뻗어 천장을 보고 누워 있었다.

거기엔 카트리네도 있었다. 양쪽으로 쭉 벌어진 안냐의 허벅지 사이에 카트리네가 머리를 묻고 있었다. 순식간에 카트리네는 몸을 돌려 깜짝 놀란 듯 나를 바라보았다. 안냐는 여전히 꼼짝 않고 눈을 감은 채 누워 있었다. 나는 시선을 어디에 두어야 할지, 또 무엇을 어떻게 해야 할지 알 수가 없었다. 더이상 참을 수 없었다. 뱉어내야 했다. 닭고기와 샴페인과 새우, 적포도주와 백포도주를…… 침울한 것들과 더러운 것들 그리고 부정한 것들을…… 결국 나는 프로스트 부부의 침실에 깔린 연분홍색 카펫에다 구토를 하고 말았다.

두 소녀는 깜짝 놀란 듯 눈을 치켜뜬 채 어두컴컴한 입구에 서 있는 나를 쳐다보았다. 안냐가 황급히 침대에서 머리를 들어올렸다. 그러고는 둘이서 동시에 나를 향해 소리를 질렀다.

"악셀! 도대체 거기서 뭐 하고 있는 거야?"

제3부

진눈깨비

레베카의 데뷔 콘서트로부터 며칠이 지났다. 나는 전동차역에서서 안냐를 기다리고 있었다. 나는 그녀가 정확히 언제 학교에서 돌아오는지 알고 있었다.

암담하리만치 흐린 날씨였다. 커다란 눈송이가 길 위로 떨어져 내리고 있었다.

안냐의 모습이 눈에 들어왔다. 그녀는 한 갈래로 묶어 올린 머리에, 언제나 잘 어울렸던 구식 더플코트를 입고 있었다. 그녀는 나를 보자 조심스럽게 미소를 지었다. "나를 기다리고 있었니?"

다정하게 말을 건네는 그녀가 예전처럼 다시 낯설게 느껴져 나는 당황했다. "응…… 기다렸다고도 할 수 있지."

벌써부터 혀가 꼬이는 것 같았다. "물어볼 게 있어서……" 나는 겨우 중얼거렸다.

"뭔데?"

우리는 멜룸 가를 향해 함께 걷기 시작했다. 연회장에서 있었던 일을 그녀는 전혀 생각하지 않고 있는 것 같았다.

"내가 셀마 링에 선생님께 레슨 받는 걸 어떻게 생각해?"

"물론 대찬성이지." 그녀가 대답하면서 내 팔을 살짝 건드렸다.

우리는 나란히 걸었다. 신발은 이미 녹기 시작한 눈 때문에 젖기 시작했다. 나는 우리 둘을 덮을 수 있을 만큼 큰 우산을 들고 있었다. 그리고 다른 쪽 팔로는 그녀의 허리를 두를 수도 있었다. 하지만 나는 그녀의 몸에 팔을 두르는 대신 "하지만 그 선생님은 좀 까다롭지 않니?"라고 물었다.

"응. 그럴 수도 있어." 그녀는 잠시 생각에 잠겼다가 대답했다.

"선생님은 굉장히 요구하는 것이 많거든. 특이하기도 하고…… 가끔은 화가 난 듯 시무룩해할 때도 있어. 예술계의 모든 거장들이 그렇듯 말이야. 하지만 문제될 건 없을 것 같아."

"문제될 게 없다고?" 나는 아주 짧게 그녀를 쏘아보았다. 어느덧 우리는 멜룸 가의 농가에 이르렀다.

"레베카는 피아니스트로서의 커리어를 포기했어. 데뷔 콘서트에 대한 비평은 그리 나쁘지 않았어. 마음만 먹으면 피아니스트로 다시 돌아갈 수도 있을 거야. 하지만 레베카는 그 반대를 선택했어. 넌 피아니스트가 아닌 다른 길을 생각해본 적이 있니?"

"단 한 번도 없어." 그녀는 단호하게 대답했다.

안냐와 나는 우리 집을 지나쳐 계속 걸어갔다. 아직까지는 '우리 집'이었다. 지금쯤 아버지는 거실에서 전화기를 붙들고 있을 것이다. 아버지에게는 새로운 연인이 생긴 것 같았다. 하지만 우리에게는 단 한마디도 언급한 적이 없었다. 평소처럼 아무 일도 없다는 듯 태평스럽게 우리를 대했던 것이다. 아버지는 침실에 새 전화선을 끌어다놓았다.

안냐가 우리 집을 흘끗 쳐다보았다. 나는 참지 못하고 안냐에게 물었다. "카트리네는 계속 만나니?"

그녀는 대답하지 않았다. 나는 안냐와 카트리네 그리고 나에 대한 수치심 때문에 얼굴을 붉혔다. 어쩌면 묻지 않는 것이 더 나았을 것이라는 생각이 스쳐갔다.

"그건 왜?" 마침내 그녀가 내게 되물었을 때는 이미 우리 집을 한참이나 지나친 후였다.

"그냥, 궁금해서……"

그녀는 짧고 강렬한 시선을 내게 던졌다. "네가 무슨 생각을 하는지는 알겠는데, 지금 그건 나한테 중요하지 않아."

"무슨 말이야?"

"지금 내 머릿속에는 라벨뿐이야. 〈피아노협주곡 사장조〉. 교향악단과 협연할 곡 말이야. 그후엔 졸업 시험을 치러야 하고. 이만하면 되지 않았니?"

"그래, 물론."

"카트리네는 아주 가까운 친구야. 너 또한 가까운 친구고……" 그녀가 내 손을 꼭 쥐었다.

"고마워."

그녀와의 짧은 대화가 끝났지만 나는 내 머릿속에서 그녀를 떠나보낼 수가 없었다. 집중력 또한 흐트러졌다. 안냐의 모습과 목소리만이 남아 있을 뿐이었다. 18호 스튜디오의 칠흑 같은 어둠 속에 앉아 슈베르트를 칠 때에만 잠시 집중력이 되살아났다. 레베카가 연주자의 길을 포기했다는 사실이 점점 더 나를 두렵게 만들었다. 두려움에 사로잡힌 사람은 나만이 아니었다. 마르그레테 이레네도, 페르디난도 마찬가지였다. 뭉크의 〈태양〉 아래에서 화려한 드레스 차림으로 무대 위에 넘어져 있을 때, 그 짧은 순간에 무서울 정도로 과감한 결정을 내렸던 레베카를 생각하면 남의 일 같지가 않았기 때문이다.

갑자기 레베카를 떠나보내고 피아노를 친다는 사실이 외로웠다. 하지만 내게는 여전히 안냐가 있었다. 안냐는 내게 가장 중요한 존재였다. 하지만 그날 연회장에서 보았던 장면을 잊을 수가 없었다.

나는 강가의 덤불을 향해 걸어갔다. 모든 것이 예전 같지 않았다.

생일

내 생일이 다가왔다. 이제 나는 열여덟 살이 된 것이다. 생일 파티를 열자고 아버지가 고집을 부렸지만 나는 절대로 하지 않겠다고 했다. 하지만 아버지와 카트리네는 아침에 눈을 뜨자마자 커피 한 잔과 초를 꽂은 케이크를 들고 내 방으로 들어왔다. 11월의 잿빛 아침에 꼭 필요한 것 같은 밝은 얼굴이었다. 나는 잠에서 막 깬 후라 아버지와 카트리네에게 어정쩡한 미소 외에는 달리 고마움을 표시하지 못했다. 두 사람은 침대 가에 걸터앉더니 내게 선물을 건넸다. 카트리네는 호로비츠의 카네기홀 콘서트 연주 실황 음반을 준비했다. 내 기억이 맞다면, 연주 첫 부분에 잘못 짚은 건반으로 인해 이상한 해방감을 가져다주는 음반이었다. 아버지는 잉그리 헤블러의 모차르트 협주곡을 주었다. 나는 둘에게 고맙다고 인사하며 가볍게 포옹했다. 카트리네의 목에 팔을 둘러 껴안았을 때는, 그녀의 머리가 얼마나 안나의 가장 깊숙하고 은밀한 부분에 가까이 있었는지에 대한 생각을 떨쳐버릴 수가 없었다. 나는 그녀가 이미 가진 것에 대해 생각해보았다. 그리고 안냐가 왜 나를 그렇게도 무심하게 대했는지에 대해서도 다시 생각해보았다. 카트리네에게 내 생각을 말할까 하다가 그만두었다. 자신의 일상을 꾸려나가기도 바쁠 텐데 하는 노파심 때문이었다. 그녀는 국립미술관에 다시 취직했다. 지금으로서는 그녀의 삶에 있어 가장 확실하고 유일하게 보장된 일이다.

"고마워, 정말 고마워."

"아직도 축하 파티를 안 하고 싶니? 오늘 극장 카페로 너희를 초대하고 싶은데 말이야." 아버지가 내게 물었다. 아버지의 환한 표정은 정말 오랜만이었다.

"말씀만으로도 고마워요. 하지만 그 돈은 아버지 필요하신 데 쓰세요. 전 나름대로의 계획이 있거든요."

아버지와 카트리네는 내 의견에 더이상 이의를 제기하지 않았다. 그들이 내 방문을 열고 나가자 나는 비로소 홀로 앉아 행복감을 즐길 수 있었다. 하지만 과연 무엇을 하면서 오늘을 보내야 할까? 나는 침대에서 일어나 작은 소파로 자리를 옮겨 앉았다. 배 속이 욱신거렸다. 지금 내가 하려는 일은 아주 오래전부터 생각해온 일이었기 때문이다.

나는 산드분 가의 한 집으로 전화를 걸었다. 거기엔 셀마 륑에가 살고 있었다. 아름답고 명석한, 그리고 세계적으로 유명한 전설적인 여인. 마치 잠자리에서 금방 빠져나온 듯 사방으로 삐죽삐죽 솟은 머리카락을 가진 남자, 그리고 『어리석은 것들에 대하여』라는 책의 저자, 낄낄거리고 웃는 것 외에는 아무것도 못할 것만 같은 남자와 함께 사는 여인. 어떻게 보면 레베카와 같은 이유로 생의 자유로움을 만끽하고 있는 여인. 그래, 그녀는 피아니스트로서의 커리어를 포기했으니 이제 콘서트를 위해 죽자고 연습을 하지 않아도 될 것이었다. 교향악단과 협연할 브람스의 곡도, 뮌헨이나 에울라에서 연주할 슈베르트의 마지막 소나타 세 곡도 연습할 필요가 없을 것이다. 이제 그녀는 셀마 링에일 뿐이었다. 성공이라는 단어만큼이나 확실한 존재성을 지닌, 뭉크의 그림 속 마돈나처럼 아름다운 여인일 뿐이었다. 어떤 비평가도 그녀에게 혹평을 할 수 없었다.

전화기 저쪽 편에서 셀마 링에의 목소리가 들려왔다.

"악셀 빈딩입니다."

그녀가 웃음을 터뜨렸다. "전화 올 때가 됐다고 생각하고 있었지."

"전화를…… 기다리고 계셨어요?"

"물론이지."

"그러면 제가 오늘 전화 드리길 잘했네요……"

"그럼."

"언제쯤 찾아뵈면 될까요?"

그녀는 잠시 생각하는 듯 뜸을 들였다.

"모레쯤 시간 낼 수 있겠니? 오후에 오도록 해."

전화를 끊고 나니 초조해지기 시작했다. 무엇을 해야 할지 종잡을 수가 없었다. 내 마음은 물론이고, 몸도 이미 스스로 통제할 수 없는 지경에 이른 느낌이었다. 연습을 하기 위해 피아노 앞에 앉았다. 피아노 연주만이 내가 할 수 있는 유일한 일이었다. 시간은 자꾸만 흘러갔다. 마음만 먹으면 열두 시간 내내 연습을 할 수도 있지만, 그건 희망사항일 뿐이었다. 언제나 중간에 이것저것 해야 할 일들이 생기고, 그러다보면 여섯 시간 또는 일곱 시간 정도밖에 연습할 수 없었다. 벽시계가 오후 세시를 가리키고 있었다. 나는 이 시간이면 학교 수업이 끝난다는 걸 알고 있었다. 창가에 서서 혹시 안냐가 지나가지 않을까 하고 밖을 내다보다가 문득 정신을 차려야 한다는 생각을 했다. 그래서 마르그레테 이레네에게 전화를 했다.

"어머, 악셀! 난 방금 집에 왔어. 오자마자 네게 전화하려고 했는데, 네가 먼저 했네. 생일 축하해."

"고마워."

"오늘 무슨 특별한 계획이라도 있니? 없어? 있잖아, 너를 위해 아주 특별한 선물을 마련했거든. 오늘 저녁 일곱시쯤 우리 집에 올 수 있어? 어머닌 양재 모임에 가고, 아버진 로터리클럽 모임이 있어서 집을 비울 거야. 너를 위해 아이슬란드식 스튜를 만들어놓을게. 못 온다고 하진 않겠지?"

그녀의 말이 옳았다. 나는 내 몸이 마르그레테 이레네를 원하고 있다는 것을 느낄 수 있었다. 모든 건강한 남자들이 그렇듯. 나는 늘 자포자기하는 심정일 때 그녀를 찾아갔고, 그녀의 집에서 나올 때면 늘 내가 불결하다는 생각을 떨치지 못했다.

오늘은 평소보다 더 일찍 절정을 경험했다. 우리는 서로 이야기할 것도 많았고, 할 일도 많았다. 훔친 듯 몰래 느끼는 행복감과 고통스러울 정도의 쾌락들……

"생일 축하해, 악셀." 그녀가 내게 키스하며 말했다.

"특별할 것도 없는데, 뭘."

"열여덟 살이 되었잖아. 당연히 축하해야지."

나는 생일 선물이 어디 있는지 방 안을 살펴보았지만 찾을 수가 없었다.

"얼른 나와서 아이슬란드식 스튜 먹어!" 마르그레테 이레네가 거실에서 소리쳤다.

우리는 함께 식사한 후 포도주 한 병을 따서 마셨다. 그러고는 레베카의 데뷔 콘서트와 뒤풀이 파티에 대해 이야기를 나누었다. 마르그레테 이레네는 활기차고 밝아 보였다.

"아라우와 내가 이야기를 나눌 때 분위기가 얼마나 다정했는지 너는 짐작도 할 수 없을 거야. 세상에! 그가 내게 피아노 레슨을 해주겠다고 했다니까. 생각해봐, 내가 클라우디오 아라우의 제자가 된다니! 그런데, 그건 그렇고 그날 넌 좀 정신이 나간 것 같더라. 무슨 일 있었니?"

"좀 어지러웠어. 충격받아서 그랬나봐. 레베카에게 일어났던 일이 나나 다른 친구들에게도 일어날 수 있다는 생각이 들었거든."

마르그레테 이레네는 세차게 고개를 흔들었다. "부정적으로 생각하지 마. 레베카 일은 어떻게 보면 잘된 거야. 그애는 결심한 일을 끝까지 해냈고, 그후엔 세상을 완전히 다른 눈으로 볼 수 있게 됐잖아. 그 생각을 하면…… 난 레베카에게 질투가 날 정도라고."

"그건 나도 마찬가지야."

"하지만 우리 이젠 그렇게 생각하지 말자. 우리 앞에는 무한한 미래가 펼쳐져 있잖아. 이제 몇 달만 있으면 난 졸업 시험을 볼 테고, 넌 이미 이 세상의 모든 자유를 다 가지고 있는데, 뭐가 걱정이야?"

말을 마친 그녀는 포도주를 한 모금 마셨다. 나도 그녀를 따라 포도주를 마셨다. 순간 눈이 마주쳤다. 이전과는 다른 거리감이 생긴 듯 뭔가 불안한 기운이 그녀와 나 사이에 감돌았다. 그녀의 주위에는 안전한 울타리가 있었고, 나는 무방비 상태에 있는 것 같았다.

"내게 주어진 이 자유를 어디에 써야 할지 모르겠어."

"데뷔해. 우리보다 훨씬 더 나은 데뷔 콘서트를 하라고. 안냐 스쿠그보다도, 나보다도 훨씬 더 나은 연주로. 악셀, 넌 우리 중 누구보다도 뛰어난 피아니스트야. 너 자신이 아직까지도 발견 못했을 뿐이지."

"관둬. 넌 지금 사실을 말하는 게 아니야. 너도 알고 있잖아? 누가 나를 전설적인 피아니스트라고 생각해? 아무도 없어. 언제 내가 그렇게 연주를 잘한 적 있어? 한 번도 없었어. 하지만 난 피아노에 모든 것을 걸었고, 학교까지 그만뒀어. 어쩌면 그래서 너희들이 나를 두렵게 여기고 있는지도 몰라. 하지만 지금까지 내가 이룬 게 뭐가 있니? 아무것도 없어."

"그래도 곧 네 세상이 올 거야. 걱정하지 마."

우리는 거실에 앉아 바워스 앤드 윌킨스 스피커를 통해 음악을 들었다. 안냐의 집보다는 훨씬 따스하고 평온했다. 그러고 보니 나는 늘 이곳을 좋아했었다는 걸 인정해야겠다. 하지만 마르그레테 이레네를 처음 만났을 때 느꼈던 불쾌감은 그 이후로도 수치심과 욕망에 함께 섞여 내 속에 존재해왔다. 지금은 내가 무엇을 어떻게 느끼는지조차 모를 정도로 무감각해졌을 뿐이다.

"어떤 곡을 듣고 싶어? 오늘은 네 생일이잖아."

"슈베르트가 어떨까…… 〈오중주 다장조〉."

"그래, 잠깐만."

그녀는 음반이 진열되어 있는 장식장으로 가서 LP 한 장을 꺼내 턴테이블에 얹었다. 그녀의 몸짓은 어딘지 모르게 서툴렀으나, 그럼에도 여전히 확신에 차 보였다. 나는 그녀에게 단 한 번도 제대로 된 사랑의 감정을 느껴본 적이 없었다. 하지만 그녀는 이런 내 감정과는 상관없이 내가 원하는 것은 뭐든지 다 해줄 의향이 있는 것 같았다.

"얼마 전에 셀마 룽에에게 전화했었어. 나를 제자로 받아주겠대."

마르그레테 이레네가 몸을 돌려 나를 바라보았다. 그녀의 얼굴에 놀란 빛이 가득했다.

"생각보다 진전이 빠른걸."

"그녀가 내게 몇 번 신호를 보냈지."

"레베카가 그만두었으니, 그 자리를 메울 제자가 하나 더 필요했겠지."

"잘못한 일일까?"

"셀마 룽에에게 레슨을 받는 걸 결코 잘못하는 일이라고 할 수 없지. 하지만 조심해, 악셀! 그 여잔 마녀 같은 구석이 있다고."

나는 고개를 끄덕였다.

"이전의 네 여자 관계를 되짚어보면, 내가 무슨 말을 하는지 이해가 될 거야." 그녀가 킬킬댔다.

"무슨 뜻이야?"

그녀는 대답하지 않았다. 스피커에서는 이미 바늘이 LP의 겉면을 돌면서 내는 잡음이 흘러나왔다. 음악이 곧 시작될 것이라는 신호였다. 이제 흘러나올 슈베르트는 안나와 나를 엮고 있는 은밀한 비밀이었다.

우리는 키스를 했다. 음악은 이미 끝이 났고, 나는 불현듯 집에 가야겠다는 생각에 자리에서 일어났다.

"오늘 즐거웠어. 고마워."

"넌 언제나 예의를 지키는구나, 악셀."

"예의는 지켜야 할 미덕이기도 하지. 그건 그렇고, 난 지금 가봐야겠어."

그녀는 두 팔로 나를 감싸 안고선 내 눈을 똑바로 쳐다보았다. 그녀의 눈은 보일 듯 말 듯한 눈물로 젖어 있었다.

"아직 안 돼. 내 선물도 받지 않았잖아." 그녀가 내 팔을 이끌어 침실로 향했다. "오늘 저녁엔 정식으로 하는 거야." 그녀가 말했다.

갑자기 나는 의기소침해졌다. 우울함을 견딜 수 없었다.

"피곤해."

"선물을 받지 못할 정도는 아니잖아, 그렇지?"

결정권은 그녀에게 있었다. 침대는 이미 우리를 받아들일 준비가 된 것처럼 말끔히 정리되어 있었다. 그녀는 나를 한 번 쳐다보더니 양초에 불을 붙였다.

"잘못하는 건 아닐까?"

"잘못하는 건 뭐고, 또 잘하는 건 뭐가 있겠니? 넌 아무것도 걱정하지 않아도 돼. 난 우리 관계에 대해 이미 확실하게 입장을 정했으니 말이야." 그녀가 웃으며 말했다.

나는 빠져나갈 데를 찾을 수 없었다. 이런 감정이 든다는 것 자체가 슬펐다.

내가 몸을 움직일 때마다 촛불이 일렁거렸다. 촛불에 비친 그녀의 창백한 얼굴은 유난히 더 아름다워 보였다. 나는 그녀의 이마에, 입술에…… 그리고 가슴에 키스를 퍼부었다. 하지만 더는 할 수 없었다.

"피곤한가보구나."

"응. 조금…… 우리 다음에 하는 게 어떨까."

"그러면, 우리 하던 대로 하자, 응?"

그제야 나는 내 속에서 어떤 욕망이 꿈틀거리는 것을 느꼈다. 하지만 이미 늦었다. 우리는 익숙한 몸짓으로 서로를 탐닉했다. 어쨌든 우리는 성인이나 다를 바 없었다. 그녀는 실오라기 하나 걸치지 않고 내 곁으로 바싹 몸을 붙여, 내 중심을 꼭 잡았다.

"악셀, 이게 바로 내가 너에게 주는 선물이야. 그리고 항상 기억해주었으면 해. 무슨 일이 있어도, 난 항상 너의 선물이 되리라는 것을……"

이별

나는 쉰네스트베트 선생과 마주 앉았다. 패딩 소파와 오래된 그랜드피아노 그리고 통풍이 되지 않는 꽉 막힌 실내에서 나는 냄새로 가득 찬 그의 작은 거실에서 이야기를 했다. 그는 모든 것을 이해한다고 했다.

"셀마 룅에는 최고의 피아노 선생이지."

"꼭 그 때문만은 아니에요. 하지만 이미 결정된 일…… 더이상 왈가왈부할 필요는 없겠죠." 나는 우물쭈물 대답했다.

"그래, 이미 결정된 일……" 그는 내 말을 되풀이했다.

그는 커피와 비스킷을 함께 들자면서 주방으로 들어가 커피 잔과 알루미늄 포일 안에서 유통기한이 앞으로 삼 년이나 더 남아 있는 비스킷을 꺼냈다. 나는 그를 거들어주었다. 그가 집안일을 할 때면 내가 항상 거들어주곤 했는데 오늘따라 그는 유난히 힘들어 보였다. 거실로 돌아와 의자에 다시 앉은 그에게서 퀴퀴한 냄새가 났다. 그를 요양원에 보내고 싶은 생각이 들었다.

"모든 일이 다 잘될 거예요." 나는 위로하듯 그에게 말했다.

"레베카 프로스트의 데뷔 콘서트는 아주 좋았어. 많은 것을 기대할 수 있는 아이였는데……"

"네, 그래요."

"그래, 넌 언제 데뷔할 생각이냐?"

그는 커피와 비스킷을 입에 가져가며, 지난 시간 동안 내게 그토록 익숙했던 따스하고 또 조금은 술에 취한 듯한 눈길을 던졌다. 그는 더이상 술을 가까이하지 않는 것 같았다.

"그동안 너무 많은 일이 있었어요, 선생님. 제겐 시간이 좀더 필요한 것 같아요."

"그렇겠지."

그는 생각에 잠겼다. 나는 그가 내게 가르쳐주지 않은 것이 무엇이 있을까 곰곰이 생각해보았다. 지금까지 쉰네스트베트 선생만큼 무능력한 선생은 만나보지 못했다. 그에게서 제대로 배운 게 한 가지라도 있었던가. 그럼에도 그를 미워할 수 없었다. 아니, 다른 어느 선생보다도 더 좋아하고 있었다. 왜냐하면 그는 한 번도 내 앞길을 가로막거나 자신감을 꺾은 적이 없었기 때문이다. 이제 그와 이별한다고 생각하니 슬펐다. 모든 것이 더 힘들어질 거라는 생각도 들었다. 그는 평범하다고밖에 할 수 없는 선생님이었지만, 정확한 청음 능력을 가지고 있었고, 항상 적절한 타이밍에 칭찬과 격려를 해주었다. 그는 부정적인 말을 한 번도 입 밖에 낸 적이 없지만, 이 순간만큼은 그다지 기분이 좋지 않으리란 걸 나는 느낄 수 있었다. 이제 나는 어떤 목표를 세워야 할까? 최고의 위치? 많은 사람들이 바라 마지않는 비바람과 찬기가 서린 그 위치? 앞으로 내게 다가올 일들을 생각하니 몸서리가 쳐졌다. 쉰네스트베트 선생은 적어도 음악에 대한 올바른 정서는 가지고 있었던 것이다.

"브람스는 어떻게 되어가고 있니?" 갑자기 그가 침묵을 깨고 물었다.

"브람스요? 서두르지 않아도 될 것 같아요. 시간이 필요해요. 브람스뿐만 아니라 다른 곡들도요."

그는 고개를 끄덕였다. "아무것도 두려워할 것 없다. 넌 최고야. 항상 최고였어. 언젠가는 꼭 내가 너를 자랑스러워할 날이 올 거야."

나는 대답하지 않았다. 대신 자리에서 일어나 그의 턴테이블 쪽으로 걸어가 음반 하나를 얹었다. 슈베르트의 〈오중주 다장조〉 2악장이었다. 누가 먼저라고 할 것 없이 우리는 눈물을 흘리기 시작했다.

"아름다운 곡이죠?"

"그래, 만들어지지 않았어야 할 정도로……" 그가 눈물을 훔치며 대답했다.

셀마 룅에

나는 크고 음침한 집 대문 앞에 서 있었다. 셀마와 토르핀 룅에의 집이었다. 이 검은 벽 안쪽에는 세계적으로 유명한 피아니스트와 철학자가 살고 있었다. 그들은 이미 개인이라는 의미를 떠나 공인이라고 하기에 손색이 없었다. 따로따로, 또 함께. 나는 그 두 사람을 만나는 게 편하지 않았다. 왠지 둘 다 위험한 인물처럼 여겨졌기 때문이다. 하지만 나는 이 집에 와보기로 마음을 먹었던 것이다.

대문을 연 사람은 토르핀 룅에였다. 그는 안경알에 비친 11월의 빛에 눈을 껌벅이고 있었다. 그의 안경은 나르베센*에서 파는 싸구려같이 보였으나, 모든 현학자들이 즐겨 쓸 것 같은 모양이었다. 그의 머리는 부스스하게 뻗쳐 있었고 입가에는 잠에서 막 깬 사람

* 시내 중심지나 선착장, 또는 관광지에서 자주 볼 수 있는 작은 편의점.

처럼 침 흘린 자국이 남아 있었다. 게다가 눈빛마저도 흐리멍덩해 보였다. 잠시 후 그는 나를 알아본 듯 바보 같은 미소를 지었다.

"아, 바로 자네였군. 이제야 얼굴을 마주하게 되는군. 반갑네."

"만나 뵙게 되어 반갑습니다." 나는 동화 속 아스케라덴*처럼 무릎을 굽혀 인사했다.

"아스케라덴이 신부를 찾아온 게로군." 철학자는 이렇게 중얼거리더니 껄껄 웃었다. 자신이 한 말을 자랑스러워하는 듯한 웃음이었다.

"그럴지도 모르겠네요."

갑작스레 불쾌감이 몰려왔다. 불안했다. 나는 그가 약간 모자란 사람인지, 아니면 나를 놀리고 있는 건지 분간이 가지 않았다. 어쩌면 둘 다일지도 몰랐다.

"어서 들어오게나."

그는 과장된 몸짓으로 나를 집 안으로 들였다. 그런 그를 보고 있으려니, 마치 그가 내 신하쯤 되는 것 같은 생각이 들었다. 나는 그의 앞을 지나 걸어 들어갔다. 그의 셔츠는 반숙 계란을 흘린 자국으로 얼룩져 있었고, 바지는 주름이 구깃구깃 잡혀 있었다. 이런 남자가 셀마 룅에의 남편이라는 것이 도저히 믿어지지 않았다.

셀마 룅에는 거실 한가운데에 서서 나를 기다리고 있었다.

문득 그녀가 나를 맞이하기 위해 특별히 치장한 것 같다는 생각이 들었다. 그녀는 긴 자주색 드레스를 입고 터키옥색 숄을 두르고

* 지혜로 트롤(거인족)을 물리치고 마지막에는 공주를 신부로 얻는다는 내용의 노르웨이 전래동화 속 삼형제 중 막내의 이름.

있었다. 얼굴에 짙은 화장을 해서인지 오늘따라 따스한 구석이라곤 전혀 느낄 수가 없었다. 눈 주위는 화장으로 깊고 어두웠으며, 눈빛은 타는 듯 강렬했다.

"잘 왔어, 악셀."

그녀는 손을 내밀었다. 그녀의 손은 차가웠다. 나는 마치 여왕이라도 알현하듯 가볍고 공손하게 악수했다.

토르핀 룅에는 뭐라고 혼잣말로 중얼거리며 눈을 껌벅거리고 있었다. 셀마 룅에는 갑자기 그녀의 남편에게로 몸을 돌렸다. 그를 향한 그녀의 눈빛은 차갑다 못해 악의마저 담고 있는 것 같았다. 하지만 동시에 그녀의 입은 미소를 머금고 있었다. 그녀는 남편에게로 다가가 이렇게 말했다.

"토르핀, 집에 빵이 없어요. 가게에서 사오는 걸 깜박 잊었지 뭐예요. 지금 전동차를 타고 시내의 메르켈 제과점으로 가서 빵을 사 올 수 있겠어요? 오늘은 다른 날보다 더 늦게 문을 닫으니 지금 가도 될 거예요."

철학자는 무슨 말인지 알아듣지 못하게 혼자 투덜거렸다. 내 눈에는 명백한 반항으로 보였다.

그녀는 엄한 눈으로 그를 쳐다보며 목소리를 높였다. "토르핀?"

그러자 그는 구부정한 자세로 선 채 움직이지 않았다. 그의 코 밑에는 콧물 한 방울이 맺혔고, 입을 꾹 다물고 있는데도 입가에는 거품이 새어나오고 있었다. 그녀는 마치 엄격한 선생님처럼 꼼짝도 않고 서서 남편을 바라보고 있었다.

마침내 그는 회색빛 곱슬머리가 사방으로 흔들릴 정도로 힘차게 고개를 끄덕이며 대답했다. "물론, 물론이지. 빵…… 사올게요."

내 눈을 믿을 수 없었다. 토르핀 링에는 현관으로 나가 모자를 쓰고 코트를 걸쳐 입은 후 밖으로 걸어 나갔다.

"좋은 시간 보내요!" 그는 문가에 서서 오래도록 빨지 않은 듯한 손수건 한 장을 꺼내 콧물과 입 주위를 훔치면서 내게 소리쳤다.

셀마 링에는 현관문이 닫히자마자 돌아서며 미소를 지었다. 그것은 지금까지와는 사뭇 다른 느낌을 주었다.

"토르핀은 아주 재능이 많은 사람이야." 요점을 정리하듯 그녀가 간단히 말했다.

거실 한쪽 구석, 의자 위에 길게 누워 있는 고양이 한 마리를 제외한다면 집 안에는 그녀와 나뿐이었다. 흰색과 검은색 털이 얼룩덜룩한 고양이는 경계하는 듯한 눈길로 내게서 눈을 떼지 못하고 있었다. 이 집 안에는 겉으로 드러나진 않지만 보이지 않는 어떤 규칙이 존재하는 듯했다.

나는 거실을 빙 둘러보았다. 탁자 위에 찻잔 두 개가 놓여 있었다. 셀마 링에가 미리 준비해놓은 듯 도자기로 만든 차 주전자에서 김이 모락모락 피어올랐다.

거실은 엄청나게 넓었고, 가구들은 무겁고 독일적이라는 느낌을 주었다. 벽난로와 짙은 색으로 덧칠한 큰 장식장은 리베르만 가족으로부터 물려받은 유산처럼 보였다. 벽에는 빈틈이 보이지 않을 정도로 그림들이 빽빽하게 걸려 있었다. 추상화 같은 현대적인 그림도 눈에 띄었지만 대부분은 전통적인 그림들이었다. 그중에서도 특히 눈에 띈 것은 뭉크의 그림 〈이별〉의 진품이었다.

그녀는 내가 그 작품을 눈여겨보고 있는 것을 눈치챘다. "뭉크를 좋아하니?"

"안냐는 뭉크를 좋아하지 않더라구요."

"안냐 이야기를 하고 싶니?"

"아뇨, 그냥 작품 속 긴 머리 여인이 안냐를 닮은 듯해서요."

그녀가 내게 바짝 다가왔다. 처음으로 그녀가 쓰는 향수 냄새를 맡은 것 같았다. 백합 향이 나는 어머니가 좋아하시던 바로 그 향수, '골짜기의 백합'이 틀림없다고 생각했다.

"향이 참 좋아요." 나는 그 말을 하자마자 바보 같은 말을 했다는 후회가 들었다. 세계적으로 명성을 떨쳤던 피아니스트와의 첫 레슨을 이런 식으로 시작하면 안 될 것 같은 생각이 들었다.

"내가 쓰는 향수를 좋아하다니 기분이 좋은걸. 샤넬 넘버 파이브야. 고전적이지. 알고 있었지?"

"향수에 대해선 잘…… 몰라요."

우리는 탁자를 사이에 두고 마주 앉았다.

"차 마시지 않을래?"

나는 고개를 끄덕일 수밖에 없었다. 탁자 위에 차 말고 다른 것은 보이지 않았다. 그녀는 찻잔에 차를 따라준 후 우유와 설탕을 내 쪽으로 밀어주었다. 그녀는 차에 아무것도 넣지 않은 채 마셨다. 나는 차에 대해 아무것도 아는 것이 없어서 그녀가 하는 대로 따라하기로 했다. 우리 집에서는 커피가 아니면 술을 주로 마셨다.

차를 마시면서 그녀의 그랜드피아노를 바라보았다. 다른 모델보다 큰 C모델이었다.

"스타인웨이는 아니야. 우리 가족은 독일계라기보다는 오스트리아계에 더 가깝지. 합스부르크*계라고 할 수 있어. 하지만 이건 다른 이야기고…… 어쨌든 나는 스타인웨이보다는 뵈젠도르퍼를 선호해."

"뵈젠도르퍼도 좋은 피아노라고 생각해요. 그런데, 이 피아노에는 왜 저음 부분에 더 많은 건반이 있나요?"

"후기 낭만주의의 영향을 받은 탓이 아닐까? 한계를 무너뜨리기 위해서 말이야. 사실 그랜드피아노는 1800년대부터 계속 발전해왔다고 볼 수 있으니까. 내가 자란 곳에는 믿기 어려울 정도로 거대한 그랜드피아노도 있었어. 브람스의 피아노협주곡 중 몇 곡은 이 거대한 그랜드피아노를 위해 작곡되기도 했어. 그 당시에는 무대를 가득 채울 정도로 큰 악기에 대해 꿈꾼 사람들이 많았지. 하지만 악기 또한 우리의 삶과 마찬가지로 한계는 있기 마련이야."

그녀는 조국에 대한 이야기를 할 때에는 바로 알아차릴 만큼 독일어 억양이 강해졌다. 나는 그녀를 뚫어지게 쳐다보았다. 우리 둘 사이에 혼돈스러운 긴장감이 생겨났다. 그녀는 나이로 따지자면 내 어머니뻘이었다. 하지만 내게는 한 여인으로 보이기에 충분했다. 합스부르크가의 피를 받은 여인? 어쩌면 그녀의 먼 친척이나 조상들 중에 아랍계나 스페인계의 피가 섞여 있을지도 모른다. 그래, 스페인계. 나는 그녀가 다른 곳으로 눈을 돌릴 때마다 흘낏흘낏 그녀의 얼굴을 훔쳐보며 그렇게 생각했다. 그녀의 눈을 마주 볼 자신은 없었다. 내가 그녀를 전설적인 인물로 생각하는 것은 그녀의 권위 때문인가, 그녀에 대한 경외심 때문인가. 나는 그녀가 페

* 유럽 왕실의 주요 혈통.

렌츠 프리차이, 라파엘 쿠벨리크, 카를 뵘 같은 세계적인 지휘자들과 함께 협연한 것을 알고 있었다. 그녀는 비엔나의 무직페라인 콘서트홀, 암스테르담의 콘세르트토헤보 콘서트홀 그리고 프랑스의 살 플레옐 콘서트홀의 어쿠스틱 효과에 대해서도 잘 알고 있을 것이다. 지금 그녀는 산드분 가의 자신의 집에서 겨우 열여덟 살이 된 한 소년에게 관심을 보이고 있다. 클래식 음악계에서는 내 나이 또래의 거장들도 찾아보려면 얼마든지 찾을 수 있다. 하지만 내가 과연 관심의 대상이 될 만한 사람인가? 그녀의 제자는 많지 않았다. 그녀의 하루는 길고 자유로울 것이다. 나는 전국 청소년 피아노 대회에서 수상자 명단에도 이름을 못 올렸는데 왜 하필이면 나를 제자로 받아들이려고 했을까? 혹시 내게 숨겨진 재능이 있다고 느낀 걸까? 그래서 차이콥스키 대회에 참가할 수 있도록 도와주거나, 나이가 어리긴 하지만 데뷔할 수 있도록 도와줄 생각은 한 것은 아닐까? 나는 아직도 리플링 선생에게서 벗어나지 못하고 있는 페르디난 피오르를 떠올렸다.

"그래, 나를 찾아온 이유가 뭐지?" 셀마 링에는 잠시 동안 나를 유심히 바라보더니 물었다.

"배우고 싶어서요. 쉰네스트베트 선생님 밑에서는 만족할 수 없었습니다. 그분이 음악을 들을 줄 아는 귀를 가지고 있긴 했지만요."

"뭘 배우고 싶니?"

예상치 못한 질문이었다. 나는 한참 생각한 후에 대답했다.

"음악을 끌어내고 싶습니다. 존재의 밑바닥에 잠재하는 그런 음악을 배우고 싶어요."

"아무도 음악이 어디에 존재하는지는 알 수 없어." 그녀는 짧고 단호하게 대답했다. 마치 내가 어리석은 말을 한 것처럼.

"누가 우리의 중독성에 대해서 설명할 수 있을까? 우리가 생각하고 이해하는 것들에 대해서 이야기해보지 않는 한 말이야. 음악에 대한 우리의 사랑을 제대로 이해할 수 있는 사람이 과연 얼마나 될까. 7도 화음이 때로는 6도 화음보다 더 아름답게 들리고, 또 어떤 때는 그 반대로 느껴지기도 하는 그런 것을 이해할 수 있는 사람이. 음악은 눈으로 볼 수 없는 것이야. 그러면서도, 항상 우리의 가슴속에 자리 잡고 있어. 연주되지 않을 때도."

그녀는 내 의견에 전혀 동의할 생각이 없는 것 같았다. 갑자기 화가 치밀어올랐다.

"그리고 누가 감히 우리에게 그토록 큰 영향을 미치고 있는 음악에 대해서 설명할 수 있겠니?" 그녀는 내 반응을 살피지 않은 채 계속 말을 이어갔다.

어떻게 대답해야 할지 아무 생각도 떠오르지 않았다. 첫 레슨 시간부터 모욕감과 수치심을 느끼려고 산드분 가로 온 것은 아니었다.

"저는 그저 더 나은 음악가가 되고 싶을 뿐이에요."

나는 얼굴이 화끈거렸다. 그녀는 조용히 나를 바라보았다. 대화를 주도해가는 사람으로서 마치 내 화를 즐기기라도 하듯 그녀는 미소를 머금고 있었다.

"그렇게 될 거야. 확신을 가지렴."

나는 피아노 앞에 앉았다. 낡은 악기라 군데군데 색이 벗겨진 곳도 보였다. 그랜드피아노의 뚜껑은 열려 있었다. 내 목은 굳어 있었고, 어깨는 긴장이 풀리지 않아 경직되어 있었다. 셀마 륑에는 의자에 앉아 차를 마시며 나를 바라보고 있었다.

"피아노 칠 때 누구를 생각하니?"

"누구……라뇨?"

"그래, 누구. 모두들 누군가를 생각하기 마련이니까."

"그런가요? 선생님은 누구를 생각하세요?"

"난 내 어머니를 생각해."

"왜 어머니를 생각하세요?"

"그녀를 움직이게 하고 싶으니까. 그래서 죽음에서 깨어나도록 만들고 싶어."

이렇게 말하는 그녀를 보고 있노라니 묘한 기분이 들었다. 나는 피아노를 칠 때 단 한 번도 그런 식으로 내 어머니를 생각해본 적이 없었다. 비록 중요한 순간에는 언제나 어머니를 생각하게 되지만, 그것은 전략적인 이유 때문이라고 할 수 있었다. 절벽에서 뛰어내리기 직전에 신을 찾는 것처럼.

"계곡 밑에서 무슨 일이 있었는지 알고 계세요?"

그녀는 고개를 끄덕여 대답을 대신했다.

"전 어머니와 자주 이야기를 해요. 거의 매일요. 어머니의 영혼이 어디에 있는지 알 것 같기도 해요. 그럼에도, 어머니를 찾을 순 없다는 걸 잘 알고 있어요. 그런 방식으로는 절대 불가능하다고 생각해요. 어쨌든 어머니는 이미 돌아가셨고…… 저는 어머니를 위해 연주해본 적은 없어요."

"그러면, 안냐 스쿠그를 위해서 연주하렴." 그녀는 미소를 지으며 말했다.

나는 안나를 위한 연주가 될지도 모른다는 생각을 하면서 피아노를 치기 시작했다. 3악장의 〈장송 행진곡〉으로 유명한 쇼팽의 〈피아노소나타 2번 내림나단조〉를 치면서 나는 그녀의 말이 옳다는 걸 느꼈다. 곡은 난해하기 그지없었다. 처음부터 끝까지 무시무시한 기교를 요구하는 곡이었다. 왜 이 곡을 선택했는지 스스로도 납득할 수 없었다. 3악장을 제외하고선 그 어떤 부분도 영구적으로 지속되는 기분을 주지 않았다. 덧없고 성급하며 경솔한 느낌까지 주는 멜로디였다. 그러고는 비애가 뒤를 이었고 마지막 악장은 마치 유령의 장난 같다는 생각이 들게 하는 곡이었다. 전체적으로는 슬픔과 비애가 가득했다. 왠지 이 곡은 젊은 피아니스트들에게 적절하지 않아 보였다. 하지만 나는 셀마 룅에의 뵈젠도르퍼 피아노 앞에 앉아 시작한 이 곡을 끝내야 했다. 그리고 그녀에게 내가 할 수 있는 것을 보여주어야 했다. 어쩌면 이 소나타는 불안정하고 초조하며 파멸적인 나 자신을 표현하기에 적절한 곡인 것도 같았다.

극도의 긴장감 때문에 2악장 스케르초에서 눈에 띄게 큰 실수를 한 것을 제외하면, 기교적으로 어려운 부분을 무난하게 넘겼다. 그리고 〈장송 행진곡〉으로 알려진 3악장으로 접어들면서 아주 느리지도 빠르지도 않은 중간 정도의 템포를 선택해서 연주했다. 과장할 필요는 없다는 생각에서였다.

셀마 룅에가 자리에서 일어나 천천히 피아노 옆으로 다가왔다. 나는 그녀의 사뿐사뿐한 발걸음을 연주를 방해하지 않겠다는 신호로 이해하고 계속해서 피아노를 쳤다. 그녀는 내 바로 뒤에 와서 섰다. 갑자기 경직된 내 어깨에 얹히는 그녀의 손길이 느껴졌다. 그녀가 몸을 굽혀 내게 좀더 바짝 다가왔다. 짙은 샤넬 향에 숨이 막힐 것만 같았다. 그녀의 살이 내 살에 거의 닿을 듯했다. 우리의 볼과 볼이 맞닿았다.

"계속해, 악셀."

그녀는 내 귀에 나지막이 속삭였다. 나는 그녀가 시키는 대로 계속해서 연주했다. 그녀는 내 어깨를 천천히 주무르기 시작했다. 천천히.

"느껴봐. 더 천천히, 악셀. 이 리듬을 느껴봐."

그녀가 말하는 리듬은 그녀의 손가락들 사이에서 살아 움직이고 있었다. 나는 그제야 그녀의 의도를 이해했다. 정말? 이렇게 천천히? 나는 점점 더 템포를 늦추어 연주를 해나갔다. 놀랄 정도의 리타르단도*였다. 미국의 록밴드 도어스의 연주 외에는 이렇게 과장된 리타르단도를 사용하는 음악인을 본 적이 없었다. 템포를 늦추면서 마치 내가 다른 세상에 있는 듯한 느낌을 받았다. 인식과 감각 과민의 세계, 거기에는 하나하나의 음들이 각각 본질적인 가치를 지니고 있었다. 그리고 나…… 여러 해 동안 이것을 탐닉해 온 나였지만 단 한 번도 감히 이토록 느린 템포로 연주해볼 생각은 하지 못했다.

"더 천천히, 악셀."

이보다 더 천천히? 그녀의 입술이 내 귓가에 닿았다. 등골이 오

---

* '점점 느리게'라는 뜻의 음악 용어.

싹했다. 단 몇 초 동안이었지만 그녀가 도대체 어떤 힘을 사용했기에 나를 이토록 꼼짝 못하게 만드는 것인가 하는 생각을 했다. 하지만 그녀의 말을 따라 연주하면서 그녀가 하나도 틀리지 않다는 것을 알았다. 느린 리듬이 제자리를 잡아가고 있었다. 한 음 한 음이 멜로디와 정적 사이를 오가며 마치 긴 활처럼 음악이 만들어지고 있었다.

지금까지 그 누구도 쇼팽의 〈장송 행진곡〉을 이런 스타일로 치는 것을 보지 못했다. 그런데 이제 내가 새로운 스타일로 연주를 하고 있는 것이었다.

"이제, 돌아가신 어머니를 생각하며 연주를 해봐." 셀마 룅에는 내 귀에 대고 속삭였다. "안냐 스쿠그라도 좋아. 누구라도 한번 생각해봐. 네 삶에 너무도 중요한 사람이기에, 그 사람 없이는 살아갈 수 없을 것 같은 한 사람을 생각하면서, 네가 하고 싶은 말을 떠올려. 네 음악을 듣는 사람들 중에 적어도 한 명은 있기 마련이니까. 그리고 동시에 이렇게 생각해. 지금이 피아노를 연주하는 마지막 순간이라고. 네가 가지고 있는 모든 것을 쏟아내야 해. 네 감정에 사로잡혀 조금이라도 느슨해지면 안 돼. 네 자신을 숨기고 감정을 내보이지 않는다 해도 언제나 관대함과 여유로움을 잃으면 안 된다는 것도 기억해."

나는 그녀가 내 귀에 속삭이는 중에도 계속 멈추지 않고 연주를 했다. 그리하여 마침내 현재라는 시간을 느낄 수 있게 되었다. 더 이상 과거와 죽음이 생각 나지 않았다. 나는 안냐가 한 이야기를 떠올렸다. 그녀도 나와 같은 과정을 거친 게 분명했다. 그녀에게 들었을 때는 셀마 룅에의 교습 방식이 굉장히 피곤할 것 같았지만 직접 경험해보니 그 반대였다. 셀마 룅에는 내 집중력을 흩뜨리지 않았다. 아니, 오히려 그녀의 목소리는 음악 밑에 잔잔히 흐르면서 내 머리를 더 차갑게 만들어주었다. 그뿐만이 아니라 다음 음을 언제쯤 짚어낼까 하는 계속되는 순간의 선택을 좌우하는 내 직관력을 더욱더 강하게 만들어주었다.

그녀는 내 어깨를 잡고 있던 손을 놓고선 천천히 일어서서 내 연주가 끝나기를 기다렸다. 〈장송 행진곡〉은 이제 그녀 없이도 제대로 된, 그러면서 독특한 모양을 갖추어나가고 있었다. 섬뜩할 정도로 깊은 비애와 상실감이 느껴졌다. 하지만 무엇에 대한 상실감인지는 알 수 없었다. 그저 음악이 주는 영향력이라는 것밖에는……

연주를 마치고 난 후 나는 기진맥진해서 피아노 의자 위에 계속 앉아 있었다.

"잘했어. 아주 잘 쳤어." 셀마 룅에가 앉은 채 말했다.

나는 감히 그녀의 얼굴을 쳐다볼 수 없었다. "만약 지금이 중세 시대였다면, 선생님은 마녀로 몰려 화형을 당했을지도 몰라요."

그녀는 흡족한 듯 웃음을 터뜨렸다. "나도 페렌츠 프리차이에게서 배운 거야. 음악가들에게 있어 가장 큰 적은 매너리즘이야. 매너리즘에 빠지면, 글렌 굴드라도 지루한 연주를 하는 법이야. 글렌 굴드는 굉장히 지적인 사람이야. 항상 반짝이는 아이디어를 가지고 있는 사람이기도 했고. 그는 음악과 거의 완벽한 일체감을 이룰 수 있는 연주자였지만, 그 때문에 음악에 대한 최소한의 필수적인 거리감을 가질 수 없는 사람이기도 했어. 그는 결국 조증 증세를 보였고, 가끔은 엉뚱한 면을 보이는가 하면 광적인 모습을 보이기도 했지. 세상에 어떤 여자가 글렌 굴드와 섹스를 하고 싶겠니? 소름이 돋을 만큼 무서운 일이지. 글렌 굴드는 식인종이라고도 할 수 있어. 마르타 아르헤리치와 비교해서 한번 생각해봐. 극과 극의 세계라고 할 수 있지 않니?"

그녀가 섹스에 대해 이렇게 빨리 그리고 노골적으로 언급하는 데 놀라지 않을 수 없었다. 나와 그녀 사이에 극도의 긴장감이 생겨나고 있는 것이 느껴졌다. 그녀는 내 어머니보다 나이가 많았다. 하지만 피아노 의자에 앉아 마침내 용기를 내어 쳐다봤을 때, 그녀의 모습은 너무도 황홀했다. 찻잔을 손에 들고 있는 그녀의 우아하고 부드러운 몸의 곡선은 나를 매혹시키기에 충분했다.

"테크닉은 문제될 것이 없어. 연습만 하면 언제든지 풀 수 있는 문제야. 너는 오른손 네번째 손가락을 좀더 훈련해야 할 것 같아. 그 손가락이 너무 약해. 쇼팽의 〈작품번호 10번〉 중 두번째 에튀드를 연습하렴. 그 외에는 감정 표현에 대해 생각해봐야겠는데…… 넌 지금까지 기계적으로만 연습을 많이 해온 것 같아. 음악에 대해 다시 고민해야 해. 너만의 삶과 대화를 나눌 수 있는 한 방법으로 이해하려고 노력해봐. 그래서 말인데, 앞으로는 오늘 연주한 곡처럼 화려하고 장엄한 곡은 잠시 잊어버리는 게 좋겠구나. 다음 레슨 시간에는 좀더 쉽고 간단한 곡을 찾아서 연습해오렴. 기교적으로 어려운 곡은 생각지도 말고…… 음, 드뷔시의 〈갈색 머리 소녀〉 같은 곡 말이야."

그녀는 이런 곡 제목을 들으면 누가 떠오르느냐고 물으면서 의미심장하게 내 얼굴을 바라보았다. 나는 대답하지 않았다. 그녀는 마치 놀리는 듯한 미소를 지으며 의자에서 일어났다.

"오늘 레슨은 이걸로 끝인가요?"

"그래. 다음 시간에는 네 귀에 대고 더 많이 속삭이게 될 거야."

나는 현관으로 걸어갔다. 문 옆에는 시내에서 빵을 사서 막 도착한 토르핀 룅에가 숨을 몰아쉬며 서 있었다. 그는 바보 같은 미소를 짓고 있었다.

"내가 너무 일찍 온 건 아니겠지?"

그는 두 눈을 치켜뜨곤 사방을 두리번거리며 말했다. 그런 그의 모습은 마치 황무지에 서 있는 방송국 안테나 같았다.

"아니에요. 레슨은 이미 끝났어요."

나는 어색하게 대답했다. 도대체 이 남자는 우리에 대해 무슨 생각을 했던 것일까? 이런 부인과 함께? 그래, 도대체 우리가 무슨 짓을 하고 있었다고 생각한 것일까……

셀마 룅에는 내 뒤편에서 걸어와 나를 밀치고 그녀의 남편에게 향했다.

"이 정도면 되겠지?"

그녀는 남편의 입술에 키스하며 빵을 받아들었다.

"다음 주 목요일, 같은 시간에 오면 될까요?"

"응, 같은 시간."

강림절

눈이 내렸다. 크고 습기를 잔뜩 머금은 눈송이였다. 뢰아 시내 중심가에는 이미 크리스마스 장식이 휘황찬란했다. 집집마다 창문은 물론이고, 길가의 가로등 사이와 잔디밭에 서 있는 키 큰 전나무에도 크리스마스가 다가오는 것을 알리는 장식용 전구들이 줄지어 반짝이고 있었다. 나는 전동차역에 서서 안냐를 기다리고 있었다. 그동안 나는 드뷔시의 〈갈색 머리 소녀〉를 연습하면서 안냐만을 생각했다. 셀마 륑에와의 만남은 불꽃에 휘발유를 퍼부은 것이나 다름없었다. 그녀의 경험과 연륜은 내게 자극과 격려가 되었고, 그녀의 메시지는 내 감각기관을 열어주었다. 인생의 어떤 상황에서도 현존성을 잃지 않는 것 또한 내가 그녀에게서 배운 것들 중 하나였다. 나는 그동안 비겁하게도 편안한 즐거움을 찾아 마르그레테 이레네의 품속으로 도피했다. 미래를 함께할 생각은 전혀 없으면서도. 나는 백일몽으로 시간을 허비해왔다. 하지만 그 몽상

들을 음악 속으로 끌어들이는 데는 실패했다. 내 가슴속의 꿈을 지키지 못한 채 나 자신을 망쳐왔다는 생각이 들었다. 그래, 지금까지 나는 음악이 아닌 강가의 덤불 속에서 내 감각을 열고 키워왔다. 그렇다면, 내 인생은? 나는 단 하나뿐인 소중한 내 삶에 대해서는 현실적으로 생각해본 적이 한 번도 없었다. 지금까지 내 삶은 허공의 한 줌 먼지 정도밖에 되지 않았다.

그리고 안나에게 내 자존심을 뭉갠 채 사랑을 고백했다는 사실도 마음에 들지 않았다. 때마침 낡은 갈색 목재 패널로 외벽을 덮은 전동차에서 계단을 밟고 내려오는 그녀를 발견했다. 그녀는 여느 때처럼 연두색 더플코트를 입고 있었다. 오후 이른 시간이었지만 날은 벌써 어두워지고 있었다. 나를 발견한 그녀는 짜증내는 기색 없이 환한 미소를 지었다. 나는 그녀의 미소에 안도의 한숨을 쉬었다. 그녀에게 성가신 존재가 되고 싶지는 않았는데, 다행이었다.

"안녕?" 그녀가 다정한 말투로 인사를 건넸다.

"잠깐 같이 걸어도 되겠니?"

"물론이지. 나를 기다리고 있었던 거야?"

"응."

나는 솔직하게 말했다. 그리고 그와 동시에 말을 버벅대기 시작했다. 그녀는 여전히 내 잠재의식 속에 강렬하게 자리 잡고 있어서 내 자존심과 자신감을 단 한마디의 말로도 무너뜨릴 수 있는 존재였다.

"저기, 그러니까 네게 고맙다는 인사를 하고 싶었어. 지난주 목요일에 셀마 링에 선생한테 첫 레슨을 받았거든."

"들어서 알고 있었어." 안나는 미소를 지으며 살짝 팔짱을 꼈다.

뜻밖이었다. 그녀가 너무 사랑스러워 보였다. 나는 그녀 팔의 감촉을 느끼면서 이게 꿈인가 싶어 내 살을 꼬집어보고 싶었다.

"그래? 난, 그 선생님은 제자들에 대해서 뒷말을 하지 않는 것으로 알고 있었는데……" 나는 일부러 놀란 목소리로 되물었다.

"다른 사람은 몰라도, 너에 대해서는 말해주더라." 안냐는 이렇게 말하며 조심스럽게 웃었다.

"나에 대해서…… 무슨 이야기를 했는지 궁금한데."

"재능도 있고, 배우려는 의욕도 크다고 했어. 그리고 지금은 연주 테크닉에 대한 것은 잊어버리고 감성을 표현하는 데 집중해야 할 것 같다고."

"그녀는 정말 멋진 선생님이야. 내 기대 이상으로 대단한 사람이었어."

"그래? 그런 말을 들으니 나까지 기분이 좋아지는걸. 그래, 그래야지. 하지만 지금부터는 더 힘들어질 거야. 진지하게 생각해야 할 거라고." 그녀는 손으로 내 팔을 잠시 꼭 잡았다 놓았다.

"그녀가 쇼팽 소나타 각각의 악장에 대해 이야기하는데, 그 속에는 인생이 담겨 있었어. 적어도 난 그렇게 느꼈어."

"그건 나도 마찬가지야. 어쩌면 레베카도 우리와 똑같이 느꼈을지도 모르겠다. 그래서 그렇게 서둘러 데뷔 콘서트를 했을지도 몰라. 생에 허락된 시간을 최대한으로 이용해보려는 강박관념 때문에 말이야."

그녀와 나는 우리 집을 지나쳐 계속 걸었다. 집 앞에서 우리는 둘 다 카트리네의 침실 쪽을 흘낏 바라보았다. 하지만 그 방은 불이 꺼져 캄캄하기만 했다. 나는 다시 카트리네 얘기를 꺼내서 그녀를 난처하게 하고 싶지 않았다.

"그래, 우리 앞에 허락된 시간은 이미 정해져 있는지도 몰라."

우리는 눈 오는 거리를 걸어 멜룸 가를 지나 엘베파레로 향했다. 그녀와 나눌 만한 이야깃거리는 이미 떨어져 있었다.

"집까지 바래다줘서 고마워."

나는 너 없이는 살아갈 수 없다고 말하고 싶은 충동을 느꼈다. 하지만 정작 내 입에서 나온 말은 전혀 다른 얘기였다. "넌 매일 우리 집 앞을 지나가잖아."

"학교를 안 다녔으면 좋겠다는 생각뿐이야."

"그래, 난 항상 그 점이 궁금했어. 학교에서 돌아오면 연습할 기운이 나니?"

"그냥 하는 거지, 뭐. 해야만 해. 하지만 이제 몇 달만 더 있으면 해방이니 견딜 만해."

"하지만 라벨의 〈피아노협주곡 사장조〉를 연주할 날은 6개월이나 남았잖아."

그 말에 그녀가 온몸을 부르르 떨며 중얼거렸다. "상기시켜주지 않아도 돼. 그건 그렇고 지휘자에 대해 아는 거 있니? 나랑 협연할 지휘자 밀티아데스 카리디스 말이야. 외부 콘서트는 한 번도 가본 적이 없어서."

"오케스트라 단원들이 그를 좋아해서 믿고 잘 따른다고 들었어. 실력도 있고 박식하지만 좀 지루한 면이 있다고 하더군. 너라면 얼마든지, 그는 물론이고 오케스트라의 분위기를 쉽게 장악할 수 있을 거야."

"말도 안 되는 소리. 난 이제 겨우 열일곱 살에 불과한걸. 그리고 그는 경력이 풍부한 그리스인 음악가이고…… 사실, 난 블롬슈테트가 지휘했으면 좋겠다고 생각했어. 난 어떻게 카리디스가 지금까지 남아 있을 수 있는지 이해가 안 돼."

"새로운 지휘자를 영입하는 것은 여러 가지 문제 때문에 힘들 거야. 가장 큰 문제는 아마 경제적인 부분일 테고. 하지만 걱정 마. 카리디스는 다른 지휘자와 비교해도 절대로 뒤떨어지지 않으니까."

"그가 책임감 있는 사람이면 좋겠어. 그러면 내가 연주하기에 더 편할 테니까."

우리는 어느새 엘베파레에 이르렀다.

"여기서부터는 나를 따라오면 안 돼." 안냐는 무언가에 쫓기는 듯 서둘러서 짧게 말했다.

나는 그녀가 알지 못하는 것들에 대해 생각했다. 내가 그녀의 어머니와 함께 식사한 일. 어쩌면 나는 필요 이상으로 많은 것을 알고 있을지도 모른다는 생각이 들었다. 그녀의 어머니는 내게 안냐가 열여덟 살이 되면 남편과 이혼하겠다는 말을 했고, 안냐는 이제 곧 열여덟 살이 될 것이다.

"네 아버지가 내게 안 좋은 감정을 품고 있는 건 아니니?"

"악셀, 그건 너라서 그런 게 아니야." 그녀는 다시 내 팔을 꼭 잡았다가 풀었다. "아빠는 모든 남자애들에게 경계심을 갖고 있어. 나를 걱정하는 마음에. 아빠는 나를 집까지 바래다주는 사람은 하나같이 의심해."

"네 아버지가 카트리네도 아시니?"

"카트리네 얘기는 하지 말자."

우리는 마지막 길모퉁이 가로등 아래에 멈춰 섰다. 그녀의 머리카락은 어느새 눈에 젖어 있었다. 내 머리카락도 마찬가지였겠지만 차갑다는 느낌은 들지 않았다. 나는 그녀의 얼굴을 바라보았다. 친절해 보이면서도 자신감으로 가득 찬 그녀의 눈빛은 언제나처럼 나를 놀라게 했다. 처음으로 그녀가 무척 야위었다는 생각이 들었다. 평소보다 훨씬 더 말라 보였다. 그녀가 내 머리카락을 가볍게 쓸어주며 "기분 나빠하지는 마" 하고 말했다.

나는 더이상 참을 수가 없어 "사랑해" 하고 그녀에게 말했다. 그리고 처음 고백했을 때와 똑같이 그녀의 이마에 키스했다.

"그런 말 하지 마."

"왜 그렇게 말하니?" 나는 셀마 룽에가 내게 했던 것처럼 그녀의 귓가에 내 입술을 대고 나지막이 그리고 조심스럽게 물었다.

"그건…… 축복의 키스고, 은혜로운 말이야. 나는 그 정도의 가치가 없는 아이야."

"그렇게 말하지 마. 넌 내게 유일하게 가치 있는 존재야."

"넌 나에 대해 별로 아는 게 없어." 그녀는 나를 밀어내고 모퉁이를 돌더니 내가 잡을 수 없도록 달려갔다.

집에 돌아오니 카트리네가 나를 기다리고 있었다. 아버지는 침실에서 소리를 죽인 채 전화를 하고 있었다.

카트리네는 주방에서 빵과 차를 앞에 두고 우울한 표정으로 앉아 있었다. 갑자기 몇 달 후면, 우리 모두가 이 집에서 나가야 한다는 생각에 절망감이 들었다. 하지만 그녀나 나나 지금까지 아무것도 한 일이 없기는 마찬가지였다.

"집까지 바래다주고 왔어?" 카트리네는 화가 난 듯 중얼거렸다.

"뭐 잘못된 거라도 있어? 창문을 통해서 봤구나. 컴컴한 방 안에 혼자 앉아서 나를 염탐하고 있었나보네."

"너도 그런 방법으로 안냐를 염탐하지 않니? 가엾은 일이야. 전동차역에서 안냐를 기다리고 또 집까지 바래다주고…… 안냐에게 아무런 선택권도 주지 않았잖아."

"그러는 누나는 안냐에게 선택권을 줬고?"

카트리네가 긴장했다. "무슨 뜻이니? 안냐가 네게 뭐라고 말했어?"

"안냐랑 나는 서로 터놓고 대화를 나눌 수 있는 사이야."

"그러면, 안냐의 집 상황이 심각한 것도 알고 있겠네."

갑자기 카트리네가 울기 시작했다. 무슨 말을 해야 할지 알 수가 없었다. 느낌이 이상했다. 나는 카트리네 옆에 앉아 그녀의 어깨에 팔을 둘렀다. 셀마 링에가 내게 그랬던 것처럼.

"도대체 뭐가 심각하다는 말이야?"

"이미 알고 있는 것들……" 카트리네는 눈물을 닦았다.

"그래…… 나도 사실은 같은 느낌이야. 도대체 무엇 때문에 우리가 이런 느낌을 갖게 된 걸까?"

"물론 안냐의 아버지 때문이지."

"손전등 사내?" 아차, 뱉어서는 안 되는 말이었다.

"뭐라고? 누구?"

"브로르 스쿠그. 지금 그 뇌 수술 전문의에 대해서 말하고 있는 거 맞지?"

"그 사람은 안냐를 지나치게 통제하고 있어."

"누나도 그 집에 들어간 적 있어? 그를 본 적이 있느냐고."

"응, 하지만 그땐 안냐 혼자 있는 줄 알았어. 난 안냐를 우리 핸드볼팀에 가입시키려고 했거든. 우리는 안나의 방에 앉아서 이야기를 나누고 있었어. 너도 안나의 방에 들어가봤니? 안냐는 침대 머리맡에 부모님 사진을 걸어두었더라. 그리고 그 양쪽에는 바흐와 베토벤의 초상화가 걸려 있었어. 그래도 모르겠니? 내가 무슨 얘기를 하려는지."

"아직은……"

"같이 앉아서 삼십 분 정도 이야기하고 있었어…… 갑자기 누가 안냐의 방문을 두드렸어. 그녀의 아버지였어."

"뭐 때문에 온 건데?"

"별다른 이유는 없었어. 그저 우리가 잘 있는지 보러 왔대. 하지만 그때 분위기는…… 마치 나를 쫓아내고 싶어하는 눈치였어. 무슨 이유에선지는 모르겠지만, 나를 의심하고 경계하는 듯한 느낌이 들더라. 카트리네 빈딩은 죄 많고 사악한 친구 같구나, 그러는 것 같았지. 당장 일어나 집으로 와야 할 것 같았어."

"내게 일어났던 일이랑 똑같아!"

"그런데 이상한 건 안냐가 전혀 반항하지 않았다는 거야. 어떤 면에선 당연하다고 여기는 것 같기도 했어."

"그래, 내가 갔을 때도 그랬어!"

"그래서 난 그 자리에서 바로 일어났지. 현관문까지 거의 쫓기듯이 내려왔다고. 레베카의 뒤풀이 파티 때 난 안냐와 그 일에 대해서 이야기하고 싶었던 거야."

"그게 목적이었다면, 생각했던 것보다 훨씬 더 좋은 결과를 얻은 거네."

"그 일에 대해서는 더이상 말하지 마. 네가 생각하는 것과는 차원이 다른 얘기니까. 안냐는 바보스러울 정도로 천진하고 착한 아이지. 학교에 가서 또래 아이들과 함께 공부하고 생활하긴 하지만 안냐는 자신만의 세계에서 빠져나오지 못하고 있어. 세상과 동화되기 어려울 정도로."

"그래서…… 내게 무슨 말을 하고 싶은 거야?"

"안냐는 최면에 걸린 채 살아가고 있어. 음악 속에서 생활을 한단 말이야."

"누가 안냐를 최면에 걸었다고 생각해?"

"누구긴 누구야, 안냐의 아버지지."

"누나, 더 하고 싶은 말 있어?"

그녀는 식탁에 얼굴을 파묻고 두 팔로 자신의 머리를 감싸 쥐었다. "무슨 말을 해야 할지 모르겠어. 그래서 더 괴로워."

12월의 산드분 가

크리스마스가 다가왔다. 그동안 나는 셀마 룅에에게 두 번의 레슨을 받았고, 그 시간들은 이젠 당연한 일과가 되었다. 산드분 가의 그 집에 도착하면, 우선 질척한 눈길을 걸어오느라 축축해진 신발을 벗고 현관으로 들어섰다. 그러면 예외 없이 그녀의 남편인 천재 철학자는 전동차를 타고 오슬로 시내로 가서 빵을 사기 위해 집을 나섰다. 그러고 나면 자유로운 분위기 속에서 그녀와 함께 차를 마시며 그간 있었던 일에 대해 대화를 나누었다. 그녀는 안냐 스쿠그에 대한 내 감정을 많이 궁금해했다. 그렇게 삼십여 분 정도를 보낸 후 그녀는 내게 피아노 앞에 앉기를 권했다.

나는 그녀를 위해 연주했다. 그리 어렵지 않은 곡들이었다. 〈갈색 머리 소녀〉와 〈가라앉은 성당〉. 그녀는 항상 내 뒤쪽에서 다가왔다. 그러면 나는 곧 내 어깨에 닿을 그녀의 손과 그녀의 숨결, 그녀가 해주는 너무도 지혜롭고 명백한 말들, 하지만 단 한 번도 스스로 생각해보지 못했던 조언들을 자연스럽게 기대하게 되었다. 그녀는 언제나 내가 느린 템포로 연주하기를 원했다. 느리게 치면 칠수록, 더 여유로울 수 있어 좋기도 했다.

"이 5도 화음의 울림을 느껴봐, 악셀. 느낄 수 있니? 건반을 짚은 후에 가라앉는 그 울림. 소리 없는 반향. 과거의 시간과 사건과 생명 들. 오직 너만이 그 깊은 곳에서 이것들을 끄집어낼 수 있어. 자, 무엇을 끄집어내고 있니? 성당? 네 어머니? 아니면 안냐 스쿠그?"

그녀는 내 잠재의식 속에 존재하는 것들을 언급할 때 의식적으로 안냐를 포함시키고 있었다. 지난번 레슨 시간에 연주를 마치고 집에 갈 무렵, 감히 용기를 내서, 하지만 최대한 조심스럽게 그녀에게 물었다.

"안냐는 선생님을 거의 숭배에 가까울 정도로 존경해요. 그리고 선생님은 안냐에 대해서 가장 잘 아는 분이시고요. 안냐를 걱정할 이유가 충분하지 않나요?"

그녀는 나를 위해 현관문을 열어주려던 참이었다. 하지만 내 말을 듣는 순간 갑자기 심각한 표정이 되더니 다시 거실로 들어가자고 했다.

"안냐는 자신만의 세계에 살고 있어. 그걸 모르진 않지?"

"하지만 도대체 무엇이 안냐의 세계일까요?"

"그건 안냐만이 알고 있을 뿐이야." 셀마 룅에는 어깨를 추켜올리며 대답했다.

"선생님은 안냐가 걱정되지 않으세요? 안냐가 요즘 들어 부쩍 야윈 것 같아요."

그녀는 고개를 좌우로 흔들었다.

"악셀, 내가 왜 안냐 걱정을 하겠니? 한 가지 네게 말해주고 싶은 사실은 재능 있는 천재들이 보통 학교에 다니는 보통 사람들처럼 행동하는 곳은 이 세상에서 노르웨이밖에 없다는 거야. 물론 조금 과장된 면이 있긴 하지만 사실이 그래. 예술계의 거장이 된다는 것은 절대 자연스러운 일이라고 할 수 없어. 재능이 있고, 피땀 흘려 노력한다고 성공이 보장되지는 않아. 내가 어릴 때는, 그러니까 뮌헨에서 살 때는 말이지, 나를 비롯해서 음악을 하는 애들이 모두 삶의 한계선을 밟고 생활했다고 해도 과언이 아니야. 현실 세계는 이미 우리에게서 떠나고 없었어. 그래서 힘들어하는 애들도 많았어. 그중 어떤 애는 알코올중독으로 고생하기도 했고, 다른 애는 스무 시간을 연속으로 피아노 연습만 했지. 야망이 있다면 조금은 극한적으로 생활할 수도 있는 법 아니겠어? 그래서 네가 처음에 이곳으로 왔을 때 글렌 굴드의 이야기를 해줬던 거야. 기억나니? 콘서트를 할 때, 피아노 앞에서 다리를 꼬고 앉아 연주하는 것만 봐도 그 사람은 보통 사람과는 다르다는 걸 알 수 있어. 그뿐 아니라, 여러 경우에 보통의 피아니스트들이라면 상상도 할 수 없는 무대 매너를 보여서, 누가 보더라도 그 사람은 자신만의 폐쇄된 공간에서 사는 게 아닌가 하는 생각을 하게 돼. 글렌 굴드는 모차르트에게도 침을 뱉을 수 있는 사람이야. 모두들 모차르트가 젊은 나이에 세상을 떴다고 아쉬워하지만 그 사람만은 모차르트가 일찌감치 잘 죽었다고 말해. 그러면서도 모차르트의 음악을 연주해내는 사람이야. 하지만 굴드가 연주하는 모차르트는 얼음처럼 차가워. 한번은 토론토에서 열린 심포지엄에서 글렌 굴드를 만난 적이 있었어. 다행히도 나는 그 사람 앞에서 연주하지 않아도 되었지. 왜 다행이었느냐면, 굴드는 나를 보는 순간부터 말로 나를 죽이려고 들었기 때문이야. 그 사람은 나의 레퍼토리와 내 이름을 듣자마자 내게 모욕감을 주려고 안달하는 것 같았어. 왜 하필이면 그 소나타를 선택했느냐, 이러저러한 곡들이 훨씬 좋을 텐데 하는 말로 말이야. 그뿐만이 아니었어. 왜 브람스의 〈피아노협주곡 나장조〉를 치려고 하느냐, 〈피아노협주곡 1번 라단조〉가 더 흥미로운 곡이 아니냐, 계속 이런 식으로 말했지. 그 사람은 그저 반대를 위한 반대를 하는 사람이었어. 솔직하게 말해볼까? 나는 그 사람이 남성우월주의에 가득 찬 거지 같은 사내라고 생각했어. 그는 자신이 모욕을 주고 경멸하는 사람보다도 못한 허풍쟁이에 불과해. 당시 토론토에서 나는 빌헬름 켐프에 대해 아주 많이 생각했어. 글렌 굴드와는 정반대의 사람이지. 박애주의자이며 진정한 휴머니스트라고 할 수 있어. 하지만 음악계에서 이런 사람들은 아주 보기 힘들어. 대부분의 인간적인 피아니스트들은 세계적인 음악가가 되기 힘들어. 그들이 유명해진 까닭은 수도 없는 텔레비전 출연과 실력 없는 오케스트라와의 자선 콘서트 때문이라고 할 수 있지. 나는 지금 켐프나 예후디 메뉴인이 실력 없는 음악가라고 말하려는 게 아니야. 오히려 정반대지. 하지만 그들의 이름은 오래 기억될 수 없을 거야. 왜냐하면 이기적이고 고약한 사람들이 인간적인 사람들보다 더 강한 법이거든. 음악계뿐만 아니라 다른 영역에서도 꼭대기에는 이런 사람들로 가득해. 그래, 우리 다시 안나 이야기로 되돌아가보자. 안나는 지금까지 내가 만나본 그 어떤 학생보다 훨씬 큰 재능을 가지고 있어. 그녀는 너보다 훨씬 뛰어난 피아니스트야, 악셀. 이런 말을 하더라도 충분히 이해할 수 있지? 네가 그녀를 사랑하는 것은 내가 잘 알고 있으니까 말이야. 그녀는 음악에 모든 것을 다 바쳤어. 연주할 때 매 초, 매 순간에 혼신의 힘을 다해. 생을 걸고 연주를 하는 애가 바로 안냐야. 그런 면에서 이기적이고 고약한 다른 음악가들과는 다르지. 성격이 사교적이진 않지만 그건 어쩔 수 없는 일이야. 그애는 대담하게도 이미 인생의 목표를 정했고, 따라서 남들과 다른 길로 접어들었다고 볼 수 있어. 생각해봐, 열일곱 살에 교향악단과 라벨의 〈피아노협주곡 사장조〉를 협연해서 데뷔한다는 게 얼마나 특별한 일인지. 게다가 같은 기간에 졸업시험도 본다는 건 어떻게 보면 거의 불가능하기까지 한 일이야. 하지만 그녀는 둘 다 해내려고 준비하고 있어. 너도 알다시피, 안냐는 지금까지 터무니없는 과잉보호를 받아왔어. 안냐의 선생으로서 내게 주어진 과제는 그녀로 하여금 자신의 감정들을 일깨워 포착하도록 도와주는 거야. 그 감정이라는 것이, 단지 작곡가가 곡을 만들면서 의도했던 그런 것들만은 아니야. 그래서 나는 안냐의 레슨 시간에 피아노를 치는 것보다 함께 차를 마시면서 대화를 나누는 데 더 많은 시간을 할애하고 있어."

"그런데 왜 레베카에게는 이 모든 걸 비밀로 하셨어요? 레베카의 감정이 상할 수 있다는 건 생각하지 못하셨어요?"

"그건 그녀의 아버지가 한 부탁 때문이었어."

"브로르 스쿠그 씨가요?"

셀마 링에는 놀란 눈으로 나를 바라보았다. 아마도 내 감정의 격렬함을 느꼈기 때문이었을 것이다.

"그래, 그 말고 또 누가 있겠니? 그는 전형적인 아버지라고 할 수 있지. 독일에는 그런 아버지들이 아주 많단다. 그는 벌써 안냐의 매니저 역할을 하고 있어. 어쩌면 너도 알고 있을지 모르지만, 구데 씨는 선택의 여지도 없이 손도 못 대보고 물러서야 했지."

"하지만 이건 너무 비정상적이에요."

"클래식 음악에서는 그 무엇도 비정상적이라고 할 수 없어. 이 세계에는 쓸모없는 인간들과 천재들이 공존해. 눈앞에 놓인 카드를 잘 선택하면, 정상으로 이르는 길은 단 한 발자국이야. 하지만 꾸준하고 악착스럽게 물고 늘어지지 않을 생각이라면, 평생 실패자로 살아야 해. 브로르 스쿠그 씨는 딸에게 아주 거대한 야망을 품고 있어. 그리고 나는 그 딸의 선생으로서 해야 할 일을 하는 것뿐이야."

"하지만 그러다가 안냐가 건강을 잃으면 어떻게 되는 거죠?"

셀마 룅에는 나를 바라보며 내 어깨에 조용히 손을 얹었다. "이 세상에서 더이상 할 일이 없어지는 거지."

초대

강림절 마지막 주 일요일이었다. 이제 크리스마스는 얼마 남지 않았다. 나는 간단한 곡들을 연습하고 있었고, 아버지는 여전히 침실에서 전화기를 붙들고 지냈다. 카트리네는 분주하게 지내는 듯했지만, 그녀가 도대체 무엇을 하는지 알 수 없었다.

아무도 전화를 쓰지 않는가 싶더니, 곧 전화벨이 울렸다. 아버지는 첫 신호음이 채 끝나기도 전에 수화기를 잡아챘다. 요즘 들어 예전 같지 않게 수줍음을 타는 아버지의 모습이 낯설게 느껴졌다. 새 애인을 과연 우리에게 숨길 수 있다고 생각하시는 걸까? 왜 그 정체불명의 연인과 함께 시간을 보내시지 않는 걸까? 짐작건대, 아버지의 새 연인은 홀몸이 아닐 수도 있을 것이다. 나는 그녀에게 남편 혹은 또다른 사람이 분명히 있을 것이라는 생각을 떨쳐버릴 수 없었다.

아버지가 전화기를 들고 내 방문 앞에 서 있었다. "네 전화다."

"제 전화라고요?"

나는 전화기를 받아들었다. 낮은 여자 목소리가 들려왔다. 안냐였다.

"내가 방해한 건 아니지?"

"아니야, 전혀."

그녀는 잠시 무언가를 곰곰이 생각하는 듯했다.

"지난번 일에 대해 생각해봤어. 너를 그렇게 보내서 너무 미안했어. 내 뜻이 아니었어. 너, 오늘 저녁에 바쁘니?"

"오늘 저녁? 왜?"

"그동안 연습을 너무 많이 해서인지 오늘 너무 피곤해. 누군가와 함께 있었으면 좋겠다는 생각이 들어서 전화했어. 엄마랑 아빠는 친구분의 생일 파티에 참석하러 예일로*의 홀름스 호텔에 가셨어. 난 집에 혼자 있는 데 적응이 안 되어서 말이야. 저녁은 먹었니?"

나는 머리끝이 쭈뼛 서는 듯한 느낌이 들었다. "아니, 아직."

"내가 간단하게 뭘 좀 만들어놓을게."

"카트리네도 데려갈까?"

"아니야. 오늘은 우리 둘만…… 사실은 라벨 곡을 네게 들려주고 싶었어. 내 연주에 대한 네 의견을 들을 수 있으면 더 좋겠고……"

나는 고개를 끄덕였다. 나를 초대한 저의는 다른 곳에 있다는 생각이 들었지만, 상관없었다.

"그래, 당장 갈게." 나는 수화기를 내려놓았다.

* 노르웨이 중남부 산간 지방의 한 도시.

"어디 가니?"

"아버진 모르셔도 돼요. 참, 카트리네에게는 아무 말씀도 하지 마세요."

"카트리네는 어디 있는데?"

때마침 그녀가 문을 열고 들어왔다. 화가 잔뜩 난 것처럼 눈자위가 빨개져 있었다.

"네가 어디 가는지, 난 다 알고 있어."

"어쩌면, 이번에는 내 차례일지도 모르겠다는 생각이 드는군."

그녀는 고개를 좌우로 흔들었다. "넌 아직도 이해를 못하고 있구나."

"내가 초대에 응하지 말았어야 했다는 거야?"

"네가 무엇을 하든, 난 상관하지 않아. 그리고 내가 말하지 말아야 할 것들을 입 밖에 낸 적도 없어. 하지만 그애와 함께 있을 때는 조심하는 게 좋을 거야. 네가 아직 이해 못하고 있는 것들이 정말 많으니까."

"내가 통화하는 걸 들었다면, 누나도 함께 데려갈까 하고 물었던 것도 들었을 거야."

카트리네의 표정이 흔들렸다. 그녀의 안색은 거의 잿빛이었고, 눈 밑의 거무스름한 그림자로 인해 눈동자는 평소보다 더 검고 피곤해 보였다.

"지금 나를 어디로 데려간다는 건 현명한 생각이 아니야."

"안냐가 내게 라벨을 연주해주고 싶다고 했어." 나는 설명하듯 카트리네에게 말했다.

카트리네는 천천히 고개를 끄덕였다. "내 생각엔 그애가 잘 결정한 것 같아."

아버지는 어리둥절한 표정으로 우리를 쳐다보고 있었다.

나는 엘베파레를 향해 언덕길을 내려갔다. 안냐를 만나러 갈 때는 청결해야 한다는 생각에 집을 나서기 전에 번개같이 샤워도 했다. 길 위에는 하얀 눈이 그대로 쌓여 있었다. 나는 양쪽에 줄지어 서 있는 집들을 바라보았다. 내가 어디로 가고 있는지 생각하니 기쁜 마음에 점점 흥분되기 시작했다. 여름이 되면 안냐는 졸업 시험을 치를 것이고, 아버지는 집을 팔 것이다. 그리고 우리는 뿔뿔이 흩어질 것이다.

하지만 오늘 저녁만큼은 슬픈 생각을 할 필요도 없었고, 하고 싶지도 않았다. 어느새 엘베파레가 시작되는 교차로까지 걸어왔다. 한기가 느껴졌다. 길가에 쌓인 눈은 내가 발걸음을 옮길 때마다 뽀드득 소리를 냈다. 강 건너편의 불빛을 바라보았다. 숲 너머 저 어딘가엔 셀마 룅에의 집이 있을 것이다. 강 건너편 지리에 대해선 훤했다. 나무들 사이로 난 보이지 않는 길까지 머릿속에 그려낼 수 있었다. 그리고 저 강 하류 쪽에는 아직 어머니가 누워 있을 것 같았다. 그러고 보니 강가 덤불을 찾지 않은 지도 오래되었다. 어쩌면 희망적인 징조일지도 몰랐다.

특별한 저녁이었다. 오늘 저녁만큼은 병든 짐승처럼 이곳을 홀로 배회하지 않아도 되고 마지막 길모퉁이에서 걸음을 멈추지 않아도 되었다. 손전등 사내는 집에 없었다. 마리안네 스쿠그 역시 집을 비웠다고 했다. 문득 말할 수 없이 슬픈 감정이 몰려왔다. 지난번 국립극장 앞에서 작별 인사를 나눈 후 단 한 번도 그녀를 본 적이 없었다. 그녀와 안냐는 판에 박은 것처럼 닮았다. 그녀는 모든 것을 알고 있었다. 하지만 동시에 안냐와 너무 비슷하기도 했다. 그녀는 나보다 훨씬 나이가 많았다. 문득 내가 나이 많은 여인들에게 매력을 느낀다는 사실이 나를 혼란스럽게 했다. 돌아가신 어머니 때문인가? 연상의 여인에게 매력을 느끼는 일이 이토록 쉬울 거라고는 미처 생각하지 못했다.

나는 안냐를 집까지 바래다줄 때면 언제나 멈춰 서야 했던 바로 그 길모퉁이를 지났다. 눈앞에 붉은 페인트칠을 한 네모난 집이 서 있었다. 글자 그대로, 담장 사이로 붉은 피가 흘러나오는 것만 같았다. 마치 담 너머 집 안에는 큰 상처를 입고 고통에 신음하는 환자가 있을 것만 같았다. 대문 앞에 서자 심장 박동이 빨라지기 시작했다. 오늘은 정식으로 초대를 받지 않았는가. 카트리네와 아버지가 그 증인이 될 수도 있는 확실한 초대를. 나는 금지된 구역 안으로 발을 내디뎠다.

나는 계단을 향해 걸어갔다. 잠시 계단 위에 남아 있는 눈덩이를 보며, 더 깨끗하게 쓸어낼 수도 있었을 텐데 하는 생각을 했다.

안냐가 저 집 안에 있다고 생각하니 가슴이 두근거렸다. 그녀가 나를 기다리고 있는 것이다.

초인종을 눌렀다. 그녀가 문을 열어주기까지는 그리 오랜 시간이 걸리지 않았다. 그녀의 친절한 미소는 무슨 이유에선지 항상 나를 놀라게 했다.

"왔구나." 그녀가 반갑게 맞았다.

안나의 집

그녀는 가벼운 포옹으로 인사를 대신했다. 그녀에게선 금잔화 향이 났다. 나는 순간적으로 숨을 멈추었다. 그녀가 이런 나의 행동을 알아챈 것 같지는 않았다.

"지난번엔 정말 미안했어. 그렇게 보내고 싶진 않았는데." 그녀는 전화로 했던 말을 되풀이했다.

"이제 그런 생각은 하지 마. 어쨌든 이 집 안에선 네가 결정권을 쥐고 있잖니?"

"아빠가 좀더 유연한 태도를 보일 수도 있었는데……"

"네 아빤 그날 집에서 일을 하시려고 일찍 들어오신 거였잖아."

나는 될 수 있으면 친절하게 보이려고 노력했다. 그녀는 아무 말 없이 내가 코트를 벗는 것을 도와주었다.

"어쨌든 와줘서 고마워."

그녀는 지난번에 보았을 때와 똑같이 보라색 스웨터에 검은 바지 그리고 털로 짠 덧신을 신고 있었다. 그녀는 눈동자를 이리저리 굴리며 나를 거실로 인도했다. 갑자기 가슴이 뭉클해졌다. 거실 탁자 위에 놓여 있는 포도주 한 병과 두 개의 유리잔이 보였다. 그녀는 내 눈길을 좇았다.

"난 피아노를 치기 전엔 안 마실 거야. 피아노를 치고 난 다음 조금 마셔볼까 생각하고 있었어."

"그래, 먼저 연주를 해."

"응, 네가 들어준다면. 참, 연주 후에 샐러드 먹을래? 배고파?"

"아니."

"내가 피아노를 치는 동안 넌 포도주를 마셔. 너, 포도주 좋아하잖아. 네가 기분 좋게 있었으면 좋겠어."

"벌써 기분 좋아졌어."

"포도주는 네가 직접 따라 마셔. 나보단 네가 이런 것들을 더 잘할 것 같아서 그래. 네가 포도주를 마시기 시작하면 나도 피아노를 칠 거야."

"영광인걸."

"난 피아노 파트만 연주할 거야. 나머지 관현악 파트는 상상해서 듣고. 라벨의 〈피아노협주곡 사장조〉…… 알고 있지?"

"물론이야. 어머니가 가장 좋아했던 곡이었어. 특히 2악장을 좋아했어."

"모두들 그래. 그래서 더 긴장이 돼."

"셀마 링에가 네 등 뒤에 서서, 곡을 연주할 때 필요한 감성을 끄집어내주지 않았니? 그걸 기억하면서 쳐봐."

"어휴, 그런 말 하지 마. 더 긴장된단 말이야. 너도 어서 포도주를 한 모금 마셔."

나는 그녀가 시키는 대로 했다. 그녀는 피아노 앞에 가 앉았다. 약간 어두운 조명이 비치는 거실에서는 은은한 분위기가 감돌았다. 바깥 풍경이 시원하게 펼쳐지는 대형 유리창 너머로 눈을 짊어진 하얀 전나무들이 보였다. 진공관 앰프에는 이미 전기가 들어와 어렴풋이 빛을 발하고 있었다. 비싼 의자와 소파 들은 청중이 될 모양이었다. 언뜻 무정하고 가혹한 청중이라는 생각이 들었다.

나 역시 안냐의 연주를 기다리는 청중의 하나였다. 나는 의자에 앉아 포도주를 마시며, 1악장 연주를 막 시작한 안냐를 속으로 응원했다. 그녀는 자신의 연주에 완전히 몰입한 것 같았다. 그런 집중력은 내가 한 번도 가져보지 못한 것이었다.

오케스트라의 연주 부분이 시작되자 안냐는 나를 돌아보며 궁금한 듯한 표정을 지었다.

"내가 너무 천천히 치는 것 같진 않아? 카리디스가 내게 더 빠른 템포로 연주하라고 하지 않을까?"

"그럼 이렇게 말해. 난 셀마 링에의 제자라고. 그러면 카리디스도 이해할 거야. 아직 네 이름이 알려지진 않았지만, 그렇게 말하면 카리디스도 네 의견을 존중해줄 거야."

그녀는 고개를 끄덕였다. "하지만 2악장이 문제야. 이 부분에 대해서 셀마와 여러 차례 의논했는데, 의견이 일치하지 않아. 그녀는 이 부분을 즐거운 마음으로 쳐야 한다고 했지만, 난 그 반대로 해석했거든."

"난 그 부분이 황량한 슬픔을 가지고 있다고 생각하는데."

그녀는 전적으로 동의한다는 듯 힘차게 고개를 끄덕였다. "하지만 왜? 설명할 수 있니?"

"마장조 선율이 즐겁게 느껴지는 건 사실이야. 하지만 거기엔 감수성이 예민한 광대의 즐거움이 들어 있어. 웃음 밑에 깔려 있는 슬픔이 주제라고 생각해. 적어도 내 생각은 그래. 그렇기 때문에 이 부분이 특별히 더 슬프게 느껴지는 것 같아."

"네 말이 맞아. 말해줘서 고마워. 그럼, 이 부분은 내가 원하는 대로 연주해도 될 것 같아."

안냐는 깨끗하고 자연스럽게 2악장의 주제를 연주했다. 나는 그녀의 세세한 움직임을 눈여겨보았다. 그녀는 곡에 몰입해서 책임감 있고 충실하게 한 음 한 음 쳐나갔다. 목은 마치 가볍게 인사하듯 움직이고 있었고, 어깨는 팽팽하게 굳어 있는 듯했다. 솟아오르는 감정은 손가락 사이로 당장이라도 흘러나올 듯했지만, 그녀는 조심스럽게 억제하고 있는 듯 보였다. 셀마 룅에의 가르침 그대로였다.

눈앞에서 일어나는 일을 있는 그대로 설명할 수 없을 때가 자주 있다. 어떤 일은 곁들여지는 설명이나 의견 없이 그저 스쳐 지나가듯 일어난다. 그럴 때는 그것을 잡아낼 수 있는 내면의 힘이 필요하다. 특히 빠른 템포의 음악을 들을 때는 음악적 개념이나 의미를 설명할 수 있는 마법 같은 내면의 목소리를 만들어내기가 힘들다. 안냐의 연주는 빠르지도 느리지도 않은, 꼭 알맞은 템포로 진행되고 있었다. 나는 셀마 룅에가 그랬듯 그녀의 등 뒤로 살금살금 걸어가고 싶은 충동을 느꼈다. 그녀의 어깨에 두 손을 얹고, 그녀의 귀에 용기를 북돋울 수 있는 말을 해주고 싶었다. "안냐, 잘될 거야. 모든 것이 잘될 거야. 두려워할 건 아무것도 없어"라고……

나는 르 코르뷔지에 의자에 앉아 그녀의 연주를 들으면서, 그녀가 긴장하고 있다는 것을 알 수 있었다. 콘서트 날짜가 점점 가까워지고 있었다. 그녀는 새해가 시작되자마자 데뷔를 할 것이다. 다른 이들에 비하면 무척이나 빨리 데뷔하는 셈이었다. 안냐는 거의 모든 일에 있어 남들보다 빨랐다. 그녀의 어머니도 나와 블롬 레스토랑에서 식사를 할 때 이에 대해 얘기한 적이 있었다. 그녀의 어머니는 부모가 된다는 것이 얼마나 어려운 것인지에 대해서도 토로했다. 언제 무엇을 자식에게 가르쳐야 하는지를 아는 건 정말 어려운 일이라고도 했다. 아이들은 저마다 적성에 따라 배울 것과 배울 때가 따로 있다는 것이 그녀의 지론이었다. 어떤 아이는 지적 발달이 늦어 보통의 아이들보다 훨씬 늦게 깨우치기도 하고, 어떤 아이는 그 반대가 되기도 할 것이다. 하지만 안냐의 경우 이렇게 빨리 모든 것을 경험하게 도와주는 것이 정말 그녀를 위한 걸까? 나는 레베카가 피아니스트의 길을 포기한 후부터 모든 것이 두렵게 느껴졌다. 이제 남은 우리는 마치 도박을 하듯 목표를 위해 앞날을 걸고 남들보다 일찍 세상을 경험하게 될 것이었다. 나는 한 번도 나 자신이 어리다고 생각해본 적이 없었다. 안냐도 스스로를 어리다고 생각하지 않을 것이 분명했다. 하지만 그럼에도 불구하고 우리가 이미 발을 내디딘 길에 책임질 수 있을 만큼 성인이 되었다는 확신은 들지 않았다.

이런 생각들이 물 흐르듯 스쳐간 자리에 라벨과 피아노 앞에 앉아 연주를 하고 있는 안냐가 성큼 들어섰다.

그녀가 3악장을 연주하기 바로 직전이었다. 그녀는 피아노에서 손을 뗀 채 가만히 앉아서 바닥만 바라보고 있었다.

"미안해. 피곤해서 더이상 집중할 수가 없어."

"그 정도면 충분해. 내가 정말 듣고 싶었던 건 2악장이었으니까."

"그럼 콘서트에서도 2악장은 너를 위해서 연주할게. 넌 항상 내게 친절했잖아."

"내가? 우린 자주 만나지도 못했는걸. 사실, 너도 나한테 항상 친절했어."

우린 서툴고 유치하기까지 한 대화 때문에 동시에 웃음을 터뜨렸다.

"그래, 그러면 우린 둘 다 서로에게 친절했던 걸로 치자."

"그러면 3악장 연주는 취소다." 그녀가 말했다.

"그래, 콘서트 날 듣는 걸로 하지 뭐. 어쨌든 그 부분은 주제와 의도를 금방 알 수 있는 부분이기도 하니까."

그녀는 기쁨에 들뜬 어린 소녀처럼 자리를 박차고 일어섰다. "대신 우리 샐러드 먹자, 응?"

우리는 주방으로 함께 들어갔다. 세세한 부분까지도 인테리어 디자이너의 손길이 간 듯 세련된 공간이었다. 주방은 포르투갈산 싸구려 타일 대신 독일제 알루미늄과 검은색 화강암으로 장식되어 있었다.

"잠깐만 기다려. 양파 좀 썰게."

"내가 도와줄까?"

"아니야, 혼자서도 할 수 있어."

나는 양파를 써는 그녀의 옆에 서서, 그녀를 칭찬하는 말을 잔뜩 늘어놓았다. 하지만 한마디도 빈말은 아니었다.

"셀마는 네 연주가 마치 생을 건 듯 치열하게 느껴진대."

"아, 그래? 그렇더라도 너무 절망적으로 느껴지면 안 되는데……"

"전혀 그렇지 않아. 넌 센세이션을 일으키며 데뷔하게 될 거야."

"그런 말 하지 마." 그녀는 칼을 들고 있는 손으로 귀를 막는 시늉을 했다.

"올해 신인 연주회에선 너 말고 또 누가 연주를 할 예정이야?"

"스무 살 정도 된 성악가 한 명, 이름이 아마 브루세트였던 것 같아. 말러 곡을 부른대. 그건 그렇고 바이올린 부문에선 엡베스타라고, 어쩌면 너도 알고 있을지 몰라. 누가 볼 때마다 의식적으로 머리를 쓸어 넘기면서 이상하게 걷는 애 있잖아. 그애는 시벨리우스 곡의 1악장을 연주할 거고…… 음, 그리고 베르겐 출신의 피아니스트 한 명이 더 있어. 헬레빅이라고 난 한 번도 들어보지 못했는데, 프랑크 곡을 연주한대."

"그 〈심포닉 변주곡〉 말이야? 그건 열네 살짜리 아이들이 연주하는 곡이잖아?"

"응. 그 사람은 나보다 훨씬 나이가 많은데 말이야. 웃기는 건, 오케스트라와 협연하는 연주자는 나밖에 없다는 사실이야."

"넌 언제 연주해?"

"맨 마지막에."

그녀는 이야기를 하면서 계속 양파를 썰고 있었다.

"아!"

손을 벤 모양이었다.

"많이 베였니?"

나는 즉시 그녀의 집게손가락을 살펴보았다. 붉은 피가 스며나오고 있었다. 그녀는 백지장처럼 하얀 얼굴로 나를 쳐다보며 무기력하게 말했다.

"난 피를 보는 게 두려워. 이해할 수 있겠어?"

"걱정 마. 상처가 깊진 않으니까 괜찮을 거야."

그녀는 핏방울이 똑똑 떨어지는 손가락을 바라보며 무슨 말인가 하고 싶은 듯 입술을 움직였다. 하지만 그녀의 입에서는 아무 말도 새어나오질 않았다. 그녀가 의식을 잃을지도 모른다는 생각을 하는 순간, 그녀가 바닥에 쓰러졌다. 워낙 순식간에 일어난 일이라 나는 미처 그녀를 받아내지 못했다. 그녀는 내 손에서 미끄러져나갔고, 칼을 바닥에 떨어뜨림과 동시에 머리를 화강암 바닥에 부딪혔다.

"안나!"

나는 칼을 집어서 식탁 위에 올려놓고 다른 손으로는 그녀의 머리를 받쳐 들었다. 다행히 머리에 심한 충격을 받은 것 같지는 않았다. 집게손가락의 상처에서는 이미 피가 멈추었다. 나는 손수건을 꺼내 그녀의 손가락을 조심스럽게 닦아주었다.

차가운 주방 바닥에 그녀를 이렇게 두어선 안 된다고 생각했다. 침대로 옮겨 의식을 회복할 수 있도록 조치해야 했다. 베개를 그녀의 다리 밑에 넣어서 머리 쪽에 다시 피가 돌 수 있도록 해야 할 것 같았다.

그녀를 안아 올려야 한다고 생각하니 기분이 이상해졌다. 하지만 선택의 여지가 없었다. 한 손은 그녀의 어깻죽지 밑에, 다른 손은 그녀의 무릎 밑에 넣고 그녀를 들어올렸다. 몸이 떨려왔다. 그녀는 너무도 가벼웠다. 마치 뼈와 살가죽밖에 없는 것 같았다. 나는 그녀를 안고 비틀거리면서 일어났다. 내 손에 그녀의 뼈가 느껴졌다. 그녀의 몸에 살이라고는 조금도 붙어 있지 않다는 사실이 나를 두렵게 했다. 내 환상 속의 그녀와는 너무도 달랐다. 그제야 그 두꺼운 보라색 스웨터가 어떻게 그녀의 몸을 가려왔는지 알 수 있을 것 같았다. 그녀의 얼굴은 지금까지 단 한 번도 그녀의 건강 상태를 제대로 보여준 적이 없었다. 도대체 몸무게가 얼마나 나가는 걸까? 사십 킬로그램 정도? 나는 그녀를 안고 이 층으로 향하는 계단을 올라갔다. 그녀는 정신이 희미한 가운데서도 훌쩍거리며 내 목을 힘주어 감싸 안았다. 서둘러 이 층으로 올라가서 보니, 다행히 침실들의 문이 다 열려 있었다. 나는 제일 먼저 그녀 부모님의 침실을 지나쳤다. 그 방에는 전기 장치가 달린 더블침대가 있었다. 단추만 누르면 높이와 위치 조절을 할 수 있는 침대였다. 가정집에? 하지만 그리 놀랄 일은 아닐지도 모른다. 손전등 사내에게 가장 중요한 것은 시스템이니까. 그 방 옆에는 거대한 거울과 온통 은색으로 치장된 욕실이 있었다. 욕실 다음 방을 들여다보는 순간 나는 그곳이 안나의 방이라는 것을 직감했다. 카트리네의 설명과 똑같았다. 넓고 귀족적인 느낌이 나는 환한 방 안의 침대 머리맡에는 마리안네와 브로르 스쿠그의 결혼사진이 걸려 있었고, 그 양옆에는 바흐와 베토벤의 사진이 보였다. 카트리네의 설명과 똑같아 나는 거의 웃음을 터뜨릴 뻔했다.

조심스럽게 안나를 침대에 뉘었다. 그녀는 여전히 눈을 감고 있었고, 아무 말도 하지 않았다. 계속 의식불명 상태일까봐 불안감이 들었다. 언젠가 학교에서 배운 대로 베개 하나를 집어 들어 그녀의 다리 밑에 놓아두었다. 그다음엔 무엇을 해야 할지 그저 캄캄하기만 했다. 나는 그녀가 누운 자리 옆에 조용히 앉았다. 그녀를 바라보는데 사람이 아닌 것 같은 생각이 들었다. 피골이 상접한 해골이 누워 있는 것 같았다. 몸이 이 지경이 되도록 어떻게 숨겨왔는지 이해할 수 없었다. 혹시 옷 속에 작은 쿠션을 넣고 다닌 건 아닐까 하는 생각마저 들었다. 그녀를 깨워서 도대체 어쩌다 이 지경이 된 건지 다 듣고 싶었다. 그녀는 마치 죽음 같은 잠에 빠진 줄리엣을 연상시켰다. 하지만 나는 아무것도 모르는 로미오가 될 수는 없었다. 나는 이미 그녀에 대해서 너무도 많은 것을 알고 있었다.

뭘 어떻게 해야 할지 알 수 없었다. 그래서 조용히 그녀의 목 밑에 한 손을 넣고서 나도 그 옆에 누웠다. 그녀는 안정을 취해야 했다. 의식을 회복하려면 아직 한참 기다려야 할 것이다. 지금까지 그녀의 옆에 이렇게 누워 있기를 얼마나 바라왔던가. 마치 꿈을 꾸는 것만 같았다.

아무 일도 일어나지 않았다. 그녀의 숨소리를 제외한다면 아무 소리도 들을 수 없었다. 그녀는 건강하다고는 할 수 없는 상태였다. 그녀의 몸에서 불쾌한 떨림이 느껴졌다. 그리고 냄새. 이번에는 금잔화 향이 아니었다. 곰팡이가 핀 것 같은…… 썩은 냄새였다.

"악셀?" 갑자기 그녀가 내 이름을 불렀다. 눈은 여전히 감은 채였다.

"응?"

"내가 정신을 잃었나보지?"

"그래. 네 집게손가락에 피가 조금 났었어."

“바보 같지?”

“아니야. 그럴 수도 있지, 뭐. 네 가족의 유전적 질병이 아니기만 바랄 뿐이야.”

“응?”

“부모님이 다 의사잖아.”

그녀는 그제야 내 농담을 알아채고 키득키득 웃었다.

“어렸을 때의 트라우마인 것 같아. 바보스럽게 보일진 몰라도, 난 피를 못 봐. 그렇게 겁쟁이가 아닌데도 말이야.”

“말하지 마. 조용히 누워서 좀 쉬어야지.”

“아직도 머리가 아파. 난 의식을 잃는 게 이 세상에서 제일 싫어. 지난번에도 말했지? 사격장 근처에서.”

“너, 많이 먹어야겠더라.”

“너까지도 그렇게 말하기야? 아니면, 주방에 있는 샐러드 생각하고 있는 거야?”

“아니야. 적어도 그건 아니야.”

“우리 함께 내려가서 샐러드 먹자, 응?”

“너 좀더 쉬어야 할 것 같은데.”

“기분이 좋아. 네 팔을 베고 있으니.”

“그래?”

우리는 꼼짝도 하지 않고 그대로 누워 있었다. 평화로웠다. 갑자기 내가 그녀보다 훨씬 연장자인 것처럼 느껴졌다. 내 팔을 베고 있는 그녀를 보니 마치 아기 같았다. 나는 그녀의 볼에 조심스럽게 키스를 했다. 다른 생각은 추호도 없었다. 그저 위로해주고 싶은 마음뿐이었다.

"나와 이렇게 함께 있어줘." 그녀가 말했다.

내 입술이 그녀의 얼굴에 닿아 있었다.

"정말 이렇게 있어도 되겠니?" 나는 속삭였다.

"그럼, 물론이지."

그녀는 내게로 몸을 돌렸다. 그녀의 눈동자가 내 얼굴 바로 앞에 있었다.

"난 항상 진심만 이야기해. 빈말은 하지 않아."

나는 무슨 말을 해야 할지 알 수 없어 침묵만 지켰다.

"적어도 내 볼에 키스는 계속 해줄 수 있지?" 그녀가 물었다.

나는 잘못 들은 것은 아니겠지 하고 생각하면서 그녀에게 키스를 퍼부었다. 더이상 생각 같은 것은 하고 싶지도 않았다. 갑자기 우리 둘의 입술이 마주쳤다. 나는 안나 스쿠그에게 키스를 하고 있었다. 그녀가 말은 하지 않았지만 몸으로 원한다는 것을 느낄 수 있었다.

두 눈을 감았다. 내 머릿속에는 항상 그녀에 대한 환상이 존재했다. 비록 그녀가 내 옆에 있지 않았지만, 거의 매일 밤 나는 그녀를 떠올리곤 했다. 강가의 덤불에서도 마찬가지였다.

"사랑해." 나는 그녀의 입술에 키스했다.

"그런 말은 하지 마." 그녀는 부드러운 목소리로 조용히 말했다.

나는 그 순간 무엇을 믿어야 할지 알 수가 없었다. 그녀는 마치 무언가를 결심한 듯 보였다. 과연 우리가 사랑을 나눌 수 있을까? 오랫동안 내가 그토록 꿈꿔왔던 그녀의 몸은 이제 뼈와 가죽밖에 남은 것이 없는데…… 그녀의 옷을 벗기기란 거의 불가능할 것 같았다. 내 손으로 여자의 옷을 벗겨본 적은 지금까지 단 한 번도 없었다.

"네가 원하는 대로 해." 그녀가 말했다.

그녀는 조용히 누워 있었다. 이제 나머지는 내 손에 달렸다.

나는 더이상 참을 수가 없었다.

안냐 스쿠그와 사랑을 나눌 날이 정말로 올 거라곤 한 번도 생각해보지 않았는데…… 너무나 빨랐고, 사랑스러웠고, 또 아프도록 슬펐다. 그녀는 아무런 즐거움이나 기쁨의 감정을 보이지 않았다. 하지만 그녀의 몸은 내가 경험해보지 못했던 것까지 이미 알고 있는 듯했다. 내가 그녀의 피부를 통해 불쑥불쑥 튀어나온 뼈를 느끼는 것처럼, 그녀는 내 몸을 만날 때마다 짧은 리듬으로 그녀 자신을 내게로 밀어 넣었다.

"얼마나 오랫동안 참아야 하는 거지?" 내가 말했다.

"참지 마. 네가 하고 싶은 대로 해……"

나는 그녀의 몸에서 성급한 조바심을 느꼈다. 얼른 끝내고 싶었다. 더이상 참을 수가 없었다.

그리고 절정. 나는 소리 없이 환희를 흘려보냈다. 마치 조금이라도 소리를 내면 그녀가 다칠 것만 같았다. 그녀가 알아채지 못했으면 하는 바람도 있었다.

하지만 그녀는 알고 있었다.

"그래, 그렇게……" 그녀가 말했다.

"너도…… 좋았어?" 나는 허무하고 내키지 않는 기분으로 그녀에게 물었다.

"괜찮았어. 걱정하지 마." 그녀가 말했다.

"난 한 번도 경험이 없어서……" 내가 말했다.

"나도 마찬가지야."

"하지만 카트리네는?"

"그건 전혀 다른 이야기야. 지금은 그런 이야기 하지 말자, 응?"

우리는 서로에게 몸을 바싹 붙인 채 누워 있었다.

"그래, 좋았어." 그녀가 갑자기 말했다.

"위험하지는 않겠니?"

"임신할까봐 걱정하는 거니? 그럴 필요 없어. 다행히 내 부모님은 의사잖아."

순간적으로 바보가 된 듯했다. "맞아, 너희 엄만 산부인과 의사지?"

"아니, 아빠가……"

"뭐? 정말?"

"아빠는 내가 때 이르게 임신하지 않도록 해놓으셨어."

"너희 아빠가 네게 도대체 뭘 어떻게 했길래?"

그녀는 대답하지 않았다. 감히 더이상 물어볼 용기가 나지 않았다. 눈앞에는 페서리와 스파이럴 등 여성용 피임기구들이 아른거렸다. 그리고 그 프로페셔널한 의사의 손들……

그녀가 마침내 입을 열었다. "거기에 대해선 더 말하지 말자. 난 좋았어. 그리고 그것으로 만족해. 오늘 저녁엔 말이야. 그러니 그 따위 것들에 대해서 너무 생각하지 마. 우린 다시 사랑을 나눌 수 없을지도 몰라. 적어도 앞으로 오랫동안은. 난 지금 라벨을 생각해야 돼. 집중력을 잃으면 안 되거든. 내 인생을 건 콘서트야. 이해하지?"

"물론이지." 나는 그녀의 볼에 키스했다.

"그럼, 이제 내가 만든 샐러드 맛보러 내려갈래?"

나는 갑자기 현기증이 일었다.

"아니, 왜 그런지는 모르겠지만 뭘 먹고 싶진 않네."

"그래, 그럼 할 수 없지." 그녀가 천장에 시선을 둔 채 말했다.

우리는 여전히 움직이지 않고 함께 누워 있었다. 나는 내가 꿈꿔왔던 것 이상의 것을 오늘 경험했다. 그럼에도 북받쳐오르는 서글픔을 참을 수가 없었다.

멜룸 가로 돌아오는 길

자정이 훨씬 넘어, 나는 금방 내린 하얀 눈을 밟으며 엘베파레에서 집으로 향했다. 거리에는 사람이 한 명도 보이지 않았다. 길에는 내 발자국만 남아 있었다.

도대체 오늘 무슨 일이 있었던가? 마치 누군가를 배신한 것만 같은 기분이 들었다. 하지만 그게 안냐라고 할 수는 없었다. 이런 경우에는 배신이라는 말이 적절치 않을지도 모른다. 모든 것이 변했다. 내가 손을 뻗어 잡으려던 세상을 오늘 손에 넣었다. 하지만 막상 손에 넣고 보니 그 세상에는 미래가 존재하지 않았다.

나는 조심스럽게 대문을 열고 집 안으로 들어가면서 아버지와 카트리네가 이미 잠들었기를 바랐다. 하지만 아버지의 나지막한 말소리가 들려왔다. 아버지는 침실에서 전화를 하고 있었다. 조금 열린 카트리네의 방문 사이로 빛이 새어나오는 걸로 보아 그녀가 아직 잠들지 않았다는 걸 알 수 있었다. 그녀는 내 발걸음 소리를 듣자마자 방에서 나와 비틀거리는 걸음으로 앞을 가로막았다. 그녀의 두 눈은 마치 커다란 두 개의 유리구슬처럼 보였다.

"오늘 어땠어?"

"그저 그랬어. 좀더 나은 시간을 보낼 수도 있었다는 생각이 들긴 해."

"그렇겠지. 그건 그렇고, 연주는 좋았어?"

"응. 안냐가 올해의 센세이션을 일으킬 주인공이 될 거라고 확신해."

"작년에도 그랬지. 너희 둘 사이는 어땠니?"

나는 할 말을 찾지 못했다. 그녀가 무슨 얘기를 듣고 싶어하는지 감이 잡히지 않았다.

"안냐가…… 그동안 너무 마른 것 같아." 나는 겨우 입을 뗐다.

"그게 다야?"

"응. 어떻게 누나가 지금까지 그것도 모르고 있었는지 난 도무지 이해가 안 돼."

카트리네는 코웃음을 쳤다. "이제 와서 네가 갑자기 걱정을 다 하네. 안냐는 체질적으로 그래. 그리고 그렇게 몸이 마른 것은 단지 일시적인 현상이야. 중요한 콘서트를 앞두고 있을 수 있는 일이지."

"맞아, 아마도 그래서 그렇겠지."

"안냐는 네가 생각하는 그런 아이가 아니야. 안냐는 잘 헤쳐나갈 수 있어. 정작 걱정이 되는 건 안냐가 아니라 바로 우리야. 너와 나."

마리안네 스쿠그와의 만남

크리스마스가 얼마 남지 않은 어느 날, 나는 크리스티안 아우베르츠 가의 교차로를 지나다가 우연히 마리안네 스쿠그를 만났다. 강가 덤불 속에서 시간을 보내고 돌아오는 길이면, 내 머릿속은 언제나 나만의 생각으로 가득 차 있곤 했다. 그날도 예외는 아니었다. 하지만 바로 내 앞에서 걸어가고 있는 그녀를 보는 순간 나는 팔을 뻗어 알은체를 하고 싶었다. 그녀가 먼저 반갑게 인사를 건넸다.

"아, 진짜 오랜만이에요."

"전화를 하지 그랬어." 그녀는 미소를 지으며 내게 말했다.

그녀는 나와 안나가 사랑을 나누었던 일에 대해 알고 있을까? 혹시 안나가 말하진 않았을까? 갑자기 부끄러운 생각이 들어 나는 길바닥으로 눈길을 내리꽂았다.

"악셀……"

그녀는 내 팔을 잡아 그녀의 몸 쪽으로 나를 끌어당겼다. 그녀의 몸에서 안나에게는 없던 무게감이 느껴졌다. 그녀와 나 사이에는 말로 표현할 수 없는 강렬한 감정들이 존재하고 있었다. 그녀는 현실의 안나보다는 내 상상 속에 존재하는 안나와 더 닮아 있었다.

그녀는 시계를 보더니 이렇게 말했다. "아, 서둘러야겠어. 오늘 저녁에 후추 과자를 구울 거거든."

나는 말없이 무력하게 그녀를 바라볼 뿐이었다.

"잘 지내고 있지? 안색이 창백해 보이는구나." 그녀가 걱정스러운 듯 물었다.

"저는 잘 지내고 있어요."

하지만 그녀는 뭔가 이상하다는 느낌이 들었는지 내게 다시 물었다. "무슨 일이라도 있었니?"

나는 고개를 저었다.

적어도 그녀가 알아야 할 일은 없다고 생각했다. 알 수 없는 분노가 치밀어올랐다. 과연 그녀는 자기 딸에게 무슨 일이 있었는지, 또 딸의 상태가 어떤지에 대해 아무것도 모르고 있단 말인가. 어떻게 아무 일도 없다는 듯 후추 과자를 구울 수 있단 말인가.

"안나는 지금 몹시 긴장해 있어. 큰 행사를 연달아 치러야 하니 말이야."

그녀는 나를 바라보며, 두 손으로 내 머리를 감싸 쥐었다. "내게 할 말이 있구나, 그렇지?"

"안나가 너무 말랐어요. 두려울 정도로 살이 많이 빠졌어요. 그동안 눈치채지 못하셨어요? 뼈와 가죽밖에 없어요. 기운이 하나도 없어 보였어요. 이제 겨우 열일곱 살인데, 그렇게 큰 강박감에 시달리게 해도 되는 거예요? 그 몸으로 어떻게 교향악단과 에울라에서 협연을 할 수 있을지…… 너무 걱정이 돼요. 안냐를 진심으로 걱정해보신 적이 있으시긴 해요?"

마리안네 스쿠그는 고개를 내저었다. 마치 스스로를 변명하려는 듯이.

"안냐는 자신의 길을 가고 있는 거야. 그애의 아빠와 함께……"

하지만 나는 그녀의 미지근한 태도를 이해할 수 없었다. 안냐는 그녀의 딸이기도 하지 않은가.

"안부나 전해주세요."

나는 조금 화난 듯, 비꼬듯이 덧붙였다. "오늘 저녁에 후추 과자 잘 구우시고요…… 세상에! 안냐는 부모님을 너무 믿고 있어요. 부모님께 걱정을 끼치지 않기 위해서 스스로를 학대하고 있는 거라고요. 아직도 모르시겠어요?"

마리안네 스쿠그가 무슨 말인가 하려는 듯 보였지만 난 이미 그녀에게서 등을 돌려버렸다. 나 자신의 분노와 그녀에 대한 강렬한 감정이 무서워져서였다. 나는 뒤도 돌아보지 않은 채 멜룸 가로 가는 오르막길을 걸었다.

1969년의 마지막 날

1970년이 눈앞으로 다가왔다. 마르그레테 이레네는 집으로 '젊은 피아니스트들의 모임' 멤버들을 초대했다. 그녀는 아폴로 12호의 달 착륙과, 사형 제도를 폐지한 영국 의회의 뉴스를 보고 흥분해 있었다. 뿐만 아니라 사백 명 이상의 승객을 태울 수 있는 보잉 747기가 등장했다는 사실에 대해서도 쉬지 않고 재잘댔다. 그리고 어김없이 나의 새해 운세를 봐주겠다고 했다.

나는 안냐에 대해선 그녀에게 한마디도 하지 않았다. 순결치 못한 일이었지만, 우리는 이전과 다름없는 관계를 계속 이어가고 있었다.

안냐는 초대에 응하지 않았다. 놀랄 일은 아니었다. 언뜻 들으니 이런저런 핑계를 대며 참석할 수 없다고 연락해왔다고 했다. 그 핑계라는 것은 두통이 아니었을까. 하지만 자세히 묻지 않았다. 콘서트 때까지만이라도 안냐가 마음의 안정을 얻을 수 있길 바랄 뿐이었다. 사실, 며칠 전에 안냐에게 꽃다발을 보냈다. 하지만 그녀에게 꽃다발이 전달되었는지는 확인할 수 없었다. 내 머릿속에서 안냐와의 일은 없었던 일로 각인되어 있었다. 그날 저녁 안냐와 나 사이에 있었던 일은 슬프고 고통스러운 경험이었다. 그 이후로 그녀를 한 번도 마주친 적이 없었다. 그리고 크리스마스가 지나자 나는 가끔 하굣길에 전동차역에서 엘베파레로 걸어가는 그녀를 창 너머로 볼 수 있었다. 옷차림만 봐서는 누구도 그녀가 그토록 여위었다는 걸 눈치챌 수 없을 것 같았다.

머지않은 미래에 우리는 제각기 다른 길로 흩어질 것이므로 오늘의 모임은 어쩌면 마지막일 수도 있었다. 아이들이 하나둘씩 마르그레테 이레네의 집에 도착해 자리에 앉는 모습을 보면서도, 나는 여전히 안냐의 여윈 몸을 생각하고 있었다. 각자의 길을 가기 전, 어쩌면 마지막이 될지도 모르는 모임…… 그래서 안냐는 나타나지 않았는지 모른다. 그저 스쳐 가는 인연이기에 나를 제외한 그 누구도 그녀를 그리워하지 않을 것이다.

자리에는 레베카와 페르디난도 보였다. 그리고 우리보다 몇 살 어려 보이는 베룸에서 온 여자아이들도 있었다. 그들은 마르그레테 이레네와 아는 사이인 것 같았는데, 우리와 대화를 나누기보다는 시종일관 마치 디스크자키처럼 거실에 있는 음반들을 골라 턴테이블에 거는 일에만 몰두하고 있었다.

오늘 모임에 참석한 이들 중 가장 큰 화제의 인물은 레베카였다. 적어도 내겐 그랬다. 지금까지 있었던 일을 그녀는 어떻게 생각하고 있을까? 몇 주 못 본 사이에 그녀는 놀랄 만큼 아름답게 변해 있었다. 하얀 피부, 조그마한 주근깨들 그리고 강렬한 푸른빛 눈동자. 그녀는 우리에게서 멀어져가는 중이었다. 어쩌면 그 때문에 평소보다 더 관심을 가지게 되었는지도 모르겠다. 우리는 거실에 앉아서 치즈 퐁듀를 먹었다. 마르그레테 이레네의 아버지는 여행 중이었다. 새해 전야를 맞아 지인들과의 술자리에 참석한 게 분명했다. 우리가 먹는 치즈 퐁듀에서 술맛이 강하게 났다. 작은 치즈 조각을 삼키는 게 아주 고역스러웠다.

"후회하진 않니?" 나는 레베카를 바라보며 물었다.

"아니, 그건 내 인생에서 가장 중요한 결정이었어."

마르그레테 이레네는 나의 새해 운세가 적힌 종이 한 장을 들고 흥분한 듯 다가왔다. "여기 분명히 나와 있어, 악셀. 이건 운명이야. 일어날 수밖에 없는 일이라고."

나는 페르디난과 눈길을 주고받았다. 그는 경쟁자이긴 했지만 한 번도 그렇게 느껴본 적은 없었다. 그렇다고 그에게 야망이 없다는 말은 아니었다. 다만 너무나 느리게 걷고 있다는 것이 그의 문제점이었다. 난 여전히 센세이션을 일으킬 주인공이 될 확률이 높았다. 명쾌한 근거를 댈 순 없지만, 내 잠재의식 속에는 확실히 다음번 센세이션의 주인공은 나라는 믿음이 존재하고 있었다. 하지만 일단은 안냐의 데뷔 콘서트가 먼저였다.

우리는 함께 앉아서 치즈 퐁듀를 안주 삼아 포도주를 마셨다. 모임에 참석한 아이들을 둘러보니, 모두가 이제 곧 활활 타오를 불길 속으로 몸을 던져야 하는 운명들 같았다. 하지만 우리에겐 아직 시간이 있었다. 마르그레테 이레네는 현재로선 데뷔 콘서트를 생각하지 않고 있었다. 그녀는 졸업하면 비엔나로 가서 자이들호퍼 교수를 사사하고 싶어했고, 페르디난은 런던으로 가 일로나 카보스 교수에게 더 배우고 싶다고 했다.

"너는 언제 데뷔할 생각이니?" 레베카가 아무것도 모르고 있는 척, 순진한 표정을 지으며 내게 물었다.

"셀마와 이야기를 해봐야겠지."

"너도 셀마라고 부르는구나."

"어쩌다보니 그렇게 됐어. 넌 지금도 륑에 부인이라고 부르지?"

"난 가정교육을 너무 잘 받은 것 같아." 그녀가 농담처럼 말했다.

"셀마 륑에하곤 이제 연락 안 하니?"

"전혀. 내가 피아노를 그만둔 뒤로 내겐 아예 관심도 없는 것 같아."

"정말?" 마르그레테 이레네가 두 눈을 동그랗게 뜨며 되물었다.

"피아노 지도 교사로 이름을 날릴 수도 있었는데, 내가 그녀의 기대감을 완전히 무너뜨린 셈이니까. 이젠 안냐 하나밖에 남지 않았어."

"그리고 나."

"그래, 하지만 안냐가 너보다 일찍 데뷔하지 않겠어? 안냐만 생각하면 불쌍하다는 생각도 들어."

"왜?"

레베카는 망설이다 마침내 입을 열었다. "어쩌면 해선 안 될 말인지도 모르지만…… 안냐에겐 도움이 될 수도 있겠지. 륑에 부인이 내 결심을 알게 됐을 때 나를 외진 방으로 데리고 가 이렇게 말했어. '지금까지 어느 누구도 너만큼 나를 실망시킨 사람은 없었어'라고 말이야."

"정말? 정말, 그 여자가 그렇게 말했다고?" 페르디난이 놀란 목소리로 물었다.

"응. 나도 처음엔 잘못 들은 게 아닐까 귀를 의심했지만 사실이야."

"그러니까 네가 피아노를 그만둔 걸 그녀는 배신으로 받아들인 거지?"

"내가 내 옷을 밟고 무대 위에서 넘어진 것처럼 그녀도 믿는 도끼에 발등을 찍힌 셈이지. 그녀는 내게 더 많은 것을 기대하고 있었어. 내가 공식 데뷔를 한 첫 제자였으니까. 그녀가 나를 통해 세상에 뭔가를 보여주고 싶어한다는 걸 난 오래전부터 느껴왔어. 그녀가 하는 말이, 내 데뷔 콘서트는 깜짝 놀랄 만한 일이 되었어야 했대. 그녀는 지루하기 짝이 없는 부잣집 딸이라도 훌륭한 선생을 만나면 얼마든지 세상을 깜짝 놀라게 할 수 있다는 것을 보여주고 싶어했어."

그녀는 무기력하고 초점 없는 눈으로 모두를 바라보았다.

"넌 결코 지루하지 않아, 레베카." 나는 그녀의 말을 가로채서 단호하게 말했다.

하지만 나는 거짓말을 하고 있었다. 나는 언제나 레베카가 우리 중 가장 지루하고 재미없는 아이라고 생각해오지 않았던가. 그런데 피아노를 그만둔 지금은 그녀가 예전과 달라 보였다. 피아노 앞을 떠난 그녀는 마치 활짝 핀 봄꽃 같았고, 놀라울 정도로 평안해 보였다. 그리고 이제 몇 달 후면 다른 아이들처럼 졸업 시험을 볼 것이었다. 그녀는 스스로 셀마 링에의 손에서 벗어났고, 다시는 그녀의 꼭두각시가 되지 않아도 되었다.

"올 가을에는 뭘 할 계획이야?"

마르그레테 이레네가 물었다. 그녀는 내가 레베카와 이야기하고 싶어하는 것을 가만히 두고 볼 사람이 아니었다. 그녀의 태도가 잘 말해주고 있었다. 그녀는 내 옆에 앉아서 왼손을 탁자 아래로 내리고 몰래 내 바지의 불룩한 부분에 얹었다.

"음…… 우선 예비 과정을 수강하고, 의학을 공부할 생각이야."

"의사가 되려고?"

"안 될 건 또 뭐가 있겠어?"

"놀라워! 흠, 아무것도 부러울 것 없는 부잣집 딸이 이제는 박애정신으로 가득 찬 의사가 돼서 다른 사람의 생명을 구하겠다니."

마르그레테 이레네의 비꼬는 듯한 말이 조금 지나치다 싶어 나는 그녀의 허벅지를 살짝 꼬집었다. 레베카는 나의 그런 행동을 못 본 척하며 조용히 대답했다.

"그래, 내가 다른 사람의 생명을 구할 수 있을지 없을지 누가 알겠어? 하지만 난 현재의 삶에 충실하면서 또 즐기고 싶어. 방관자가 되고 싶지는 않아."

그녀는 더이상 아이들의 관심을 받고 싶어하지 않는 것 같았다. 마르그레테 이레네의 불만과 질투 때문일지도 몰랐다. 나는 레베카의 기운을 북돋워주고 싶었다.

"계속해봐." 나는 레베카에게 말했다.

레베카는 잠시 생각하는 듯싶더니, 양어깨를 슬쩍 추켜올렸다.

"너희 말이 맞아. 사실 나도 내가 왜 그런 결심을 했는지 정확하게 설명할 수 없어. 하지만 방과 후 집에 혼자 앉아 피아노 연습을 할 때의 그 외로운 시간과 쑤시고 아팠던 등의 통증은 아직도 기억해. 어느 날 곰곰이 생각해봤어. 과연 이게 가치 있는 일일까? 뭘 위해서? 어떤 의미에서? 그리고 내가 얻을 결과는? 이렇게 내가 하루 종일 피아노 앞에 앉아 있는 이유가 정말 베토벤의 〈작품번호 109번〉을 혁신적인 해석과 새로운 느낌으로 연주하고 싶어서일까? 내가 정말 음악을 사랑해서 적어도 하루에 다섯 시간 넘게 곡을 듣고 또 연습을 하고 있는 것일까? 그저 명성을 얻고 싶어서가 아니고? 사람들의 존경을 받고 싶어서가 아니고? 그 어느 쪽도 맘에 들지 않았어. 무엇보다 당황스러웠던 건 내게 목표가 없다는 거였어. 마음속 깊은 곳에 간절히 바라는 게 없었던 거야. 물론 피아니스트가 되고 싶긴 했어. 하지만 그러고 나면? 지난번 데뷔콘서트는 그걸 깨우쳐주었어. 고통스러울 정도로 깊은 깨달음이었지. 무대 바닥에 엎어져 있는 동안 나는 내가 그다지 실력 있는 피아니스트가 아니란 걸, 앞으로도 별로 나아지지 않으리란 걸 깨달았어. 그날 입은 드레스는 내 자존심을 완전히 망가뜨렸어. 난 여자잖아. 다른 사람의 눈에 예쁘게 보이고 싶어하는…… 하지만 내 허영심이 진정한 나를 표현하는 데 얼마나 쓸모없는 것인지 그때까지는 알지 못했어. 룅에 부인은 늘 화사하잖아. 물론 나이가 좀 많긴 하지만 그게 무슨 상관이야? 여자로서 모든 것을 가지고 있는…… 진정한 여자라고 할 수 있지. 매일 화장을 하고, 레슨 받는 제자에 따라 옷을 다르게 입고…… 그리고 강인하기까지 해. 그녀처럼 꾸미기만 하면 여인으로서의 가치와 힘을 가질 수 있다고 생각했어. 하지만 무대에서 엎어졌을 때 그토록 나 자신을 꾸미고 치장했다는 사실이 부끄러웠어. 모든 액세서리와 짙은 화장이 한순간에 무의미해진 거지."

그녀는 마르그레테 이레네와 의미심장한 눈길을 주고받았다.

"여자라면 내가 지금 무슨 말을 하고 있는지 충분히 이해할 수 있을 거야. 겨우 일어나 마침내 피아노 의자에 앉았을 때 내 머릿속에 그려진 나는 화장기 하나 없는 모습이었어. 무슨 말인지 이해되지? 난 잠자리에서 금방 일어나 잠옷 차림으로 청중을 마주하고 피아노 앞에 앉을 수도 있었을 거야. 화장과 옷과 신발 들은 데뷔 콘서트를 무사히 해나가기 위한 작은 액세서리에 불과했어. 지금 생각하니 그 데뷔 콘서트는 내 깜냥으론 너무도 벅찬 일이었어. 그때 피아노 앞에 앉은 내게 있는 거라곤 라벨과 베토벤 그리고 쇼팽뿐이었다고 해도 과언은 아니었지. 그리고 내 연주는 그저 그런 정도였고 말이야. 더 암담했던 건 실력과 상관없이 그때 내가 너무도 긴장했다는 거야. 그런데 그 순간 머릿속에 떠오른 생각은 음악이 내게 큰 의미가 없다는 것, 연습도 건성으로 해왔다는 거였어. 이런 것들이 차근차근 이해되었고, 그다음부터는 더 생각할 것도 없었지. 콘서트 중간 어디쯤에서 나는 자신과의 싸움을 시작했고, 그 후에 연주한 쇼팽의 발라드 네 곡은 특별한 감수성을 담아내지 못한 채 그저 스탠더드 주법을 따랐을 뿐이야. 난 쇼팽을 연주하는 내내 거의 기도하는 심정이었어. 음악의 수호성인 산타 체칠리아에게 말이야. '제발, 이 콘서트에서 저를 구해주세요. 그래서 제가 사랑하는 이들을 더이상 낙담시키지 않도록 도와주세요. 그럼으로써 음악 애호가들과 멀어지지 않으며, 앞으로도 계속 음악을 사랑하고, 음악의 권위와 명예를 지킬 수 있도록 저를 보살펴주세요. 더이상 개인적인 승리와 자아도취는 생각지도 않겠습니다'라고 말이야…… 내 기도는 누군가의 귀에 들렸던 것 같아. 일단 콘서트는 무사히 마칠 수 있었으니까 말이야."

나는 레베카의 말에 깊은 인상을 받았다. 우리는 침묵 속에서 퐁듀를 먹었다. 마르그레테 이레네는 벌써 취한 기색이 역력했다. 그녀의 왼손은 여전히 내 바지의 불룩한 곳에 올려져 있었다. 오늘 밤 그녀와 같이 자야 할 것 같았다. 선택의 여지가 없었다.

하지만 그 전에, 레베카에게 내가 궁금해하는 것들을 물어봐야 했다. 모두들 치즈 퐁듀에서 손을 뗄 무렵 나는 의자에서 일어나 이렇게 말했다.

"레베카와 내가 뒷정리를 할게. 그동안 너희는 거실에 가서 듣고 싶은 음악이나 찾아봐."

페르디난과 마르그레테 이레네는 놀란 표정으로 나를 바라보았다. 도대체 저 아이가 지금 무슨 말을 하고 있는 것일까 하는 듯한 표정이었다. 베룸에서 온 여자아이 둘이 뒷정리를 돕겠다며 주방으로 들어섰다.

"아니야. 뒷정리는 우리가 할게. 레베카와 따로 할 이야기가 있어서 그래."

나와 레베카는 식기 세척기에 그릇을 집어넣고, 음식 찌꺼기는 쓰레기통에 버렸다. 그러면서 우리는 포도주를 들이켰다. 그날따라 레베카가 포도주를 즐기는 것이 다행이다 싶었다.

"눈치챘겠지만, 셀마 룅에에 대해 얘길 좀 듣고 싶어."

그러자 그녀가 놀란 표정으로 되물었다. "룅에 부인이 아니라 안냐 얘길 꺼낼 줄 알았는데?"

"어쩌면 두 사람은 내가 물어볼 얘기의 양 측면일지도 모르지.

그나저나 세상에! 왜 넌 아직도 룅에 부인이라고 부르니?"

"아직도 이해가 안 돼?" 레베카는 조용히 미소를 지었다. "그래. 네가 말하듯 그녀는 셀마야. 분명한 사실이지. 문제는 그녀는 나와 친구가 되고 싶어하지 않는다는 거야. 그녀에게 나는 제자, 소녀, 어린아이에 불과해. 그녀는 나를 아주 기초부터 가르치려고 마음 먹었지."

"하지만 너보다 훨씬 어린 안냐는 셀마라고 부르잖아?"

레베카는 포도주를 한 모금 들이켠 후, 걱정스러운 눈길로 나를 바라보았다. "넌 아직도 안냐를 사랑하고 있구나, 맞지? 내 말이 틀렸니?"

"지금 그 얘기를 하는 게 아니잖아."

레베카는 한숨을 쉬었다. "그래, 맞아. 안냐는 나보다 어리지. 그리고 나보다 약하고. 그애는 안전한 보호막을 필요로 해. 비밀스럽고 진득한 관계 속에서 받을 수 있는 특별한 격려가 필요한 애야. 난 그애보다 강했어. 내가 원하는 게 뭔지 분명히 알고 있기도 했고…… 때문에 난 뒷전이었지."

"셀마가 그 정도로 교활하고 똑똑한 여자야?"

"그렇다기보다는 그녀 자신의 내적인 힘과 관계가 있어. 네가 기억해야 할 건 룅에 부인의 야망이 이루 말할 수 없을 정도로 크다는 거야. 지금 너랑 단둘이니까 하는 말인데, 충격적인 이야기도 해줄 수 있을 것 같아. 내 콘서트 인터미션 때 네가 대기실에 들어왔던 거 기억나니?"

"넌 그때 화가 잔뜩 나 있는 것 같았어."

"셀마 룅에 때문이었어. 네가 들어오기 바로 직전에, 그녀가 내 귀에 대고 뭐라고 속삭였는지 알아? 그녀와 내가 쏟아부었던 노력과 시간이 모두 물거품이 되어버렸다고 했어. 잔뜩 화난 목소리로 말이야."

"정말 그렇게 말했어? 2부 연주가 아직 남아 있었는데도?"

"응. 내게 실망이 이만저만이 아니라고 했어. 기대에 전혀 미치지 못했다고 하면서."

"구데 씨는?"

"아, 그 사람은 륑에 부인이 하는 말을 듣지 못했어. 차라리 잘됐지. 그는 어쨌거나 이미 절망스럽기 짝이 없는 표정을 하고 있었으니까."

"그럼 뒤풀이 파티에서 셀마가 한 말은? 그녀는 네가 콘서트를 아주 환상적으로 무사히 잘 마쳤다고 했잖아. 그리고 선물로 아라우까지 초청했고."

"그건 쇼야. 그 여자가 그것 말고 사람들 앞에서 할 수 있는 다른 말이나 행동이 뭐가 있겠니? 어쩔 수 없었던 거지. 속으로는 화가 나서 참을 수 없었겠지만 말야. 사실, 나보다도 더 화를 내고 있었던 게 분명해. 왜냐하면 전략적으로 중요한 제자 하나가 중요한 순간에 배신을 했으니까."

"그래, 그것 때문에 지금 우리가 여기 서 있는 거야. 셀마가 안냐에게 어떤 압박감을 줄지 그게 궁금했거든."

레베카는 내 말에 코웃음을 쳤다. "안냐는 잘 이겨낼 거야. 우리보다도 훨씬 더. 그앤, 뭐랄까…… 겁이 없는 애야."

나는 잠시 곰곰이 생각했다. 레베카한테 무슨 얘길 해줄까. 하지만 말해줄 것은 아무것도 없다고 결론 내렸다.

"셀마 룽에의 전략은 뭘까?"

"안냐를 가장 가까운 친구로 만드는 것. 그앤 물론 어머니가 있긴 하지만 룽에 부인의 전략이라는 것은 안냐의 삶 안팎으로 어머니가 줄 수 있는 영향력과는 다른 힘과 통제력을 행사하는 거야. 나이 많은 부인이 어린 소녀에게 불어넣어줄 수 있는 것들을 통해서 말이야. 내가 무슨 말을 하고 있는지 이해되지? 안냐는 그동안 비밀에 싸인 아이로 여겨졌잖아. 무슨 뜻이냐면, 안냐에겐 친구가 없었다는 거야. 룽에 부인은 악마적이라고 할 수 있을 정도로 실력 있는 지도 교사야. 네 잠재의식을 파고들어서 너도 모르는 사이에 그녀의 의도를 받아들이도록 만들어버려. 그녀는 제자들을 통해 자신의 야망을 성취하려는 여자니까. 그녀에게 제자들은 피아노 건반과도 같아. 나와의 관계는 노골적일 정도였지. 나는 그녀 앞에 무릎을 꿇어야 하는 존재였고, 처음부터 우리는 절대로 친구가 될 수 없다는 보이지 않는 전제가 있었어. 처음엔 내 실력을 떨떠름하게 생각했던 게 분명해. 하지만 시간이 지나면서 내 의지를 알았고, 나를 보는 눈빛이 달라졌던 것 같아. 웃기는 일이지만…… 맞아. 돈 때문에. 입에 담기 수치스럽지만 내 아버지의 돈은 그녀에게 자석과도 같았지. 난 지난 몇 년 동안 우리 아버지가 룽에 부인에게 바친 돈이 어느 정도인지 아직도 알지 못해."

나는 그녀의 말을 귀담아들으며 고개를 끄덕였다. 내 몸속 어딘가에서 통증이 느껴졌다. 지금 그녀의 말이 과연 사실인가? 지난 몇 주 동안, 자기 자신을 그렇게도 많이 열어서 나를 받아들이고, 음악의 세계를 이해하도록 도와주었던 그녀가 진정 악마처럼 교활한 인간이었던가? 솔직히 말하자면, 그녀를 만나기 전까지는 내가 음악을 이해하는 데 도움을 준 사람은 어머니뿐이었다. 어느 누구도 어머니만큼 내 귀와 가슴을 열어놓지 못했는데, 이제는 단 몇 주 만에 셀마가 그 자리를 차지해버린 것이었다. 나는 레베카의 말을 도저히 믿을 수가 없었다. 불현듯 어머니가 그리워졌다. 음악에 대한 사랑을 무조건적이고 충동적인 방식으로 공유하고 싶어했던 어머니. 만약에 어머니였다면 지금 내 주위에 일어나고 있는 일들을 어떻게 받아들였을까? 삶에 지쳐 무엇을 해야 할지 모르는 우리를 어떻게 생각할 것이며, 또 무슨 말을 해줄까? 어머니는 음악을 언제나 생의 선물로 받아들였다. 지금…… 새해 전야…… 나는 갑자기 어머니가 너무도 그리워졌다.

레베카는 나를 뚫어지게 바라보고 있었다. "딴생각하고 있구나."

나는 고개를 좌우로 흔들었다. "아니야, 어머니를 생각하고 있었어. 감도가 좋지 않은 폴란드 라디오 중파 방송국에서 틀어준 차이콥스키의 〈바이올린협주곡〉 1악장 카덴차 부분이었던가?…… 그걸 들으면서 어머니가 기뻐하시던 모습이 갑자기 생각났거든."

레베카는 내 볼을 살짝 어루만졌다. "얘기를 계속해봐." 그녀가 심각한 목소리로 말했다.

"안냐가 우리에게 처음 했던 말 기억나? 요즘의 안냐를 보면 그때의 안냐 같지 않다는 생각이 자주 들어."

"그 말이 뭔데?"

"피아노 대회에서 안냐는 우리 나이에 시간과 노력을 투자한다는 것은 그냥 재미로 하는 게 아니라고 했어. 기억나?"

"너한테 하도 들어서 잊으려고 해도 잊을 수가 없는걸."

"난 그 말이 영 찜찜해."

"그건 셀마 룅에의 메아리라고 생각해도 될 거야."

"안냐가 너무 말랐다고 생각해본 적 없어?"

레베카는 잠시 생각하는 듯했다. "아니."

"안냐는 뼈와 가죽밖에 남지 않았어."

하지만 레베카는 내 말을 그리 심각하게 받아들이지 않았다. "그게 그렇게 이상한 일은 아니잖아?"

레베카는 한참을 생각하더니 마침내 입을 열었다. "셀마 룅에의 말로 다 표현할 수 없는 그 거대한 야망을 짊어지려면……"

"야망이라…… 안냐가 교향악단과 라벨 협주곡 협연하는 거?"

"응. 안냐만 생각하면 참 안됐어."

레베카는 고개를 흔들더니, 나를 바라보면서 심술궂은 목소리로 말했다. "룅에 부인이 네게 걸고 있는 야망은 어떤 거니?"

"우린…… 그런 얘긴 아직 안 해봤어."

"흠, 고생 좀 하겠는걸." 레베카는 내 볼을 살짝 꼬집었다.

"무슨 말이니?" 나는 웃으면서 그녀에게 되물었다.

"그녀의 야망은 이미 알고 있는 것이고…… 그 어림해볼 수도 없을 만큼 거대한 야망은 스스로의 수치심으로 변해 비밀스럽게 간직해야겠지. 그 비밀의 영역에 네가 걸려든 거고."

"스스로의 수치심?"

레베카는 마치 코미디 영화를 보는 듯한 눈으로 나를 바라보았다. "몰랐어? 그녀에게도 결점이 있어. 그것도 아주 위험한."

"그게 뭔데?"

"젊은 남자들."

"설마! 농담이지?"

레베카는 갑자기 심각한 표정을 지었다. "정말이야, 악셀. 토르핀이 그녀보다 한참 어리다는 걸 몰랐단 말이니?"

"그래? 그 침을 질질 흘리는 어린아이 같은 그 남자가?"

레베카는 웃음을 터뜨렸다. "그는 유럽의 전형적인 인텔리 계층이야. 그녀보다 열 살이나 더 어리고."

"하지만 그렇게 어려 보이지 않던데. 오히려 셀마보다 훨씬 더 나이가 많아 보이던걸?"

"당연하지. 셀마 륑에 같은 여자와 함께 살면 정기를 빼앗길 수밖에 없어. 그리고 젊은 남자 사냥꾼이라고 할 수 있는 그의 부인은 끊임없이 새로운 정부(情夫)를 원하고 말이야."

"내가 그 집에 갈 때마다 셀마는 남편에게 오슬로 시내로 가서 빵을 사오라고 하면서 밖으로 내보냈어."

"그것 봐! 넌 이미 위험 지역에 들어섰어." 레베카는 마치 승리자처럼 큰 소리로 웃었다.

"그런 말 하지 마. 그건 그렇고, 그녀의 아이들은 도대체 어디에 있는 거야?"

"그녀는 모두 세 아이를 뒀어, 맞지? 아, 네 명인가? 독일에서 온 유모와 함께 그 시간에 썩은 강물 옆에 있는 숲 속에서 시간을 보내고 있을걸?"

"세상에!"

"아! 미안해, 악셀." 그녀는 못할 말을 했다는 듯 두 손으로 자신의 입을 가렸다. "깜박 잊었어. 강…… 그리고 네 어머니…… 미안해."

"괜찮아. 내 어머닌 잊어버려. 어머닌 지금 이 이야기와 전혀 상관없으니까."

"아무튼 경계심을 늦추지 마. 내가 부탁하고 싶은 건 바로 그거야. 이제부터 룅에 부인은 네 사생활 하나하나에 다 간섭할 테니."

"이미 세상을 떠난 사람에 대해서도?" 나는 웃으며 그녀에게 말했다.

"그럼, 얼마든지."

"우리, 죽은 사람보다는 산 사람에 대해서 이야기하는 게 어때? 셀마의 젊은 남자들에 대해서 좀더 자세히 이야기해줘."

"모두 소문에 불과하지만 그녀는 젊은 남자들과 자주 관계를 가진다고 하던데. 너, 정말 처음 듣는 이야기야? 토르핀은 거세당한 수탉처럼 무력한 사람이야."

"넌 토르핀은 룅에 씨라고 하지 않고 이름을 부르는구나?"

"우리끼리 하는 말이니까. 난 그 사람만 보면 너무 안됐다 싶어. 룅에 부인이 요즘에 만나고 있는 남자는 교향악단에 소속된 첼리스트야."

"첼리스트? 그러고 보니 요새 안냐가 첼로에 굉장한 매력을 느끼고 있더라고. 재클린 뒤프레를 비롯해서 말이야."

"그래. 어쩌면 주의를 딴 데로 돌리기 위한 그녀의 전략일 수도 있겠는걸. 인간이 사랑에 빠지면 그 속에서 헤어 나오기 힘들잖아. 어쩌면 룅에 부인은 첼로 음악에 대해 안냐와 이야기를 나누고 싶었기 때문에 뒤프레를 끌어들였는지도 모르지. 그녀는 언제나 정열적이니 자연스럽게 뒤프레를 선택했을 것이고…… 충분히 자신의 의도를 가릴 수 있는 화제지. 게다가 뒤프레는 여자니까."

나는 고개를 끄덕였다. 그녀의 말 속에는 거부할 수 없는 논리가 있었다. 갑자기 현기증이 느껴졌고 토할 것만 같았다. 나는 울렁거리는 속을 가라앉히려 안간힘을 썼다. 내가 무대에 오르는 것도 아닌데…… 문제는 셀마와 토르핀 룅에였다. 레베카의 이야기는 현실성이 떨어지긴 했지만 그냥 흘려들을 수 없는 신빙성이 있었다. 어떤 면에선 이 이야기를 통해 셀마가 더 현실적으로 느껴지기도 했다.

그때 마르그레테 이레네가 주방문을 열고 머리를 쑥 들이밀었다. 짜증 난 표정이었다. "도대체 둘이서 뭘 하고 있는 거야? 이제 자정까진 십오 분 정도밖에 남지 않았어."

"주방에서 뒷정리하고 있지, 뭘 하긴? 사실은 악셀과 셀마 룅에에 대해 얘기하고 있었어." 레베카는 의리를 지키려는 듯 마르그레테 이레네에게 솔직하게 대답해주었다. "너도 알다시피, 셀마 룅에는 쉽게 다룰 수 없는 사람이잖니. 그래서 내 경험을 바탕으로 이 소년에게 조언을 해주고 있던 참이야."

마르그레테 이레네는 무뚝뚝하게 말했다. "그래, 좋아. 하지만 이젠 정말 둘 다 거실로 나와, 알았지? 이제 얼마 안 있으면 새로운 십 년의 첫해가 시작된단 말이야. 몇 분 있으면 1970년이 된다고. 발코니로 와. 샴페인과 폭죽이 준비돼 있어."

우리 네 명은 발코니에 모여 섰다. '젊은 피아니스트들의 모임' 멤버 중엔 안냐 스쿠그만 빠졌다. 하지만 마르그레테 이레네가 데려온 두 명의 어린 소녀가 그 자리를 대신하고 있었다. 이 소녀들은 줄곧 우리의 대화에는 끼지 않은 채 이리저리 왔다 갔다 하면서 재바르게 뒷정리를 하는 등 자신의 일에 충실했다. 마르그레테 이레네는 이 소녀들에게 더할 나위 없이 친절한 태도로 일관했다. 우리는 사격장으로 유명한 비슬레트 언덕을 바라보며 서 있었다. 두 소녀가 콜라를 마시는 동안 우리는 샴페인을 마셨다. 폭죽이 터졌다. 마르그레테 이레네는 내게 몸을 붙여 나를 꼭 껴안았다. 나도 그녀를 껴안고는 있었지만, 속으로는 레베카처럼 홀로 서 있고 싶었다. 레베카는 우리보다 한 발짝 앞서 가고 있었다. 나는 다른 아이들이 레베카를 동정하고 있다는 것을 느낄 수 있었다. 그들의 눈에 비친 레베카는 실패자였다. 하지만 내 생각은 달랐다. 지금 이 순간, 나는 그녀가 만끽하고 있는 자유를 질투하고 있음을 인정할 수밖에 없었다.

하늘로 쏘아올린 폭죽이 찬연한 불빛을 발하며 부서져 내렸다. 이제 새해였다. 마르그레테 이레네는 내 귀에 대고 속삭였다.

"오늘 밤을 너와 함께 보내고 싶어. 피할 생각은 하지 마. 우리 집 식구들은 내일 저녁에나 돌아올 예정이니까."

나는 선 채로 비틀거렸다. 내 머릿속은 미래에 대한 생각으로 가득 차 있었다. 지난 몇 년 동안 모든 일이 너무나 느리게 나를 스쳐 갔다. 하지만 지금은 두려울 정도로 시간이 빠르게 가고 있었다. 우리는 서로에게 돌아가며 가벼운 포옹을 해 새해 인사를 대신했다. 레베카가 내 앞에 다가왔다.

"새해에는 꼭 행복하길……" 그녀는 이렇게 말하며 내 입술에 키스했다.

그녀의 입술을 느꼈던 것이 무척이나 오래전 일 같았다. 나는 이때껏 그녀에게 단 한 번도 느껴본 적 없는 감정을 느꼈다. 나는 그녀의 눈을 그윽이 바라보았다.

"너도…… 꼭 행복하길 바랄게, 새해에는……"

그녀가 나를 아주 잠깐 포옹했다. "내가 무슨 말을 하려는지 알지? 하지만 여기선 할 수 없다는 것도."

나는 고개를 끄덕였다.

"그리고 여전히 네가 해야 할 일도 기억하고 있고?"

나는 다시 고개를 끄덕이며 대답했다. "셸나 튕에를 조심해."

그녀가 미소를 지으며 말했다. "빙고."

모두들 집으로 돌아갔다. 남은 사람은 파티를 주최했던 마르그레테 이레네와 나뿐이었다. 나는 마르그레테 이레네와 함께 침대에 누웠다. 오랫동안 내게 뚜렷하지 않은 존재였던 그녀가 실오라기 하나 걸치지 않은 몸으로 내 품을 파고들었다. 그녀는 아무것도 숨기는 것이 없었다. 그런 그녀를 보고 있자니, 그녀가 무엇인가를 알고 있다는 느낌이 들었다. 그녀는 내 삶의 세세한 일 하나하나까지도 놓치고 싶어하지 않았다. 그런데 정말 그녀가 내게 원하는 것은 무엇일까? 그리고 나는 진정 누구일까? 이 세상에서 뭔가 되고 싶어하는 혼돈에 휩싸인 바보는 아닐까? 마르그레테 이레네는 나와 우리에 대해 제멋대로 계획을 세워놓고 있었다. 우리의 앞날이 어떨지, 또 그로 인해 우리가 행복할 수 있을지 전혀 짐작조차 하지 못하면서. 하지만 나는 무기력하게 그녀의 요구를 받아들이고 있었다. 공짜로 얻을 수 있는 순간의 만족감 앞에서 이제는 아무런 거부감도, 수치심도 없었다. 나는 손만 뻗으면 그녀의 몸을 만질 수 있었다. 그녀는 많이 취한 듯했다. 하지만 우리가 이 어둠 속에서 할 일을 잊을 정도는 아닌 것 같았다. 안나만 아니었다면 난 벌써 마르그레테 이레네에게 사랑한다는 말을 했을 것이다. 그녀가 내게 사랑한다고 말할 때의 적절한 대답으로…… 사실, 나는 그녀의 배려와 친절에 감동하지 않을 수 없었다. 우리는 두 번이나 사랑을 나누었다. 그녀는 잠에 취한 눈으로 내게 앞날에 대해 물었다. 난 아무 계획도 없었기에 그녀에게 아무 말도 할 수 없었다.

"네 새해 운세를 봐줄게." 그녀가 정확지 않은 발음으로 말했다.

"언제든지."

"그래, 언제든지……"

그녀는 잠에 취한 듯 중얼거렸다. 피곤해 보였다. 나는 미소를 지으며 그녀의 이마에 키스했다. 그녀는 무슨 말인가를 하려다가 말았다. 그러고는 바로 깊은 잠에 빠져들었다. 내 팔을 베고 잠든 그녀의 모습이 행복하고 평화로워 보였다.

나는 집으로 걸어갔다. 첫 전동차를 타기엔 이른 시간이었다. 눈이 오는 것 같았다. 어쩌면 비일 수도 있었지만 그런 건 전혀 상관 없었다. 새해 아침이 밝아오고 있었다. 알몸으로 잠든 여자아이의 품속에서 몰래 빠져나와, 씻지도 않은 채 어둠 속에서 조용히 옷을 주워 입고, 작별 인사도 없이 텅 빈 거리로 나온다는 것이 그리 유쾌한 일은 아니었다. 몸이 떨렸다. 얇은 옷 사이로 한겨울의 한기가 스며들었다.

뢰아까지 가는 길은 생각보다 멀었다. 인적은커녕 지나가는 차 한 대 없었다. 주택가로 들어서니 부랑배처럼 보이는 아이들이 폭죽을 터뜨리고 있었다. 그들을 제외하면 쥐 죽은 듯 고요했다.

아버지는 지금쯤 어디에 계실까? 카트리네는? 이제 얼마 후면 우리 집은 낯선 사람의 손에 넘어갈 것이다. 이 층에 세 들어 살고 있는 두 청년에게도 이미 통보했다. 여름이 되면, 나는 혼자서 생계를 꾸려야 할 것이다. 일을 하거나, 어쩌면 외국으로 나가 아르바이트를 하면서 공부를 해야 할지도 모른다.

도대체 어디서 돈을 벌어야 할까?

나는 집으로 터벅터벅 걸어갔다. 지금쯤 단잠을 자고 있을 안냐가 문득 떠올랐다. 뼈가 살가죽을 뚫고 나올 것만 같은 안냐의 앙상한 몸을 생각했다. 야윈 무릎과 작은 엉덩이. 그 작고 뾰족하기까지 한 엉덩이로 마치 경험이 풍부한 소녀처럼, 그러나 동시에 너무도 예의 바르게 내 몸을 자신에게로 끌어당기던 그녀의 모습이 잊히지 않았다.

두려웠다. 하지만 그럼에도 나는 평생 동안 그녀를 그리워하며 살 것 같았다.

셀마 링에와의 인터메초*

"예의 바름과 성적 매력은 공존할 수 없어. 슈베르트는 그걸 알고 있었지. 너 역시 그걸 알아야 해." 셀마 링에가 말했다.

그녀는 바로 내 등 뒤에 앉아 있었다. 나는 그녀를 위해 슈베르트의 〈피아노소나타 다단조〉를 연주했다. 그 곡은 그녀가 마지막 콘서트에서 연주한 곡이기도 했다.

그 곡을 친 것은 그녀의 제안 때문이었다. "악셀, 전에 슈베르트의 다단조 곡을 연습한 적이 있다고 했지? 지금 그 곡을 한번 쳐볼 수 있겠니?"

"지금은 준비가 하나도 안 돼 있어요."

"그러니까 쳐보라는 거야."

나는 연주를 시작했고, 그녀는 내 등 뒤에 서 있었다. 도대체 무

* 간주곡 또는 막간극.

엇을 듣고 싶어하는 것일까? 준비가 하나도 안 된 제자가 어설프게 더듬거리며 연주하는 것을 정말 듣고 싶은 것일까? 더군다나 악보를 앞에 펼쳐놓고서. 나는 아직 그 곡을 다 외우지도 못한 상태였다.

"너무 긴장하지 마."

내가 연주를 하는 동안 그녀가 내 뒤로 다가와 말했다. 하지만 난 전혀 긴장하고 있지 않았다. 나는 템포를 더 느리게 잡아서 1악장의 두번째 테마를 거의 정지된 느낌으로 연주했다. 그렇게 연주를 하니 그 부분이 마치 작은 웅덩이에 고여 있는 죽은 물처럼 느껴졌다. 곡의 나머지 부분은 거의 라르고로 쳐나갔다. 적어도 내게 익숙한 템포보다 훨씬 더 느리게 건반을 짚어나갔다. 그녀가 이런 주법을 좋아한다는 것을 알고 있었다. 나는 눈을 감았다. 그녀는 내 연주에서 성적 매력을 찾는 데 집중하고 있었다. 나는 그녀가 남자와 함께 누워 있는 모습을 상상했다. 킬킬거리며 웃는 토르핀뿐 아니라 교향악단의 첼리스트도 머릿속에 아른거렸다. 분명 젊고 잘생긴 외국인일 것이다.

"집중해, 악셀!"

깜짝 놀라서 연주를 멈추고 뒤를 돌아다보니 그녀는 내 생각보다 훨씬 가까이 와 있었다. 그녀의 립스틱 향이 느껴졌다. 그녀가 한 발짝 뒤로 물러서며 물었다.

"왜 연주를 멈춘 거니?"

"멈추면 안 된다는 법이라도 있나요?"

그녀는 꿰뚫어보기라도 하듯 날카로운 눈으로 나를 바라보았다. 나는 이전엔 단 한 번도 그녀에게 반항한 적이 없었다.

"아니, 이 집에 금기라는 건 없어. 앉아서 이야기나 나누자꾸나." 그녀가 조용히 말했다.

우리는 방금 차를 마셨던 소파로 돌아가 앉았다. 셀마 링에는 걱정스러운 눈으로 나를 바라보았다.
"안냐와 무슨 문제라도 있었니?"
"그건 왜 물으시는 거죠? 왜 안냐 얘길 하시는 거죠?"
"네가 그앨 생각하고 있는 것 같아서."
"제가 안냐를 생각하고 있었던 걸 어떻게 아셨어요?"
"다 알 수 있어."
"독심술사도 아니시면서."
"아니라고 장담할 수 있니?"
더이상 그녀의 말을 당해낼 재간이 없었다.
"맞아요. 안냐 때문에 고민이 많아요."
"그래, 말해봐."
"안냐가 걱정돼요. 어린 나이에 너무 큰 스트레스를 받고 있다는 생각이 머릿속을 떠나지 않아요."
셀마 링에는 미소를 지었다. 그 미소가 나를 불안하게 했다. 어머니의 미소를 연상시켰기 때문이었다. 아버지가 무엇인가 일리 있는 말을 할 때 그리고 거기에 반박할 말을 찾지 못할 때마다 어머니는 항상 그런 미소를 짓곤 했다. 표정은 때로 열 마디의 말보다 훨씬 더 많은 의미를 지닐 수도 있는 법. 그녀는 등을 꼿꼿이 펴고 목을 가볍게 움직였다. 지금부터는 한마디 한마디 신중하게 말해야 할 것 같았다.

"안냐는 이미 준비가 되어 있어. 그애는 풍부한 재능을 가지고 있는 예술가야. 기다려봐. 너를 깜짝 놀라게 할 거야. 우리 모두를 열광하게 하고도 남을 아이지."

그녀는 다시 미소를 지었다.

나는 레베카의 눈으로 그녀를 보았다. 하지만 나는 이제 곧 성인이 될 남자다. 나는 그녀를 둘러싼 모든 것을 열린 눈으로 보려고 노력했다. 그리고 그녀의 힘에 지배당하지 않으려고 안간힘을 썼다. 하지만 그럴수록 점점 더 그녀의 매력에 빨려 들어가는 듯했다. 나는 혼란을 이겨내지 못하고 세차게 고개를 흔들었다. 마치 내 머릿속의 모든 생각을 털어내려는 듯.

"왜 그러니?" 그녀가 물었다.

나는 수치스러움에 몸을 떨었다.

"죄송해요."

그녀는 오랫동안 나를 지그시 바라보았다.

"앞으로는 내게 그런 말 하지 마."

그녀는 계속 내 얼굴을 바라보고 있었다. 나는 더이상 그녀의 눈길을 마주할 수가 없었다. 어디에 눈을 두어야 할지도 알 수 없었다.

집으로 가는 길

셀마 룅에에게 레슨을 받고 집으로 터벅터벅 걸어갔다. 저녁 공기는 맑고 깨끗했다. 이런 날이면 어머니는 라디오의 중파 시그널이 잘 잡힌다며 기뻐했다. 그리고 어머니와 나는 모스크바나 키예프의 음악을 듣곤 했다. 가끔은 맑은 날씨를 핑계로 아버지는 카트리네와 나를 데리고 산책을 나가 밤하늘을 떠가는 인공위성이나 유성을 함께 올려다보기도 했다. 과거의 아버지와 어머니를 다시 내 삶으로 불러들이고 싶어 나는 하늘을 바라보았다. 별 하나가 보였다.

오싹 소름이 끼쳤다. 내 등 뒤 어딘가에서부터 느껴지는 음산함 때문이었다. 누가 나를 보고 있는 것 같았다. 하지만 거리는 텅 비어 있었다. 인적은 찾을 수 없었다. 여기저기 눈 더미만 쌓여 있을 뿐이었다.

불현듯 혼란스러운 느낌에 걸음을 멈췄다. 별들 사이로 보이는 하늘은 거뭇거뭇한 잿빛이었다.

그때 매 한 마리가 보였다. 내 삶과 떼려야 뗄 수 없는 새. 재앙의 상징으로 자리 잡은 새 한 마리.

정점. 하늘에 떠 있는 것들 중 가장 검은 것. 두려울 정도로 별들보다 훨씬 더 내 가까이에 있는 새.

온몸이 부르르 떨렸다. 나는 아무 일도 없었던 것처럼 계속 발걸음을 옮겼다. 하지만 야생의 입김이 내 등 뒤에 바짝 붙어 따라오고 있다는 느낌은 여전히 지울 수 없었다.

둑을 따라 걸었다. 이제는 이곳을 지나치면서도 크게 가슴이 뛰지는 않았다. 어머니가 마지막으로 잡고 있었던 그 가지가 부러진 자리에는 새로운 가지가 자라 있었다. 어머니가 마지막 순간에 우리를 향해 손을 흔들었던 지점에는 아무 일 없었다는 듯 물이 잔잔하게 고여 있었다. 문득 내 앞에 생각에 잠긴 채 걸어가고 있는 한 사람의 형체가 눈에 들어왔다. 눈에 익은 모습이었다. 안냐. 이번에는 그녀를 놀래주지 않을 것이다. 그녀가 나를 알아보고 반가운 목소리로 "악셀!" 하고 소리쳤다.

"안냐! 난 지금 셀마의 집에서 오는 길이야."

그녀의 표정이 밝아졌다. "그래? 나도 오늘 셀마에게 레슨 받았는데."

"그녀는 네가 풍부한 재능이 있는 예술가라고 했어. 네가 콘서트에서 모두를 열광하게 할 거라고 칭찬이 대단하던걸."

안냐는 터무니없는 소리라는 듯 고개를 세차게 흔들었다. "셀마는 참 별소리를 다 하는구나."

마침내 우리는 서로를 마주하게 되었다. 그녀를 와락 끌어안고 싶었지만, 그녀가 좋아하지 않을 것 같았다. 내 생각을 알아챘는지 그녀는 잠시 눈동자를 이리저리 굴리더니 아무 일도 일어나지 않은 상황에 안도하는 것 같았다.

지난번 우리에게 있었던 일은 없었던 일이었다. 난감하고 당황스러웠지만, 그에 못지않게 길에서 이렇듯 말없이 얼굴만 마주 보고 서 있는 것 또한 엉뚱하기 그지없었다. 둘 중에 누구라도 먼저 입을 떼야 할 것 같았다. 나는 스스로 짐을 짊어지기로 결심했다.

"저…… 지난번 일, 정말 좋았어……"

그녀는 말을 멈추라는 듯 손을 올려 진지한 표정을 지어 보였다.

"우편으로 콘서트 입장권 두 장을 보냈어. 하지만 카트리네와 너는 따로 앉게 될 거야. 둘이 함께 나란히 앉아 있는 걸 보면 긴장될 것 같아서. 그건 그렇고, 네 자리는 청중석에서 아주 뒤편이야."

"왜?"

"연주하다가 너랑 눈을 마주칠까봐. 어쩐지 그러면 모든 게 물거품이 될 것만 같아."

그녀는 내 팔을 끌어당겨 팔짱을 꼈다. 우리는 함께 집으로 가는 길을 걸었다. 나는 몸을 돌려 아직도 매가 따라오는지 살펴보았다.

"아빠는 콘서트가 끝나면 아주 성대한 파티를 열 거래."

"엄마는?"

"물론 엄마도 같이. 하지만 이건 아빠 혼자 생각이야. 그날 블롬 레스토랑을 빌릴 건가봐."

"우리 거기 가본 적 있잖아?"

"그래. 하지만 이번엔 지난번과는 차원이 다를 거야. 그리고 넌 마시고 싶은 만큼 포도주를 마셔도 돼."

그녀는 내 팔을 감고 있던 자신의 팔에 살짝 힘을 주었다.

"오늘 저녁엔 어디까지 바래다줄까?"

"길모퉁이까지만."

우리는 말없이 우리 집을 지나쳐 걸었다. 창문마다 불이 환히 켜져 있었다. 카트리네의 모습은 보이지 않았다.

"긴장되니?"

"아니, 별로. 얼마든지 할 수 있고, 또 당연히 해내야 하는 일이야. 난 벌써부터 오케스트라와 함께 너를 위해 2악장을 연주할 생각에 기대가 돼."

나는 걸음을 멈추고 그녀에게 키스하고 싶었다. 하지만 용기가 없었다.

"나도 기대가 돼."

우리는 멜룸 가를 지나쳤다.

"우리를 부끄럽게 하는 일은 하고 싶지 않아."

그것은 이상하고도 깊은 의미가 담긴 말이었다. 아주 잠깐 이 말을 평생 기억해야겠다는 생각이 들었다. 나는 그녀의 몸을 내 쪽으로 더 바짝 당기려고 했다. 하지만 그녀는 살짝 몸을 돌려 피했다. 엘베파레의 길모퉁이까지 우리는 그저 조용히 걸었다.

우리는 마치 두 개의 가로등처럼 서로의 눈을 바라보며 우두커니 서 있었다. 점점 어두워지고 있었다.

"이제 네가 무대에 오르기 전엔 볼 수 없겠지?"

"그럴 것 같아."

"행운을 빌어."

"그러지 않아도 돼."

"항상 네 생각 할게."

"고마워. 넌 참 친절해. 언젠가는 내가 보답할 수 있겠지?"

"무슨 보답? 항상 내게 친절한 사람은 바로 너야."

"이제 들어가서 자야겠어. 요즘은 계속 잠만 와. 너도 그러니?"

"아마 긴장이 돼서 그럴 거야. 자연스러운 일이니 걱정하지 마."

"이러다가 무대 위에서도 자는 건 아닌지 몰라. 하지만 그건 좀 어렵겠지?" 그녀가 미소 지으며 말했다.

"그렇지 않을까. 차라리 연주를 마치고 나서 푹 잔다는 생각을 해."

"그래, 그래야겠다. 조언 고마워."

"고맙긴…… 너, 웃긴다!"

"너도 웃기는 애다, 뭐."

우리는 함께 웃음을 터뜨렸다.

그녀는 길모퉁이를 돌아 걸어갔다. 나는 이번만큼은 그녀의 뒷모습을 자세히 보리라 결심했다. 아무래도 그녀는 옷 속에 푹신한 쿠션을 집어넣고 다니는 듯했다.

나는 벌써부터 그녀가 그리워지기 시작했다. 그녀를 안고 싶은 마음뿐이었다. 하지만 그녀는 되돌아오지 않았다. 그녀는 이제 저 붉은 담장의 집 안에 들어가 대문을 닫아걸 것이다. 저 안에서는 무슨 일이 일어나고 있는 걸까? 나는 몸을 돌려 집으로 향했다. 슬프고 우울했다.

신인 연주회

안냐 스쿠그의 데뷔 콘서트가 있는 날이었다. 구데는 내게 전화로 오케스트라와 협연하는 신인 연주회는 연주자에게 오히려 불리하게 작용하는 경우가 더 많다고 말했다. 그때 나는 그 이야기를 듣고 속이 몹시 메슥거렸던 것 같다. 매니저 역할을 거절당한 후 그는 안냐를 안 좋게 보고 있었다. 나는 창가에 서서 밖을 내다보고 있었다. 여기저기 고드름이 매달려 있는 것으로 보아 바깥은 매우 추운 모양이었다. 차도는 녹은 눈 때문에 마치 비누칠을 한 듯 미끄러워 보였다. 나는 안냐를 머릿속에 그려보고 싶었지만 구데는 그럴 기회를 주지 않았다. 그는 자신의 명성을 유지해줄 새로운 신인을 찾고 있었다. 그는 내게 언제쯤 데뷔할 거냐고 물으며 내 데뷔 콘서트는 독주회 형식으로 치러져야 할 것이라고 덧붙였다. 할 말이 생각나지 않았다. 나는 셀마 링에와 먼저 이야기해봐야 한다고 대답했다.

"그녀와는 이미 얘기했어요. 올 가을이면 충분할 거라던데."

"오늘은 그런 이야기를 하지 않았으면 좋겠어요."

"왜요? 안냐가 걱정돼서 그런가요?"

"물론이죠."

일간지는 그녀의 사진들로 도배되어 있었다. 카트리네와 나는 주방 식탁에 앉아 함께 신문을 들여다보았다.

카트리네는 신문에 난 안냐의 사진을 보며 탄성을 질렀다. "오! 진짜 예쁘다!"

안냐의 사진이 〈다그블라데〉〈VG〉〈아프텐포스텐〉 지를 장식하고 있었다. 카트리네의 말대로 흑백사진으로 보는 안냐는 평소보다 훨씬 더 건강하고 아름다워 보였다. 사진으로는 그녀가 얼마나 야위었는지 전혀 알아차릴 수 없었다. 읽어보고 싶은 기사는 단 한 줄도 없었다. 그녀는 이미 전국 청소년 피아노 대회의 우승을 차지한 샛별이었다. 그래선지 저널리스트들은 그녀의 결점만 찾으려고 하는 것 같았다. 하지만 안냐 스쿠그는 아무 말도 하고 싶어하지 않았다. 신문에 난 프로필의 반 이상이 그녀의 사진으로 채워졌다. 촉촉한 입술과 앳된 얼굴, 그러면서도 슬픔이 배어 있는 감수성 짙은 표정의 사진이었다.

"정말 유치해. 그애가 이런 포즈를 취하다니."

"왜 이렇게 했을까?"

"할 말이 별로 없어서 그랬겠지. 그래서 더욱 신비스러우면서도 관심을 끌 수 있도록 보이려는 게 아닐까?"

"안냐에게는 선택의 여지가 없었을 거야. 저널리스트들이 들이

닥치고, 사진기자들이 와서 무턱대고 사진을 찍는 판에 생각할 시간이 있었겠어? 그러니 안냐에 대해 그런 식으로 말하지 마."

"일이 다 끝나면, 안냐와 얘기 좀 해봐야겠어." 카트리네가 중얼거렸다.

길에는 새로 내린 눈이 얇게 덮여 있었다. 전동차역 아래 인덕에서 어린아이들이 눈썰매를 타고 있었다. 우리는 국립극장까지 전동차를 타고 갈 예정이었다. 문득 카트리네가 예전보다 훨씬 더 가깝게 느껴졌다. 안냐 때문만은 아니었다. 이제 여름이 되면 다른 사람의 손에 우리 집이 넘어갈 것이고 생각지도 않고 있던 앞날을 선택해야 한다. 우리는 아무런 계획도 없이 침실에 틀어박혀 전화기만 붙들고 있는 아버지와 대화를 나눠야 했다. 카트리네는 검은 드레스에 진주 목걸이로 한껏 치장을 하고 집을 나섰다. 나보다도 더 신경을 쓴 듯 보였다. 사실 그녀에게는 드레스나 진주 목걸이가 전혀 어울리지 않았다. 그런데도 오늘만큼은 그녀가 멋져 보였다. 조금은 야해 보이기까지 했다. 나는 어머니의 장례식 때 입었던 미끈미끈한 검은색 폴리에스테르 소재 양복을 걸쳤다. 그리고 검은 뱀과 매듭 무늬가 그려진 빨간색 넓은 넥타이를 착용했다. 오늘은 안냐에게 아주 중요한 날이고, 브로르 스쿠그는 콘서트 후 저녁식사에 우리를 초대했으니 잘 차려입어야 했다.

그녀는 지금 어디에 있을까? 설마 오늘은 전동차를 타지 않겠지? 그녀의 부모님과 함께 콘서트홀로 갔을 것이다. 그녀가 오늘 연주를 성공적으로 마친다면 전 세계가 그녀 앞에 활짝 문을 열고 기다릴 것이다. 그녀가 전국 청소년 피아노 대회에서 당당하게 우승을 차지했던 게 불과 일 년 전이었다. 이미 그때부터 셀마 룅에는 그녀의 목 뒤에서 귓속말로 속삭여왔을 것이다. 안냐의 콘서트가 성공하지 못할 이유는 하나도 없었다.

내가 마치 내 일처럼 긴장하고 있었다.

우리는 국립극장 앞 계단을 올라갔다. 콘서트가 있을 때마다 이 길을 수도 없이 왔다 갔다 했다. 내 또래의 다른 아이들이 비틀스와 롤링스톤스의 콘서트에 갈 때 우리는 클래식 음악을 들었고, 두툼한 악보를 구입했으며, 피아노 앞에 앉아 연습했다. 토요일 저녁이면 집에 틀어박혀 키스 리처드와 존 레논 대신 하이페츠와 지나 바카우어를 들었다. 에울라의 정문 기둥 사이로 불빛이 환하게 새어나오고 있었다. 뭉크의 벽화가 걸려 있는 마법의 방 같은 강당 안에는 지금까지 루빈스타인, 아라우, 바렌보임, 아슈케나지 등 세기의 거장들이 구데의 기획으로 콘서트를 열었다. 슈바르츠코프가 노래를 불렀고, 브루노 발터가 지휘를 했다. 이제 안냐 스쿠그의 차례였다. 뭉크를 좋아하지도 않는……

1월의 저녁, 어둠이 일찍 찾아들었다. 나는 원주형 기둥 뒤로 사람들의 그림자가 이리저리 움직이는 모습을 바라보았다. 그들은 이제 교향악단과 젊은 신인 연주자들이 만들어내는 음악을 듣게 될 것이다. 나는 계단 위 출구 옆에 서 있는 한 무리의 사람들에게 눈길을 돌렸다. '젊은 피아니스트들의 모임' 친구들이었다. 한껏 치장한 레베카의 모습도 보였고, 페르디난조차도 멋진 양복을 입고 있었다. 이름이 기억나지 않는 몇몇 나이 어린 소녀들도 보였다. 그들 또한 재능을 인정받은 피아니스트들이었다. 나는 순간 몸을 돌려 하늘을 올려다보았다. 매가 하늘에 떠 있을 것만 같았다. 하지만 하늘이 컴컴해서 제대로 볼 수가 없었다. 붉은빛과 검은빛이 섞여드는 저녁놀이 시가지를 덮고 있었다. 그때 마르그레테 이레네가 내 어깨를 콕콕 찔렀다.

"악셀, 어디 아파? 이 시간에 뭘 보려고 하늘을 올려다보는 거야?"

나는 그녀 쪽으로 몸을 돌리며 애써 미소 지었다. "아니야, 아무것도."

"아무것도 아니라고?" 그녀가 실망스럽다는 듯 말했다. "내가 그렇게도 별 이야기를 많이 해주었는데, 아무것도 아니란 말이지?"

카트리네는 자리를 피했다. 그녀는 이런 식의 낯간지러운 대화를 못 견뎌했다.

"오늘 저녁엔 별이 있어야 할 것 같지 않아?"

나는 그녀의 입술에 살짝 키스했다. 그녀는 좋아서 어쩔 줄 몰라하며 말했다.

"그래, 나도 그 생각을 했어, 악셀. 그건 그렇고, 안냐에겐 오늘 네가 있어야 할 것 같아. 무대에서 가까운 곳에 앉아야 할 텐데…… 넌 안냐의 유일한 친구잖아. 네 자린 어디야?"

"안냐는 내 자리를 청중석 뒤편으로 정해놨어."

마르그레테 이레네는 놀란 표정으로 나를 바라보았다. "그래? 네 좌석표 좀 보여줘."

나는 좌석표를 꺼내어 그녀에게 보여주었다. 그녀가 자신의 좌석표와 내 좌석표를 찬찬히 살펴보더니 말했다.

"그렇게 뒤편은 아닌걸."

"넌 어디에 앉니?"

"너보다 훨씬 뒤에. 이상해. 안냐는 우리 둘이 함께 앉기를 원하지 않는 모양이지?"

"아마 우리 둘이 연인 사이라는 걸 생각 못 했나보지, 뭐."

이마에 땀이 맺혔다. 다시 속이 울렁거릴 것만 같았다.

"안냐가 그 정도는 알고 있어야 한다고 생각하지 않아? 이제 곧 알게 되겠지."

마르그레테 이레네는 화난 듯 내 팔을 잡아당겼다. 우리는 더이상 둘만의 대화를 나눌 수 없었다. 그녀가 좌석표를 내게 돌려주었다.

"저기 다른 아이들이 있어." 그녀가 재빨리 말했다.

우리는 서로를 가볍게 포옹하며 인사를 나누었다. 레베카는 창백한 얼굴로 서 있었다. 나는 그녀를 유심히 바라보았다. 그녀도 이런 내 눈길을 알아차린 모양이었다.

"너무 긴장돼." 그녀가 말했다.

나를 포옹하는 그녀에게서 희미하면서도 달콤한 향수 냄새가 풍겼다. 한 번도 맡아보지 못한 향이었다.

"네가 데뷔 콘서트를 할 때 안냐도 똑같은 말을 했어."

"여자들의 결속력은 절대 무시할 수 없지. 요즘 급부상하고 있는 페미니즘 몰라?"

"진짜 그런가보네." 나는 고개를 끄덕였다.

"안냐가 치러내야 할 일을 생각하면 지옥에 온 것 같은 기분이야. 참, 그런데 왜 우린 여태 이러고 서 있는 거니? 어서 들어가자."

우리는 대기실로 통하는 유리문을 밀치고 들어섰다. 길게 늘어선 줄이 아주 천천히 움직이고 있었다. 이유를 알 수 없었다. 하지만 곧 출입문 곁에 선 브로르 스쿠그의 모습을 보고, 금세 이유를 알 수 있었다. 그는 미소를 띤 채 입장객 한 명 한 명과 악수를 나누며 맞이하고 있었다.

"어서들 와요. 안냐의 데뷔 콘서트에 온 것을 환영합니다."

레베카는 그가 내민 손을 잡고 예의 바르게 미소 지었다. 그리고 페르디난, 마르그레테 이레네가 뒤를 이었다. 이제 내 차례였다.

"어서 와요."

나는 정중하게 목례했다. 그의 얼음처럼 차가운 눈과 내 눈이 마주쳤다.

"감사합니다. 안냐는 잘 있지요?"

그러나 그는 너무 사적인 질문이라고 생각했는지 시큰둥하게 대답했다. "물론이지."

그는 이미 다음 손님에게 손을 내밀고 있었다.

나는 마리안네 스쿠그를 찾아 두리번거렸다. 그녀는 강당 중앙에 서 있었다. 그녀는 안냐가 자주 그랬던 것처럼 눈동자를 이리저리 굴렸다. 나는 그것이 어떤 상징적인 제스처일지도 모른다고 생각하며 그녀에게 미소로 답례했다.

마르그레테 이레네가 내 팔을 잡아당기며 말했다. "정말이지 믿을 수가 없어!"

"뭐가?"

"안냐의 아버진 너무 이상해. 너무 나서고 있잖아. 안냐의 독주회가 아닌데 말이야."

"그분에겐 안냐가 전부니까 그러겠지."

레베카는 심각하게 우리의 이야기를 듣고 있었다. "악셀, 지금 진심으로 말하는 거니?"

나는 어깨를 추켜올리며 대답했다. "다른 이유가 뭐 있겠어?"

아무도 더이상 말을 꺼내지 않았다.

셀마 룅에의 모습이 보였다. 그녀는 강당 안으로 향하는 카펫 옆에 서 있었다. 그녀는 나를 보자마자 거의 뛰다시피 내 쪽으로 다가왔다. 그녀는 옥색 롱드레스를 입고 있었다. 지난번 레베카의 콘서트 때 입었던 것과는 다른 옷이었다. 장식용 브로치와 소매와 치맛단에 붙인 레이스를 보니 특별히 신경 써 고른 것 같았다.

"악셀!" 그녀가 두 팔로 나를 안으며 반가움을 표시했다.

"열기가 가득한걸요."

"좋은 징조야."

그녀는 레베카와 마르그레테 이레네에게는 눈길도 주지 않았다. 하지만 레베카는 눈치를 채지 못한 모양이었다.

"룅에 선생님!"

그 순간 뭔가 이상한 기운이 감돌았다. 셀마 룅에가 레베카를 뚫어지게 바라보다 얼굴을 찡그렸다. 마치 레베카가 어떤 불쾌한 기억을 떠올리게 한 듯 그녀는 아무 말도 하고 싶지 않은 것처럼 보였지만, 그녀의 주위를 둘러싼 사람들은 셀마의 입에서 어떤 식으로든 대답이 나오기를 기다리고 있었다.

"레베카! 사랑스러운 내 제자!" 마지못해 셀마 룅에가 입을 열었다.

그녀는 무릎을 굽혀 레베카를 안아주었다. 마치 자신이 레베카보다 훨씬 더 키가 크다는 듯. 하지만 사실 둘의 키는 엇비슷했다.

"축하드려요." 레베카가 말했다.

"고마워."

인사를 주고받은 이들은 더이상 할 말을 찾지 못했다. 내 눈에는 레베카가 그녀보다 훨씬 더 강해 보였다. 그녀는 이미 이 어려운 난관을 겪지 않았던가. 셀마 룅에 또한 압박감으로 가득한 콘서트를 해오긴 했지만, 이미 오래전 일이었다. 이제 그녀는 지도 교사로서의 승리를 맛볼 차례였다. 토르핀은 한쪽에 서서 대학 동료들과 이야기를 나누고 있었다. 하지만 셀마 룅에는 그에게 전혀 신경 쓰지 않고 있었다. 그녀는 차라리 우리와 이야기를 하고 싶어하는 것 같았다. 그녀의 등 뒤에는 예상대로 구데 씨가 있었다.

"안냐는 어때요?"

"그저 그래." 셀마 룅에는 레베카 쪽을 쏘아보며 대답했다.

"안냐는 지난번에 있었던 일 때문에 아주 두려워하고 있어. 드레스를 밟고 무대에서 넘어지는 불상사가 또 일어날까봐 걱정스러워해."

레베카는 당황한 표정으로 자신의 지도 교사였던 여자를 바라보았다.

"설마 그런 일이 두 번씩이나 연달아 일어나겠어요?" 나는 아무렇지 않은 척하며 화제를 돌렸다. "지휘자와 오케스트라는 어때요? 호흡은 잘 맞는지 궁금한걸요."

"리허설은 성공적이었어. 카리디스가 2악장 템포를 좀더 빠르게 하자고 했지만 말이야. 하지만 안냐는 우리가 선택한 그 템포 그대로 밀고 나갈 거야."

"그렇군요. 안냐의 아버지가 출구 앞에서 입장객에게 일일이 악수를 청한 것보다는 덜 특별한 일이네요. 솔직히…… 그분 때문에 오늘 콘서트가 마치 안냐의 독주회 같다는 생각이 들었어요."

나는 셀마 룽에가 갑자기 긴장한 것을 알아차렸다. 내 말에 기분이 상한 게 틀림없었다.

"그는 자기가 하고 싶은 대로 했을 뿐이야." 그녀는 짧고 무뚝뚝하게 대답했다.

"하지만 그건 안냐를 위하는 일이 아니에요. 안냐를 망칠 수도 있다고요."

"그래? 정말 그렇게 생각하니?" 그녀가 미심쩍은 눈길로 나를 바라보았다.

우리는 다른 사람들보다 훨씬 늦게 강당 안으로 들어갔다. 청중은 대부분 이미 자기 자리에 앉아 있었다. 나는 다른 아이들과 헤어져 내 자리를 찾았다. 하지만 내 좌석 번호를 보는 순간, 나는 내 눈을 의심하지 않을 수 없었다. 내 자리는 무대에서 얼마 떨어지지 않은, 앞에서 셋째 줄 오른쪽에 있었다. 누가 내 좌석표를 바꿔치기한 게 틀림없었다. 나는 마르그레테 이레네를 떠올렸다. 그녀는 거의 맨 뒷줄에 앉아 있었다. 나는 그녀를 쏘아보았다. 하지만 그녀는 어깨를 으쓱하며 아무것도 모르는 척 순진한 표정으로 나를 쳐다볼 뿐이었다. 다시 원래의 자리로 바꾸기에는 이미 늦었다. 나는 좌석표에 쓰인 자리를 찾아 더듬더듬 걸어갔다. 안냐가 나와 눈이 마주치는 게 두려웠다면 이 자리는 생각조차 하지 않았을 것이다. 이 자리는 그녀의 눈을 똑바로 바라볼 수 있는 가장 가까운 자리였다. 하지만 그녀의 차례는 다행히도 맨 마지막이었다. 1부 연주가 끝난 후 인터미션 때 마르그레테 이레네와 좌석표를 바꿔도 될 것이었다. 오케스트라 단원들이 나와 무대 위에 자리를 잡았다. 레베카의 데뷔 콘서트 때와는 분위기가 달랐다. 눈에 익은 얼굴이 몇몇 눈에 들어왔다. 힌다르 형제, 플루티스트인 굴브란센, 호르니스트인 울레베르그…… 이제 그들은 신인 연주자들과 협연을 할 것이었다. 사실 다른 신인 연주자들에게는 별 기대가 없었다. 나는 그들이 안냐의 발치에도 못 미칠 거라 생각했다.

첫번째 연주자는 게우테팔* 출신의 바리톤 성악가인 브루세트였다. 그는 말러의 〈방황하는 젊은이의 노래〉를 부를 예정이었다. 나는 브로르 스쿠그와 그 옆에 앉아 있는 마리안네 스쿠그를 바라보았다. 그들은 나와 같은 셋째 줄에 앉아 있었다. 하지만 그 자리는 청중석 중앙에 있어 나와는 조금 떨어져 있었다. 브로르 스쿠그는 누구도 접근할 엄두를 내지 못할 정도로 삭막한 표정을 짓고 있었다. 물론 안냐 이전에 등장하는 연주자들에게는 박수도 보내지 않았다.

브루세트는 놀랄 만큼 좋은 노래를 선보였다. 그는 말러의 음악에 등장하는 전원풍경과 자연 그리고 인간의 관계를 깊이 있게 이해하고 있는 것 같았다. 강렬하고 생생한 목소리가 오케스트라의

* 노르웨이 드랑엔달 시의 한 마을.

정화된 음과 함께 곡이 나타내고자 하는 실존적 의미와 멋진 조화를 이루어냈다. 그는 열광적인 박수를 받았다. 브라보를 외치는 소리도 들렸다. 브루세트와 가까운 친척이거나 가족인 듯했다.

다음 차례는 엡베스타였다. 오슬로의 동쪽에 살고 있는 허영심 많고 외모에 신경을 많이 쓰는 아이였다. 그는 시벨리우스의 〈바이올린협주곡 라단조〉 중 1악장을 연주했다. 유난히 긴 곱슬머리는 오늘을 위해 특별히 치장한 것 같았다. 그는 지휘자 카리디스처럼 무대 왼쪽으로 몸을 틀고 곡을 연주했다. 그 또한 건장한 그리스인이 되고 싶은 듯 보였다. 어쨌든 엡베스타 역시 기대 이상으로 연주를 잘해냈다. 강당 안이 떠나갈 듯한 박수 소리가 그칠 줄 몰랐다. 나는 토할 것만 같았다. 안나는 지금 어떤 기분일까? 그녀는 얼마나 탁월하게 연주를 해낼까? 절망적이며 파괴적이기까지 한 느낌이 내 속에서 끊임없이 자라고 있었다. 하지만 이런 느낌은 지난 몇 년 동안 너무도 자주 있어왔던 것이라 새로울 것도 없었다. 나는 슬며시 고개를 돌려 브로르 스쿠그를 보았다. 그는 마치 시위라도 하듯 박수를 거부하고 있었다. 하지만 반대로 마리안네는 온화하면서도 열정적인 모습으로 막 연주를 끝낸 바이올리니스트에게 박수를 보내고 있었다.

무대 위로 그랜드피아노가 들어왔다. 이제 인터미션이 시작되기 전 마지막 차례인 헬레빅의 순서였다. 베르겐 출신의 소년으로, 지금까지 단 한 번도 이름을 들어보지 못한 연주자였다. 그는 프랑크의 〈심포닉변주곡〉을 연주할 예정이었다. 나는 최악의 상황에 대한 두려움으로 몸을 떨었다. 하지만 그의 연주 또한 나무랄 데가 없었다. 금발 머리를 한 갈래로 묶고 커다란 손으로 피아노를 두들기고 있는 그가 마치 투포환 선수 같아 보였다. 그의 건반 터치는 상당히 정교했다. 베르겐에 살고 있는 헝가리 출신의 피아니스트를 사사했다고 했다. 거의 전문가 수준의 연주였다. 우리 중 누구도 그보다 잘 칠 수는 없다는 생각이 들 정도였다.

우레 같은 박수가 쏟아졌다. 그의 연주에 바치는 찬사로 전혀 지나치지 않은 박수였다.

강당 안을 밝히고 있던 불이 하나둘씩 켜졌다. 인터미션 시간이었다. 피아노만 남겨놓고 오케스트라 단원들도 무대를 떠나기 시작했다.

브로르 스쿠그는 서둘러서 무대 뒤 대기실 쪽으로 달려갔다. 그의 모습은 볼수록 불쾌했다. 이제 그는 자신의 딸에게 마지막 조언을 할 것이다. 무대 위 보면대 사이를 걸어가는 그의 뒷모습이 등 굽은 마귀의 모습과 닮아 있었다.

나는 발 디딜 틈 없이 강당을 메운 사람들을 헤치고 마르그레테 이레네를 찾아 나섰다. 마침내 그녀를 발견한 나는 다가가서 일부러 화가 머리끝까지 치솟은 모습을 보이려고 노력했다.

"네가 좌석표 바꿨지?"

"내가? 무슨 소리야!"

그녀는 정말 아무것도 모르겠다는 듯 두 눈을 똥그랗게 뜨고 이루 말할 수 없이 순진한 표정으로 나를 바라보았다. 그러고는 내 눈앞에서 좌석표를 마구 흔들어댔다. 너무도 뻔뻔스러웠다.

"그 자리는 안냐가 정해준 거 아니었어? 지금 그애는 널 가까이 두고 싶어해. 엉뚱한 소리는 하지도 마!"

혼란스러웠다. 내가 좌석 번호를 잘못 봤던 것일까? 아니, 절대로 그럴 일은 없었다. 우편으로 입장권이 배달되었을 때 그 자리에서 바로 뜯어보고 확인했는데 분명 앞에서 세번째 줄은 아니었다. 하지만 마르그레테 이레네는 강하게 부정하고 있다. 도대체 뭐가 어떻게 돌아가고 있는 건지 알 수가 없었다.

"안냐는 널 가까이 두고 싶어한다고. 악셀! 그애한텐 지금 네가 필요하단 말이야."

나는 그녀와 말다툼하는 것을 포기했다. 사실 나도 안냐와 가까이 있고 싶었다. 나는 그녀가 힘든 연주를 해나가는 동안 그녀의 옆에서 힘이 돼주고 싶었다. 자칫 한순간의 실수로 콘서트가 실패로 돌아갈 확률이 얼마나 높은가. 나는 그녀의 눈을 바라보며 그녀에게 용기를 북돋워주고 싶었다. 그리고 그녀가 약속했던 것처럼 라벨의 2악장은 나만을 위한 것이라는 것도 상기시켜주고 싶었다. 강당 안의 그 누구도 우리 사이에 끼어들게 하고 싶지 않았다. 오직 나만이, 그녀를 사랑하는 나만이 존재한다는 것을 보여주고 싶었다.

그때 출입구 기둥 옆에 서 있는 레베카가 눈에 들어왔다. 그녀의 얼굴은 창백하기 그지없었고, 여린 몸은 금방이라도 쓰러질 듯 보였다.

"무슨 일이야?" 내가 물었다.

그녀는 손을 저어, 내가 가까이 오지 못하도록 제지했다. "그냥…… 갑자기 작년 일이 생각나서. 무대 위에서 그 지옥 같던 순간이 모조리 떠오르지 뭐야."

"모두 끝난 일이잖아. 넌 이미 다른 길을 선택했고."

"아니야, 악셀. 나는 죽을 때까지 그날 저녁을 잊지 못할 거야. 안냐가 지옥 같은 순간을 무사히 이겨내도록 기도라도 하고 싶은 심정이야."

나는 그녀의 말을 들으며 셀마 륑에 쪽으로 눈길을 돌렸다. 그녀는 홀로 다른 편 기둥에 기대어 서 있었다. 그녀의 얼굴도 백지장처럼 하얬다. 왜 혼자 있을까? 그녀의 주위에는 언제나 사람들로 들끓었는데. 나는 토르핀을 찾아 두리번거렸다. 그는 동료들과 대화를 나누는 데 정신이 팔려 있었다. 이제 곧 벌어질 일은 그와 아무 상관이 없을 게 분명했다.

나는 내 팔을 잡아당기는 마르그레테 이레네를 뿌리치고 셀마 륑에를 향해 걸어갔다.

"괜찮으세요? 안색이 안 좋아 보여요."

셀마 륑에는 고개를 저었다. "잘못 짚었어. 안냐는 떠는 사람을 필요로 하지 않아. 잘될 거야. 이젠 우리 모두가 안냐를 도울 차례야."

1월의 라벨

나는 어리둥절하고 불쾌한 기분으로 다시 강당 안으로 들어갔다. 마르그레테 이레네는 재바르게 강당 뒤편, 자신의 자리로 가 몸을 던지듯 앉았다. 자리를 바꾸기에는 너무 늦었다. 나는 청중석의 세번째 줄로 걸어갔다. 마리안네는 이미 자리에 앉아 있었다. 나는 그녀 앞을 지나가야만 했다. 하지만 그녀는 길을 열어줄 기색을 보이지 않았다. 그녀의 눈빛은 애매모호했다. 그녀의 앞을 지나가는데 우리의 무릎이 맞부딪쳤다. 나는 그녀의 귀에 바짝 대고 "행운을 빕니다"라고 말했다. 그녀는 내 말을 알아듣지 못한 것처럼 보였다. 그녀는 긴장으로 몸이 굳어 있는 듯했다. 그녀는 우리 중 가장 심한 긴장에 떨고 있는 듯했다.

나는 자리에 앉아 등받이에 몸을 푹 기댔다. 오케스트라 단원들이 하나둘씩 입장하고 있었다. 악장인 비야르네 라센이 피아노 앞으로 다가와 조율을 위해 음을 하나 짚었다. 분위기가 점점 더 심각해졌다. 무대 위 왼쪽 문이 열렸다. 하지만 그 문으로 나온 사람은 안냐 스쿠그도 밀티아데스 카리디스도 아닌 브로르 스쿠그였다. 콘서트 기획자인 구데를 연상시켰지만, 무대 위로 모습을 나타낸 시점이 적절치 않았다. 그를 보고 있노라니, 마치 사형선고를 받은 이와 마지막 대화를 주고받은 사람 같다는 생각이 들었다. 둘은 어떤 말을 주고받았을까? 그리고 왜 셀마 륑에는 그 자리에 함께 있지 않았던 것일까? 연주 직전에 무대 위를 왔다 갔다 하는 모습을 청중에게 보여주고 싶지 않아서? 이제 곧 무대 위에서 연주할 제자와 교감할 기회를 포기한 것은 아니었을까? 만약에 그렇다면, 왜?

강당 안이 쥐 죽은 듯 고요해졌다. 손전등 사내에게는 언제나 오싹할 정도로 냉기가 느껴졌다. 그는 청중석 왼편에서 들어와 중앙에 있는 자신의 아내 옆에 자리를 찾아 앉았다. 그는 같은 줄 어딘가에 내가 앉아 있다는 사실을 알고 있었다. 그와 눈길이 마주쳤다. 그는 내가 그 자리에 있다는 사실이 못마땅한 듯 불쾌한 표정을 지었다. 이제 시작될 2부는 안냐 스쿠그의 독무대라고 해도 과언이 아니었다. 다른 참가자들은 이미 1부에 연주를 마쳤고, 지금부터는 안냐가 라벨의 피아노협주곡 전곡을 연주할 것이다. 손가락이 뒤틀릴 정도로 어려운 곡이었다. 때문에 오늘의 연주는 안냐를 충분히 부각시킬 터였다. 대부분의 청중이 이미 그녀를 알고 있었다. 손에 땀을 쥐게 하는 흥분된 열기가 강당 안을 채우고 있었다. 모두들 오늘 저녁 대가의 탄생을 기대하고 있었다.

나는 양옆으로 생전 처음 보는 사람들 사이에 끼어 앉아 있었다. 이들은 무엇을 기대하고 있을까? 내 왼쪽에는 고상한 기품이 넘쳐흐르는 중년 부인이 앉아 있었고, 오른쪽에는 이상한 냄새를 풍기는 신사가 앉아 있었다. 어쩌면 이들은 1부에 연주했던 바리톤 성악가의 친척일지도 몰랐다.

마침내 그녀가 모습을 드러냈다. 관중석에서 탄성이 터져나왔다. 안냐는 발목까지 오는 검은색 롱 드레스를 입고 있었다. 긴 소매로 팔을 가리고 늘어뜨린 머리로 야윈 어깨를 가렸지만 빼빼 마른 몸까지 숨길 수는 없었다. 그럼에도 그녀는 빼어난 아름다움으로 청중의 시선을 사로잡았다. 하지만 그 아름다움도 잠시 후면 별로 눈에 띄지 않을 것이다. 이제부터 그녀는 피아노 의자에 앉아 목석처럼 움직이지 않을 테니까 말이다. 오직 그랜드피아노의 상아 건반만이 그녀의 살갗과 닿아 반응할 것이다. 문득 옆을 돌아보니 그녀의 아버지가 두 손이 부서져라 박수를 치고 있었다. 나 또한 그녀를 뚫어지게 바라보았다. 그녀의 얼굴에 나타날 세세한 표정을 하나도 놓치고 싶지 않았다. 그녀는 청중석을 한 번 쓰윽 둘러보았다. 마치 청중석을 장악하겠다는 듯이. 그 순간, 그녀가 나를 발견했다. 그녀는 내게 믿을 수 없다는 듯한 눈길을 보냈다. 그것은 강당 안의 누구도 눈치채지 못한, 오직 나만이 알 수 있는 눈빛이었다. 나는 자리를 잘못 잡고 앉은 것이다. 마르그레테 이레네가 나를 속였던 것이다. 안냐가 원하는 것은 이게 아니었다. 나는 질끈 눈을 감았다. 그러고는 고개를 꺾어 바닥을 내려다보았다. 내 존재를 신경 쓰지 말아달라는 부탁의 표시였다. 하지만 이미 늦었다. 그녀의 집중력이 흐트러져버린 것이다.

얼핏 보기에 그녀는 전혀 동요하는 것 같지 않았다. 안나는 먼저 오케스트라의 악장과 정중하게 목례와 악수를 나누고 피아노 앞, 베토벤 의자*에 앉았다. 1부에 연주했던 헬레빅이 앉았던 의자라 안나가 앉기에는 너무 낮았다. 그녀는 의자 옆에 붙어 있는 손잡이를 돌려서 자신의 앉은키에 맞게 높였다. 좋은 시작이라고 할 수는 없었다. 그녀의 팔근육은 이미 무리한 연습으로 지쳐 있을 텐데 벌써부터 의자의 높이를 조절하느라 팔 힘을 쓰면 안 될 것 같다는 생각이 스쳤다. 그녀는 높이를 조절한 후 다시 앉아보았다. 그제야 의자의 높이에 만족한 듯했다. 그녀는 잠시 동안 꼼짝도 않고 피아노 의자에 가만히 앉아 있었다. 청중석에서는 숨소리 하나 들리지 않았다. 그녀는 이제 그다지 여위어 보이지 않았고 그녀의 몸매가 만들어내는 곡선에서는 권위감마저 느껴졌다. 전장에 나가기 직전 용기백배한 전사의 모습이었다. 카리디스는 그녀에게 우호적인 눈빛으로 신호를 주며 동시에 지휘봉을 들어올렸다. 오케스트라와 피아노 연주가 함께 시작되는 곡이었다. 사장조, 활짝 열린 듯한 음들의 집합. 하지만 난 1악장의 멜로디를 단 한 번도 좋다고 생각해본 적이 없었다. 아니, 아무리 들어도 맘에 들지 않는다는 게 더 정확한 표현일 것이다. 어딘지 모르게 삐걱거리는 듯하면서도 절제된 음계들은 자유를 갈망하여 몸부림치면서도 제한된 사각 공간을 벗어나지 못하는 듯했고, 음정들 간의 불협화음적인 요소는 작곡가의 의도를 확연히 드러내지 못하고 있는 것 같았다. 나는 이 악장은 처음부터 포함되지 않았어야 했다고 생각했다.

* 높낮이를 조절할 수 있는 사각형 의자. 보통 피아노 의자로 많이 사용된다.

너무도 어울리지 않는, 강요된 짜깁기 같았다.

1악장은 마치 휘익 불어가는 한줄기 바람처럼 내 귓가를 스쳤다. 카리디스는 열심히 지휘봉을 흔들며 안나에게 더 빠른 템포를 요구하고 있었다. 그녀의 연주는 몇 번이나 오케스트라보다 뒤처지는 듯한 느낌을 주었다. 하지만 리듬이 깨질 정도는 아니었다. 오히려 적절한 긴장감을 더하고 있었다. 더욱이 어두운 지하실 한쪽 구석에서 연주하듯 재즈풍으로 돌입하는 부분은 무책임함과 죄의식마저 느껴지게 했다. 하지만 이 모든 것은 2악장을 위해 존재하는 것이라고 나는 생각했다. 음악 전문가들은 즐겁고 서정적이며 조화로운 부분이라고 입을 모으지만, 나와 안나는 황량한 슬픔을 표현한다고 의견일치를 본 바로 그 부분. 아! 그녀가 이 2악장을 절대 빠른 템포로 몰아가면 안 될 텐데. 순간, 내 등 뒤에 셀마 룅에가 서 있는 듯한 느낌이 들었다. 그래, 셀마 룅에는 도대체 어디에 앉아 있는 거지? 청중석에 그녀가 보이지 않았다. 하지만 상관없었다. 이제 그녀는 2악장의 도입부를 연주할 참이었다. 나는 어디에 눈을 두어야 할지 알 수 없었다. 그녀는 내가 무대에서 가까이 앉기를 바라지 않았다. 그녀는 이 2악장을 나만을 위해 연주하겠다고 약속했다. 나는 뭉크의 벽화를 바라보았다. 〈태양〉과 〈역사〉 그리고 〈알마 마터〉. 안나는 이 그림들을 좋아하지 않았다. 그 벽화들을 보고 있자니 왠지 내가 뭔가 잘못하고 있다는 느낌이 들었다. 무대 위에서는 검은 드레스를 입은 빼빼 마른 안나가 심각한 모습으로 이 세상에서 가장 아름다운 멜로디를 오직 나만을 위해 연주하고 있는데 말이다. 어쩌면 그녀에게도 지금이 생의 가장 중요한 순간이 아닐까. 사랑이란 게 이런 것일까 하는 의문이 들었다. 그렇다면 사랑은 너무도 절망적인 것이고, 불가능한 것이며, 또 너무나 모호한 것이다. 그래, 사랑은 절망적인 우회로 같은 거라고 나는 생각했다. 지금 그녀가 왜 무대 위에서 연주를 하는지, 그 숨겨진 의도도 알 수 없는데…… 그리고 그녀와 그토록 가까이 있었음에도 그녀를 제대로 알려면 아직도 멀었다는 생각도 들었다. 우리의 비밀은 흩어진 잔상에 불과했다. 나는 그녀와 그녀의 아버지 사이에 도대체 무엇이 오고 가는지도 알지 못한다. 더욱이 그녀가 왜 음악가의 길을 걷고 있는지, 또 그녀가 자신의 생에 어떤 계획을 가지고 있는지 나는 전혀 알지 못한다. 그녀는 2악장의 중반을 연주하고 있었다. 오케스트라의 화음이 그녀의 피아노 선율을 둘러싸고 마치 장난을 치는 듯 들려왔다. 나는 그녀가 지금쯤이면 내 존재를 잊었을 거라고 생각했다. 그렇다면, 이제 그녀에게 눈길을 주어도 되지 않겠는가. 피아노 앞에 앉은 그녀의 모습은 거의 평정을 되찾은 듯 보였고 눈부시게 아름다웠다. 그녀는 뭉크의 마돈나를 닮아 있었다. 그 그림 역시 안나는 좋아하지 않았지만. 나는 안냐를 똑바로 바라보았다. 마르그레테 이레네가 원하는 것도 바로 이것이 아니었던가. 점성술에 목매고 있는 아이. 그래, 그녀는 내가 이 자리에 앉아서 안냐를 바라보기를 원했다. 만약 그녀가 수천 광년 떨어져 있는 행성과 별자리의 관계를 믿는다면, 이렇듯 가까이에서 던지는 강렬한 눈빛이 주는 영향력도 믿어야 한다. 하지만 나는 그 순간만큼은 아무런 저의를 담지 않고 안냐를 바라보았다. 유일하게 바라는 게 있다면, 바로 안냐의 하인이 되어 그녀를 돕고 싶은 마음뿐이었다. 그래서 그녀가 당장이라도 깨질 것만 같은 섬세하고 연약한 2악장을 무사히 넘기고, 지옥의 기교를 요구하는 위험한 3악장을 실수 없이 잘 연주해냈으면 싶었다.

그때였다.

그녀가 내 눈길을 느낀 듯했다. 아마도 셋째 줄에 앉은 내 두 눈동자는 불타는 총알과도 같았을 것이다. 피아노 대회에서 카트리네가 나를 괴롭히는 악마 역할을 했듯, 이제는 내가 악마가 되어버렸다. 하지만 브라보를 외치는 따위의 유치한 짓은 하지 않았다. 그저 무표정하게 그녀를 보았을 뿐이었다. 마음과는 달리 실제로는 아무것도 할 수 없는 어쩔 수 없는 숭배자인 내게 그녀의 모습은 어떤 것이든 다 사랑스러워 보였다. 그녀가 이런 내 마음을 알아주기만을 바랄 뿐이었다. 어쩌면 그녀는 이 부분을 나를 위해 연주하겠다고 말했던 것을 이제 기억해냈는지도 모른다. 그 의미는 과연 뭘까. 그녀가 언제 한 번이라도 내게 친절하다는 말 외에 긍정적인 표현을 한 적이 있었던가. 친절하다…… 열여덟 살의 소년이 사랑하는 소녀에게서 듣고 싶어하는 말과는 거리가 먼 단어다.

그녀는 청중석을 향해 무엇엔가 쫓기는 듯한 눈길을 던졌다. 일초도 채 되지 않는 짧은 순간이었다. 그리고 그사이에 우리의 눈길이 서로 마주쳤다.

갑자기 그녀가 건반 위를 서투르게 더듬으며 잠시 주저하는 듯하더니, 건반을 놓쳐버렸다. 솔로 부분을 채우지 못하고 멈춰버린 것이다. 그러나 오케스트라는 개의치 않고 연주를 계속했다. 그들에게는 선택의 여지가 없었다. 나는 허벅지를 꼬집었다. 믿을 수가 없었다. 연주자에게 있을 수 있는 최악의 상황이 안냐 스쿠그에게 닥친 것일까? 악보 없이 쳐야 하는 상황에서 기억할 수 있는 것이란 무엇일까. 그림처럼 떠오르는 악보? 손가락의 움직임? 내 속에 잠재된 음악? 아무도 그게 무엇인지 알지 못한다. 어쩌면 우리 속에 내재된 각기 다른 형식의 기억들이 함께 엮여 음악을 이루어내는 것인지도 몰랐다. 제대로 말하자면, 라벨의 〈피아노협주곡 사장조〉를 악보 없이 연주한다는 것은 자연의 섭리에 어긋난다고 할 수 있을 정도로 어려운 일이다. 얼마나 많은 음과 화음과 각기 다른 배열을 기억해야 하는가. 카리디스는 계속해서 오케스트라 단원들을 향해 지휘를 하고 있었다. 하지만 안나는 피아노에서 손을 뗀 지 오래였다. 그녀는 고개를 저었다. 이런 식으로는 더이상 연주를 계속할 수 없다는 표정이었다. 카리디스가 안나를 향해 몸을 돌려 다시 연주를 하라는 신호를 보냈지만 그녀는 꿈쩍도 않고 그대로 앉아 있었다. 그러자 그는 오케스트라 단원들에게 음악을 멈추라는 신호를 보냈다. 정적이 찾아들었다.

나는 레베카를 바라보았다. 그녀는 청중석 중앙의 다른 편에 앉아 있었다. 그녀는 몸을 잔뜩 구부린 채 어쩔 줄 몰라하고 있었다. 그녀도 내가 들은 것과 똑같은 소리를 들은 게 틀림없었다. 그제야 그 상황이 현실로 느껴졌다. 청중석에서 비명에 가까운 탄성이 터져나오고 있었다. 스캔들이다! 브로르 스쿠그는 돌덩이처럼 꿈쩍도 않고 앉아 있었다. 무대 위의 주인공만 당황한 것이 아니었다. 그 누구도 무대 위에서 일어난 일의 증인이 되고 싶은 마음은 없었다. 안나의 얼굴은 분필가루처럼 하얘 보였다. 순간 나는 그녀가 의식을 잃을까 걱정스러웠다. 그녀는 여전히 피아노 의자에 그저 조용히 앉아 있었다. 카리디스는 그녀의 곁으로 다가가 다시 시작할 부분에 대해 이야기를 해주는 것 같았다. 그러고는 다시 제자리로 돌아가 오케스트라 단원들을 향해 지휘봉을 들었다. 그는 안냐가 연주를 멈추었던 2악장의 서른두번째 마디부터 다시 시작했다. 나는 그녀가 똑같은 상황에 처하게 될 거라고 예상했다. 역시나! 그녀는 같은 부분에서 건반을 놓쳐버렸다. 하지만 이번에는 계속해서 연주를 해나갔다. 그렇지만 그녀는 몇 마디 지나지 않아 이번에도 박자를 놓쳐버렸다. 그녀는 눈을 감았다. 혼신의 힘을 다해 음악에 집중하려는 듯했다. 청중과 셋째 줄에 앉은 나를 잊어보려고 애쓰고 있었다. 그러나 그녀는 또 한 번 음을 잘못 짚었다. 하지만 이번에는 그리 힘들이지 않고 제자리로 돌아왔다. 음악은 계속되었다. 객석에서는 안도의 한숨이 여기저기서 터져나왔다. 그럼에도 여전히 솟아오르는 긴장을 누를 수가 없었다. 그렇게 나는 끝날 때까지 안절부절못하며 자리를 지켰다.

나는 허벅지를 쥐어뜯으며 방금 벌어졌던 상황이 제발 꿈이기를 바랐다. 레베카의 데뷔 콘서트 때도 드라마틱한 순간이 있었지만 이번과는 차원이 달랐다. 오케스트라와 협연을 하면서 솔로 부분을 놓치는 것은 음악계에서 전무후무한 일이며 용납할 수 없는 일이었다. 아마추어라고 예외일 수 없었다. 이것은 상처이고 결점이었다. 이제 모두들 궁금해할 것이다. 도대체 안냐 스쿠그의 실수는 어디에서 비롯된 것일까 하고. 그녀가 너무 야위었기 때문이 아닐까. 혹은 체중에 비해 너무 큰 키 때문은 아닐까. 그녀의 연주는 이제 완전히 제자리를 찾아가고 있었지만 우리가 기대했던 것만큼의 수준으로 다시 돌아올 수 있을지는 확신할 수 없었다. 그녀는 지금까지의 실패를 만회하려고 특별히 애쓰는 것 같지는 않았다. 그저 덤덤히 자신의 기량을 있는 그대로 보이고 있을 뿐이었다. 그것만으로도 충분할 정도로 그녀의 연주는 뛰어났던 것이다. 하지만 무슨 소용이 있겠는가. 이미 때는 늦은 것을…… 청중은 모두들 자신의 심장이 목에 걸린 듯한 경험을 했을 것이다. 3악장은 1악장과 마찬가지로 바람처럼 흘러갔다. 혀를 내두를 정도로 뛰어난 연주였다. 그러나 그것은 별 의미가 없었다.

나를 위해서 연주하겠다던 2악장에서 흐름을 놓친 것에 대해 뭐라고 말로 표현할 수 없었다. 그것이 안나와 나의 관계를 암시한다는 불길한 생각에서 벗어날 수 없었다. 그 외에는 어떤 의미도 찾을 수 없었다. 그녀와 나의 커리어 따위는 전혀 생각하지 않았다. 하지만 그녀가 생각하고 있는 것은 분명 피아니스트로서의 커리어일 것이다. 그리고 거기에는 내가 끼어들 자리가 없을 것이었다. 나는 자리에 앉아 식은땀을 흘리며 그녀가 무사히 연주를 마치기를 바라는 수백 명의 청중 중 한 사람일 뿐이었다. 2악장에서의 큰 실수는 그저 잊어버리면 될 일이었다.

하지만 과연 잊을 수 있을까. 오늘 저녁 강당에 모인 이들은 악몽을 꾼 듯 두고두고 기억할 것이다. 타인의 불행을 즐기는 심술궂은 사람들은 경기 도중에 스케이트 선수가 넘어지거나, 소설가의 작품이 혹평을 얻거나 또는 한 나라의 수상이 타의에 의해 물러나는 것을 보면 분명 힘이 나서 입방아를 찧어댈 것이다. 하지만 아무리 그런 사람들이라도 이제 겨우 열일곱 살인 빼빼 마른 어린 소녀가 라벨의 〈피아노협주곡 사장조〉를 연주하다 악보를 잊어버려 흐름을 놓치는 모습을 보는 것이 반갑지는 않을 것이다.

인터메초

박수 소리는 끊이지 않았다. 하지만 내 귀에는 그 소리가 달리기 시합에 나간 절름발이에게 보내는 동정으로 느껴졌다. 안냐는 앙코르로 라벨의 〈밤의 가스파르〉 중 〈스카르보〉를 연주했다. 기교적으로 무척이나 어려운 곡이었지만 듣는 사람의 머리털을 쭈뼛 서게 할 정도로 멋지게 연주해냈다. 그녀는 레베카가 포기했던 부분을 완벽하게 연주해냈다. 하지만 떠들썩한 논란이 일 게 분명했다. 그녀가 방금 경험했던 일을 잊고 아무 일 없었다는 듯 연주자로서의 삶을 계속할 수 있을까. 불가능할 것 같았다. 여기저기에서 브라보를 외치고 있었다. 나는 브로르 스쿠그의 얼굴을 보았다. 그는 마치 얼음 조각을 막 깨문 사람처럼 굳게 입을 다물고 있었다. 절대 있어서는 안 될 일이 벌어졌다고 생각하는 게 분명했다. 곡의 흐름을 놓쳤던 2악장을 제외하면 연주 앞부분과 마지막 십여 분 정도는 믿을 수 없을 정도로 훌륭한 연주였지만, 안냐는 그녀의 아버지가 꿈꿔왔던 바람을 완전히 저버렸고 센세이션을 일으키며 데뷔하겠다는 야망은 이제 물거품이 되어버렸다.

그는 상기된 얼굴로 부인과 함께 자리에서 일어났다. 나도 자리에서 일어나, 그들을 따라 무대 뒤 대기실로 가야 하는 것일까? 아니면 조금 더 기다렸다가 강당 뒤편으로 한밤중의 생쥐처럼 눈에 띄지 않게 살금살금 걸어 나가야 하는 것일까? 안냐는 이 스캔들의 책임이 누구에게 있는지 잘 알고 있었다. 안냐를 볼 면목이 없었지만 용기를 내어 축하 인사만큼은 해야 할 것 같았다. 어쩌면 그녀도 내게 할 말이 있을지 모르니, 두 눈 딱 감고 안냐를 만나야 했다. 그 뒤에 내 목숨을 끊어야 할 일이 생길지라도……

대기실로 향하는 축하객의 줄은 그리 길지 않았다. 나는 계단 위쪽, 브로르와 마리안네 스쿠그 부부의 뒤에 서서 차례를 기다리고 있었다. 대기실로 향하던 스쿠그 부부의 발걸음이 갑자기 돌부리에라도 걸린 것처럼 멎었다. 나는 그들의 시선을 따라 계단 밑을 내려다보았다.

안냐가 의식을 잃고 바닥에 쓰러져 있었다.

취소된 파티

그녀는 부모님과 함께 대기실 안에 있었다. 대기실 문은 닫혀 있었다. 축하객 줄은 점점 더 길어졌다. 레베카, 마르그레테 이레네 그리고 카트리네와 지금껏 얼굴을 보지 못했던 몇몇의 사람들, 모두 안나에게 축하 인사를 하기 위해 그 줄에 끼어 있었다.

나는 맨 앞줄에 서 있었다.

마침내 대기실 문이 열리면서 브로르 스쿠그가 모습을 드러냈다. 그는 계단 위에 줄지어 서 있는 우리를 하나하나 눈으로 훑어나갔다. 연신 고개를 끄덕끄덕하는 그의 모습은 심각하기 그지없었다.

"여러분 중 몇몇은 블롬 레스토랑에서 열릴 파티에 초대된 것으로 알고 있습니다. 하지만 유감스럽게도 오늘 저녁 파티는 취소해야겠습니다."

레베카는 그대로 물러나지 않았다. "왜 취소되었나요?"

"잘 알고 있지 않나요? 안냐가 방금 정신을 잃었습니다. 이대로는 무리예요."

"그런 종류의 병에는 좋은 포도주 한 잔이 가장 좋은 약일 텐데요." 레베카가 뿌루퉁하게 대답했다.

손전등 사내는 날카로운 눈빛으로 잠시 레베카를 쏘아보았다. "여기서는 내가 모든 결정을 내립니다."

마리안네가 그의 옆으로 다가왔다. 발랄한 색조 화장 때문에 그녀는 평소보다 더 어려 보였다. 그녀는 남편의 손을 잡아끌며 내게 불안한 눈길을 던졌다. 나는 그녀와 눈을 마주치고 싶지 않아 딴 데로 시선을 돌렸다.

드디어 나는 안냐와 단둘이 있게 되었다. 그래봐야 몇 분 정도밖에 안 되겠지만, 문을 닫아주길 부탁했다.

"마르그레테 이레네가 좌석을 바꿨어."

나는 그녀의 손을 잡았다. 그녀는 뿌리치지 않았다. 손은 얼음처럼 차가웠다.

"괜찮아. 네 잘못이 아니야, 악셀."

"네 집중력을 흩트리고 말았어. 미안해."

"아니야. 아무도 탓하지 않아. 내 잘못이니까. 이젠 다 끝난 일이잖아."

"아직 끝나지 않았어."

"정말…… 그렇게 생각하니?"

그녀는 마치 내가 거짓말을 하고 있는지 알아내려는 것처럼 나를 바라보았다.

"흐름을 놓친 건 잠깐이었고, 넌 끝까지 잘해냈잖아."

"스키에서는 활강을 하다 한 번이라도 넘어지면 끝이잖아. 기록을 세운다 하더라도 이미 탈락이야."

"안냐! 이건 스포츠가 아니야! 이기고 지는 문제가 아니라고."

"그런 말 하지 마. 우린 큰 경기에 참가한 거야. 너와 난 경기에 임하는 선수들이고. 너도 잘 알고 있잖아."

그녀에게 무슨 말을 해야 할지 머릿속이 깜깜했다. 그녀의 얼굴은 핏기 하나 없이 창백했다. 얼굴을 마주하고 앉아 있으니 그녀가 얼마나 야위었는지 좀더 분명하게 눈에 들어왔다. 그녀에게서 불쾌한 냄새가 났다. 뭔지 모를 갑갑하고 꽉 막힌 듯한, 건강하지 못한 냄새였다.

"파티가 취소되었다니 아쉽다." 그녀가 말했다.

"파티는 언제라도 다시 열 수 있어. 넌 집에 돌아가 쉬어야 해."

"그래야겠지? 그리고 내일 아침이면 잠에서 깨어나 오늘 저녁 무슨 일이 있었는지 또 기억을 떠올릴 거고. 무대 위에서 오케스트라와 라벨을 협연하다가 건반에서 손을 떼고 멍청하게 앉아 있었던 일을. 악셀, 네가 부러워할 만한 일은 아니지?" 그녀가 힘없이 미소를 지었다.

"넌 훌륭하게 연주해냈어. 그것도 아주 당당하고 멋지게."

"악셀, 그런 거짓말은 하지 않아도 돼. 그러면 우리에겐 함께할 미래가 없어지는 거나 마찬가지니까."

정말 그녀가 그렇게 말했던가? 나는 저녁 내내 그녀의 마지막 말을 머리에서 지울 수 없었다. 아마 평생 동안 잊히지 않을지도 모른다. 마리안네와 손전등 사내는 축하객의 인사가 끝나자마자 안냐를 집으로 데려가려고 부축해 일으켰다. 그때 분장실에서 나오던 카리디스와 마주쳤다. 그의 이마에는 아직도 굵은 땀방울이 맺혀 있었다.

"오늘 같은 일이 생길 거라고는 정말이지 생각도 못했어요. 더욱이 이처럼 뛰어난 재능을 가진 피아니스트가……" 그가 우리를 향해 높은 톤의 영어로 말했다. 그는 우리가 전도유망한 젊은 신인들이라는 것을 알고 있었다.

그는 자신의 잘못을 덮으려고 변명하는 것 같았지만 레베카는 그를 쉽게 보내주지 않았다.

"그 부분에서 멈추지 않고 바로 3악장으로 넘어갔어야 했어요. 연주자가 얼마나 힘들었겠어요?"

그는 어깨를 슬쩍 추켜올리며 "나는 내 할 일을 했을 뿐이에요" 하고 짧은 대답을 던진 후, 종종걸음으로 우리에게서 멀어져 갔다.

우리는 콘서트홀에서 빠져나와 고풍스러운 혼베르케른 레스토랑에서 시무룩한 얼굴로 포도주를 한 잔씩 마시고 헤어졌다. 그러고 나서 나는 마르그레테 이레네와 격렬한 몸짓을 나누었다. 오늘 저녁을 이렇게 보내고 싶진 않았는데……

"설마 나보다 그녀를 더 좋아하는 건 아니겠지?" 그녀가 물었다.

나는 대답하지 않았다. 내 머릿속에는 감당할 수 없을 정도로 많은 생각이 오가고 있었다. 셀마 륑에는 도대체 어디에 있었던 걸까? 안냐의 대기실에 모습을 드러낼 줄 알았는데. 갑자기 그녀에게 화가 치밀어올랐다. 감정은 점점 더 격해져서, 만약 그녀가 내 눈앞에 있다면 당장에 때려눕힐 수도 있을 것 같았다.

마르그레테 이레네는 내가 딴생각에 빠져 있는 것을 알아챘다.

"무슨 생각 하니?"

"나를 실망시킨 모든 것……"

"그래, 그거야. 바로 그렇기 때문에 우린 서로를 실망시키거나 배신하면 안 돼."

"넌 지금 뭔가를 오해하고 있어, 마르그레테 이레네. 난 셀마 룅에를 생각하고 있었어. 그녀는 내가 아는 사람들 가운데 가장 이기적이야."

"이기적인 사람들은 항상 남들보다 쉽게 자기가 원하는 것을 얻는 법이야."

"그래? 그렇다면 안냐는 이기적인 사람은 아니겠네."

그녀는 김빠진다는 듯 한숨을 내쉬었다. "악셀, 그애 얘기는 더 이상 하지 마, 알았지? 안냐는 이미 오늘 저녁 우리의 시간을 필요 이상으로 빼앗아갔어."

"그렇다면, 오늘 저녁이 그녀를 위한 시간이었다는 것도 잊어버려야겠군." 나는 약간 비꼬듯이 말했다.

"악셀, 이젠 우리 둘만의 시간이야."

우리는 다시 서로의 육체를 갈구했다. 이것이 내 생애 그녀와의 마지막 잠자리가 될 것이다. 눈앞에 자꾸만 안냐의 모습이 어른거렸다. 피아노 앞에 앉아 있는 검은 드레스의 야윈 소녀. 건반을 뚫어지게 보고 있는 소녀. 문득 기억에서 사라진 악보 속 음들을 찾아 헤매고 있는 소녀. 생의 의미를 찾고 있는 소녀. 그리고 오늘 저녁 라벨을 찾아 헤맸던 소녀……

봄

마침내 봄이 왔다. 그동안 많은 일이 있었고, 많은 것이 변했다. 안냐는 내가 알지 못하는 곳으로 거처를 옮겼다. 안냐에 대해서라면 세세한 일까지도 다 알고 있는 카트리네조차 그녀가 어디에 있는지 몰랐다.

그러던 중 나는 길을 걷다가 우연히 마리안네와 마주치게 되었다. 그녀는 나와 이야기를 나누는 것을 불편해하는 듯했다.

"악셀!" 그녀가 겸연쩍은 표정으로 내 이름을 불렀다.

"안냐는 어디에 있나요?"

나는 그녀에게 물었다. 갑자기 치솟는 화를 참을 수가 없었다. 그것은 그녀에게, 모두에게, 그리고 무엇보다도 나에게 치밀어오르는 불쾌감이었다.

내 감정을 이해한다는 듯 그녀의 표정이 부드러워졌다. "안냐는 잘 지내고 있어. 우린 지금 안냐를 보호해줘야 해."

"무엇으로부터 보호를 한다는 겁니까?"

"우선은 자기 자신으로부터 보호하는 거지. 안나는 너무 큰 야망을 가지고 있었어."

"건강은 어때요? 뭘 좀 많이 먹어야 할 텐데요."

그녀의 두 눈에 눈물이 맺혔다. "무슨 말을 해야 할지 모르겠구나."

나는 더이상 묻지 않았다.

그녀는 고개를 돌려 두 손으로 얼굴을 감쌌다. "우린 지금 매우 힘든 상황이란다. 이해할 수 있지?"

나는 고개를 끄덕였다. 그녀가 마침내 얼굴을 돌려 내 눈을 바라보았을 때 그녀의 얼굴에는 엷은 미소가 번져 있었다.

"넌 참 착한 아이야, 악셀."

"제가요?"

우리는 서로를 힘껏 껴안았다. 너무도 순간적인 일이라 누가 먼저 팔을 내밀었는지 알지 못했다. 나는 내 피부와 닿아 있는 그녀의 뺨을 느낄 수 있었다. 문득 마음이 복잡해져 그녀를 밀쳐냈다.

"안나에게 안부 전해주세요."

"그럴게."

"졸업 시험은 보겠지요?"

"물론이지. 처음부터 계획했던 거니까. 너무 걱정하지 마."

나는 쓰라린 가슴을 안고 강가의 덤불로 발걸음을 옮겼다. 그 외에는 따로 할 일도, 하고 싶은 일도 없었다. 안나는 내게서 사라졌다. 비평가들은 정중하면서도 은근히 생색내는 듯한 말로 신문지면을 채웠다. "그녀의 재능은 충분히 입증되었다. 그러나 기대만큼은 아니었다." 그들은 결점이 있는 한 음악가를 너그러운 마음으로 세상에 소개하는 듯했다. 그럴듯한 승인이었다. 어떻게 보면 행간에서 동정과 연민까지도 찾아볼 수 있을 정도였다. 하지만 알맹이 없이 화려한 수사뿐인 평은 어디에도 쓸모가 없는 법이다.

나는 내 자리를 찾지 못하고 있었다. 레베카는 물론이고, 안냐마저 목표를 달성하는 데 실패했다. 데뷔와 생각지도 않았던 결과 사이에서 혼란스러워하던 레베카는 음악을 포기했다. 이제 안냐는 어떤 결정을 내릴 것인가. 그리고 다음 차례는 과연 누가 될 것인가.

나는 나무들 사이에 앉아서 강 건너편 셀마 륑에가 사는 곳을 바라보았다. 돌멩이를 던지면 닿을 것 같은 가까운 거리였다. 그녀는 여행 중이었다. 안냐의 데뷔 콘서트 이후 휴식을 취하고 싶기도 했으리라. 하지만 오늘 오후에 그녀의 집에서 레슨이 있으니 지금쯤이면 여행에서 돌아왔을 것이다.

나는 여전히 그녀를 향한 분노를 삭이지 못하고 있었다.

그녀는 항상 그랬듯 나를 반기며 남편을 심부름 보냈다. 그 유명한 철학자는 날이 갈수록 제정신이 아닌 사람처럼 보였다. 그를 볼 때마다 입가에 흐르는 침을 조절할 수 없다는 사실이 놀라울 뿐이었다.

"시내에 가서 빵 좀 사와요, 토르핀."

그녀는 거의 명령조로 말했고, 그러면 그는 셀마가 시키는 대로 온순하게 대문 밖으로 사라졌다. 내게 바보 같은 웃음과 기이한 미소를 던지는 것은 잊지 않고. 나는 눈을 어디에 두어야 할지 알 수 없었다.

"나를 좀 봐!" 셀마 룅에가 말했다.

그녀는 검은색 롱 드레스를 입고 있었다. 창백한 얼굴에는 짙은 화장을 하고 있었다. 그녀는 눈부실 정도로 아름다웠고, 거부할 수 없는 매력을 발산하고 있었다. 하지만 나는 머리를 흔들며 그런 생각을 떨쳐버리려 노력했다.

"그동안 어디에 계셨어요?" 내가 물었다.

그녀는 손님 맞을 준비를 끝낸 듯한 거실로 나를 안내했다. 탁자 위에는 이미 찻잔 두 개가 가지런히 놓여 있었다.

"뮌헨에 있는 내 오랜 친구들을 만나고 왔지."

나는 힌데미트를 떠올렸다. 그녀가 아는 사람들은 죄다 세계적으로 유명한 이들 같았다. 어쩌면 쿠벨리크를 만나고 왔을지도 몰랐다. 그런데 그녀와 쿠벨리크가 서로 아는 사이였던가?

"갑자기 사라지셔서 놀랐어요."

"어쩔 수 없었어. 내겐 필요한 여행이기도 했고."

"안냐 역시 밀쳐내신 건가요?"

"난 누구를 밀쳐내는 일 따윈 하지 않아. 무슨 말을 하고 싶은 거니?"

그녀가 힐난조로 물었다. 그녀는 경멸하는 듯한 눈초리로 나를 바라보고 있었다. 말 한마디, 한마디를 신중하게 해야 했다.

"레베카와 선생님과의 관계가 그애의 데뷔 콘서트 이후 예전 같지 않아 보였어요."

"그래? 그애와 내가 예전 같은 관계를 유지해야 할 이유는 또 뭐지? 관계를 접은 건 내가 아니라 그애였어. 나는 여러 제자들에게 나만의 방식으로 내 모든 것을 다 주려고 애쓰는 사람이야. 그리고 그 대가를 바랄 뿐이지."

"안나에게는 어떤 방식으로 투자를 하셨나요?"

셀마 룅에는 잠시 생각하는 듯했다. 하지만 나는 그녀에게 더 생각할 시간을 주지 않았다.

"있을 수 있는 가장 최악의 상황이 벌어졌잖아요, 그렇지 않나요?"

그녀는 손을 이마에 가져다댔다. 그러면 그렇지. 나는 승리감에 젖었다.

"그런 식으로 곡을 놓친다는 건…… 너도 나만큼 잘 알고 있을 거야. 클래식 음악계에서는 그렇게 파멸적인 해프닝을 용납하지 않아."

"그런데도 안나가 다시 돌아올 수 있을까요?"

셀마는 고개를 끄덕였다. "모골이 송연해질 일이지. 우리가 속한 이 세계는 사실 지금보다 훨씬 관대했어야 했어. 하지만 현실은 그렇지 않아. 무자비하고 잔인할 정도지. 그애는 재능을 선보일 수 있는 환상적인 기회를 눈앞에 두고 있었지만 결국 실패했어. 그리고 이 세계에는 재능 있는 신인들이 계속 태어나고 있고. 그다지 어렵지 않은 논리지?"

"어렵지 않다고요? 저는 이보다 더 어려운 건 없는 것 같은데요."

나는 그녀 앞에서 슈베르트의 〈피아노소나타 다단조〉를 연주했다. 오늘은 지난번 레슨 때보다 잘 칠 수 있었다. 그녀는 늘 하던 대로 내 등 뒤에 앉아 있었다.

"더 천천히!"

그녀가 훈계하듯 말을 하며 양손을 내 어깨 위에 올려놓았다. 하지만 나는 몸을 비틀어 그녀의 손을 피했다.

"오늘은 하지 마세요. 싫어요!"

나는 빠른 템포로 화가 난 듯 연주를 했다. 이 순간만큼은 이런 식으로 연주를 하고 싶었다. 그리고 여기에 그녀가 끼어들 자리는 없었다. 오늘만큼은……

그녀가 다시 자리로 돌아가 앉았다. 나는 그녀가 음악을 듣고 있는지 그렇지 않은지 몰랐다. 나는 내가 원하는 대로 연주했다. 비위를 맞추거나 아첨하는 듯한 표현은 전혀 하지 않았다. 그리고 1악장의 마지막 부분을 아주 거칠게 끝맺었다.

더이상의 연주는 없었다.

나는 어디에 눈을 두어야 할지도 모른 채 기진맥진해서 피아노 앞에 앉아 있었다.

"다 했니?" 그녀는 조용히 물었다.

"네…… 적어도 오늘은요."

"악셀, 이리로 오렴."

나는 그녀의 무릎에 얼굴을 파묻고 한참을 울었다. 마침내……

그녀는 내 머리를 조용히 쓰다듬어주었다. 그녀의 향. 그리고 모호한 모습으로 내 상상의 세계를 비집고 들어오는 그녀.

"그래…… 그래……"

"저는 안냐를 사랑해요."

"그래, 알고 있어. 젊은이들의 사랑은 거침없고 숨길 수도 없는 거지. 하지만 시간이 흐르면 지금 네가 평생 가지고 갈 것만 같은 그 느낌도 네가 알아채기도 전에 사라지기 마련이란다."

모든 것을 다 털어놓을까? 그녀는 진정으로 알고 싶은 걸까?

"저는 안냐를 잊지 못할 겁니다. 어떤 일이 있어도……"

안냐의 가치를 더 깊이 각인시켜주는 순간이었다. 동시에 셀마가 무슨 말을 할지 두려워지기 시작했다.

"안냐에게 시간을 주렴."

누구라도 할 수 있는 말이었지만 그녀의 말을 받아들이기로 마음먹었다. 그럼에도 여전히 불쾌감은 사라지지 않았다.

"안냐에게 시간을 주라고요?" 나는 흐느끼며 그녀에게 되물었다.

그녀는 잠시 주저하는 듯했다. 내 머리를 쓰다듬는 그녀의 손길이 묘하게도 조금 전과 달랐다. 나는 점점 더 당황스러워졌다. 울음을 그치고 자리에서 일어나고 싶었으나 내 몸은 생각과는 달리 꼼짝도 하지 않았다.

"안냐는 언제나 내가 반기는 손님이 될 거야." 그녀가 조용히 말했다.

"앞으로 안냐에게 무슨 일이 일어날까요?"

"그건 브로르 스쿠그에게 물어보는 게 더 낫겠지."

"안냐는 몇 달 전까지만 해도 최고였는데 이젠 내리막길로 치닫고 있어요. 제가 얼마나 그애를 걱정하는지…… 조금이라도 이해할 수 있으세요?"

"안냐는 잘해낼 거야. 그런 아이들은 언제나 제 앞가림을 똑 부러지게 하니까. 우선 자기가 진정으로 무엇을 원하는지 그것부터 찾아야 해. 솔리스트가 되고자 한다면, 자선품처럼 여기저기 널려 있는 그저 그런 재능에 만족하진 말아야 할 것 아니겠니? 그 누구도 네 어려움을 해결해줄 순 없어. 무대에서 연주를 하는 매 순간마다 재앙이 바로 네 옆에 있어. 네 손가락의 첫번째 실수를 기다리고 있다고."

"그런 이유 때문에 선생님은 솔리스트의 길을 포기하신 건가요?"

그녀는 대답 대신 내 손을 가만히 쥐었다. 마치 긍정의 대답처럼 들렸다.

나는 그녀의 무릎을 베고 누웠다. 옷을 통해 피부의 열기를 느낄 수 있었다. 그녀는 내가 무슨 생각을 하고 있는지 잘 알고 있는 것 같았다. 그녀는 내 상상의 세계 속에 그녀의 자리가 있다는 것도 알고 있을 것이다. 나는 얼마나 그녀를 신뢰할 수 있을까? 모든 선택의 갈림길에서 그녀는 나를 위해 결정을 내릴 것이다. 나는 동시에 그녀가 거짓말을 하고 있다는 것도 잘 알고 있었다. 그녀는 토르핀에게도, 또 내게도 거짓말을 하고 있었다. 그녀가 교향악단 단원과 관계를 맺고 있는 것은 공공연한 비밀이었다. 알 만한 사람들은 모두 상대가 누구인지 다 알고 있었다.

"다음번에는 좀더 느리게 슈베르트를 연주하렴."

나는 고개를 끄덕였다. 나는 여전히 어린아이처럼 그녀의 무릎을 베고 누워 있었다. 지금 이 순간에는 그녀만이 내가 가진 전부였다.

카트리네와의 대화

한낮의 빛은 밤이 되어도 사라질 줄 몰랐다. 어두운 것이 있다면 나의 미래뿐이었다. 그간 나는 마르그레테 이레네를 줄곧 피해 다녔다. 그녀는 거의 매일같이 내게 전화했지만 나는 있지도 않은 허리 통증을 핑계로 만남을 거부했다. 이제는 정말 내 삶을 책임지고 미래에 대한 계획도 세워야 할 것 같았다. 이런 생각을 하고 있다, 주방에 서서 나를 바라보고 있는 카트리네를 발견했다.

"놀라긴…… 왜 그렇게 놀라, 악셀?"

그녀의 말은 틀리지 않았다. 안냐는 나를 놀라게 했다. 어머니와 내가 함께 즐겼던 음악이 위험한 것으로 변해버렸다. 마치 삶이 그런 것처럼…… 나는 아침마다 눈을 뜨고 스스로 묻곤 했다. 이것이 과연 내가 정말 원하는 것일까.

"응, 놀랄 일이 있었어. 구데 씨가 나더러 올 가을에 데뷔 콘서트를 여는 게 어떻겠냐고 하더라고." 나는 무덤덤하게 대답했다.

"아무도 네게 그걸 강요할 수는 없어."

"맞아. 하지만 딱히 할 일도 없잖아. 이제 곧 내 또래 아이들은 모두 졸업 시험을 칠 거고…… 그러고 나면, 그애들의 앞날은 어떤 식으로든 보장이 되겠지. 나는 더이상 뒤로 물러설 데가 없어. 막다른 골목에 서 있는 것 같은 느낌이야. 뭐라도 해야 할 것 같아."

카트리네는 밤낮으로 나를 괴롭히고 있는 불안감을 그제야 어렴풋이 이해한 것 같았다. 그녀는 벽장에서 포도주 한 병을 꺼내왔다.

"이리 와서 앉아봐. 얘기 좀 하자."

문득 그녀가 생전에 안절부절못하고 조그만 일이라도 다 참견을 해야 직성이 풀렸던 어머니를 닮았다는 생각이 들었다. 우리는 이제 얼마 안 있어 떠나야 할 집 안에 앉아 서로에게 포도주를 따라주며 함께 마시기 시작했다. 돌이켜보니, 시간은 마치 물 흐르듯 흘러갔다. 하지만 나는 카트리네에 대해 여전히 아는 것이 없었다.

"누나는 지금도 안나에게 관심 있어?"

그녀가 경계심이 가득한 눈초리로 나를 바라보았다. "아직도 넌 안나에 대한 관심을 버리지 못했구나."

"사실…… 겁이 나. 그들은 지금 안나를 낯선 곳에 격리시켜놓았어!"

"듣고 보니, 점점 더 그 아버지가 의심스러워져."

"어떤 의심?"

카트리네는 머리를 세차게 흔들었다. "도저히 입 밖에 낼 수가 없어. 아직은……"

“그건 그렇고, 도대체 어디에다 안나를 숨긴 걸까? 특수학교? 아니면 정신병원? 안나는 너무 말라서 간신히 서 있는 정도야. 이 주 후엔 졸업 시험도 봐야 할 텐데……”

“그 집 사람들은 모두 이상해. 아버지, 어머니, 안나까지도.” 말을 끝맺기도 전에 카트리네의 두 눈에 눈물방울이 맺혔다.

“누나는 지금도 안나를 사랑하는구나.”

카트리네는 쏘아보듯 강렬한 눈빛으로 나를 바라보았다. “그래. 하지만 어쩌면 그런 사랑은 안나가 원하지 않을지도 몰라.”

“그럼, 어떻게 할 건데?”

“내 차례가 올 때까지 기다려야겠지.”

“기다리는 동안 뭘 할 생각이야?”

“다른 여자애들이랑 지내야지, 물론.”

“집엔 한 번도 데려오지 않을 거야?”

“집에? 아니야, 걔네가 밀실공포증이 생길 것 같아서 집엔 데려오지 않을 작정이야.”

“그렇게나 많아? 적어도 그중 한 사람하고는 인사라도 하면서 지내고 싶은데 말이야.”

그녀는 웃음을 터뜨렸다. “그래, 집 밖에서 만날 일이 있다면. 시내에 우리가 자주 모이는 장소가 있어. 거기선 자유롭게 행동할 수 있지.”

나는 고개를 끄덕였다. 카트리네는 나보다 겨우 두 살 위였지만 ‘삶’을 살고 있었다. 예전에 비하면 여러모로 안정된 것 같아 보이기도 했다. 커리어에 대한 야망을 버렸기 때문일까? 그녀는 국립미술관에서 다시 일을 하고 있었다. 가끔 ‘사라의 텐트’에서 아르바이트를 하기도 했다. 그녀는 졸업 시험도 보지 않았지만 그녀의 주위에는 언제나 친구와 동료 들이 들끓었다. 어쩌면 그것만으로도 충분할지 몰랐다.

그녀와 반대로 나는 매일같이 피아노 앞에 앉아 야망을 불태우고 있었다. 머릿속은 두려움으로 가득 차 있었다. 용기를 내서 데뷔를 할 것인가, 말 것인가. 만약 실패한다면 어떻게 하지? 그러면, 잃어버릴 것은 아무것도 없으니 자살을 각오할 생각도 있었다. 카트리네는 내 생각을 읽은 것 같았다.

"너무 실망하지 마. 결국에는 모든 것이 제자리를 찾을 테니. 하지만 네가 제일 먼저 해야 할 일은 스쿠그 가족의 날카로운 발톱에서 안냐를 구해내는 거야."

친구들과의 마지막 밤

나는 더이상 마르그레테 이레네를 피할 수 없었다. 시험 전까지는 공부하기에 바쁘다보니 내 변명이 그녀에게 그럭저럭 통했지만, 막상 졸업 시험이 끝나자 그녀의 눈을 벗어날 방법이 없었다. 레베카와 페르디난도 졸업 시험을 치렀다. 그들은 '루스' 모자를 쓰고 거의 매일 밤을 술과 파티로 지새웠다.

어느 날 저녁, 내가 장송곡처럼 우울한 슈베르트의 마지막 소나타를 연습하고 있을 때였다. 집 앞에 빨간색 미니밴 한 대가 멈춰 서는가 싶더니 환호 소리와 함께 귀청이 터질 듯한 시끄러운 음악이 들려왔다. 나는 문 쪽으로 다가가 밖을 내다보았다. 마르그레테 이레네가 앞좌석 창문으로 머리를 쑥 내밀고 손을 흔들고 있었다. 레베카와 페르디난도 보였다.

"얼른 내려와, 악셀! 오늘 같은 날은 실컷 마시고 즐겨야지, 얼른 와."

나는 갈색 방수 점퍼를 잡아채고서 집을 나와 차 뒷좌석에 올라탔다. 차 안은 이미 파티 분위기로 들썩대고 있었다. 값싸고 달달한 샴페인 냄새도 났고, 셰리와 포르투갈산 포도주 향도 풍겨왔다. 마르그레테 이레네는 나를 보고 비틀거리며 다가오다 좌석에 쓰러질 뻔했다. 나는 운전대를 잡고 있는 이에게 손을 흔들었다. 그는 차 안에서 유일하게 정신이 말짱한 사람이었다. 처음 보는 사람이었지만, 상관없었다. 레베카와 마르그레테 이레네는 마치 경쟁이라도 하듯 내 입술에 키스를 퍼부었다. 페르디난은 나를 포옹했다.

“축하해! 살맛나겠는걸.” 레베카가 나를 놀렸다.

“넌 질투도 안 나니? 그건 그렇고, 넌 그사이 우리보다 훨씬 더 나은 피아니스트가 되었겠지?”

“나도 졸업 시험을 볼 걸 그랬어.” 내가 말했다.

마르그레테 이레네는 내 어깨에 팔을 둘렀다. 모든 것이 예전 그대로였다.

“보고 싶었어.” 그녀가 내 귀에 속삭였다.

“나도. 시험 결과는 언제 나와?”

“며칠 있으면. 하지만 지금은 그런 걸 생각할 때가 아니야. 모두들 통과할 거야. 확신해.”

차가 움직이기 시작했다.

“안냐 집으로!” 갑자기 레베카가 외쳤다.

“그애 소식은 좀 들은 게 있어?” 나는 그렇게 묻자마자 토할 것 같은 기분이 들었다.

“우리 학교에 안냐와 조금 아는 애들이 몇 명 있어. 그애들 말로는 안냐도 졸업 시험을 봤대.”

"그렇다면 안냐가 집으로 돌아와 있겠구나."

"엘베파레로 가자. 바로 이 동네 밑에 있어." 레베카가 운전석에 앉아 있는 남자 아이의 등을 쿡쿡 찌르며 말했다.

"아니야. 거긴 가지 말자." 내가 끼어들었다.

"왜?"

"아직 이른 것 같아. 안냐는 우릴 만날 준비가 안 되어 있을 거야. 아직은……"

그들은 놀란 표정으로 나를 바라보았다. 오직 레베카만이 이해한다는 눈빛이었다.

"그래, 악셀 말대로 하자. 안냐를 가장 잘 아는 사람이니까."

다른 애들보다 먼저 내가 이야기를 나누어야 할 것 같았다. 만약에 신이 있다면 내가 그동안 얼마나 안냐와 대화를 나누고 싶어했는지 알 것이다. 그녀를 만나면 절대 놓아주지 못할 것 같았다. 그동안 무슨 일이 있었는지 모조리 다 알고 싶었다. 다른 아이들은 몰라도 되는 일이었다.

우리는 전속력으로 시내를 향해 차를 몰았다. 후덥지근한 5월의 밤이었다. 자작나무의 새순이 여기저기 머리를 내밀고 있었다. 라일락이 피기 직전이었다.

"스투덴테르룬덴 공원으로 가서 맥주를 마시는 건 어때?" 페르디난이 제안했다.

"누나가 '사라의 텐트'에서 일을 하고 있어." 내가 말했다.

"그래? 그럼 우리 그리로 가자. 어쩌면 네 누나가 좀 깎아줄지도 모르잖아."

"아니야, 그렇게는 하지 말자. 모두들 돈이 모자라는 건 아니잖아."

그랬다. '사라의 텐트' 이야기를 하고 나서야 떠오른 거지만, 사실 레베카는 엄청난 부잣집 딸인 데다 페르디난과 마르그레테 이레네 역시 풍족한 집안의 아이들이었다. 가난한 아버지의 호주머니를 후벼 파면서 살고 있는 사람은 나밖에 없었다. 우리는 그것을 대출금이라고 불렀다. 그나마 아직까지 집에 돈이 보이는 것은 아버지가 은행에서 빌린 대출금 덕분이었다. 그 생각을 하자 분노가 치밀었다. 데뷔를 하더라도 그 즉시 대출금을 갚아나가야 한다는 사실 때문이었다. 구데는 데뷔를 하고 나면 연주를 해서 돈을 벌 수도 있다고 했다. 만약 데뷔 콘서트를 성공적으로 마치면, 베르겐과 스타방에르의 오케스트라와 협연도 주선해줄 수 있고, 사적인 모임이나 왕궁에서의 연주 기회도 만들어주겠다고 했다. 그의 말대로만 된다면 온 세상이 나를 위해 활짝 문을 열어줄 것이다. 문제가 있다면, 내가 그것을 믿지 않는다는 것이었다.

우리는 '사라의 텐트'로 향했다. 거기는 이미 한 무리의 졸업생들이 휩쓸고 지나간 것 같았다. 카트리네는 문을 들어서는 우리를 보자마자 활짝 미소를 지으며 한 사람 한 사람에게 돌아가며 인사했다. 지금까지 내가 또래들과 어울려 다니는 것을 자주 볼 수 없었기 때문에 더더욱 반기는 것 같았다. 먼저 와 있던 몇몇 아이들이 레베카와 우리 일행에게 알은체를 하며 합석했다. 우리는 스투덴테르룬덴 공원이 보이는 창가 쪽 긴 탁자에 둘러앉았다. 거품이 가득한 맥주잔들이 우리 앞으로 배달되었고, 손에 든 담배에 불이 붙여졌다. 파티가 시작되었다. 마르그레테 이레네는 내 몸에 감은 팔을 그때까지도 떼어내려 하지 않았다.

레베카는 내가 불쾌한 표정을 짓고 있는 것을 보며 잔을 들어올렸다.

"친구, 이제 슈베르트는 잊어버리게. 오슬로의 여름과 우리의 인생 그리고 바로 지금 이 순간을 즐기자고."

나도 잔을 들었다. 그녀의 말 한마디 한마디가 내 가슴을 파고들었다. 나는 주위를 둘러보았다. 졸업을 앞둔 활기찬 손님들에게 쟁반을 나르는 카트리네조차도 무척 행복해 보였다. 그녀는 손님들과 미소 띤 얼굴로 대화를 나누기도 하고, 샌드위치를 가져오기도 했으며, 팁을 받아 지갑에 넣기도 했다. 저녁햇살이 그녀의 얼굴을 정면으로 비추었다. 그녀가 눈을 찡긋했다. 나는 그녀가 생의 한가운데에 서 있다고 생각했다. 어두컴컴한 구석 자리에 앉아 있는 우리만 버거운 야망에 찌들어 있었다. 하지만 오늘만큼은 무엇이 우리 앞에 놓여 있는지, 어떤 과목을 전공해야 할지, 또 성인으로서의 어떤 삶이 우리를 기다리고 있는지에 대해서 모조리 잊어버려도 좋았다. 나는 물론이고 카트리네 또한 어른이 되고 싶지 않을 것이다. 이제 얼마 후면 나는 열아홉 살이 될 것이고, 카트리네는 스물한 살이 될 것이다. 그녀는 이미 내가 알지 못하는 세상의 수많은 일을 겪었다. 그럼에도 그녀는 여전히 자유로웠으며 자신감에 가득 차 보였다. 그녀의 가장 큰 문제라고 한다면, 아직 실연의 아픔을 벗어나지 못했다는 것이었다. 하지만 어느 누가 실연의 아픔을 가지고 있지 않겠는가. 순간, 마르그레테 이레네가 내 입술에 키스를 퍼붓는 바람에 생각이 끊겼다.

우리는 앞으로 다가올 일들에 대해서 이야기를 나누었다. 마르그레테 이레네는 비엔나에 가서 자이들호퍼 교수를 사사하고 싶어했고, 페르디난은 런던으로 가겠다던 생각을 접고 이번에는 독일 하노버로 가서 레이그라프 교수에게 레슨을 받고 싶다고 했다. 그들은 충분한 시간적 여유를 가지고 있었다. 그리고 경제적 문제로 곤란을 겪지도 않았다. 그들은 좀더 성숙해지고 난 후 확실한 자신감을 가지고 오 년 후에라도 데뷔할 수 있는 것이다. 그들은 목표가 분명했고, 또 그에 따라 무슨 일을 해야 할지 잘 알고 있었다. 오직 레베카만이 피아니스트의 길을 포기한 채 다른 공부를 하게 될 것이었다.

"음악은 내게 너무도 중요한 것이기 때문에 가끔 괴롭기도 해." 레베카가 말했다.

"미래의 어느 날, 내 아이들에게 웃으면서 말해줄 거야. 사실은 피아니스트가 되려고 했는데 무대 위에서 드레스를 밟고 엎어지는 바람에 진로를 바꾸게 되었다고 말이야."

"이젠 뭘 할 생각이야? 그저 행복하기만을 바라는 거야? 새해 전날 밤에 말했던 것처럼?" 내가 물었다.

레베카의 표정이 심각해졌다.

"의사가 될 거야. 너희는 우리 집에 돈이 많아서 내가 일하지 않아도 먹고살 거라고 생각하겠지만, 사실은 그렇지 않아. 아버지는 절대 그런 것을 원하지 않아. 어머니도 마찬가지고."

"무슨 의사?" 페르디난이 호기심 어린 목소리로 물었다.

"정신병리학 의사." 레베카는 웃으며 말했다. "그러면, 너희의 무대 공포증도 고쳐줄 수 있을 텐데. 한 명 한 명 돌아가면서……"

저녁은 길었다. 밤이 되자 소담한 푸른빛이 거리에 깔리기 시작했다. 주점 문을 닫을 시간이 되었지만 손님들은 자리에서 일어날 줄 몰랐다. 카를 요한 가는 사람들로 발 디딜 틈이 없었다. 나는 마르그레테 이레네와 함께 그녀의 집이 있는 비슬레트 언덕으로 걸어갔다. 다른 아이들과 카트리네에게는 이미 작별 인사를 했다. 마르그레테 이레네는 술을 마실 때면 늘 그랬던 것처럼 나와 잘 생각을 하고 있었다. 하지만 나는 오늘 그녀에게 내 생각을 밝힐 계획이었다. 더이상 이런 관계를 유지하고 싶지 않다고.

"우리 집으로 갈 거지?" 그녀가 물었다.

나는 심장이 무너져내리는 것만 같았다. 모든 것이 절망적이었다. 이 우유부단하고 흐리멍덩한 성격은 분명히 아버지의 유전인자를 물려받았기 때문일 것이다. 어떻게 그녀에게 말해야 할까.

"오늘은 너무 피곤해. 집에 가서 푹 자고 싶은 생각밖에 없어."

"나랑 같이 자면 되잖아. 할 이야기가 있어."

나는 대답하지 않았다. 우리는 그녀의 집까지 가는 동안 단 한 마디도 하지 않았다. 사랑에 빠진 사람은 그녀가 아니라 바로 나였다. 그녀는 항상 친절하고 사려 깊게 나를 대했다. 이런 사람을 어떻게 버리고 떠날까? 왜 사람들은 상처를 주고받아야 하는 걸까? 지금까지 단 한 번도 그녀에게 우리 관계에 대해 부정적인 생각을 내비친 적이 없었다. 내 가슴속에는 전혀 다른 감정이 있었지만 그녀를 뿌리친 적은 없었다. 왜냐하면 내 몸이 그녀를 원했기 때문이다. 하지만 이제 그런 식의 변명은 하고 싶지 않았다.

우리는 침대에 함께 누웠다.

"넌 오늘 저녁 내내 딴 세상에 가 있는 것 같았어." 그녀가 맥주 냄새를 풍기며 말했다.

"요즘 생각할 것이 많아서 그래. 이제 한 달 후면 살 곳도 없어지니까."

"여기서 살면 되잖아. 사실 난 그러기를 바라고 있었어. 우리 집으로 옮겨, 응?"

그녀는 말하면서 나를 몸속으로 받아들였다. 모든 것이 어렵기만 했다. 물론 그녀에게도 쉽지만은 않은 일이었다.

"넌 오스트리아로 간댔잖아."

"응, 하지만 몇 년 후에. 내가 브루노 자이들호퍼 교수가 얼마나 환상적인 선생인지 확인하고 나면, 그땐 너도 함께 가는 거야."

"현실성 없는 얘기야."

"왜? 차라리 셀마 룅에와 잠자리를 하는 게 더 낫다고 생각하는 거야?"

"난 셀마와 잠자리를 함께한 적이 없어!"

"거짓말. 모두들 그렇게 생각하고 있어. 레베카조차도. 그리고 네가 그녀와 잠자리를 하지 않을 이유는 또 뭐니?"

"내가 같이 잔 여자라곤 너뿐이라고."

"그래, 적어도 지금은 나랑 누워 있지."

나는 할 말을 잃어버렸다. 우리는 취했지만 정신은 말짱했다. 나는 그녀를 원하지 않았다. 하지만 거부할 수 없었다. 용기 없고 비겁한 인간이 바로 나였다. 그녀만큼 나를 잘 알고 있는 사람은 없었다. 그녀는 무슨 말을 해야 할지, 또 무슨 일을 해야 하는지 정확히 알고 실행에 옮겼다. 그리고 언제나 그랬듯 우리는 이번에도 동시에 절정을 즐겼다.

나는 누워서 안냐를 생각하고 있었다.

"우리 더 자주 시간을 함께 보내야 할 것 같지 않아, 악셀?"

"시간을 내지 못했던 건 너잖아."

"난 너와 함께라면 언제든지 시간을 낼 수 있어. 그건 그렇고 네 등에 난 손톱자국…… 괜찮겠지?"

더이상 미룰 수 없었다.

"할 말이 있어."

"내가 제일 두려워하는 거라면, 말하지 마."

그녀가 내 품으로 파고들며 말했다. 둘 다 실오라기 하나 걸치지 않은 상태에서 이런 말을 하는 게 적절하진 않지만 바로 지금이 기회였다.

"난 네가 두려워하는 게 뭔지 잘 몰라. 다만 유일하게 내가 아는 것이라곤…… 더이상 우리 관계를 지속할 수 없다는 거야."

"그런 말 하지 말라고 했잖아!"

"하지만 마르그레테 이레네……"

"관둬!"

그녀는 내 품 안에서 숨이 넘어갈 정도로 울었다. 나는 그녀가 울도록 내버려두었다. 그녀의 머릿결을 조심스럽게 쓰다듬어주는 일 외에는 할 수 있는 일이 아무것도 없었다.

"이렇게 가면 안 돼. 네가 가면 난 죽어버릴 거야."

"그런 말 하면 안 돼."

"빈말 아니야. 진짜로 그렇게 할 거라고."

"어머니도 항상 그렇게 이야기했지만 실행에 옮기진 않았어. 어머닌 아버지가 행복을 가져다주길 원했어. 하지만 그건 아버지의 능력 밖이었지. 그런데 이젠 네가 내게서 행복을 원하는구나. 하지만…… 미안해."

"넌 아주 나쁜 자식이야. 행복? 바보 같으니. 모르겠어? 이건 사랑이라고. 우린 서로를 위해 존재하는 거야."

"그래……"

나 자신이 얼마나 잔인해질 수 있는지 생각하니 모골이 송연해졌다. 마치 입에서 나오는 말들이 날개를 달고 허공에 떠돌아다니는 것 같은 기분이었다. 내 속에 담아두고 있던 말은 모두 내뱉었다. 그리고 그녀는 나를 다시는 가질 수 없으리라. 그녀가 흐느끼며 말했다.

"나랑 같이 살자, 응? 내 인생은 네 손에 달렸어. 나한테 이렇게 하면 안 돼, 정말……"

"미안해."

"아니야, 넌 미안해하지도 않아! 난 너를 잘 알고 있어. 이 나쁜 자식!"

그녀는 주먹으로 내 가슴을 마구 쳤다. 나는 서둘러 침대 밖으로 빠져나와 옷을 입었다. 그녀는 알몸으로 구겨진 침대보 위에서 몸부림치고 있었다. 그 모습을 보고 있자니 가슴이 아팠다.

"난 죽을 거야. 죽을 거라고!" 그녀가 같은 말을 부르짖었다.

순식간에 일어난 일이었다. 적당한 때는 아니었지만, 나는 하고 싶었던 말을 했다. 그녀는 나를 냉소주의자라고 몰아세웠다. 그녀의 부모님이 둘 다 집에 있었기 때문에 그녀는 방을 나와서는 마음

먹은 것만큼 빽빽 소리를 질러대지 못했다. 우리는 현관에서 마주 보고 섰다. 그녀는 여전히 알몸이었다. 눈물이 여전히 넘치듯 흘러내리고 있었다.

"정말 나를 떠날 거야?"

"너를 떠나는 게 아니야. 난 언제나 네 친구로 남을 거야."

"그러면, 이제 안냐한테 갈 거니?"

"아무 데도 가지 않아. 안냐는 지금 병든 몸이고 난 생각할 시간이 필요해. 이해할 수 있지?"

"원한다면 며칠은 기다릴 수 있어."

"그렇게 해. 하지만 난 네가 생각하는 것처럼 가치 없는 놈이야."

"그래. 넌 가치라고는 찾아볼 수 없는 인간이야. 이제야 알겠어."

그녀의 눈이 증오로 타올랐다. 나는 대문 밖으로 나가고 싶은 마음밖에 없었다.

"이제 가볼게."

"개자식. 너희들 남자라는 족속은 다 그렇지? 여자들을 이용해 먹는 추잡한 놈들."

"너를 이용하겠다는 생각은 털끝만큼도 하지 않았어."

"하지만 넌 이미 그렇게 했어. 나에게 상처를 줬어. 평생 낫지 않을 상처를 주었다고, 악셀!"

누구라도 먼저 발걸음을 떼지 않는다면 우리는 몇 시간이고 그렇게 서 있을 것 같았다. 그녀가 다시 호전적으로 변하기 시작했다. 나는 대문을 열었다. 얼른 문밖으로 나가 평정을 찾고 싶었다. 그녀의 커다란 사슴 같은 눈에선 아직도 경멸의 눈빛이 가시지 않았다.

"넌 정말 인정머리가 없어. 마지막 키스도 안 해주고 갈 거야?"

그것만큼은 해주어야 할 것 같았다. 그녀를 껴안은 두 팔에서 낯섦이 느껴졌다. 이전과는 뭔가 다른 그녀의 나체. 그녀도 나와 같은 느낌을 받은 듯했다. 그녀가 내 중심을 꼭 쥐었다. 나는 가만히 내버려두었다. 마지막 인사라고 생각했기 때문이었다.

"난 네게 모든 것을 주고 싶어." 그녀가 말했다. 그러고는 내 것을 힘껏 비틀었다.

나는 수치심과 고통으로 구부정한 자세로 길을 걷다가 테레세스 거리에서 빈 택시를 잡아타고 집으로 향했다. 아마도 내 비명 소리에 놀라 잠 깬 사람들이 한둘이 아닐 것이다.

멜룸 가의 우리 집은 쥐 죽은 듯 고요했다. 나는 주방으로 가서 포도주 한 병을 꺼냈다. 살아생전 어머니가 그랬듯 나도 포도주 한 잔을 마셔야 오늘 밤 제대로 잘 수 있을 것 같았다. 내 중심에 불이 붙은 듯 활활 타오르는 고통이 느껴져 견딜 수가 없었다. 하지만 다행히 다친 것 같지는 않았다. 어쨌든 마르그레테 이레네와의 관계를 정리했다는 안도감은 말할 수 없이 컸다. 기어코 하고 싶었던 말을 한 것이다. 그녀는 미친 듯 소리를 지르고 협박했지만, 이젠 다 지난 일이었다.

주방 식탁 위에는 편지 한 장이 놓여 있었다. 아버지나 카트리네가 놓아둔 것이었다. 그 편지는 내 앞으로 온 것이었다. 발신처는 변호사 사무소였다.

공식적인 편지라는 생각이 들자 갑자기 온몸이 경직된 듯 손이 떨렸다. 결코 좋은 소식일 리가 없었다. 내 행복은 결코 오래 지속되는 법이 없었으니까. 나는 천천히 편지 봉투를 뜯었다.

친애하는 악셀 빈딩 씨.

쉰네스트베트 씨의 가족을 대신하여, 귀하의 음악 지도 교사였던 오스카 쉰네스트베트 씨가 4월 15일자로 사망하였음을 알려드립니다. 고인의 유언에 따라 마요르스투엔의 소르겐프리가에 있는 주택은 귀하에게 상속될 것이며, 그랜드피아노 한 대가 유산에 포함될 것입니다. 쉰네스트베트 씨의 가족들이 해당 장소를 정리하는 6월 1일자로 귀하는 공식적으로 주택을 인계받게 될 것입니다. 이 편지를 받는 즉시 저희 변호사 사무실로 연락주시기 바랍니다.

경의를 표하면서

변호사 요아킴 펜 드림

나는 잔의 바닥이 보이도록 한 번에 포도주를 들이켰다. 그리고 편지를 읽고 또 읽었다. 행운이란 이런 것일까? 희비가 엇갈렸다. 너무도 쓰디쓴 행운이었다. 쉰네스트베트 선생은 내가 진정으로 필요로 할 때 도움의 손길을 내밀었다.

내가 살 수 있는 집을 물려준 것이다. 그의 유언을 거부할 수 없었다. 죽을 때까지 그에게 감사하며 살아야 할 것이다.

그의 모습을 떠올렸다. 의자에 앉아 커피와 케이크를 들고 친절한 미소를 띠고 있던 그. 단 한 번도 내게 악의를 품은 적이 없으며, 오직 내가 잘되기만을 바랐던 사람. 하지만 너무도 빨리, 쉽고도 확실한 방법으로 나는 그에게 상처를 주었다. 나는 그에게서 벗어난 바로 그날 이후 단 한 번도 그를 생각해본 적이 없었다. 양심의 가책도 없었다. 하지만 그는 여전히 나를 생각했다. 매일매일, 내가 전혀 모르고 있을 때에도……

어쩌면 이런 것을 두고 행운이라고 할지도 모른다. 죽음의 세계에서 날아온 행운? 문득 내 바로 뒤에서 어머니가 속삭이는 것 같았다. 따스하면서도 거부할 수 없을 정도로 강렬한 사랑이 온몸을 휘감았다.

"모든 일에는 대가가 있는 법이지. 하지만 대부분의 사람들은 그 대가를 지불할 능력조차도 갖고 있지 않단다."

5월의 라일락

다음 날 아침 일찍 전화벨이 울렸다. 나는 비몽사몽 중에 내 앞에 열린 새로운 기회들과 쉰네스트베트 선생의 최후에 대해서 생각하고 있었다. 천장에 목을 맨 그의 모습을 도무지 머릿속에서 떨쳐낼 수 없었다. 그런 종류의 자살이 아니라 심장마비나 뇌졸중 같은 갑작스러운 죽음이기를 바랐다.

전화벨은 계속 울리고 있었다. 아무도 수화기를 드는 사람이 없었다. 그제야 집 안에 전화를 받을 사람이 나밖에 없다는 것을 깨닫고 수화기를 들었다.

마리안네 스쿠그였다.

"안나가 지금 집에 있어." 그녀는 마치 누가 들을까봐 조심하는 사람처럼 낮은 목소리로 재빨리 말했다. "안나 아버지는 오늘 회의에 참석해서 하루 종일 집에 없어. 그러니 점심때쯤 엘베파레로 오렴."

"고맙습니다. 그때 뵐게요. 제가 뭐 가지고 갈 건 없나요?"

"너만 오면 돼."

라일락은 밤새 활짝 피어 있었다. 라일락 향이 멜룸 가를 가득 채우고 있었다. 나는 달리고 싶었다. 하지만 주체할 수 없을 정도로 빨리 뛰는 심장 때문에 주저했다. 천천히 걸어가야 한다는 생각이 들었다. 자제력을 잃지 않기 위해서라도 심호흡을 하며 천천히 걸어야 했다.

마지막으로 안냐를 본 게 벌써 넉 달 전이었다. 그녀는 트라우마를 치료하고 건강하고 활발한 소녀가 되었을까? 하지만 그랬다면 마리안네 스쿠그가 내게 전화를 해서 오라고 할 리 없었다. 안냐는 아직도 손전등 사내의 손아귀에서 벗어나지 못한 것이 틀림없었다.

엘베파레가 가까워졌을 때 고개를 들어 하늘을 쳐다보았다. 매는 없었다. 좋은 징조로 여겨도 되는 것일까?

그녀를 집까지 바래다줄 때면 언제나 걸음을 멈추어야 했던 그 마지막 길모퉁이를 지났다. 라일락꽃에 겹겹이 둘러싸인 집 한 채가 눈에 들어왔다. 정원의 파라솔 아래에 앉아 있는 두 사람의 모습이 보일 듯 말 듯 눈에 들어왔다. 강물 흐르는 소리도 들려왔다. 어머니가 돌아가셨던 그 강가 덤불에서 이토록 가까운 곳에 안냐가 살고 있다는 사실을 떠올릴 때마다 이상한 기분이 들었다.

꽃다발이라도 준비해야겠다는 생각을 했지만 도저히 그럴 용기를 내지 못했다. 나는 지금 안냐의 삶에서 내가 어떤 위치를 차지하고 있는지 모른다. 그저 뭔가를 실수할까봐 두려운 생각밖에 들지 않았다. 스쿠그 가족과 함께 있을 때면 세세한 일 하나로 내 운명이 결정지어질 것 같았다.

대문은 비명 같은 괴이한 소리를 내면서 열렸다. 땀으로 벌써 셔츠 겨드랑이가 젖어 있었다. 열대지방의 더위와 맞먹을 정도로 무더운 날이었다.

파라솔 아래 두 사람의 실루엣이 보였다. 그들의 윤곽이 좀더 뚜렷하게 보였다. 그들은 정원에서 대나무 의자에 앉아 차를 마시고 있었다. 그들은 마치 자매 같았다. 마리안네는 안나의 어머니라고 하기에는 너무 젊었다. 정원에 듬성듬성하게 자리 잡은 나지막한 나무들 사이에 몸을 숨기듯 앉아 있는 또다른 소녀는 유령처럼 보였다. 나는 그녀를 보자마자 등골이 오싹해졌다. 납결 무늬가 있고 분홍색과 하늘색이 배색된 가벼운 면 원피스를 입은 그녀는 이전보다 훨씬 더 야위었고, 더 창백했다. 나는 정원 한가운데에서 걸음을 멈추었다. 눈길을 어디에 두어야 할지 알 수 없었다. 순간 우리의 눈길이 마주쳤다.

"안냐."

그녀는 미소로 나를 반겼다. 나는 재빨리 곁눈질로 마리안네의 표정을 살폈다. 그녀는 슬퍼 보였다.

"엄마가 차를 끓여주셨어. 이리 와서 앉아, 악셀."

나는 그녀에게 다가가 몸을 굽혀 어깨에 가볍게 손을 올리고 조심스럽게 껴안았다. 그녀의 몸은 여전히 뼈와 살가죽뿐이었다. 사십 킬로그램도 안 될 것 같았다.

"네가 다시 돌아와서 기뻐."

그녀는 고개를 끄덕였다. "내가 그동안 여기 이 정원을 얼마나 그리워했는지, 넌 짐작도 못 할 거야. 졸업 시험은 둘째 치고 5월에 라일락이 필 때쯤엔 돌아올 수 있길 바랐지. 그러다 어쩌다보니 졸업 시험도 보고, 원하는 때에 다시 집으로 돌아올 수도 있게 되었어."

"졸업 시험도 보았니?"

그녀는 놀란 표정을 지으며 나를 바라보았다. "응, 우리 엄마한테 듣지 못했어? 어쨌든 거기에 너무 신경을 써서 지금은 거의 아무것도 못할 지경이야."

나는 어리둥절한 표정으로 마리안네를 바라보았다. 그녀는 내 눈을 똑바로 바라보지 못했다. 그녀가 원하는 것이 도대체 무엇인지 알 수 없었다. 동시에 이 모든 것의 배후에 브로르 스쿠그가 있다는 것도 직감했다.

"어서 와서 자리에 앉아, 악셀."

내 자리 앞에는 이미 차 한 잔과 케이크 조각이 놓여 있었다. 넉 달이라니. 놀라울 뿐이었다. 안나에게선 이전의 모습을 조금도 찾아볼 수 없었다. 누군가의 도움이 없으면 제대로 설 수도 없을 것 같았다.

마리안네가 자리에서 일어서는 것을 보고 나는 안도의 한숨을 내쉬었다.

"너희끼리 할 이야기가 많겠지? 난 잠시 안에 들어가서 전화 좀 하고 올게. 악셀, 돌아갈 때가 되면 나를 부르렴, 알았지?"

나는 그것이 일종의 암시라고 생각했다. 그녀도 이제 안나가 혼자서는 살아갈 수 없다는 것을 내게 알려주고 싶었을 것이다.

마리안네가 자리를 뜨고 우리 둘만 남았다. 그녀는 미소를 지으며 마치 오래된 영화 속 한 장면처럼 내게 손을 내밀었다. 그뿐만이 아니었다. 뭔가 말로 표현할 수 없는 낡고 오래된 분위기가 그녀를 감돌고 있었다. 고통스러웠다. 그녀는 죽어가고 있었다. 인정할 수 없었다.

"도대체 그동안 어디에 있었니?" 내가 물었다.

"아빠는 거기에 대해 아무도 모르길 바래."

"역시 비밀인 거니?"

"응? 뭐 다른 비밀이 또 있어?"

"셀마 링에를 사사하고 피아노를 친다는 사실도 감추었잖아."

"아빠가 나쁜 의도로 그랬던 건 아니야. 단지 계획이 있어서였지. 그건 그렇고, 내가 요양원에 있었다는 소문이 퍼지면 요양원 쪽에도 좋을 게 없어."

"그동안 요양원에 있었구나."

그녀는 불행한 표정으로 나를 바라보았다. "내가 너무 많은 것을 말해버렸네. 이제 더 묻지 마."

갑자기 우리 사이에 침묵이 감돌았다.

"이제, 어떻게 할 거니?" 나는 겨우 입을 떼서 물었다.

"모든 것이 일 년 뒤로 미뤄졌어."

"뭐가?"

"아빠는 올 가을에 내가 독주회를 열기를 바래. 신인 연주회 따위의 이름이 붙지 않은 정식 데뷔 콘서트를 하길 원해. 하지만 난 시간이 더 필요해. 다른 피아노 선생님도 찾아야 할 거고 말이야."

내 귀를 의심하지 않을 수 없었다. 그녀는 마치 아무 일도 없었다는 듯 말하고 있었다. 두 발로 제대로 서지도 못하는 소녀가 아직도 세상이 자기 앞에 활짝 문을 열고 있다고 여기고 있었다. 그렇다면 졸업 시험을 보라고 강요했던 것도 손전등 사내가 아닐까? 스쿠그 가족처럼 야망으로 똘똘 뭉친 사람들은 절대로 시험을 포기하거나 연기할 수 없는 족속들이었다. 분노가 치밀어올랐다. 안냐의 희생에 가슴이 아팠다.

"셀마에게 더이상 피아노를 배우지 않을 생각이야?"

"이미 정해진 거나 다름없어. 기대한 만큼 내 콘서트가 성공적이지 못했으니까. 아빠는 그동안 스웨덴과 독일의 몇몇 교수들에게 연락했어. 가끔 피아노 선생을 바꾸는 것도 나쁘진 않아."

그녀의 말투는 너무도 단조로웠고, 비현실적이었다. 언젠가 카트리네가 그녀의 삶에서 가장 어두운 때를 경험했을 때처럼…… 혹시 신경 계통의 약물을 복용하는 것은 아닐까 하는 생각을 해보았지만 직접 물어볼 수는 없었다.

"어쨌든 악셀, 널 다시 만날 수 있어서 기뻐."

눈물이 솟았다. "내가 널 얼마나 보고 싶어했는지 알아?" 나는 감정이 북받쳐 흐느꼈다.

"울지 마. 제발, 울지 마, 악셀. 네가 한 가지 기억할 게 있어. 남자와 여자가 한번 몸을 섞게 되면, 그다음엔 여자가 남자에게 더 매달리게 된대. 남자가 여자를 생각하는 것보다 훨씬 더……"

"그런 말은 어디서 들었니?"

"아빠가 말씀해주셨어."

나는 미소 지었다. "그건 말도 안 돼. 하지만 네가 나한테 매달리면 정말 좋을 것 같아."

또다시 정적이 찾아들었다. 그녀에게 묻고 싶은 게 너무 많았다.

"참, 애들이 안부 전해달래. 졸업 파티를 굉장하게 했거든. 실은 어젯밤에 너를 불러내서 시내에 가려고 했었어."

"그래? 말만 들어도 고마운걸. 재미있었을 텐데."

"견뎌낼 수 있었겠니?"

"견뎌내지 못할 건 또 뭐가 있겠어?"

"안냐, 지금 네가 얼마나 말랐는지 알기나 해?"

그녀는 천천히 고개를 저었다. "내 몸에 대해서는 아무 말도 하지 마. 부탁이야. 난 내가 섭취해야 하는 음식을 먹고…… 그리고 잘 지내고 있어."

"여름에 무얼 할 계획이야?"

"연습해야지. 집중해야 돼. 지난 1월에 있었던 일이 다시 일어나지 않도록."

"네 콘서트는 그리 나쁜 편은 아니었어."

"아니야. 최악이었어."

"네 아빠가 그렇게 말씀하셨니?"

"아빠에 대해선 더이상 얘기하지 마. 나도 내 일을 스스로 생각하고 판단할 수 있는 나이가 되었으니까."

"잠깐만 기다려줘." 그러고 나서 나는 재빨리 자리에서 일어났다.

나는 유리문을 열고 붉은 집 안으로 들어섰다. 대번에 환기가 안 된 듯 갑갑한 실내 공기가 느껴졌다.

마리안네는 주방 식탁에 앉아 있었다. 방금 통화를 마치고 수화기를 내려놓은 듯했다.

“이렇게 시간을 내 와줘서 정말 고마워, 악셀.”

“도대체 어떻게 된 건가요? 안냐의 건강이 더 악화된 것 같아요.”

마리안네는 양손으로 자신의 머리를 감싸 쥐었다. “그래, 알고 있어. 그런데도 내가 할 수 있는 일이라고는 아무것도 없구나.”

“아무것도 없다니요? 아주머니는 안냐의 어머니잖아요.”

“내가 끼어들기에는 이미 너무 늦었어. 안냐와 남편 사이의 관계는 너무도 비밀스럽고 강해.”

“더 늦기 전에 손을 쓰세요, 제발 부탁이에요.” 나는 그녀에게 소리를 지르고 말았다.

그녀가 내게 목소리를 낮추라는 신호를 보냈다. “방금 내가 한 일이 바로 그거야.” 그녀가 조용히 말했다. 그녀의 손이 심하게 떨리고 있었다.

“내 남편, 브로르 스쿠그를 신고했어. 경찰에.”

그때 정원에서 내 이름을 부르는 소리가 들려왔다. 우리는 이야기를 계속할 수 없었다. 나는 유리문 옆에 서서 안냐가 앉아 있는 쪽을 바라보았다. 정면으로 나를 비추고 있는 햇빛 때문이었는지, 아니면 만개한 흰색과 보라색 라일락 때문이었는지 눈이 부셨다. 안냐의 모습은 담벼락 그림자에 가려져 제대로 보이지 않았다.

“어디에 있었어? 난 네가 안 보여서 물에 빠진 줄 알았잖아.” 안냐가 미소 띤 얼굴로 내게 물었다.

“전립선에 문제가 있어서 말이야. 아, 암흑 같은 나의 미래여.” 나는 농담으로 상황을 얼버무리려고 했다.

“오, 악셀! 농담하지 마. 네 앞날은 밝기만 한걸.” 그녀는 부드럽게 말하며 다시 내게로 손을 내밀었다. 그 손을 잡고 키스를 해야 할 것 같았다.

우리는 나란히 앉아 허공을 바라보았다.

"혼자 있었어? 요양원에?"

"응. 아빠랑 나밖에 없었어."

"언제 집으로 왔어?"

"참 궁금한 것도 많구나. 어제 집에 왔어."

"미안해. 내가 호기심이 많아서……"

"사실 나도 궁금한 게 많아. 요즘은 무슨 곡을 연습해?"

"슈베르트의 마지막 소나타."

그녀가 고개를 끄덕였다. "셀마가 가장 좋아했던 곡이야. 마지막 콘서트에서도 연주했던……"

"넌 셀마가 마치 죽은 사람인 것처럼 말하는구나."

"그래. 피아니스트로서의 생명은 다한 거지. 셀마는 슈베르트의 〈피아노소나타 다단조〉를 마지막 콘서트에서 연주했어. 뭐라고 할까…… 그 곡은 마치 삶과 죽음을 이야기하고 있는 것 같아. 넌 셀마를 사랑하니?"

"도대체 무슨 소리야? 내가 누구를 사랑하고 있는지 가장 잘 알면서."

그녀가 웃음을 터뜨렸다. "그래. 하지만 네가 셀마를 사랑한다고 말했어도 놀라지는 않았을 거야. 모두가 셀마에게 한 번쯤은 연정을 느끼거든. 나도 그랬고. 하지만 잠시뿐이었어."

"셀마와 네가 연락하지 않는 게 이상해. 넌 항상 그녀에게 좋은 감정을 가지고 있었잖아."

"내가 잠시 현실에서 떨어져 있었다는 걸 잊지 마. 졸업 시험 준비도 해야 했고."

"하지만 왜?"

"아빠는 내가 잠시 그녀와 떨어져 있는 것이 좋겠다고 생각했어. 집중력을 위해서 말이야. 내게 부족했던 것은 바로 집중력이었거든. 라벨을 연주했던 바로 그때……"

"라벨은 이제 잊어버려."

그녀는 고개를 저었다. "죽어도 잊지 못할 거야. 잊으면 안 돼. 만약에라도 잊어버리면, 또 같은 재앙이 되풀이될 거야."

"재앙?"

그녀가 훌쩍거리며 울기 시작했다. "넌 나를 이해하지 못해."

나는 얼른 그녀의 손을 꼭 쥐었다. "아니야, 절대로 그렇지 않아. 하지만 적응이 잘 안 되는 건 사실이야. 우리가 같이 이야기해본 지 꽤 오래되었지? 아마 그래서인 것 같아."

"응. 우린 모든 것에 대해 이야기했었지? 우린 함께 계획을 세웠어야 했어. 함께 살아나갈 삶에 대해서 말이야. 네가 원한다면…… 악셀. 피곤해…… 엄청 피곤해, 지금."

"그래, 좀 쉬어. 다시 힘을 내려면 많이 쉬어야지."

"엄마도 그렇게 말했어. 하지만 아빠는 이미 모든 계획을 다 세워놓은걸. 나를 위해 너무도 많은 일을 해왔어. 기대를 저버리는 것은 결코 쉬운 일이 아니야."

"안나, 이젠 너 자신을 중요하게 여길 때가 되었어. 다른 사람은 생각하지 말고, 오직 너만을 생각해."

"그래?" 그녀는 초점 없는 눈으로 나를 올려다보았다.

안나는 이야기를 나누는 것조차 힘들어했다. 채 삼십 분도 안 되는 짧은 시간이었지만, 그녀는 이미 기진맥진해 있었다.

"이제 가볼게." 나는 자리에서 일어섰다.

그녀가 고개를 끄덕였다. "가기 전에 엄마 좀 불러줄래?"

"마리안네!" 나는 집 안을 향해 소리쳤다.

안나는 놀란 표정으로 나를 바라보았다. "넌 우리 엄마의 이름을 부르는구나!"

"길에서 몇 번 마주친 적이 있었어."

마리안네 스쿠그는 창백한 얼굴로 유리문 옆에 서 있었다. 그녀의 손에는 전화기가 들려 있었다. 통화 중이었던 것 같았다. 나는 얼른 자리를 떠야 할 것 같은 느낌이 들었다.

"언제 또다시 만날 수 있을까?" 나는 잠에 든 듯 힘없이 앉아 있는 그녀에게 물었다.

"네가 원할 때면 언제든."

그녀는 맥 빠진 소리로 중얼거리며, 내게 작별의 악수를 청했다. 그녀가 현실감을 상실한 것은 아닐까.

나는 그녀의 손등에 한 번 더 가벼운 입맞춤을 했다.

강가로 난 길을 따라 집으로 향했다. 갑자기 말할 수 없이 극심한 피로감이 몰려왔다. 강물 소리가 끊임없이 귓가에 들려왔다. 우거진 나뭇가지 아래의 그늘은 차갑게까지 느껴졌다. 나는 자리에 앉아 몇 시간이고 있었다. 마리안네 스쿠그와는 따로 만나서 이야기를 해봐야 할 것 같았다. 어쩌면 그녀도 손전등 사내를 두려워하고 있는지 몰랐다. 안나와 그 아버지 사이에 무슨 일이 오고 갔는지 그녀도 모르고 있었던 것 같았다. 그리고 이제는 모든 것이 이미 늦어버렸다.

단 하루 동안에 너무도 많은 일이 일어났다. 마르그레테 이레네와의 결별. 쉰네스트베트 선생의 부고장과 내 소유가 될 집 한 채. 그리고 너무도 변해버린 안나. 머릿속이 정리될 수 없을 정도로 복잡했다. 무슨 일이든지 일어나야 할 것 같았다.

그날 저녁, 마침내 집 앞에 도착했을 때 나는 몸살을 앓듯 온몸이 쑤셨다. 나는 계단에 서서 엘베파레 쪽을 바라다보았다. 이제 저 붉은 집에서는 무슨 일이 벌어지게 될까. 저녁 하늘에 가득 번진 푸르스름한 빛이 오묘한 분위기를 자아냈다. 하루 중 내가 가장 좋아하는 시간. 하지만 이젠 스산한 느낌뿐이었다.

얄마르 빈딩의 행운

멜룸 가의 우리 집은 환한 불빛으로 가득했다. 손님이 찾아온 게 분명했다. 아버지와 카트리네는 집 안을 어두컴컴하게 해놓고 앉아 있는 것을 좋아했기 때문이다.

침대에 눕고 싶은 마음뿐이었다. 현관문을 열고 들어서자마자 함께 앉아 포도주를 마시고 있는 아버지와 카트리네의 모습이 보였다. 아버지의 옆자리에는 아버지 또래의 여자가 앉아 있었다. 분위기를 망치지 않기 위해 나도 잠시 앉아야 할 것 같았다.

모두들 나를 쳐다보고 있었다. 여자의 머리는 짧았고 어두운 갈색이었다. 짙은 화장을 한 얼굴은 손가락 사이에 끼고 있는 담배에서 피어오르는 자욱한 연기로 뒤덮여 있었다.

"이제야 오는구나. 잉게보르그가 왔어, 보다시피……" 아버지는 수줍은 듯 내 눈을 똑바로 보지 못했다.

"같이 살기로 했단다."

"네, 그러실 거라고 생각했어요."

"안녕, 악셀. 만나서 반가워." 그녀가 말을 건넸다.

그녀는 마치 조그만 어린아이에게 하듯 내 볼을 살짝 꼬집었다. 마음에 들지 않았다. 오세 빈딩의 자리를 차지하려는 사람인데 그 누구인들 내 마음에 들겠는가.

"반갑습니다."

카트리네는 들뜬 미소를 지으며 나를 보았다. 보아하니 긍정적인 노선을 선택한 것 같았다. 나는 그녀의 선택에 힘을 실어주기로 했다. 예나 지금이나 아버지가 행복할 수 있다면 어떤 일도 감수할 수 있다는 내 마음은 변함이 없었다. 사실 내 머릿속엔 오직 안냐 생각뿐이었다.

내키지 않았지만 그들 사이에 자리를 잡고 앉았다. 아버지는 집에 있는 가장 좋은 포도주를 꺼내 왔고, 잉게보르그는 쉬지 않고 재잘댔다. 어머니가 살아 있을 때와 달라진 것이 없었다. 그녀는 외모는 물론이고 분위기도 어머니와 많이 비슷했다. 그녀가 말할 때면 아무도 끼어들지 못하는 상황도 다르지 않았다. 나는 포도주 잔을 들고 소파에 앉아서 그칠 줄 모르는 그녀의 수다를 듣고 있었다. 지난여름에 우연히 아버지를 만났을 때의 이야기부터 시작해서 지금까지 그녀가 해왔던 일들, 예를 들어 전화 교환수로 일했던 것과 바텐더, 메이크업 아티스트로서의 지난 생활을 쉴 새 없이 이야기하고 있었다. 요즘은 여성 의류 회사에서 일하고 있다고 했다. 그들은 함께 큰일을 벌이려는 듯했다. 아버지는 집을 팔고 나면 그녀의 고향인 바닷가 순뫼레 지방의 조그만 농장으로 옮길 계획이었다. 그후 그들은 여성 의류를 전 세계로 수출하는 일을 하려는 생각을 하고 있었다. 아버지는 시내에 있는 부동산을 모두 최저가에 처분하려는 듯했다. 절망적인 결정이지만, 사실 지금까지 그 부동산으로 이익을 본 적은 단 한 번도 없었다. 그러나 처분하게 되면 적어도 우리가 지고 있던 빚은 갚을 수 있을 것이다. 어머니가 살아 있을 때도 아버지는 빚을 갚기 위해 부동산을 처분한 적이 있었다. 하지만 이제는 잉게보르그가 선택하고 결정을 내리게 된 것이다. 어머니는 생전에 소리를 지르거나 화를 내는 일이 비일비재했지만, 단 한 번도 아버지의 선택을 무시하고 당신 마음대로 결정을 내린 적은 없었다.

나는 카트리네 옆에 앉아서, 아버지의 새로운 결혼생활에 대해 상상했다. 문득 두려워졌다. 나는 아버지와 잉게보르그가 서로 어울리지 않는다는 것을, 그들이 느끼지 못하는 불협화음을 볼 수 있었다. 아직 둘 사이에 말로 오가지 않은 사실들과 앞으로 겪게 될 말다툼과 신경전 들. 그들 사이에 끼고 싶지 않았다. 적어도 지금은 마르그레테 이레네에게서 자유로운 몸이 되었다는 사실만으로 만족했다. 이젠 안냐만 생각하고 싶었다. 그녀와 사랑을 나누었던 일만 떠올랐다. 책임감 같은 것도 슬며시 생겨났다. 그러나 그것은 미친 짓이었다. 광란이었다. 나는 그곳으로 다시 가고 싶지 않았다. 어른이 되고 싶지 않았다. 데뷔도 하고 싶지 않았다. 지금 단 한 가지 원하는게 있다면, 내 피아노 선생이 목숨을 끊은 바로 그 조그만 집에 나 자신을 숨기고 싶은 마음뿐이었다. 거기에서라면 모두가 나를 잊어버릴 때까지 평화로운 잠을 잘 수 있을 것 같았다. 어쩌면 거기서는 아무런 갈등과 고통 없이도 어른이 될 수 있을 것만 같았다.

눈이 스르르 감겨왔다. 더이상 손가락 하나 까딱할 힘도 없었다. 잉게보르그의 목소리가 비몽사몽 중에 들렸다. 그녀는 죽은 내 어머니, 오세 빈딩에게 일어났던 사고는 믿을 수 없을 만큼 슬프고 괴로운 일이라고 말하고 있었다. 폭포수 아래로 떠밀려 내려가며 내게 손을 흔드는 어머니의 모습이 떠올랐다. 어머니는 내가 저녁마다 잠자리에 들기 전 그렇게 내게 손짓을 했다. 하지만 귓전에 들려오는 목소리는 어머니의 목소리가 아닌 잉게보르그의 목소리였다. 그녀는 어머니가 수집한 음반들을 고물상에 팔아 좀더 돈을 만들자고 아버지를 부추기고 있었다. 그녀는 아버지와 함께 시작할 여성 의류 사업에 조금이라도 더 투자하기 위해서는 그렇게 해야 한다고 속삭이고 있었다.

전화벨이 울렸었나보다. 카트리네가 자리에서 일어났다.

갑자기 정신이 번쩍 들었다. 시계를 보니 새벽 두시였다.

카트리네가 낮은 목소리로 수화기에 대고 심각하게 이야기하고 있었다. 모두들 무슨 일이 일어났다는 것을 직감했던 것 같다. 잉게보르그조차도 입을 다물고 조용히 앉아 있었다. 카트리네는 수화기를 내려놓고 내게로 조용히 다가왔다. 그녀는 아버지와 잉게보르그가 그 자리에 있다는 사실을 까맣게 잊고 있는 것 같았다.

"악셀, 마음 굳게 먹고 내 말 잘 들어."

나는 그녀를 쳐다보았다. 거실 안은 훈훈한 온기로 가득 차 있었지만, 내 등골에는 오싹한 한기가 스쳐갔다.

"마리안네 스쿠그가 전화를 했어. 두 시간 전에 안냐의 아버지가 지하실에서 권총으로 자살했대. 안냐는 이 층에 있는 자기 방에 있었는데, 정신적인 충격으로 울레볼 병원으로 옮겨졌고. 마리안네 스쿠그는 지금은 아무와도 연락하고 싶지 않대. 너하고 이야기할 기력도 없다면서. 하지만 내일 아침 너한테 전화하겠다고 했어."

나는 아무 말 없이 자리에서 일어나 걷기 시작했다. 아무도 나를 제지할 수 없었다. 카트리네는 문 옆에 서서 내게 고함을 질렀지만 나는 들은 척도 하지 않고 집을 나서 엘베파레 쪽으로 걸어갔다. 찬바람 한줄기가 얼굴을 스쳐갔다. 하지만 거리는 따스했고 라일락 향으로 가득 차 있었다.

안냐의 집으로 향하는 마지막 길모퉁이에서 나는 멈춰 섰다. 키 큰 나무들 사이로 번쩍이는 경찰차들의 불빛이 보였다. 아마도 오늘 밤엔 집 앞을 지키며 삼엄한 경비를 펼칠 모양이었다. 나는 조심스럽게 한 걸음 한 걸음 집 쪽으로 걸어갔다. 더이상 붉은 집은 볼 수 없었다. 집 전체가 시커멓게만 보였다. 적어도 내 눈에는……

이상하기만 했다. 아무런 감정의 동요도 생기지 않았다. 왜 더 일찍 이 사태를 예견하지 못했을까? 많은 사고 현장을 목격하는 것이 어쩌면 내 운명일지도 모른다는 생각이 머릿속을 스쳐갔다.

에필로그

죽음과 소녀

6월이 다가왔다. 지난 이 주 동안 나는 오후만 되면 항상 안냐와 함께 시간을 보냈다. 새 집주인이 들어왔기 때문에 우리는 멜룸 가를 떠났다. 아버지와 잉게보르그는 순뫼레로 이사했고, 나는 쉰네스트베트 선생이 사용하던 낡은 집에서 그가 어떻게 목숨을 끊었을까 하는 생각으로 많은 시간을 보냈다. 어머니가 수집했던 음반들은 흔적도 없이 이곳저곳으로 팔렸고, 카트리네는 친구들과 함께 코스터라는 곳을 여행 중이었다. 브로르 스쿠그의 시신은 화장되었고, 나와 안냐는 장례식에 참석하지 않았다.

"병원에서는 할 수 있는 한 최선을 다했지만, 이미 너무 늦었다는구나. 안냐는 먹는 것도 거부하고 있어. 게다가 링거 주사까지 거부해서 주삿바늘을 뽑아내기 일쑤였지." 마리안네가 그동안의 일을 내게 설명해주었다.

"병원에선 간호사들이 환자들을 보살펴주지 않나요? 링거 바늘을 뽑아내는 일만큼은 막을 수도 있었을 텐데요. 일 년 전만 해도 우리 가운데 안냐가 가장 건강하고 활발했는데 도저히 믿을 수가 없어요."

마리안네는 고개를 끄덕였지만 내 말을 듣고 있는 것 같지는 않았다. "안냐는 실오라기만큼의 저항력도 남아 있지 않아."

셋째 주가 시작될 무렵 안냐는 폐렴 증세를 보이기 시작했다.

그녀는 숨 쉬는 것조차 괴로워했다. 나는 그녀의 이마를 조심스럽게 쓰다듬어주었다. 때는 이미 늦은 저녁이었고, 안냐는 서너 시간 낮잠을 자고 일어난 후였다. 그녀가 갑자기 정신을 되찾은 듯 보였다.

"악셀, 언젠가 네가 슈베르트에 대해 말한 적이 있었지?" 안냐가 약 기운에 취해 몽롱한 목소리로 말했다.

"응."

그건 이미 오래전 일이었다.

"젊은 나이에 죽음을 맞는다는 것은 참 슬픈 일이지?" 그녀가 비통한 목소리로 말했다.

"그럼에도 그는 참 많은 곡을 작곡했어. 소나타, 성악곡, 실내악 그리고 다장조 오중주곡 들……"

"그래……"

"지금 같아선 거기에 몸을 숨기고 살 수도 있을 것 같아. 2악장 깊숙한 곳에…… 내가 무슨 말을 하고 있는지 이해하지?"

마리안네가 방으로 들어왔다. "안냐, 너무 이야기를 많이 하는 건 좋지 않아." 그녀가 말했다.

"엄마 말이 맞아. 좀 쉬어야겠어."

나는 안냐에게 언젠가 함께 슈베르트의 연탄곡 〈환상곡 바단조〉를 연주하자고 말할 참이었다. 하지만 그 말을 하기엔 시기가 좋지 않았다. 마리안네는 내게 손짓으로 이제 작별 인사를 하라는 신호를 보냈다.

"안냐, 난 이제 가볼게." 나는 그녀에게 말했다.

나는 안냐를 가볍게 끌어안았다. 그리고 마리안네가 듣거나 말거나 지난 이 주 동안 작별 인사를 할 때면 언제나 그녀에게 했던 말을 되풀이했다. "사랑해."

그녀는 여전히 똑같은 대답만 할 뿐이었다. "그런 말 하지 마."

순간, 그녀는 그 어느 때보다 더 날카로워 보였다. 마치 앞으로 다가올 비극적 운명을 예상하고 있는 것 같았다. 갑자기 불안이 엄습했다. 그녀는 몸을 일으켜 침대에 기대어 앉았다.

"하지만…… 어디서 나를 찾을 수 있겠니?" 나를 바라보는 그녀의 커다란 눈동자가 불안에 떨고 있었다.

"〈오중주 다장조〉 2악장? 피아노를 위한 곡은 쓰이지 않았잖아."

"그래. 바로 그 때문이야." 그녀는 피곤한 듯 미소를 지으며 다시 침대에 누웠다. 그러더니 갑자기 웃음을 터뜨렸다. 어린아이처럼 행복하고 날아갈 듯 가벼운 웃음소리였다.

"비올라와 제2바이올린 사이, 그 어디쯤에서 나를 찾아야 해……"

그것이 안냐가 내게 남긴 마지막 말이었다.

나는 복도에 앉아 기다렸다. 병실 문 옆의 램프는 생명을 다한 듯 힘없이 깜박였다. 나는 서둘러 달려오는 간호사들을 보았다. 병실에는 마리안네가 안냐와 함께 있었다. 얼마 지나지 않아 안냐가 심장에도 문제가 있었다는 사실을 전해들었다. 폐에는 이미 물이

차 있었다고 했다. 자정 직전 그녀는 숨을 거두었다.

나는 우두커니 앉아 있었다.

마리안네가 병실 바깥으로 걸어 나왔다. 안냐의 시신은 곧 영안실로 옮겨질 것이었다. 마리안네는 무표정한 얼굴로 나를 바라보았다. 그녀가 어떤 기분인지 나는 짐작조차 할 수 없었다.

"들어와서 마지막으로 안냐를 보겠니?"

나는 고개를 끄덕이며 자리에서 몸을 일으켰다.

숨을 거둔 그녀의 몸은 살아 있을 때보다 훨씬 더 야위어 보였다. 그녀는 갓 태어난 조그만 새 같았다. 자신에게 다가올 최후를 알아채지 못한 채, 생명의 환희로 가득 차 여기저기로 날아다니는 조그만 새……

그녀는 연약한 새였을까? 아니, 그녀는 강인한 소녀였다. 이 죽음은 그녀의 탓이 아니다. 하지만 이제 와서 이런 생각을 한들 무슨 소용이 있겠는가.

나는 그녀를 향해 몸을 굽혔다. 숨을 멈춰버린 안냐가 아름다워 보이지는 않았다. 그녀의 얼굴은 고통으로 일그러져 있었다. 그녀는 이미 육신을 떠났다. 내 생에서 너무도 중요하고 잊을 수 없는 순간이었다.

나는 그녀에게 키스할 용기가 없었다. 그래서 그녀의 이마에 살며시 손을 댔다. 얼음처럼 차가웠다. 어머니의 시신도 이렇게 차가웠는데…… 표현할 수 없는 비통함이 찾아들었다. 마리안네는 나를 지켜보고 있었다.

"안나, 사랑해." 나는 마지막으로 그녀에게 말을 건넸다.

마침내 그녀는 내 고백을 아무런 저항 없이 받아들였다.

덤불숲 밖으로

나는 마리안네에게 작별 인사를 건넸다.

더이상은 할 말이 없었다. 둘 다 표현할 수 없을 만큼 지쳐 있었다.

"계속 연락하자꾸나." 그녀가 말했다.

나는 고개만 끄덕여 대답을 대신했다.

쉰네스트베트의 낡은 집으로 갔다. 그 집에는 희미한 회색 불빛만 가득했고, 어디선가 유령이 나올 것 같은 느낌에 몸이 떨렸다. 눈을 붙일 수가 없었다. 지붕 위 어딘가에서 매 한 마리가 원을 그리며 날고 있을 것 같았다.

지금! 모든 것이 일어난 후인 바로 지금! 하지만 왜 바로 '지금'이어야 하는가?

집에서 나와 거리를 걸었다. 매는 보이지 않았다. 막 동이 틀 무렵이었다. 이제 햇살이 시내를 비출 것이었다. 새날이 밝아오고 있었다.

더이상 쉰네스트베트 선생의 집에 머무를 수 없었다.

전동차역으로 향했다.

집으로 가는 첫 차를 기다렸다.

멜룸 가에서 강가의 덤불을 향해 걷고 있을 때는 이미 아침나절이었다. 멜룸 가의 집에는 벌써 새 주인이 이사를 끝낸 모양이었다. 정원에는 반짝반짝 잘 닦인 차와 유아용 놀이기구가 자리하고 있었다. 아버지와 어머니는 단 한 번도 그런 것들을 집 안에 들인 적이 없었다.

나는 강가로 나 있는 내리막길을 걸었다. 내 생의 마지막 산책이 될 것이라고 생각하면서……

조용히 앉아 새들이 지저귀는 소리를 들었다. 그리고 내가 이해할 수 없는 것들을 떠올렸다. 안냐는 이미 세상을 떠났지만, 여전히 내 시선과 손길이 닿는 곳에 머물러 있었다.

정신을 차리고 보니 어느새 한낮이었다.

더이상 이곳에 앉아서 시간을 허비할 수는 없었다. 하지만 어디로 갈 것인가? 나무 밑 슬픈 기억을 담고 있는 강가의 바위들은 내 집이 될 수 없었다.

나는 일어서서 강 하류로 걸어갔다. 검은 물결이 굽이치는 그곳에는 더이상 어머니의 모습이 없었다. 그녀는 그곳을 떠난 지 오래였다. 문득 강물이 예전과 달리 너무도 맑고 깨끗해 보였다. 어머니는 그곳에서 죽음을 맞은 수많은 사람들 중 한 사람일 뿐이라는 생각도 스쳤다.

강을 건넜다. 무릎까지 젖어왔지만 개의치 않았다. 한여름의 강물은 그리 차갑지 않았다.

잠시 후, 강 건너편에 다다랐다. 강폭은 생각보다 훨씬 좁았다. 예전에는 왜 이 강을 건널 생각을 하지 못했는지 의아했다. 이제는 마치 그녀가 내 모든 것을 부르고 있는 듯한 느낌이 들었다. 내게 일어난 모든 일을 이미 예상하고 있었다는 듯.

나는 산드분 가로 올라갔다. 셀마의 집은 여전히 그곳에 있었다. 시계를 보았다. 한낮이라고 생각했는데 겨우 오전 아홉시였다.

어쩌면 토르핀이 집에 있을지도 모른다는 생각이 들었다. 하지만 신경 쓰지 않기로 했다.

초인종을 눌렀다.

몇 분이 지났을까. 나지막한 목소리와 함께 집 안에서 누가 걸어 나오는 소리가 들렸다.

셀마가 현관을 열었다.

"아니, 악셀!"

잠옷 바람에 화장기 없는 얼굴에 나는 순간 당황했다.

"안냐가, 죽었어요……"

"그래, 알고 있어. 마리안네가 전화를 해줬어."

나는 그녀의 품 안으로 몸을 던졌다. 그녀의 팔 속에서 그녀의 기운을 느낄 수 있었다.

"아무것도 모르겠어요. 알 수가 없어요. 어디에서 제 인생을 찾을 수 있을까요? 이제 뭘 해야 하죠?"

그녀의 촉촉한 입술이 내 목에 닿았다.

"들어와. 토르핀은 아직 자고 있고 애들은 캠프에 갔어. 두려워할 것은 아무것도 없단다."

"정말이요? 아무것도요?"

나는 빨려 들어가듯 그녀의 집 안으로 걸음을 옮겼다. 그녀는 어느새 내 등을 쓰다듬고 있었다.

"안심해, 악셀. 오랫동안 너를 기다리고 있었어. 이제 내가 알고 있는 모든 걸 네게 가르쳐줄게."

옮긴이 **손화수**
한국외국어대학교에서 영어를 공부하였다. 1998년에 노르웨이로 건너가, 노르웨이 크빈헤라드 고등종합학교 강사, 크빈헤라드 예술학교 전임 강사로 있으면서 노르웨이 문학 협회 소속 번역가로 활동하고 있다. 우리말로 옮긴 책으로는 『아침으로 꽃다발 먹기』『요한 기사단의 황금사자』『행복은 철학이다』『피렌체의 연인』『행복을 훔치는 도둑, 우울증』『말 도둑놀이』『악동 테리에』『보자기 유령 스텔라』 등이 있다.

문학동네 세계문학
음악 속으로

초판인쇄 2011년 7월 11일 | 초판발행 2011년 7월 25일

지은이 셰틸 비에른스타 | 옮긴이 손화수 | 펴낸이 강병선
책임편집 오영나 | 편집 강건모 | 독자 모니터 양은희
디자인 윤정우 이원경 | 저작권 김미정 한문숙
마케팅 정민호 김도윤 박보람 정진아 | 온라인 마케팅 이상혁 한민아 장선아
제작 안정숙 서동관 김애진 | 제작처 한영문화사

펴낸곳 (주)문학동네
출판등록 1993년 10월 22일 제406-2003-000045호
주소 413-756 경기도 파주시 교하읍 문발리 파주출판도시 513-8
전자우편 editor@munhak.com | 대표전화 031) 955-8888 | 팩스 031) 955-8855
문의전화 031) 955-3576(마케팅) 031) 955-8861(편집)
문학동네카페 http://cafe.naver.com/mhdn

ISBN 978-89-546-1526-6 03890

www.munhak.com